C'était la vie, c'était cela l'épreuve, c'était cela le but des chercheurs d'aventures, c'était cela le but final de l'art : retrouver les siens, rentrer chez soi, recommencer sa vie.

Boris Pasternak, *Le Docteur Jivago*

Les DEVOISE

Antoine Devoise & Anne Jarroir		Antoine Vacher & Françoise Brugeas	Jules Lechopié & Julie Dumont		François Reibel & Marie Bouchaudy
|		|	|		|
René Devoise 1833-1903	&	Annette Vacher 1836-1914	Charles Lechopié 1852-1904	&	Marguerite Reibel 1863-1923/

Ernest
Alphonsine : (petite-fille : Liane)
Marie (morte à 10 ans)

Louis (mort en bas âge)
Louise
Charlotte

Augustin Devoise & **Marie Lechopié**
1872-1960 — 1883-1975

Renée 1904-2008
Lucien Devoise 1905-1993 (ép. Simone Sevrin)
Pierre 1908-2003

Les SEVRIN

Marie Philomène Colin & Auguste Sevrin

- **Auguste Sevrin** (ép. Eugénie L.)
- Jean (ép. Lucienne)
- Augustine (ép. Tisserant)

& X (frère d'Auguste Sevrin)

- Raymond Colin dit « le bâtard »

Constant Leduc & Adélaïde Lalevée
1836-1903 1838-1875

- Clémence (ép. Feutaie)
- *Marie-Joséphine (morte en bas âge)*
- Félix

& Thérèse Lasausse
1845-1922/

- *Charles Émilien (mort en bas âge)*
- *Marie Thérèse (morte en bas âge)*
- Fernand
- Émile
- **Eugénie Leduc** (ép. Auguste S.)

Auguste Sevrin & **Eugénie Leduc**
1883-1937 1888-1959

- *Roger Maxime (mort en bas âge)*
- Roger 1908-1975
- **Simone Sevrin** 1911-1999 (ép. Lucien Devoise)
- Colette 1922-2010
- Marcelle 1928-1986

PREMIER CAHIER

Lucien Devoise, avant 1927

1
Les Devoise

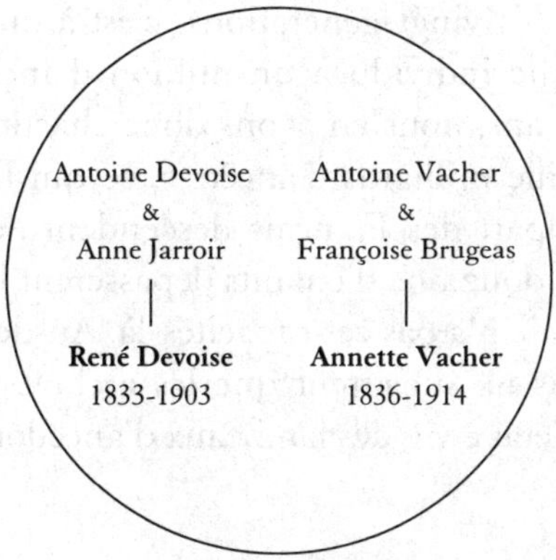

Dix kilomètres à peine séparent Blaudeix de Montignat. René est de Blaudeix, Annette de Montignat.

Le canton est veiné par les eaux de la Voueize qui baignent en aval Chenonceaux et filent vers la Loire. Les Devoueize, Devoize, Devoise sont légion sur les monuments aux morts. Mais René Devoise n'y figure pas. Et pour cause, il est mort à l'hospice en 1903.

Reconnaissons-le d'emblée, de René Devoise il ne subsiste plus grand-chose. Il avait un drôle de nez, *un peu proéminent*, disait sa petite-fille Renée. Re-nez. Pourtant ça n'est pas évident sur la seule photo qui le représente, au mariage de son fils Augustin. De René on sait très peu. Les souvenirs s'érodent encore plus vite que la terre de sa Creuse natale.

Il ne reste qu'un seul objet lui ayant appartenu, un témoin que la famille s'est transmis sur six générations successives, un petit livret cartonné tout plié et à peine lisible qui stipule que la reine Victoria décore le fusilier René Devoise pour sa participation à la guerre de Crimée. La mémoire de la famille ne dépasse pas cent cinquante ans.

Si l'oubli n'existait pas, comment rendrions-nous compte des quatre-vingts générations qui nous séparent de l'époque du Christ ? Toutes les vingt générations, c'est-à-dire tous les cinq cents ans, chaque individu a un million d'ancêtres du même niveau. À mille ans, nous en avons donc chacun un million de millions soit mille milliards d'ancêtres, ce qui fait dire au passage que la plupart des Français descendent de Charlemagne dont plus d'une douzaine d'enfants dépassèrent les vingt ans. La mémoire familiale n'a pas ces capacités-là. Au-delà de quatre ou cinq générations ne subsistent que les archives officielles, certains registres d'état civil, des lambeaux d'anecdotes, et beaucoup de conjectures.

À l'époque où démarre notre récit, en 1853, lorsque René et ses classards se préparent au tirage au sort pour la conscription, le temps est encore rythmé dans les campagnes par le soleil, les cloches de l'église et les rites. À cette époque peu mécanisée, l'argile et les pierres rendent pénible le travail de la terre en Creuse. Alors le paysan pratique l'élevage plutôt que la culture. Il se contente de peu. Quelques moutons, une chèvre, une vache lorsque la famille en a les moyens. Chacune engraisse son cochon. Et le menu varie peu, soupe de légumes, châtaignes, champignons, un morceau de fromage, des pommes, des noisettes. Les jours de pêche, une truite.

La nature est généreuse en bois et en granit, c'est déjà ça. L'homme taille les sabots, fend les bardeaux et bâtit la pierre – primordiale, la pierre, comme nous le verrons. La femme carde la laine et la file comme dans les tableaux hollandais du XVIIe siècle. En Limousin, elle tanne aussi les peaux des taupes qui ne se salissent ni ne se mouillent, et elle raboute les peaux de lapins et de moutons qui seront vendues à Limoges en descentes de lit. Chez les plus pauvres, les filles vendent leurs cheveux dans les foires.

Le sol tourbeux est lourd, aussi les bourgs sont-ils perchés sur les plateaux. Sur l'ancienne route de Paris à *Tholoze*, comme l'annonce toujours un vieux panneau de signalisation, une vallée modeste sépare le bourg de Blaudeix de son hameau du Puyrougier où sont installés les vieux parents de René Devoise. En 1853, Antoine, le père, a soixante-treize ans, Anne, la mère, en a soixante-trois, et René a vingt ans.

Le père, Antoine Devoise, est natif de Pionnat, un amas stellaire que l'on prendrait parfois pour une commune. Une place aux quat'chemins des routes, un couvent, des fermes et une grand'croix où s'arrêtent les processions qui vont de l'église au cimetière, le bourg n'est pas très étendu. Mais il ne serait rien sans sa myriade de villages : Fôt, la Cosse, Chier, Villebige, les Forgettes, Chassogne, Villechaud, Lavalazelle, les Chezeauds, les Crozats, Villetette, la Grande Baleyte, Cros, Gareiteix, Tressagne, Brejassoux, Faye, la Peyre, Marchives, Laboureix, Bantardeix, les Ternes, Menardeix, la Petite Baleyte, Châteauvieux, Grandprat, les Borderies, etc. Pionnat, une commune en forme de carte du ciel. Autant de hameaux, autant d'ambiances et combien plus encore d'histoires intimes qui pourraient remplir des étagères d'ouvrages de bibliothèque si elles n'étaient tombées dans l'oubli. Qu'en sera-t-il plus tard ? Nos descendants s'intéresseront-ils au passé ? Iront-ils fouiller dans d'énormes banques de données nos vieilles pages web, nos blogs surannés, et les copies de nos anciens profils sur les réseaux sociaux ?

Observons un instant Antoine Devoise, né avant la Révolution française, un maçon parmi tant d'autres que l'on ne connaît que par l'état civil. Paysan et journalier pendant son premier mariage, Antoine guignait une place de *colon* comme on appelait ici les métayers. Une rose à la boutonnière, les colons se louaient pour la saison aux foires de la Saint-Jean et de la Saint-Martin. Quand il échouait, il embauchait à la journée comme ouvrier agricole pour faucher, moissonner ou entretenir un potager. Personne ne travaillait à l'heure. Chaque clocher avait son heure. Le temps n'était même pas coordonné à l'échelle d'un département[1].

Après le décès de sa première femme, Antoine quitte Pionnat où reposent déjà certains de leurs huit enfants pour rejoindre et épouser en 1830 une veuve de Blaudeix, Anne Jarroir, elle aussi chargée de famille. Il a cinquante ans, elle en a quarante, et c'est à cette période qu'Antoine abandonne la houe pour la truelle. Pierre et René Devoise sont issus de cette union tardive.

Antoine est de la dernière génération dont la vie copiait celle de ses parents, où tout s'organisait au jour le jour, au rythme des saisons, où l'instant présent dominait parce que l'avenir était déjà connu. S'il était coté en bourse, combien le temps présent n'aurait-il pas perdu depuis, séché par l'accélération moderne, colonisé par le futur ? Sans verser dans le mythe de l'âge d'or, qui sait si, dans notre quête d'harmonie, l'évolution ultime ne nous incitera pas à redécouvrir la poésie de l'instant (le temps

1. Le temps est unifié à l'échelle d'un département en 1860 et le sera sur l'ensemble de la France en 1891. Cf. Nadine Vivier, « La conscience du temps. Les mutations de la perception du temps aux XIXe et XXe siècles », in *Où est passé le temps ?* sous la direction de Jean Birnbaum (Forum Philo Le Monde Le Mans 2012, Gallimard, « Folio Essais »).

musical) et à basculer d'un temps de l'avoir (passé, présent, futur) vers un temps de l'être, ici et maintenant[1] ?

Entamons donc ce récit par la guerre de Crimée de laquelle René Devoise ramena sa médaille. La plus récente des guerres oubliées survient au moment où l'Europe bascule dans l'ère technologique moderne avec l'utilisation massive du télégraphe, le recours au chemin de fer, l'invention d'armes de précision, l'apparition de la photographie, à l'époque où se mettent en place des jeux d'alliance et où l'éloignement des zones de combat préfigure l'engagement d'États européens en Afrique et au-delà.

En 1853, le service militaire dure sept ans et le contingent est tiré au sort. Depuis cinquante ans, ceux dont les parents payent un remplaçant se font exempter, ce dont Octave Mirbeau s'indigne dans *Le Journal d'une femme de chambre* : *Ainsi, on faisait, en France, la traite des Blancs, comme en Afrique, la traite des Noirs ?… Il y avait des marchés d'hommes, comme des marchés de bestiaux pour une plus horrible boucherie ?* Des bougres en prirent ainsi pour trois fois sept ans, incluant les périodes de guerre. Lorsque René Devoise est appelé, ses vieux parents sans ressources ne songent même pas à le remplacer. René Devoise devient fusilier au 96e régiment d'infanterie de ligne.

À Paris, les lampes à pétrole et l'éclairage public au gaz de houille dilatent le temps ; les cafés, les restaurants, les bals, les spectacles se multiplient.

L'Empereur fraîchement autoproclamé n'est alors pas vraiment populaire. Aux Français, il a ravi la IIe République en bas âge qui l'avait pourtant élu. Seul citoyen suisse ayant jamais

1. *Le mode de l'*être *n'existe que dans « l'ici et maintenant » (*hic et nunc*). Le mode de l'*avoir *n'existe que dans le temps : le passé, le présent et l'avenir* », Erich Fromm, *Avoir ou être ?* (Robert Laffont, 1978).

régné sur la France, il assoit son pouvoir et subventionne Offenbach qui distrait les Parisiens de ses mélodies aériennes et donne à l'Europe l'image d'une France heureuse.

Face aux Russes alors en conflit avec la Turquie au sujet de la mer Noire se forme une coalition d'Occidentaux. Français, Anglais et Sardes y voient l'occasion de ferrailler avec le tsar nationaliste Nicolas Ier qui depuis trente ans n'a de cesse de gommer l'influence des Lumières. Les aristocrates parlent encore français à Moscou, mais seulement à voix basse.

Napoléon III souhaite venger la honte des traités de 1815 et se tailler une stature à l'étranger, en détournant l'attention des citoyens des questions intérieures. Cette stratégie éculée, à défaut de parvenir à son but, nous prouve combien l'espèce humaine est jeune et combien sa maturité retarde sur la technique en plein essor. Les bonds technologiques et la sagesse seraient-ils forcément antagonistes à court terme ? L'attention portée à la maîtrise des objets techniques est-elle si vive qu'elle empêcherait toute mise en perspective ? À croire que la technologie et la pensée se comporteraient comme deux fluides couplés et peu miscibles, l'un vif et l'autre lent, tels l'atmosphère et l'océan. S'il faut compter en années pour qu'une technique se diffuse, faut-il compter en générations pour que la pensée s'adapte ?

Débarquant à Marseille au printemps 1854, René Devoise découvre la mer sur les quais de la Joliette. Avec son régiment, il embarque pour Constantinople puis Varna en Bulgarie où, pendant deux mois, cinquante mille Français se mêlent aux Anglais dirigés par lord Raglan. Une épidémie de choléra emporte un soldat sur dix avant même que les Alliés n'atteignent le front.

Début septembre, les rescapés arrivent sur Sébastopol, une ville forteresse à flanc de coteau défendue par les Russes. Le 19 septembre, le maréchal de Saint-Arnaud bat les Russes sur l'Alma et, après une tentative d'assaut ratée, un siège s'installe devant Sébastopol.

À peine a-t-elle démarré que la guerre de Crimée fait parler d'elle. Le premier procédé photographique robuste et exploitable – le daguerréotype breveté en 1839 – ne permettait pas de dupliquer la plaque de verre sensibilisée. Depuis 1841, les calotypes permettent en revanche de reproduire à l'infini l'image captée sur un négatif qui circule dans les services de presse. Le télégraphe électrique accélère considérablement la transmission de l'information, de sorte que la guerre de Crimée est le premier événement de retentissement planétaire. Le temps de pose et l'encombrement du matériel photographique n'autorisent encore que la prise d'images sur des champs désertés. Pour compléter les vues de Sébastopol que Robert Fenton prend depuis sa chambre noire tirée par six chevaux sur un chariot, des dessinateurs croquent sur le vif les scènes de combat. La presse relaie croquis et clichés, la circulation de l'information éduque les masses, et la photographie aide les petits à intégrer l'histoire.

Et puisque la photo reproduit avec une précision inégalée la surface des choses, l'art perd la contrainte d'imiter le réel. Encore quelques décennies et il s'agira de percevoir, de sonder le sentiment primitif et poétique qui précède toute raison. Avec la photographie, l'innovation technologique n'a-t-elle pas réinventé l'art ?

Le siège de Sébastopol dure une année durant laquelle l'impératrice Eugénie met au monde un héritier que fêtent les troupes françaises. Le tsar meurt, remplacé par Alexandre II plus soucieux de son peuple que son père. Au cours de l'hiver, les soldats français observent leurs alliés turcs qui roulent leurs cigarettes dans du papier alors qu'eux emploient des feuilles de tabac souvent trouées ; les troupes en ramèneront la mode en Occident. Étrange guerre de Crimée dont Tolstoï raconte que les soldats des deux camps qui se livraient des combats acharnés se retrouvaient pour boire aux mêmes sources et converser lorsqu'on hissait des drapeaux blancs, comme les troupes de Napoléon et de Wellington l'avaient fait en Espagne.

Les mutations de l'époque encouragent les vocations littéraires. Encore vingt ans et Dostoïevski et Tolstoï auront succédé à Gogol et Pouchkine. En France, l'aristocratie a entraîné dans sa chute les tragédies qui peignaient les grandes passions pour laisser place à la peinture des caractères dans le roman[1]. Les références au passé s'effacent au profit du présent, voire de l'anticipation. Flaubert, Zola, Verne relaieront Stendhal, Balzac et Dumas, Hugo en fil rouge. De même qu'il favorise l'émergence de théories et d'idées nouvelles – Darwin, Marx, Nietzsche, Freud –, le XIXe siècle inspire les romanciers qui trimbalent leur lanterne sur l'âme humaine, dissèquent les comportements, révèlent la mue de la société et qui, ce faisant, élargissent l'horizon de leurs lecteurs. Mais René Devoise ne sait pas lire.

*

Nouvelles du front

Sur notre bastion et dans la tranchée française, on a dressé des drapeaux blancs et entre les deux camps, dans la vallée en fleurs, sans bottes, vêtus de vêtements gris et bleus, gisent par tas des corps mutilés, que des hommes de corvée relèvent et placent sur des chariots. L'odeur des cadavres empeste l'air. Une foule de gens, sortis de Sébastopol ou du camp français, se répandent sur les lieux pour contempler ce spectacle et forment entre eux des groupes avec une curiosité avide et sympathique. [...]

1. Mona Ozouf, *Les Aveux du roman* (Gallimard, « Tel », 2004).

Voici un fantassin dégourdi en chemise rose, son manteau jeté sur les épaules, en compagnie de camarades qui restent en arrière, les mains derrière le dos avec des mines curieuses et amusées ; il s'approche d'un Français et lui demande du feu. Le Français tire sur sa pipe, en remue les cendres après avoir levé le couvercle et donne du feu au Russe.

— *Tabac boun*, dit le soldat à la chemise rose, tandis que les assistants rient.

— Oui, bon tabac, tabac turc, dit le Français, et chez vous autres, tabac russe ? Bon ?

— *Russe, boun*, répond l'autre pendant que tout le monde éclate de rire. *Français niét boun, bonjour moussié*, continue-t-il, en lâchant tout d'un coup tout ce qu'il sait de la langue et en tapant sur le ventre de son interlocuteur avec une grosse gaieté. Les Français prennent part à l'hilarité générale. [...]

Les drapeaux blancs ont été retirés et de nouveau sifflent les engins de mort et de souffrance, de nouveau coule le sang innocent et retentissent les gémissements et les imprécations.

Léon Tolstoï, *Les Récits de Sébastopol* (traduction de Louis Jousserandot, Petite Bibliothèque Payot)

*

Un an après le début du siège, en septembre 1855, la prise de la tour de Malakoff par la compagnie que dirige Mac-Mahon précipite la défaite russe.

Napoléon III tire gloire de la campagne qui a coûté cent mille soldats à la France rien qu'à Sébastopol. Décoré comme tous les assiégeants, René Devoise regagne sa patrie et, après ses années de service dans l'armée, il retrouve sa Creuse. Outre sa médaille, il rapporte dans son paquetage un moulin à café fauché à Sébastopol.

Lorsque René rentre au pays, ses parents sont morts et enterrés. Ils ont fini dans la misère et l'acte de décès précise qu'Antoine Devoise, soixante-quatorze ans, est mort mendiant. Selon une coutume locale, sur les tombes en terre battue comme sur les dalles de granit du cimetière triangulaire de Blaudeix, le bol du défunt est soigneusement renversé pour le rappeler au souvenir du visiteur. Mais pour Anne et Antoine Devoise, ses parents, René ne trouve aucune sépulture. Pas de bol. Ils ont rejoint la fosse commune.

À Blaudeix, René peine à trouver du travail. Il embauche au jour le jour. Lors d'une fête de village, il fait la connaissance d'Anne Vacher que tout le monde appelle Annette. Elle a des frères et sœurs plus âgés, et vingt ans de moins que sa sœur aînée. Une autre de ses sœurs s'appelle déjà Anne. La benjamine restera donc toujours Annette.

La vie de René s'organise alors dans le triangle que forment les trois satellites du chef-lieu de canton : Blaudeix où il réside, Montignat (commune de Parsac) où habite la famille d'Annette, et Pionnat où il lui reste quelques demi-frères et sœurs. Dans ce coin modeste qu'il parcourt à pied en tous sens, les prairies maigres bordées de haies vives d'ormeaux, de chênes et de châtaigniers se succèdent sur des terres humides et vallonnées. Passereaux et corbeaux se croisent bas. Seuls les tilleuls affichent une certaine majesté lorsqu'ils bruissent sous les rafales. Et les nuages se succèdent, offrant à René une distraction dans un paysage qu'il connaît comme sa poche.

Le père d'Annette se prénomme Antoine comme le père de René. Tout comme lui, il fut cultivateur avant de devenir tailleur de pierres et maçon. Autorisons-nous une parenthèse, l'histoire reconstituée est pleine de mystères qui en font aussi le charme. Les vides sont aussi intéressants que les pleins et forcément plus on regarde loin, plus notre sujet est poreux. Du *vent tissé*, voilà comment Joseph Joubert qualifiait la mémoire, empruntant une image à Pétrone. C'est de cela qu'il s'agit. Antoine Vacher est né le 5e jour complémentaire de l'an IV, le dernier jour du calendrier républicain, le *jour des récompenses*. En bouleversant les repères d'espace et de temps, les révolutionnaires français initiaient l'ère d'un homme nouveau, quitte à ce que leur calendrier, avec des jours complémentaires, soit encore imparfait. Et voilà comment le hasard d'une histoire familiale nous conduit à questionner la Révolution française… Notre carburant, n'est-ce pas le doute, l'ignorance, la part d'ombre – les questions, plus que les certitudes ?

Pendant qu'on digresse, René se débat pour survivre tandis qu'Annette assiste son frère qui a repris la ferme de Montignat. Annette n'a pas d'instruction mais elle tire l'eau du puits, elle alimente la cheminée, donne aux lapins, ramasse les œufs, raccommode, emporte le linge au lavoir dans sa hotte de châtaignier, s'agenouille dans une caisse garnie de paille pour décrasser blouses et pantalons. Elle prépare la soupe qui mijote des heures sur le fourneau. Elle donne la main pour labourer et fauche comme les hommes. Rien n'a changé depuis des lustres. L'été, on coupe les foins à la faux, on étale l'herbe un jour, on la retourne le lendemain puis, quand le foin est sec, on le rassemble en andains pour le lancer sur le char à bœufs, direction la grange. Pourquoi cela changerait-il ?

Comme le faisaient sa mère et sa grand-mère, Annette prépare le fromage de vache qu'elle conserve dans des feuilles de châtaignier ou dans un pot en grès enfoncé dans le foin. Elle confectionne le brandier, un pain farci aux châtaignes blanchies. Pourquoi cela changerait-il ?

Annette a le temps de penser. Le soir, elle s'assied enfin et observe l'avancée des nuages derrière les carreaux. Parfois, René rend une visite à la veillée.

En mars 1862, Annette a vingt-cinq ans et René en a vingt-huit quand il obtient une place pour la saison à Brion dans l'Indre. Quelle veine qu'Amador Grillon des Chapelles fasse rénover le château familial ! Une sommité locale, ce monsieur à qui l'on doit des *Esquisses biographiques du département de l'Indre*, où l'on peut lire : *Qui n'aime, d'ailleurs, cette chaîne dont la nature nous lie aux êtres et aux choses qu'ont rencontrés nos premiers pas dans ce monde ? Le cospomolitisme n'est qu'un effort malheureux de notre orgueilleuse raison.* Un savant délicieusement dyslexique ô combien amoureux de sa terre natale, viscéralement lié à son domaine, quelle chance pour les ouvriers !

Fin juin de la même année, René et Annette se marient et Annette s'installe avec son homme. Lorsque le chantier de Brion se termine, ils emménagent à Châteauroux où naît fin 1863 un fils qu'ils prénomment Ernest. Mais, à Châteauroux, il n'y a guère plus de travail qu'en Creuse.

C'est à Paris que se prépare l'avenir du foyer. René ne se doute pas que Napoléon III, après l'avoir conduit en Orient, le poussera vers la capitale. Durant son exil, Louis-Napoléon Bonaparte avait, dit-on, été très marqué par l'élégance, la propreté et la modernité de Londres. Arrivé au pouvoir, il confie au baron Haussmann et aux frères Pereire le soin de réaménager Paris suivant un cahier des charges précis, telle l'interdiction d'édifier des immeubles plus hauts que la largeur des voies qu'ils bordent. Il ne s'agit pas seulement d'embellir la ville mais de la moderniser, de bâtir des réseaux. La main-d'œuvre que nécessitent ces grands travaux est une aubaine pour les maçons creusois, déjà nombreux à la capitale depuis des décennies. C'est même l'un d'eux élu député, Martin Nadaud, qui a lancé à l'Assemblée nationale *Vous le savez, à Paris, lorsque le bâtiment va, tout profite de son activité*[1], devenu proverbe après polissage…

René finit par se joindre à l'exode saisonnier. À la fin de l'hiver, il gagne Paris à pied au milieu du flot que forment ses centaines de congénères dans ce qui ressemble au dégel d'un fleuve creusois. Du point de vue de l'hydrologue c'est absurde mais, en géographie humaine, Paris est bien une cuvette dans laquelle sédimentent au XIXe siècle les provinciaux en quête de travail. C'est le point de convergence majeur des routes de migration françaises.

Les maçons creusois sont d'excellents ouvriers, réputés, très demandés. Invariablement, ils travaillent dur, mettent de côté quelques économies, puis ils s'en retournent dans leur famille à la saison des châtaignes.

Dans les débuts, René se rend seul à Paris pour jauger les conditions de travail et de vie, tandis qu'Annette a retrouvé avec son fils Ernest la ferme de son frère à Montignat. René les rejoint chaque hiver. Puis, en 1867, René emmène femme et fiston à Paris où ils s'installent à la lisière entre le XIIIe et le XIVe arrondissement, au 198 rue de la Glacière à l'emplacement actuel du 58 rue de l'Amiral-Mouchez. À l'époque, en contrebas juste derrière l'étang avec ses marécages où l'on tire les canards, la Bièvre coule en surface. Une tannerie y est installée.

À son arrivée, Annette trouve un engagement dans une blanchisserie. Puis elle se met à vendre du tabac devant l'hospice Sainte-Anne que les gens du voisinage appellent encore la Santé. Annette se fait à cette vie. Elle préfère partager le quotidien de son homme à Paris toute l'année plutôt que de l'attendre huit mois sur douze à Montignat et de ne partager avec lui que les

1. Le 5 mai 1850. Ironie du sort, Nadaud s'exila à son tour à Londres après le coup d'État du 2 décembre 1851.

longs mois d'hiver dans le vent glacial et le silence mat de la neige.

C'est dans cette zone mal famée qu'ils élèveront leurs quatre enfants, Ernest, Alphonsine, Marie et Augustin. Marie a le mal de Pott. Bossue, infirme, on la transporte dans un landau, elle ne marche pas. Elle meurt à dix ans de tuberculose.

Annette obtient une concession pour vendre du café aux troufions sous un parapluie dans la cour d'une caserne de la rue de la Glacière. Quand elle n'a pas le sou pour se procurer du lait, elle tend à ses enfants un biberon de café, voilà ce que rapporte Renée, sa petite-fille.

Du travail de son mari René, on ne sait plus grand-chose. De maçon, on le retrouve couvreur. Il subsiste encore une anecdote incroyable que la famille a véhiculée pendant plus d'un siècle. Un jour qu'il bâchait la toiture de l'immeuble qui fait un angle aigu entre le boulevard Saint-Michel et la rue Gay-Lussac, au-dessus de l'actuelle bouche de RER du Luxembourg, une rafale de vent avait emporté René qui, s'accrochant à sa bâche et en usant comme d'un parachute, s'était posé indemne dans le parc près de la fontaine Médicis. Lorsqu'elles passent trois générations, les histoires familiales deviennent des légendes.

Autant le reconnaître d'emblée, un historien se désintéresserait de cette anecdote mais c'est la mémoire qui constitue la fondation de ce récit, et personne ne maîtrise ce qu'elle retient après une si longue période de décantation incontrôlée. Ce qui subsiste est important, peu importe qu'il ne s'agisse que d'anecdotes et de silences. Il arrive même que les silences soient plus éloquents que les légendes. Une anecdote est une marque de fugacité, et que sont nos vies sinon une succession d'instantanés ? D'apparence l'anecdote est un petit rien mais que reste-t-il au bout du compte de bien des vies, hormis les enfants, sinon une suite iconoclaste de petits riens façonnés et appelés à disparaître ? Ils semblent totalement inconsistants, ces petits riens.

Cependant, comme la neige marine, ils peuplent les abysses de nos mémoires profondes, ils se déposent avec le temps, et au final ils intègrent le socle sédimentaire qui nous sert de plancher.

Cinq ans avant la naissance d'Alphonsine, la cadette, Ernest demeure seul auprès de sa mère Annette, toute de douceur, mais rien n'accroche son attention. Son père part tôt et revient tard. Ernest ne réussit pas à l'école et l'école ne lui réussit pas. À douze ou quatorze ans, René le fait embaucher sur un chantier où le fiston tire au flanc et se fait renvoyer. Du temps lui sera nécessaire pour se stabiliser. Longtemps, Ernest enchaîne des petits boulots honnêtes dans une rue particulièrement mal famée, la rue Saint-Yves. Il finira semble-t-il par se trouver une vocation « au poêle ».

Alphonsine ne démérite pas à l'école mais savoir lire et écrire lui suffit, elle en sait déjà bien plus que ses parents. Elle entre dans une blanchisserie comme apprentie. Plus tard, elle habitera l'impasse Nansouty face au tout récent parc Montsouris et gérera sa propre blanchisserie dans la rue des Artistes où ses parents s'installeront au numéro 43, lorsque son père René y prendra la place de concierge. La loge minuscule comprendra un lit, une table, une commode et un poêle avec eau et W-C sur le palier. Mais Annette et René, qui commencent à fatiguer, s'en contenteront.

Des trois enfants valides, c'est Augustin, né en 1872, qui réussit le mieux à la communale. Il se révèle et prend plaisir à l'étude.

RENÉE, *la fille d'Augustin, raconte*

L'oncle Ernest avait neuf ans de plus que Papa, et la tante Fonsine avait quatre ans de plus.

L'oncle Ernest était blond et il avait le même nez que

moi. Il était plombier-zingueur et sa tenue nous impressionnait, nous les gosses. Il portait un haut-de-forme carré, relevé sur les côtés, et une culotte de velours bouffante aux hanches. Peut-être bien qu'elle était marron. C'était la tenue des plombiers-zingueurs, on les reconnaissait dans Paris, autrefois. Et puis, toujours, il avait le mètre qui sortait de sa poche.

Il y avait autre chose… L'oncle Ernest ne répondait jamais quand on l'appelait.

LUCIEN, *son frère*

Ma grand-mère Annette racontait qu'en 1870 pendant le siège de la ville, les Parisiens n'avaient plus rien à manger. Les rats et les corbeaux se vendaient au marché noir, un rat pour trois francs, un corbeau pour six francs. On avait même débité l'éléphant du jardin des Plantes qui se négociait vingt francs le kilo. J'étais gosse, ça m'a marqué.

Mon père ne parlait pas souvent de sa famille en Creuse. Un jour, il a raconté que ses deux grands-mères tissaient tous leurs habits et aussi leurs draps, que les gens fabriquaient tout eux-mêmes. Il m'a dit qu'aux socs en métal, les paysans préféraient des socs en bois qui cassaient moins en labourant les champs pleins de cailloux granitiques.

PIERRE, *le frère de Renée et Lucien*

Annette Vacher avait des gros seins, lourds, chargés. Elle avait fait nourrice en arrivant à Paris.

Je ne l'ai vue qu'une fois, sur son lit de mort. J'étais gamin, ça m'a impressionné.

2
Augustin Devoise

René Devoise & Annette Vacher

Ernest
Alphonsine (petite-fille : Liane)
Marie
Augustin Devoise
1872-1960

Hélas ! combien de temps faudra-t-il vous redire
À vous tous, que c'était à vous de les conduire,
Qu'il fallait leur donner leur part de la cité,
Que votre aveuglement produit leur cécité ;
D'une tutelle avare on recueille les suites,
Et le mal qu'ils vous font, c'est vous qui le leur fîtes.
Vous ne les avez pas guidés, pris par la main,
Et renseignés sur l'ombre et sur le vrai chemin ;
Vous les avez laissés en proie au labyrinthe.
Ils sont votre épouvante et vous êtes leur crainte ;
C'est qu'ils n'ont pas senti votre fraternité.

Victor Hugo,
« À ceux qu'on foule aux pieds » (*L'Année terrible*, 1872)

L'oubli draine le passé. Pour composer un récit, il faut considérer les grains de mémoire éparpillés au fond du tamis et s'en accommoder. C'est déjà beaucoup. Pour le reste, place à l'imaginaire. Faute d'oubli, on manquerait d'air.

À douze ans, reçu premier du XIVe arrondissement au certificat d'études, Augustin Devoise est invité par la Ville de Paris avec les majors de chaque arrondissement et leur instituteur à un voyage collectif de dix jours en Suisse.

Avant le départ, un événement marque Augustin : l'enterrement en grande pompe de Victor Hugo. Les écoliers parisiens forment un cordon sur le trajet qu'emprunte le cercueil pour se rendre de l'Arc de triomphe où le corps était exposé sous un catafalque de vingt mètres de haut jusqu'au Panthéon, laïcisé pour l'occasion. Les enfants attendent des heures que le cortège arrive. Une foule comme jamais ils n'en ont vu se presse derrière un corbillard de dernière classe – conformément au vœu du poète – tiré par deux chevaux, Fanfare et Floretta. Quinze chars portant fleurs et couronnes suivent, ainsi que plus de mille délégations hétéroclites dont celles de l'Association des plombiers-gaziers, de la Chambre syndicale des estampeurs-poêliers, de la Société pour l'amélioration du sort des femmes, ou encore de la Société des Béni-Bouffe-Toujours. Les chars sont somptueux. Le plus remarqué, celui de la colonie algérienne, porte une urne funéraire entourée d'une couronne de huit mètres de circonférence d'où surgissent de larges flammes vertes. Les fanfares marquent le rythme funèbre, les discours se succèdent. Les participants sont tous très impressionnés par la densité de la foule. Plus d'un million de personnes, dira-t-on, assistent aux funérailles. Certains rendent hommage à la virilité de l'artiste en fêtant le passage du cadavre raide en bonne compagnie, dira-t-on aussi, mais que ne dira-t-on pas ? Ce qui est sûr, c'est que la République connaît un moment de communion nationale, le temps est suspendu. De son enfance, cette journée du 1er juin 1885 marque tellement Augustin qu'il aimera la raconter et la raconter encore à ses enfants et petits-enfants.

Augustin ne poursuivra pas ses études au-delà du certificat d'études. Ses parents ne l'incitent pas à continuer. C'est ainsi qu'il passe un ou deux concours administratifs et qu'il est immédiatement reçu ambulant à la Poste. Après quelques affectations courtes pour se former, Augustin aboutit au tri postal dans le train entre Paris et Granville où il finira sa carrière comme ambulancier-chef.

Entre deux trajets, son boulot lui laisse de longues plages de temps qu'Augustin occupe à sa guise. À Paris, il prend des cours. En 1895, il assiste aux funérailles de Louis Pasteur. En Normandie, il dévore la presse et se forge ses opinions. Il s'emballe pour l'affaire Dreyfus et, tandis qu'Alfred Dreyfus patiente en détention sur l'île du Diable, il avale les articles que lui consacrent *L'Intransigeant*, *La Libre Parole* et *Le Figaro* que Zola quitte pour donner sa « lettre ouverte au président de la République » à *L'Aurore*. Clemenceau publie le papier de Zola en Une le 13 janvier 1898 en lui donnant son titre « J'accuse » qui entraîne collatéralement son retour sur la scène juridique puis politique. On connaît la suite, le procès de Zola qui renversera une partie de l'opinion publique, instillera le doute sur la culpabilité de Dreyfus et aboutira, *in fine*, par un effet de levier, à sa libération puis à sa réhabilitation.

RENÉE *raconte* (1994)

Papa est allé à l'école communale à Paris. Et là, il a été premier du XIVe arrondissement au certificat d'études. Un des premiers de Paris. Et pourtant il en parlait jamais. Ça lui a valu de se retrouver sur l'estrade d'honneur pour l'enterrement de Victor Hugo avec deux ou trois autres élèves, pour représenter les écoliers.

Reçu à Lavoisier, reçu à Turgot, ses parents lui ont dit *Tu es savant ! Tu vas pas rester comme ça, tu vas travailler.* Il aurait pu continuer mais ses parents pouvaient pas payer. Pour eux qui ne savaient ni lire ni écrire, c'était un phénomène, tu penses.

La Ville de Paris les a emmenés en Suisse, et puis en Alsace. À l'époque, ça ne se faisait pas trop de se balader en voyage. Et puis au retour, Papa a cherché un travail où il pouvait avoir du temps libre pour aller suivre des cours. Il s'est organisé tout seul à treize ans. Il avait de la tête, à côté de son frère qui était pas pareil du tout du tout. Enfin… C'est là qu'il a choisi ce travail à la Poste, il avait du temps libre pour continuer à étudier et il allait aux cours à Paris.

Il a débuté porte-dépêches. Il portait des dépêches et des télégrammes dans Paris en vélo. Et il allait aux cours du soir. Il suivait des cours de tout, c'était un as en tout.

Papa était pacifique, pas orgueilleux pour deux sous, mais fier.

3
Les Lechopié

Jules Lechopié
&
Julie Dumont
|
Charles Lechopié
1852-1904

François Reibel
&
Marie Bouchaudy
|
Marguerite Reibel
1863-1923/

La vraie vie est ailleurs.
d'après Arthur Rimbaud [1]

Drôle de couple que Marguerite Reibel et Charles Lechopié. Bien ou mal assortis, eux seuls auraient pu le dire. Mais pour affirmer qu'ils étaient dissemblables, pas besoin d'enquête approfondie, ils l'étaient. Marguerite débordait de vitalité et

1. *La vraie vie est absente*, Arthur Rimbaud, *Une saison en enfer*.

d'assurance comme une tramontane. Charles était discret, timide et sensible.

Marie-Marguerite Reibel, que tout le monde appelait Marguerite, tenait de son père François l'énergie, la vigueur et la volonté. Né en 1809 à Niedernai dans le Bas-Rhin, François était un gaillard de deux mètres qui chaussait du quarante-six. Pour l'époque, un géant qu'on aurait pu exhiber dans les foires, à moins qu'il n'ait gagné quelques centimètres et quelques pointures au fil des récits successifs propagés dans les générations suivantes. Il était né François-Joseph comme son père. Un prénom à la mode en Alsace à l'époque comme en témoigne François-Joseph Lefebvre, maréchal d'Empire marié à Madame Sans-Gêne, faits duc et duchesse de Dantzig par Napoléon. Par commodité, comme le père se faisait communément appeler Joseph, on appelait le fiston François.

Pourquoi donc François, ce fils de cultivateur, quitta-t-il l'Alsace à pied pour se rendre à Paris au début des années 1830 ? Est-ce lié aux événements de 1830, au bouillonnement social et politique qui s'ensuivit et à l'attractivité de Paris en pleine industrialisation ? Est-ce une conséquence de l'épidémie de choléra qui tua un Parisien sur quarante en avril 1832 ? Attire-t-on sur la capitale en pleine croissance démographique certains corps de métier en nombre insuffisant ? Les grandes villes font-elles rêver les jeunes ? Impossible de trancher quand presque deux cents ans ont passé, la cause exacte s'est dissoute dans l'océan de l'oubli. Toujours est-il qu'après avoir appris et exercé son métier de commis boulanger à Niedernai, des archives attestent que François trouve une place grâce à Julien Fidèle Viaud, préposé au placement des garçons boulangers à Paris, qu'il s'installe rue Montmartre où il épouse une voisine culotière en 1833 puis que, devenu veuf, il s'installe à Vaugirard où il se remarie. Vaugirard est alors une des onze communes limitrophes qui intégreront

Paris en 1860, situées entre le mur des Fermiers généraux et l'enceinte de Thiers (les dix autres sont Grenelle, Auteuil, Passy, Batignolles-Monceau, Montmartre, La Chapelle, La Villette, Belleville, Charonne et Bercy).

Sa jeune sœur rejoint François puis épouse un homme à l'accent du Sud-Ouest, un Fournol.

Veuf à nouveau, François Reibel s'installe dans le XIe arrondissement comme restaurateur et marchand de vin. À cinquante ans, il épouse en troisièmes noces son employée de maison, Marie Bouchaudy, une Auvergnate de vingt ans avec laquelle il a deux filles, Claudia et Marguerite. Originaire de Laqueuille où un paysan, Antoine Roussel, inventa en 1854 le bleu d'Auvergne en éparpillant des moisissures bleues de pain de seigle dans une fourme blanche de lait cru, Marie Bouchaudy avait gagné Paris à la fin des années 1850 après des querelles d'héritage et une brouille familiale.

Impressionnant par sa carrure apparemment démesurée, gros, grand, large, rouquin, François Reibel porte l'accent haut et fort. Clients et amis le trouvent généreux, franc et chaleureux. Le travail ne lui fait pas peur et le commerce marche bien. C'est l'époque où les horaires fixes remplacent le temps poreux du travail d'autrefois, où l'amélioration de la productivité et la limitation du temps de travail ouvrent des plages de loisirs, où les cabarets et autres lieux de divertissement se lancent. Pragmatique, François Reibel s'occupe du temps libre des ouvriers. Autour de son fief de la rue Gambey – une voie courte et étroite proche d'Oberkampf – s'organise un petit monde sur lequel François veille comme un patriarche. Avec Marie, ils vivent au 10 de la rue Gambey – où naît Marguerite en 1863 – puis s'installent au 12.

Au cours des années 1870 s'installent au 6 de la rue Gambey le jeune Charles Lechopié, orphelin de père, et sa mère. Ils vivent là lorsqu'ils ne sont pas à Longjumeau. Charles est grand et mince, d'*apparence britannique* pour reprendre un cliché *prince de Galles*. Le registre d'état civil nous apprend que sa sœur jumelle est *née sans vie*. Bridé par une mère catholique très stricte et très pratiquante, élevé dans l'argent et les principes bourgeois, Charles est un littéraire et un graphiste. Apprenti chez son père, il avait appris la serrurerie et la ferronnerie d'art. Son père meurt lorsqu'il a quinze ans. De ce père, le seul souvenir qui subsiste est qu'il fut maître d'ouvrage des fers forgés du Bataclan. La mère a plus marqué les esprits, les casse-pieds laissent-ils des empreintes plus profondes ?

À la mort de son père, sans aucune passion pour la ferronnerie, Charles emmène les employés boire un verre. La suite manque de précision. Le flou du temps dans les mémoires… Renée dira que son grand-père Charles est licencié en lettres. Il reprend néanmoins la succession pour ne pas froisser sa mère. Mais dès qu'il a un moment de liberté, Charles peint ou dessine. Ce qu'il aime, Charles, ce sont les paysages romantiques, les grandes étendues, les allégories, les natures mortes. Près d'une coupe de raisins blancs, une bouteille de vin rouge et un couteau d'argent. Un marquis, le poing serré. Les quatre saisons…

Charles Lechopié ne peut ignorer Marguerite Reibel, la jeune voisine au franc-parler qui sert avec sa sœur Claudia au restaurant du père François. L'année de ses vingt-sept ans, Charles est poussé par le vieux Reibel : *Épouse ma fille, elle a une belle dot*. Si l'argument convainc sa mère, Charles n'y est pas sensible. Mais après un temps de réflexion, il finit par consentir à cette union. S'affranchir d'une mère revêche pour une jeunette joviale le séduit. Marguerite n'a que seize ans, ils doivent patienter un peu. Elle déploie tous ses charmes, il se prend de passion, l'amour les transforme… Après, ils se découvriront. Après seulement. Quand l'amour naissant aura passé…

L'année suivante, en 1880, Charles épouse Marguerite. De cette union naissent au 9 de la rue Gambey trois filles, Marie, Louise et Charlotte ainsi qu'un fils, Louis, qui ne survit pas à sa naissance. Sur les actes d'état civil, Charles fait profession de serrurier.

Pour lui, le mariage n'est pas une réussite. D'une part, la jeunette se révèle vite aussi autoritaire que sa propre mère et, d'autre part, il ne quitte pas le giron familial puisqu'ils emménagent face à sa belle-famille qui demeure au 12 de la rue Gambey et à sa mère installée au numéro 6. L'ambiance se détériore brusquement quand le père François vient à mourir et que l'animosité entre la mère de Charles et sa bru déploie de larges ailes trop longtemps contraintes.

La famille bourgeoise de Julie Dumont, la mère de Charles, possède les moulins de Longjumeau. Julie ne se contente pas d'étouffer son fils et de tenir tête à sa belle-fille. Ses petites-filles la redoutent et donneraient beaucoup pour ne pas séjourner chez elle pendant les vacances. Marie Lechopié – qui des trois filles de Marguerite est celle que sa mère envoie le plus souvent à Longjumeau – craint cette grand-mère froide et inattentionnée, emmurée dans ses convictions religieuses, pénible pour son entourage. À ses yeux, seuls comptent sa religion austère et le mariage réussi de sa sœur avec Georges Bidault, notaire et rentier qui sera nommé bienfaiteur et citoyen d'honneur de la ville de Longjumeau pour avoir financé avec son fils Albert une grande partie de la construction de l'hôpital.

Entre Julie sa mère et Marguerite sa femme, Charles se sent pris dans un étau. L'une et l'autre, chacune de son côté, lui demandent de s'interposer et de prendre fermement parti. Entre ces deux-là convaincues d'avoir raison il ne respire plus, il suffoque. Charles n'a que faire de trancher, il rêve d'un autre monde. Côté professionnel, ce n'est guère mieux, il s'applique sans passion. Le spleen monte. Quelques années de ce régime finissent par le persuader que tout cela n'a que l'apparence de la vie, que la vraie vie est ailleurs, et il trouve refuge dans la peinture et les volutes anisées. Les jours se terminent dans la lueur verte et lactescente de l'absinthe. Charles lâche prise chaque jour un peu plus, il abandonne doucement la vie que les siens ont apprêtée pour lui… Quand ses journées ne s'organisent plus qu'autour de ses toiles et de l'alcool, il laisse à sa femme le soin de leurs trois filles. À la fin, il en arrive à ne plus pouvoir payer autrement qu'avec des peintures réalisées à même les murs des bistrots. Les tableaux dont il décorait jadis leur intérieur coquet ont été changés en liquides depuis longtemps.

Pour assembler l'argent frais que Charles n'apporte plus depuis qu'il boit, Marguerite se fait d'abord employer aux Halles, puis se met à vendre du pain et des pâtisseries. Elle connaît le milieu. Elle loue un fonds de boulangerie, embauche le mitron Jobert au pétrin et se charge de la vente. Elle trouve également très commode de déménager à la cloche de bois. Fini la rue Gambey et cette vieille pie de Julie qui l'agace. Combien de fois changent-ils d'adresse ?… Bien plus tard, Marie racontera les nuits où sa mère, après avoir chargé une charrette à bras de deux ou trois meubles et des quelques vêtements qu'elle possédait encore, demandait aux trois filles de se placer entre les effets. Les contraignant au silence, elle empoignait alors la charrette qui branlait sur les pavés de Paris. Quand il était là, Charles suivait.

Des meubles, elle n'en a pas beaucoup et, en plus, elle les place fréquemment au mont-de-piété pour jouer aux courses. Elle boit aussi mais n'est jamais saoule, dit-on encore.

Après la période des déménagements nocturnes les veilles de l'échéance du loyer, Marguerite et son mitron s'installent à

Suresnes où ils tiennent un café. Le café est ceint de châtaigniers qui offrent une belle ombre sur une esplanade, la place est propice à la détente, l'affaire tourne bien.

Les filles grandissent. Marguerite, qui veille sur elles comme un garde royal sur le trésor de la Couronne, les enferme dans trois chambres au premier étage. À un jeune homme qui grimpe dans un châtaignier pour causer avec Charlotte, elle lance : *Si vous voulez courtiser ma fille, vous devez d'abord l'épouser !* Cette version est celle que Lucien, un de ses petits-fils, rapportera quelque cent ans après les faits. Avec le même recul, dans la version de Renée, la sœur de Lucien, le châtaignier devient cerisier et Marguerite ne s'en prend pas au jeune courtisan mais à l'arbre, en demandant au voisin de l'abattre sur l'heure. S'agit-il de deux versions de la même anecdote, comme deux galets identiques façonnés et polis par deux courants et deux eaux différents ?

En 1904, à cinquante-deux ans, Charles est emporté par une cirrhose du foie. Sa femme l'avait presque oublié. Pas ses filles.

Marguerite se met alors en ménage avec son mitron Jobert, toujours dans le pétrin. Ses filles s'esquivent au plus vite. Charlotte se marie à quinze ans. Le tandem Marguerite-Jobert tient cuisine à Suresnes pendant des années, jusqu'à la mort de Jobert.

En 1923, Marguerite épouse Jean-Baptiste Parizot, un riche propriétaire-cultivateur bourguignon. Elle connaît donc trois ménages successifs comme son père François.

Veuve une dernière fois, Marguerite s'installe chez sa fille à Erquelinnes, une commune frontalière belge. Charlotte et son second mari l'accueillent et prennent soin d'elle. Aux visiteurs, elle lâche : *Si c'est pas malheureux de finir sa vie chez celle qu'on aime le moins…*

Chaque mois Marguerite, en cachette et par l'entremise du facteur, renvoie à sa fille Louise la pension qu'elle perçoit. Avec beaucoup d'aplomb, elle explique à Charlotte et son mari Numa qu'elle met l'argent de côté à leur intention dans une enveloppe qu'elle brandit bien haut et qu'ils ouvriront après sa mort. Lorsqu'elle meurt, Charlotte et Numa ouvrent l'enveloppe et en tirent un bout de papier sur lequel est écrit *Je vous ai bien eus !*

4

Marie Lechopié

Charles Lechopié & Marguerite Reibel

Louis
Louise
Charlotte
Marie Lechopié
1883-1975

Si t'es bien gentil
Si tu rent' pas trop tard
J'te joue d'la guigui
J'te joue d'la guitare

Marie Lechopié est une jeune fille enjouée et pétillante.

Les déménagements successifs que sa mère organise ne la gênent guère, elle se fait rapidement de nouvelles amies. Elle a tant déambulé dans l'Est parisien qu'il n'est nul carrefour, nulle place, nulle rue qu'elle ne connaisse. Bouger vous forge des caractères d'acier. Fière de son père auquel elle reste attachée, Marie reconnaît que sa mère sait croiser talent et imagination dans les caps difficiles. Elle attribue son esprit frondeur, son caractère trempé et l'art de la débrouille au grand-père François dont elle a tant entendu parler et à l'esprit infusé de la Commune.

Marie livre en journée le pain et la pâtisserie que confectionne Jobert et que vend sa mère. Passer son temps dehors l'enchante, elle se régale de l'ambiance parisienne et, quand son chemin croise un chanteur de rue, elle s'arrête pour apprendre la chanson que vend le brave homme (quand donc ce qualificatif, *brave*, est-il devenu désuet et ironique ? depuis quand l'homme bon est-il *méprisé, trouvé un peu nigaud*, comme le dit Solal[1] ?). Marie connaît par cœur *Le Zipholo*, *Le Trou de mon quai*, *L'Habit à papa* et d'autres titres du même acabit (à papa). Les chansons lestes à double entrée sont ses préférées. Une heure sans rire est une heure perdue. Marie se coule dans la foule attirée par les bonimenteurs qui vantent un spectacle de féerie, l'exhibition d'une femme à barbe ou un combat de lutte. Paris n'est alors pas avare de spectacles en tout genre. Si elle se sent chez elle avec le populo, il lui arrive aussi de pousser jusqu'aux Grands Boulevards où elle admire les tilburys et s'amuse à observer la parade des messieurs en haut-de-forme avec leur bonne amie.

Côté musique officielle, Marie fréquente assidûment l'Opéra-Comique et se délecte des comédies et flonflons de Jacques Offenbach, de Léon Vasseur et de leurs homologues en vogue dans les grands théâtres. Il faut dire que, question spectacles, elle

1. *Mais un homme tout bon est toujours trouvé un peu nigaud. Au théâtre, le méchant n'est jamais ridicule, mais un homme bon l'est souvent, fait souvent rire. D'ailleurs, il y a du mépris dans les mots brave homme ou bonhomme. Et une domestique, ne l'appelle-t-on pas une bonne ?*, Albert Cohen, *Belle du Seigneur* (Gallimard, 1968).

est à bonne école. Sa mère qui y goûte fort a su transmettre son appétit à ses filles. Elle se sent tellement à l'aise au spectacle qu'elle n'hésita pas à s'y faire remarquer. Au théâtre Sarah-Bernhardt au Châtelet, alors qu'elle siégeait au poulailler, après que Cyrano eut lancé à Roxane dans la pénombre *On se devine à peine*, n'avait-elle pas enchaîné de sa voix de stentor un … *surtout de là-haut !* tellement fort qu'un tollé s'était levé à l'orchestre et aux premiers balcons ? Les filles s'étaient faites toutes petites. Roxane, Cyrano et Christian en étaient restés figés dans leur tirade. Marguerite paradait sous le plafonnier, elle avait réussi son coup.

5

Augustin et Marie

Augustin Devoise & Marie Lechopié
1872-1960 1883-1975

Renée née en 1904
Lucien né en 1905
Pierre né en 1908

Aimer, ce n'est pas se regarder l'un l'autre, c'est regarder ensemble dans la même direction.

Antoine de Saint-Exupéry

Augustin Devoise et Marie Lechopié, tous deux lève-tôt, se rencontrent un matin aux châtaignes. Sur le sujet, les souvenirs divergent un peu et déjà, une génération plus tard, on ne se rappelle plus exactement les circonstances, mais quelle importance ? Ils ont emporté leur première rencontre avec eux.

Marie est volubile et frivole, Augustin parle moins mais ses paroles pèsent. Ils partagent le même rêve, celui de posséder un jardin pour y cultiver des fruits, des légumes et des fleurs. Bien que l'un comme l'autre n'aient jamais travaillé la terre dans leur enfance, ils ne pensent qu'à ça. Ils en parlent, ils alimentent leur obsession jusqu'au jour où ils finissent par élaborer un projet commun.

Il fallait un mari posé comme Augustin pour la jeune Marie Lechopié. Elle n'aurait pas pu vivre avec un homme aussi fougueux et impétueux qu'elle. C'eût été un branle-bas permanent de l'avant-garde, la garde et l'arrière-garde, un Waterloo domestique quotidien. L'affinité ne suffit pas au couple, il faut aussi un conjoint taillé dans son ombre. Marie domine par sa gouaille et un bouillonnement de vie incessant. Malgré sa détermination en titane, Augustin est plus posé, pudique. En politique comme au spectacle, Augustin et Marie apprécient l'assemblée humaine, ils ont le goût des autres. Augustin a soif de connaissances, Marie un appétit de la vie. Ensemble, ils trouvent un équilibre.

Augustin Devoise et Marie Lechopié se marient le 18 novembre 1902, le jour où l'époux atteint ses trente ans. Marie en a dix-neuf. Augustin s'est fermement opposé à un mariage religieux. C'est si peu courant à l'époque que la paire de chevaux louée pour conduire le coupé des mariés à la mairie du XIVe arrondissement s'arrête devant l'église Saint-Pierre-de-Montrouge sans même que le cocher le lui ait demandé.

Augustin et Marie s'installent dans un pavillon avec jardin dans le village de Châtillon-sous-Bagneux.

Leur fille Renée naît en mars 1904. Son prénom, elle le doit au grand-père Devoise, l'ancien combattant de Crimée, mort l'année précédente à Bicêtre, qui avait souhaité que le premier enfant de sa bru se prénomme comme lui.

Le cadet, Lucien, est de ces enfants de la trêve des confiseurs qui encombrent les maternités en septembre. Il naît le 19 septembre

1905 à Châtillon un bébé bien portant que ses parents et sa sœur veillent tandis que l'automne s'installe sans préavis.

Pierre, le benjamin, complète la fratrie trois ans plus tard. Il porte le prénom du grand-oncle paternel.

L'héritage inaliénable de Renée, Lucien et Pierre provient des personnalités de leurs parents, Augustin et Marie, des grands-parents René et Annette Devoise d'un côté, Charles et Marguerite Lechopié de l'autre, et de tous ceux qui les ont précédés et accompagnés. Métis de Creusois, d'Alsaciens, d'Auvergnats et de Parisiens, ils émanent des convergences familiales vers la capitale au XIXe siècle et des mystères propres à chaque couple.

PIERRE DEVOISE *et son épouse* EDMÉE *évoquent « Mémère » (Marie) et sa famille* (1994)

PIERRE

Sa mère l'aimait pas vraiment, Mémère, elle lui donnait les corvées. La deuxième, c'était Louise, qui avait tous les droits, et la dernière, c'était Charlotte. Tout l'argent de la mère et des moulins de Longjumeau, c'est Louise qui l'a eu. L'oncle à mon grand-père, il a fondé l'hospice de Longjumeau et a donné tout son argent pour le monter. Il y a son buste dans l'entrée de l'hôpital. Sul'pognon c'étaient des cons, quoi, qui donnaient l'argent comme ça à l'hospice. Finalement il a rien laissé à la famille, quoi, pas grand-chose. Il était artiste, le père de Mémère, et il était buveur, alors ils ont dû l'éjecter.

EDMÉE

La grand-mère Marguerite était terrible. Elle était mauvaise.

PIERRE

Mon grand-père est mort comme un malheureux, comme un pauvre type, quoi. Ma grand-mère était mauvaise du moment qu'il rapportait plus d'argent, qu'il était saoul. Il a fini à l'hospice et on sait même pas où il est enterré. Moi je suis sûr qu'ils l'ont enterré avec les pauvres à la fosse commune.

EDMÉE

Pour te dire, la grand-mère Marguerite, elle disait à sa fille, à Mémère : *Envoie-moi les gosses pour les vacances !* Lucien était pas arrivé qu'elle lui avait mis un tablier devant et lui disait : *Allez, toi, tu vas repeindre les chaises.*

PIERRE

Tous les trois avec Lucien et Renée, on redoutait d'aller la voir, on y allait le moins possible. Je suis quand même allé à son troisième mariage, à la grand-mère. C'était à Suresnes, au Pavillon Rose. Avec un gros vigneron bourguignon, un des plus gros propriétaires de nuits-saint-georges. Est-ce qu'il lui avait monté le coup ou quoi ? Mais ça n'a pas duré longtemps.

EDMÉE

Elle avait certainement de la prestance.

PIERRE

Ah, elle faisait l'avocat. Elle était pas avocat mais elle faisait l'avocat à l'époque. Elle avait pris la direction des femmes du quartier, les femmes de commerçants, tout ça. Quand y avait un litige, c'est elle qui allait au tribunal avec ces femmes. Elle poussait l'avocat commis d'office et disait :

Non, non, c'est moi. Laissez-moi vous expliquer. Je sais. Elle était péremptoire. Il l'aimait pas, mon père.

EDMÉE

Et l'histoire du mur ? Elle avait fait faire un mur…

PIERRE

Oh oui… Sa fille Louise avait fait faire un mur sur sa propriété près de Versailles. Ça lui plaisait pas, elle trouvait que les fondations étaient mal faites, pas solides. La grand-mère avait dit à l'entrepreneur : *Ce mur-là est pas bien, il est pas solide.* L'autre avait répondu : *Si, si, il tient.* Alors, la nuit, elle était allée avec sa fille et son gendre, elle avait mis une corde en haut du mur, puis elle avait mis un coup, *Un ! Un coup pour le branler !… Deux !…* Alors le type le lendemain avait dû refaire le mur.

EDMÉE

Et l'histoire du cocher de fiacre ?

PIERRE

Elle avait pris un fiacre et le cocher était assis devant avec les chevaux. Elle lui a donné un petit pourboire, pas grand-chose. Le gars l'a engueulée. Il était sur son siège, elle l'a attrapé et – *pffuuit* –, elle l'a foutu sul'trottoir. *Descendez, on vous demande !*

Elle était alsacienne. C'était une maîtresse femme. Ni plus ni moins une emmerdeuse, oui. Mon père était plutôt pudibond, il aimait pas les histoires, eh ben il disait que c'était une femme terrible.

RENÉE, *la fille aînée d'Augustin et Marie, la sœur de Lucien et Pierre, raconte*

Maman était d'une famille plutôt riche mais, comme toutes les familles riches, décousue.

Lucien ressemblait beaucoup à mon grand-père Charles, physiquement et de caractère. Énormément. Mes deux frères ressemblent à mes deux grands-pères. Lucien ressemble au père à Maman comme deux gouttes d'eau, grand, mince, la colonne vertébrale droite comme les Anglo-Saxons. Il dessinait avec une plume, il était comme lui un peu distrait… distant aussi, pas de trop mais un peu. Pierre, tout à fait l'opposé, le marrant, toujours dans la rue, râleur aussi, rouspéteur, *Et puis moi j'leur rentre dedans, et puis moi j'me laisse pas faire* – le Français moyen. *C'est défendu de passer ? Eh ben moi j'passerai, j'suis toujours passé là*, Lucien serait pas passé, il aurait fait demi-tour. Le jour et la nuit.

Charles Lechopié avait été élevé bien comme il faut. Il avait son bac, il était licencié de littérature, ma chère ! Il avait des cahiers de poésie, fallait voir… tout écrit en gothique. Maman racontait qu'à l'école, elle disait à ses copines : *Donne-moi deux sous, mon père écrira ton nom en gothique.*

Quand son père est mort, on s'est pas occupé de savoir si Charles avait des dispositions pour ceci ou cela, il a pris la suite, c'était un bon garçon. Il a bouffé la grenouille parce qu'il emmenait les ouvriers prendre l'apéritif. L'absinthe… Mais il était jamais saoul, hein, il paraît. Raide comme un I, il faisait des discours, Papa était en admiration. *J'ai jamais vu un bonhomme pareil.* Ah oui, instruit, pas bête… et il buvait.

Pour dire que ça a changé… Mon grand-père et ma grand-mère se sont jamais entendus. On ne divorçait pas à c't'époque-là. Ils se sont mariés, un fils de bonne famille avec une fille qui avait des sous. C'était pas un mariage arrangé mais c'était une convenance. Ils se sont jamais entendus mais ils n'ont jamais divorcé.

Ma grand-mère fallait qu'elle se démerde avec ses gosses. Alors elle travaillait aux Halles comme mandataire. À la hussarde, à la Mirabeau ! *Allez hop, ramenez-moi ça, et puis les carottes par là, et puis…* C'était quelqu'un ma grand-mère, une maîtresse femme. Rouquine, toute frisée, elle se laissait pas faire ni marcher sur les pieds, elle commandait les hommes et ça bardait, hein. Elle a fait de la boulangerie, après. Et puis elle jouait aux courses ! Quand elle revenait des courses et qu'elle avait gagné, elle rentrait et puis *Allez, allez, mes enfants, on va se promener ! Habillez-vous beaux, on descend, on prend un fiacre.* Et alors au fiacre, elle disait *Chauffeur, allez, au bois !* Au bois de Boulogne, le bois des bourgeois. Mais à côté de ça, les jours où elle perdait, ça bardait… Le père qui buvait, la mère qui jouait aux courses… Maman disait *Un jour c'était la vie de château puis le lendemain y avait plus rien, on a connu trente-six fortunes et trente-six misères.* Ça lui disait rien, ces hauts et ces bas. Elle aimait la vie tranquille. Alors quand elle s'est mariée avec mon père, ma grand-mère qui n'y connaissait rien lui a dit *Tu vas te marier avec un facteur ? Ha ha ! Qu'est-ce que tu vas faire avec une paye pareille ?*

Pour vivre longtemps, il faut donner à son cul vent. Tiens, c'était un proverbe de ma grand-mère, la mère à Maman. La mère à Papa se serait pas exprimée comme ça…

Faut que je te raconte une histoire que me racontait

Maman. Quand sa grand-mère Julie est morte – la mère de Charles qui vivait de ses rentes –, Marguerite avait dit à ses filles *Mes enfants, on n'a pas besoin de se gêner. Maintenant que votre grand-mère est morte, c'est la vie de château. On va être riches!* Alors ma grand-mère s'était acheté une belle étole en fourrure de renard pour l'enterrement. *Maintenant qu'on est riches, hein…* Elle s'était aussi acheté une terre. Puis vient l'ouverture du testament. Changement de décor. Ah ah ah. Julie n'était pas tombée sur la tête. Elle était bien avec son notaire. Elle savait que son fils était alcoolique alors elle lui avait donné une rente viagère. Une belle dot pour ses trois petites-filles. Elle a donné à monsieur le curé, à monsieur le maire, à la commune, enfin tout ça, elle a fait sa distribution. À sa bonne, parce qu'elle avait sa bonne. À son jardinier. Tout le monde avait de l'argent… Il restait plus rien… Ma grand-mère l'avait pas à la bonne, il paraît. Elle a dû revendre la terre et l'étole de renard. Du côté de Papa, y avait rien du tout, c'étaient des gens qui vivaient au jour le jour. Demain y a à manger, demain y a pas à manger, c'est tout, pas d'histoires. Tandis que du côté de Maman y a que des histoires. Quand on regarde avec le temps, ça fait marrer.

Quand elle est morte, ma grand-mère Marguerite, elle avait de l'argent. Quand elle a vendu son appartement de Montmartre, elle a habité pendant un temps dans son hôtel-restaurant à Suresnes puis on l'a déménagée dans un pavillon qu'elle avait fait construire. Je me rappelle bien du déménagement. Oh, le déménagement! Suresnes. Elle avait un piano qui était pas plus haut qu'un harmonium et, sur ce piano, avec mes frères – on aidait, on était tout petits –, on a trouvé un faux-cul! Tu sais ce que c'est qu'un faux-cul ? Dans le temps, les femmes portaient des robes qui leur faisaient un gros derrière. T'as vu ça sur des photos ? Puis elles remuaient le derrière comme ça… Alors on vendait des faux-culs. Celui-là, c'était un petit coussin, il était rose – je le vois encore, un carré rose avec deux cordons qu'on s'attachait sur le devant. V'là qu'mes frères et puis moi on trouve ça… alors chacun notre tour, on s'mettait le faux-cul… on trouvait ça bien… Et sur le piano y avait un petit marbre sculpté, tout petit, *Le Secret du bonheur*. C'était trois petits singes, un qui se bouchait les yeux, l'autre les oreilles, et le troisième la bouche. Et alors ce machin-là, il est tout petit, Maman me l'a donné il y a longtemps mais j'y tiens ! Parce qu'il était avec le faux-cul sur le piano. Je me souviens pas du reste.

Quand elle est morte, des tas de trucs se produisaient, presque tout allait à une de mes tantes, Louise. Maman a dit à Papa *Tu sais, tout cet argent, c'est pas net*. Papa a dit *Écoute, Marie. On a toujours été tranquilles. Pour pas être embêtés avec l'héritage, renonce à ta part.* Ben Maman a écouté Papa. C'est resté comme ça. L'argent a été bouffé par des tireurs de cartes, des rempailleurs de chaises et des tourneurs de tables.

Du côté de Papa, c'était on mange, on boit, on dort, on se lève le matin on va travailler, on rentre le soir on se couche. Mon grand-père René rouspétait, sa femme était très gentille. Y avait pas du tout de folklore comme du côté de Maman…

Donc ma mère était du XIe et mon père du XIVe. Ils se sont rencontrés au bois de Clamart en ramassant des châtaignes.

Mon père s'était acheté un pavillon en 1900 à

Châtillon – là où y a le pont maintenant, d'un côté c'est Fontenay-aux-Roses, de l'autre côté c'est Châtillon. C'est là que Lucien est né, au 12 rue Marceau à Châtillon-sous-Bagneux. Un 19 septembre, à cent mètres du monument aux morts sur le plateau qui rendait hommage à la bataille du 19 septembre 1870, le premier jour du siège de Paris. C'est marrant, hein ? Elle existe toujours, cette maison où Lucien est né, mais elle a été déplacée de Châtillon à Fontenay sur des roulettes quand ils ont percé la montée vers Clamart. Un rez-de-chaussée avec une salle de séjour puis une chambre et une cuisine, c'était tout. Yavait pas de sanitaires, ça n'existait pas à ce moment-là. Et quand ils se sont mariés en 1902, Maman ayant des sous, ils ont fait surélever la maison, avec trois chambres à coucher et une salle de bains à l'étage. Et quand, des années après, Papa a voulu un plus grand jardin, on est allés à Fontenay.

Quand mes parents ont acheté le grand terrain pour construire à Fontenay-aux-Roses, à quatre kilomètres et demi de Paris – pour te dire le progrès – c'était un champ de blé ! Il avait été coupé la veille. Je m'en souviens, moi, ça me faisait mal aux chevilles, les picots de blé. C'est comme ça que je me souviens de tas de bêtises pareilles, tellement ça me faisait mal. Et puis à côté, il y avait un champ de cerisiers, il y avait des pépinières. C'était la campagne.

Si je te disais qu'à Fontenay – c'est pourtant pas loin de Paris –, à cette époque, il y avait un accent terroir dans ce coin-là ! Quand nos parents ont acheté le terrain, on était gosses avec Lucien et Pierre, on rigolait. Je vois encore le bonhomme né dans le coin, au Plessis-Robinson. Il venait pas de loin. Il avait la casquette *en soye* puis une grande blouse qui descendait sur les cuisses, c'était la tenue des fermiers de ce coin-là. Quand il nous voyait, il disait : *Alors ils ont bonne mine vos enfants, hein ! On voit qu'ils ont d'la bonne légume et d'la bonne air, hein.* Tu parles, tous les trois, si on se marrait… Il avait toujours été là, aux environs de Paris. Ah la bonne air… la bonne légume !

BORNE 1900s

> Dans les milliers de baraques, fauves, phénomènes, comédiens, acrobates ou lutteurs qu'il fallait nourrir chaque jour furent remplacés par des rubans de celluloïd. Le film avait jadis séduit Méliès parce qu'il réalisait l'homme mécanique rêvé par Vaucanson, Droz et Robert Houdin. Cet automate, industrialisé par Pathé, devenait un robot qui économisait les salaires sans diminuer les recettes. Une gigantesque rationalisation du spectacle forain s'opérait, dont les forains eurent leur part, mais dont les profits s'accumulèrent surtout dans les caisses de Vincennes.
>
> Georges Sadoul, *Histoire du cinéma*

En 1900, Paris accueille les deuxièmes Jeux olympiques (après les Olympiades d'Athènes organisées par Pierre de Coubertin) et l'Exposition universelle qui exalte la science, encense le progrès technologique et idéalise l'avenir. L'Exposition universelle fait un tabac. L'attraction favorite est la « rue de l'Avenir », le premier trottoir roulant, au Trocadéro. Un palais de verre est éclairé à l'électricité par douze mille lampes. Des films des frères Lumière sont projetés pour la première fois sur un grand écran de quinze mètres sur vingt. Le cinématographe n'a que cinq ans et il faut tout inventer dans l'art des images animées.

Alors que les frères Lumière et leurs collaborateurs filment des documentaires, Georges Méliès, qui a véritablement créé en 1896 la fiction cinématographique, a déjà réalisé des dizaines de films. En 1902, son chef-d'œuvre, *Le Voyage dans la Lune*, est présenté à la Foire du Trône et des copies expédiées aux États-Unis sont à leur tour copiées par Edison et largement diffusées. Sans employer le montage, Méliès use de trucages, d'expositions multiples, du cache et de surimpressions dans des scènes de théâtre filmé ; il est le premier metteur en scène.

En quelques années, le cinéma passe du statut artisanal à celui d'industrie. Charles Pathé, fils de charcutier qui avait réussi dans les années 1890 en faisant découvrir le phonographe, se lance dans la production de films et d'actualités. En 1907, ses affaires rapportent à Pathé et à ses actionnaires dix fois son capital social. Léon Gaumont, après voir vendu des appareils photographiques, se lance à son tour dans la production et fait construire des studios aux Buttes-Chaumont. Louis Feuillade y tourne entre 1911 et 1913 l'une des premières séries à succès populaire, *Fantômas*. Avec André Deed qui adapte le cirque et le music-hall et Max Linder qui innove avec des situations baroques, le comique français domine le marché. Méliès, qui ne sait pas s'adapter et connaît des échecs commerciaux, est contraint d'arrêter le cinéma avant 1914. Aux États-Unis, le succès et la multiplication des *nickelodeons* – des petites salles obscures qui allient l'image à l'accompagnement musical – font en un temps record la richesse de leurs propriétaires avisés comme William Fox, ancien tailleur et ancien clown, ou les frères Warner, réparateurs de bicyclettes, qui prennent rapidement les rênes de l'industrie cinématographique. En 1908, l'équipe de tournage du *Comte de Monte-Cristo* monte un studio dans une banlieue de Los Angeles dont le nom déjà vend du rêve puisqu'il n'y pousse aucun bois de houx : Hollywood.

L'espérance de vie est de quarante-huit ans en France alors qu'elle n'excède guère trente ans à l'échelle mondiale. Dans les pays industrialisés, elle ne cesse d'augmenter depuis un siècle du fait des progrès de l'hygiène et de la médecine (grâce à la vaccine de Jenner et aux découvertes de Pasteur). La mortalité infantile et les famines régressent, les enfants scolarisés plus longtemps deviennent une charge, l'individualisme s'affirme et, sans bruit, en quelques décennies, le nombre de naissances commence à fléchir. Mais les progrès médicaux sont tels que la population croît encore nettement. En 1900, la population mondiale est d'un milliard et six cent cinquante millions d'individus.

En 1900, l'Autrichien Karl Landsteiner découvre l'existence des groupes sanguins et rend possible les transfusions.

Du côté de la chimie et de la physique, Marie Curie vient de découvrir le polonium et le radium. En 1900, Max Planck décrit la loi du rayonnement d'un corps noir qui ouvre la porte à la physique quantique. Albert Einstein formule la relativité restreinte en 1905 : les lois de la physique sont les mêmes que l'on soit immobile par rapport au sol ou que l'on se déplace en ligne droite à vitesse constante. La vitesse de la lumière qu'émettent les phares d'une voiture est la même que la voiture soit fixe ou qu'elle avance à 50 km/h. Si cette célérité définie par le rapport d'une distance sur une durée est une constante universelle – même quand on se déplace –, c'est que les distances d'espace et de temps ne sont pas absolues, qu'elles varient ensemble et dépendent de l'observateur. C'est la naissance du concept d'espace-temps.

Dans *Cinq leçons sur la psychanalyse* en 1909, Sigmund Freud expose sa théorie de l'inconscient.

En 1900, un boyau serpente la ville de Paris, Fulgence Bienvenüe dirige la construction de la première ligne de métropolitain.

Après que la Ville de Paris a interdit aux citoyens de cracher sur les trottoirs, des affiches collées sur les murs répondent : « Où alors ? »

En juillet 1900, deux voitures sur six engagées terminent le premier rallye automobile, organisé entre Paris et Lyon. Le vainqueur, François Charron sur Panhard, a réalisé une moyenne de 62 km/h.

Édouard Branly, qui a déjà découvert la radioconduction – précurseur de la radio –, met au point la télémécanique à l'origine des télécommandes.

Le 10 octobre 1907, Robert Esnault-Pelterie fait voler le premier monoplan de l'histoire de l'aviation. Le 13 novembre, Paul Cornu s'élève dans les airs avec le premier hélicoptère. Le 30 octobre 1908, dans le sillage des récents exploits des pionniers inventeurs – Clément Ader, Traian Vuia, Alberto Santos-Dumont et les frères Wright –, Henry Farman effectue le premier vol officiel de ville à ville en aéroplane.

Les progrès de l'aéronautique sont fulgurants. Le 25 juillet 1909, Louis Blériot est le premier à traverser la Manche avec un engin qui se pilote avec les fesses. L'idée se répand qu'un aéronef pourrait transporter une bombe qu'il jetterait sur l'armée ennemie en cas de guerre. Une grande peur s'installe, relayée par la presse. Certains vont jusqu'à proposer de mettre en prison les physiciens.

Le scientisme qui veut *organiser scientifiquement l'humanité* (selon le mot d'Ernest Renan) domine. Mais il draine aussi des adversaires farouches comme Ferdinand Brunetière qui déclare que la science a fait faillite.

Début de siècle, années de réformes.

En France, l'exécutif en retrait laisse l'initiative au Parlement. Sans cela, jamais la loi de séparation de l'Église et de l'État, débattue avec véhémence, n'aurait été adoptée en 1905.

En 1906, une loi instaure le repos dominical.

En 1907, les femmes qui travaillent sont autorisées à conserver le plein usage de leur salaire.

Entre 1900 et 1905, le rideau se ferme sur Friedrich Nietzsche, Giuseppe Verdi, Paul Gauguin, Émile Zola, Jules Verne.

Dans la salle qui regroupe des toiles d'Henri Matisse, Maurice de Vlaminck, André Derain et Kees Van Dongen au Salon d'automne 1905, le critique Louis Vauxcelles se sent comme dans une « cage aux fauves ».

Avec *Les Demoiselles d'Avignon* en 1907, Pablo Picasso innove dans la géométrie des représentations, rapidement rejoint par Georges Braque, Francis Picabia, Juan Gris et Constantin Brancusi. Picasso reconnaît l'influence des masques congolais aux arêtes marquées dans sa peinture.

Aux États-Unis, Frank Lloyd Wright, passionné d'architecture japonaise, affine le style *Prairie* qui abandonne la symétrie architecturale classique, intègre les bâtiments bas à la nature environnante, et privilégie les plans ouverts pour créer une maison où il fait bon vivre.

En France, *Frou-Frou* est le tube absolu de l'année 1900. À l'Exposition universelle, des couples de Noirs dansent le cakewalk qui parodie les danses de salon de leurs maîtres blancs. L'Europe découvre ce genre musical qui synthétise la syncope africaine et la musique classique européenne et qui a donné naissance au ragtime outre-Atlantique où *Maple Leaf Rag* de Scott Joplin connaît un immense succès.

Tandis que le public romain découvre *Tosca* de Giacomo Puccini, Claude Debussy offre au public parisien ses *Nocturnes*. Après *Pelléas et Mélisande* et *La Mer*, Debussy compose *Children's Corner* (avec son *Golliwogg's Cakewalk*) pour sa fille Chouchou dont la mère fut autrefois la maîtresse de Gabriel Fauré. Debussy renouvelle définitivement la musique occidentale.

6
Avant 14

Tu me dis, j'oublie. Tu m'enseignes, je me souviens. Tu m'impliques, j'apprends.

Benjamin Franklin

On n'enseigne ni ce que l'on sait, ni ce que l'on dit ; on enseigne ce que l'on est.

Jean Jaurès

Augustin Devoise ne manque pas de principes. Des principes simples. Le soin du corps, le soin de l'esprit. La gymnastique, le vélo, la marche. Aux disciplines enseignées à l'école à ses enfants, il ajoute la musique, le chant, le théâtre et l'anglais.

Quand l'un d'eux est malade, il lui dit : *Mets-toi en chien de fusil, ne bois plus, ne mange plus, attends que ton corps se remette. Il ne faut pas contrarier la nature, il faut la guider.* Si besoin, une purge précède la diète. Rien de tel qu'une remise à zéro. Le corps s'organise pour juguler ses faiblesses.

Le dimanche, la famille se rend au bois et porte le pique-nique, radis, terrine de bœuf mode, fraises, tarte aux pommes et vin rouge. Ils ne sortent du vin que le dimanche, Augustin ne boit guère. En semaine, tout le monde est à l'eau. Le trajet au bois s'accompagne de chansons que Marie lance comme des balles les unes à la suite des autres.

En avant, en avant, les petits sergents,
En avant, en avant, les petits tambours !

Chez elle, Marie chante en faisant le ménage. Elle collectionne les chansons achetées deux sous dans la rue ou découpées dans *Le Mirliton* qui reproduit les paroles des tubes. Marie complète ses partitions sur le quai Saint-Michel : *La Pluie de perles* d'Osborne, *Fremito d'amore*…

Les dimanches sans pique-nique, le père et les enfants enfourchent leurs bicyclettes et empruntent la route de Chevreuse, la route aux dix-sept virages. À Renée qui vient juste de se planter dans les buissons bordant la route, son père lance : *Allez, relève-toi et continue. Y a pas matière à pleurer*… Une scène que l'enfant imprime si fort que Renée la racontera quatre-vingts ans plus tard comme si elle venait de se dérouler. Saura-t-on jamais ce qui marque les enfants pour toujours ?

Des progrès des temps modernes, Augustin et Marie adoptent le meilleur. Ils installent chez eux une grande baignoire en fonte. Les trois enfants prennent leur bain ensemble, Augustin et Marie aussi. Augustin, très fier de son achat, ne manque pas de faire visiter la salle de bains aux amis qui ne l'ont pas encore admirée.

Augustin et Marie aiment les beaux meubles et les œuvres d'art qu'ils achètent en chinant. Ils possèdent des meubles Louis XIV d'époque. Au-dessus du bahut, une faïence originale de Bernard Palissy, *Les Bergers d'Arcadie*, orne le salon.

Les Devoise reçoivent beaucoup.

Les Joulin, les Poulin, les Thérard apportent leurs partitions. Après s'être éclairci la gorge d'un vermouth-cassis, l'assemblée enchaîne *L'Anneau d'argent* de Cécile Chaminade, *Viens Poupoule*, *À l'auberge de l'écu*. Un voisin lance un jour : *Chez les Devoise, on ne mange pas, on chante*.

La maisonnée grouille d'enfants, Marie les adore. Elle répète souvent : *Ceux qui viennent chez moi sans leurs enfants n'ont pas besoin de venir.*

À la maison, la vie s'organise aussi autour du jardin, et pas seulement à cause du cabinet d'aisances.

Chaque année, Augustin achète aux enfants une tortue qu'ils appellent Joséphine. Dans l'hiver ou au printemps suivant, on la retrouve dans une anfractuosité du mur ou sous une pierre, morte gelée.

À l'école, Lucien adore dessiner et reste en arrêt devant les cartes géographiques Vidal-Lablache. Sur ces grands cartons mous, il admire les colonies en rose saumon et les protectorats en vieil orange. Cochinchine et Algérie en rose, Maroc, Tunisie et Indochine en orange. Et toutes ces colonies disséminées… Il laisse voguer son imagination comme une coque prise dans un des courants océaniques aux noms évocateurs qu'il suit sur la carte, le Gulf Stream, le Kouro-Chivo, le courant du Labrador et le courant des Aiguilles. Il apprend que l'indigénat est un statut. Que les indigènes ne sont pas des citoyens français mais des sujets français.

Ce qu'il n'aime pas, Lucien, c'est au moins trois choses. D'abord aller chez la grand-mère Marguerite qui est brusque et qui lui dit *Bouffe, Lucien. Allez, bouffe, Lucien !* À huit ans, Marie l'envoie passer une semaine de vacances à Suresnes chez la grand-mère. Renée et Pierre qui en sont exemptés le narguent. Le régime de la semaine manque d'originalité : travailler, manger, travailler, manger. Décaper un salon de jardin, avaler un steak grand comme l'assiette, peindre les chaises, manger encore. Et Lucien a peur dans sa chambre à cause du lit inaccessible aussi haut que lui et surtout à cause du crucifix accroché au mur qui lui semble faire deux mètres de haut. Tout paraît démesuré dans cette baraque, à commencer par le caractère de la grand-mère.

La deuxième frousse de Lucien, c'est d'aller chez la « tante » Claudia, la sœur de Marguerite. Depuis qu'elle l'a accueilli un jour en lui écrasant un camembert bien fait sur la tronche alors qu'il s'apprêtait à faire poliment la bise – il avait cinq ans –, Lucien la redoute.

Sa troisième crainte, c'est de monter sur les chevaux de bois. Marie adore tant les fêtes foraines qu'elle ne comprend pas la réticence de son fils et l'oblige à y grimper. Lucien déteste les confettis, les gens mal habillés qu'il appelle *les chienlits*, les foires au pain d'épices et les foires à la ferraille.

Augustin aime s'instruire, discuter, il se passionne pour la politique. Il consulte sans cesse le dictionnaire et possède la collection des Larousse qui comporte à l'époque sept dictionnaires et des suppléments. Renée se souvient aussi d'une collection de livres sur les martyrs de la liberté. Il se tient beaucoup de réunions politiques enfumées à la maison. Des débats d'idées.

Augustin est dreyfusard. C'est un fils de la IIIe République, héritier de Jules Ferry et d'Émile Zola. Il est radical, proche des communistes, et souhaiterait que tous les enfants aient accès à l'école, en ville comme à la campagne, qu'ils sachent tous lire, écrire et compter. L'heure du droit a sonné. Il est temps que le pouvoir que les hommes avaient délégué à Dieu leur revienne.

En cela c'est un Moderne. Il distingue, il compartimente. La religion monothéiste qui a envoyé Dieu au ciel et a enjoint aux hommes de travailler pour leur salut reçoit les germes de son pollen : les hommes commencent à se prendre en main et à distinguer l'action politique du sentiment religieux. Après des siècles d'immobilité, l'homme moderne fuit les Lois pour mieux trouver les lois. Il évolue dans une sphère au centre de laquelle il est placé et dont le rayon varie avec sa vision du monde. Ses parents vénéraient leurs ancêtres, lui regarde vers le futur.

En ces premières années du siècle, Augustin apprécie et respecte beaucoup Jaurès. Pour ses idées, d'abord. Républicain et laïc, Jaurès prône des valeurs de justice et d'équité à la base d'un idéal social. Comme Marcel Proust, comme ses semblables, Augustin se presse à la Chambre pour apprécier son éloquence. Sa foi en un pays qu'il aime, en un peuple auquel il croit, sa clairvoyance et son engagement transparaissent dans des discours fervents, vibrants, ciselés. Jaurès incarne la triple passion des hommes, des idées et des mots. Les ouvriers le sentent profondément humain, sincère, attaché à la défense de leurs droits. La République ne manque alors pas d'orateurs brillants. Tandis que Jaurès veille, le *Tigre* à la moustache en panache, une bête politique, grand radical, combattant, impulsif, orgueilleux et éloquent, est sur le qui-vive… Les peuples sont rassurés par les leaders charismatiques.

Certains dimanches sont réservés aux visites de famille à Paris ou dans les environs.

Du côté de Marie, il y a le cousin Louis Fournol, chirurgien orthopédiste boulevard Saint-Michel. Marie est ravie d'aller chez lui car il a un piano à queue. On se rend également chez les cousins Waechter qui tiennent un bureau de tabac vers la porte Dauphine.

Du côté d'Augustin, on fréquente Prosper Longeard – l'inventeur de la famille – et sa femme Marcelline (dont l'arrière-grand-mère est la grand-mère d'Augustin). On fait aussi des visites fréquentes à la tante Fonsine qui habite un pavillon impasse Nansouty avec sa fille Louise, son gendre Georges Besse et son mari mécano sur la ligne de train qui relie Denfert à la campagne sud. La tante Fonsine aime recevoir et discuter. Chaque Nouvel An, elle réunit la famille et sert une salade d'endives. Des endives de Belgique, un luxe…

Pierre et Lucien aiment rendre visite à la tante Françoise, la femme d'Ernest, qui travaille dans une blanchisserie. Le linge trempe dans d'énormes bacs en fer-blanc chauffés au bois et les blanchisseuses viennent le récupérer pour le taper. Au retour, ils s'arrêtent chez Ernest rue Saint-Yves qui leur paye un coup de blanc. Ils n'ont pas dix ans, ni l'un ni l'autre.

En 1914, Louise Besse met au monde celle qui deviendra pour Renée comme une petite sœur de dix ans sa cadette : Liane.

RENÉE *raconte*

Lucien avait attrapé la rougeole et ma mère nous a vite envoyés, moi chez une tante, Pierre chez une autre, mais c'était trop tard. Trois ou quatre jours après, on a déclaré la rougeole. Alors mon père est venu me rechercher et m'a portée pour rentrer. J'avais cinq ou six ans mais ça ne se faisait pas qu'un père porte son enfant, alors il a attendu la nuit. Je m'en souviens très bien. Tu peux me croire, j'étais heureuse que mon père me porte !

Une histoire me revient. Pierre était tout petit. Il avait quel âge ? Quatre ans, pas plus. On était chez les Lacouchy dans le XIVe, un dimanche. Et on se dit : *Mais où est-ce qu'il est passé, Pierre ?* On le cherchait, pas de Pierre ! Et tu parles, dans Paris, chercher un gosse de quatre ans… Roger Lacouchy avait notre âge. Il était fils unique, il avait des tas de trucs – un costume de cuirassier, le casque, tout, c'était épatant. Eh bien Pierre avait enfilé tout ça puis il était parti au parc Montsouris. Tout le monde le cherchait, on le trouvait pas. Et je me rappelle, le long du bassin de la Vanne, j'aperçois mon Pierre qui revient, tout seul, il avait été se faire voir au parc Montsouris ! Tu parles de la nature des gosses… Jamais Lucien n'aurait fait ça, puis moi non plus. D'abord on aurait demandé l'autorisation, lui il demandait d'autorisation à personne. Et pourtant il avait été élevé comme nous.

Y avait des portes pour entrer dans Paris, à l'époque. Et y avait l'octroi. Fallait rien payer mais t'avais pas le droit de transporter certaines affaires. Je me souviens d'histoires comme ça… Maman et sa sœur avaient rapporté de l'alcool à 90°. Ma tante avait caché une bouteille entre ses jambes dans ses jupons, il paraît qu'elle tremblait comme une feuille. Maman lui disait *Oh ! Comme ça, tout le monde va voir que t'as quelque chose !*

Porte de Châtillon, c'était la zone. Y avait des fortifs là, tout du long, c'était imposant[1]. Pierre est né rue de Vanves, maintenant c'est la rue Raymond-Losserand. Elle était établie là, Claudia, la sœur de notre grand-mère. Elle était

1. Les fortifications (ou enceinte de Thiers) subsisteront à Paris jusque dans les années 1920. Un canal dans un fossé sépare le mur d'enceinte de la levée de terre qui lui fait face. À chaque porte de Paris, un pont relie les deux buttes sur chacune desquelles s'effectue le contrôle des visas d'entrée, depuis une guérite. Dans la zone de servitude où il est interdit de construire, à moins de deux cent cinquante mètres des fortifications, des chiffonniers, des ouvriers chassés pendant la rénovation de Paris, des paysans poussés par l'exode rural et des gitans installent des cabanes précaires. On les appelle des zoniers.

pas rouquine comme sa sœur. Elle était *beurre et œufs*, marchande de beurre et fromages. À la nouvelle année, elle offrait un cadeau à chacun de ses clients. À côté de ça, tu vois les papiers qui entourent les petits-suisses ? Eh bien quand on allait la voir, elle nous en collait sur le nez pour blaguer et trouvait ça très drôle... Non, je t'assure ! Ça n'a rien à voir si ni Lucien ni moi n'aimons le fromage, non c'est sûr, ça n'a rien à voir... Maman aimait beaucoup sa tante mais nous on aimait pas la tante. Souvent j'y allais avec Pierre. Mais cette espèce de phénomène qui a toujours été phénomène, il était là-dedans, il jouait dans les fortifs, y avait plus moyen de le récupérer ! Il disait *Y a bien le temps ! Y a bien le temps !* J'étais là, moi, je savais plus quoi faire de mon frère. Oh ! Il était insupportable. Il écoutait rien du tout...

Maman était rigolote, heureusement, parce que c'était pas toujours marrant. Elle répétait *Quand un enfant ne dit rien pendant un bout d'temps, il faut lui prendre la température.*

Un jour, on lui propose un chien. Elle n'en avait pas à ce moment-là, elle a accepté. Une semaine plus tard, mes parents se sont fait cambrioler. Le chien n'a pas aboyé. Maman l'a attaché au bout d'une ficelle et l'a amené au commissariat : *Tenez, j'ai trouvé ce chien-là. Gardez-le...*

*

> Sachez donc qu'il n'est rien de plus précieux dans la vie et pour la vie qu'un bon souvenir d'enfance [...]. Un bon souvenir d'enfance est peut-être le meilleur des viatiques, la meilleure des éducations. Quiconque

en a beaucoup est un homme sauvé. Celui-là même qui n'en possède qu'un peut être également sauvé.

Fiodor Dostoïevski,
Les Frères Karamazov

*

PIERRE *raconte*

Mon père, c'était un champion à c't'époque-là. Il soulevait des poids extraordinaires. Y en avait que deux au monde, deux au monde qui faisaient ça ! Extraordinaire... À la barre fixe, il montait d'un seul bras et il se rétablissait à l'horizontale, tu te rends compte, d'un seul bras ! Y avait qu'un Japonais et lui qui faisaient ça. Le poids de vingt kilos hexagonal, il le tenait à bout de bras... Il était costaud, formidable ! Il nous poussait à la gymnastique, matin et soir, il nous poussait p't'être même trop. Puis des balades à pied, à vélo. C'était tout le temps des pique-niques à six, sept kilomètres, des fois dix kilomètres. On portait la becquetance. Souvent dans le bois, dans la forêt de Meudon. On choisissait un arbre. Il montait, il mettait une échelle et il nous faisait tout de suite une balançoire. Pépère et Mémère, ils s'entendaient bien. Ils aimaient la vie en plein air, comme ça. Alors on jouait aux cartes, on s'amusait, on grimpait aux arbres. Tous les jeudis et tous les dimanches, on y allait comme ça, à vélo ou à pied. Tu sais, on n'restait pas les pieds dans le même soulier. Oui, on a eu de la chance d'avoir des parents comme ça.

Tout le monde faisait de la musique. Renée jouait du piano, Lucien du violon, et moi, violon et piano. On prenait des leçons avec les mêmes maîtresses. C'étaient deux vieilles filles, on rigolait avec elles – enfin pour nous elles étaient vieilles filles mais elles devaient avoir trente, trente-cinq ans…

RENÉE *et son époux* MICHEL *racontent*

RENÉE

Le dimanche à table, chez mes parents, il y avait souvent plein d'amis. Les Deschamps. Les Poulain – oh les Poulain, qu'est-ce qu'ils nous faisaient rigoler ! Tout ça c'est mort, tous ces gens-là. Ça fait un drôle d'effet quand on vieillit. On pense à toutes sortes de gens et on se dit : *Il est mort, il est mort, il est mort, il est mort…*

MICHEL, *après un temps*

Moi, j'étais fils unique, mais j'm'embêtais pas. J'habitais chez mes grands-parents à la campagne. Quand c'était la saison des champignons, j'allais chercher des champignons. Et c'était par kilos et par kilos que je ramassais ça. Les châtaignes aussi. Puis j'allais avec mon grand-père dans le bois. Ils étaient logés à côté du château. Il fallait couper les arbres morts pour se chauffer. Alors j'allais avec mon grand-père pour tirer le passe-partout et porter mon petit fagot.

RENÉE

Maintenant on crée des jeux mais, dans l'temps, on utilisait les compétences des gosses même tout petits. On faisait pas grand-chose mais c'était toujours ça. Dans l'temps les gosses étaient occupés, maintenant on n'occupe plus les gosses du tout, hein… En banlieue de Paris, qu'on soit riche ou qu'on soit pauvre, tout le monde avait trois poules et quatre lapins. Dans tous les pavillons. Tout le monde avait un peu de poireaux dans son jardin. Nous, quand on était petits, fallait aller chercher de l'herbe pour les lapins. Ça mange, les lapins. On partait tous les trois. *Allez chercher de l'herbe pour les lapins.* Oh, Pierre ! Il bourrait son sac, il mettait de l'herbe, des cailloux, tout ce qu'il trouvait. En voyant son gros sac, Maman disait *Oh, t'en as beaucoup ramassé, c'est bien.* Et puis Lucien qui se donnait du mal, il en avait moins que Pierre ! Pierre disait *Moi je suis flemmard, mais un flemmard intelligent. C'est-à-dire que je réfléchis pour gagner du temps.* Il inventait toujours un truc pour pas se fatiguer.

Ça me fait penser aux lignes… On avait des lignes quand on était gosses. Maman, pour nous punir, *Vous me faites suer tous les trois, hein ! Allez, chacun cent lignes ! Allez hop, chacun cent lignes !* Ton grand-père, discipliné, il prenait sa plume et il commençait ses cent lignes. Pierre, il coupait des bouts de papier en longueur, en longueur pour faire des lignes qui soient les plus courtes possible. Moi, j'avais deux porte-plumes, et je faisais deux lignes en même temps. Ben Lucien qui faisait ses lignes, c'est lui qui a fini en premier ! Pierre était encore en train de couper des bouts de papier. Toujours tire-au-flanc, comme ça.

Nous, ton grand-père et moi, on était tranquilles. Mais lui, il foutait le camp dans la rue dès qu'il pouvait. Maman disait *Qu'est-ce qu'il va prendre, ce soir !* J'disais *Oh, ben la même chose qu'hier au soir.* Il avait jamais rien.

Maman était en admiration devant lui. Autrefois, c'était pas comme maintenant. Une fille, c'était rien du tout. Quand on avait un garçon, c'était la joie, c'était l'idéal. C'était le successeur. Les filles, ça comptait pas. C'est l'esprit d'autrefois. Les filles n'allaient pas à l'école, les garçons y allaient. Le père à Maman, c'était un homme cultivé, il avait été à l'école. Il avait trois filles mais elles n'ont pas été à l'école, ça comptait pas. Alors quand Maman s'est mariée, elle a eu une fille – c'était moche d'avoir une fille – puis après elle a eu deux garçons, c'était la joie. Y avait que les garçons qui comptaient. Mais Lucien était sérieux, lui, tandis que Pierre était marrant. Maman trouvait que c'était adorable. Qu'il reste comme ça, qu'il coure après les filles, qu'il les embête, qu'il leur tire les cheveux, c'était rigolo… Maman a toujours eu une adoration pour Pierre… Plus à la fin, hein. À la fin, c'était terminé complètement. Je sais pas pourquoi, qu'est-ce qu'il avait fait… c'était terminé.

7

1909-1912 – À bicyclette

> Le Français a gardé l'habitude et les traditions de la révolution. Il ne lui manque que l'estomac : il est devenu fonctionnaire, petit bourgeois et midinette. Le coup de génie est d'en avoir fait un révolutionnaire légal. Il conspire avec l'autorisation officielle. Il refait un monde sans lever le cul de son fauteuil.
>
> Albert Camus, *Carnets II*

> Les idées n'ont qu'un privilège sur les hommes qui furent leurs supports : elles ressuscitent. Les hommes aussi, à vrai dire. Mais il faut de bons yeux, dans Lénine, pour reconnaître Pierre.
>
> Marguerite Yourcenar, « L'Improvisation sur Innsbruck », in *En pèlerin et en étranger*

Une passion commune pour le vélo et le soin méticuleux avec lequel les deux voisins s'appliquent à entretenir leur bicyclette sur le trottoir les ont réunis. Ils aiment discuter et commencent à faire des balades ensemble à vélo dans le Sud parisien. De la porte de Châtillon, ils rejoignent le Petit-Clamart, de la porte d'Arcueil la vallée de l'Yvette. Augustin lui fait découvrir Longjumeau, les vieilles fermes de Gif et de Saulx-les-Chartreux avec leur puits en margelle de pierre, les pistes d'aviation de Juvisy, ils poussent jusqu'à Étampes et Issy. Ce voisin a emménagé avec sa femme Nadia et sa belle-mère au 4 rue Marie-Rose dans un deux-pièces tout proche de la rue du Lunain où Augustin possède sa garçonnière. Sa belle-mère l'appelle Volodia, sa femme Ilitch, son concierge Monsieur Oulianov, ses compatriotes Lénine. Dans la mémoire familiale, Lénine est avant tout un camarade cycliste.

Vladimir Ilitch Oulianov connaît Paris pour y avoir séjourné à plusieurs reprises. Après l'échec de la révolution de 1905, il s'est exilé à Genève puis a rejoint Paris en 1908. Les migrants russes, très nombreux, sont disséminés en Europe. Après Berlin qui eut leurs faveurs jusqu'en 1905, Genève, Paris puis Berne deviennent des villégiatures très prisées. À Paris, l'essentiel de la communauté russe se concentre autour du parc Montsouris, toutes fractions politiques confondues. Les opinions sociales démocrates sont débattues en russe dans les cafés du quartier, en réunion. Bolcheviques et mencheviques vont jusqu'à cohabiter dans le même immeuble comme au 11 de la rue Roli, une rue de cent pas de long qui ne connut jamais autant d'animation. Au parc également, ils se fréquentent. Les enfants Zinoviev jouent au cerceau, regardent les canards avec Lénine et font un tour de chevaux de bois. Ils croisent Anatoli Lounatcharski qui pousse de son ventre le landau de son fils, les deux mains prises par un bouquin qui l'absorbe entièrement. Lénine se permet un jour de lui signaler que le petit risque d'étouffer sous les piles de livres et de revues entassées dans le landau.

Vladimir Ilitch apprécie qu'Augustin l'informe sur la condition des employés de poste. Sans doute parlent-ils politique mais il n'en reste plus de traces. Les deux hommes qui ont tous les deux la quarantaine parlent librement. Ils évoquent la Suisse – le seul pays étranger qu'Augustin visitât dans sa vie –, l'histoire de France et notamment la Révolution et la Commune – Lénine et Augustin apprécient tout autant la visite du musée Carnavalet –, et la littérature. Lorsque Tolstoï meurt en 1910, ils découvrent qu'ils partagent un même goût pour *Guerre et Paix*. Et Lénine aime rigoler. Il raconte à Augustin les bons conseils que son camarade Lev Kamenev réserve aux nouveaux arrivants qui cherchent à s'installer au moindre coût, lorsqu'il leur suggère d'acheter de la vaisselle non émaillée, incontestablement moins chère mais qui se brise à la première cuisson, puis il part d'un fou rire.

Lénine porte peu d'attention à son confort comme à ses vêtements. Au printemps, il nettoie son chapeau melon à l'essence mais ne se soucie pas de renouveler ou de compléter sa garde-robe stricte et réduite.

En 1910, Inès Armand, d'origine française et russe de cœur, s'installe au 2 rue Marie-Rose et devient rapidement la collaboratrice et la traductrice de Lénine. Peu à peu, celui-ci alterne les tours de vélo avec sa femme Nadia et avec Inès qu'il a peine à quitter des yeux. Lorsque leurs balades à vélo les conduisent à Châtillon, ils donnent le bonjour à Augustin et Marie et acceptent un verre d'eau tirée du puits. Nadia est l'archétype de l'épouse dévouée et effacée. Inès a laissé quatre enfants à son mari en Russie pour filer avec un jeune beau-frère, mort en 1909. Elle n'a pas la passion ostentatoire mais, militante active, partisane de l'amour libre, coquette, elle exhibe sans complexes de grands chapeaux à plumes. En un mot, elle est plus moderne. C'est l'époque à laquelle Lénine troque son melon contre une casquette et commence à peigner sa moustache. Il change.

Augustin, lui, garde son melon. Leurs rencontres s'espacent lorsque Lénine multiplie ses conférences et séjours à l'étranger et qu'il s'installe un temps à Cracovie. À l'hiver 1913-1914, l'ami russe finit par quitter définitivement Paris après une dernière soirée avec des compatriotes au Chalet du Parc, un restaurant qui donne sur le parc Montsouris. La suite, la prise du pouvoir en Russie par les bolcheviques en 1917, chacun la connaît.

Toujours profondément républicain, fermement laïc et même anticlérical, radical-socialiste, Augustin fut peut-être initié chez les francs-maçons sans que l'on sache si cela a un quelconque rapport avec Lénine, initié pour sa part à la loge maçonnique de l'Union de Belleville. Si Augustin fut effectivement franc-maçon – ce qu'apprendra Marie bien plus tard et dont elle n'osera parler ni avec lui ni avec ses enfants, dont elle n'aura même jamais confirmation et qu'elle confiera juste à sa belle-fille Simone à la fin de sa vie –, si donc Augustin fut effectivement franc-maçon, il n'en dit jamais mot.

RENÉE *raconte*

Papa avait un copain, c'était Lénine, le grand Lénine. Il sortait avec lui. Il reste une photographie de Papa assis sur son vélo, sa casquette blanche, sa culotte de cycliste de dans l'temps, la fontaine des Innocents. Y a Lénine avec lui puis un autre qui était médecin et qui habitait rue Didot – un nom facile à dire mais je ne me souviens plus… Ils faisaient du vélo ensemble. Mais attention, tout le monde n'avait pas de vélo, fallait être riche pour avoir un vélo, hein ! C'est vrai que ça a bien changé.

Quand on voit qu'à Paris y a des gens qui n'avaient pas de confort, des waters sur le palier, l'eau sur le palier quand c'était pas dans la cour. Et puis on parle maintenant de chômage mais autrefois, les ouvriers restaient tout l'hiver sans travail, y avait pas d'indemnités, et ils devaient leur pain pendant tout l'hiver au boulanger. Papa avait vécu ça. C'est pour ça que quand il a été un peu instruit, il a dit que cette misère ça ne devrait pas exister. C'est pour ça qu'il s'était engagé politiquement. Il pensait aux choses qui n'étaient pas normales.

BORNE 1914-1918

Trois semaines plus tard, c'était la mobilisation générale, puis la déclaration de guerre. On avait répété : « La mobilisation n'est pas la guerre. » Cela commençait par un mensonge. [...]

— La guerre, mon fils. Mais la guerre même n'effacera pas... Qu'est-ce qu'elle n'effacerait pas ? Qu'est-ce qu'on cachait toujours aussi bien à soi-même ? Et c'était peut-être pour cela qu'il y avait des guerres.

André Dhôtel, *Ma chère âme*

Parmi d'autres causes, le partage de l'Afrique entre les nations européennes lors de la conférence de Berlin en 1885 avait éveillé de nouvelles tensions entre impérialismes. Il faut aussi le goût de la guerre pour s'y lancer, l'esprit de vengeance des visées expansionnistes napoléoniennes inoculé au peuple allemand par Clausewitz qui admirait autant Napoléon qu'il le détestait. Autre analyse de Paul Valéry, dès 1919 : *Et de quoi était fait ce désordre de notre Europe mentale ? De la libre coexistence dans tous les esprits cultivés des idées les plus dissemblables, des principes de vie et de connaissance les plus opposés. C'est là ce qui caractérise une époque* moderne. [...] *Eh bien ! l'Europe de 1914 était peut-*

être arrivée à la limite de ce modernisme[1]. La guerre ne serait-elle que la réponse virile, sauvage et civilisée face à notre incompréhension du monde ?

S'ensuivit la spirale de 1914. L'élément déclencheur : l'assassinat de l'héritier du trône d'Autriche-Hongrie à Sarajevo, le 28 juin. Côté français : l'assassinat un mois plus tard à Paris de Jean Jaurès, ardent défenseur de la paix. Et puis *Poincaré, c'est la guerre...*

1914 amorce une rotation des influences comme l'humanité en a déjà connu. Un bouleversement comparable à la chute de Rome. La vieille Europe se tire une balle dans le pied. La guerre de 14 amorce son déclin au profit d'une nation totalement émancipée qui affiche sa jeunesse et son dynamisme, les États-Unis.

L'impact technologique de la guerre est majeur. La guerre de 14 est une guerre d'obus et de tranchées. Fritz Haber qui a mis au point le procédé Haber-Bosch pour fixer l'azote recevra le prix Nobel de chimie en 1918. Alors que les applications industrielles de son procédé permettent de produire des nitrates employés dans les fertilisants et les explosifs, Fritz Haber supervise les gaz côté allemand. Le 22 avril 1915, peu après dix-sept heures, à Ypres en Belgique, les soldats allemands dans leurs tranchées ouvrent les vannes de vingt mille bonbonnes de chlore liquide. Poussé par le vent, le gaz se répand dans les tranchées françaises. Cent quatre-vingts tonnes de chlore sont larguées en quelques minutes.

Nous avons vu le ciel absolument obscurci par un nuage jaune-vert qui lui donnait l'aspect d'un ciel d'orage, témoignera le médecin du 1er bataillon d'Afrique, qui observe le théâtre des opérations

1. Paul Valéry, « La crise de l'esprit », in *Variété I* (Gallimard, 1924).

légèrement en retrait. *Nous étions alors dans les vapeurs asphyxiantes. J'avais l'impression de regarder au travers de lunettes vertes. En même temps, l'action des gaz sur les voies respiratoires se faisait sentir : brûlures de la gorge, douleurs thoraciques, essoufflement et crachement de sang, vertiges*[1]. Les militaires en première ligne ne comprennent pas ce qui leur arrive. C'est inédit. Le mal fou qu'ils ont soudain à respirer les pousse à sortir de leur tranchée comme des lapins de leur terrier. Ils tombent par dizaines, par centaines.

Côté allemand, le général von Deimling, qui commande le 15e Armeekorps devant Ypres, résumera ainsi les préparatifs : *Le 25 janvier 1915, avec mon chef d'état-major, je fus convoqué à Mézières au GQG pour conférer avec Falkenhayn. Il nous confia qu'on allait mettre en service un nouvel engin de guerre, les gaz toxiques, et que c'était dans mon secteur qu'on avait pensé faire les premiers essais. On livrerait ces gaz toxiques en bouteilles d'acier, qu'on installerait dans les tranchées et qu'on laisserait se vider dès que le vent serait favorable. Je dois reconnaître que la mission d'empoisonner l'ennemi, comme on empoisonne les rats, me fit l'effet qu'elle doit faire à tout soldat honnête : elle me dégoûta. Mais si ces gaz toxiques amenaient la chute d'Ypres, peut-être gagnerions-nous une victoire qui déciderait de toute la campagne. Devant un but aussi grand, il fallait donc taire les objections personnelles*[2].

Et c'est ainsi que, pour la première fois dans son histoire, comme l'indique Peter Sloterdijk, les armes ne visent plus le corps de l'homme mais son environnement. Elles empoisonnent l'air et il en meurt. L'homme tombe parce que son environnement devient létal. Sloterdijk y voit la préfiguration des chambres à gaz, de la bombe H. On pourrait ajouter l'agent orange et

1. Témoignage cité dans la revue *Tranchées*, hors série n° 6, *Les Français à Ypres, 1914-1915*, juillet 2013.
2. *Ibid.*

d'autres fruits sinistres du marché dont on n'a pas fini de dresser l'inventaire.

Comme l'affirme Emil Fischer, Prix Nobel de chimie allemand : *La guerre moderne* [...] *tire ses moyens du progrès des sciences*[1]. Les savoirs deviennent un élément déterminant de la compétition internationale. La victoire repose cependant toujours sur l'immense effort de production industrielle, plus que sur de véritables ruptures technologiques.

À l'issue de la guerre, chaque camp accusa l'autre d'avoir commis une faute morale à l'encontre de l'éthique scientifique en dévoyant la neutralité de la science au service des passions nationales et de l'anéantissement.

Une technique réussit lorsqu'elle répond à un besoin. Mais quel besoin le XXe siècle eut-il de développer ses technologies morbides ? Là, ce n'est plus seulement l'Europe qui se tire une balle dans le pied, c'est l'humanité. Est-ce le début d'un suicide collectif ?

N'oublions pas Octavio Paz[2] : *L'homme, à mon sens, n'est pas dans l'histoire : il est l'histoire.*

Côté technologique encore, en 1918, sur les champs de bataille, aucune route n'est impraticable pour les chars d'assaut Renault qui font grande impression ; les blindés annoncent la disparition de la cavalerie. On se propulse sous les mers avec les premiers sous-marins. Et LA nouveauté majeure, c'est l'aviation.

La période innove, donc.

1. Cité par J. A. Johnson, *The Kaiser's Chemists. Science and Modernization in Imperial Germany,* Chapel Hill, Univ. of North Carolina Press, 1990, repris par Anne Rasmussen, *À quoi sert la science ?*, Les collections de *L'Histoire* n° 61, *14-18 La catastrophe*, octobre 2013.

2. Octavio Paz, *Le Labyrinthe de la solitude* [*El laberinto de la soledad*, 1950 & Postdata, 1970], trad. de Jean-Clarence Lambert, Gallimard, 1972.

Du côté des sciences, les années 1910 sont riches en découvertes majeures. Sur la structure de l'atome et la liaison chimique grâce à Niels Bohr en 1913. Puis avec Albert Einstein qui publie en 1915 sa théorie de la relativité générale selon laquelle les lois de la physique sont les mêmes pour tous les observateurs, y compris s'ils accélèrent. Si la lumière émise par un corps céleste décrit une courbe, c'est parce que la pesanteur engendrée par les corps massifs courbe l'espace-temps.

En 1913, Henri Buisson et Charles Fabry prouvent l'existence d'une couche d'ozone dans l'atmosphère.

À l'issue de la guerre, la nation pleure un million quatre cent mille soldats *morts pour la France* et trois millions de blessés, dont quinze mille gueules cassées. Dans son ensemble, le conflit aura fauché entre neuf et dix millions de vies.

La guerre confirme et renforce ce qui s'amorçait juste avant qu'elle ne débutât, peut-être même ne se mit-elle en marche que pour accélérer le mouvement de balancier inéluctable qui vit la puissance de l'Europe décliner au bénéfice des États-Unis. Au cinéma, aux glorieux débuts européens succèdent les Américains qui ont massivement investi dans les salles et ont su créer un marché. Au début, les distributeurs devenus producteurs laissent éclore l'inventivité. David W. Griffith, l'inventeur du gros plan et du montage, embauche un imitateur de Max Linder, Mack Sennett, qui devient le roi de la tarte à la crème et découvre à son tour de nombreux talents. S'inspirant des spectacles itinérants qui célèbrent les pionniers, Thomas H. Ince invente le western. Un jeune Anglais en tournée aux États-Unis, Charlie Chaplin, réalise les films qui lancent un personnage faible, chanceux, rusé, digne et mélancolique inspiré à la fois de la *commedia dell'arte* et de Max Linder : Charlot. Durant les années de guerre démarre le règne des stars. Des artistes européens tentent l'aventure américaine par dizaines. Les États-Unis importent la vamp et le baiser du cinéma danois, la diva du cinéma italien. Le public américain prend goût aux grandes mises en scène dont Cecil B. De Mille se fait une spécialité, Griffith présente *Naissance d'une nation* que voient cent millions de spectateurs, Douglas Fairbanks incarne le jeune héros sportif, audacieux, courageux et de bonne humeur, et Hollywood s'impose comme la capitale mondiale du cinéma.

En 1914, Giorgio De Chirico, peintre des songes[1], livre le *Chant d'amour* qui fera dire à René Magritte : *Mes yeux ont vu la pensée pour la première fois*.

Dada naît à Zurich en 1916 et se développe autour d'un lieu de rencontres et de création imaginé pour soulever le ravissement : le Cabaret Voltaire.

En 1917, sur un poème de Jean Cocteau, *Parade* d'Erik Satie est créé au Théâtre du Châtelet par les Ballets russes de Serge de Diaghilev costumés et décorés par Picasso. Guillaume Apollinaire évoque le *sur-réalisme* de ce ballet.

Une porosité émerge entre artistes d'avant-garde de différentes disciplines.

Touches légères pour une période sombre, quelques virgules sonores d'époque :

— en 1912 est édité le tube mondial *Happy Birthday to You*, sur un air écrit vingt ans auparavant par Mildred Hill aux États-Unis ;

1. D'après Ardengo Soffici : *La peinture de De Chirico n'est pas peinture dans le sens que l'on donne aujourd'hui à ce mot. On pourrait la définir, une écriture de songe*, *Le Surréalisme, 1922-1942*, catalogue de l'exposition du musée des Arts décoratifs de Paris (9 juin-24 septembre 1972), cité par l'article Wikipédia sur De Chirico, note en juillet 2015.

— en 1913, la création du *Sacre du printemps* de Stravinski déchaîne les passions ;

— le 26 février 1917 à New York, The Original Dixieland Jass Band enregistre le premier titre de « jass » de l'histoire du disque, *Livery Stable Blues*. Issu du blues, du ragtime et de biguine française à La Nouvelle-Orléans, le jazz est né.

L'heure est aux vents nouveaux.

8

1914-1918

On est puceau de l'Horreur comme on l'est de la volupté. Comment aurais-je pu me douter moi de cette horreur en quittant la place Clichy ? Qui aurait pu prévoir avant d'entrer vraiment dans la guerre, tout ce que contenait la sale âme héroïque et fainéante des hommes ?

Louis-Ferdinand Céline, *Voyage au bout de la nuit*

PIERRE *raconte* (1994)

En 14-18, le pays comptait trente millions d'habitants. La France a perdu un homme sur trois ou quatre. Les femmes ont pris leur place et c'est le début de leur émancipation, finalement, qui a abouti en 45 à leur donner le droit de vote.

Dans la famille, seul un cousin a été tué, un fils d'Ernest. André, il s'appelait. Il transportait et servait la soupe au front. Il a reçu une *marmite*, un gros obus, et on a absolument rien retrouvé de lui. Rien.

À Châtillon, y avait un fort juste à côté de chez nous, avec des batteries de DCA. Les soldats scrutaient le ciel et s'ils voyaient un avion, ils tiraient. Il y avait peut-être pas beaucoup d'avions au début de la guerre, mais à la fin, oui. On a entendu deux taubes qui venaient pour bombarder les batteries du fort. Nous, avec Lucien, on est montés sur le toit par la lucarne, tous les deux en pleine nuit, les parents dormaient. On était à cheval sur le faîtier pour voir… Il y en a un qui est passé, il devait être à cinq-six mètres du toit, le plus près possible, pour toucher les batteries. On les a vus très nettement par en dessous, avec leur croix de guerre. Deux sont passés mais un surtout qui était, disons, à dix mètres au maximum. On les a bien vus… Des taubes, ça s'appelait des taubes.

RENÉE *raconte* (1994)

Pendant la guerre, mes parents n'avaient plus de charbon, plus de chauffage. Du coup, ils avaient descendu la chambre à coucher dans le salon. Ils ont gardé cette habitude d'être économes par la suite. L'hiver, il faisait froid chez eux.

Quand il fallait se protéger, on filait dans les carrières Barbeau, des carrières de plâtre qui nous servaient d'abri. Les tunnels n'en finissaient pas.

La chambre de mes parents donnait vers le nord, vers Paris. Avec des jumelles, ils voyaient l'heure à l'horloge de la gare de Lyon.

Je couchais avec ma mère la nuit de la bataille de la Marne. En une seule nuit, il y a eu deux cent mille morts français et deux cent mille morts allemands. De la fenêtre, on voyait les lueurs. Le ciel était tout rouge à l'horizon.

Plus tard, Papa a été nommé à la poste d'Angers et on l'a tous suivi. Je me rappelle, encore un souvenir de gosse… On allait se promener avec Maman puis on est entrés dans une église. Elle a trempé sa main dans le bénitier et elle a fait son signe de croix, elle avait l'habitude. Comme elle nous disait rien, on en a fait autant. Et Lucien a dit *C'est bien, hein, ici, on peut se laver les mains avant d'entrer !*

Maman avait été élevée religieusement, à l'école des sœurs. Elle était croyante par tradition et comme Pépère était athée, elle s'était mise à douter et nous disait : *Écoutez bien ce que dit votre père.* Papa n'était pas contre la religion. Justement, c'est ce qu'il nous expliquait. Les gens qui croyaient, c'était épatant, il respectait ces gens-là. Il était bien avec les curés, Papa, il discutait avec eux. Mais ce qu'il n'aimait pas, c'était les gens qui allaient à la messe comme à la mascarade pour montrer un nouveau chapeau, pour bavarder. Il admirait les gens qui avaient la foi. Moi je trouve ça logique. C'est bien les gens qui ont la foi parce qu'ils sont jamais malheureux. C'est vrai, il y a toujours quelque chose qui les rattache à la vie, ils ont la foi. Mais faut avoir été habitué tout jeune pour ça.

LIANE *raconte* (1996)

Pendant la guerre, ma mère et moi on est allées en Creuse, on me l'a tellement répété… On s'est réfugiées chez une cousine, une veuve Cadoret.

Je vais te parler un peu des Devoise parce que c'est instructif, je t'assure. Et j'en ai vu dans ma vie… Du côté d'Ernest, c'était une famille en tuyau de poêle. Ernest avait foutu enceinte une fille mère, une saoularde, Françoise, que son père l'a obligé à épouser. La fille de Françoise est morte de la tuberculose, et sa mère l'a suivie… Avec Renée, qu'est-ce qu'on s'est marrées à l'enterrement de la tante Françoise ! J'avais dix ans, par là. Y avait pas de gueuleton, Ernest n'avait pas de fric. Alors à la sortie du cimetière il a visé un vendeur ambulant et il a payé des moules-frites à tout le monde, à la bonne franquette. Renée et moi qui avions été élevées bourgeoisement, tu penses si on rigolait !

André, le fils d'Ernest et Françoise, accompagnait le matin les employés de la maison Gervais en voiture à chevaux pour la livraison du lait avant d'aller à l'école. Il habitait en garni rue Saint-Yves avec Juliette, et il entretenait une relation avec une voisine. Il a été mobilisé et gazé en 14-18. Leur fils a essayé la brocante et, à dix-huit ans, il a foutu enceinte une fille de quinze ans. Avec cette fille il a eu deux fils et ça n'a pas duré, ils se sont séparés. Engagé volontaire chez les Allemands pendant la guerre de 39, il a été rapatrié à cause de son épilepsie et s'est mis en concubinage avec une aide-soignante. Une de leurs filles est partie faire du strip-tease à Londres.

Ma grand-mère Alphonsine a eu deux enfants, ma mère Louise et Yvonne qui est morte à dix mois à Châtillon de la mort subite du nourrisson dans le pavillon d'Augustin. Ils ont ramené son corps à Paris, chez elle, en cachette à cause de l'octroi.

Chez ma grand-mère, les blanchisseuses chantaient chacune à leur tour en repassant. Leur préférée, c'était *L'Hirondelle du faubourg* :

On m'appelle l'Hirondelle du Faubourg
Je ne suis qu'une pauvre fille d'amour
Née un jour des amours printanières
D'une petite ouvrière

Quand Fonsine ne lui donnait pas d'argent de poche, mon grand-père se mettait à chanter *L'Internationale* dans l'impasse Nansouty. Alors elle sortait lui donner la pièce pour qu'il aille boire son coup. Il criait aussi *Vive Marty !* dans la rue. Tu l'as pas connu, Marty ? Il était officier de marine, il avait participé à la mutinerie de la mer Noire à Odessa en 1919 et il est devenu député. Je l'ai connu, Marty. Mon père l'a ramené en voiture d'Achères qui était devenue une mairie communiste en 27.

Mon père s'appelait Georges Besse. La voiture, c'était une passion. Il a acheté une Georges Irat Sport en 24 ou 25. Attention ! Elle faisait jusqu'à 137 km/h ! Une voiture à culbuteurs allégés. Quand elle est devenue trop vieille, il l'a abandonnée dans la forêt en supprimant les plaques.

Il était cordonnier à Paris et braconnier dans le Berry. Enfin… La chasse, c'était sa première passion, il y pensait toujours. Il partait pour le Berry quinze jours avant l'ouverture tellement il était impatient. Sa collection de fusils était magnifique. J'étais très impressionnée par les fusils à canons superposés. À quatre-vingts ans, il a arrêté la chasse et il a vendu un fusil en douce que j'avais promis à Georges, son filleul, pour aller voir les bonnes femmes. Toute sa vie il a été coureur. Ma mère ne disait rien. Ils vivaient ensemble et faisaient chambre à part. Pour lui, les relations sexuelles et la vie de famille c'étaient deux choses totalement différentes. Ma mère avait arrêté de travailler à son mariage. Avant, elle était employée au Crédit

Lyonnais. Tu comprends, elle était très près de ses sous et s'il y avait eu un divorce, elle n'aurait rien eu.

Tu sais qu'Augustin a vécu en concubinage avant son mariage ? Il avait une petite fille qui est morte à six ans et il a laissé la concubine qui n'avait pas pris soin de sa fille. Pas assez à ses yeux en tout cas. C'est ce que ma mère m'a raconté. À cette époque, on recevait pas les concubines dans les familles. Les légitimes oui, mais pas les concubines. Ensuite il s'est marié avec Marie qui l'a toujours beaucoup aimé, toute sa vie. Elle disait ça, Marie : *Avec mon Tintin, qu'est-ce qu'on a été heureux !*

Lui, il entrait jamais dans une église. Même à l'enterrement de son père, il est resté à la porte.

BORNE 1919-1921

Au sortir de la guerre, les miroirs sont supprimés dans les hôpitaux de peur que les mutilés se voient et se suicident. Dans les rues, ce qui impressionne le plus les enfants, c'est de croiser des gueules cassées. On en voit partout. On dirait que la France entière a été défigurée.

Dans les transports en commun, les gazés se repèrent aux soufflements rauques qu'ils émettent en respirant. En plus grand nombre encore que les gueules cassées, les veuves de 14 toutes de noir vêtues, jusqu'à leur tablier, arpentent villes et campagnes. On en croisera encore en deuil, du fichu aux souliers, dans les années 1970…

Comme si les combats n'avaient pas provoqué assez de ravages, une épidémie gigantesque de grippe espagnole s'abat en 1918, contamine un milliard d'individus de par le monde et tue entre vingt-cinq et quarante millions de personnes dont plus d'un demi-million en France.

Le 28 juin 1919, les politiques de toute l'Europe se retrouvent dans la galerie des Glaces à Versailles pour signer le traité de paix. Clemenceau invite des gueules cassées à s'asseoir face à la délégation allemande. Chacun affirme que cette guerre qui laisse un continent exsangue sera la dernière. La Société des Nations est créée pour prévenir les guerres par la négociation mais les États-Unis n'y adhèrent pas.

Au sortir de la guerre, les consciences sont bouleversées.

La technologie progresse tellement plus vite que la pensée que l'écart en est prodigieux. Un temps est-il nécessaire pour que l'utilisateur s'approprie l'objet technique et le détourne avant qu'il puisse le penser, comme le suggère Bruno Latour ? Qui a ou n'a pas intérêt à encourager une réflexion critique sur les objets techniques ? On n'en a pas terminé de s'interroger ou pas, et de chercher à comprendre ou à ne pas comprendre.

D'où vient le problème ? À quoi et à qui se fier ? Paul Valéry, en 1919[1] : *Les grandes vertus des peuples allemands ont engendré plus de maux que l'oisiveté jamais n'a créé de vices.* [...] *Tant d'horreurs n'auraient pas été possibles sans tant de vertus.* [...] *Savoir et Devoir, vous êtes donc suspects ?*

La France est égarée, éparpillée. On a besoin de cautériser les plaies. On rabiboche l'Église et l'État français autour d'un symbole reconnu par les religieux comme par les anticléricaux, Jeanne d'Arc, canonisée en 1920, puis on rétablit des relations diplomatiques avec le Saint-Siège.

Parmi les effets secondaires imprévus de la Grande Guerre, la perte de leur clientèle par les marchands de rasoirs les incite à développer un autre marché et c'est ainsi que les femmes prennent peu à peu le goût des aisselles et du maillot glabres.

En observant les étoiles à São Tomé-et-Príncipe durant l'éclipse solaire totale du 29 mai 1919, Arthur Eddington vérifie

1. Paul Valéry, « La crise de l'esprit » in *Variété I*.

expérimentalement que la lumière d'étoiles placées derrière le soleil nous parvient en contournant l'astre, ce qui rend immédiatement célèbre le théoricien à l'origine de cette découverte, Albert Einstein. Le fait qu'une théorie allemande ait été vérifiée par un Anglais un an après la fin de la Première Guerre mondiale fait figure de symbole en faveur de la paix[1].

Avec l'expressionnisme de Fritz Lang et Wilhelm Murnau qui désarticule l'esthétique naturaliste jusque dans le mouvement des caméras, le cinéma allemand dépeint un certain désordre, semble appeler un monstre fatal, et c'est *Nosferatu le vampire* (1922).

Charlot est amer, Harold Lloyd sentimental, Buster Keaton saturnien, Harry Langdon lunaire[2]. Hollywood prospère en ne programmant plus de films étrangers sur le territoire américain, en attirant les meilleurs réalisateurs et acteurs étrangers, en imposant le *star system* et en pratiquant une distribution offensive en dehors des États-Unis : le *block booking* impose aux salles des films qu'elles n'ont pas choisis pour s'assurer aussi les succès commerciaux.

Les technologies de l'information continuent à se développer. En 1921 se déroule la première émission de TSF (Transmission sans fil) en France et en direct : Yvonne Brothier de l'Opéra-Comique chante *La Marseillaise*.

André Breton et Philippe Soupault publient *Les Champs magnétiques* où ils expérimentent l'écriture automatique.

Inspiré par la marche de l'humanité qui des fastes viennois

1. Françoise Balibar, préface d'Albert Einstein, *Comment je vois le monde* (extraits), *Philosophie Magazine*, n° 95, décembre 2015-janvier 2016.

2. Georges Sadoul, *Histoire du cinéma* (Flammarion, 1962).

du XIXᵉ tombe dans la barbarie, Maurice Ravel compose *La Valse* qu'il qualifie de *tourbillon fantastique et fatal*.

Aux États-Unis, le *piano blues* développe de nouveaux rameaux, le *stride* à New York, tandis qu'à La Nouvelle-Orléans Ferdinand Joseph Lamothe, dit Jelly Roll Morton, assouplit le carcan du ragtime, libère les talents et ouvre la voie aux *big bands*.

Le jazz fait son apparition en Europe. Michel Leiris écrira dans *L'Âge d'homme* : *Dans la période de grande licence qui suivit les hostilités, le jazz fut un signe de ralliement, un étendard orgiaque aux couleurs du moment*.

La Belle Époque cède la place aux Années folles.

9
L'après-guerre

> Mais comme la vie me paraissait agréable ! L'insignifiance de celle que je menais n'avait aucune importance, pas plus que les moments où l'on s'habille, où on se prépare pour sortir, puisque au-delà existaient, d'une façon absolue, bonnes et difficiles à approcher, impossibles à posséder tout entières, ces réalités plus solides, *Phèdre*, la manière dont disait la Berma.
>
> Marcel Proust, *Le Côté de Guermantes*

Après guerre, il faut penser à autre chose. Augustin a des facilités pour emmener la famille en villégiature sur la côte normande. Tout le monde apprécie les bords de mer.

À Paris, Marie, qui adore le théâtre en général et Sarah Bernhardt en particulier, emmène les enfants l'écouter dès que possible. À près de soixante-quinze ans, malgré une amputation en 1915, elle continue à jouer assise, le regard ardent, les gestes passionnés, dans le style ampoulé et emphatique de l'époque. Chacune de ses tournées suscite l'admiration et la curiosité des foules. Le monde entier l'acclame dans ses grandes compositions. Sarah Bernhardt est sans doute la première star internationale. À écouter leur mère, Renée, Lucien et Pierre sentent bien qu'ils assistent à un événement lorsqu'ils la voient dans ses grands rôles. Lucien est transporté par la musique racinienne. Pierre préfère *L'Aiglon*.

RENÉE *et* MICHEL *racontent*

RENÉE

Mes parents étaient parisiens, on allait toujours à Paris, on allait se promener, on allait au concert, au spectacle. On a été au bord de la mer à Mers, en train. Et le voyage n'avait pas commencé que les gens sortaient le pain, le saucisson, le litron de rouge, ça m'énervait, mais bon... Il y a des gens qui sortaient pas. La famille à Papa, ils n'ont jamais quitté leur coin. Jamais. Le parc Montsouris, leur poulailler à Châtillon, c'est tout... Ils étaient venus pour gagner leur vie. Ils ne savaient ni lire ni écrire, mes grands-parents. Les maçons de la Creuse, c'étaient les immigrés. Ils arrivaient, ils s'installaient, ils n'avaient pas les moyens de bouger.

MICHEL

Ils venaient construire les grands monuments. La Creuse, c'est pauvre. De la culture, il n'y en avait pas. Un peu d'élevage... Un pays, quoi... bouleversé.

RENÉE

Oh oui, y avait rien en Creuse. La Haute-Vienne, c'était industriel. À Limoges il y avait des industries comme à Clermont-Ferrand. Mais qu'est-ce qu'il y avait comme industrie en Creuse ? Pas grand-chose. Alors ils sont venus à Paris. Mon oncle Ernest, ma tante Fonsine, ils n'ont jamais quitté le coin. Ma tante, elle connaissait quoi ? La gare Montparnasse, la gare d'Austerlitz, c'était tout ce qu'elle connaissait dans Paris. Elle n'allait pas plus loin. Les gens ne voyageaient pas, autrefois.

PIERRE *raconte*

Pépère était radical. Il était partisan qu'on soit alliés avec l'Allemagne. Tout le temps. Entre 18 et 39, avant même qu'il y ait Hitler et sa bande, il disait : *On devrait pousser l'alliance avec l'Allemagne.* Il disait : *Les pires ennemis de la France, c'est les Anglais.* Il nous a quand même fait apprendre l'anglais mais il ne les aimait pas beaucoup.

Le nom du village de Creuse dont est originaire la famille ?... Je vais le retrouver sur une carte, j'ai marqué ça. Attends voir... On y est passés avec Edmée... Voilà. Je l'ai trouvé, Parsac ! C'est en 1977 qu'on est allés là-bas. C'est là, Parsac. Je l'ai marqué en jaune... C'est là qu'on est allés, y avait la secrétaire de mairie...

RENÉE *raconte*

Mon père suivait des cours de tout, c'était un as en tout. Il savait nager, il savait patiner, mais bien, hein... Il aimait apprendre dans tous les domaines. Oh oui, pour le patinage, qu'est-ce qu'il était bon ! Quand on était petits, une fois – ça gelait l'hiver –, il nous dit *Je vous emmène à l'étang, on va faire du patin là-bas.* On était tous les trois... Et le v'là parti, Papa, il valsait sur la glace... On était comme deux ronds de frites, il nous avait jamais parlé de ça, à nous. C'est vrai. C'est pour dire qu'il suivait des cours de tout.

Il achetait des bons livres pour s'instruire, toujours. Je me rappelle, il rouspétait après Pierre qui lisait toujours des bouquins de la collection du Masque, des policiers. Il avait toute la collection. *J'comprends pas qu'à ton âge, à vingt-quatre ans, on ne lise pas autre chose. C'est bon à lire dans le train, ça*, qu'il disait. *Tu devrais t'instruire.* Pierre était tellement en colère que Papa lui dise que c'était pas de la littérature qu'il avait tout vendu [1].

Dans son métier, il avait tous les journaux. Il lisait les journaux de la droite comme de la gauche… Il se faisait une opinion, comprends-tu. Parce que quand on ne lit qu'une version, hein, on peut pas savoir. Papa nous expliquait tout ça puis c'est tout. Son frère était très différent. C'était l'ouvrier, quoi. Le samedi soir, on prend la cuite puis on est content. Papa était très fier de son frère, la cuite, il s'en foutait.

Ensuite, mon père s'est trouvé dans un milieu qui était beaucoup plus instruit que lui. Et il a toujours cherché à s'instruire. Ça l'intéressait. Du coup, quand on était petits, il fallait qu'on apprenne tout, l'anglais, la musique, le théâtre… Un jour, il a dit à Maman *Demain, j'emmène les enfants à la piscine.* J'étais là. Maman dit *Tu ne vas tout de même pas emmener ta fille !* comme si c'était quelque chose de scan-da-leux. Scandaleux, hein ! Moi qui n'avais jamais entendu parler que des filles aillent à la piscine, j'étais toute contente… et puis finalement il a emmené mes frères mais pas moi. Tu vois le progrès… Maman était scandalisée, ça l'avait dépassée.

1. *Le XXe siècle a annexé entièrement toutes ces productions qui étaient sur les marges de la littérature mais qui n'en faisaient pas partie, il les a carrément intégrées. Après Simenon par exemple, que l'on peut considérer comme un romancier, un grand romancier, le roman policier a été intronisé dans la littérature*, Julien Gracq, entretien avec Jean-Paul Dekiss (2000), *Entretiens* (José Corti).

Tu vois, on en a connu des évolutions. Moi, je raccommodais les chaussettes à mes frères. C'était pas parce que ma mère était malade, on élevait les filles comme ça. Les filles devaient rester à la maison pour essuyer les meubles, faire la vaisselle, coudre, tout ça.

Ce qui a bien changé aussi, regarde… Autrefois, une femme admirait son mari. Quand un homme parlait, sa femme se taisait. Maintenant la bonne femme, elle discute le bout de gras. Maman qui était d'une famille bien plus riche que Papa – du côté de Papa, c'étaient des purotins, des malheureux, Maman c'étaient des gens bien –, eh bien Maman était en admiration devant mon père. Quand il disait quelque chose, elle disait *Écoutez bien ce que dit vot'père, hein !* C'était religieux.

Y a un monument aux morts au cimetière de Clamart, un monument formidable. Maman m'a dit que c'était quelqu'un de sa famille, dans la religion. Un évêque peut-être bien. Du côté des Lechopié, ils étaient très portés sur la religion. Mémère non, parce qu'elle avait suivi Papa. Il était pour la séparation de l'Église et de l'État. Dans le fond, je le comprends bien, Papa. Il est arrivé à la force du poignet, tout seul. Il s'est rendu compte qu'il était sorti d'un milieu où c'était pas reluisant. Alors il avait lutté pour que les petites gens puissent s'élever comme les autres. Il trouvait injuste que des gens n'apprennent pas à lire, qu'ils n'aillent pas à l'école, il en était malheureux. On parlait pas d'argent dans le temps, on parlait que de trucs comme ça. C'était un homme bien, Papa, tu sais. Jean Jaurès ! Ah, il était pour Jean Jaurès ! Il était de gauche. Et il avait réussi à convaincre Maman qui avait été élevée religieusement de se marier civilement et pas à l'église. À l'époque, c'était presque un crime. Maintenant, on s'en fout éperdument mais à cette époque-là c'était presque un crime. Il s'était instruit tout seul, il a vu toutes les misères, d'où ça provenait. Maman était jeune. Elle avait dix-neuf ans quand elle s'est mariée. Elle a trouvé que Papa avait raison.

Papa ne nous a pas poussés à être fonctionnaires mais on était bien obligés. Pour avoir une situation confortable, faut avoir des capitaux. Alors quand t'as pas de capital, t'es bon pour entrer fonctionnaire. Je me rappelle Pierre, une fois on était tous les deux, il me dit « Hé, tu sais pas ce qu'on est, nous ?… » « Ben, qu'est-ce qu'on est, nous ? Je sais pas, moi. » « Qu'est-ce qu'on est ?… Des résidus de bourgeois ! » Il avait dû lire ça quelque part, *Fonctionnaires, résidus de bourgeois*… Lucien était pas comme ça. Il était plus posé.

C'était tout à fait différent à l'époque, hein. Tiens, tu prenais quelqu'un pour faire ton travail, si t'avais envie de lui fiche un coup de pied dans le cul… Maintenant t'as plus le droit de faire ça, dans le fond c'était illogique. Tu paies un travail et c'est tout. Puis les gens d'autrefois, comme ils ne savaient ni lire ni écrire, ils ne pouvaient pas réclamer. Personne ne le sait, c'est parti tout ça. Y a pas d'écrit, y a rien qui reste. C'étaient des serfs, absolument.

Des changements au XXe siècle, il y en a eu. La technique, c'est une chose… mais je trouve un grand changement, moi, au point de vue gaieté. Y a plus rien du tout. Ah, ça ! Y a plus rien du tout pour entretenir le rire, la gaieté… si t'avais vu… À Paris quand j'étais jeune, j'allais souvent avec Maman à la Gaîté Lyrique, on était tout le temps au théâtre. Du square des Arts-et-Métiers jusqu'au Châtelet, t'entendais des gens sur le boulevard Sébastopol qui chantaient des airs d'opérette ou qui fredonnaient. C'était gai. On se disait *Ils sortent du théâtre, ceux-là*. Maintenant, t'entends plus ça du tout. Paris a changé complètement. Des fois, le dimanche, on allait faire la partie sur les Grands Boulevards. Je t'assure, ça valait la partie. C'était rigolo. C'était gai.

BORNE 1922

En Russie, Trotski a organisé la prise du pouvoir des mains du gouvernement provisoire les 24 et 25 octobre 1917. Lénine, recherché par le gouvernement provisoire, n'était pas là et Trotski avait tout organisé en son absence avec l'appui de Staline.

Au lendemain de la révolution d'Octobre, Trotski, ancien menchevique, dirige l'Armée rouge et Lénine le Soviet. Mencheviques et bolcheviques s'étaient opposés sur les conditions d'adhésion au Parti : pour Lénine et les bolcheviques (les majoritaires au congrès de 1903), jacobins, ne pouvaient être membres que les partisans actifs tandis que les mencheviques (les minoritaires), dans une conception plus souple et plus rassembleuse, allaient jusqu'aux sympathisants. Lénine et Trotski se rejoignent sur un point essentiel : ils prônent le pouvoir du peuple sous une forme de démocratie à développer et insistent sur le caractère nécessairement international de la révolution et du socialisme, suivant le précepte émis par Marx et Engels dans *L'Idéologie allemande*. Staline pense au contraire que le communisme ne peut se développer que dans un seul pays et que le pouvoir doit être laissé aux mains de quelques-uns.

En 1920, Inès Armand meurt du choléra. Lénine, très affecté, la fait inhumer sur la place Rouge le long du Kremlin. En

1922, il est victime d'une attaque cérébrale dont il ne se remettra jamais.

Staline organise le Parti dont les membres constitueront la base de la nomenklatura. Bien sûr, cette interprétation ne viendra qu'*a posteriori*. En 1929, Staline parviendra à expulser Trotski. Dès qu'il installe une nomenklatura autour de lui, c'en est fini du rêve révolutionnaire soviétique, consumé, réduit en poudre, dispersé dans le vide interstellaire.

En 1922 à Paris, Édouard Le Roy, Vladimir Vernadski et Pierre Teilhard de Chardin en appellent à la noosphère, l'ère de la conscience rendue nécessaire par la technosphère galopante, appelée selon Teilhard à être aussi importante dans l'histoire du monde que l'apparition de la vie et celle de la pensée.

Jacques de Lacretelle reçoit le prix Femina pour *Silbermann*.

Robert Flaherty, cinéaste américain marginal, offre à l'histoire du cinéma son premier long documentaire, *Nanouk l'Esquimau*. Le succès populaire est tel que l'on baptise *Nanouk* ou *Esquimau* le bâtonnet glacé qui se vend à l'entracte[1].

Brillante époque, celle qui suivit immédiatement la Première Guerre, où dominait une recherche de la liberté à tout prix. Il s'agissait alors de devenir soi-même, plutôt que de participer collectivement à des ruptures préfabriquées, sans but précis et assez uniformes dans leur réalisation. Les uns découvraient cette liberté en dansant à toute heure du jour et de la nuit ; d'autres en s'initiant

1. Suivra son documentaire *The Land* où Flaherty filme la désertification de terres auparavant fertiles sous l'action de l'homme, dans la ligne de *La charrue qui détruisit les plaines* de Pare Lorentz. Flaherty y livre ce commentaire : *Voilà comment l'Amérique utilisa les machines pour accroître sa production au détriment de la terre et des hommes victimes de l'érosion et de la pauvreté.*

au freudisme et en inventant le surréalisme, note Jean Mouton né juste avant le siècle[1].

En 1922, le mouvement dada, qui ne trouve pas d'aspect positif à l'art et dénie même la notion d'art, ne fait plus recette. Tristan Tzara dira plus tard : *Les débuts de Dada n'étaient pas les débuts d'un art mais ceux d'un dégoût.*

Pour l'ouverture du *Bœuf sur le toit* près des Champs-Élysées, Jean Wiener joue des airs de George Gershwin accompagné aux percussions par Jean Cocteau et Darius Milhaud, en présence de Picasso, René Clair, Serge Diaghilev, Maurice Chevalier. Pour évoquer la *jam session* dans laquelle se lancent les musiciens après leurs spectacles respectifs, on invente une expression maison : ils « font le bœuf ».

Satie a ce mot : *Le jazz nous raconte sa douleur et on s'en fout… c'est pourquoi il est beau, réel…*

1. Jean Mouton, *Visite de la plaine à la montagne*, postface à Marcelle Sauvageot, *Laissez-moi – Commentaire* (Éditions Phébus, « Libretto », 2009).

10
La pension

Lucien entre en pension à Rambouillet à la fin de la guerre. Pierre le rejoint peu après. Marie leur envoie tous les quinze jours cinquante centimes d'argent de poche qui représentent dix tablettes de bonbons ou de chewing-gums. L'argent atterrit intégralement chez Pierre qui, en échange, rafle des pommes à la cantine pour son frère. Lucien engouffre jusqu'à dix pommes par jour lorsque, d'octobre à avril-mai, la pension en sert à tous les repas. La nourriture ne varie pas, les enfants mangent en alternance sur trois jours des pois cassés, des pâtes, et le troisième jour un féculent ou un légume sec, souvent des lentilles.

Pour les vacances, après Mers, c'est à Granville près du Mont-Saint-Michel que se rendent les Devoise. Augustin connaît bien puisqu'il fait la ligne plusieurs fois par semaine. De la promenade empierrée qui longe les falaises grises, il scrute l'horizon maritime et le progrès des trains de houle et, à marée basse, on rejoint la plage. La famille s'adonne aux bains de mer, au repos sur les rochers, aux promenades, à la lecture. Sur le port, Augustin montre aux enfants l'agitation autour d'un bateau morutier encore à quai, dans l'attente d'un départ imminent. Lucien sort son carnet qui ne le quitte pas et commence un croquis, Pierre répète *bitte d'amarrage*, Renée soigne sa coiffure.

Au restaurant, Marie lance au maître d'hôtel un de ses refrains favoris, *Servez-moi comme pour une noce !*

Renée se souvient : « Vers 1900, les femmes allaient très peu aux bains de mer. Elles avaient peur de se dévoiler. Elles allaient à l'eau couvertes des genoux à la tête, épaules comprises. Il existait même des cabines de plage à roulettes – j'en ai vu – où la femme se mettait en tenue, puis on roulait la cabine sur le sable ou sur des chemins de planches pour la rapprocher le plus possible de l'eau. C'était d'un grotesque, mais d'un grotesque ! Nous, tu penses, on était d'une autre génération. Pas de chichis, et vas-y que je me promène en maillot. Bon, c'étaient de grands maillots, pas comme aujourd'hui. C'est fou ce que les habitudes évoluent. »

Le plus long dans la vie d'un homme, c'est de trouver sa voie. Se retrouver. Les parents peuvent y contribuer. Mais pourquoi est-ce si simple à énoncer et si difficile à accomplir ?

Marie adore vanter les dessins et les gravures de Lucien auprès de ses amies. Toujours elle les montre en y allant de son commentaire : *Il est fortiche, hein, Lucien ?* Un jour, ça énerve Lucien. Il prend le lot et déchire tout. Une telle exaspération suffirait presque à provoquer une fuite. Pourquoi pas un départ à l'autre bout du monde ?

Parmi nos repères, la famille est certes une boussole. Mais personne n'est obligé de suivre le nord qu'elle indique.

Augustin a réussi à susciter des passions chez ses enfants. Le goût du jardinage et des chevaux à ses fils, le désir d'Angleterre et l'amour des livres à Lucien, celui de la musique à Renée, celui du sport à Pierre, des passions qu'ils garderont jusqu'au bout. L'authentique pour chacun nous vient-il de nous-même ou d'une révélation suscitée par un catalyseur ?

À cinquante ans, la politique intéresse moins Augustin. Avec le temps, son intérêt bascule vers son jardin et ses livres. Dès qu'il le pourra, il prendra sa retraite. En 1922, il lui reste cinq ans de tri postal.

À Fontenay, le hasard met sur la route de la famille Devoise un Chinois, Tchang Kaï, qui loue une chambre tout près de chez eux et que Pierre, qui vit plus dans la rue qu'ailleurs, ne tarde pas à rencontrer. Marie le trouve fort aimable.

PIERRE *raconte*

Moi je suis parti à treize ans tout seul à Londres, avec ma petite valise et l'adresse des gens chez qui j'allais à Goose House. Je partais apprendre l'anglais. J'avais rendez-vous à la gare Victoria. Je me suis magné, toujours inquiet. Le train, à Dieppe le bateau, tout ça tout seul. Le type chez qui j'allais avait un *Daily Mail* plié sur le bras… Mémère m'avait dit *Achète des chaussures en Angleterre, elles sont bien, c'est du costaud,* puis elle avait ajouté *Mais comme t'es jeune, prends une pointure au-dessus.* Elle m'avait aussi demandé d'acheter une canne. Alors quand je suis rentré, j'avais les chaussures aux pieds, une canne, et en arrivant, à tout le monde même à Mémère je répondais *Yes.* Tu sais, quand on est gosse on apprend vite et on se met dans le bain. Alors Mémère, en m'voyant comme ça, avec les grandes godasses, la canne et en disant *Yes yes* : *Ah mon pauv' garçon ! Mon pauv' garçon !* C'était au moins du 41, les godasses, puis des godasses anglaises, bien larges, avec des petits trous au-dessus.

Lucien a jamais osé faire comme moi, c'est bizarre. Quand on rentrait de Paris, on allait à pied à Malakoff, ça faisait un sou de moins. Mais moi je m'en foutais, y avait des essayeurs de SS. Les SS, c'étaient des voitures Panhard, Panhard-Levassor. Y avait un atelier boulevard Jourdan à Paris. SS, c'est *sans soupape*. Les mécanos les essayaient vers Versailles. Ils montaient de la porte de Châtillon vers Malakoff, Châtillon, la tour Biret puis ils filaient sur Villacoublay où il y avait de grandes lignes droites. Ils les essayaient pour les clients. Alors moi je les guettais à l'octroi de la porte de Châtillon, je me tenais vers le kiosque des tickets. Les chauffeurs s'arrêtaient. Je leur demandais *Vous pouvez m'emmener ? Je vais à Châtillon et à Fontenay.* Le type disait *Bon, vas-y, monte voir.* Y avait pas de siège, c'étaient juste des caisses en bois, on mettait une couverture dessus, y avait même pas de dossier, tout était ficelé après le châssis. C'était pour essayer les châssis... Peut-être trente fois je suis monté comme ça en voiture. Ça filait. J'étais heureux ! Je buvais du petit-lait... Mais Lucien, jamais il aurait demandé. Il était pas osé, Lucien... On s'est toujours demandé comment il avait pu partir à Madagascar...

J'ai appris à conduire avec le père de Liane. Il avait une Georges Irat, une voiture rapide, pointue à l'arrière. Il avait voulu apprendre à Lucien, d'abord. Moi j'étais derrière dans le tonneau, y avait une troisième place derrière. Il m'avait dit *Ça t'intéresse, Pierrot ?* Tu parles, moi ça m'intéressait, la vitesse... Il était bath, le père de Liane. Un week-end où mes parents m'avaient laissé à Paris pour aller à Granville, il m'avait donné de l'argent de poche pour mes frais...

RENÉE

Pierre est allé dans une famille anglaise à treize-quatorze ans. Mes parents ont reçu une lettre comme quoi il s'était mal comporté, il avait uriné contre un arbre ! Avec ma copine Raymonde, qu'est-ce qu'on rigolait ! Toutes les deux, ça nous est arrivé d'être saoules de rire. Impossible de faire quoi que ce soit, d'avancer, alors on s'asseyait par terre…

PIERRE

Tiens, voilà le dictionnaire que m'avait signé Tchang Kaï-chek. Il est enveloppé. C'est historique, ça. Tu vois ce qu'il m'avait écrit, là, avec la date : *Petit souvenir de dictionnaire à Monsieur Pierre Devoise. Tchang Kaï* – c'est Tchang Kaï-chek, hein ! – *3/10/21*.

On parlait anglais parce qu'il parlait pas beaucoup français. Il était passé d'abord en Angleterre. Il habitait sous la tour Biret dans un café qui louait des chambres. On se voyait souvent. Moi j'étais content parce que je parlais anglais. Mémère le connaissait mais il allait souvent à Paris ou restait chez lui. Dans la soirée, ou entre midi et deux, il aimait discuter le coup avec nous, il demandait des renseignements, quoi. Nous, avec Lucien, on avait l'air éveillés étant gosses. Il était content de trouver des gosses pour causer… Et dans ce coin-là, personne parlait anglais… ni chinois. On a sympathisé. C'est un type qui… Enfin, son dictionnaire, là, il me l'a donné… Quand il est reparti en Chine, il a été nommé général puis il a monté son parti. Il est devenu président. Avec Lucien, on l'a reconnu dans le journal. On a dit : *C'est notre Tchang Kaï.* Quand il a pris le pouvoir, ils ont rajouté *chek* mais on ne l'appelait que Tchang Kaï. Qu'est-ce que ça veut dire, *chek* ?

J'ai connu des gens illustres, hein. Pas seulement Lénine ou Tchang Kaï-chek. J'ai côtoyé des gens… J'ai connu Sarah Bernhardt comme tout le monde, sans la connaître. Je suis allé la voir au théâtre dans les dernières années.

Elle jouait assise sur une chaise. Elle avait une jambe de bois. Presque tout le jeu elle était assise, puis on l'aidait à se mettre debout. Elle a joué *L'Aiglon* jusqu'au bout, elle était vieille mais quelle présence ! Et puis sa diction…

Les jeudis, j'allais au théâtre. La piscine Deligny sur la Seine, j'allais m'y baigner les jeudis ou les dimanches. Avec mes carnets de dix tickets, ça coûtait moins cher. Parfois avec Lucien, on allait nager à la piscine de la Gare dans le XIIIe ou rue du Château-Landon, derrière la gare du Nord. C'est loin de Châtillon. Tout ça à pied, pour pas dépenser des sous de métro, mais j'avais des jambes moi…

Pour te dire, une fois, j'étais allé jouer du violon avec des copains près de Notre-Dame. Je suis rentré vers minuit et demi. Je sais pas si tu vois la distance de Notre-Dame à Fontenay-aux-Roses, à la tour Biret ? J'avais un étui à violon sous le bras. Y avait quatre kilomètres de Notre-Dame à la barrière, puis quatre kilomètres et demi de la barrière… Et la côte à monter, en pleine nuit, sans éclairage. Tu sais combien j'ai mis ? Allez, dis voir un chiffre… huit kilomètres et demi avec un violon sous le bras… Maintenant je me dis *C'est pas croyable* mais… Cinquante-cinq minutes ! Presque en courant, en trottinant. J'avais des patons, hein, formidable…

Tristan Bernard et Bernard Gervaise étaient des chansonniers. J'ai bien connu Tristan Bernard, avec son grand chapeau. Il m'appelait Pierrot, il me tutoyait. Il était copain avec Gervaise, qui habitait cette maison où logeait Tchang Kaï-chek, le grand café qui avait des chambres à côté de la tour Biret. Gervaise habitait au deuxième. Tristan, le barbu, je me demande s'il tripotait pas la mère Gervaise… Cette femme, elle était potelée un peu, elle était cavaleuse. J'étais petit, moi, encore, elle aurait voulu m'attirer. Des fois, je montais dans l'escalier, elle me disait : *Viens, viens, viens…* [Il se marre.]

*

Il vaut mieux être plusieurs sur une bonne affaire que seul sur une mauvaise.

Tristan Bernard

Vous voulez faire fortune ? Achetez toutes les consciences au prix qu'elles valent, et revendez-les au prix qu'elles s'estiment.

Tristan Bernard, *Mémoires d'un jeune homme rangé*

*

PIERRE *raconte*

À cette époque, avec Lucien, on faisait de l'équitation et on lavait les chevaux à la caserne de Dupleix. C'était un régiment de cuirassiers, le 5e régiment, je crois bien. On allait aux concours hippiques de Paris. Lucien aussi a eu des médailles, médailles d'argent. Moi j'ai eu une médaille vermeille au Grand Salon, enfin… on était jeunes, on faisait une préparation militaire, quoi. Les cuirassiers avaient leurs chevaux mais pour les concours hippiques, les chevaux venaient de chez les dragons de Saint-Germain. Ils amenaient tous les matins une cinquantaine de chevaux qui repartaient le soir. Nous, on était du voyage… Pépère avait besoin de fumier pour son jardin, de fumier de cheval. On en avait parlé à l'officier du régiment qui avait dit *Oui, oui*. Alors un bon matin, cinq voitures fourragères tirées par deux-trois chevaux sont arrivées avec un officier à Fontenay-aux-Roses. Elles ont déversé leur fumier en tas, un tas énorme. Pendant des années, Pépère a utilisé le fumier de cheval. [Il se marre à nouveau.]

J'avais commencé le cheval très jeune à Rambouillet. J'étais le cavalier le plus jeune gradé. Il y avait un régiment de hussards, le 4e hussards, à côté de la pension. Ils servaient pour les apparats, pour les réceptions quand des dignitaires étrangers étaient reçus au château. Le directeur de la pension s'était mis d'accord avec le colonel. Il était bien, le directeur, sportif. Il avait fait Oxford. Sa femme était très belle entre parenthèses. [Pierre rigole.] Ils m'appelaient *le môme 50 grammes*, les soldats. Au début, il fallait qu'ils me mettent sur le cheval même si les chevaux des hussards sont pas tellement grands.

Y avait des chasses à courre à Rambouillet. Je sais pas si tu connais de nom la duchesse d'Uzès[1] ? C'était une vieille aristocrate qui organisait sa chasse à courre. J'y ai participé deux années, on était invités, les officiers du régiment et nous, les cavaliers. La première fois, la duchesse d'Uzès suivait sur un cheval en amazone. Elle prenait pas la piste par le flair, elle prenait les routes forestières. Et puis la deuxième année… Y avait la meute, une quarantaine de chiens, avec un grand U sur la fesse. C'était joli, ça faisait attelage. Des tas de belles minettes… C'était bien. Je tenais mes rênes moi, en ce temps-là. J'avais douze ans, treize ans, mais je me démerdais bien.

1. Anne de Rochechouart de Mortemart, duchesse d'Uzès (1847-1933), héritière des champagnes Veuve Clicquot, présumée première Française à obtenir son permis de conduire en 1898 puis première à écoper d'une contravention pour excès de vitesse, à 15 km/h au lieu des 12 km/h autorisés. (Source : Wikipédia.)

La directrice d'école, elle était bien avec moi. Moi, je lui ai rien fait mais… c'était la lingère qui m'intéressait. Ça a duré longtemps avec la lingère. Mais tu sais ce que c'est, des amours d'adolescents. C'était *Tenons-nous la main*, tout ça. [Il se marre.] J'étais content de lui chiper son peigne, son dé, que je gardais précieusement.

Le directeur de Rambouillet était bien parce que, le dimanche, il a vu que les gosses fumaient en douce. C'était un philosophe, c't'homme-là. Il a dit *Je veux bien que vous fumiez, mais le dimanche seulement.* Et un dimanche après déjeuner il avait apporté plusieurs étuis à cigares et tous les grands, les vieux, il leur avait fait fumer le cigare. Il offrait les cigares… Chez les copains, ça dégueulait. Mais moi ça m'avait rien fait alors je fumais les cigares des autres, moi.

Souvent la nuit, avec mes copains, on allait… Yavait une école de filles un peu plus loin. Alors on faisait le mur pour aller les voir. Yavait sept murs et grillages à passer, puis on allait dans le réfectoire des filles – pour te montrer les gros bras, hein –, on allait manger dans le réfectoire des filles… Les pions ça défilait. Y n'tenaient pas le rythme. On leur menait la vie dure, c'était après la guerre, quoi. Ya un pion qui a voulu se venger sur un des gosses, il l'a poursuivi. Le gosse s'était caché sous une table. Comme tous les gosses, il était tombé plusieurs fois, il avait des croûtes sur les genoux, et le pion n'avait rien trouvé d'autre que de lui arracher ses croûtes. Alors moi, *pfffûûût*, je lui ai foutu un marron, au pion. Bien sûr, il est allé se plaindre auprès du directeur et le directeur *Ah, taper sur un pion !…*, il a pris sa cravache et *ding ding*, il m'a tapé sur les mollets. Il m'a ouvert les deux mollets. Moi je m'en foutais, j'avais la peau dure… Le soir, quand on est montés se coucher au dortoir, l'un derrière l'autre dans l'escalier, le directeur était là, et sa femme aussi pour vérifier l'état des gosses parce qu'elle trouvait qu'il frappait à tort et à travers. Elle me voit et m'interpelle. Les striures, forcément. *Qu'est-ce qui t'est arrivé ?* Le directeur était pâle, tout vert. Coup dur ! Elle m'a redemandé, et je lui ai répondu *J'ai fait le mur, et je me suis arraché les jambes sur les barbelés.* Le directeur retrouvait ses couleurs. Il était content. Après, j'ai fait ce que je voulais…

Moi je saignais du nez un jour sur deux. Lucien, lui, il détestait la bagarre.

Il avait un copain de collège qui s'appelait Napoléon, un type du Nord. Ils étaient copains, presque inséparables. Avec son copain, ils discutaient, ils faisaient le tour de la cour. Je me souviens quand il tombait de la neige, nous on était sous les arcades et on leur balançait des boules de neige. Eux continuaient à faire leur tour en discutant, imperturbables. Il était pas méchant, Lucien. Quand j'ai eu un accident de cheval, que le cheval est tombé sur un obstacle et que je me suis pris le pommeau dans le ventre, c'est lui qui me massait le ventre régulièrement, il suivait ce que lui avait appris l'infirmière.

Tiens, une autre histoire me revient… Dans la cour y avait un rouquin, son père était mécanicien du côté de Levallois-Perret. Il était dur comme tout, le rouquin, il emmerdait Lucien, il l'avait insulté et Lucien bronchait pas. Il avait plu, la cour était pleine d'eau, y avait des mares partout. Dans une mare, un gosse avait laissé tomber une tartine de pain qui flottait. Alors je dis à mon copain Deprez *File derrière la porte*. Moi je m'approche avec la tartine bien mouillée et quand je tombe sur le rouquin, *pfffuuiit*, je lui balance en pleine poire… Alors le gars me cavale après, j'le savais bien qu'il me courrait après, il avait trois-quatre ans de plus que moi. Quand je suis repassé par la porte, j'ai fait signe à Deprez qui lui a claqué la porte sur la figure. Le gars saignait, tout ça. Enfin, bref, des trucs de gamins, quoi.

Deprez, son père avait été capitaine de gendarmerie et avait été tué à la guerre. Il habitait Neuilly-sur-Seine. J'étais allé dans sa famille plusieurs fois. Il avait une frangine qui était bien mais… Ses parents étaient croyants donc la fille allait à l'église et le curé l'avait tâtée… Alors elle n'allait plus à l'église, et la mère n'avait pas voulu porter plainte.

Après la pension, chacun a pris son chemin. Je travaillais à l'American Express avec Lucien. Deprez terminait ses études et j'allais souvent le voir place Saint-Sulpice près de l'école de chirurgie dentaire. Pour pas être en reste, même si je travaillais déjà, je m'étais inscrit aux Langues orientales où j'ai suivi quelques cours d'arabe en auditeur libre. Comme ça, avec ma carte d'étudiant, je pouvais défiler, on me disait rien, quoi. J'avais un calot jaune, étudiant en lettres. On faisait des monômes d'étudiants, y en avait souvent. Je défilais en chantant et en pinçant les fesses des minettes. On chantait des chansons grivoises dans la rue, on buvait, on se marrait, quoi.

J'ai revu Deprez assez longtemps mais comme il avait une femme qui me cavalait après, je l'ai plaquée puis je suis parti au Maroc… Non, la femme des copains, c'est sacré… enfin… remarque qu'on a eu le temps de passer de bonnes journées ensemble… Après je voulais pas… J'me suis dit *Elle a une petite fille, elle est gentille*, alors je suis parti au Maroc. Jamais revue ensuite…

PIERRE, *pour finir, se met à chanter*

Ma mère m'a donné cent sous
Pour m'acheter des bretelles

J'ai gardé mes cent sous
Pour aller au bordel.
Chemin faisant
J'ai rencontré grand-mère
Où vas-tu mon enfant ?
Je m'en vais au bordel
Garde tes cent sous
Je ferai bien l'affaire
J'ai gardé mes cent sous
Et j'ai baisé grand-mère [Il se marre.]

Tu la connais ? Elle est bonne celle-là… Alors le père, il engueule son fils. Il dit *Fils de salaud, tu as baisé ma mère !* Et le gamin répond *Si j'ai baisé ta mère, t'as bien baisé la mienne !*

BORNE 1923-1926

Dormir, la lune dans un œil et le soleil dans l'autre

Paul Éluard, *Suite*

En 1923, dans son testament politique qui ne sera rendu public qu'en 1956, Lénine propose que le Parti communiste démette Staline de sa fonction de secrétaire général. Il meurt en 1924.

En 1923, l'Allemagne est aux prises avec une hyperinflation, en partie consécutive aux dommages de guerre. L'argent se dévalue si vite que le prix du repas au restaurant grimpe entre l'entrée et le dessert. L'Allemagne s'endette, le sentiment anti-français monte.

En avril 1924, Ernst Bloch publie dans *Das Tagebuch* un article intitulé « La force d'Hitler », dans lequel on relève ceci : *Chez les communistes comme chez les nationaux-socialistes, c'est à la force de la jeunesse que l'on fait appel ; chez les uns comme chez les autres, l'État capitaliste et parlementaire est renié, on réclame la dictature, comme forme d'expression de l'obéissance et de l'autorité, modèle vertueux de la prise de décision, contre les lâches atermoiements de la bourgeoisie, cette classe éternellement discutailleuse.*

[…] *Malgré cette apparente confusion, les buts de cette bande ne sont par ailleurs, de manière reconnaissable, que l'expression de la volonté réactionnaire des classes en déclin et de leur jeunesse*[1].

1924. Gaston Doumergue préside la France. Le pays entre en plein dans l'ère de l'automobile. L'heure est aux Hotchkiss, Talbot, Renault, Delage, Chenard, Unic et Citroën 5 et 10 CV. Les Français en ont assez de la poussière, ils signent des pétitions pour que l'on goudronne les routes, avec succès. Déjà depuis trois ou quatre ans, sur insistance de Michelin, le gouvernement a ordonné la numérotation des routes. Les dépôts de la semelle Michelin pullulent. Paris abandonne ses autobus à impériale tirés par des chevaux. Les progrès techniques dans l'industrie automobile et la sidérurgie dopent l'économie du pays.

En Italie, une route de cent dix kilomètres de long d'un genre inédit ouvre au public dans la région des lacs. On y roule plus vite, elle n'a pas de croisement, mais ses utilisateurs acquittent un droit d'usage dans un péage.

Pierre-Georges Latécoère qui produisait des Breguet 14 pendant la guerre cherche une nouvelle clientèle. Par un accord avec la Poste, il met en place une ligne Toulouse-Casablanca jalonnée d'aéroports sur le territoire espagnol. En 1925, cette ligne est prolongée jusqu'à Dakar.

Sigmund Freud publie *Le Moi et le Ça* à Vienne.

Albert Calmette et Camille Guérin présentent à l'Académie de médecine de Paris les résultats de leur vaccin contre la tuberculose, le bacille de Calmette et Guérin (BCG).

Werner Heisenberg et Erwin Schrödinger introduisent la mécanique quantique suivant deux formalismes.

1. Extrait tiré de *Philosophie Magazine*, Hors-série XXe *siècle, les philosophes face à l'actualité*, août-sept. 2008.

Vladimir Vernadski définit la biosphère comme l'ensemble des organismes vivants qui interagissent entre eux et avec les autres compartiments que sont la lithosphère, l'hydrosphère et l'atmosphère, et sans lequel l'atmosphère serait dépourvue d'oxygène et la Terre évidemment tout autre. Il nous fait découvrir que la vie a bouleversé les équilibres géochimiques et la planète dans son ensemble. Vernadski introduit l'écologie comme la science de la biosphère.

Les mouvements artistiques novateurs se précisent. Le Bauhaus favorise le rapprochement entre art et artisanat. Dans le *Manifeste du surréalisme* qu'il publie en 1924, Breton définit le surréalisme comme l'automatisme par lequel s'exprime le fonctionnement réel de la pensée, hors de toute influence esthétique, morale ou de la raison.

En 1925 se tient à Paris l'Exposition internationale des arts décoratifs et industriels modernes qui donnera son nom à l'Art déco.

Au cinéma, l'école russe prend la vie sur le vif, l'art passe dans le montage. Eisenstein tourne *Le Cuirassé Potemkine*. Aux États-Unis, Chaplin sort *La Ruée vers l'or*. En France, Louis Delluc lance les ciné-clubs.

Requiem pour Fauré. *Parade* pour Satie.

Le charleston apparaît en 1924 à Broadway. Fin 1925, le public parisien s'enthousiasme pour cette danse qu'il découvre dans la *Revue nègre* aux Folies-Bergère et il fait un triomphe à Joséphine Baker.

Le 26 février 1926, en plein enregistrement discographique de *Heebie Jeebies*, la partition tombe du pupitre et Louis Armstrong poursuit en improvisant. Le scat est né.

Durant ces Années folles, l'opinion publique française porte un regard « bienveillant et condescendant » sur les Noirs, et plus généralement sur les colonisés[1]. Joséphine Baker, qui arrive des États-Unis, s'étonne de pouvoir s'asseoir à côté des Blancs dans l'autobus ou au restaurant à Paris ; elle se sent libérée et le fait savoir.

1. Sophie Jacotot, « Danses de société des Amériques en France dans l'entre-deux-guerres : les mirages de l'exotisme », *in* Pauline Schmitt Pantel (dir.), *Hypothèses 2007 : Travaux de l'École doctorale d'histoire de l'Université Paris I Panthéon-Sorbonne*, Publications de la Sorbonne, 2008 (source : Wikipédia).

11
Les premiers boulots

> Enfonce-toi dans l'inconnu qui creuse. Oblige-toi à tournoyer.
>
> René Char

À seize ans, Lucien obtient brillamment son brevet primaire supérieur et retourne vivre avec ses parents et sa sœur. Renée travaille dans une banque.

La guerre a laissé tant de places vacantes qu'il n'est pas difficile de dégoter un job. Lucien s'essaie d'abord à la photogravure et se fait embaucher en atelier mais les employés en font leur coursier. En soirée, le cinéma lui permet de gagner un peu d'argent. Avec un copain pianiste, ils accompagnent les films muets. Il se régale des burlesques. Charlie Chaplin bien sûr. Buster Keaton, Harold Lloyd, Harry Langdon, ces comiques qui ne sourient pas, quelle grâce ! Lucien se trouve des affinités sinon des ressemblances avec ces rêveurs toujours dignes emportés dans des tourbillons. De tous, Harold Lloyd est son préféré. Est-ce par mimétisme ? Toujours est-il que Lucien, lunettes rondes et cheveux tirés, finit par lui ressembler.

Après neuf ou dix mois dans le même atelier, alors qu'il n'a toujours rien appris, Lucien parcourt les petites annonces et se décide à changer de crèmerie. Du jour au lendemain, grâce à son anglais courant, il devient clerc d'importation à l'American Express.

Il se plaît beaucoup à son poste où il reste plus de deux ans et où Pierre le rejoint. Mais chacun ne voit le monde que par son œilleton. Augustin, qui approche de la retraite, insiste pour que ses enfants entrent dans l'administration pour s'assurer une retraite. Las de refuser, Lucien passe en 1925 un concours de surnuméraire à la Poste sans avoir rien préparé ni rien révisé ; il est reçu dans les cent premiers. Il ne sait pas encore ce qu'il fera et décide de devancer l'appel au service militaire qui dure alors dix-huit mois.

RENÉE *raconte*

Je me souviens d'une représentation au théâtre Sarah-Bernhardt – on l'appelle le Théâtre de la Ville, maintenant. J'y étais allée avec Pierre, habillé en spahi. Il portait un pantalon bleu, un double burnous. Moi, en robe de soirée, tu parles si j'admirais mon frère, j'étais vraiment fière de monter l'escalier à son bras… On allait très souvent au théâtre. Ma mère adorait ça et elle nous y incitait.

La pièce préférée de Lucien, c'était *Ruy Blas*. Il y est allé plusieurs fois. Un jour, il m'a conseillé d'aller la voir. Ni une ni deux, j'y suis allée. Eh ben tu sais pas qui j'ai vu parmi les spectateurs ?… Lucien ! C'était son théâtre préféré, la Comédie-Française. Pierre préférait l'Odéon. Nous, avec Mémère, on aimait surtout l'Opéra-Comique.

Lucien collectionnait les timbres. Il alignait les timbres des colonies et les profils de Cérès, la déesse de l'agriculture… Quand il regardait des oiseaux par la fenêtre, il parlait des mésanges et des rouges-gorges à la manière de Lamartine et Pierre criait *T'as pas fini de nous casser les couilles avec tes piafs !*

Il n'était pas bricoleur, Lucien. Quand y avait quelque chose, la lampe qui était cassée, il savait pas faire, c'est Simone qui réparait. Pierre bricolait bien mais il avait toujours la cosse pour faire quelque chose. Il avait la *cossyngite* aiguë… Écoute, je te raconte le coup du jardin, quand on était gosses. Quand mes parents ont acheté le terrain à Fontenay pour construire, on était tout petits. Alors Papa nous dit – toujours avec Papa, l'égalité –, il nous dit *Je vous donne chacun deux mètres carrés de jardin, vous en ferez ce que vous voudrez.* Il y avait donc les trois terrains. Lucien, Pierre, et puis moi, à la suite. Moi, je trouve une belle fleur et je la mets au milieu de mon jardin. Ton grand-père, lui, l'homme pratique, il sème des lentilles tout autour de son jardin. C'est haut comme ça, les lentilles, ça fleurit, c'est beau comme tout. Et Pierre avait le terrain du milieu. Alors lui *Comment qu'tu t'y prends, regarde-moi ça grand ballot, c'est pas comme ça qu'il faut faire. Puis toi, pourquoi t'as planté ta fleur de travers ?* Il n'arrêtait pas de critiquer. Après un petit moment, il nous dit *Oh puis vous savez, moi, ça m'intéresse pas, hein. Je vous donne la moitié de mon terrain à chacun.* Voilà tous les trois notre description. Ça décrit bien les gosses, hein ? Pourtant, on a été élevés pareil. Mes deux frères étaient dans le même collège tous les deux, et ils sont aussi différents que le jour et la nuit.

Lucien jouait bien du violon. Moi je chantais. Il m'accompagnait des coulisses quand je chantais en public. J'étais contente, il aimait bien m'accompagner… Mémère chantait et jouait du piano d'oreille. Toute petite déjà elle aimait la musique. Elle dressait ses poupées et chantait et dansait devant. Elle avait demandé à apprendre le piano.

Sa grand-mère lui avait répondu *Penses-tu, Marie ! Pas une fille comme toi. On écoute les tziganes qui jouent mais on n'apprend pas d'instrument.* Quand Maman me racontait ça, elle ajoutait *Tu penses si elle en tenait une couche, ma grand-mère !*… Alors dès qu'elle s'est mariée, elle s'est acheté un piano. Papa jouait de la mandoline. Et c'est bibi-lolo qui a cassé la mandoline…

LUCIEN *raconte*

À dix-huit ans, j'étais en quelque sorte chef d'orchestre. Nous formions un groupe avec Renée au piano et les deux frères Chodière, au saxo et à la clarinette. Pierre était encore à Rambouillet. On répétait à la maison, du jazz, du classique, des airs à la mode. Le jazz était très récent. Le Chodière au saxo est devenu plus tard chef d'orchestre du cirque Amar. C'était un bon, je t'assure ! À cette époque, je faisais aussi des remplacements au cinéma muet dans l'accompagnement musical : fox-trot, one step, two step, tango… Que des danses ! Ça me rapportait vingt francs la soirée. Que des bons souvenirs.

PIERRE *raconte*

On a beau dire, c'est quand même la télé et l'auto qui ont modifié le comportement social. On se marrait plus avant. Quand j'allais au bal à Robinson en train, on était en compagnie, on commençait la fête dans le train.

RENÉE *raconte*

J'ai commencé par travailler au Crédit Lyonnais, au troisième sous-sol, dans la salle des coffres. Je m'y embêtais à mourir alors j'ai démissionné et j'ai trouvé tout de suite une place au Crédit du Nord. À dix-sept ans, on pouvait entrer à la Poste comme *surnum'* – surnuméraire –, mais y avait pas de concours tous les ans. J'ai dû attendre dix-neuf ans pour le passer. J'aurais préféré travailler de mes mains, moi. Pianiste, horticultrice ou couturière, voilà ce que j'aurais voulu faire…

C'est vers 22-24 que mes parents ont fait construire leur maison en meulière sur le champ de blé de trois mille mètres carrés qu'ils avaient acheté à Fontenay. Le pavillon était très grand avec salon, salle à manger, salle de billard et quatre chambres, en comptant la mansarde de Pierre. Dans le jardin, mes parents avaient planté une allée de rosiers bordée de buis. Sur les côtés, ils avaient mis des palmettes en U. Tu vois, pour des gens qui n'y connaissaient rien du tout, mon père et ma mère ont acheté des bouquins et ils ont fait ça tous les deux. Ils aimaient la terre, ils étaient toujours les mains dans la terre. Ils ont même fait des asperges. C'est du travail, les asperges, hein, c'est du boulot… Il y avait une grande pelouse et des arbres, des cytises, des acacias greffés roses, des lilas, des sapins, du seringa, et même un bouleau pleureur au tronc tout blanc. Pépère les achetait sur catalogue alors qu'il n'y connaissait rien.

Mes parents ont maintes fois répété *Ah, si on n'avait eu que les deux aînés, qu'est-ce qu'on aurait été tranquilles !*… Ils étaient partis passer quelques jours à Nice chez des amis et nous avaient laissés tous les trois à la maison. Pierre rentrait juste du régiment. Nous avions reçu de nos parents une somme assez rondelette sous la forme d'obligations pour démarrer dans la vie adulte. Pierre a cherché à vendre ses obligations à Lucien qui a refusé. Lucien m'a prévenu *Attention, Pierre va chercher à te vendre ses obligations. Il faut refuser.* Effectivement, Pierre n'a pas tardé à arriver vers moi. C'était non. Alors il est parti faire le tour de ses connaissances. Plusieurs heures plus tard, il est revenu au volant d'une automobile flambant neuve ! Lucien et moi, on était horrifiés à l'avance de la réaction des parents. Pierre, lui, était tout fier... En arrivant, Pépère et Mémère ont bien sûr râlé mais Mémère assez vite a été heureuse de faire des tours en automobile.

DEUXIÈME CAHIER

Simone Sevrin, avant 1927

12

Auguste et Eugénie

> Ellénore, en un mot, était en lutte constante avec sa destinée. […] On l'examinait avec intérêt et curiosité comme un bel orage.
>
> Benjamin Constant, *Adolphe*

Dans la remarquable diversité des paysages de France, les terres de semi-montagne se ressemblent. Auvergnats, Savoyards, Basques et Béarnais se sentiraient presque chez eux dans les Vosges s'il ne s'y parlait pas un dialecte fort différent du leur. Né à Gerbépal dans les Vosges en 1883, Auguste Sevrin est de leur trempe, travailleur, robuste, têtu, taiseux, cordial. Les migrations incessantes depuis lors ont modifié la donne mais il aurait sans doute été possible de dresser une géographie des caractères des campagnes françaises jusqu'au XIXe siècle et il est probable que la répartition qui en aurait résulté eût été très corrélée au climat, au relief et à la richesse du sol qui conditionnent le rapport de l'homme à sa terre.

Pour distinguer Auguste Sevrin, ajoutons des qualités que lui attribueront sa fille aînée et son gendre : Auguste Sevrin est attentif, généreux, juste et droit. Il est de ces gens qui impriment bien plus de qualités que de défauts dans les mémoires.

En 1911, Auguste vit avec sa femme Eugénie et son fils Roger en Meurthe-et-Moselle, dans la commune de Badonviller. Face à la gare, ils habitent un des cinq petits pavillons de contremaître identiques et alignés devant la faïencerie Fenal, la grosse usine du village. À côté d'Auguste qui est chef mécanicien logent les familles du spécialiste de la faïence, du dessinateur de motifs, du comptable, et on a oublié qui était le cinquième. Dans les jardins, conformément au vœu du patron, chaque cadre a au minimum son cerisier et son mirabellier. L'entreprise Fenal est connue pour l'avant-garde sociale instaurée au début du siècle par son fondateur avec une participation aux bénéfices, une caisse de secours mutuel qui couvre les frais de maladie, une caisse de prévoyance pour la retraite, et une garantie décès qui inclut les frais d'enterrement jusqu'aux rétributions des croque-morts et du curé. C'est ainsi que Théophile Fenal, député de l'arrondissement et patron paternaliste, avait traduit en pratique son programme électoral, « l'union du Capital et du Travail ». En cette année 1911, l'usine qu'a reprise Édouard Fenal à la mort de son père tourne à plein avec les services de toilette Art nouveau, et Auguste Sevrin est très satisfait de sa place.

Le 12 février, un vent sibérien balaye la Lorraine. Dans leur pavillon, Eugénie est encore en nage, elle vient de mettre au monde une petite fille qui semble viable. Roger a déjà trente mois. Le regard tendre d'Auguste passe d'Eugénie à Simone, la petite emmaillotée et blottie au creux de ses mains calleuses. Un bonheur muet se lit au plissement discret de ses yeux. Eugénie semble plus soulagée qu'heureuse, le repos la gagne.

Les naissances et les décès ont une étrange capacité à détacher l'esprit du temps et à l'autoriser à vagabonder, comme un astronaute contemplant la Terre depuis l'espace. Auguste, c'est à son père qu'il songe. Sa mère, il ne veut plus la voir. Son père, il ne peut plus le voir, lui de qui, dit-on, il a hérité solidité, franchise et force de caractère. Ce père forgeron qui se prénommait déjà Auguste et ne savait pas lire, ce père passionné par le feu qui avait fait l'artificier pour la commune de Gerbépal jusqu'au 14 juillet funeste où une fusée l'avait emporté. Sa disparition prématurée avait marqué la famille bien au-delà de la douleur intense qu'elle provoqua sur le moment. Cette disparition, ce fut comme une dent ajoutée à l'engrenage complexe des roues du destin, une dent supplémentaire qui modifiera tout et dont les conséquences se propageront encore de génération en génération, bien après que le souvenir de l'événement déclencheur se sera évaporé…

À ceci près que l'histoire ne se met pas en équations, il en est finalement du destin des hommes comme de la météorologie. Que le battement d'ailes d'un papillon puisse déclencher une tornade à des milliers de kilomètres, on connaît. Eh bien dans la vie des familles, c'est pareil. Une seule bifurcation dans la vie d'un homme modifie les décisions, les choix et même l'existence d'une branche familiale sur des générations, jusqu'à son extinction. Une rencontre, un nez plus court ou plus long, ou une fusée défaillante, et tout est bouleversé pour des décennies et pour des siècles. À l'échelle des siècles et des millénaires, c'est l'histoire de l'humanité qui s'en voit changée. En définitive, l'Histoire, la science de l'homme dans le temps, n'est-elle pas l'étude des bifurcations et des états qu'elles engendrent ? Sans bifurcation, une évolution est-elle seulement possible ?

À l'école, Auguste Sevrin s'était appliqué au dessin et au calcul mais le reste l'avait profondément ennuyé. Quand il avait un moment, il concevait, bricolait, il testait des prototypes mécaniques. Il aurait pu poursuivre ainsi, conjuguer la forge paternelle et la mécanique. Mais c'est alors que s'était produit le second événement qui avait marqué sa jeunesse. La naissance du bâtard.

Ses parents s'étaient mariés précipitamment parce que sa mère l'attendait. Son frère Jean et sa sœur Augustine avaient suivi. Tous les trois étaient du même lit. Quelque temps après s'être trouvée veuve, sa mère eut un fils illégitime qu'elle appela Raymond et qui prit son nom de jeune fille. Dans le village, tout le monde sut vite, bien qu'il ne le reconnût pas officiellement, que le père de Raymond Colin était le beau-frère, le frère du défunt mari. Un clic. Et le jeune Auguste qui avait tant aimé sa mère se mit à la haïr. Que sa mère ait un enfant hors mariage, qui plus est avec son oncle paternel, cela dépassait tout ce qu'il pouvait admettre à son âge et avec son expérience. Cette configuration non prévue par le catéchisme était hors norme, il ne put la supporter. Dans un mouvement d'humeur, il prit la route et rejoignit les Compagnons du tour de France. Il ne revit son frère et sa sœur que bien plus tard, lorsqu'il entra dans les chemins de fer. Avec les Compagnons, Auguste enchaîna les expériences et les voyages. Bouger devint aussi naturel que se perfectionner, l'un n'allant pas sans l'autre.

Après plusieurs années de formation, Auguste était revenu dans sa région d'origine et avait accepté le poste de mécanicien sur la ligne qui reliait en serpentant à flanc de montagne Gérardmer aux lacs de Longemer et Retournemer, ces lacs nés de la fonte du glacier de Martimpré qui couvrait Gerbépal. Le train transportait passagers, bois, charbon, divers ravitaillements, et il s'arrêtait souvent. Il marquait un arrêt au café Leduc, face à la scierie Leduc, un peu avant d'arriver à Xonrupt. Auguste y prenait un verre et échangeait des nouvelles avec Thérèse, la patronne. La jeune fille de la maison, intimidée, ne disait mot mais elle guettait chaque passage du mécano. La quiétude qui émanait de ce jeune cheminot, sa gentillesse, sa bonhomie, sa force aussi la réconfortaient, elle qui avait l'esprit en bataille. On sait bien, même si elle se plaît à laisser son homme croire le contraire, que c'est la femme qui scelle un couple. Et voilà comment, de fil en aiguille, Eugénie Leduc et Auguste Sevrin s'étaient unis à Gérardmer par les liens du mariage.

Ceux qui l'ont connue l'assurent, Eugénie n'est pas sereine, jamais à son aise. Elle est travailleuse mais on la dit austère, froide, intransigeante, elle peut paraître fière. Elle semble plus subir que choisir. Son amour pour Auguste ne suffit pas à l'apaiser. Sur les rails, son mari a trouvé sa voie. Pas elle. Un rien provoque son irritation, son amertume, son énervement, parfois même sa colère. Ils sont malheureux, ceux qui n'arrivent pas à se situer dans le monde. Vit-elle trop éloignée de ses rêves ? Une autre raison peut être avancée. Très souvent, Eugénie attache plus d'importance aux obstacles qui se présentent qu'à l'objet qu'elle vise. C'est ainsi que Jean-Jacques Rousseau définit l'amour-propre, le mal absolu[1]. Eugénie pense se protéger sans voir que, perfide, cet amour-propre la ronge de l'intérieur comme un acide et l'empêche de s'épanouir. De surcroît difficile à supporter pour l'entourage, il la contraint, l'isole et la fait souffrir. Le tragique, c'est qu'elle ne le voit pas, et on le lui dirait qu'elle se refuserait sincèrement à le reconnaître. D'autres explications peuvent être avancées à son mal-être, comme le traumatisme de la guerre. Les témoignages sur lesquels repose ce portrait sont tous postérieurs à la guerre de 14 qui, comme nous le verrons, n'a pas épargné Eugénie. Personne ne peut plus témoigner de la femme qu'elle fut avant guerre. Toujours est-il qu'Eugénie mâchonne un malaise qu'elle tourne en bouche à l'infini…

Pour elle comme pour son mari, la famille recomposée est lourde à porter. Eugénie est issue du second mariage de son père Constant et, depuis son décès, un violent conflit oppose les

1. Jean-Jacques Rousseau, *Dialogues*.

enfants du deuxième lit à leur demi-frère Félix qui veut tout rafler. Encore une bifurcation.

Eugénie et Auguste se retrouvaient sur le même constat : la famille c'est comme un restaurant. Les cuisines sont moins reluisantes que la salle à manger. *Mais,* comme dira Simone, *une famille sans problème, est-ce encore une famille ?*

En ce 12 février 1911 où elle vient de délivrer la petite Simone, Eugénie se répand dans les songes. Quelle vie les attend tous les quatre ? Dans la lumière diaphane du petit jour, tandis qu'une voisine tient le jeune Roger à l'écart, une autre qui fait office de sage-femme ramasse les linges souillés de sang et de teinture d'iode. Eugénie aimerait informer ses parents de la naissance de Simone, leur montrer ce dont elle est capable, mais son père est mort depuis huit ans et sa mère si douce et si discrète tient toujours le café-restaurant face à la scierie de Xonrupt dont Badonviller est éloigné de deux jours de marche.

SIMONE *raconte*

Mon père est parti tout jeune faire le tour de France pour apprendre son métier de mécanicien comme Compagnon. Voilà comment ça s'est passé. Il était jeune quand son père est mort, il n'avait pas sept ou huit ans. Il était jeune et il avait de la morale, il était sans doute idéaliste. Sa mère a eu alors un enfant avec son beau-frère, l'oncle de papa. Du fait que les parents n'étaient pas mariés, mon père a été traumatisé contre sa mère. Alors il est parti.

Le petit Colin a été placé à l'Assistance publique. On l'a vu plus tard par l'entremise de la tante Lucienne, la femme de l'oncle Jean. Tu sais, en ces temps-là, c'était courant que les mères célibataires abandonnent leur enfant à l'Assistance publique.

Quand il a connu Maman, il était très débrouillard mais n'avait pas d'instruction. Ce qui lui manquait, c'était pour écrire les lettres administratives, il faisait des fautes. Il conduisait le petit tram qui reliait Gérardmer aux lacs. Quand le tram passait devant la maison que Maman habitait, elle sortait. Elle était si excitée, comme tous les jeunes de cet âge-là, qu'elle en avait gardé une cicatrice. Un jour, elle était partie aux pissenlits avec son tablier et un couteau bien affûté quand elle a entendu le tram arriver. Elle avait jeté le couteau dans le tablier et voulait défaire ce tablier à toute allure pour bien présenter et, dans son empressement, elle s'était bien entaillé le doigt.

Ils se sont mariés.

Le jour de son mariage, ma mère était habillée tout en noir, avec un voile de tulle blanc sur la tête. Elle portait encore le deuil de son père.

Je n'ai pas connu mes grands-parents paternels. Le grand-père était mort tué. Mes deux grands-pères sont morts accidentellement. Mon grand-père maternel avait la scierie, il était riche, il a passé son bras sous la scie au niveau du coude, il en est mort. Mon grand-père paternel est mort un 14 juillet, il était artificier, il a sauté sul'pétard. En somme, je n'ai connu qu'une grand-mère, ma grand-mère maternelle. Qu'est-ce qu'elle était chic avec moi et avec mon frère ! On la vouvoyait. Maman aussi la vouvoyait, c'était pourtant sa mère. Oh, c'était pas une question de noblesse, c'étaient les mœurs de l'époque… Elle s'appelait Thérèse ma grand-mère. Thérèse Lasausse (on prononce « Lassausse »). Elle aimait bien raconter que quand elle enserrait un peu fort son mari, il disait *Lasausse m'étouffe !* et tout le monde rigolait. Je ne l'ai jamais entendue se plaindre, pourtant elle était très rhumatisante.

Maman avait plusieurs tantes du côté de Gérardmer. Son père avait treize frères et sœurs. Il y avait un oncle marrant, Eugène, qui était colporteur. Il trimbalait une grande hotte sur les routes et vendait de tout, des livres, des cartes postales avec des pensées, des lunettes, des bibles, des images pieuses… Et puis il donnait des nouvelles, alors forcément il était bien accueilli partout, tout le monde voulait toujours tout savoir. Il se vantait d'être allé à Rocamadour mais ça ne nous disait rien à nous les gosses, on trouvait juste ça merveilleux.

Toutes les femmes avaient leur métier à tisser et faisaient des draps. Elles les faisaient blanchir sur prés au soleil. Les prés étaient envahis de petits ruisseaux qui dévalaient, à côté desquels on étalait les draps. Il y avait toujours une femme qui passait dans les prés avec une timbale et mouillait continuellement les draps avec de l'eau des ruisseaux. On récupérait l'eau en bas pour faire pousser du cresson.

J'adore le fromage, ça vient de cette époque. Dans les Vosges, on en mangeait beaucoup, pas seulement du munster, ça c'est l'image, mais surtout du fromage paysan. Dans toutes les campagnes françaises, on faisait son fromage. Quand j'allais chez des amis ou dans la famille, la mère coupait des grandes tranches du pain cuit dans le four de la maison et sortait du fromage, assez fait en général, qu'on étalait sur le pain, puis elle passait ces tranches quelques instants au four à bois. Ce fromage chaud, coulant, laissait derrière lui une odeur caractéristique, l'odeur unique de ce fromage-là sur ce pain-là, c'était l'odeur de la pièce commune et chaque maison avait la sienne.

Dans la famille de Maman aussi, il y a eu plusieurs liaisons, ça embrouille tout. La tante Feutaie était une demi-sœur à Maman mais c'était régulier, il y a eu un remariage. Elle s'appelait Clémence, son mari s'appelait Feutaie et on l'appelait comme ça. On raconte que son mari avait cherché à lui faire avaler le bouillon de onze heures pour son argent et qu'elle l'avait quitté. Elle était très riche et très gentille.

Ce serait plus simple si je commençais par mon grand-père Constant, que je n'ai pas connu. Après le décès de sa première femme qui en était, elle, à son deuxième mariage, il s'était remarié. Le fils qui avait l'usine, Félix Leduc, était du premier lit, la tante Feutaie aussi, c'étaient le frère et la sœur. Félix avait cinq ans quand sa mère est morte. Ma mère était du deuxième lit, comme Fernand le poitrinaire et Émile, l'oncle de Madagascar. Eux, leur mère s'appelait Thérèse Lasausse. En tout, ils étaient cinq.

Ma grand-mère Thérèse était une gentille personne. Oh, que ma grand-mère…! C'est pour ça que je suis gentille avec mes petits-enfants, je voudrais que vous ayez un souvenir de votre grand-mère comme j'ai un souvenir de ma grand-mère. Oh, ce qu'elle était bien ! Mais elle était rhumatisante, tu vois je sais de qui tenir. Tu sais pas ce qu'on faisait pour ses mains ? Mon père avait une vieille dynamo qu'il avait adaptée. Il fallait inventer des systèmes pour combattre le mal, pour se soigner tout seul, on n'avait jamais entendu parler d'un hôpital. C'est pour ça que mon père avait inventé ce petit appareil avec un électro-aimant et des bouts de fil de fer. Quand ma grand-mère avait mal, elle nous disait à mon frère ou à moi *Fais marcher la machine*, ça lui donnait du courant. Elle tenait les fiches – deux sortes de boules métalliques –, on tournait une manivelle à tour de rôle et ce petit courant la soulageait des douleurs. Je regrette de pas avoir gardé la machine. Et quand ses doigts reprenaient un peu de vie, elle allait chercher dans la bourse qu'elle conservait toujours à son côté une pièce de cinq francs qu'elle nous offrait.

Il y avait aussi Clémentine et Hippolyte. Clémentine était la sœur de ma grand-mère. Elle était mariée à Hippolyte, un schlitteur. La schlitte, c'est la grande luge sur laquelle les hommes transportent les bois dans les Vosges. Ils coupaient les bois qu'ils empilaient dessus et ils les descendaient à la scierie. Un homme retenait la schlitte à l'avant, quatre ou cinq à l'arrière l'empêchaient de dévaler trop vite. Ils descendaient sur des chemins préparés l'été, barrés de troncs espacés tous les pas. L'homme de devant prenait appui sur ces troncs pour se retenir. Hippolyte était devant. Un jour il a glissé et la schlitte lui est passée dessus. Il a fini sa vie assez handicapé, boiteux.

Ma grand-mère avait la maison en face de l'usine. Les enfants s'occupaient de l'usine, une grande scierie qui marchait avec une roue d'eau. Un canal parallèle à la rivière amenait l'eau jusqu'à une chute de trois mètres cinquante, d'ailleurs il arrivait que les enfants tombent dans le canal. La maison, c'était une salle de bar de plain-pied, avec l'appartement de Félix et sa famille sur le côté. À l'étage, ma grand-mère gardait à part son petit appartement. Quand son mari est mort, ma grand-mère a fait le partage. Mais la famille était bizarrement constituée avec ces frères et sœurs de plusieurs couches. Elle a eu beaucoup de difficultés alors elle a mis en vente l'usine.

Maman et l'oncle Émile avaient envie de tout racheter, ça aurait intéressé aussi mon père de travailler à la scierie. Mais mon oncle Félix s'était marié à une cousine germaine qui avait beaucoup de fric, une héritière, et les parts d'héritage de Maman et de mon oncle Émile n'étaient pas suffisantes. La tante Feutaie et Fernand le poitrinaire n'étaient pas intéressés. Félix qui avait une part comme Maman et mon oncle Émile plus l'argent de sa femme riche a racheté l'usine à ma grand-mère. C'est comme ça que mon oncle Émile, dégoûté, est parti au service militaire à Madagascar et qu'il s'est installé là-bas avec sa part.

Mon père, après avoir conduit le tram, s'est occupé de la centrale électrique de Longemer ou de Retournemer, je ne sais plus, puis il a trouvé une place à la faïencerie de Badonviller où il s'occupait de toute la mécanique.

13

1914

Ce n'est qu'après avoir mangé l'esquimau glacé ou l'avoir laissé fondre qu'apparaît le bâtonnet. À l'identique, le souvenir ne se forme qu'après une phase d'oubli. Sans oubli, pas de souvenir.

Qu'importe que les souvenirs ne rendent compte ni d'une réalité objective, ni d'une vérité absolue ? Qui connaît la réalité ? Qui détient la vérité ? Seule la science fondamentale cherche une vérité indépendante de l'homme – en sachant néanmoins que l'observateur modifie par son regard la chose observée. L'objectivité pure sans âme ne concerne en rien les souvenirs.

Subsiste au fond cette interrogation : après que des décennies ont passé, quelle part de réalité nos souvenirs recouvrent-ils ? Sur le sujet, comparer l'histoire officielle et les souvenirs individuels en période de guerre est particulièrement instructif, tellement l'histoire officielle imprime et contraint les destins individuels.

À l'été 1914, personne ne songe à la guerre en France. Il semble en revanche que les Allemands s'y préparent. L'armée allemande a déjà attribué des tâches à des groupes de réservistes. À Badonviller, personne ne s'est inquiété des nouveaux ouvriers embauchés à la faïencerie dans les semaines qui ont précédé la mobilisation. Les frontaliers parlent français sans plus d'accent que bien des Lorrains et ils abattent le même boulot sans se faire remarquer. Seulement voilà. Peu avant la déclaration de guerre, tous disparaissent subitement, le même jour.

Mobilisé à son tour le 1er août 1914, Auguste Sevrin intègre son régiment d'infanterie.

À Xonrupt, la guerre fait des ravages dès la déclaration de guerre. À dix kilomètres à travers des sapins droits et indifférents, le col de la Schlucht marque la frontière avec l'Allemagne.

Le 4 août, au premier jour du conflit, les Allemands incendient la scierie Leduc et la grand-mère Thérèse prend la route pour rejoindre sa fille Eugénie en Meurthe-et-Moselle.

Lorsque les ouvriers frontaliers réapparaissent dans le secteur de Badonviller les 9 et 10 août 1914, ils portent fièrement l'uniforme de l'armée allemande. À ce groupe isolé se joint le 16e régiment bavarois qui atteint le village le 12 août. En une journée, les Bavarois détruisent la cité ouvrière et font feu froidement, patriotiquement, sur des civils. Ils pillent, ils incendient, ils achèvent des blessés. Les Lorrains surpris et terrifiés sont totalement désorganisés. Des femmes rattrapent les gosses qui courent, éperdus. La barbarie, on ne la comprend pas, on la subit.

Les Allemands ne touchent pas à la faïencerie Fenal dont ils prennent le contrôle pour ses réserves de bois et de métaux et puis, point stratégique, elle est traversée d'une rivière.

SIMONE *raconte*

Maman s'est occupée du premier blessé français de Badonviller le jour où les Allemands ont envahi le village. Elle l'a traîné vers la maison et l'a déposé sur les marches du perron, puis elle est allée chercher de l'aide. Il avait le ventre ouvert depuis le bas du gosier jusqu'au bas-ventre. Il criait et implorait. Moi j'avais trois ans. J'étais là, face à lui, incapable de voir autre chose ou de tourner la tête. Il avait le ventre ouvert, le sang coulait sur les marches. J'étais toute petite, il paraît que j'ai hurlé de toutes mes forces d'assister à cette scène. J'ai crié, hurlé, autant que j'ai pu… Cette image ne m'a jamais quittée. Jamais. De toute ma vie, je ne pourrai pas l'effacer. Je la revois dans les cauchemars, aussi nette que si la scène s'était déroulée hier…

Et c'était pas fini !… Parce qu'elle avait porté secours à ce soldat français éventré, les Allemands ont mis ma mère au poteau d'exécution. Je l'ai vue. Avec mon frère et ma grand-mère, on la regardait, les soldats allemands l'avaient attachée, ils l'avaient mise en joue. Et puis je ne sais pas… l'officier a dû nous voir… Roger avait six ans, j'en avais trois, on pleurait en tenant la main de notre grand-mère qui pleurait aussi. Il a donné l'ordre de détacher Maman. Elle est venue vers nous chancelante.

Pour finir, les Allemands ont mis le feu aux cinq maisons de contremaître, dont la nôtre bien sûr.

Tu sais, ces traumatismes, c'est pour ça j'en suis sûre que je n'ai jamais eu de mémoire. Jamais. Et non seulement ça mais je ne grandissais pas. Jusqu'à douze ans, j'ai gardé la morphologie et la taille d'une enfant de six-sept ans. Ma mère m'emmenait chez des médecins pour savoir si je resterais naine. À la pension, à onze ans, alors qu'on classait les élèves par taille, je m'étais retrouvée au milieu des petits de sept ans.

J'ai fini par grandir en pension, vers douze-treize ans.

Je me demande si ces chocs-là ne sont pas aussi la cause d'une mélancolie qui m'envahit parfois…

*

Quand la vie se met à bouillir, comme le lait chaud elle sécrète une peau.

Cette peau, on la trimbale pour le restant de ses jours et on se débrouille avec.

Simone, à trois ans, avait endossé sa peau.

Eugénie n'évoqua jamais sa mise au poteau d'exécution.

Jamais.

Pas un mot.

Quelles séquelles cet épisode laissa-t-il chez elle ? D'hystérésis, cette persistance d'un phénomène après la cause qui l'a produit, notre vie se charge avec le temps. Comment sa perception de la vie et ses convictions furent-elles modifiées ? Qui peut le dire, à présent ?

Fiodor Dostoïevski et ses vingt codétenus avaient connu une histoire semblable le 22 décembre 1849. Après huit mois d'internement dans les prisons, alors qu'ils allaient être fusillés et que les soldats mettaient en joue les deux premiers d'entre eux, parvint un contrordre du tsar qui commua leur peine en déportation. L'un des deux détachés sombra dans la démence et ne recouvra jamais ses facultés. Dostoïevski soutint que, pour lui, cet épisode et les quatre ans d'exil en Sibérie qui suivirent le sauvèrent de la folie. Il n'en reste pas moins que le spectre de l'exécution plane dans toute son œuvre. Qui ne trimbale pas à vie ses obsessions ? Comment les évacuer ? Comment oublier ?

À peine sa mère vient-elle de la rejoindre qu'Eugénie, poussée par les « neuf jours de guerre de Badonviller », prend ses enfants par la main et entame à pied avec eux trois le trajet inverse vers Xonrupt. Dans l'éclat du soleil blanc de l'été, on improvise. Le trajet a des allures d'exode. Les familles évacuent Badonviller à pied avec des charrettes. Eugénie et les siens dorment dans les granges. Ils n'ont presque rien à manger à l'exception du pain KK, un pain noir très dur qu'un soldat allemand a donné à la petite Simone.

Il ne reste plus grand-chose de la scierie Leduc mais le café-bar a été épargné. Eugénie y passera la guerre chez sa mère. L'appartement au-dessus du café n'est pas grand mais tout le monde se serre.

Simone et Roger passent leur temps à jouer dehors avec les cousins Clémence, Nicole et Clovis – les enfants de l'oncle Félix – et quatre grands voisins farceurs. En bande, ils se rendent à l'école, ils se trempent les pieds au Saut des Cuves et jouent à cache-cache et à cache-tampon à la Roche du Page.

Pour se faire un peu d'argent, Eugénie brode des draps, des serviettes, des mouchoirs et des nappes. C'est une excellente couturière.

Une fois au cours de la guerre, on accorde à Auguste Sevrin une permission. Une seule en quatre ans. Une permission très courte. Il retrouve sa femme et ses enfants dans une grange. Ensuite, il disparaît jusqu'à l'armistice dans les boyaux.

Sa tête ne dépasse pas des tranchées, Auguste n'atteint pas le mètre soixante. Sa petite taille le sauve-t-il ? Il sort indemne le 16 avril 1917 de l'offensive absurde et ratée sur le Chemin des Dames qui se solde par la perte de vingt neuf mille soldats français en une seule journée, deux cent mille en deux mois. Il reconnaîtra qu'il lui est arrivé de se cacher parmi les cadavres sur le champ de bataille pour sauver sa peau.

Quels autres souvenirs Simone garde-t-elle de « leur » guerre ? Quelque soixante-dix ans plus tard, elle a beaucoup oublié. Elle se rappelle être tombée gravement malade à la fin de la guerre et avoir été soignée à Xonrupt par des soldats américains avec des petites pilules.

Elle cherche, fouille dans ses souvenirs. Et puis soudain une image refait surface… Une visite avec sa mère chez une cousine ou une tante qui habitait Raon-l'Étape. Une héritière sans doute car lorsqu'elles sonnèrent, elles furent introduites par un majordome en livrée. Simone n'en croyait pas ses yeux. Elle n'en avait jamais vu… Le majordome avait la peau noire !

L'essentiel n'est pas dans l'événement, il est dans le détail.
Vermeer, Rimbaud et Proust nous l'ont bien laissé entendre.

14
1919

> Tout ce qui est intéressant se passe dans l'ombre, décidément. On ne sait rien de la véritable histoire des hommes.
>
> Louis-Ferdinand Céline, *Voyage au bout de la nuit*

> La vérité d'un homme, c'est d'abord ce qu'il cache.
>
> André Malraux, *Antimémoires*

La guerre vient de se terminer. Chacun s'organise. Chacun participe à la reconstruction, tout est à rebâtir en Lorraine. Les vies familiales se réorganisent avec ou sans hommes. Les langues se délient. On rapporte des histoires atroces de prisonniers vosgiens que les Allemands auraient passés dans les scies circulaires de l'Est.

Les enfants poursuivent leurs jeux. Ils gardent des facultés de s'émerveiller que les adultes ont enfouies. L'été, ils s'amusent avec les lucioles, ils se régalent à la fête des pains aux fruits. En hiver, ils font du ski chaussés de sabots cloués sur des douves de tonneaux. L'arrivée rituelle de saint Nicolas et du père Fouettard le 6 décembre marque l'entrée de plain-pied dans la saison. Autant les enfants craignent le père Fouettard qui gronde ceux qui désobéissent, autant ils admirent médusés saint Nicolas qui traverse les rues de Gérardmer en distribuant, magnanime, bonbons, sucres d'orge et berlingots.

Toute l'année durant, Roger porte un short et Simone une jupe courte. En hiver, les chaussettes sont seulement plus hautes, et ils gardent leurs gants à l'école pour diriger le porte-plume sur le papier. Jamais ils n'ont froid, même quand ils se laissent tomber à plat dans la neige *pour faire une photo*.

Les enfants gardent leur faculté de s'émerveiller mais ils n'oublient pas les images du soldat éventré, le peloton d'exécution. Il n'existe pas de brosse magique pour nettoyer la mémoire, on ne parle pas encore de résilience. En même temps qu'ils ressentaient le mal, les enfants avaient inscrit en eux leur souffrance. D'irréversibles tristesses. Et ce n'est pas fini…

Un après-midi d'hiver, Simone s'amuse dans la pénombre du garage avec sa poupée de chiffon, un bout de tendresse. Elle invente des histoires, tranquille, assise en tailleur derrière une bauge de pommes de pin, et berce la petite qui s'endort. Au moment où la poupée sombre dans le sommeil, Eugénie pénètre dans le garage. Simone se recroqueville et observe. Sa mère regarde dehors par la porte juste entrebâillée. Elle semble inquiète. Puis elle referme la porte, se retourne et se dirige droit vers un tas de petit bois recouvert de vieilles ferrailles. La petite retient son souffle et garde les yeux bien ouverts. Son cœur bat vite, elle a peur que sa mère la voie.

Eugénie enfonce le bras derrière le tas de bois et en sort une bouteille. D'un geste vif, elle tire le bouchon à demi enfoncé et porte le goulot à la bouche. Simone n'a jamais vu une femme se comporter de la sorte… Elle cherche alors à se faire plus petite encore. Eugénie boit toujours. Elle engloutit, le goulot vissé aux lèvres. Simone est terrifiée. Maman boit, encore, encore, encore. Le temps lui paraît très long. Eugénie boit à l'infini. Lorsqu'elle s'arrête enfin, vite elle remet le bouchon et replace la bouteille d'où elle l'a tirée. Simone est terrorisée. Sa mère s'approche de la porte, l'entrouvre, jette un coup d'œil puis sort, droite, en prenant un air sévère.

Pendant un long moment, Simone ne bouge plus, respire à peine, elle entend son cœur battre très vite et très fort. Elle sait qu'elle n'aurait pas dû voir ça. Elle se lève et s'approche du tas de bois et de ferrailles. Des minutes entières sont nécessaires pour l'atteindre. Elle ose, cependant. Quel âge a-t-elle ? Huit ans, pas plus. Puis elle gagne la porte, plus vite, et colle son œil dans l'entrebâillement. Plus personne. Qu'est-ce qui lui prend alors ? Poussée par son instinct, elle sort et revient avec une timbale remplie d'eau qu'elle tient fermement de ses deux mains. Toujours personne. Elle pose la timbale, tire la bouteille de sa cachette, enlève le bouchon avec beaucoup de précautions et met son nez contre le goulot. *Pouah !* Ça sent mauvais, très très mauvais même. Elle tend le bras, fronce les sourcils avec une moue de dégoût total puis se décide et verse un peu d'eau dans la bouteille. Ça sera meilleur pour sa maman. Son geste terminé, elle retourne vers la bauge, attrape sa poupée et s'enfuit loin le long de la voie ferrée.

Quand elle l'a fait une fois, le geste devient une habitude. À compter de ce jour, Simone épie sa mère pour, régulièrement, mettre un peu d'eau dans la bouteille. Jamais elle n'en parlera, jusqu'à la fin de sa vie.

Se rappelle-t-on en nos temps de représentation médiatique et de réseaux sociaux que, comme l'iceberg, l'homme n'offre au regard d'autrui qu'une partie mineure de lui-même et qu'il cache l'essentiel ?

Roger a onze ans. Les Sevrin vivent encore à Xonrupt où l'école a rouvert.

Un autre jour de sinistre mémoire, les enfants se rendent à l'école à la queue leu leu. Roger tient les épaules de son copain qui le précède et Simone est derrière eux. Ils arrivent à hauteur des artificiers qui essayent de déterrer une mine lorsque la mine explose. Les artificiers et le copain de Roger sont tués sur le coup. Roger et Simone, indemnes parce que protégés par le copain, regardent hébétés la scène. Le copain a le visage incrusté de taches noires, d'éclats et de plaies ouvertes. Il gît à leurs pieds. Ils ne le reconnaissent plus. D'instinct, Simone se met à courir en direction du village et rejoint sa mère en hurlant *Roger n'a rien ! Roger n'a rien !* Eugénie, qui a entendu la détonation, s'est déjà mise en route.

La famille de l'oncle Fernand – le frère d'Eugénie – a reçu une mauvaise pioche. Fernand, gazé pendant la guerre, devient *tubard* et contamine à son tour sa femme et tous ses enfants sauf une qui en réchappera. Simone voit ses cousines de seize et dix-huit ans, qui crachent déjà du sang, qui disent *Il ne nous reste plus longtemps alors il faut qu'on s'amuse* et qui jouent jusqu'à s'en étourdir.

Pour parachever le tout, les histoires de famille deviennent insupportables chez les parents. L'oncle Félix s'est permis de supprimer l'escalier qui mène à l'appartement de sa belle-mère pour la forcer à partir. Auguste installe une échelle pour lui venir en aide.

Le soir à la veillée, on se remémore de vieilles histoires de famille avec les anciens. Rire du passé soulage d'un présent bien chargé. C'est Marie-Constance Leduc, une belle-sœur de Thérèse, qui s'y colle avec plaisir, même s'il lui arrive souvent de sauter les générations. Elle rappelle qu'un de ses oncles était né le 14 juillet 1789, ça paraît si loin, on en rit. Elle explique les filiations compliquées. Les histoires n'en finissent jamais car la tante Marie-Constance avait treize frères et sœurs et, autant qu'elle s'en souvienne, il y eut au minimum deux lits à toutes les générations chez les Leduc depuis Louis XV et peut-être bien avant. Elle passe allègrement de son grand-père Jean-Nicolas né en 1773 qui, affirme-t-elle, avait sale caractère, à son brillant neveu Gustave qui s'est fait prêtre parce que ses parents lui auraient dit *Tu vas aller au séminaire, tu auras un vélo* et dont elle vient d'apprendre qu'il s'est marié dans le Sud et qu'il est devenu professeur. On ne sait pas ce qu'il a fait du vélo. L'histoire des Leduc a tellement de ramifications qu'on s'amuse en racontant les anecdotes, et peu importe si elles sont déformées, et les soirées passent ainsi.

Lorsque le patron Édouard Fenal appelle Auguste à Badonviller pour remettre en état la faïencerie, Eugénie et les enfants le suivent et se réinstallent dans un des pavillons de contremaître prestement reconstruits.

15
1920

> Il n'y a que deux conduites avec la vie : ou on la rêve ou on l'accomplit.
>
> René Char

Dans les pays industrialisés, le temps présent, devenu tremplin du futur, se racornit au XXe siècle. À ce point du récit, nous sommes encore loin d'Internet et du téléphone mobile qui revaloriseront une forme d'instantané, l'instantané à distance. Ce changement incessant de perspective spatio-temporelle qui bouleverse les repères de chaque génération est-il intrinsèque au modernisme ? Jusqu'où ira-t-on ? Quelle technique post-Internet déplacera les lignes ?

En 1919, un jeune prisonnier allemand est consigné chez les Leduc le temps nécessaire à rebâtir la scierie, et la famille reçoit des dommages de guerre qui entraînent un surcroît de complications. Félix, qui a racheté la scierie à ses frères et sœurs, récolte de fait tous les dommages de guerre. Comme Émile Leduc n'a pu empêcher le rachat de l'usine par son demi-frère, il part. Loin.

Simone et Roger adorent cet oncle bienfaiteur qui revient de Madagascar et leur apporte des cadeaux. Avec sa moustache en croc et sa tenue militaire, il a fière allure. Surtout, il les amuse avec des phrases qu'ils ne comprennent pas : *Quand c'est carré, ça tourne rond !*

Émile essaie d'entraîner Eugénie et Auguste dans son projet : *Sur la côte Est, les bois sont magnifiques. Le palissandre violet ! Tenez, regardez un peu… D'accord, le palissandre gris, c'est de l'aubier, mais l'ébène… L'ébène ! Et le café pousse facilement. L'an prochain, je récolte. La vanille c'est autre chose… c'est du boulot, la vanille. Mais y a de la main-d'œuvre alors ça se tente… J'ai les terres… Tu as vu les titres de propriété ? Il nous reste à monter une usine et le métier, on connaît. C'est gagné, je vous dis ! Venez avec moi, vous verrez. Madagascar, ça prend aux tripes…*

Un couple (ou pas), un enfant (ou pas), une formation (ou pas)… *Partir* est de ces bifurcations qui changent le destin de toute une tribu dans son sillage. Celui qui part connaît ce et ceux qu'il quitte, pas ce et ceux qu'il rejoint. Celui qui part est soit désespéré, soit gonflé d'espoir. En fait de destin, l'homme maîtrise-t-il autre chose que ses bifurcations ? Notre liberté s'exerce-t-elle autrement que par des choix décisifs ? Il arrive que les bifurcations se présentent en avance ou trop tard. Une chose semble à peu près claire : une bifurcation ne peut se prendre qu'à son heure. À la bonne heure.

Auguste Sevrin est partagé. À Badonviller, la faïencerie Fenal n'a pas retrouvé son régime d'antan. Le patron compte beaucoup sur lui et se montre généreux. Lorsque Auguste lui signale qu'une de ses deux automobiles est défaillante et qu'il va la réparer le dimanche, le patron la lui laisse. Sauf l'été. *Les voitures marchent bien l'été*, dit le patron. Auguste se grise au volant, il est aussi excité que les petits. En septembre, on profite de la voiture pour aller plus loin ramasser les myrtilles. Au retour, les petits aident Eugénie à les préparer en beignets, tout le monde se régale. Que demander de plus ? D'un autre côté, Auguste est tenté. Pourquoi ne pas démarrer une nouvelle vie après cette guerre interminable ?

Eugénie entend le chant de la sirène coloniale, d'autant qu'elle adore Émile.

Les débats sont longs. On ne sait plus ce qui fait pencher la balance mais la décision aurait pu basculer dans l'autre sens, il s'en faut d'un cheveu. À cet instant-là, au croisement des contraintes externes et de leur propre liberté, la pression est juste légèrement insuffisante pour changer d'aiguillage.

Eugénie et Auguste finissent par refuser de le suivre en proposant néanmoins à Émile de lui prêter la part d'héritage d'Eugénie pour qu'il puisse monter son usine. Elle est déterminée à aider son frère. *C'est* MON *héritage !* assène-t-elle à Auguste qui n'a pas besoin de l'entendre pour le savoir et qui est de toute façon d'accord.

Émile préférerait bien sûr qu'ils embarquent tous ensemble à Marseille mais il accepte leur prêt à la condition expresse qu'il soit officialisé chez un notaire.

Après qu'il a commandé ses machines, Eugénie accompagne Émile et son barda jusqu'à Marseille. Là, le 20 décembre 1920, Émile signe une reconnaissance de dette et rédige un testament olographe par lequel il fait de sa sœur Eugénie sa légatrice universelle.

Émile reprend la mer vers Madagascar où une *ramatoa* (on prononce « ramatou ») l'attend. Avec la scierie qu'il installera sous peu et une fiancée française d'accord pour le rejoindre d'ici quelques semaines, il entame une nouvelle vie.

SIMONE *raconte*

Mon oncle est parti militaire. Voilà l'origine de notre départ à Madagascar. Il y avait eu des ennuis dans la famille alors il a fichu le camp dans l'armée, là-bas. Et puis ça s'est dit, entre militaires : *Y a de l'or !* Il a cherché de l'or. Bon, il n'en a pas trouvé. Mais comme il était dans une scierie à Xonrupt, qu'il connaissait bien la forêt et que c'était plutôt les bois qui l'attiraient, il a cherché une région boisée et il s'est retrouvé dans la baie d'Antongil. Il y avait du bois de rose, du bois d'ébène, du palissandre… Émile s'est installé là parce que c'était une région de bois précieux. Il a commencé à la main avec une scie et un matériel rudimentaire. Il s'est débrouillé tant bien que mal puis il s'est dit que ce serait encore plus rentable avec une usine. C'est comme ça qu'il est venu en France pour les machines, chez nous. Il avait dépensé sa part d'héritage dans l'achat de la concession et c'est avec la part de ma mère et des économies de mon père aussi qu'il a acheté une usine. Et il est reparti. Il est mort pas longtemps après. L'usine n'était pas installée et c'est là que Papa a été l'installer.

Ça s'est trouvé après la guerre. La maison avait été brûlée. Papa a dit : *Allez, on y va.* Quand il a vu qu'il pouvait gagner de l'argent, il y est resté. Mais il n'en a pas gagné.

16
Le départ

Comment vivre sans inconnu devant soi ?

René Char

Quel paradoxe que l'Histoire !

Captivante parce qu'elle saisit la marche des hommes vers un destin individuel sûr quant à son terme, incertain quant à son cours, dans une épopée qui les dépasse : la création d'un destin collectif. Pour la plupart nous empruntons des routes communes. Pas simple d'avancer dans un jeu dont la règle se dévoile au fur et à mesure, partiellement. Certains s'enferrent autour de fausses issues. D'autres tournent en rond, pris dans la nasse. Quelques hommes plus singuliers agissent et la roue tourne, un peu.

Impossible de présenter l'Histoire sans raconter les hommes qui la font, les grands, les petits, les peuples, les tribus, les familles. Et le voilà, le paradoxe. L'Histoire, dès qu'on change d'échelle, devient subjective. Car plus on s'approche d'un homme et plus sa vie se distingue par ses choix. Et suivant quelles dimensions fondamentales l'espace individuel se déploie-t-il ? La créativité (que limite l'absence d'imagination), la confiance (que freine le manque d'assurance), la ténacité (contre laquelle œuvrent l'inconstance, la fragilité ou la procrastination) pourraient bien en être, en plus de la liberté qui délimite l'espace dans lequel les autres dimensions se déploient et qui est elle-même réduite par ses propres entraves (comme l'amour-propre). N'est-ce pas d'être à la fois libres, créatifs, tenaces et confiants en leurs propres capacités que les enfants ont le plus besoin pour se développer, s'adapter et se débrouiller dans la vie ? Pour s'épanouir, c'est une autre affaire sur laquelle s'accordent la pensée stoïcienne et une sensibilité orientale. Il se pourrait qu'il faille avoir chevillé à chaque pensée, à chaque geste, le sentiment d'appartenir à l'humanité[1]... Qui nous rappellera, sinon l'histoire, la littérature et la philosophie, qu'en vivant chaque instant présent, nous élaborons aussi un avenir collectif ?

Novembre 1921. Eugénie, enceinte de sept mois, est fatiguée. De retour de l'usine, dans la pénombre de la cuisine mal éclairée, Auguste la trouve effondrée, les coudes posés sur la table, les cheveux en bataille, un courrier à la main.

— Émile... c'est Émile, dit-elle seulement.

Au teint cireux de sa femme, à sa voix, à ses yeux défaits, Auguste saisit, avec effroi. Aucun mot ne lui vient. De ses bras lourds et maladroits, il entoure les épaules d'Eugénie. Émile... Émile qui croyait tant à sa colonie... On peut pas dire qu'il en ait profité...

Ils restent un temps comme ça, figés et muets.

Puis, avec lenteur, Auguste saisit les feuilles qu'Eugénie tient froissées dans sa main gauche. Une lettre au style notarié l'informe que son frère vient d'être enterré à Maroantsetra. Un

1. *La grandeur de la pensée stoïcienne est là. L'éthique lie le stoïcien au monde entier, elle lui impose le devoir de collaborer avec les autres hommes tout en préservant sa distance intérieure*, Jeanne Hersch, *L'Étonnement philosophique* (Gallimard, « Folio Essais », 1993).

procès-verbal dresse la liste des biens et des créances dont elle hérite, en plus des terres et des machines encore emballées : quelques cartouches, une paillasse, un peigne en os, une paire de chaussures dessemelées, un casque colonial blanc usagé, des plumes et de l'encre, une veste de chasse, des sous-vêtements, des chaussettes dépareillées. Cette liste, dérisoire, Simone la conservera longtemps. Elle la relira parfois, en rira – il y a une fourchette à laquelle manquait une dent, un bouton de manchette et un seul… – puis elle s'arrêtera et lancera : *C'était la misère quand même…* Parfois elle poursuivra : *Roger disait tout le temps, c'était sa marotte,* La vie n'est qu'une tartine de merde, tous les jours t'en avales un morceau.

Après quelques jours, Auguste se convainc qu'à présent ils sont mûrs pour suivre les traces d'Émile. La faïencerie Fenal est à nouveau opérationnelle. Il se sent plus libre de partir. Eugénie ne sait plus que penser, elle s'en remet à l'avis de son mari. Elle suit son énergie. Elle n'en a plus guère. Ensemble, ils décident qu'Auguste partira en éclaireur monter *l'usine*, que Roger et Simone seront mis en pension, et qu'Eugénie le rejoindra lorsque l'usine sera installée.

Leur fille Colette naît à Badonviller en janvier 1922, deux mois après le décès d'Émile. Puis vient le jour où Auguste embarque à son tour à Marseille. Eugénie l'accompagne jusqu'à la passerelle, elle connaît déjà la route.

Quelques mois passent durant lesquels Eugénie demeure avec les enfants tandis qu'il met l'usine en marche. Eugénie patiente dans l'appartement de sa mère à Xonrupt.

Simone a onze ans. Un jour, la tante Clémentine – la sœur de sa grand-mère – la fait appeler. Vieux tous les deux, son mari handicapé, elle très rhumatisante, ils ne sortent plus guère. Leur fille Marie, la marraine de Simone, est morte « de la poitrine » comme beaucoup de femmes du pays, à seulement vingt-deux ans. Quand Simone arrive, Clémentine lui dit : *Marie a pleuré toute la nuit. Tu peux aller la voir, Simone ?* Sans vraiment comprendre ce qui lui est demandé, Simone se rend au cimetière où elle constate que le Christ en métal posé sur la pierre tombale est renversé face contre terre. Évidemment, elle le redresse. Le visage préoccupé de la tante Clémentine qui pressent qu'il est arrivé quelque chose sur la tombe de sa fille est un des souvenirs qui la marquent à jamais. Soixante ans plus tard, elle aimera répéter cet épisode dont le temps a conservé le mystère.

Tristan Allard, l'ami d'Émile Leduc à Maroantsetra, accueille Auguste Sevrin et l'initie à la vie coloniale. Il a beau écouter Émile avec attention lors de ses visites, sur place tout prend une autre dimension, concrète. Après une première reconnaissance du village de Maroantsetra – le gros bourg de la région –, Auguste rejoint la concession d'Ambanizana où sera installée la scierie, en brousse. Le premier contact le rassure. Les bois sont magnifiques, le site est très convenable pour installer une usine, les jeunes caféiers promettent, les hommes semblent volontaires.

Auguste ne plaint pas son travail entre la scierie, les plantations et les cases qu'il bâtit avec ses ouvriers pour loger leurs familles. Les premiers bois tronçonnés servent à consolider leurs cases. Ils enchaînent sur la construction d'un voilier dont il a rapporté le plan de France. Le transport de bois n'est envisageable que par mer et, aux abords de la propriété, les chalands ont du mal à accoster. Il faudra qu'Auguste puisse acheminer lui-même ses grumes à Maroantsetra. En quelques mois l'usine est montée, toutes les machines fonctionnent et Auguste reçoit les représentants des compagnies d'import-export qui écument le secteur. Une petite société s'organise.

C'est en partageant leur quotidien qu'Auguste découvre et apprécie ses hommes. Il sait qu'ils peuvent être *mariés* plusieurs fois, comme ils disent. Qu'un homme ait un premier et un deuxième *bureau* est fréquent.

Et Auguste à son tour connaît une *ramatoa*.

Quand il écrit à Eugénie que l'usine a démarré, que les plants grandissent vite et qu'elle peut le rejoindre, tout est organisé pour les deux aînés. Leur jeune tante Lucienne a trouvé près de Paris des pensions sérieuses à un prix accessible. Après leur rentrée scolaire en septembre 1922, Eugénie gagne Marseille avec la petite Colette et, cette fois-ci, elle embarque. Elle ne prête guère attention aux côtes que longe le paquebot en Méditerranée, en mer Rouge et dans l'océan Indien. Un mois, ce n'est pas très long et ça l'est bien assez. Elle s'occupe de sa fille et se laisse aller à la rêverie.

Auguste les accueille à Tamatave d'où ils rejoignent Maroantsetra à bord d'un rafiot qui achemine du vrac et des bidons de pétrole.

Eugénie n'est pas arrivée depuis un mois qu'elle tombe malade. En allant pieds nus, elle s'est sans doute enfoncé une tige empoisonnée dans le pied.

Elle se tord dans tous les sens, elle a très froid et se voit partir.

Elle agonise.

Auguste comprend vite. Il a le réflexe rapide et envoie chercher *illico* le sorcier avec qui Émile avait fait *fatidra*, son « frère de sang ». Au cours de la cérémonie du *fatidra*, les deux hommes s'étaient entaillé les veines et avaient joint leurs poignets ensanglantés. Un privilège grâce auquel Auguste avait été accueilli par la communauté villageoise. Une chance unique pour Eugénie.

Le sorcier arrive. Il accepte de sauver la femme à condition que le *vazaha* suive des instructions.

Auguste offre un bœuf en sacrifice que le sorcier tue. Dans le crâne évidé, il mêle le sang du bovin à du rhum – auxquels, précisera Simone, le sorcier ajoute certainement l'antidote – et on fait boire le tout à Eugénie. Sur son lit, elle repose.

On la porte sur la véranda, aux yeux de tous, et les Malgaches entament une fête. Danses et transe sous la lune, rythmes et chants toute la nuit devant la maison. Il faut donner aussi beaucoup de rhum. Les incantations et les herbes ont raison du poison. Bien plus tard, Simone se demandera quel arrangement secret le sorcier et Auguste avaient pu obtenir de la *ramatoa* de son père…

C'est déjà une histoire de *ramatoa* qui avait eu raison d'Émile. À l'arrivée de la promise française, Toinette, la Malgache répudiée avait empoisonné son ancien amant. Le cuistot avait annoncé : « L'oie est vieille, patron. Faut la tuer. » « D'accord. Tu peux la préparer. » Il s'est dit que la farce avait été fatale. D'autres ont affirmé que l'oie n'y était pour rien, qu'Émile avait été empoisonné à petit feu avec de jeunes pousses de bambou coupées très fin qui, à la longue, auraient perforé son estomac. De toute façon, un moyen ou un autre…

17
L'Institution Valette

Les enfants n'apprendront l'empoisonnement de leur mère que des années plus tard lorsqu'ils auront rejoint leurs parents. En attendant, ils sont confiés à deux pensionnats de la banlieue sud de Paris, Simone à Bourg-la-Reine chez les sœurs défroquées de l'Institution Valette, et Roger chez des frères à Sèvres. Pendant les vacances, le frère et la sœur sont envoyés dans les Vosges. Ils ne restent pas chez la tante Lucienne qui vit dans une toute petite loge de concierge rue Cler près de l'École militaire, mais c'est elle qui organise les transferts.

À Bourg-la-Reine, Simone reçoit les visites épisodiques de sa tante Lucienne et de sa *marraine*, une Américaine qui a placé sa fille Édith à la pension et qui s'est proposée pour sortir une enfant seule, en compagnie d'Édith. La meilleure amie de Simone s'appelle Andrée. Son père, pâtissier dans le XVe arrondissement, lui envoie chaque dimanche un lot de choux à la crème, d'éclairs au chocolat ou de tartelettes. Roger prend vite l'habitude d'aller voir sa sœur pour le goûter du dimanche après-midi.

Lorsqu'elle reçoit une visite, Simone a la permission de s'asseoir sur un banc dans la cour, à l'exception de celui que l'administration préserve comme une relique parce qu'il reçut en son temps le postérieur de Camille Desmoulins, « l'homme du 14-Juillet », auteur du pamphlet *La France libre*.

Les sœurs défroquées – que l'on appelle néanmoins les sœurs – obligent les jeunes filles à se vouvoyer entre elles, ce qu'elles respectent en façade, de mauvais gré.

Sur le plan scolaire, Simone ne retient rien de ce qu'elle apprend. Les sœurs ont renouvelé plusieurs fois la même expérience. Le soir, lorsque Simone apprend ses leçons avec une répétitrice, elle la récite. Le lendemain matin, elle a tout oublié. Son père insiste pour comprendre dans ses courriers à l'administration ; invariablement il reçoit la même réponse à la suite du même test : *Manque de mémoire*.

Son amie Andrée Duchêne aide Simone à surmonter les moments pénibles. Elles se sont rapprochées après qu'Andrée eut fugué, comme Simone avant elle. Simone s'était rendue chez sa tante Lucienne qui l'avait renvoyée en pension. Andrée n'avait pu aller loin, n'ayant en poche pas même de quoi s'acheter un ticket de bus.

Ils sont nombreux les mauvais souvenirs de cette époque. Aucun espace pour la rigolade, les sœurs sont strictes, rigides, manquent d'attention. Il se produit surtout une histoire d'injustice qui reviendra fréquemment en mémoire à Simone et qu'elle racontera souvent, même soixante ans plus tard tant la blessure fut profonde.

Chaque pensionnaire a une boîte en fer-blanc rangée dans un grand casier numéroté, dans laquelle elle met ce qu'elle souhaite, en général des bonbons et des friandises reçus par la poste ou lors d'une visite. Les jeunes filles apportent leur boîte à table et la confient à la chef de tablée qui en prend la responsabilité. Entre elles, les jeunes filles sont sommées de s'appeler par leur numéro. Simone, qui s'est retrouvée chef de tablée sans avoir rien demandé, s'entend demander en fin de repas : *Pouvez-vous me donner, s'il vous plaît, numéro onze, un bonbon à la fraise que vous prendrez dans ma boîte ?*

Une sale affaire éclate à propos d'une de ces boîtes. Une jeune fille s'est fait voler une plaque de chocolat et s'est plainte à grand renfort de larmes auprès de la supérieure. Le numéro onze est la principale suspecte puisque chef de tablée.

Un prêtre passe tous les dimanches et les jeunes filles sont obligées de se confesser les unes après les autres avant la messe mais, pour un cas exceptionnel comme celui-ci, on appelle un prêtre en urgence tandis qu'une sœur traîne la coupable au confessionnal et la presse de se repentir. Simone pleure tout ce qu'elle sait, elle ne comprend rien à cette histoire, répète qu'elle n'y est pour rien, les sœurs la croient toujours coupable. Elle s'acharne, tient bon, on la regarde de travers, et elle est mise au ban pendant plusieurs jours. Simone, franche, nature, imbibée de morale, qui a toujours eu horreur de l'hypocrisie de la prétention de la fausseté de l'orgueil de l'imbécillité, Simone ne sait pas comment se défendre. Elle écrit à ses parents qu'on l'accuse de vol. La supérieure vient lire la lettre, souligne qu'elle est pleine de fautes d'orthographe et la déchire. Simone écume. Elle réécrit une lettre qui est à nouveau déchirée. Le lendemain et les jours qui suivent, même rengaine. Simone s'épuise. Un jour, elle tend sa lettre à la supérieure qui la lit avec attention et se penche vers elle : *Ah, mais on sait à présent que ce n'était pas vous. Vous pouvez supprimer cette phrase et envoyer la lettre.* Le prêtre a fini par entendre le nom de la véritable coupable au confessionnal. Simone est mise hors de cause mais le traumatisme subsiste.

Malgré le soutien délicat d'Andrée qui ne l'a jamais laissée tomber, elle a vécu cet épisode avec ses tripes et s'est sentie rejetée. À la suite de cette histoire, outre le sentiment d'avoir profondément assimilé dans sa chair le mot *injustice*, Simone pressent aussi que l'Église n'est pas infaillible.

SIMONE *raconte*

La mère supérieure – défroquée comme les autres – était garce. Elle avait collé le confessionnal à sa chambre et il n'y avait qu'une cloison de bois toute mince pour les séparer. Tu penses bien qu'elle savait tout. Alors quand l'heure de se confesser arrivait, si une pensionnaire avait quelque chose d'important à se reprocher ou à se faire pardonner, elle demandait à une copine de prendre un prétexte pour aller frapper à la porte de la mère supérieure, lui demander quelque chose, l'occuper le temps nécessaire pour qu'elle ne puisse pas entendre…

J'étais *enfant de Marie* à la pension. Ça consistait à participer à de nombreuses fêtes pour la mère de Jésus. Il y avait des processions chaque année au mois de mai, le mois de Marie. À Chevilly-Larue, les Pères du Saint-Esprit représentaient les images sacrées, Jésus, Marie, d'autres, avec des pétales de fleurs et de la sciure colorée. C'était splendide et on passait dessus à pied pendant la procession. J'étais en robe blanche et je devais lancer des pétales de fleurs, surtout des roses. Cette profusion de couleurs et d'odeurs et ces pétales qu'on lançait pour célébrer Marie, c'était formidable.

Il y avait autre chose. Chaque été pendant les grandes vacances, ma mère se débrouillait pour nous placer chez une tante ou une cousine des Vosges. J'ai été partout. À Rochesson chez une amie de ma mère, sa fille plus grande que moi m'emmenait toujours en balade. Dès qu'on s'était éloignées, elle retrouvait le garçon qu'elle fréquentait et m'envoyait ramasser des fleurs… Son père m'avait tripotée, je me rappelle m'être retournée et lui avoir dit : *La caresse d'un chien donne des puces* ; il n'a plus recommencé. Mais ce qui m'a le plus frappée, c'est pas ça… C'est à Rochesson qu'une nuit la foudre a traversé la maison. Une boule de feu est passée juste à côté de moi. Tu peux pas imaginer l'effet que ça fait ! Une vraie boule de feu comme je te vois, là… Ça, on ne peut pas l'oublier.

TROISIÈME CAHIER

1927-1931

BORNE 1927

Le 18 avril 1927, Tchang Kaï-chek, après avoir lancé une offensive contre les communistes, prend la tête du gouvernement de Nankin et devient président de la République de Chine. Était-ce bien lui qui, il n'y a pas six ans, logeait dans un petit café de la banlieue sud de Paris prisé des sans-le-sou, des étudiants et des artistes ?

Le Kuomintang de Tchang sert de modèle à Nguyễn Thái Học qui instaure en Indochine un parti indépendantiste.

Nicola Sacco et Bartolomeo Vanzetti, anarchistes américains d'origine italienne, passent sur la chaise électrique pour un double meurtre malgré le manque de preuves formelles, malgré l'aveu de Celestino Madeiros et malgré une mobilisation internationale d'envergure. L'affaire fait couler beaucoup d'encre. Alfred Dreyfus, que leurs avocats étaient venus trouver à Paris, les avait mis à la porte d'un trait : *Je ne m'intéresse pas aux autres victimes.*

Dans *Nos aspirations*, Robert Weltsch prône la fondation d'un État binational en Palestine, où Juifs et Arabes vivraient ensemble.

Le son n'est pas nécessaire aux géants du cinéma pour innover dans des compositions magistrales. Fritz Lang sort *Metropolis*,

Buster Keaton *Le Mécano de la « General »*, Wilhelm Murnau *L'Aurore*, Carl Dreyer tourne *La Passion de Jeanne d'Arc*, Sergueï Eisenstein *Octobre*, tandis que le procédé triple écran que teste Abel Gance pour *Napoléon* préfigure le cinémascope. C'est également en 1927 que sort sur les écrans *Le Chanteur de jazz* d'Alan Crossland. Avec sa scène dialoguée enregistrée sur disque – même si le procédé Vitaphone fera long feu –, c'est le premier film parlant.

En 1927 également, on invente la télévision.

En 1927 toujours, l'homme traverse pour la première fois l'Atlantique en avion.

Simone et Lucien croiseront certains de ces protagonistes ou leurs ombres. Pour tous, il y a indéniablement un avant et un après 1927.

Pour l'histoire de l'aéronautique, c'est une période extraordinairement effervescente. En 1926, sous la houlette du dévoué et opiniâtre Didier Daurat, les Lignes Latécoère exploitent le transport aérien du courrier vers Dakar. Jean Mermoz est affecté au vol Casablanca-Dakar. En mai, une avarie le contraint à poser son Breguet 14 dans une zone dissidente du Río de Oro espagnol. Après deux jours de marche, perdus en plein désert avec quatre litres d'eau et quelques boîtes de sardines, Mermoz et son mécanicien rencontrent des Maures qui les font prisonniers et les maltraitent. Après quelques jours, les deux hommes sont relâchés contre une rançon de mille pesetas. L'affaire connaît un certain retentissement dans les journaux en France. Huit mois plus tard, Mermoz sauve un pilote tombé en panne dans le désert alors qu'il était lui-même à la recherche de trois autres pilotes qui périront tous les trois, victimes des Maures. La ligne Casablanca-Dakar commence à être connue pour sa dangerosité.

En avril 1927, Pierre-Georges Latécoère n'a plus les reins assez solides pour prolonger la ligne entre l'Afrique et l'Amérique du Sud. Il cède les Lignes Latécoère à un groupe industriel dirigé par Marcel Bouilloux-Lafont, spécialiste des infrastructures en Argentine. C'est le début de la Compagnie générale aéropostale. Les Breguet 14, reliquats de la Grande Guerre, sont remplacés par les Latécoère 25 et 26 plus puissants. En octobre 27, Jean Mermoz et Élisée Négrin relient pour la première fois Toulouse à Saint-Louis du Sénégal sans escale. À la suite d'une avarie à l'atterrissage, leur projet de traversée Saint-Louis-Natal est abandonné. Dieudonné Costes et Joseph Le Brix effectuent cette première traversée de l'Atlantique Sud sans escale. En fin d'année, Antoine de Saint-Exupéry est nommé chef d'escale à Cap Juby au Maroc avec pour mission de pacifier les relations de l'Aéropostale avec les dissidents maures et les Espagnols. Cette même année encore, Mermoz, dépêché par Pierre Latécoère à Rio de Janeiro comme chef pilote pour développer de nouvelles liaisons en Amérique du Sud, effectue un premier vol sur la cordillère des Andes et établit la ligne de Natal jusqu'à Santiago. Les vols de nuit s'enchaînent.

Sur l'Atlantique Nord, on se bouscule pour être le(s) premier(s) à effectuer la traversée en avion. Le 8 ou le 9 mai 1927, Charles Nungesser et François Coli disparaissent en mer à bord de *L'Oiseau blanc*. Les 20 et 21 mai, Charles Lindbergh y parvient au cours d'un vol sans escale reliant New York à Paris en trente-trois heures trente minutes à bord du *Spirit of Saint Louis*. Jean Assollant et ses collègues seront les premiers Français à traverser officiellement l'Atlantique Nord en avion en juin 1929 puis, en septembre 1930, Costes et Maurice Bellonte réaliseront la première traversée de l'Atlantique Nord sans escale dans le sens est-ouest, c'est-à-dire face aux vents dominants. La découverte de débris et d'un moteur d'avion du même modèle que celui de *L'Oiseau blanc* dans le Maine près de New York relancera dans les années 1930 le débat sur la réussite de la traversée de Nungesser et Coli qui avaient pris leur envol au Bourget.

Pour les passagers, le paquebot demeure le seul moyen de traverser l'Atlantique mais tout est en place pour que cela change rapidement…

En 1927, la population mondiale atteint deux milliards d'individus.

Svante Arrhenius disparaît. Il fut le premier, en 1896, à formuler une loi sur l'effet de serre atmosphérique et à estimer le réchauffement que pouvait induire l'activité humaine par la combustion du charbon. Le public n'est pas du tout prêt à prendre la mesure des découvertes d'Arrhenius et de Vernadski.

En 1927, Georges Lemaître, prêtre et astrophysicien, conclut à l'expansion de l'univers et esquisse l'idée du big bang.

En 1927, Agatha Christie publie *Le Meurtre de Roger Ackroyd*.

Henri Bergson, le promoteur des poussées créatrices et de « l'élan vital », reçoit le prix Nobel de littérature.

Alfred Cortot, Jacques Thibaud et Pablo Casals enregistrent Beethoven cent ans après sa mort, Rosa Ponselle et Ezio Pinza répètent *La Vergine degli angeli* à New York, Duke Ellington et son orchestre sont engagés au Cotton Club.

L'alliance du boogie-woogie à peine débutant et du charleston donne naissance à une danse baptisée lindy hop (en hommage à Lindbergh) qui inaugure les passes acrobatiques et que l'on renommera jitterbug ou swing.

À Paris, Jean Wiener et Clément Doucet gravent en s'amusant *Dream of Love and You* d'après Liszt et d'autres pastiches enchanteurs, Mistinguett chante *Ça c'est Paris* et *Il m'a vue nue*.

18

Juin 1927 – Lucien en route pour Marseille

> Impose ta chance, serre ton bonheur et va vers ton risque. À te regarder, ils s'habitueront.
>
> René Char

> Il s'agit à tout moment de sacrifier ce que nous sommes à ce que nous pouvons devenir.
>
> Charles Du Bos, *Approximations*

En balade à Paris dans les années 20, difficile d'échapper aux promotions colorées du PLM (le Paris-Lyon-Méditerranée) qui invitent au voyage. Qui serait insensible à l'exotisme à la française qu'évoquent ces dames en jupe blanche froncée de mousseline légère tenant raquette à l'épaule ou alanguies devant une baie méditerranéenne ourlée de pins parasols ? Sur d'autres affiches, les compagnies au long cours vantent l'attrait des jonques de bois, d'une oasis ceinte de dunes de sable jaune ou d'une jungle abondante en fauves. Les colonies font rêver, comme l'atteste le succès des pavillons coloniaux dans les expositions universelles, mais combien sont-ils à franchir le pas et tenter l'aventure ? La Guyane et la Nouvelle-Calédonie ont une image associée au bagne, les autres restent mystérieuses. Pour migrer, mieux vaut avoir confiance en soi et un certain goût du risque. Cela expliquerait-il que les Américains affichent plus d'assurance que bien des Européens ?

Lucien s'est projeté, s'est décidé, et le voilà à bord du train pour Marseille, confiant. Son administration lui a proposé le Cameroun et Madagascar. Sans idée arrêtée, il a choisi Madagascar.

Jusque-là, ses débuts professionnels ne l'ont pas emballé. Il s'est même carrément barbé, sauf à l'American Express où il pratiquait l'anglais. Mais son père avait tant insisté pour qu'il rentrât comme sa sœur à la Poste – et il n'était pas encore majeur – qu'il s'était résigné à passer le concours et fut reçu surnuméraire des Postes, Télégraphes et Téléphones en mai 1925. Après dix-huit mois de conscription, il avait entamé en novembre 1926 trois mois d'apprentissage à la suite desquels le bureau des affectations l'avait détaché au tri général à Paris 91-Cujas. Lorsqu'il s'était présenté, le receveur de Cujas lui avait répliqué qu'il n'acceptait pas les débutants et l'avait prié de retourner au bureau d'où il venait. Lucien avait eu le réflexe de lui demander un mot à transmettre au service des affectations et, lorsqu'il s'y était pointé, le responsable avait pris son téléphone et avait lancé au receveur de Cujas : *Je vous renvoie M. Devoise. Vous l'acceptez !* On imagine combien Lucien se sentait à l'aise… C'est alors qu'il avait commencé à porter intérêt à la liste des postes proposés en Afrique.

Déplacé deux mois plus tard à Paris 25, il avait enchaîné des journées de sept heures durant lesquelles il triait le courrier de toutes les gares desservies par Austerlitz. La cadence était infernale. Là, il avait formulé sa demande officielle pour l'Afrique et s'était vu rapidement proposer une mutation aux colonies pour lesquelles les PTT manquaient de volontaires.

Le 11 juin 1927, à vingt et un ans, Lucien avait officiellement intégré l'administration coloniale, nommé commis de cinquième classe du cadre local des PTT de Madagascar. Depuis la communale son désir d'Afrique l'avait accompagné comme une poudre qui serait restée en suspension autour de lui et ne l'aurait plus quitté. Il se sentait appelé par le merveilleux de l'Afrique et ses mystères. Mesure-t-on l'importance des rêves dans nos prises de décision ? Les colonies l'avaient fait rêver, et le voilà parti. L'imagination des uns crée l'impulsion, le mimétisme se charge du reste. *La vie est un songe*, Pedro Calderón de la Barca nous a prévenus.

Que Lucien comme Pierre aient dû verser intégralement leur salaire à leur mère depuis leurs débuts professionnels n'arrangeait rien, surtout que leur sœur, Renée, usait de son argent à sa guise car, comme l'expliquait sa mère, *du fait de son visage ingrat, elle doit s'habiller et s'arranger pour se trouver un mari*.

Le ciel, chargé jusqu'à Valence, se dégage avant Montélimar. Dans ce mythique PLM, les pensées de Lucien vagabondent de la famille qu'il quitte pour quelques années à cette colonie qu'il rejoint et dont l'image qu'il se fait doit beaucoup aux cartons mous pendus au mur de l'école.

L'odeur d'humus monta comme une enfance. L'enfance n'est pas le passé, elle est le présage. Elle préfigure la vie et s'entête à briser les figures dont la vie se masque, écrit Jean Grosjean dans *Clausewitz*.

Quelles passions de jeunesse Lucien emporte-t-il avec lui ?

Le dessin, pour commencer. Sa malle-cabine serait plus légère si on la délestait des carnets, des mines, des plumes et de l'encre de Chine. Le plaisir de monter à cheval, ensuite, qui pèse, lui, le poids d'une paire de bottes et d'une culotte bouffante. *Je donnerais tout pour un cheval !* avait-il dit en démarrant son service militaire, affecté dans l'artillerie de la 5e division de cavalerie à Fontainebleau. Dès qu'une tâche nécessitait le cheval, il se portait volontaire.

Du service, Lucien se remémore son séjour à l'hôpital pendant dix jours pour dysenterie, c'est encore récent. À peine en était-il sorti que le *Simplon-Orient-Express*, le train qui relie Londres à Sofia, Bucarest et Istanbul, avait déraillé. En qualité d'interprète auxiliaire militaire en anglais – un brevet passé à l'état-major –, il avait été réquisitionné dans le groupe chargé d'extraire les corps de la ferraille tordue. Il fallait dégager et porter les blessés. C'était une boucherie. Lucien revoit un de ses copains portant sur l'épaule une jambe cisaillée. Les blessés avaient été répartis dans les hôpitaux de la région et lui, qui servait d'interprète au chirurgien opérant les anglophones, avait retrouvé l'hôpital qu'il venait juste de quitter. L'émotion était à son comble chez les Britanniques qui déploraient le plus de victimes. Quelque temps après l'accident, il avait reçu une lettre de remerciement de la compagnie de chemin de fer accompagnée d'un petit billet « en guise de dédommagement » ainsi qu'une médaille britannique.

Du service, il se rappelle encore la grande fête du Carrousel à Fontainebleau, la reconstitution de l'armée napoléonienne. Dans la cour où Napoléon avait embrassé sa vieille garde avant de partir pour Sainte-Hélène, Lucien, fier et droit, campait un maréchal d'Empire à côté de son ami Chirolle, un autre officier supérieur de la Grande Armée. Sous la lumière crue d'un ciel sans nuage, la fête était flamboyante, on oubliait l'exil, on exaltait les fastes. Les costumes rutilants, la musique ardente et les chevaux tressés célébraient une fierté patriotique triomphante de splendeur.

Cette période durera-t-elle ?

Le progrès technique ne cesse de gagner, avec ses revers. À l'armée, la cavalerie décline. En 14-18, d'anciens cavaliers s'étaient mis à piloter des aéroplanes en conservant leurs bottes de cheval dans les carlingues. Dans les transports publics, l'avenir du cheval est tout aussi incertain. Tout va si vite… Dans la famille même, Pierre si fana de cheval ne jure plus que par sa voiture à trois roues. Et que dire de cet Amerloque qui vient juste d'arriver au Bourget après avoir traversé l'Atlantique ? Un inconnu qui transportait le courrier par avion entre Chicago et Saint-Louis. Presque un collègue dans la confrérie des postiers du vaste monde…

La mémoire comme la réalité ne se forment que dans le souvenir. Scènes et images s'entrechoquent sans ordre comme dans un bal viennois du Grand Siècle, Lucien se laisse emporter jusqu'à l'étourdissement.

Le mouvement de ses voisins de compartiment et le crissement des roues sur les rails le réveillent quand le train pénètre au ralenti en gare de Marseille Saint-Charles.

RENÉE *raconte*

Papa expliquait et comprenait beaucoup de choses. Mais je peux dire qu'il a été embêté, oui, quand ton grand-père est parti à Madagascar. À ce moment-là, personne partait aux colonies. Que les indésirables. Uniquement ceux qui avaient raté les concours… Dans l'armée, je sais pas. Mais les autres comme ton grand-père qui avaient réussi et qui partaient, c'était rare.

Le commissaire de police est venu à Fontenay interroger mon père et ma mère. Oui, oui… Dans ce temps-là, ça se faisait comme ça. Il n'en revenait pas. Il disait *Avec des parents comme vous, il part aux colonies votre fils, mais pourquoi ? Il a une situation à Paris*. Mon père dit *Ben qu'est-ce que vous voulez, ça a toujours été comme ça. Quand il était tout petit, il dessinait des négros. Donc il pensait déjà*… Puis tu sais, Lucien avait le compas dans les yeux, c'était épatant, il dessinait bien. Tu voyais les négros qui marchaient. Trois coups de crayon. C'était dans sa nature, ça. Il savait ni lire ni écrire qu'il savait dessiner.

Quand on a commencé à travailler tous les deux, on avait rendez-vous à la gare Montparnasse pour remonter à Fontenay. Il avait son petit calepin dans sa poche et il croquait les gens qui marchaient. Un jour qu'il m'attendait depuis longtemps, il me dit : « Tiens, regarde. » « Oh, je lui dis, c'est moi et le train de 6 h 28 ! » J'avais reconnu à son dessin…

19
Juin-juillet 1927 – La traversée

Devenez un soleil, et tout le monde vous apercevra.
Le soleil n'a qu'à exister, à être lui-même.

Fiodor Dostoïevski, *Crime et Châtiment*

La clarté du ciel nettoyé par le mistral subjugue Lucien. La lumière provençale ? Une vraie découverte pour le Parisien qui embarque. Sur un fond bleu nattier, les rocs blancs de l'Estaque éblouissent. Les îles du Frioul et le château d'If bruissent de l'écho d'Edmond Dantès et de l'abbé Faria.

La frénésie du port de la Joliette, grouillant et volubile, ajoute à l'effervescence du départ. Les paquebots attendent leurs passagers, des cargos s'impatientent d'être chargés. Des odeurs âcres, des huiles, des engueulades magistrales, des bouts enroulés et des montagnes de ballots encombrent les quais surchargés.

Monté à bord, Lucien cherche sa cabine pour y déposer sa malle. Il se laisse conduire à un pont inférieur par un sous-officier vêtu de blanc qui l'introduit dans une cabine réduite et sans hublot que Lucien partagera avec trois hommes. Un jeune homme de son âge range déjà ses effets sous l'éclairage jaune électrique du plafonnier. Alors que le sous-officier est reparti pour guider d'autres passagers, le jeune homme se retourne, dévisage Lucien un rien de temps et lance :

— Ravi de voir qu'il n'y aura pas que des vieux à bord. Henri Pontvianne, Lyonnais. Je vais à Madagascar.

— Lucien Devoise. Enchanté… Heu, je dois dire que j'étais un peu désorienté en embarquant, me voilà rassuré. Je viens de Paris pour rejoindre également Madagascar.

—Vous savez nager ?

— Je me débrouille.

— Pas moi. Mais ça n'a pas d'importance… Posez votre malle-cabine avant que les deux autres n'arrivent. Si vous le souhaitez, nous pourrons ensuite faire ensemble le tour du pont et visiter les salons ?

*

Le ciel est bleu immaculé, il fait déjà chaud et le train les a déposées en gare Saint-Charles. Au guichet des Messageries maritimes, la tante Lucienne interroge l'employé qui lui indique qu'un tram rejoint les quais de la Joliette. Elles arrivent la veille du départ. La tante compte bien être en avance le jour J pour recommander sa nièce aux officiers du bord.

Simone est pressée, excitée. Elle voudrait déjà embarquer. Elle ressent comme une balle au ventre, elle a un peu trop froid et un peu trop chaud tour à tour. Les deux jeunes femmes déposent les bagages à l'hôtel puis se rendent sur le quai voir ce *Général Voiron* sur lequel Simone va naviguer.

Le matin du jour dit, elles ont tôt fait de gagner la passerelle puis la cabine. La tante Lucienne supervise l'installation, se réjouit de voir que tout est en ordre puis se met en quête du commandant à qui elle veut confier le soin de veiller sur la jeune fille. Il est occupé mais un quartier-maître écoute les doléances et hoche la tête. Il a déjà en charge plusieurs jeunes enfants. Il assure la tante qu'il veillera sur sa nièce et lui suggère cependant de la recommander également à des passagers, *un jeune couple par exemple*. Ce qu'elle s'empresse de faire. La tante Lucienne, rassurée, peut à présent quitter sa nièce prête pour ce long voyage. Lorsqu'elles entendent un employé de la compagnie annoncer au porte-voix le départ imminent, la tante Lucienne embrasse une dernière fois Simone en haut de la passerelle puis regagne le quai en croisant les mousses qui chargent les derniers colis.

Le *Général Voiron* est l'un des bateaux remis à la France par l'Allemagne au titre des dommages de guerre. Ses machines fonctionnent au charbon.

À bord, chacun prend rapidement ses habitudes. Pontvianne frotte son corps à la pierre ponce quotidiennement. Lucien sort son violon en fin d'après-midi. Ces deux-là s'entendent bien. Leur activité favorite consiste à observer les femmes et les jeunes filles qui déambulent sur le pont et à échanger leurs commentaires.

Il ne leur faut pas trois jours pour remarquer et aborder une petite jeune fille qui semble voyager seule. Simone en est très flattée et heureuse, leur compagnie lui rappelle celle de son frère, ils ont l'âge de Roger.

Plusieurs des enfants dont le quartier-maître a la charge sont tombés malades et Simone donne la main, elle vient border les petits le soir et les endormir. Elle garde aussi les deux enfants du jeune couple pour permettre aux parents d'aller se détendre au salon. Là, les souvenirs divergent, la mémoire est incertaine, toujours est-il qu'alors qu'elle ne s'y attend pas, Simone se fait « peloter le popotin ». Une première version soutient que cet épisode l'avait vraiment incommodée, tandis que dans la seconde, plus tardive, elle n'avait pas trouvé cela si désagréable. Quoi qu'il en soit, la suite de ses récits ne mentionne plus ni le quartier-maître ni le jeune couple. Elle fait en revanche la connaissance d'un couple plus âgé qui lui inspire plus confiance et avec qui elle partage quelques repas.

Mais l'essentiel de son temps, il faut le reconnaître, Simone le passe avec ses prétendants. Ces trois-là prennent l'habitude de se retrouver, ils passeront une bonne partie de la traversée ensemble. Un mois de mer sans aucune contrainte, ça laisse du temps. Ils mangent ensemble, jouent aux cartes, s'assoient sur les chaises de pont et s'amusent des travers des passagers qui déambulent, ils observent la côte quand elle est en vue. En somme, ils se contentent des distractions de seconde classe. Le soir, ils dressent l'oreille aux propos des colons qui évoquent cette terre inconnue qu'ils rejoignent. Un exportateur sentencieux dresse la liste des richesses dont regorge Madagascar, l'or et les pierres précieuses, le bois, la terre, le climat. D'un ton professoral, il explique que les quatre récoltes de riz par an que l'on fait souvent à Madagascar sont dans le monde tout à fait exceptionnelles. Un colon plus rond enchaîne d'un *Puisque vous parlez riz…* sur les plats de zébu-sauce tout à fait délicieux que prépare son cuisinier avec du gingembre, de l'ail et du poivre noir et qu'il est impatient de retrouver. Les jeunes apprennent que le grand sec importe des pièces manufacturées et des engins mécaniques et qu'il exporte du raphia, du savon, de l'huile, mais cette conversation les ennuie, ils se lèvent et partent refaire le tour des ponts.

Port-Saïd est la porte ouverte sur la mer Rouge et sur l'Orient. La statue en bronze de Ferdinand de Lesseps sur son socle de pierre blanche veille à l'entrée du canal de Suez. On aperçoit les premiers minarets, comme dans les livres de géographie.

Pontvianne, un soir, rejoint ses compères avec un canif et une rosette de Lyon. *Du saucisson maison !* précise-t-il. Un casse-croûte s'improvise sur le pont arrière.

Le lendemain, Lucien apporte son violon. Il le sort de l'étui, s'accorde au grand air et entame la *Czardas* de Monti sur la coursive.

Un autre jour en fin d'après-midi, Devoise, Pontvianne et Simone entament une partie de pêche depuis un pont inférieur avec le matériel rudimentaire que l'équipage met à la disposition des passagers. Pontvianne opte pour le fil le plus épais, vérifie l'épissure et déclare que c'est du costaud. Il a pêché sur les quais de la Saône et du Rhône. Les deux autres suivent ses conseils. Il ne faut pas longtemps à Simone pour ferrer une petite bonite qu'ils l'aident à ramener. Toute fière, elle la fait préparer en cuisine pour le dîner. Simone s'amuse avec ces deux-là. Elle se laisse charmer.

Le *Général Voiron* fait de brèves escales face à Djedda chez le cheik, à Port-Soudan et Souakin au Soudan, Massaoua en Érythrée, Hodeida en Arabie turque. Une annexe est descendue à chaque escale et transbahute colis et passagers. Puis le navire pénètre dans le golfe d'Aden et fait escale à Djibouti. Sur le pont comme à fond de cale, c'est la fournaise. L'âme s'apaise la nuit lorsque l'océan se calme et que surgissent des millions d'étoiles. En l'absence de la lune, la Voie lactée est grandiose.

Simone hésite. Lucien qui joue à présent du violon près de son hublot est plus romantique que Pontvianne. Il a sa préférence. Mais entre les deux qui lui font à présent ouvertement la cour, elle ne sait comment réagir. C'est terrible, l'imprévu, et personne pour la guider.

Un soir qu'ils discutent sur le pont tous les deux, Lucien l'attire à lui et l'embrasse. C'est la première fois, elle est surprise, elle ne comprend pas. Elle se laisse étreindre un court instant puis se détache et se met à courir. Simone s'enfuit dans un bruit de larmes. Lucien pense que c'est fichu.

Après s'être lavé la bouche à grande eau, Simone se réfugie dans la chapelle. Elle est sens dessus dessous, terrifiée. Heureuse peut-être, mais terrifiée. Elle ne sait pas ce qui lui arrive et s'imagine être tombée enceinte. Le bon Dieu qu'elle implore s'impose comme unique recours. Mais il lui est impossible de se concentrer. Son univers s'est irisé, il vient de gagner une nouvelle dimension. Ce n'est que très tard dans la nuit qu'elle regagne sa cabine en frôlant les cloisons tellement la honte l'envahit. Une honte mêlée de bonheur, les sens en vrac. Du temps sera nécessaire pour qu'elle accepte les manifestations inédites de ses propres sens.

Simone reste prostrée et nul ne la voit pendant deux jours. Plus tard, elle dira *Quelle oie blanche, j'étais ! Et tu crois pas que les sœurs auraient pu nous apprendre le minimum là-dessus ?*

Le lendemain, sans avoir ni dormi ni vraiment mangé, Lucien change ses habitudes. Depuis que tout a basculé, son rapport au monde n'est plus le même. À l'heure où il rejoignait les joueurs de cartes dans les salons, il sort sur le pont, remarque que l'alizé se renforce à mi-journée, et trouve un coin d'ombre pour s'asseoir et fermer les yeux. Là, il se laisse pénétrer du bruissement que laisse la jeune fille après le baiser et autorise les images et les idées à venir à lui dans un désordre rafraîchissant.

Le sentiment amoureux capte tout. Il ramène tout à lui, attracteur et prisme tout à la fois… Cette nouvelle perspective des amoureux qui ne voient plus rien hors de la bulle qui les enveloppe, Lucien la découvre. Seul l'amour semble nécessaire. L'amour est magnétique.

Être amoureux, c'est vouloir partager le monde avec l'autre, c'est avoir soif.

Être amoureux, c'est devenir simple et riche à la fois, c'est communier avec la nature.

Être amoureux, c'est rester jeune.

Le monde se découvre sous un jour nouveau, éclairé par la puissance du désir. Qui pourrait vaincre celui qui aime ?

Ni le commandant, ni Pontvianne, ni personne ne peuvent gêner Simone et Lucien en quoi que ce soit, hormis sa conscience qui se joue de la jeune fille. La part d'ombre de l'amour se lève parfois, et l'amour devient soleil et nuit, matin et soir, confiance et tourments, espoir et angoisse. Il est le doute et la joie.

L'amoureux guette.

Et au final l'amour est désir, et le désir, c'est la vie.

Quand arrive le deuxième soir, Lucien écrit à Simone. Une lettre, puis une seconde qu'il fait porter immédiatement. Mettre quelques mots timides sur ce qui leur arrive n'est pas simple, alors il dessine.

Le lendemain, Simone hasarde quelques pas sur le pont. Lucien guettait, ils se croisent.

Lucien ne porte son regard que sur Simone et Simone découvre un enchevêtrement de sensations d'inquiétude et de béatitude inédites et grisantes, un maelström aussi étendu que l'océan Indien dans lequel leur paquebot poursuit son sillon. Simone s'étudie mais ne comprend rien, sans repère. Elle finit par se laisser porter, laisse venir ce désir. Doucement, elle accepte de ne rien maîtriser et s'en remet à Lucien qui est aussi novice. Et ne le serait-il pas que ce serait la même chose. L'amoureux est toujours un jeune homme, l'amoureuse toujours une jeune fille. Des espaces occultés pour les autres leur apparaissent sans que l'on sache rien de leur origine. Pontvianne est déjà oublié. On échange quelques mots avec lui mais il n'est déjà plus là. Simone et Lucien sont entrés dans leur bulle.

Pour traverser le canal du Mozambique, il faut avoir l'estomac bien accroché. Les courants y sont forts, la houle puissante. C'est en principe la dernière épreuve marine à laquelle sont confrontés les passagers avant de retrouver le sol. Sauf qu'en juillet 1927, alors que la saison est généralement paisible, un cyclone exceptionnellement tardif levé dans l'océan Indien s'approche du nord-ouest de Madagascar. Entre Diégo-Suarez et Tamatave, difficile de tenir debout. Les passagers s'allongent dans leur bannette et attendent le calme. Les tables demeurent vides. Les clients les plus téméraires bravent la tempête et tentent des sorties pour s'oxygéner, l'odeur du bord devient intenable.

Sous la contrainte, Simone et Lucien descendent de l'éther. Ensemble.

Ils reprennent contact avec l'extérieur mais rien ne les effraie, pas même ce cyclone.

Peu avant l'arrivée, Lucien reçoit un câble à bord l'informant de son affectation à la régie principale de Tananarive dans la cabine des chargements. Pour leurs débuts dans la colonie, l'administration forme ses employés fraîchement débarqués quelques mois à Tana avant de les envoyer en brousse.

Le 9 juillet 1927, le *Général Voiron* accoste au port de Tamatave.

Avant de débarquer, Lucien et Simone s'embrassent à bouche que veux-tu. Ils jurent de s'écrire et de se revoir au plus vite.

Simone est heureuse de retrouver ses parents. Tout se précipite mais elle a le temps de leur présenter Lucien, un « camarade de traversée ». Lucien demande à Auguste s'il peut écrire à sa fille, avant d'être alpagué par un employé des douanes qui lui demande ses papiers et recopie consciencieusement le numéro de sa carte d'identité puis *Fait à rue Marceau, le 21 mars 1927* sans mentionner ni la commune, ni même le département. Lucien esquisse un sourire et se retourne, Simone et sa famille sont déjà à vingt mètres. Mais il est serein. Il pourra lui écrire et saura la retrouver quand il en sera temps.

Il s'enquiert du train qui doit le conduire à Tana, on dit la ligne impraticable avant deux ou trois jours. D'ici là, les passagers vont être logés dans des dortoirs improvisés que l'administration met à leur disposition. Conduit par un brigadier, le groupe traverse la place en terre battue encore jonchée de branches cassées de flamboyants, puis longe une avenue bordée de jacarandas et de palmiers, et gagne le gymnase.

Lucien n'entend pas rester enfermé là alors qu'il a tout à découvrir. Sa première idée est de se rendre à la poste pour marcher et s'imprégner d'un territoire qu'il a déjà adopté dans l'enthousiasme de l'amour naissant. À la sortie du gymnase, il avise un paisible Malgache qui lui inspire confiance et lui demande :

— S'il vous plaît, vous savez à quelle heure ouvre la poste ?

— C'est déjà ouvri, monsieur *Vazaha*, répond l'homme tout souriant.

Quand on découvre pour la première fois un lieu, un pays, une atmosphère, c'est fou comme les impressions se bousculent et que les réflexions affluent. Une impression générale se dégage très vite, déterminante, presque définitive. Lucien trouve Tamatave florissante, maritime, humide et pourtant agréable. Les Malgaches lui paraissent accueillants et étonnamment calmes alors qu'ils viennent d'essuyer une tempête. Très vite, il mesure la distance que les Blancs ont instaurée entre eux et les indigènes. Chacun sa place. Les indigènes semblent ne pas s'en offusquer, les Français ne sont pas venus pour s'en faire des amis. La colonisation a d'autres visées. Un devoir d'évangélisation. Une stratégie économique. L'aventure peut-être pour une poignée d'entre eux. Pour Lucien, le goût de l'ailleurs doublé du goût très neuf de l'amour. Dès ce premier jour, il sort un carnet sur lequel il réalise de rapides croquis à la pointe sèche. En fin d'après-midi, il déambule encore, essuyant quelques grandes saucées courtes mais drues. Les alizés ont repris, légers, la tempête s'est éloignée. Il admire les belles demeures coloniales, les persiennes, les vérandas.

Le soir, un repas sommaire est servi à tous dans le hall attenant aux dortoirs improvisés. Son voisin de table, un gros colon qu'il avait écouté dans le salon du bord sans se faire connaître, lui conseille de goûter dès que possible un rougail bichique, des alevins de poissons en sauce tomate. Il en a les yeux qui brillent. Tout le monde est excité, dans le hall comme dans les dortoirs, on parle bruyamment, on rigole, certains sont pris de fous rires. Il y a pour les plus jeunes comme un goût d'aventure. Il faut attendre longtemps que le calme revienne pour s'endormir.

Le lendemain matin, Lucien parcourt le *bazar be* organisé en quartiers, les épices et les viandes sous la halle, puis les tissus, les fruits et légumes, plus loin les bois et meubles, la droguerie. Un terre-plein est réservé aux bananes. Lucien se renseigne sur des fruits qui abondent et qu'il ne connaît pas, on lui présente les *maracujas*, fruits de la passion.

Sur le boulevard Joffre, il entre dans une échoppe qui affiche *Ici on vend des cartes postales*. C'est autant une épicerie qu'une quincaillerie-mercerie-papeterie-outillage. Lucien veut envoyer une vue de la ville et ses premières impressions à ses parents. Au comptoir, il demande à voir les cartes. Le commerçant chinois sourit et lui répond : « Bien sûr, il y en a beaucoup, monsieur. » Puis après un temps il ajoute : « … mais c'est toutes du même modèle. » Lucien en prend une. « Et vous avez des enveloppes ? » « Oui, il y en a beaucoup monsieur. » Puis après un temps : « … mais elles sont déjà collées. »

Le troisième jour, les réfugiés du cyclone apprennent que les voies sont réparées et s'apprêtent à rejoindre Tana.

Avant de monter dans le train, Lucien achète quelques galettes de viande, des beignets de légumes et des nèfles du Japon, la paysanne lui offre deux bananes. La compagnie distribue de l'eau filtrée. Quand le train s'ébranle, il est surpris par la multitude des ouvriers qui marchent sur les routes un coupe-coupe à la main. Le pays semble industrieux. Surpris aussi par les *ravenalas* en enfilade – les arbres du voyageur – et par des champs d'ananas très étendus. Les maisons en bois sur pilotis se démarquent d'une végétation qui devient plus dense au fur et à mesure que le train monte vers les hauts plateaux. Partout des collines, des bananiers. Ce qui le surprend le plus c'est que les indigènes pissent n'importe où, sans se cacher. Que le train vienne à passer n'y change rien. Le train traverse une forêt tropicale dense avant d'aborder les rizières du plateau.

La gare, à l'arrivée, est en tout point semblable à une gare de métropole. Des guichets organisés, un hall qui fait sas avant une large avenue, en équerre avec les voies ferrées. Sur le fronton, une grande horloge et un toit de brique rouge. Pour un peu, on oublierait que Tana est si loin de la France. Il y a foule, la gare est proche du *zoma*, le grand marché à ciel ouvert dans les rues du centre. Des *vazaha* bien habillés circulent sur des filanzanes – des chaises de toile soutenues par deux poutres latérales, fines et longues, chacune portée par un homme à l'avant et un homme à l'arrière. Lucien regarde cette masse colorée, l'avenue tirée au cordeau avec un terre-plein central, les arcades sur les bas-côtés, les maisons serrées les unes aux autres sur les collines qui lui font face. Finalement, il n'est guère surpris par l'ambiance si ce n'est par la chaleur et l'humidité de l'hiver austral. Il se régale d'observer cette France qui n'est pas tout à fait celle qu'il connaît.

Un employé venu le chercher à la gare le conduit directement à la poste centrale, place Colbert, où Lucien doit signer le PV de son installation. Un petit parc avec ses parterres de fleurs bien agencés, ceint par la route, fait face à la poste. La place surplombe un grand escalier où débordent les étalages du *zoma*. Lucien sourit à cette nouvelle vie, les indigènes lui renvoient un sourire tranche papaye. On l'aborde à nouveau pour lui vendre des fruits, ceux qui ont appris quelques mots de français varient peu leur refrain, *Allez vazaha, avec moi c'est moins ser*. Tout est nouveau et tout semble merveilleux, le conte ne fait que commencer.

20

1928-1932 – Baie d'Antongil

> Je trouvai chez M. et Mme Devoise l'hospitalité la plus généreuse et la société la plus aimable [...] Le caractère national ne peut s'effacer. Nos marins disent que, dans les colonies nouvelles, les Espagnols commencent par bâtir une église ; les Anglais, une taverne ; et les Français, un fort ; et j'ajoute, une salle de bal.
>
> François-René de Chateaubriand,
> *Itinéraire de Paris à Jérusalem* (septième partie)

Depuis cinq ans, Auguste et Eugénie Sevrin se croisaient peu. Lorsque Eugénie l'eut rejoint, elle s'établit en ville, à Maroantsetra, quand lui vivait en brousse à quelques heures de bateau de là, à l'usine d'Ambanizana. Les dettes et les pensions à régler pour les deux aînés les tenaient sous pression. Financièrement ils s'en sortaient à peine. Aussi Eugénie avait-elle tenté d'obtenir de son frère Félix une compensation pour les dommages de guerre allemands dont il avait bénéficié à Xonrupt, mais il n'avait pas daigné répondre.

Le produit des ventes de bois aux exportateurs était reversé aux créditeurs (les mêmes) et, en définitive, les Sevrin ne vivaient que du second choix qu'Eugénie écoulait à Maroantsetra. Les créditeurs-exportateurs écumaient les matières premières les plus nobles que broussards et indigènes conditionnaient pour l'export. Il suffisait aux grosses compagnies et à leurs actionnaires d'avancer l'argent pour consolider une affaire et ils n'avaient plus ensuite qu'à en cueillir les dividendes. Le capital engraissait sans risque du fait des garanties sous forme d'hypothèques. Le seul à prendre des risques était sur le terrain et gérait ses rapports avec les indigènes. Le broussard et ses indigènes créaient ensemble la richesse qui nourrissait toute une chaîne à leur suite. La mécanique bien huilée de la pompe Afrique fonctionnait à merveille.

La séparation du couple offrait la paix à Auguste. Il y a des gens comme Eugénie qui compliquent tout. Elle entrait peu en *résonance* avec le monde qui l'entourait tandis qu'Auguste *vibrait* de ses passions pour les machines, pour les hommes et les défis virils, pour reprendre l'image d'Harmut Rosa[1]. Était-elle *véritablement libre* au sens qu'en donne Simone Weil, *pas par un rapport entre le désir et la satisfaction mais par un rapport entre la pensée et l'action*[2] ? L'amour-propre qui concentre l'action sur les obstacles ne l'éloignait-elle pas sans cesse de l'objectif pensé ?

Accablée de devoirs, rongée par le doute, envahie de problèmes, son mal-être protéiforme faisait d'Eugénie un dragon. Intérieurement elle était bonne fille mais l'absence d'harmonie lui faisait éructer son malaise comme un dragon lance des flammes. Autant Auguste intériorisait en toute discrétion, autant Eugénie extériorisait massivement et bruyamment. Les soirs, Auguste s'endormait à poings fermés et ses rêves l'apaisaient. Dans ses songes, le dragon dragonnait sans qu'il s'en émeuve. D'autres femmes, dont certaines lui étaient inconnues, apparais-

1. Harmut Rosa, « Bonnes vibrations », trad. Christian Bouchindhomme, *Philosophie Magazine* n° 71, été 2013.

2. Simone Weil, *Réflexions sur les causes de la liberté et de l'oppression sociale* (1934).

saient. Au petit matin, il se réveillait neuf et prêt à supporter le cortège de contrariétés du jour. Il tenait le bon côté des choses parce que sa machine à songes effaçait l'ardoise. Celle d'Eugénie ne semblait pas aussi efficace…

À l'heure de rejoindre Tamatave en ce jour de juillet 1927, Eugénie et Auguste avaient confié la petite Colette à la *nénène*. Le plaisir de retrouver Simone tenait les soucis à distance pour un temps qu'ils voulaient savourer. Auguste avait laissé une enfant de onze ans dans sa chrysalide, il s'apprêtait à retrouver une jeune fille après la métamorphose du papillon. Les perturbations cycloniques ne l'avaient pas découragé d'embarquer sur la goélette qu'il avait construite de ses mains et dont il n'était pas peu fier. Un deux-mâts entièrement réalisé sur plan, une grand-voile, une misaine et une trinquette.

Lorsque les vents redoublèrent, il fallut s'abriter sur l'île Sainte-Marie. Ils mouillèrent dans une crique sableuse d'une côte oubliée, trempés jusqu'aux os. Le vent soufflait à décorner les zébus, la pluie s'intensifiait. Nichés sous les larges feuilles d'un arbre aux bonnets d'évêque, ils surveillaient les amarres. Et c'est là, à Sainte-Marie où il n'y avait rien à faire qu'attendre, que les éléments déchaînés avaient favorisé le rapprochement des peaux.

La petite conçue ce jour, qui naîtra à Maroantsetra en mars 1928, sera prénommée Marcelle.

*

— Tu veux que je te prépare un gâteau ?

Simone connaît déjà la réponse. Son père raffole de ses gâteaux.

Comme elle passe le plus clair de son temps à ses côtés et qu'elle l'adore, rien ne semble lui manquer.

Depuis le matin, Auguste a aiguisé les scies, contrôlé et trié les grumes que les indigènes ont charriées jusqu'à l'usine, organisé la journée des équipes, et il dégrippe un rouage grinçant, les mains enduites de graisse. Seules la tombée de la nuit ou l'arrivée impromptue de sa fille qui vient causer l'arrêtent dans son travail. Il se réjouit de la voir tropicalisée, à l'aise dans cette brousse. Cette vie simple et dépouillée a plu à Simone dès son arrivée. Après des années d'éloignement, les frustrations et brimades des sœurs défroquées, après les douleurs de la guerre et de l'après-guerre, que pouvait-elle espérer de plus vivifiant que de retrouver ses parents dans un pays qui offre autant de lui-même ? Les retrouvailles, la liberté, une vie nouvelle enivrent. Simone est sous le charme.

— Je t'appellerai quand le gâteau sera prêt, dit-elle en s'éloignant.

Elle rejoint la case en bois qu'a bâtie Auguste sur pilotis, surélevée d'un mètre, entourée d'une véranda pour se protéger du soleil et de la pluie et coiffée d'une toiture en feuilles de *ravenala*. On l'appelle *la case*.

Le *sakafo* (le repas, on prononce *sakaf*) est toujours préparé dehors, dans une marmite en fonte posée sur trois pierres. Simone demande au boy d'allumer le feu et de tapisser de sable le fond de la marmite. Il n'y a pas de four à Ambanizana mais les gâteaux cuisent à la perfection dans des plats à couvercle que l'on empile entre des couches de sable dans la marmite. La cuisson est lente mais le résultat vaut l'attente.

En préparant sa pâte, Simone repense à la partie de chasse de la veille. Elle s'était levée la première un peu avant l'aube et était partie chasser seule, en pyjama. Pas loin de la case, elle avait pris position derrière un bouquet d'arbustes où elle espérait des pintades. Rien n'apparut sauf le soleil dont la lueur lui révéla qu'elle portait son pantalon de pyjama à l'envers. Puisque aucun gibier ne se pointait, elle avait entrepris de le mettre à l'endroit. Entre-temps, à la case, Auguste avait découvert que sa fille avait disparu. Le fusil n'étant plus à sa place, il avait compris et avait envoyé deux hommes pour la rejoindre et l'accompagner à la chasse. Et il se produisit cette coïncidence de vaudeville qui voulut qu'au moment même où Simone quittait son pantalon pour le mettre à l'endroit, elle entendit les deux hommes arriver. D'un bond aussi discret que possible, elle s'était cachée derrière un rhododendron et en avait oublié son pantalon sur lequel étaient tombés les deux ouvriers. *Le pantalon de Mademoiselle Simone ! Le pantalon de Mademoiselle Simone !* Ils filèrent aussitôt chez le patron en brandissant le bas de pyjama. Auguste avait essayé de garder son calme et de reconstituer une trame logique à cette histoire sans y parvenir tout à fait. Pendant qu'il réfléchissait, Simone, les fesses à l'air, s'était constitué un pagne en reliant d'une liane de longues feuilles de longouses. La honte avait pris le pas sur la gêne pendant son retour discret.

*

Il arrive à Simone de passer quelques jours à Maroantsetra avec sa mère, mais très vite elle s'y ennuie. Maroantsetra est un gros bourg humide étiré en longueur au fond d'un cul-de-sac, la baie d'Antongil. Il se dit à Madagascar que la côte nord-est n'a que deux saisons, une saison des pluies et une saison humide. Dans une même journée le soleil succède très vite aux pluies tropicales, les nuages prestement repoussés par les alizés. En juillet-août, il pleut tous les jours. C'est l'époque où les baleines à bosse viennent mettre bas dans la baie. En août, Maroantsetra devient la ville vanille. On brasse les gousses qui sèchent sur les étals. L'odeur entêtante coiffe tout. Simone lui préfère l'odeur subtile de l'ylang-ylang dont on tire ici une essence. Puis vient la saison la plus clémente – celle des orchidées – avant le retour des grosses ondées tropicales en fin d'été austral, et la saison des cyclones dès février.

— Le jour où les blattes se mettent à voler dans tous les sens, affolées, tu peux être sûre qu'on va ramasser une bonne saucée, lance Eugénie à sa fille qui n'écoute que d'une oreille. Elles ressentent l'arrivée de la pluie, elles ne se trompent jamais…

Qu'importent les blattes, les moustiques, les mites, les charançons à Simone ? Ici, on collectionne les parades contre les insectes nuisibles : le vétiver, la moustiquaire, le diffuseur de Flytox – une pompe manuelle d'un insecticide puissant que Simone pulvérise chaque soir avec beaucoup d'amusement. Non, ce n'est pas tant la ville ou les insectes qui l'ennuient, que sa mère. Elles manquent de complicité. Eugénie se plaint et plus elle râle, plus sa fille prend de distance. Simone cherche à jouer avec Colette qui a six ans passés mais cette sœur qu'elle connaît à peine est fuyante. Alors elle se distrait en bricolant avec des chutes de bois et, surtout, elle s'occupe du bébé. Marcelle est plus son enfant que sa sœur. Elle pouponne grandeur nature.

Dans le bourg, Simone s'est liée aux Réunionnais. Avec eux, elle découvre le tennis et remonte la rivière en pirogue entre les herbes d'eau. Le spectacle de la nature soigne ses langueurs. Elle ne prête plus attention aux caméléons communs mais observe les orchidées doubles, les grenouilles entièrement rouges ou noires, le tanrec aux épines noir et jaune que la mère d'un copain cuisine en marmite, les oiseaux, les lézards, les chauves-souris… Quant aux lémuriens, c'est comme les fleurs des arbres, on ne les mange pas. On dit qu'ils gardent les esprits des ancêtres.

À son arrivée, Simone a reçu un lémurien qu'elle tente de domestiquer et dont elle prend soin. Elle l'attache, le promène sur son épaule gauche et lui donne des fruits. Il semble attentif à tout. *Quand les verres d'apéro ne sont pas terminés et que les personnes attablées se lèvent, il s'empresse de finir les fonds de verre,* racontera-t-elle, mais il est possible qu'elle confonde avec le singe qu'elle offrira plus tard à Georges, son fils…

À Maroantsetra, les fortes crues et de hautes surcotes océaniques rendent nécessaires les constructions sur pilotis. Au *vazaha*, elles semblent frêles avec leurs montants en bois, leurs parois en tiges de roseaux ou en bambous et leur toit de *falafa* (une paille épaisse), et pourtant elles résistent aux assauts maritimes par gros temps. La technique est éprouvée, le savoir-faire ancestral.

À Ambanizana, là où l'usine est installée, l'architecture est différente. Les cases sont toutes de bois, de feuilles et de raphia. Des feuilles de bananiers imperméabilisées et empilées en quinconce servent de couverture. Pour imperméabiliser une feuille de bananier encore verte, Auguste a appris de ses hommes un truc simple : il suffit de la maintenir suffisamment longtemps au-dessus de l'eau bouillante. C'est le procédé qu'emploient les préposés de la poste qui sillonnent la brousse pour protéger leur sac postal de l'humidité dans des tournées qui excèdent parfois une semaine. Lucien en sait quelque chose, mais laissons-le pour le moment, il ne fait pas encore partie de la famille…

Sous leur maison de Maroantsetra, Auguste et Eugénie stockent les bois communs, des planches et des carrés pour la consommation locale des Indiens et des commerçants chinois.

Dans le jardin, quelques hibiscus rouges et rosat, trois frangipaniers et des bougainvillées.

L'allée qui conduit de l'escalier à la rue est plantée d'ananas tout du long. Très juteux, ils sont délicieux, la famille en mange tout le temps. Avec les feuilles dont il faut couper l'extrémité, Eugénie fait des salades. Le *sang blanc* de l'ananas est bon quand le fruit vient juste d'être cueilli. Auguste a mis au point des *transformations* dont toute la famille est fière. Il fait du vin, des liqueurs, des sirops, du vinaigre d'ananas. L'ananas pousse si facilement qu'il suffit de poser en terre le plumet qui en constitue la tête pour qu'il prenne racine, ça marche à tous les coups.

Les Malgaches cultivent des ignames dont ils tirent une farine avec laquelle ils préparent une bouillie. Au marché, on trouve du manioc, de la patate douce, de la canne à sucre, des poulpes et du poisson séchés. La capucine donne des graines que les *vazaha* conservent dans le vinaigre et utilisent en guise de câpres. La culture de la vanille est exigeante. Cette orchidée pousse facilement mais elle fut importée sans son espèce pollinisatrice, l'abeille mélipone. Il faut donc la *marier*, c'est-à-dire inciser la petite trompe de la fleur (le labelle) avec une aiguille et déplacer manuellement les parties mâle et femelle qui, sans intervention humaine, ne fructifieraient pas[1].

Dans le village, des femmes brodent pour les colons sur le pas de leur case. Autour d'elles, de maigres volailles, des poules et quelques canards s'égaillent. Eugénie qui attend le client coud des boubous avec sa machine Singer à pédale. Auguste les troque aux ouvriers de l'usine dans sa « boutique » contre des services comme la cueillette du café. Elle ne gagne rien, Eugénie, mais elle crée, elle coupe, elle coud, elle innove. Les ouvriers d'Auguste aussi y trouvent leur compte. Le rêve de leur femme, c'est de posséder une machine à coudre. Trouver des boubous pas chers à la boutique de l'usine leur sert d'argument pour ne pas avoir à dépenser l'argent.

Simone donne la main à sa mère. Un jour où la vente de bois a mieux marché, Eugénie file chez le Chinois acheter une

1. Suivant un procédé méticuleux et patient mis au point au XIXe siècle par un esclave réunionnais de douze ans, Edmond Albius. Pour l'anecdote, le nom *vanille* dérive de *vagina* (gousse, en latin) tandis qu'orchidée vient de *orchis* (testicule). Il s'agit décidément bien d'une plante hermaphrodite…

demi-bouteille de champagne ! Le plaisir se double de la vanité d'avoir réussi. De quoi s'offrir le luxe qui leur fait défaut depuis si longtemps…

*

La vie à l'usine d'Ambanizana n'est pas celle de Maroantsetra.

Il n'y a pas d'électricité, on s'éclaire à la lampe Titus.

À chaque grande crue, le lit des rivières change et les bancs de sable migrent dans la baie. Les bateaux raclent, s'accrochent, il y a des accidents.

Simone monte le sentier qui longe la rivière où les ouvriers traînent les grumes jusqu'à l'usine. Elle rejoint les cascades. Ses promenades dans la forêt primaire lui réservent toujours des surprises. Un ouvrier entaille une écorce et en arrache un morceau, Simone le hume et découvre l'arbre à cannelle. Ailleurs, elle tombe sur la mue d'un boa, attrape des sangsues, s'approche des libellules à grande envergure. En chemin, elle croise des pintades et des canards sauvages. *Il n'en manquait pas à Ambanizana*, dira Lucien qui qualifiait le coin de *paradis terrestre*.

La forêt bruisse et ne connaît pas le silence. Simone évite le crapaud à peau venimeuse et les chenilles urticantes noir et jaune à tête rouge que les ouvriers lui montrent. Elle observe encore les nuances de parme et de grenat de certaines feuilles qui tranchent sur le vert dominant, d'étranges fleurs personées qu'elle n'identifie pas. Accompagnée d'un boy, elle chasse souvent le papillon.

Plusieurs fois par jour, personne n'échappe à la séance d'extraction des chiques sous la voûte plantaire ou sous les ongles, que l'on marche pieds nus ou avec des claquettes de bois. Les chiques, c'est la plaie quotidienne. Des petits insectes qu'on ne peut retirer soi-même et pour lesquels on utilise une aiguille recourbée et soudée au bout d'une baguette de métal. L'aiguille est chauffée et celui qui officie souffle pour apaiser la douleur. « Fais le *volavo* ! » lui demande-t-on (on prononce *volave*). Le *volave* est un animal très étrange au souffle puissant, un genre de petit lamantin avec une tête de chien et une dentition de requin. Un de ces mystères dont la nature est prodigue et qu'on connaît peu. En tout cas, personne n'échappe aux chiques. À n'importe quel moment de la journée, celui qui a mal aux pieds peut interrompre un collègue qui cesse son activité jusqu'à ce que les chiques aient été retirées. *Fais le* volavo *!*

Simone retrouve souvent son père vers les machines. Ils discutent, elle apprend à fabriquer un tabouret, une table, elle rabote, se prend de passion pour le bricolage. Elle donne la main pour surveiller les indigènes au café et pour marier la vanille. Elle aime aussi dessiner sur le sable jaune face à l'usine. Des rochers noirs sur lesquels s'amusent les enfants émergent. Au-delà s'étendent les palétuviers où les crabes percent leurs galeries dans la vase sableuse. Lorsqu'on les dérange, ils fuient à toute allure se réfugier dans leurs tunnels. Du côté nord, à l'embouchure de la rivière, se tiennent des flamants roses, une patte relevée. Une longue plage de sable fin bordée de cocotiers la prolonge.

Simone observe les femmes des ouvriers qui récurent les gamelles dans le sable et les rincent à l'eau de mer. À marée basse, les gamins collectent des porcelaines et des coquillages sur le platier pendant que leurs mères traquent les poulpes entre les rochers, de l'eau jusqu'aux chevilles. Il y a du poisson à profusion mais certains sont gratteux. Auguste en attrape à la traîne au retour de Maroantsetra. Il arrive qu'un thazard trop nerveux casse le fil. Les familles indigènes lui ramènent des langoustes, des crevettes de rivière, des camarons et des coquillages. Tout s'échange.

Simone gratte la pulpe des cocos et la presse pour préparer le lait puis elle apprend à cuisiner les ignames au lait de coco, la pintade coco, le poisson coco, la langouste coco, le gâteau coco qu'elle alterne avec le gâteau de patates douces.

Les images de cartes postales cachent tout de même les déconvenues du climat chaud et humide, des chiques, des moustiques. Parfois on n'en peut plus, on se dit qu'on est au milieu de *nowhere*, qu'on devient neuneu, on se surprend à chanter à tue-tête *Ils ont des chapeaux ronds, vive la Bretagne, ils ont des chapeaux ronds, vive les Bretons* et on décroche. Un coup de spleen, et puis ça passe.

*

Auguste est appelé *patron* en permanence. Sa femme *madame Eugénie* ou *madame Vazaha*, sa fille *mademoiselle Simone*. Auguste s'ouvre à sa fille :

— C'est étonnant à quel point mes hommes se fichent de l'avenir. T'as vu l'espace qu'ils réservent à l'est de leur enclos pour les offrandes ? Ils respectent le passé et ils vivent aujourd'hui. Pourquoi penser à demain qui n'existe pas ? Moi je suis obligé de prévoir, de m'organiser. Pour rembourser des prêts, je prends de nouvelles concessions et c'est sans fin. J'ai vingt hectares rien que de vanille. En définitive, mes hommes se font moins de bile que moi, ils sont libres… Un jour, j'en ai eu un qui voulait pas travailler. Il était calme, je vais discuter avec lui. Tu sais ce qu'il me dit ? *C'est pas la peine qu'on travaille, on se débrouille sans argent*. Qu'est-ce que tu voulais que je lui réponde ?

Ses confessions sont rares.

Elles annoncent une fête.

Quand il en a gros sur la patate, Auguste tire son accordéon, déplie le soufflet, les hommes s'approchent et se mettent à chanter.

Chaque samedi soir, le rituel du bal avec l'ensemble des hommes est bien ancré, il ne manque personne. Sauf les femmes. Eugénie et Simone, pas plus que les autres, ne pénètrent dans la salle de bal.

Une fois par an, pour le 14 Juillet, Auguste prépare à l'avance une grande fête. Il dresse un mât de cocagne devant la case, sort une dame-jeanne de rhum, fait fleurir la salle de bal, sans doute la seule à des dizaines de kilomètres de brousse à la ronde. Le mât de cocagne, les hommes adorent ça ! Fous rires garantis. Ce jour-là, même les enfants boivent du rhum.

Dans toutes les histoires coloniales, il est des légendes qui durent. Des histoires que l'on se plaît à raconter, encore et encore, trente ans, cinquante ans après. Des faits transformés sans doute, mais jusqu'où ? Dans *Malaisie*, Prix Goncourt 1930, Henri Fauconnier raconte le quotidien de planteurs d'hévéas. Le coup du verre d'ammoniaque administré à un coolie pour le dégriser d'un trait est du même tonneau que l'histoire de Simone sur la colle miraculeuse qu'elle racontera souvent. Un ouvrier de son père discutait beaucoup autour des machines. En causant, il avait laissé traîner sa quéquette près de la grande scie circulaire et s'en était fait couper le bout par inadvertance. Il paraît qu'Auguste lui aurait recollé le bout avec une pâte à base de plantes, et que l'ouvrier ne cessa de chanter ses louanges.

Il y a de tout dans les histoires coloniales, on y croit ou on n'y croit pas, chacun son affaire. Mais elles ne partent pas de rien.

Il arrive aussi à Auguste de pester contre ses hommes. Ils ne bronchent pas s'ils se font corriger pour une erreur qu'ils reconnaissent. Auguste sait que s'il n'est pas juste, des *fana-*

fody – des mauvais sorts, des empoisonnements – seront jetés contre lui. Il veille à ce que toute sanction soit juste.

Un jour, il s'en faut de peu que l'usine ne parte totalement en fumée. Un ouvrier aux jambes énormes qui se déplace avec beaucoup de difficultés – il a de l'éléphantiasis – est assigné à la surveillance de la chaudière qu'il alimente en bois pour maintenir la pression nécessaire aux machines. Sauf que le jour dit, cet ouvrier à la langue bien pendue s'est éloigné et s'est lancé dans un tel *kabary* qu'il en a oublié la chaudière et qu'elle a pris feu. Quand les hommes éteignent l'incendie et que la pression décline, Auguste envoie un magistral coup de pied au derrière de son employé. L'affaire reprend son cours et Auguste conserve l'ouvrier dans son équipe.

Auguste n'intervient jamais dans leurs cultes nocturnes et leurs sacrifices rituels à la lumière de la lune. Il arrive que quelques-uns de ses hommes dansent nus sur la véranda, la nuit. Ils se badigeonnent d'huile de coprah pour que personne ne puisse les attraper. Auguste ne s'en mêle pas. Il fait très attention aux tabous. Simone l'apprit le jour où, fraîchement débarquée à Madagascar, elle avait décroché en brousse des cornes de bœuf attachées à un pieu qu'elle avait ramenées à son père. Il s'était empressé de lui demander leur provenance et les avait aussitôt remises à leur place, le plus discrètement possible.

Auguste sait combien ses hommes sont imprégnés de mystique et de sciences occultes. Il a vu le sorcier, les gris-gris, il a observé la puissance de leur foi animiste assaisonnée de christianisme. Les Pères blancs sont passés par là. La case chapelle qu'il a bâtie à proximité de l'usine a beaucoup de succès. Ses hommes et leurs familles en prennent soin, la nettoient, la tiennent fleurie en permanence.

À son arrivée, Simone se met à y dire des prières le dimanche. Très vite, les hommes institutionnalisent le rite, Mademoiselle

Simone s'occupe de l'office. Faut dire qu'il ne passe pas beaucoup de missionnaires, on ne vient pas ici par hasard, il faut emprunter le filanzane pendant plusieurs heures. Lorsqu'un prêtre passe, on lui demande de célébrer une eucharistie.

Dans tous les petits groupes isolés, pour que l'équilibre subsiste, la courtoisie s'instaure naturellement. À Ambanizana comme sur un bateau. Auguste Sevrin fait office de capitaine sur son bout de terre entre forêt et lagon.

Pour commencer à connaître quelqu'un – à commencer par soi-même – on peut tenter de répondre à quelques questions simples : que fait-il de son énergie ? quels sont ses combats, les rêves qu'il poursuit et avec quelle énergie ? quels engagements réels ? quelle créativité ? Bien qu'il reste sans le sou, fortement endetté, sous le joug des grandes compagnies, et que ses employés soient ouvriers plus que paysans, Auguste Sevrin n'est pas sans rappeler Constantin Lévine. Il a semble-t-il réussi à mettre en place une communauté d'intérêts avec ses ouvriers et l'entente règne.

SIMONE *raconte* (1985)

Il faut du temps pour s'installer et pour arriver à comprendre les hommes. Au début, mon père ne parlait pas malgache. Quelques indigènes avaient appris un peu de français par les Pères blancs mais mon père s'expliquait surtout par gestes. Il faut du temps.

Ambanizana, c'était un coin perdu. Il fallait y aller en bateau. Une demi-journée avec le canot à moteur pour amener les bois à Maroantsetra. Quand je suis arrivée, j'étais en général avec mon père à l'usine. Je revenais à Maroantsetra avec la cargaison et je remplaçais ma mère le temps qu'elle rejoigne un peu mon père. Mon père était toujours en brousse. Il ne voyait jamais de Français sauf dans la scierie de Tampoul qui s'était installée encore un peu plus loin, une grande société qui appartenait à un consortium de métropole. Des gros qui faisaient marcher les petits.

De l'usine, on voyait Tampoul par temps clair. Un Chinois s'était installé une petite boutique là-bas. Il faisait le pain. Il y avait aussi un Français, de Rambonville, qui aimait beaucoup mon père. Alors ils venaient parfois lui apporter du pain en canot. Mon père était très gentil avec eux. Ils cherchaient tous à voir des Français.

Faut que j'te raconte l'histoire du comte de Breteuil. C'était un des dirigeants de l'usine de Tampoul. Un jour que ses porteurs de filanzane l'avaient laissé tomber, il a poursuivi son chemin à pied et s'est retrouvé à l'usine de mon père. Il avait marché seul, longtemps, ses semelles s'étaient décollées sur la moitié avant de la chaussure. Digne, droit, il s'était présenté à mon père. Et quand il avançait, il ramenait son pied d'avant en arrière avant de le poser, d'un geste brusque et discret, pour ne pas marcher sur sa semelle dédoublée. Il feignait de n'avoir aucun problème et réclamait assistance pour gagner Tampoul avec toute la dignité due à son rang. Moi, j'assistais à la scène dans un coin et je riais, je riais…

La mer était parfois déchaînée. Mon père s'est fait d'ailleurs quelques frayeurs quand il ramenait des provisions de Maroantsetra sur son bateau. Il lui est arrivé de balancer à l'eau une bonne partie de ses provisions pour gagner en stabilité… Quand il ne pouvait pas prendre la mer et que les provisions venaient à manquer, mon père pouvait demander de l'aide à l'usine de Tampoul, ils le dépannaient toujours. C'était une grosse organisation avec de grosses réserves. Et plus encore après avoir apporté son aide au comte de Breteuil, les chefs de l'usine n'hésitaient pas à offrir leurs services à mon père. Ils étaient concurrents mais ne travaillaient pas du tout à la même échelle. Ils avaient de bons rapports.

Il y avait quatre scieries très éloignées les unes des autres qui exploitaient le massif forestier. On louait la forêt à l'État. Les fonctionnaires de Maroantsetra ne venaient pas. Il n'y avait que le garde forestier, et il cherchait des noises. Il a intenté des procès à mon père parce que mon père ne casquait pas. Mon père, chaque fois qu'il coupait un arbre – c'étaient des bois précieux –, il devait l'estampiller de ses initiales avec un marteau. Le garde forestier, pour prendre mon père, a fait couper la tranche estampillée. Il a fallu écrire en France à mon beau-père. Un de ses amis, Baselli, a défendu mon père contre ce type-là qui s'appelait Hoarau. En fait, Hoarau s'est fait occire par les indigènes. Les indigènes, pour cuire le bœuf, avaient une grosse marmite dans un coin tabou. Ils mettaient de l'argent dans la marmite et la recouvraient de feuilles. Hoarau y est allé et s'est servi. Il a été empoisonné. C'était un métis. Il n'aimait pas les Français, il a été occis par les indigènes. Faut dire que les métis sont rejetés des deux côtés. Ils ne veulent pas être noirs, et ils ne sont pas acceptés par les Blancs. Plus maintenant, mais je te parle de 1930…

La forêt était à pic derrière chez nous. Quand les enfants meurent chez les indigènes avant de savoir marcher, ils ne les enterrent pas, ils les suspendent par les pieds à un arbre. Les indigènes savaient que les Français n'avaient pas les mêmes coutumes, ils se cachaient. Quand, parmi ses hommes, mon père apprenait qu'il y avait un gosse de mort, il essayait de les suivre. Mais les indigènes avaient un sens particulier, ils se savaient suivis et mon père ne voyait jamais les cadavres. Il n'a jamais pu trouver l'arbre. Il savait que c'étaient les oiseaux qui allaient les manger. Il aurait voulu leur indiquer qu'il fallait les enterrer.

Mon père a fait beaucoup de social. Il leur a construit des petites cases. La case traditionnelle était juste un abri avec trois pierres où on faisait le feu, et ils dormaient là. Mon père construisait des petites cases avec une cuisine à côté et un appentis. Et il les soignait, il fallait voir. Une femme qui va accoucher, elle s'en va au bord d'une rivière, elle s'accouche toute seule, elle se nettoie et nettoie le gosse dans la rivière, et elle revient. Mon père attendait, il dormait pas, et quand elle revenait, il jouait de l'accordéon.

Pour les fêtes, on tuait un bœuf, il y avait la dame-jeanne de rhum. Quand je suis arrivée de France, il y a eu une grande fête avec le bœuf et le rhum. C'étaient des *Ah, Mademoiselle Simone, Mademoiselle Simone !* à n'en plus finir. Les types défilaient à la maison. Ils apportaient un poulet, mon père avait la dame-jeanne de rhum et donnait un verre. Je me disais *Mince, qu'est-ce qu'on aura comme poulets !*, j'ai été voir le poulailler, il n'y avait plus rien. Ce qu'ils faisaient, ils apportaient une poule, on la mettait au poulailler, et ils allaient la reprendre pour avoir un autre verre de rhum. Mon père le savait, combien de fois ça s'était fait… Quand j'ai vu Razafo le cuisinier – lui il causait français –, je lui ai dit *Comment ça se fait qu'il n'y ait pas de poulets ?* C'est lui qui m'a expliqué. Nous, quand on tuait un bœuf, on n'en gardait pas grand-chose.

Mon père a aussi construit une chapelle en bois. On l'arrangeait avec des fleurs. Je prenais un livre de prières et on disait des prières en commun. Les Pères de brousse étaient de la même congrégation que ceux qui venaient nous confesser à l'Institution Valette, les Pères du Saint-Esprit. À Ambanizana, ils m'avaient donné l'autorisation de baptiser les petits gosses. Les ouvriers de mon père qui avaient été éduqués par les Pères étaient contents.

Il fallait vraiment vivre avec eux pour les garder parce que c'est difficile, ils sont instables. Mon père avait formé des bons ouvriers. Une usine se montait plus loin, ils allaient voir. S'ils étaient moins bien payés, ils revenaient, puis ils partaient ailleurs. Il fallait former tout le temps des types. C'était un problème pour mon père. Il fallait du doigté pour les retenir et mon père a su y faire avec ce village qu'il avait construit pour eux à l'écart avec une case par famille, avec la case chapelle parce que les indigènes étaient très fervents, avec aussi la *tran' bal* comme on disait, la salle de bal. Il respectait leurs coutumes sans chercher à s'en mêler et il fermait les yeux sur quelques petits vols par-ci par-là. Il leur attribuait des tâches en fonction de leurs capacités, il donnait des tâches faciles aux malades ou aux infirmes. En tout, il a eu jusqu'à une centaine d'ouvriers.

Quand un Français arrivait à l'usine, il demandait où était le patron. Mon père était aussi noir que les autres avec la suie. Il n'avait pas de casque mais deux feutres noirs mous enfoncés l'un dans l'autre et vissés sur la tête. Il laissait pousser sa barbe, il n'avait jamais le temps de se raser. Son bleu était raccommodé trente-six fois à cause des accrocs qu'il se faisait au coin des machines et en tirant les grumes. Mon père ressemblait à un ouvrier. Puis il était pieds nus tout le temps.

Quand j'ai fait de l'or, j'ai trouvé de la poussière, de la poussière d'or. Ça me plaisait quand mon père me disait *Ben tiens, si tu veux t'amuser, va chercher de l'or.* Dans les rivières, il y avait des pierres précieuses, y avait de l'or. On y allait à la batée. On faisait tourner la batée, le sable partait avec l'eau et les paillettes d'or restaient au fond. On crachait pour éviter que l'or s'en aille.

Mon père m'avait donné quatre hommes. On a creusé des trous dans la terre parce que voilà. Le *bedrock*, c'est des cailloux roulés. Des cailloux bien ronds. Dans le lit d'une rivière si tu as une hauteur de cailloux roulés, eh bien en dessous, il y avait une sorte d'humus puis du sable noir, et c'était ce sable-là qu'il fallait prendre pour faire des batées. Maintenant il n'y en avait pas toujours sous les cailloux roulés alors on creusait dans les coins que connaissaient les indigènes. On creusait des trous jusqu'à parfois six mètres à la recherche de cet humus et de ce sable noir. Des géologues étaient venus chez nous, des Français. Ils avaient emporté des sacs de cailloux, plein d'échantillons mais on n'a jamais su ce qu'ils avaient trouvé.

SIMONE *et* LUCIEN *racontent* (1985)

LUCIEN

Je me souviens avoir vu des Malgaches en brousse faire du feu avec deux morceaux de bois, un de bois dur et un de bois mou. L'indigène qui frottait les deux branches avec ses mains approchait du point d'impact des feuilles sèches avec ses pieds. Et dès qu'une feuille s'enflammait, c'était gagné, il faisait le feu…

SIMONE

À Ambanizana, il y avait un peu d'or, un peu de pierres précieuses, mais pas assez pour en faire une exploitation. La baie d'Antongil, c'était finalement pas le coin rêvé pour faire fortune. Tous les colons végétaient. Note bien que

Roger à Tuléar, à Fort-Dauphin et ailleurs n'a pas gagné sa vie non plus.

LUCIEN

Il était employé d'une société, c'est pas pareil.

SIMONE

Il exploitait le thorium.

LUCIEN

Le thorium, on l'envoyait à Fontenay-aux-Roses. Y a de l'uranium aussi à Madagascar, dans le sud.

SIMONE

Non, les colons ne pouvaient pas faire fortune à Madagascar.

LUCIEN

Les compagnies maritimes exploitaient les indigènes et faisaient de l'argent uniquement avec l'export et l'import. À la poste, j'ai causé avec beaucoup de représentants de commerce qui venaient à leurs frais pour essayer de placer leur marchandise. Je les déconseillais car en somme c'était un trust. Il y avait trois grosses compagnies à Madagascar – c'est ça le vrai capitalisme, seulement on le dit pas dans les journaux –, trois compagnies qui avaient le monopole de l'importation et de l'exportation de tout. Il y avait la Compagnie marseillaise de Madagascar, la Compagnie lyonnaise de Madagascar, la Société industrielle et commerciale de l'Émyrne, et encore une ou deux plus petites. Elles s'entendaient comme larrons en foire. Il y avait des pots-de-vin avec les administrateurs. Un gars qui essayait de gagner sa vie honnêtement n'y arrivait pas. Il ne lui restait plus, s'il en avait les moyens, qu'à se payer un billet retour pour la France. Je vais te donner un exemple, avant la guerre de 39. Le directeur de l'agence de Maroantsetra lui-même me l'a dit : *On achète le raphia vingt-cinq centimes le kilo et on le revend soixante-quinze.* Voilà. Les indigènes se crevaient le cul. Le raphia, c'est dur. Le raphia est tiré d'un palmier qui pousse dans l'eau. Il faut décortiquer les limbes des feuilles qui donnent la fibre mais c'est gluant, c'est collant. Il faut la laver trois ou quatre fois, la faire sécher, l'enrouler. Les types sont obligés d'aller dans l'eau pour décortiquer…

C'est une compagnie qui a exploité ton père pendant une dizaine d'années. Pour s'installer, ton père a été obligé de demander un prêt aux compagnies. Le prêt était à 12 % ! Il avait deux équipes qui sciaient du bois jour et nuit. Il travaillait tout le temps et la compagnie le faisait payer en bois. La compagnie faisait fortune. Elle considérait le père de Simone comme un indigène, son ouvrier, et c'est elle qui faisait le commerce sur son dos. Inutile de te dire que la compagnie se sucrait sur la vente du bois.

SIMONE

Oh, mes parents survivaient plus qu'ils ne vivaient. Ma mère disait toujours qu'elle *mouillait son riz avec ses larmes*. Elle l'a répété si souvent…

LUCIEN

Les indigènes se contentaient de peu. En même temps que la scierie, Pépère – le père de Simone – avait une plantation de caféiers, une belle plantation avec quelque chose comme trente mille caféiers. C'est dur à récolter le café. Des espèces de cerises en haut des arbres qui vont à hauteur du plafond, un peu plus haut même, il faut des petites échelles pour le récolter.

SIMONE *ajoute*

Il ne faisait que de l'arabica, mon père... Dans les caféiers, il y a le serpent-minute qui entre par les orifices, le nez, les oreilles. On meurt instantanément. Ils sifflent quand ils s'élancent donc on faisait très attention près des caféiers. C'est comme un ver de terre, rouge, mince, mais plus long. Et comme ils s'éloignent avec le bruit, les indigènes chantaient tout le temps. Quand on allait couper le bois pour faire une pirogue ou pour aller à la plantation, toujours ils improvisaient.

LUCIEN

Pour trouver de la main-d'œuvre pour la récolte, Pépère avait intérêt à se faire voler le café et à leur acheter plutôt que de payer de la main-d'œuvre qui lui aurait coûté plus cher. Il savait pertinemment que ça venait de sa propriété car les indigènes n'en avaient pas, c'était lui qui les avait plantés, les avait fait planter, et les avait entretenus. Parce qu'avec la saison des pluies, si tu n'entretiens pas une plantation, en l'espace de six mois ça devient la jungle. Les hommes allaient cueillir le café de nuit, leurs femmes préparaient les grains, elles les séchaient, les retournaient, retiraient les cosses. C'est très long la préparation du café.

Comme il avait une boutique où il faisait du troc contre du riz, des épices, du tissu, Pépère rachetait son propre café mais il y trouvait intérêt. S'il en avait fait une tâche, les hommes auraient rechigné mais là ils étaient motivés. Les indigènes ne vivaient que par le troc. Quand ils avaient besoin de quelque chose – et ils ne le faisaient qu'en cas de besoin –, ils apportaient une *kapok* de café qu'ils disaient avoir ramassée loin en brousse. La *kapok*, c'est la boîte de lait concentré Nestlé qui servait de mesure pour les échanges. Mon beau-père calculait en fonction des prix et leur échangeait contre du sucre, du sel, du poivre, de l'huile, de la farine… Il fallait toujours être juste. La justice est la valeur qu'il faut respecter le plus en brousse.

21

1930 – Antsirabé

> Si nous ne luttons pas, nous sommes égaux, mais si nous luttons, l'un de nous sera battu.
>
> Proverbe malgache

De la ligne d'arrivée, on ne distingue plus qu'un immense nuage de poussière derrière les chevaux. Sur la pointe des pieds, les jumelles collées aux orbites, Lucien gesticule à en perdre l'équilibre. Sur l'hippodrome surchauffé d'Antsirabé, le disque solaire écrase les spectateurs de son arrogance. L'air vient à manquer. *Mais qu'est-ce qu'il fabrique ?* répète Lucien. Faut dire qu'il suit la course avec un intérêt tout particulier, c'est la première fois qu'il fait concourir sa jument Jenny – un diminutif pour *Énergie*.

Lucien adore Jenny. Avec ses premières économies, il l'a achetée à un fonctionnaire de police muté dans le nord. À l'aube, la relative fraîcheur d'Antsirabé lui permet de la monter. Sa journée commence par une balade d'une heure au lever du soleil. La monture et son cavalier prennent leur temps et, pour de brèves séquences, Lucien pousse un galop. Jenny n'est pas très haute mais ne manque pas de vivacité. Ces derniers temps, Lucien l'a entraînée à la course. Comme il se rend à l'hippodrome le dimanche, il a pensé qu'elle pourrait bien essayer, elle est capable de remporter des courses. Il l'a entraînée à l'effort soutenu sur des distances courtes qu'il a allongées semaine après semaine et, depuis quinze jours, il a la conviction qu'elle est prête. Mais comme les courses prévues sont réservées à des jockeys possédant une licence – que jamais Lucien n'a songé à demander –, il a contacté un licencié pour qu'il monte Jenny. Lucien n'a qu'à moitié confiance en lui mais il est sûr de sa jument.

— Mais qu'est-ce qu'il fabrique ? On dirait qu'il la retient ! Non mais regardez, regardez !

Lucien prend à témoin ses voisins qui ont pourtant parié gagnant ou placé sur d'autres pouliches.

— Non mais c'est pas vrai ! Il gagnait et il se laisse rattraper par une tortue ! Vas-y Jenny ! Fais le boulot toute seule ! T'es *drivée* par un bon à rien !

— Attends, la course n'est pas terminée. Jenny peut reprendre le dessus, intervient Dubellay.

Un brave gars, Dubellay. Les chevaux ne le passionnent pas mais Lucien était si enthousiaste qu'il a fait le déplacement. Dubellay n'est pas vraiment un ami, plutôt un copain que Lucien croise au Trianon en soirée, un whisky à la main, avec qui il refait le monde les soirs de grande chaleur, à qui même il pourrait confier un secret dans l'ambiance relâchée d'un soir arrosé. C'est le genre de gars que l'on est content de rencontrer et qu'on ne cherchera pas à revoir lorsqu'il partira. Une connaissance comme les expatriés s'en font à la pelle sous les tropiques.

— Mais *che coglione* ! *Che coglione,* ce jockey ! renchérit Lucien. Vas-y Jenny, tu vas l'avoir…

Trop tard. Jenny finit deuxième. Ses talons retombent au sol, les jumelles de côté, Lucien est consterné.

La course a épuisé le jockey qui s'est effectivement ingénié à laisser passer un outsider. Lucien le renvoie sans ménagement, prend les rênes et guide sa jument vers un box pour la bouchonner. Puis il rejoint Dubellay qui a dégoté une place à l'ombre et commandé des rafraîchissements.

— Bon. Pour une première fois, elle a quand même montré qu'elle était capable de gagner. Sans l'intervention d'un imbécile, elle aurait tout réussi. C'est décidé, je vais attendre la prochaine course pour *gentlemen* et c'est moi qui la monterai.

Quelques semaines plus tard, la course a lieu. Soixante ans après, Lucien raconte : « Je m'étais acheté une belle tenue et toute une panoplie… Une couverture bleue bordée de jaune, une selle, des rênes de course… Jenny était superbe. À la course, j'ai fait deuxième. Et j'ai rapporté neuf francs pour cinq francs… Figure-toi que j'avais pas joué ce jour-là ! » Dépité, il abandonne définitivement l'idée de courir ou faire courir sa jument. Son intérêt pour le turf n'en est pas altéré pour autant.

Antsirabé est la petite Suisse malgache. Une bourgade aux avenues spacieuses, larges, au centre-ville coquet. Sûrement la ville de Madagascar qui rappelle le plus l'Europe par son climat, son architecture, son tracé. La ville la moins exotique pour les colons, la moins désarmante des villes tropicales. L'apaisement et le repos qu'elle procure lorsqu'on fréquente les bains ou à l'occasion d'une étape sur la Nationale 7 ont imposé son surnom de *Vichy malgache*. L'hôtel des Thermes avec ses colonnes et ses vérandas est l'établissement le plus luxueux de toute l'île. Antsirabé est aussi la cité du cheval, et le lac Andraikiba réserve aux *vazaha* les loisirs d'une station nautique, barques, farniente au bord de l'eau, détente à quelques kilomètres de la ville. On y croise des casques coloniaux, des képis, des panamas. Là, tout n'est qu'ordre et beauté, luxe, calme et volupté. Avec ses jardins charmants, son lac, son hippodrome et ses très beaux pavillons bas, Antsirabé n'a rien à envier aux villes de métropole. Il fait bon y vivre. Le climat y est continental, très différent du reste de Madagascar. Les nuits hivernales sont fraîches et parfois froides, il peut geler. Il fait chaud l'après-midi, même en hiver. Très chaud l'été.

Les Malgaches des hauts plateaux, les *Merina*, servent les *vazaha*. Les cultures blanche et malgache se croisent peu. Les Blancs n'assistent pas aux cérémonies traditionnelles. Il leur arrive d'évoquer les rites ancestraux et mystérieux dont le *famadihana*, cette fameuse cérémonie d'exhumation et de retournement des morts qui se reproduit tous les cinq à sept ans en saison fraîche. Celui qui, par son boy, en apprend un peu plus raconte aux collègues enfoncés dans les fauteuils club de l'hôtel Trianon à la tombée de la nuit : *Un orchestre est chargé de jouer une musique bruyante pour crever les tympans du soleil. Ils se méfient du soleil, les Malgaches, ils lui préfèrent la lune… Tu sais cela, Lucien, que les motifs géométriques rouges sur les chapeaux de paille représentent la cosmologie malgache ?*

Les tabous reviennent fréquemment dans les conversations. On évoque encore les *kabary*, des discours très structurés, très longs, très littéraires. Certains rappellent des proverbes malgaches. Quant à l'histoire mythique du lac avec les Roméo et Juliette malgaches, tous les nouveaux arrivants y ont droit. En réalité, la plupart des *vazaha* savent seulement que les Malgaches vouent un culte important aux ancêtres, c'est à peu près tout. Assister à l'édification des églises et des temples les rassure. En 1930 à Antsirabé, une cathédrale est en construction.

À la poste, Lucien supervise une équipe. Il est commis mais assure la fonction de receveur. Néné est très poli. Tous les matins lorsqu'il entre au bureau, il dit *Bonsoir*. Lucien s'entraîne et répond *Manahona tampoko*, le bonjour des hauts plateaux. Les quelques mois d'apprentissage du malgache qu'il a suivis en arrivant à Tananarive ne lui permettent pas de tenir une vraie conversation mais il se débrouille. Tonton Patrice, Lucien ne saura jamais pourquoi on l'appelle *tonton*. Lucien vérifie que Néné et tonton Patrice chargent le courrier à bord de la voiture postale qui rejoint Tananarive. Il tient les comptes, assure l'approvisionnement, renseigne les colons pour les questions postales, supervise le télégraphe. Il est parfois du voyage à Tana.

Lucien a un boy qui achète seul le riz, l'huile, la farine, le sel, le savon et les cigarettes chez le Chinois. À l'occasion, il l'accompagne au marché où ils dégotent du poisson et des poulpes séchés. *Moi c'est moins ser*, Lucien connaît et il s'essaie à marchander. Ses collègues l'ont mis au parfum mais il ne se fait pas encore une idée exacte des prix qui évoluent sensiblement avec les saisons. Un jour qu'il tente un rabais trop important, le gars lui dit *Non c'est pas possible, vazaha. C'est trop moins ser.*

L'hôtel Trianon est tenu par un *vazaha* collectionneur de pierres précieuses marié à une Malgache qui partage sa passion et l'accompagne dans ses fouilles. L'hôtel lui assure une base de revenus et de repli entre deux expéditions. Quand il ne va pas chez le Grec, Lucien y prend volontiers un apéritif et, à la suite de ses aînés, il adopte le whisky-soda. Il apprécie ses larges fauteuils confortables et écoute volontiers le gérant quand il sort des pierres brutes, tourmaline, béryl, saphir bleu électrique de Fort-Dauphin, émeraude, rubis et qu'il se met à raconter. Lucien aime découvrir ce pays et ceux qui l'habitent. Que serait-il devenu s'il était resté dans un bureau à Paris ? Serait-il en train de disserter avec des collègues sur l'effondrement boursier à Wall Street et la crise de la main-d'œuvre agricole ? *Ne pensez-vous pas que le repli identitaire qu'ils provoquent appelle une refondation, une restructuration et la redéfinition des valeurs, en Amérique et aussi en Europe ?* Lucien est loin de tels débats.

Au gérant, il expose son contentement d'avoir franchi le pas et quitté la métropole pour Madagascar. *Un Malgache qui n'a pas le sourire, c'est qu'il a un gros problème*, dit-il. L'autre lui explique certaines habitudes indigènes. Il lui apprend que les Malgaches parcourent de très grandes distances à pied, parfois plusieurs centaines de kilomètres, avec un coq sous le bras pour renouveler la basse-cour et éviter la consanguinité. Il a cette réflexion aussi : *Les noms malgaches sont longs, très longs, c'est vrai. Mais on a le temps de discuter, on aime la palabre par ici, alors pourquoi faire court ?* Parfois la soirée se prolonge autour des pierres semi-précieuses et Lucien mange à l'hôtel un *romazava* ou un *ravitoto*.

Les Grecs antiques nous ont appris que la relance du désir repose constamment sur sa frustration, des psychanalystes ont même ajouté que la jouissance est le moment où le désir devient insupportable, une petite souffrance. Le mythe présente Éros comme le fils de Poros, la plénitude, et de Penia, la carence. L'amour se situe entre ces deux-là, Éros est fils du vide et du plein, Éros est le fils du manque.

Simone et Lucien l'expérimentent, ce manque. Trois années sans se revoir durant lesquelles ils n'échangent qu'une lettre tous les mois, voire tous les deux mois. L'acheminement du courrier à Ambanizana tient de l'épopée ; un *tsimandoa* (à la française, un *tsimandou*), c'est-à-dire un porteur de courrier longue distance, part de Tamatave une fois par semaine à pied et distribue le courrier en brousse. Les lettres arrivent plus vite en bateau mais il n'y en a qu'un par mois. De toute façon, le postier n'aime pas trop écrire. Il rencontre des jeunes filles à Antsirabé et entretient une relation épistolaire avec Simone. Eugénie trouve qu'un fonctionnaire est un bon parti pour sa fille. En 1930, alors que Lucien a invité Simone à lui rendre visite à Antsirabé, elle accepte à condition d'accompagner sa fille.

Les préparatifs vont bon train, chacun se réjouissant de l'excursion. La décision est prise d'emmener Marcelle dont s'occupera la nénène, toute jeune, elle aussi très excitée à l'idée de partir. On emmène le strict nécessaire, la route est longue. Le train à Tamatave sera rejoint après deux jours de mer sur un caboteur qui transporte des bois de l'usine. Le voyage ne coûte rien mais il faudra patienter le temps des transbordements aux escales. La cérémonie d'au revoir ne dure pas, Auguste file, l'usine le réclame. Chacun trouve sa place à bord du *tramp steamer* qui, en plus de quelques passagers, trimbale du bois, des sacs de jute remplis de café et de vanille et des ballots de raphia. Simone et sa mère s'installent dans une cabine de pont tandis que la nourrice prend place avec Marcelle dans une petite cabine adjacente sans hublot.

Il n'est pas rare d'essuyer des tempêtes dans le secteur. Ce jour-là comme tant d'autres. Pourtant lourdement chargé, le bateau est secoué dans tous les sens. Simone, sur le pont, rit. Une tempête ! Encore un épisode insolite. Elle se tourne vers sa mère et la voit s'enivrer aussi des paquets d'eau qui lui arrivent sur le corps et qui ruissellent. Il y a de la grandeur dans ces éléments déchaînés. Simone rit et sa mère semble se détendre, une fois n'est pas coutume. Puis le calme revient progressivement et la tempête se range au rayon des souvenirs. Après l'escale sur l'île Sainte-Marie, le navire stoppe à Fénérive pour transborder des marchandises. Au cours d'une manœuvre, Eugénie reçoit une malle sur la jambe. Du mouillage, les chalands terminent leurs allers et retours à la côte dans la soirée.

Le capitaine attend le milieu de la nuit pour repartir, pour ne pas atteindre Tamatave avant l'aube. Le moteur fonctionne au ralenti. Chacun se repose en attendant le départ. Personne ne se rend compte que l'amarre s'est rompue, jusqu'à ce que le bateau s'abîme sur un récif. Là c'est le choc. Un grand bruit. La coque est trouée. Tout le monde comprend. Le capitaine lance une manœuvre. Malgré sa jambe folle, Eugénie – inquiète pour Marcelle – file vers la cabine contiguë, ouvre la porte et découvre stupéfaite la nénène en pleins ébats avec un garçon d'équipage. Après un instant d'étonnement, et parce qu'elle a aperçu la petite Marcelle calme malgré le remue-ménage, elle éclate de rire, vite relayée par Simone qui entre au moment où la nourrice se lève et se couvre gauchement en bredouillant une excuse que personne n'entend. Eugénie prend Marcelle dans ses bras et, en voyant l'hébétude qui se lit sur le visage du bébé, met de côté un instant sa douleur.

Très vite, le cours des événements s'accélère. Deuxième choc, un autre récif déchire la coque. Résistera-t-elle ? Le *tramp steamer* n'est pas jeune. Le capitaine tente des manœuvres pour se dégager, en vain. Il n'y a plus guère de vapeur dans le moteur et un marin confirme une voie d'eau à tribord. Il faut évacuer. Eugénie et Simone cessent de rire. Le bateau n'est pas équipé en canots de sauvetage mais Fénérive ne doit pas être loin. Le bateau penche déjà quand le capitaine décide de rassembler ses dernières cartes en faisant siffler la sirène, pour la dernière fois et le plus longtemps possible. Eugénie est prise d'un frisson en entendant ce sifflement de désespoir, comme un dernier râle. Plus personne ne parle, on ne peut plus rien faire qu'attendre. Le bateau s'enfonce dans la nuit. On n'entend plus que les vagues frapper la coque, heureusement moins puissantes que dans l'après-midi. Chacun dans ses pensées. Les minutes paraissent des heures… Jusqu'à ce qu'enfin parviennent un coup de sifflet timide, puis un deuxième, et un autre plus affirmé ! Des chalands approchent. Lorsqu'ils abordent le bateau, on tend une bâche, les passagers sautent dans la toile dans la pagaille. Eugénie et sa famille sautent à leur tour, embarquent, puis les chalands regagnent la côte avec les naufragés. Tout le monde est sauf.

L'administrateur de Fénérive, informé qu'un bateau est en difficulté, propose d'héberger à la résidence les quelques *vahaza* qui sont à bord. Il est deux heures du matin lorsque Simone pénètre pour la première fois de sa vie chez un *strateur* ! Eugénie et sa famille sont installées dans une pièce qui sert de garde-meubles et de débarras. Simone se marre mais sa mère a perdu le goût de plaisanter. Depuis qu'elle a sauté dans la bâche alors qu'elle avait auparavant reçu une malle sur la jambe, elle n'a cessé de gémir et de se plaindre de son genou. La douleur est très vive. Le médecin de Fénérive, appelé pour le naufrage, l'examine. Il demande à Eugénie de rejoindre au plus vite l'hôpital de Tamatave pour y subir des examens et peut-être une opération. L'administrateur, tenu au courant, est aux petits soins avec la famille Sevrin. Il met à la disposition d'Eugénie deux *filanzana* pour rejoindre dès le lendemain la capitale provinciale, un pour elle, l'autre pour Simone, encore amusée par le naufrage burlesque. Elles prennent à tour de rôle Marcelle tandis que la nourrice suit à pied. À Tamatave, Eugénie se fait examiner à l'hôpital mais rien n'est décelé qui nécessiterait une opération. Avec un bandage serré et munie de cataplasmes, elle peut repartir et poursuivre la route vers Antsirabé.

Du fait des imprévus, la troupe parvient à Antsirabé avec retard. Aussi, pour respecter le délai qu'elle avait signifié à Auguste, Eugénie décide que l'on n'y restera que deux jours. Durant ces deux journées, elle ne laisse pas beaucoup d'occasions à Simone et Lucien de se retrouver dans l'intimité. Elle a le genou en compote mais garde l'œil. Deux jours, pense-t-elle, c'est bien suffisant aux jeunes pour qu'ils décident de leur avenir. Et elle a bien raison… Il n'en faut pas plus à Lucien pour ranimer une flamme tenue en veille.

L'amour s'imagine mal quand on n'est pas amoureux.

La volonté n'y change rien. Quand il se pointe, on le cueille.

Il est éphémère, on le sait, le temps de l'amour. Une vapeur. Tout l'inverse du temps des solitudes ou du temps bourgeois des collectionneurs de timbres.

Quand l'amour débarque, c'est le branle-bas, on perd pied, on entre dans une autre dimension. Il faut ce décalage pour *voir* en pleine conscience notre habituelle bourgeoise attitude. Ça vient d'un coup et ça laisse les yeux écarquillés.

Lucien n'est ni poète ni romancier. Il dessine.

Il s'entiche tant de Simone qu'il doit prendre une grande décision.

SIMONE *et* LUCIEN *racontent*

LUCIEN

Il y a des pirates qui arraisonnent un bateau, carrément, ils prennent des bonshommes et la cargaison. Sous la menace.

SIMONE

Du côté où on était, il y avait des flibustiers.

LUCIEN

Ah... on a connu un commandant qui faisait la loi sur son bateau. Un type qui marchait pas, il le foutait à la mer. Il en a foutu comme ça à la baille plusieurs. Il disait à ses types : *Vous mangerez quand moi je me mettrai à table.* Et les types attendaient deux, trois heures de l'après-midi et ils n'avaient pas un morceau de pain... Comment il s'appelait ce type-là ? J'ai oublié son nom.

SIMONE

Pellegrini ?

LUCIEN

Non mais c'était un nom comme ça, un nom en i... Bref. Il faisait du transport entre La Réunion, Maurice, les Seychelles et Madagascar sur un vieux rafiot. Il faisait du trafic, il chargeait du bois, du raphia et il spéculait. D'un bout à l'autre de l'océan Indien, il y avait des boutres avec des équipages de fortune, des rafiots qui font la côte...

SIMONE

Chez nous, ils chargeaient du bois. Quand ils venaient manger chez nous, ils nous proposaient des voyages. On aurait pu voyager avec eux, on ne l'a pas fait... Si, la seule fois où j'en ai pris un, c'est la fois où on a coulé. On connaissait bien le capitaine, le rafiot s'appelait le *Mafia*. On était partis sans payer parce que le capitaine était venu charger du bois. Le bateau a coulé la nuit. Le lendemain matin, on ne voyait plus rien...

LUCIEN

C'est triste de voir un bateau couler, ça a un côté humain, un bateau. Au matin, tu n'aperçois plus que le haut des deux mâts qui émerge...

SIMONE

À l'escale de Fénérive, un anneau qui devait être tout rouillé a cassé. Personne ne s'en est aperçu, le bateau s'est mis à dériver doucement, et *vlan*, il s'est planté dans les rochers, deux fois de suite. L'eau montait, montait. Avec le peu de vapeur qui restait, le capitaine a tiré la sirène pour appeler du secours. C'est comme ça que les barges sont arrivées. Ils ont tendu une grande toile entre deux barges pour qu'on saute. Du côté de l'échelle, le bateau était déjà très penché, on ne pouvait pas l'emprunter. Il fallait se jeter en donnant une bonne impulsion pour ne pas tomber sur la coque. Un des hommes avait pris Marcelle dans ses bras pour sauter. Moi, je trouvais que c'était une aventure formidable. Je pensais aussi à me sauver, tu penses... Un

Chinois avait sauté à côté de la toile, il s'était retrouvé à la baille. On l'a récupéré. Ma mère était très énervée, elle paniquait et quand elle a regroupé toutes ses forces pour s'élancer, elle n'a pas pu éviter la coque et elle est tombée à l'eau à son tour. On l'a repêchée, elle gémissait, elle était blême, on lisait la rage dans ses yeux.

L'administrateur nous a reçus à Fénérive. On a logé dans une chambre d'amis pleine de malles-cabines comme celles qu'on a, nous. Il s'appelait Chateau, l'administrateur. Alors les bagages étaient numérotés, Chateau 1, Chateau 2, Chateau 3… Ça me faisait rire tout ça.

Le lendemain, il n'y avait plus trace du bateau. On était arrivés sur le coup des deux heures du matin chez l'administrateur, eh bien le lendemain matin, *pffftt*, il était au fond de l'eau, hein. Coulé complètement.

C'est là qu'on est partis en *filanzana* sur Tamatave. J'me marrais comme une folle. Ma mère disait *Te marre pas*. Il y avait six porteurs pour un filanzane, ils se relayaient. Deux devant, deux derrière, et deux qui courent en attendant le relais. C'était le bazar avec tout ce monde, nos *filanzana* étaient bancals. On a essayé d'équilibrer Maman qui penchait un peu trop, après c'était moi. Il y avait des grands et des petits porteurs, ils couraient plus ou moins vite. On se relayait Marcelle sur les genoux de Maman ou sur les miens. Il n'y avait pas d'autres moyens de transport de toute façon, à part le voilier.

Une autre fois, on aurait pu avoir des problèmes. Avec Roger, on transportait le bois sur notre voilier entre l'usine et Maroantsetra. Un jour, on a essuyé un orage terrible, genre ouragan, qui a cassé les mâts. On était drossés contre les rochers. On est restés transis, mouillés pendant je ne sais pas combien de temps. On avait faim. Je faisais des tas de saucisses à Maroantsetra pour amener à Papa qui les suspendait. J'achetais les boyaux, je les raclais, je faisais des saucisses de porc. Eh bien avec Roger, on a mangé nos saucisses crues ! Quand on a faim, on mange n'importe quoi... On a attendu et ils sont venus nous chercher à pied, là y avait pas de *filanzana*.

22

1931 – Brève convalescence en France

Nous sommes tous obligés, pour rendre la réalité supportable, d'entretenir en nous quelques petites folies.

Marcel Proust, *À l'ombre des jeunes filles en fleurs*

Sur le *Chambord* qui le reconduit en France, Lucien observe le va-et-vient des cargos qui stoppent à Hodeidah en Arabie turque depuis qu'au XIXe siècle ce port a supplanté Moka. On y charge du café arabica. Les paquebots font escale sur la rive ouest, à Djibouti. Ses jambes le lancent. *Un problème de rhumatismes*, se rappellera Renée. Lucien a obtenu un congé en France pour convalescence. À vingt-six ans, après quatre années pleines à Madagascar, le voilà qui s'apprête à retrouver la famille.

Sur le *Chambord*, Lucien rapporte un bananier en cadeau à ses parents. Il l'a choisi bien petit parce qu'il sait qu'ils poussent vite, les bananiers, et avec l'accord de l'équipage, il l'a placé contre la cheminée du bateau. Chaque jour, il lui rend visite et l'arrose.

Malgré ses douleurs, cette traversée lui change les idées et le soulage. Le baron Empain, un milliardaire venu du Congo belge *via* le Tanganyika, embarque à l'escale de Dar es-Salaam. Il paye tout l'équipage pour qu'il y ait une fête à bord dès huit heures du matin avec orchestre et festivités. Il sort lui-même sur le pont en smoking à huit heures chaque matin.

À Port-Saïd, sous le soleil de plomb du mois d'août, Lucien accepte l'invitation d'un passager avec qui il s'est abouché à aller déguster un café arabe sur le quai. Le reste du temps, il observe la vie du bord, prend part timidement aux réjouissances et se repose sur sa bannette.

Lorsqu'il débarque à Marseille, Lucien ne sait plus comment faire. Le bananier a poussé si vite qu'il est maintenant plus grand que lui ! Il n'a pas fait tout ce trajet pour finir à la Joliette, aussi Lucien s'embarrasse dans le train, et il surprend plus d'un passager avec son bagage extravagant. À son arrivée à Fontenay, il ne trouve que Renée et Pierre. Ses parents, qu'il n'avait pas prévenus de son retour, sont partis se reposer quelques jours à Nice.

À vingt-sept ans, Renée cherche toujours l'âme sœur. Elle déploie une énergie importante à s'arranger mais le succès se fait attendre.

Pierre a enchaîné plusieurs boulots dans les banques. Chaque fois, il était mis à la porte parce qu'il ne respectait pas les horaires ou parce qu'il arrivait en tenue de tennis. En définitive, il avait tenté le concours de la Poste et avait été reçu ambulant, comme son père. Les deux frères l'évoquent en six mots : *Alors, te v'la* pouchtard *toi aussi ?* En cet automne 1931, à vingt-trois ans, Pierre décide de mettre fin à sa carrière de boxeur à l'Alhambra. Lucien assiste au dernier combat de son frère.

Pierre en pince pour les femmes, rien de changé. Pantalon crème, foulard enfiché dans une chemise grise, chaussures beiges couvertes de surpieds en feutre gris, la main gantée de chevreau blond, le cheveu rabattu sur l'arrière, Pierre joue au dandy désinvolte. D'une femme à la poitrine moulée sous son chemisier, il glisse : *Elle a les tétons qui appellent au secours !* Lorsqu'il a bien fait rire la poupée aux yeux d'almée ou la femme mûre et libérée, une main sur un rein et le clope au bec, il invite l'inconnue consentante et maquillée dans son trois-roues Morgan et l'affaire suit son cours. S'il faut l'en croire, il parvient souvent à ses fins. Pierre est un homme d'action…

Contemporain de Marcel Proust et de Paul Valéry, Augustin a cinquante-huit ans. En retraite depuis trois ans, il ne quitte son jardin que pour lire. Tout son univers est là. Marie redouble d'activité.

Leur nouveau jardin est devenu rapidement prolifique. Fontenay-aux-Roses n'est pas pour rien une commune de pépinières et de vergers. Un champ de cerisiers jouxte leur terrain. Partout on cultive fleurs et fruits, la terre et l'exposition sont excellentes. Le jour où la voisine l'entraîne aux Halles – les Tiphaine sont de gros fleuristes –, Marie ne se fait pas prier pour ajouter son panier d'osier à leur chargement et profiter du voyage. Lorsqu'elle s'y rend seule, Marie embauche un porteur pour traîner une brouette depuis Fontenay.

Le rituel des Halles est réglé comme du papier à musique. À neuf heures le matin, une cloche signale que les transactions ne sont plus acceptées, que la vente est terminée. La plupart des vendeurs rapportent chez eux les invendus. Pas Marie. À huit heures cinquante, elle brade systématiquement. Elle vend tout. Après avoir avalé son coup de blanc, elle rentre à Fontenay la brouette vide.

Augustin veille à l'arrosage. Marie élève poules et lapins, comme la tante Fonsine dans son impasse Nansouty. Augustin assomme les lapins, Marie les dépèce en tremblant un peu dans les débuts, elle n'aime pas ça.

Le dimanche, le rituel est immuable, Marie prépare sa spécialité qui fait son succès, un civet de lapin. Et comme il n'y a pas de petits profits, elle ne rate pas dans la semaine l'acheteur ambulant qui passe en hurlant *Peaux d'lapins ! Peaux d'lapins !*

Des affiches placardées dans la ville vantent *le Tour du monde en un jour*, et personne ne peut l'ignorer. Dans les allées du bois de Vincennes, Lucien visite les pavillons de l'Exposition coloniale internationale qui déploient les fastes de la République. Les colonies, c'est comme la lune. Lucien commence à en cerner la face éclairée et la face cachée, la représentation de Vincennes lui semble incomplète. Très réussie pour ce qui est de l'architecture et des bâtiments mais, pour le reste, comment une manifestation de ce genre pourrait-elle rendre compte de la complexité coloniale ? À sa fermeture, on dénombre entre sept millions et demi et huit millions de visiteurs. L'Exposition coloniale de 1931 est la manifestation française qui aura drainé le plus large public sur l'ensemble du XXe siècle.

À sa famille, Lucien signale qu'il a rencontré une jeune fille qui a vingt ans maintenant, qu'il l'a invitée à lui rendre visite. Pour la décrire, il dit seulement *Simone n'est pas cérébrale*.

Chez ses parents, Lucien se rend compte que le quotidien n'a guère changé. La vie de famille ronronne. Son expérience coloniale est un appel d'air. Lucien aurait finalement bien du mal à faire la route inverse et à revenir se fixer à Paris. Il ne dit rien mais ne cesse de se répéter *Tout change et rien ne change*. Ce petit refrain lui trotte dans la tête. Ses rhumatismes s'étaient-ils manifestés pour qu'il vérifie qu'il avait fait le bon choix ? Après tout, il n'a que vingt-six ans, tout est encore possible. En quelques courtes semaines, sa santé s'améliore sensiblement. Le dernier avatar de son inspection à Antsirabé est déjà presque oublié. Lucien jouait de l'argent au poker, mais il se garde bien de le signaler lorsqu'il raconte l'histoire à ses parents. Il ne cache pas en revanche qu'une dénonciation anonyme est à l'origine de cette inspection, on l'avait accusé d'avoir piqué dans la caisse de la poste. Le contrôle avait duré une semaine. Un soir, le directeur de l'hôtel dans lequel était descendu l'inspecteur était venu rassurer Lucien et avait levé un coin de voile sur l'origine de cette opération. L'inspecteur avait demandé à téléphoner à Dubellay et l'avait engueulé une heure durant. Tout était en règle. À la fin de la semaine, l'inspecteur avait invité Lucien à l'apéritif qui l'avait à son tour convié au restaurant. Là, un vieux broussard avait apostrophé Lucien *Hé, on n'a plus de timbres-poste dans notre bled !* Lucien avait rétorqué *C'est parce qu'il y a assez de timbrés comme ça par chez toi*. Il raconte aussi qu'il était allé lui plonger la tête dans son assiette de soupe… Qu'est-ce qui est vrai ? Qu'est-ce qui ne l'est pas ? Une seule chose semble à peu près certaine : l'humour vieillit au moins aussi vite que son époque.

Lucien profite de son séjour parisien pour découvrir les nouveautés. *Les Lumières de la ville* de Chaplin, le cinéma parlant avec *Marius* de Marcel Pagnol qui sort tout juste et dont on parle beaucoup. Lucien s'identifie à ce Marius qui a le goût du départ dans la grande tradition rimbaldienne. Le succès du parlant est si considérable qu'il devient difficile aux jeunes musiciens de se faire un peu d'argent en accompagnant les films muets. L'onde du progrès fait des victimes. Sur le plan artistique, l'opinion est partagée. Le cinéma s'est-il renouvelé et adapté au parlant ? Dans tous les domaines, antimodernes et progressistes s'opposent.

Les surréalistes l'intriguaient avant son départ mais il faut du temps pour qu'une avant-garde devienne populaire. À présent Lucien en sait plus. La presse l'informe qu'ils tentent de réhabiliter un cinéaste oublié qui subsiste en vendant bonbons et berlingots gare Montparnasse, Georges Méliès. Sur le boul'Mich', il admire deux excentriques, l'un en pantalon fraise, l'autre en frac vert tilleul. Il est temps d'en finir avec le XIXe et de s'amuser de la modernité.

Autorisons-nous une parenthèse sur cette modernité. Quel plus bel emblème de cette modernité, cette fluidité, ce métissage que Joséphine Baker qui chante alors *J'ai deux amours, mon pays et Paris* ? Les temps modernes seraient-ils *marqués* par l'existence de courants brassés qui s'échappent tous azimuts d'un socle de trois mille ans d'histoire ? Aux temps où il confiait sa félicité à Dieu, l'homme était plus préoccupé d'honneur ou de beauté que de bonheur. Faut-il remonter à Saint-Just qui déclara *Le bonheur est quelque chose de nouveau en Europe* pour marquer en Occident le début du déclin des puissances religieuses ? Faut-il remonter aux Lumières ? Dans un monde qu'il découvre absurde, l'homme moderne fuit la société séculaire en explorant de nouvelles voies, en quête d'une vérité et d'un bonheur laïcs. Dans tous les domaines, l'art abandonne le réalisme. De la rencontre des cultures africaines et occidentales naissent le gospel, le blues, le jazz. À la base, Dieu et le diable. Le blues c'est un baume, la musique de la résilience : *Deux choses donnent le blues : pas de blé et chagrin d'amour. Si les choses ne vont pas mieux, je reprends la route*, dira Muddy Waters[1]. Dada, qui s'était défini comme une anti-avant-garde en réaction au progrès, contre l'intention, adepte du non-sens, s'est noyé dans sa contradiction intrinsèque : une anti-œuvre est et sera toujours une œuvre[2]. Les surréalistes dégagés de cette ornière ont pris le relais. Dans les années 1920, le jazz a en outre offert au XXe siècle sa première libération sexuelle, dans les music-halls comme au cinéma. Peut-être ce XXe siècle ne fait-il que prolonger une transition

1. Archive présentée dans *Piano Blues* de Clint Eastwood (2003), un film de la série *Martin Scorsese présente le blues*.

2. Giovanni Lista, *Dada : Libertin & libertaire* (L'Insolite, 2005).

engagée au XVIIe avec le *Dom Juan* de Molière et démultipliée par Sade, le versant obscur des Lumières, qui questionnait déjà l'irreprésentabilité et la liberté[1] et dont il fallut qu'Apollinaire révélât la nouveauté du propos pour qu'il sorte du purgatoire ? Alors, forcément, l'époque voit s'affronter conservateurs, progressistes, et quelques alternatifs. Époque schizophrénique où chacun s'insère et accepte d'évoluer dans une société qui n'est idéale pour personne, où les inégalités qui se réduisent à l'échelle globale augmentent à l'échelle locale. Dans les années 1930, une droite « obsédée par le déclin, la décadence, et qui, d'une certaine façon, a conduit à Vichy[2] » fustige les surréalistes. Les deux camps – dandys et Dada – s'opposent, bien qu'ils soient issus de la même source, l'absurdité de la Première Guerre mondiale. Mais chacun sa parade. Dans cette fièvre créatrice, les genres se mêlent, les métissages se poursuivent au cinéma (*Un chien andalou*, Buñuel/Dalí, 1929), en philosophie, en mathématiques (l'OuLiPo). Comme le dit André Breton, les avant-gardes souhaitent changer la vie à la suite de Rimbaud et transformer le monde à la suite de Marx[3]. La porosité s'étend. Tout va vite dans cette transition moderne. Partout on tourne des pages.

Après un séjour à Paris qui ne dure pas deux mois, Lucien s'embarque à nouveau à Marseille et refait route vers Madagascar. En novembre 31, aux Comores, il apprend son affectation à Maevatanana, une bourgade située entre Tananarive et Majunga.

1. Annie Le Brun, *Soudain un bloc d'abîme, Sade* (Jean-Jacques Pauvert, 1986) et catalogue de l'exposition au musée d'Orsay : *Sade. Attaquer le soleil* (Gallimard, 2014).

2. Jean-François Louette, dans un article sur Drieu la Rochelle, *lepoint.fr*, 25/4/2012.

3. *« Transformer le monde », a dit Marx ; « changer la vie », a dit Rimbaud ; ces deux mots d'ordre pour nous n'en font qu'un*, André Breton, discours lu par Paul Éluard au Congrès des écrivains pour la défense de la culture, 1935.

LUCIEN *raconte*

C'était bien, le canal de Suez. Le bateau avançait tout doucement dans le canal, on aurait pu parler à quelqu'un marchant sur la berge. À l'escale, les passagers descendaient, ils prenaient une voiture et faisaient un tour puis longeaient le canal. Moi, je ne conduisais pas.

Et puis le bateau longeait la côte de Somalie. À Djibouti, l'escale était obligatoire. J'y suis passé plusieurs fois. Fallait voir, les indigènes y étaient misérables. C'était la vraie misère…

QUATRIÈME CAHIER

1932-1939

23

1932 – Maroantsetra, baie d'Antongil

> Cher enfant, les amants sont à eux seuls toute leur famille. Ai-je dans le monde un autre intérêt que mon Lucien ?
>
> Honoré de Balzac,
> « Les Deux Poètes », *Illusions perdues*

> Belle, sans ornements, dans le simple appareil
> D'une beauté qu'on vient d'arracher au sommeil.
>
> Jean Racine, *Britannicus*

En mai 1932, l'affaire Lindbergh fait la Une de l'actualité internationale. Malgré le versement d'une rançon après son rapt le 1er mars, le fils aîné de Charles Lindbergh est retrouvé mort le 12 mai.

En mai 1932, Lucien obtient la mutation qu'il réclame depuis six mois et part enfin s'installer à Maroantsetra. Des six mois passés à Maevatanana, sa mémoire retiendra une partie de chasse en filanzane avec un couple de métropolitains et l'achat d'une pépite d'or grosse comme un marron qu'il destine à Simone pour leurs fiançailles.

Maroantsetra a beau être une ville pluvieuse et moite en fond de baie, loin de tout, il lui aura fallu attendre le départ du receveur pour y être affecté. Lucien se rend par le train jusqu'à Tamatave puis gagne le port. Sur le quai, un type avec de gros yeux rouges et un affreux visage l'aborde. *Prends-moi comme cuisinier,* vazaha. Lucien se remémore une lettre dans laquelle Simone lui a écrit qu'elle avait attrapé la fièvre en cuisinant et que, depuis, son père lui interdit de se remettre aux fourneaux. Lucien observe cet homme planté droit devant lui. Il est vraiment très laid. *T'as pas besoin d'un boy,* vazaha *? Je peux t'aider.* Lucien le regarde à nouveau. En quelques secondes il se décide et accepte de le prendre avec lui. Lorsqu'il lui achète un billet pour Maroantsetra, le caissier observe l'homme, puis il se tourne vers le jeune *vazaha* : *Et avec cette tête, vous n'avez pas peur ?* Lorsqu'ils arrivent à destination et que Lucien descend à quai suivi de son nouveau boy, Simone se demande pourquoi il a embauché un gars si vilain.

À Maroantsetra comme dans tout le pays, la vie démarre à l'aurore entre cinq et six heures. Chaque matin en filant vers le court de tennis, Lucien longe les petits étalages sur lesquels les paysans disposent du riz, du poisson séché, des patates douces, des bananes, des brèdes, des chapeaux tressés. À sept heures, après un café, il ouvre la poste où l'assistent au guichet M. Toussaint et Jean-Noël.

La poste est située au bord de la rivière. Sur le bâtiment, un écriteau précise : *Hors des heures d'ouverture, pour le télégraphe, et seulement pour causes exceptionnelles (médecin, cyclone, sinistre), s'adresser au receveur.* Derrière la poste, Lucien a une petite concession qui compte une trentaine de cocotiers, deux espèces de bananiers – des grosses bananes plantain et des petites très sucrées, délicieuses –, deux espèces de mandarines à peau verte, des pamplemousses, des jujubes, des mangues, des ananas et des letchis.

Simone lui rend visite plusieurs fois par jour. Auguste Sevrin sait bien de quoi il retourne, il connaît sa fille et n'est pas surpris que Lucien la demande en mariage. C'est le second postier à se proposer. Le précédent, Simone ne le supportait pas. Il jouait aux cartes avec Eugénie, discutait mollement avec la fille et beaucoup avec la mère – pour ne rien dire d'ailleurs, selon Simone – et il apportait un gâteau préparé par son boy ou un peu de thé acheté chez le Chinois. Il séduisait la mère pour avoir la fille et Eugénie était tombée dans le panneau. Nos opinions ne se fondent-elles pas plus sur des impressions que sur des vérités absolues ? Au conseil de famille qui avait suivi sa demande, Eugénie n'avait cessé de balancer des petits coups de pied dans les mollets de sa fille, en répétant entre ses dents : *Dis oui, dis oui !* Simone avait gardé la bouche close. En la pinçant, Eugénie avait alors enchaîné : *Un fonctionnaire, c'est un bon parti. Un postier, ça ne se refuse pas.* Simone avait fini par desserrer les dents pour dire qu'il n'était pas question qu'elle accepte.

Cette seconde demande d'un postier qu'elle oblitère est très différente. Auguste lui-même a assisté depuis cinq ans aux échanges de lettres, au départ fébrile pour l'expédition picaresque à Antsirabé, il devine sa fille réellement éprise de Lucien. Simone accepte cette fois-ci d'emblée et observe sa mère. Eugénie ne dit rien et regarde ses pieds. Après tout, un postier en vaut un autre. Elle a fait son deuil des biscuits du prédécesseur. Repoussant sa chaise en se levant, elle dit seulement : *Puisque la décision est prise...* avant d'ajouter : *Mais nous comprendrions mal que tu ne te maries pas à l'église. Ça ne serait pas convenable...*

Lucien, indifférent pour lui-même à toute question de religion, saisit l'importance que Simone et sa famille y accordent. Il accepte le mariage à l'église. Il doit auparavant se faire baptiser et, pour cela, savoir son catéchisme.

Quelle mascarade pour apprendre ce sacré catéchisme ! Il

s'agit d'ingurgiter les réponses écrites aux questions posées dans un livret. Lucien a beau s'y résoudre, il reste fondamentalement athée et ne retient rien, totalement étanche au livret. Pourtant, il devra répondre à certaines questions choisies par le curé avant d'être baptisé… Lucien s'y met et, comme il bâille sitôt le livre ouvert, il se résout à l'apprendre comme il apprenait les dialogues de théâtre à la pension.

Le jour de l'examen pré-baptismal, Lucien se présente un peu fébrile au presbytère :

— Bon, monsieur Devoise, nous allons procéder à un simple examen de vos connaissances du catéchisme. Je pense que vous l'avez lu, n'est-ce pas ?

— Oui mon père.

— Très bien. Que vous l'avez lu, et que vous l'avez assimilé. Je vais donc vous poser des questions sans surprise et attendre que vous me donniez les réponses extraites du catéchisme, vous allez voir, il n'y a rien de plus aisé, pas de piège. Si je prends – pour s'échauffer comme dirait le sportif que vous êtes – la question numéro quatre, *Que contient la religion chrétienne ?* – on ne peut faire plus simple, n'est-ce pas ? –, vous me répondez… vous me répondez… vous me répondrez : *La religion chrétienne contient : 1/ les vérités à croire, 2/ les commandements à pratiquer, 3/ les sacrements à recevoir pour posséder ou augmenter la vie de la grâce, rester uni à Jésus-Christ et mériter le bonheur du ciel.* Vous voyez, c'est tout simple… Ne soyez pas timide, monsieur Devoise. Voyons voir… Je vais d'abord vous questionner sur… sur… Dieu, allons-y. Prenons la question trente-trois : *Dieu voit-il tout ?*

Trempé de sueur dans sa chasuble, et s'épongeant le front avec un mouchoir de batiste, le pauvre curé de la paroisse de Maroantsetra ne peut que constater le peu d'entrain du jeune homme à lui répondre, accélérant de ce fait sa sudation déjà abondante.

— Euh, Dieu voit tout, c'est certain, hasarde Lucien.

— Bravo ! Oui, Dieu voit tout, le passé, le présent, l'avenir, et jusqu'à nos plus secrètes pensées. Très bien, monsieur Devoise… Je vais sauter de nombreuses pages pour vous questionner à présent sur la Vierge Marie, la bienheureuse mère de notre Seigneur Jésus. Voici la question soixante-quinze : *La Sainte Vierge Marie a-t-elle été préservée du péché originel ?*

Sans articuler un son, Lucien ouvre des yeux si écarquillés que sa perplexité ne fait doute pour personne. Dans l'attente, le brave prêtre continue à s'éponger sans s'interrompre.

— Oui, mon père, la Sainte Vierge Marie a été préservée du péché originel.

— Bien, très bien… Mais soyez plus précis, s'il vous plaît. Le catéchisme est limpide, monsieur Devoise… Comment la Sainte Vierge Marie a-t-elle été préservée du péché originel ?

Le prêtre sourit, il voudrait tant souffler la bonne réponse. Mais rien ne vient. Au bout d'un long silence, le curé finit par répondre lui-même :

— La Sainte Vierge Marie a été préservée du péché originel *par le privilège de son Immaculée Conception*.

— Ah, oui, tout à fait.

— Vous le saviez ?

— Naturellement, mon père.

— Bon, alors permettez-moi à présent une autre question : que se passe-t-il durant l'eucharistie ?

— Le peuple de Dieu célèbre son Seigneur.

Lucien est fier de pouvoir glisser dans sa réponse des mots et formules du jargon sans les déformer. Mais la réponse ne satisfait guère l'homme d'Église.

— Oui, certes, mais encore…

— …

— Plus important, bien plus important !

— Eh bien, l'assemblée se remémore le dernier repas de Jésus avec ses disciples.

— Oui, d'accord, mais comment Jésus se manifeste-t-il aux fidèles ?

— …

— Eh bien, monsieur Devoise, mais notre Seigneur Jésus est présent *de corps et d'esprit* dans l'eucharistie. La sainte hostie, c'est le corps du Christ !

Lucien n'a pas réussi à imprimer ce qui n'évoque rien pour lui. Il baisse la tête, contrit. Le curé qui a bon fond et n'a guère eu d'occasions de célébrer un mariage entre Blancs depuis qu'il déambule aux colonies change de répertoire :

— Saurez-vous au moins me réciter un Pater et un Ave ?

Là, Lucien s'exécute sans hésiter. Simone les lui a fait répéter tant de fois ! Et il a toujours aimé la poésie à l'école communale… Soulagé que son élève pas bien doué en sache suffisamment, le curé se signe. La grâce n'est pas abondante mais sa manifestation est incontestable. Il peut préparer baptême et mariage qui auront lieu dès que les documents d'état civil arriveront au courrier.

À la mi-août, tout est prêt. Les extraits d'actes de naissance sont parvenus depuis Badonviller et Châtillon. Seules manquent les tenues des mariés que Lucien a demandé d'expédier à Renée mais qui se font attendre. La date du mariage est continûment repoussée jusqu'au jour où l'on ne peut plus, à la limite de validité des documents officiels. Au dernier moment, il faut se débrouiller avec le matériel disponible, et vite. À défaut de tulle, Eugénie découpe une traîne dans un coupon de moustiquaire. Pour les chaussures, une paire de tennis blanchie fait l'affaire. C'est ainsi que le mariage civil, le baptême et la bénédiction nuptiale en l'église paroissiale de Maroantsetra sont célébrés le 27 août 1932.

Depuis son arrivée à Maroantsetra, Lucien loge temporairement à l'étage au-dessus de la poste. Le jour du mariage, M. Toussaint, Jean-Noël et tous les employés de l'établissement ornent l'escalier qui monte à l'appartement d'orchidées en tresses, en branches nouées, en lianes. Alors qu'on est en basse saison, ils ont assemblé une quantité impressionnante de fleurs blanches, des orchidées-tiges et des orchidées-étoiles qui ressemblent à des lis. Simone et Lucien sont très touchés. Simone est grisée. Elle n'a que vingt et un ans et vit son mariage de princesse. La journée est vaporeuse comme les bulles de l'unique bouteille de champagne qu'Auguste a achetée à prix d'or au Chinois. Il n'est pas d'usage de convier grand monde et les *vazaha* ne sont pas nombreux à Maroantsetra mais les quelques invités blancs et créoles se mêlent à la famille et aux Malgaches pour qui Auguste respecte la coutume, une bonbonne de rhum est à leur disposition. C'est un mariage aux rites métissés, coutumes noires et baskets blanches. Auguste a troqué ses feutres mous contre un casque colonial tout neuf. On mande un photographe qui prend quelques clichés. Lucien les enverra à sa famille qui n'a jamais vu Simone, pas même en photo. Auguste emballe les convives d'airs d'accordéon jusque dans la soirée au cours de laquelle Simone et Lucien s'éclipsent pour gagner l'appartement fleuri.

À compter de leur mariage, Simone et Lucien ne changent rien à l'organisation générale de leurs journées, si ce n'est qu'ils font désormais tout ce qu'ils peuvent ensemble. S'il ne pleut pas, tennis à l'aube dans un bain de chants d'oiseaux. Eugénie se joint parfois à eux pour le déjeuner avec Colette et Marcelle que Simone garde souvent. Après le repas, tout le monde fait la sieste. Où qu'il soit, Auguste ne manque pas ses dix minutes de sieste, jamais plus, mais en toutes circonstances. Les jeunes s'accordent un repos plus long. En soirée, la nuit et les nuages imposent une chape de plomb et Maroantsetra ne possède aucun lampadaire, il n'y a plus rien à faire dehors. Des Malgaches se retrouvent dans des gargotes éclairées d'une lampe à pétrole pour partager du riz, des beignets ou une soupe. Lucien fait la caisse vers vingt et une heures, après le dîner. Ils se couchent guère plus tard, à vingt-deux heures tout au plus.

Il arrive fréquemment aux colons de passer la soirée entre eux chez les uns ou les autres. Alanguis, ils causent, un verre de whisky à la main. L'apéritif dînatoire prélude de temps en temps à une partie de cartes, belote ou poker. Et puis chacun reçoit des livres de France. Simone et Lucien ont deux abonnements dont l'un aux prix littéraires. Alors ils en parlent, les Blancs du bout du monde, et se les échangent.

Les loisirs sont simples, tennis, chasse, pirogue, lecture, jeux de cartes. Pour accompagner leurs femmes et ramasser les balles lorsqu'elles jouent au tennis, les Blancs n'envoient pas leurs boys mais des enfants à qui ils donnent la pièce. Le tennis provoque deux colères de Lucien coup sur coup. Ils ne sont guère que huit ou dix colons à utiliser le terrain régulièrement. Un jour, l'un d'eux propose de construire un deuxième court pour les indigènes, pour ne pas se mélanger à eux. Première colère de Lucien. Il n'y aura qu'un court. La seconde concerne l'entretien dudit terrain. Le *strateur* propose de prélever sur les matériaux des travaux publics de quoi le refaire. Avec son sens de la justice, Lucien, qui ne supporte pas la corruption, se met une seconde fois en colère. Les colons finissent par se cotiser et payer les travaux de leur poche.

Karan, le boy affreux que Lucien a recruté à Tamatave, apprend à cuisiner. Il se nourrit de galettes de farine et d'eau et des restes de la famille. Dès cinq heures, il se rend au marché pour se procurer les meilleurs morceaux. Au menu, poisson ou bœuf : filet ou abats (rognons, foie, cervelle), le reste est trop dur. Généralement, il précède le cuistot de l'administrateur. Un jour qu'ils se disputent parce que l'autre veut tout pour son maître alors qu'ils sont arrivés en même temps, Karan lui lance : *L'argent de mon patron est aussi bon que celui du tien.*

À son retour, le scénario est immuable. Karan appelle *Madame Simone*, étale sur la table ses acquisitions et demande comment les préparer. Simone qui ne sait pas cuisiner le prie d'attendre un peu qu'elle se repose. Elle monte dans sa chambre en traînant le pas. La porte fermée, elle s'empresse de sortir son livre de cuisine et cherche une recette adaptée. Quand elle redescend l'air inspiré, elle récite à Karan mot pour mot ce qu'elle vient juste de lire. Et le résultat est brillant, immanquablement. *Et quand moi je m'y mettais, ça ratait toujours*, dira-t-elle en exagérant.

Karan est également un excellent bricoleur. À partir d'un seau percé, il fabrique une douche avec un système d'ouverture et de fermeture déclenché par une ficelle. Tous les matins, il fait chauffer l'eau pour les patrons.

À l'usine, Auguste a terminé la construction d'une seconde goélette qu'il baptise *Marcelle*. Il a supervisé la confection des pièces par ses hommes, sur plan, et voilà le deux-mâts ancré face à l'embouchure. Il va pouvoir augmenter le rythme et le volume des livraisons à Maroantsetra.

En octobre de cette année-là, Simone l'avait souhaité, elle tombe enceinte.

SIMONE *et* LUCIEN *racontent*

LUCIEN

Je cause encore le malgache, hein. Le *hova*… J'ai suivi un mois de cours en arrivant.

SIMONE

Moi aussi je parlais mais on s'comprenait pas. Je parlais le *betsimisaraka*. À Ambanizana, on parlait le *betsimisaraka*. Nous on était obligés. À l'usine, on avait un seul indigène qui parlait français.

LUCIEN

Le *hova* c'était la langue malgache officielle, une langue parmi les vingt-sept langues du pays.

SIMONE

Il y avait beaucoup de mots anglais quand même, amenés par les missionnaires anglais.

LUCIEN

La grammaire malgache a été écrite par des missionnaires anglais.

SIMONE

Alors des fois je confondais l'anglais et le malgache.

LUCIEN

C'est comme ça que le livre, ils l'appellent *book*, le crayon, *pencil*, l'oie, la *geash*. Et les monnaies malgaches correspondaient aux shillings, aux pence, aux pennies.

SIMONE

Et quand il est arrivé à Maroantsetra, Lucien ne comprenait pas le malgache local, le *betsimisaraka*.

LUCIEN

J'ai appris le malgache à Antsirabé puis j'ai suivi ensuite un cours du soir gratuit à Tananarive, des cours qui duraient une heure. Tous les jours, il fallait apprendre deux pages de vocabulaire. Je l'ai suivi un mois. Quand je suis arrivé dans le cours, c'était Julien – celui qui avait écrit la grammaire malgache – le professeur. Je me suis présenté et je lui dis : « Voilà, je voudrais m'inscrire au cours… » « Oh, vous n'avez même pas besoin de vous inscrire, il me dit. Asseyez-vous. » Alors là les bancs étaient pleins. Comme c'était un cours gratuit, on était trente-cinq. Là-d'dans y avait un Grec, y avait des militaires, des instits, tout ça. Au bout d'un mois, on n'était plus que trois. Deux instits et moi. Et j'ai quitté le cours parce que j'ai été muté à Maevatanana pour remplacer un receveur qui était devenu fou. Le pays de l'or. C'est là que j'ai acheté la pépite à Simone.

SIMONE *raconte, un autre jour*

Tu vois, je suis reconnaissante à Lucien d'avoir su attendre sur le bateau. À l'époque, on ne faisait rien avant le mariage. Ou alors en cachette. C'était fréquent, en cachette… Lucien m'a respectée sur le bateau. Après, il a eu des copines à Tananarive, à Antsirabé. Cinq ans, c'est long. Et puis il est revenu vers moi qu'il avait connue traînant sa patte de lapin sur le pont…

Notre mariage, c'était le premier mariage blanc à Maroantsetra. Le livret de famille était tout faux. On s'en est aperçus après, si bien que Pouche aurait pu se remarier. Les inscriptions n'étaient pas régulières, et puis c'était le seul livret de famille sur place, il y avait eu le feu dans les bureaux, il était déjà à moitié brûlé.

Renée devait envoyer la tenue de mariage mais le bateau avait eu une avarie. Donc on a fait faire une robe à une couturière sur place avec un petit bout de tissu. J'avais des chaussures beaucoup trop grandes et Pouche, une cravate jaune affreuse, la seule qu'on ait trouvée.

Quand je me suis mariée, l'administrateur n'avait jamais célébré de mariage. Il ne se servait jamais de son épée, alors il fallait qu'il mette son épée. Il avait ramené une épée toute rouillée. On avait réuni deux pousse-pousse. Moi, je me marrais comme une bossue. Ma mère n'arrêtait pas de répéter : *Mais enfin, on ne rit pas le jour de son mariage, on ne rit pas !* Elle commandait aux boys de pousse d'être plus en avant ou plus en arrière, je me marrais.

Pour le baptême, on avait demandé à un vieux de faire le parrain, l'ingénieur des travaux publics, un vieux qui était gâteux. Il s'appelait Brassard. Il était donc là avec nos témoins de mariage puisque tout se faisait en même temps. Mes témoins, c'étaient les Allard, des Réunionnais. Il y en avait beaucoup là-bas. Ils avaient bien connu Émile, ils faisaient du commerce avec mon père et ils étaient amis, et puis on allait à la chasse ensemble.

J'étais mal vue dans la ville à l'époque de mon mariage. J'avais fréquenté un jeune homme qu'une autre jeune fille courtisait aussi, une Réunionnaise. Il s'était répandu des traînées de poudre, des méchancetés. Enfin… Il y a eu beaucoup de métissage à La Réunion, tu sais ? Noirs et Blancs se sont mélangés. Il n'y avait personne avant l'arrivée des Blancs. C'était un volcan dans la mer. Les Français s'y sont arrêtés il y a très longtemps, bien avant d'arriver à Madagascar. Et les gens, les plantes, les idées, les dieux, tout est venu d'ailleurs. C'est une île vraiment créole, un grand bouillon. La mentalité est différente… Il y a des bons et des mauvais comme partout mais on disait à Madagascar que les métis avaient pris les défauts des Blancs et ceux des Noirs en même temps. Qu'ils ont un complexe dont ils n'arrivent pas à se débarrasser. Je sais pas pourquoi on n'aimait pas les Créoles à Madagascar. Nous on les fréquentait quand même. On disait qu'ils souffraient d'être métis, voilà.

SIMONE *et* LUCIEN *racontent*

SIMONE

À Madagascar, les hommes chassent et les femmes pêchent. En gros c'est ça. Enfin, les hommes pêchent aussi. Mais les femmes y passent plus de temps. À Maroantsetra, on voyait les *ramatoa* pêcher par deux avec les *vouves*, tu te rappelles, Lucien ?

LUCIEN

Voui madame... La *vouve*, c'est un grand cône en feuilles tressées ou en osier, comme un entonnoir sans trou, ajouré.

SIMONE

Il y avait une femme de chaque côté. Elles tiraient la *vouve* en raclant le fond face à la maison. À Sainte-Marie, les femmes indigènes faisaient un large cercle dans l'eau jusqu'aux cuisses, elles agitaient des branchages sous la surface, elles refermaient le cercle petit à petit et récoltaient les poissons et les crevettes dans une nasse. Les hommes, ils partaient en pirogue. Fallait voir tout ce qu'ils ramenaient, du capitaine, des thazards, des bonites, des calamars, des bourgeois, des grosses-têtes, des daurades... Je sais pas si c'est possible de l'imaginer maintenant.

Pour le repas, c'était jamais compliqué. Les gosses allaient chercher une noix de coco pour préparer la sauce et il y avait du riz, du manioc ou du songe, toujours avec *des grains*, à la créole. On n'mangeait pas souvent de viande, un peu de volaille ou du gibier d'eau. Surtout du poisson.

Mon père faisait sécher du poisson à l'usine quand il revenait de Maroantsetra. Il le salait, il le fumait et puis il le faisait sécher sur un toit de tôle. Les femmes des ouvriers ramassaient aussi des poulpes à marée basse dans les trous d'eau du récif. Elles les attendrissaient en les battant sur un rocher.

LUCIEN

Nous, on pêchait dans la rivière en pirogue. Tu te rappelles les camarons ? On prenait des camarons à l'embouchure.

SIMONE

Oh, et les crabes !… Karan faisait un soufflé aux crabes comme personne.

LUCIEN

Au début, tout n'était pas au point pour la cuisine. Un matin, il est arrivé avec un poussin tout plumé sortant de l'œuf qu'il avait fait rôtir dans la poêle et il m'a dit d'un air étonné : *Tu as vu, le bébé ?*

SIMONE

Je me souviens d'un jour où il n'y avait rien à manger. Je sais pas ce qui m'a pris. Il y avait un pigeon dans l'arbre derrière la maison, je me suis mis en tête d'en faire notre repas et j'ai attrapé le fusil. Karan, la poêle à la main, me regardait faire. Il riait de mes maladresses. J'ai fini par l'avoir, le pigeon, et il est tombé pas loin de Karan. Je ne l'avais jamais vu rire.

LUCIEN

Il préparait le matin des galettes qu'il vendait au marché. Il les cuisait sur son feu – trois pierres et des bouts de bois, et il soufflait ! Il s'embauchait aussi parfois pour tuer le bœuf à la musulmane. Karan était un Comorien musulman. C'était un bon fidèle. Il respectait toujours l'heure de la prière… Il était grand, costaud, moche, très bon, très serviable. Quand on s'absentait, il gardait la maison avec son couteau. Personne n'aurait pu approcher. T'aurais pas pu trouver plus loyal, plus brave, plus fidèle.

Il était vraiment très laid et ne trouvait pas de femme à Maroantsetra. Il avait fini quand même par trouver un moyen d'en faire venir une. Le matin du jour où elle devait arriver par bateau, comme il ne venait pas me servir les œufs, je suis descendu dans la cuisine et je l'ai trouvé allongé par terre, les yeux ouverts. Il était mort d'un arrêt du cœur. Il n'a pas eu le temps de connaître sa femme… Il a été enterré comme l'étaient les Comoriens musulmans, par sa tribu, droit, debout en terre, les cheveux dépassant du sol, entouré de quelques pierres pour qu'Allah vienne le tirer jusqu'à lui. Les oiseaux, eux, venaient picorer les cheveux. Simone était la seule chrétienne à assister à son enterrement.

Le chef indigène du village est venu me voir le jour de sa mort et m'a demandé si, à mon avis, Karan avait des économies. J'ai répondu que non. En fait il avait quelques économies mais je ne l'ai su que plus tard. Ses économies ont été volées le jour de son décès, dans sa case, très certainement par ce chef indigène. En tout cas il était fortement suspecté, mais personne ne disait rien. C'est le mouvement de la vie et de la mort…

Karan avait un sens très aigu de la justice, comme tous

les boys que l'on a eus, note bien. En brousse, il faut faire justice bien et vite. Quelquefois, la justice des indigènes est un peu primitive. Je me souviens d'un gars qui avait faim au *zoma*, qui avait demandé quelques cacahuètes, qui cherchait sans les trouver quelques pièces dans son tissu. Eh bien le commandant local qui ne supportait pas le bluff l'avait poignardé. Le type est mort sur le coup. Il fallait de la justice pour tout et avant tout… Donner l'antidote à ma belle-mère pour la sauver de son empoisonnement n'avait pas posé de problème puisque la justice avait été rendue auparavant. On ne l'a pas su exactement mais il y avait eu un arrangement. Ensuite, ce n'était plus qu'une question d'herbes et de cérémonial. Dans chaque conflit, il faut d'abord rendre justice, ensuite tout peut s'arranger.

Mon beau-père a toujours été respecté par ses indigènes parce qu'il était droit et qu'il avait le sens de la justice. De toute façon, celui qui n'est pas juste est retrouvé mort un jour sans que l'on puisse déceler une maladie ou une trace de lutte. Les poisons ne manquent pas.

SIMONE

Ah oui ! Les toutes jeunes pousses de manioc sont très nocives, ça se sait. Ou alors ils ajoutaient des tout petits bouts d'ongles ou de pousses de bambou dans les plats, des bouts petits, tout petits, si petits qu'on ne les voyait pas. À la longue, ça finissait par perforer l'estomac. Et les plantes, les indigènes les connaissent bien. Surtout les *pounchaves*…

LUCIEN

Les *pounchaves*, les sorciers, il y en avait beaucoup. Une fois, j'ai été désigné d'office assesseur au tribunal à Tananarive. On jugeait un de ces sorciers, un type malingre, racorni, gauche, courbe. Il était encadré par deux miliciens et accusé d'avoir assassiné une femme. On nous a présenté dans la salle d'audience le scalp de la femme conservé dans l'alcool et des bouts de chiffons imbibés d'on ne savait quoi dans une cuvette, peut-être du poison ou ce qui avait servi à le préparer. Eh bien le fils est venu du doigt accuser son père de l'assassinat. Le père a été renvoyé au cachot. Deux jours après, le fils était mort. On n'a jamais pu en déterminer la cause. Sans doute un ami du père aussi sorcier que lui… C'est de notoriété générale à Madagascar. Des *fanafody* sont lancés contre celui qui s'obstine à vouloir du mal. Il tombe malade.

La plupart des gens connaissaient les plantes. Je me rappelle d'un gros Mauricien à côté de qui je voyageais en taxi pour aller en brousse. Par la fenêtre, il m'a montré un arbre qui ressemblait à un acacia. Le Mauricien m'a dit : *Du temps de la reine Ranavalo, on brûlait le tronc de ces arbres et, du charbon de ce bois, on faisait de la poudre, des explosifs.*

24
1934 – Maroantsetra

Un vieux homme tout à fait affreux est venu réparer la maison du cheval. Il est à peu près nu et couvert de boutons noirs ; il a une seule dent qui est très grande, juste au milieu de sa bouche et qui le gêne pour parler.

Il ne finira pas aujourd'hui, comme il me l'avait promis. D'ailleurs il ne travaille guère et toutes les cinq minutes, il s'en va « manger » à ce qu'il dit : « C'est bien de couvrir ma maison mais c'est mieux de manger. »

Je lui ai dit :

— Alors ce ne sera pas fini ce soir !

— Peut-être que ce sera presque difficile à faire.

— Pourtant tu me l'avais promis.

J'ai pris un air digne et froid pour bien lui montrer que j'étais fâché. Mais il n'a pas compris. Il n'était pas habitué, peut-être, à voir les gens se fâcher ainsi. Il m'a tendu sa vieille main et m'a dit : « Ne sois pas malheureux, ne sois pas malheureux. »

Jean Paulhan, lettre de Madagascar
du 16 novembre 1908 à Suzanne Paulhan

En fond de baie, personne ne se retrouve à Maroantsetra par hasard. On y croise une poignée de fonctionnaires, les représentants de grandes compagnies et, surtout, des marins. La France y est présente depuis très longtemps puisque l'île de Nosy Mangabé qui fait face à la ville lui fut vendue en 1732 et que quarante ans plus tard l'on donna au port de Maroantsetra le nom de Port-Choiseul, en hommage au chef de gouvernement de Louis XV.

La baie d'Antongil est connue de toutes les entreprises de commerce maritime comme une zone calme de repli. Nombreux sont les navires à y faire escale pour réparer et remplir les cales. Ce qui ne manqua pas d'attirer les pirates. La Bigorne en avait fait son repaire. Ne dit-on pas aussi que le grand chef *betsimisaraka* au XVIIe siècle était un fils du pirate britannique Thomas White ? Quant aux Norvégiens enterrés au cimetière, on dit qu'ils auraient été occis par les pirates. Il se murmure que le fond de la baie serait tapi d'épaves. Et des pirates aux trésors, il n'y a qu'un fil, évidemment.

Mme Pellan en est convaincue, l'île de Nosy Mangabé recèle un fabuleux trésor. Tahitienne, Mme Pellan est la femme du directeur de la prison. Les Pellan sont les voisins directs des Devoise dans leur nouvelle installation à l'écart de la poste. Les deux maisons observent le flux et le reflux de la marée dans le petit estuaire qu'elles surplombent, comme deux grands yeux synchronisés. Chez les Devoise, impossible d'échapper aux scènes entre les oies et les canards autour de la maison Pellan. Un *caïman* impassible traîne sa vie sur un banc de sable face aux deux maisons. Il semble qu'à Madagascar on appelle *caïman* le crocodile, mais on n'en donnerait pas sa main à croquer... Il est calme, le caïman. Il passe son temps à dormir sur le banc de sable qui se découvre quand l'océan se retire. Pour ainsi dire, il fait partie du paysage. Mais un jour, contre toute attente, il se décide à traverser la rivière et vient courser les volatiles des Pellan. Il a faim ou les oies lui ont tapé sur le système, on n'en sait rien, on n'est pas spécialiste. De la véranda, Simone appelle

Lucien pour assister à la scène, un indigène poursuit avec un long bâton le caïman qui court lui-même derrière un canard.

Des îles polynésiennes de ses origines, Mme Pellan a gardé l'envie d'élever des bêtes et son goût pour l'aventure, c'est l'avis de Lucien. Son activité favorite, c'est partir sur Nosy Mangabé à la recherche du trésor. Au centre de l'île, une baraque en bois offre un abri et un couchage très sommaire constitué de deux planches aux Européens qui souhaitent changer de cadre et se reposer un jour ou deux. Il n'est pas rare que les Français s'y donnent rendez-vous le dimanche pour pique-niquer. En semaine, Mme Pellan y vient accompagnée de trois ou quatre prisonniers que son mari consigne pour la protéger et l'aider à fouiller, et cette petite troupe se met au travail à coups de pelle et de pioche. Personne – en tout cas ni Simone ni Lucien – ne saura si Mme Pellan a trouvé quoi que ce soit. Elle ne s'en est jamais vantée.

La baie d'Antongil foisonne d'espèces endémiques fabuleuses. Le visiteur va de surprise en surprise devant la grenouille tomate *Dyscophus antongilii* dont se régalent les serpents, devant la minuscule grenouille à grand cri, l'uroplate, les araignées énormes, les oiseaux-mouches, devant la diversité des caméléons parmi lesquels le grand *Furcifer oustaleti* et le caméléon panthère orangé *Furcifer pardalis* qui changent de couleur tandis que *Calumma brevicorne* conserve la sienne. Les sauterelles et les moustiques ne suffisent pas aux plus gros caméléons qui engloutissent carrément des oiseaux. Il y a aussi le minuscule serpent de la forêt très dangereux qui entre dans les oreilles et l'inoffensif serpent des caféiers. Ses récits indiquent que Simone, à la longue, a peut-être fini par mélanger les deux espèces dans son souvenir.

Son beau-père initie Lucien à reconnaître les essences de bois. Auguste Sevrin connaît les noms malgaches : *hazénina*, un bois jaune clair ; *hazovola mainty*, le palissandre noir ; *fana totsy* semblable au noyer foncé et *vintanina* au noyer clair ; *andrama* pour le bois de rose.

Déjà, à l'époque, les naturalistes s'intéressent de près à Madagascar. Lucien se souvient d'une équipe belge venue étudier l'oiseau-mouche, aussi grand qu'une phalange avec des ailes transparentes, pourtant un vrai petit oiseau.

En notre XXIe siècle, cette baie qui ne couvre que 2 % du territoire malgache mais qui recense la moitié des espèces animales et végétales de l'île est reconnue comme sanctuaire de biodiversité. Le terme *biodiversité* inventé en 1986 n'existe pas à l'époque où se déroule notre récit, et l'homme pratique la cueillette, la chasse et la pêche immémoriales, guère plus, sans s'interroger sur le renouvellement de la ressource. La densité de population le permet encore. Elle va tripler en un siècle, on n'en sait évidemment rien.

Le changement climatique se réglera à coups de migrations, fussent-elles titanesques, mais comment gérera-t-on la raréfaction des ressources naturelles végétales, animales, énergétiques, minérales, sans oublier l'eau ? Comment rétribuer les autochtones à qui l'ensemble de l'humanité est redevable de la préservation de la nature et en particulier de son endémisme dont on tire de la matière et des molécules et principes actifs pour la pharmacie ou les cosmétiques ? C'est une question-clé de notre temps : quelle gouvernance instaurer pour quelles mesures d'efficacité supranationale ? Dans notre société de marché, le concept de PES (*Payment for Environmental Services*, ou *Payment for Ecosystem Services*) semble tenir actuellement la corde. Plus généralement, comment expliquer que la société de marché jusqu'à présent rémunère si mal les producteurs, à la source de toute chaîne de transformation ? Nous nous écartons de notre fil direct, c'est certain, mais quelle serait la vertu de l'Histoire si elle ne questionnait pas notre présent et notre futur, si elle n'alimentait pas notre réflexion et si elle ne guidait pas notre action ?

En 1934, on est surtout pragmatique.

Il y a ce crocodile qui n'en finit plus de dormir devant la maison. Celui qui a coursé les canards de Mme Pellan et qui pourrait récidiver. Lucien en a peur car la famille n'arrête pas de s'agrandir. La petite Lucy est née le 24 juillet 1933 et Simone est à nouveau enceinte dans les deux mois qui suivent. On nettoie les langes de Lucy dans la rivière et les crocos raffolent des excréments des nouveau-nés. La femme d'un de leurs boys sera même emportée par un croco, son corps mis en putréfaction à l'écart car les crocos adorent la viande faisandée, mais cette histoire viendra plus tard. Les colons ont tous plusieurs histoires du même tabac. En tout cas, un jour, excédé par sa peur, Lucien décide d'en finir avec le croco d'en face. Il s'embarque armé d'un fusil et de balles à hélice avec un *miramil*, c'est-à-dire un milicien indigène de la police locale, lui aussi bien armé, sur une pirogue. Ils se sont réparti les tâches : tandis que l'un tirera dans le creux de l'épaule (la patte avant), l'autre visera un œil. Ils approchent, le croco semble toujours dormir. À trois : un, deux, trois… L'animal fait un bond gigantesque mais il n'est que blessé. Il s'éloigne rapidement et va mourir dans les marécages, il ne reviendra plus.

À l'époque, personne ne songe ici à chasser le croco, ni *vazaha*, ni Malgaches, ou seulement pour se protéger. Et encore, les Malgaches semblent moins les craindre, peut-être les connaissent-ils mieux ?

Le dimanche, Simone et Lucien chassent le gibier d'eau, ils font un peu de vélo sur la piste. Monsieur Zézé, le réparateur de vélos, les arrête à chaque passage pour un coup de burette sur la chaîne. Surtout, parce que Simone est à nouveau enceinte, ils se promènent en pirogue à l'est du village au milieu des papyrus, entre les rizières. En malgache, le nom *Maroantsetra* signifie « beaucoup de lances », de roseaux. *Marécage* en quelque sorte. On évoque aussi une référence aux lances de l'armée de Radama Ier qui s'opposait aux *Betsimisaraka*, l'étymologie n'est pas connue avec certitude. Il faut dire que les *Betsimisaraka* (« les nombreux inséparables ») sur la côte est n'ont guère d'affinités avec les *Merina*, les Malgaches des hauts plateaux. Lucien commence à connaître les sentiments que les ethnies entretiennent entre elles. Il lui semble que les ethnies malgaches qui n'aiment pas les *Merina* sont nombreuses.

Dans leur pirogue sans balancier que Simone manœuvre aussi aisément qu'un Malgache, Lucien guette à la proue, le fusil à la main, le chien à ses côtés. Lucy – que l'on appelle fréquemment Luce ou Lucette et qui n'a pas un an – est emmaillotée au milieu de l'embarcation. Si une vague venait à renverser la pirogue, Simone et Lucien ne retrouveraient ni le bébé ni le chien qui compte parmi les mets favoris des caïmans et les attirerait inévitablement, mais on n'y pense pas. La pirogue file parmi les bras de la rivière capricieuse, sous la lumière que filtrent les hautes herbes nonchalantes. On écoute la vie qui grouille dans cette jungle, on observe en gardant le silence. Lorsqu'elle s'offre une pause, Simone mord de ses dents d'ivoire la peau d'un citron.

Un jour qu'ils progressent dans la rivière, leur pirogue croise celle de deux Noirs affublés de deux immenses chapeaux tressés qui transportent du bois. Des Blancs tout seuls dans une pirogue ? Avec une femme à la manœuvre ? Ils se mettent à rire, à rire… Ils rient tant et si bien que leur pirogue se retourne et eux, à l'eau, la cargaison à la dérive, dans une rivière infestée de caïmans, ils rient encore et de bon cœur. Non mais peut-on seulement imaginer pareil spectacle : deux Blancs tout seuls manœuvrant leur pirogue !

Après le travail, il arrive à Lucien de partir marcher dans le voile fauve du soir. Ce jour, sur la plage, il observe un petit oiseau au long bec de plumage noir sur le dos, la gorge orangée et le ventre blanc, du gabarit d'un moineau, qui se pose sur une branche affleurant l'eau. Il secoue les plumes et la tête à vive allure puis pique à la surface de l'eau et revient fissa sur la branche. Trois fois il renouvelle l'opération avant de s'envoler plus loin. De son sac en bandoulière, Lucien sort son carnet à dessin et un crayon à mine de plomb. Il entame un croquis, il doit faire vite avant qu'il ne fasse tout à fait nuit. La nuit tombe ici en dix minutes.

Avec Simone, ils apprécient cette plage rugueuse de sable grossier et de coraux concassés d'où ils contemplent la baie. Des noix de coco disputent la place aux fruits en forme de bonnets d'évêque, à toupet blanc. Dans les débris grossiers, on distingue les coraux branchus capillaires des *fungia*, des coraux sphériques aux lamelles concentriques. Simone, le ventre bien rond par sa deuxième grossesse, le rejoint. Lucien n'arrive pas à trouver le trait qu'il cherche, il replie son carnet de croquis et le remise dans la sacoche.

— Ce matin, le boy n'a pas rendu ta chemise, il m'a montré qu'il a fait un trou dans le col en la repassant. J'ai rien dit, entame Simone.

— T'as remarqué que quand on lui demande d'apporter les chaussures à ressemeler chez le cordonnier, il commence par les user un peu plus à ses pieds quelques jours ? Il me fait penser au tout premier boy que j'ai eu à Antsirabé. Il commençait sa journée par se cuire du pain en arrivant chez moi. Il prenait juste de la farine et de l'eau. Et puis j'ai compris. Il avait pas un sou parce qu'il était friand de femmes et que les femmes le séchaient… Elles s'achetaient des tissus… Y a un proverbe malgache qui dit *Pas voler, mais prendre un peu*[1]…

Comme Simone ne reprend pas la parole, Lucien poursuit sa réflexion :

— Ils sont malins, les indigènes, toujours très courtois. Tout le temps des « Bonjour *vazaha* », « Bonjour patron ». Je me demande d'où ça vient. On dit qu'en Asie, le plus fort est le plus malin. Je me demande si c'est pas un peu asiatique, ces manières ? Le respect n'est pas le même ici que chez nous. Ce n'est pas une notion universelle, le respect. Les tabous, tout le monde en a mais nous n'avons pas les mêmes… Est-ce que ça viendrait pas de la religion ou… d'un fond religieux ?

— Je ne connais rien à l'Asie, dit Simone, on interrogera Roger. Mais ici les *vazaha* ont de l'argent… ça suscite des envies… Et les indigènes partagent à leur idée… C'est pas compliqué, il me semble… Et si on rentrait ?

Le 8 juin 1934, Simone accouche d'un petit garçon chétif, né avant terme, déjà marqué. Le médecin lui trouve très mauvaise mine, il pense qu'il n'est pas viable et le laisse pour s'occuper de Simone en proie à une hémorragie. Le petit survit mais restera très fragile. Ses parents le prénomment Jacques mais on l'appelle tout de suite Jacky.

Simone est épuisée de ces deux naissances si rapprochées. Elle est aidée à la maison par la nénène mais veille personnellement beaucoup. Plusieurs nuits, elle garde le petit dans les bras de peur qu'il ne s'étouffe. Elle se demande si les sorciers ne lui ont pas jeté un sort.

1. *Tsy mangalatra fa mandrairay*, extrait de *Ohabolana ou Proverbes malgaches*, J. A. Houlder, missionnaire pendant vingt-quatre ans à Madagascar, traduit par M. H. Noyer, Imprimerie luthérienne de Tananarive, 1960.

Simone se lève la nuit. Son sommeil n'est pas bon et le palu n'est pas seul en cause. En cas de fièvre, elle avale un cachet de quinine et un d'aspirine (la dengue hémorragique n'est pas encore identifiée), mais souvent ce n'est pas ça. Son sommeil est très mauvais depuis la guerre. Et la santé de Jacky la préoccupe. Et quand ce n'est pas la santé de Jacky, c'est autre chose. Alors elle va cueillir un fruit et le mange pour passer le temps. Un pamplemousse en saison fraîche, sinon une mangue. Les mangues sont si bonnes qu'en saison les gamins ne rentrent pas chez eux pour le *sakafo* de midi. Ils cueillent des mangues, deux suffisent pour un repas. Les mangues tomates sont succulentes.

À Simone comme à Lucien, il arrive d'en avoir marre des tropiques, même en plein jour. Ras le bol de la chaleur, des moustiques, de sa propre langueur, de la mollesse de l'entourage. Le sentiment d'être en exil enfle sous l'effet du climat. *Nous ne sommes pas chez nous.* Il suffit au contaminé d'ouvrir les vannes des songes pour se retrouver dans son passé, dans la ville ou le village qui l'a vu grandir. Il arrête tout pour cela. Il se laisse envahir, consentant, le temps nécessaire. Il écoute le temps qui s'égrène et cela peut durer, tout dépend si la crise est aiguë. Il se laisse aller jusqu'au soir, jusqu'au lendemain, jusqu'au moment où son sort ne lui paraît plus si funeste, et qu'il finit par se raisonner. Il n'est pas prêt de partir. Prisonnier des tropiques. Il s'en accommodera. Et la vie reprend comme avant.

Roger est embauché comme mécano sur les cargos. Entre deux trajets, il vient donner le bonjour à la famille. Roger et Lucien sont très complices. À sa sœur et son beau-frère, Roger offre un service à thé en porcelaine qu'il ramène du Japon, une porcelaine blanche si fine que l'on voit presque à travers. Sa décoration ? Le mont Fuji au sommet enneigé surplombe un lac paisible devant lequel médite une Japonaise en habit traditionnel, de trois quarts dos. Porter une de ces tasses à ses lèvres procure une rare sérénité.

Roger est visiblement bousculé par le Japon :

— C'est difficile à imaginer comme les Japonais sont différents… Très étonnants… Leurs repères, leurs habitudes… La violence et la douceur… Le raffinement et le brut… Le dur, le mou… Tout se mêle dans une harmonie déconcertante, j'y comprends rien… Ces gens-là, leurs mystères m'attirent. Au repas, tu ne sais jamais ce que tu manges. Jamais. Alors tu goûtes et c'est… soit délicieux soit… très étrange… Avec le chef, à Yokohama, on cherchait des pièces métalliques qu'on a fini par trouver puis on est entrés dans un bar caché derrière un rideau qui ne couvrait que le haut de la porte. On a choisi des plats au hasard, des alcools au pif. C'était une journée formidable.

— T'y retournes bientôt ? demande Simone.

— Aucune idée. Le prochain départ est prévu dans huit jours pour le sud de la Chine. Pour la suite, aucune idée…

SIMONE *raconte à Luce*

L'accouchement pour toi à Maroantsetra, ça a été toute une affaire. La sage-femme, c'était une toute petite femme noire qui avait un bouquin comme moi mon livre de cuisine. Elle se mettait à genoux sur le lit et j'arrivais pas à accoucher alors elle me disait *Faites le tour du lit, faites le tour du lit.* J'étais là avec mon ventre à faire le tour du lit. C'est-à-dire qu'avec les femmes indigènes elle avait l'habitude mais là elle avait un peu peur, c'était la première fois qu'elle accouchait une femme blanche. Heureusement que ça s'est bien passé…

Le plus fort, c'est que quand j'étais enceinte, toute jeune mariée, je savais pas si j'étais enceinte ou pas. J'étais pas bien. On était copains avec le docteur militaire, le docteur Cauet. Je vais le voir. Mais c'était un docteur militaire, hein. Alors il me dit : *Ouh là là, c'est l'appendicite. On va vous faire opérer.* Un peu plus et je partais à Tamatave me faire opérer. Mais je crois bien que c'est Maman qui m'a dit : *Attends un petit peu, tu dois être enceinte.* Y avait pas de bateau, heureusement, sinon je serais partie. Y avait des bateaux que tous les quinze jours. Quand je lui ai dit ensuite que j'étais enceinte, il m'a dit : *Oh ben je m'en doutais un peu.*

Il n'était pas là pour l'accouchement, pour toi. Il était là pour Jacky.

25

1934-1935 – Fontenay-aux-Roses

> À huit ans, il a l'âge de l'humanité, il a au moins deux cent cinquante mille ans. Quelques années après il les a perdus, il n'a plus que trente et un ans, il est devenu un individu [...]. Qu'est-ce qui est pire que d'être achevé ?
>
> Henri Michaux, *Passages*

Que cherche un homme en éternelle conquête : un paradis originel ? son propre big bang ? une consolation ? Agit-il par instinct de conservation de l'espèce ? par mimétisme ?

Comme les lattes de bois dans les persiennes qui se chevauchent sans se recouvrir, les différences entre les individus laissent filtrer une lumière.

Octobre 1934. Simone et Lucien se reposent sur un pont intermédiaire du *Bernardin de Saint Pierre*. Lucette et Jacky jouent à leurs pieds. Jacky a quatre mois, Luce en a quinze. De loin parviennent les notes qu'égrène le pianiste dans un salon des premières auquel ils n'ont pas accès. Colette est accoudée au bastingage. Elle ne connaît pas la métropole alors Simone et Lucien l'ont prise avec eux. Lucien tente de lire, Simone rêvasse.

Même si chacun demeure l'enfant qu'il fut et qu'il porte en lui, entrer dans le monde adulte, c'est quand même changer de continent. Jeune épouse et mère, une nouvelle attention, un rythme chamboulé. Sur leur fauteuil de toile, ils ne disent rien. Lucien est distrait par le jeu des enfants et les trépidations de la machine. Il ferme *L'Île verte* de Pierre Benoit et le pose sur le deck. *Faites attention !* lance Simone aux petits comme le font toutes les mères du monde, parfois juste pour se rassurer. Puis elle leur sourit.

Entre Zanzibar et Djibouti, le *Bernardin de Saint Pierre* croise le *Chenonceaux*. Des ponts, arrivants et partants se lancent de grands signes de la main.

Simone aide Lucette à prendre Jacky pour jouer avec lui, en le tenant droit. La petite ne sait pas, ou alors elle se doute. Ses parents le savent. Jacky est condamné. Deux médecins ont émis le même diagnostic. Jacky a la maladie bleue. On n'en réchappe pas. N'empêche, ils demanderont d'autres avis en métropole.

Après Djibouti, le navire fait escale à Port-Saïd où les colons descendent à terre par grappes et longent la berge à pied. Certains se font prendre en photo dans les jardins à la française.

Renée rêvasse étendue sur son lit, les yeux clos. Ne pas regarder permet de voir.

Lucien arrive dans quelques jours. Comment le trouvera-t-elle ? Pierre ne lui porte attention que lorsqu'il y trouve intérêt. Pour conduire son automobile, par exemple. Petit, il faisait pipi devant les filles dans la rue et tout le monde rigolait. Renée esquisse un sourire. Mais plus qu'un comique dans la famille, ce qu'elle apprécierait, ce serait d'avoir un frère, un vrai, proche. Lucien sera-t-il enfin le frère dont elle rêve ?

Sa femme sera-t-elle à la hauteur de Lucien ? Et pourquoi elle, Renée, n'a-t-elle pas encore trouvé de mari ? Oui, pourquoi les hommes passent et ne s'attardent pas ? Se montrerait-elle trop empressée ? Non. Impossible. Elle leur donne pourtant le change, à ceux qui passent… Oh, ras le bol de tourner en rond ! En étant nature, elle finira bien par trouver un mari. Fonder une petite famille, c'est tout ce qu'elle demande… Les pensées se mêlent et les idées s'embrouillent dans un vortex qu'elle ne contrôle plus. Renée ne cesse de se tourner et se retourner sur son lit.

Ce dimanche, Renée vient donner la main à sa mère en cuisine. Simone se propose mais la mère et la fille ne lui offrent pas d'entrer dans le jeu.

— Vous avez vu mon nouveau service en porcelaine ? Le service Colibri de la Samaritaine ! Allez voir un peu à la salle à manger ce cadeau obtenu avec les coupons que j'ai accumulés. Comment le trouvez-vous ? lance Marie à sa belle-fille.

Au salon, Augustin propose un Château Carbonnieux blanc qu'il a mis en carafe le matin, un vin qu'il affectionne et qu'il achète à un ancien de la ligne de Bordeaux. Le petit Jésus en culotte de velours, ce pessac-léognan… Lucien apprécie. Il vient d'offrir à ses parents un paravent à quatre volets représentant des paysages malgaches. Il avait emporté en 31 le cadre d'un vieux paravent de sa mère et a commandé un paysage de style naïf à un peintre de Tana sur quatre toiles. Sur fond de ciel étendu sans nuage, une rivière outremer, des troncs marron d'Inde, des palmes vert bouteille, un large espace mat, quelques cabanes, trois pêcheurs à la ligne, une pirogue. Le soleil des tropiques statufie quand il manque le vent. Le temps semble figé. Chacun y va de son appréciation. Marie est heureuse de ce coup de neuf.

Au déjeuner, elle sert un aspic de cabillaud, un civet de lapin pommes vapeur ail en chemise, de la scarole, un peu de fromage – Renée et Lucien n'y touchent pas – et un sabayon. Augustin sort une bouteille de riesling et un gevrey-chambertin, ce vin auquel Napoléon n'était infidèle que pour une rare coupe de champagne. Lucien et Simone n'ont pas l'habitude de tous ces alcools. Les langues se délient et les histoires affluent. Simone raconte qu'elle a trimbalé des années sur son épaule un lémurien jusqu'à ce que sa jeune sœur Marcelle dont elle s'occupait grandisse. L'animal était jaloux du bébé et, comme personne ne sait ce qu'est un lémurien, elle parle de son *singe*. Lucien raconte l'exploit de son beau-père qui a sauvé l'ouvrier dont une scie avait coupé le bout du gland ou, plus vraisemblablement, du prépuce, mais cela Lucien ne le précise pas. Plus on coupe et plus l'anecdote prend des proportions nouvelles et forge la légende. Pierre manque de s'étouffer de rire, tout le monde se marre et Simone enchaîne avec une autre histoire d'Ambanizana. Les contes coloniaux se bâtissent ainsi au fil des narrations, plus personne n'est très certain des faits, on exagère un brin, on grossit un trait et, à la fin du repas, l'anecdote entre dans la légende.

Simone avait attendu Fontenay pour faire baptiser Jacky. Augustin n'y assiste pas mais Lucien, Marie, Renée, Pierre, presque tout le monde se déplace pour le baptême. Liane est choisie comme marraine.

Pierre trimbale la famille de son frère au volant de sa Morgan à deux places ou de la Citroën que ses parents viennent d'acheter. Tous les prétextes sont bons pour conduire. Un jour qu'il promène Simone seule, il stoppe la Morgan sans arrêter le moteur, déboutonne sa braguette et se comporte très inélégamment. Simone est pétrifiée. Elle se tait et tourne la tête.

Un temps long et sans parole, puis la voiture repart. Pierre reprend le volant comme si de rien n'était.

Simone ne dira rien.

Il n'y aura pas de récidive.

Simone se fait de son beau-frère une idée qu'il lui est impossible d'exposer à son mari.

En dehors du fait qu'elle évite ensuite de se trouver seule avec Pierre, rien dans son comportement ne trahit quoi que ce soit. La vie avec la belle-famille ne fait que commencer, qui sait combien de temps il faudra l'endurer.

Dans le jardin, Luce transforme une lessiveuse en fer-blanc en navire au long cours.

Il arrive à Lucien et à son père de discuter un peu à l'écart du tumulte de la maisonnée. Augustin est curieux d'apprendre, de connaître ces populations aux mœurs différentes. Lucien explique :

— Le Malgache vit le plus possible l'instant présent. Pour le futur ? Eh bien on fera pareil, pourquoi s'en soucier à l'avance ? Le futur, c'est une affaire qui se réglera en son temps.

Peut-être envisage-t-il le temps comme la succession du présent du passé, du présent actuel et du présent du futur, à l'instar de saint Augustin ? Lucien et son père débattent. On n'a pas besoin d'être d'accord pour réfléchir. C'est même une chouette activité d'attraper des idées, qu'elles soient justes ou qu'elles soient fausses. La vie parfois n'avance que par des petites poussées en diagonale, c'est peut-être pas plus compliqué que cela.

Lucien décrit ensuite à son père le culte que les Malgaches rendent à leurs ancêtres, le petit autel qu'ils entretiennent au nord-est de leur case traditionnelle sur lequel ils posent une bouteille d'eau sacrée apportée par l'astrologue ou du rhum. *Dans toutes leurs cases, on entre par l'ouest. Les tombeaux aussi sont orientés à l'ouest parce que, quand un Malgache meurt, son âme part dans la direction où le soleil se couche.* Bien qu'il s'en défende, ces Malgaches et leurs mœurs étranges l'intriguent. La cérémonie du *famadihana* – le retournement des morts – est taboue pour les Blancs mais évidemment la communauté française en parle. Moins on connaît, plus ça délie les langues. Il y a aussi la fête de la circoncision, une nuit au cours de laquelle officie l'*ombiasy*, l'astrologue. Après la coupure, il verse l'eau sacrée sur la plaie et tend le prépuce au père qui le mange entre deux tranches de banane. Puis la danse se libère à folie jusqu'aux premières lueurs du jour.

Il arrive à Simone de discuter en aparté avec son beau-père. Elle apprécie particulièrement qu'il lui parle de ses fleurs, des fruits du verger, du potager. Elle connaît son parcours, ses parents illettrés comme ceux de son père. Augustin Devoise et Auguste Sevrin appartiennent à la première génération des hommes dont les pères ont fini dépassés par le progrès. Deviendrait-on vieux lorsqu'on ne comprend plus le monde qui nous entoure ? Malgré l'allongement de la vie, ne risque-t-on pas de devenir vieux de plus en plus jeune ?

Pour Simone, les rapports avec sa belle-mère sont plus compliqués. Marie n'aime rien autant que s'agripper à ses certitudes. Le tandem belle-mère/belle-fille est un vélo à selle unique équipé de deux paires de pédales et de deux guidons qui conduisent dans des sens opposés. Marie a des relations très tendues avec ses deux belles-filles. D'ailleurs l'une des deux est déjà partie. Plusieurs mois d'affilée chez ses beaux-parents avec ses jeunes enfants, c'est long. Il existe un seuil de concessions au-delà duquel on pénètre le territoire du ressentiment. Il faut donc s'évader fréquemment.

Simone demande à Lucien de l'accompagner découvrir le film parlant. *Tarzan, l'homme singe* fait toujours un tabac. Ils enchaînent les sorties. Plus tard, c'est le Grand Guignol, près de Montmartre. Le spectacle comprend du comique et une partie d'horreur. Il y a une guillotine sur scène et on coupe des têtes ! C'est bath…

On rend également visite aux deux familles, à Paris chez l'oncle Jean et la tante Lucienne, dans le Jura chez Augustine, la tante de Simone, puis en Belgique chez la tante de Lucien, Charlotte.

Au printemps, Simone et Lucien descendent prendre les eaux à Vichy. Lucien y rencontre un Anglais excentrique, Mister Polett, qui vit également à Madagascar. Devoise et Polett, après quelques whiskies, se promettent de se retrouver à Tana.

Le 30 mai 1935, la famille Devoise au complet pose pour des photos à Saint-Mandé chez les Longeard. Le départ approche.

Le retour s'effectue à nouveau sur le *Bernardin de Saint Pierre* en juin. Une coïncidence. Ils se sentent déjà un peu chez eux. En juillet, à l'étape des Comores, Lucien apprend qu'il est affecté à Diégo-Suarez. Simone et Lucien se promettent d'aller rapidement rendre visite à la famille à Maroantsetra, ce qu'ils feront effectivement fin octobre.

SIMONE *raconte*

Je me souviens de la rencontre avec la famille de Lucien à Fontenay. Mémère prenait toute la place, Pépère était un peu taciturne, gentil mais effacé. Dans le jardin, il s'était installé un fauteuil sous le cerisier, planqué par des feuillages, à l'abri des regards, un fauteuil dans lequel il venait chercher la tranquillité dès que quelque chose l'ennuyait ou qu'il y avait des invités et qu'il ne voulait pas parler. C'est toujours là qu'on pouvait le trouver… Il était très casanier mais très gentil au fond. Mémère était radine. Quand elle m'offrait des fleurs, les fleurs étaient moches et presque fanées. Mais quand elle n'était pas là, Pépère savait où trouver les dahlias rouges et surtout les roses blanches qui me plaisaient tant...

Ça n'a pas été simple tous les jours avec Mémère qui voulait tout organiser et Pépère qui ne disait pas grand-chose. Combien de fois j'ai dit ensuite à Lucien : *Si tu m'avais d'abord présenté tes parents, je ne t'aurais pas épousé.*

RENÉE *raconte*

Maintenant, tout le monde est habillé pareil. Même les nègres sont habillés comme moi. Avant il y avait vraiment une différence.

J'ai toujours fait des efforts pour m'habiller parce que je n'étais pas bien physiquement. Pas de corps parce que de corps j'étais bien, mais de tête j'étais tarte. Oui, alors j'ai toujours fait des efforts, tandis que ta grand-mère était jolie, dis voir. T'as vu des photos de Michèle Morgan quand elle était jeune ? Elle était très blonde avec de beaux yeux bleus. Un beau visage. Elle était bien, Simone... Oui, quand on est vieux, on ne voit plus les différences, tout le monde se ressemble...

Mon frère, la première fois qu'il est revenu en congé, il était tout seul. Il est reparti, il était seul. Et quand il est revenu trois ans plus tard, ils étaient cinq ! Tu parles d'un bazar ! Beaucoup d'attirail, une sacrée organisation... Il y avait sa femme, leurs deux enfants, et la sœur de sa femme. Ils avaient eu Luce – ta mère – et puis elle avait un frère qui avait dix mois de moins qu'elle. Deux maternités trop proches, c'était pas épatant, enfin bref. Et puis il y avait la sœur de Simone qui avait à cette époque douze ans. Colette.

On l'emmenait promener partout c'te pauv' Colette, c'était une gosse, elle était contente. Pierre l'emmenait promener en auto puis on lui demandait *Alors tu es contente ? On t'a emmenée voir la tour Eiffel, Notre-Dame, les Champs-Élysées, le Sacré-Cœur, maintenant qu'est-ce qui te ferait plaisir de voir ?* Alors la petite *Ben… j'voudrais aller dans le métro.* Et Pierre *Oh, ben, ça coûte pas cher. Pour un ticket, tu peux passer toute la journée dans le métro !*

26

Pierre, années 30

Vous me connaissez mal : la même ardeur me brûle
Et le désir s'accroît quand l'effet se recule.

Pierre Corneille, *Polyeucte*

Les liaisons commencent dans le champagne et finissent dans la camomille.

Valery Larbaud, *A. O. Barnabooth, ses œuvres complètes*

Les femmes faciles sont les bienfaitrices des queues pressées mais disconviennent aux romantiques de mon espèce.

San-Antonio, *De l'antigel dans le calbute*

À nos chevaux, à nos femmes, et à ceux qui les montent !

C'est par le toast des cavaliers que Pierre achève avec ses classards dix-huit mois de service militaire en Tunisie et six mois en Algérie. Le Maghreb, il y a pris goût. Sûr qu'il reviendra.

À son retour, il reprend le tri postal à Paris. Il avait pourtant démarré dans la banque, à l'American Express avec Lucien. Comme il parlait anglais, Pierre tenait le guichet du change.

Quand un client arrivait, il téléphonait pour connaître le cours officiel de la monnaie demandée, calculait le change et envoyait un petit groom à la caisse chercher la somme correspondante dans un maroquin rouge. Il s'y plaisait. Mais son père ne l'entendait pas de cette oreille…

Pour Pierre, vingt ans passés, c'en est bien fini du charme des noces virginales, de la sexualité sans sexe, de l'odeur de la peau que l'on effleure avec timidité et maladresse, sur laquelle on ose un jour poser un premier baiser. La lingère de Rambouillet, c'est loin…

Malgré un caractère opposé, il suit son frère de si près qu'il pense l'avoir précédé. Le cheval, l'anglais, le violon et le piano (d'un coup il fait aussi bien que son frère et sa sœur réunis), London et les English, l'American Express, les colonies… Le désir mimétique incarné. En novembre 32, trois mois après son frère, Pierre se marie. Il épouse Marguerite Jeand'heur, la voisine d'en face. Très belle, trilingue, de mère allemande et issue d'une famille de grands papetiers, elle a vécu sept ans aux États-Unis. C'est une jeune femme libérée.

Marguerite a un fils de Pierre. Il est à peine plus jeune que sa cousine, Luce.

Pierre court les femmes et le ménage marche mal.

C'est la version officielle, celle que l'on colporte rapidement tant on croit connaître Pierre, et puis sur ce motif il n'est point besoin de délayer, la fêlure conduit vite à la rupture. Une autre version apparue beaucoup plus tard – une fois que chacun aura ordonné ses idées – recoupe plusieurs sources et semble plus probable. Pierre et Marguerite étaient vraiment très épris l'un de l'autre, ils s'entendaient très bien. Marguerite était une femme enjouée, moderne. Elle fumait en usant d'un long porte-cigarettes. Trop moderne pour Marie, qui aurait tout fait pour casser le couple. Liane ajoute que Pierre, qui ne voulait pas d'enfant, aurait demandé à Marguerite d'avorter quand elle s'est trouvée enceinte, ce qu'elle aurait obstinément refusé, et Pierre l'aurait renvoyée chez elle.

Sur le résultat, on ne peut en tout cas que s'accorder. Pierre et Marguerite se séparent, Marguerite repart chez ses parents avec son fils. Le garçon n'a qu'à traverser la rue pour rendre visite à son père. Sa mère déménage mais pas ses grands-parents, et le fiston vient jouer avec sa cousine Luce lors de leurs séjours à Fontenay en 35 puis en 39. Ensuite, on le perdra complètement de vue.

À quoi tiennent les fils qui relient une famille ?

Une civilisation perdure si les enfants savent ne plus mettre les doigts dans leur nez, si les adultes savent transformer leur envie de consommer en désir ou en acte créatif, c'est-à-dire si les individus savent transformer leurs pulsions en désir. Faute de quoi, explique Bernard Stiegler, le groupe perd sa cohésion. Ce qui est vrai d'une civilisation l'est aussi d'une famille, avec des limites peut-être différentes en milieu confiné. Pierre, qui a toujours eu du mal à transformer ses pulsions, taquine les limites. C'est un pulsionnel mimétique.

En 34 se produit l'incident avec sa belle-sœur puis Pierre a une histoire avec la femme de son copain Deprez. Les hommes appellent cela une aventure, les femmes une romance. Il faut qu'il s'éloigne. Alors il demande à partir le plus rapidement possible. Sa hiérarchie lui propose le tri postal sur Paris-Bruxelles ou au Maroc. Va pour le Maroc !

À peine a-t-il ses billets de train et de bateau en poche que Pierre dégage. Pour apprendre le jour de son arrivée que le gouvernement français a supprimé la veille le tri ambulant au Maroc ! Le chef qui l'accueille lui conseille d'en profiter un peu avant de rentrer en France. Pierre se balade huit jours puis se repointe. Là, on lui dit que c'est trop tard, qu'il avait quarante-huit heures à son arrivée pour obtenir un billet retour. Pierre est furax. Un supérieur lui enjoint de démissionner. Pierre fait un scandale tel qu'on finit par lui proposer une place au guichet. À partir de ce jour-là, il restera en guerre avec sa hiérarchie jusqu'au terme prématuré de sa carrière. Il fera ses heures à la seconde près. Le reste de son temps, il sort beaucoup. Tennis, aviation, équitation, automobile. On l'appelle *le postier mondain*.

Le soir, quand il n'est pas de sortie, Pierre mange au restaurant en bas de chez lui. Le prince Moulay Hassan y dîne fréquemment avec sa préceptrice française. Ce n'est pas elle que Pierre aborde, mais une jeune voisine de vingt et un ans, institutrice, née au Maroc. Dans les années 30-32, alors que les effets du krach de 29 commençaient à se ressentir aussi de ce côté de l'Atlantique, il devenait de plus en plus difficile de trouver du boulot et Edmée Bloget s'était tournée vers une carrière d'institutrice. Tous deux habitent le même immeuble. Pierre ne tarde pas à l'épouser.

Elle a dû en avaler des couleuvres, Edmée, parce que jamais personne de la famille ne l'a entendue se plaindre de la conduite de Pierre bien qu'il n'ait cessé d'enchaîner conquêtes et aventures. Elle a fermé les yeux, Edmée, et grâce à elle le ménage a tenu.

Ils n'ont pas eu d'enfants.

PIERRE *et* EDMÉE *racontent*

PIERRE

Je suis parti au Maroc en 35. J'ai fait de l'aviation là-bas. Et j'étais bon ! J'étais secrétaire général d'un aéro-club.

EDMÉE

Laisse-moi rire ! Il a jamais fait un rapport. C'est toujours la secrétaire qui le rédigeait.

PIERRE

Peut-être mais… C'étaient des avions de tourisme… On a organisé un rallye avec Lorrain. On reliait Fès à Marrakech, fallait passer par-dessus l'Atlas. Quand on est arrivés à Marrakech, il y avait plusieurs généraux… On a été invités à dormir à la Mamounia, on a eu un repas d'honneur, une valse d'honneur. Toutes les bonnes femmes se précipitaient sur nous, tu penses. On était deux jeunes pilotes, on arrivait de Fès, de l'aérodrome du Nord, alors on a été reçus comme des pachas. Quand on est revenus à Fès, c'était formidable… Il y avait le ministre de la Guerre de France, le résident du Maroc, et le général commandant les forces armées du Maroc. Trois grosses huiles qui m'ont serré la main devant le bureau de l'aéroclub. On avait du succès, on était bien vus…

C'est bien simple, tous les types que j'ai connus, moi, les copains, les professeurs, les moniteurs, ils sont tous morts. Alors ça m'a dégoûté… Tous morts en avion, ils ont eu un accident d'avion. Je me suis dit *Y a plus que moi, là. J'arrête… Comme je suis un peu intelligent, plus intelligent que la moyenne, y a un vice de forme.* Hop ! Je n'y suis plus allé… Après je suis revenu en France en avion parce qu'il y avait l'avion à prendre mais…

EDMÉE

Même le professeur d'*acro*, Bruel, il avait que moi mais je ne m'y suis pas mise, des fois qu'il aurait eu l'idée de me faire faire des loopings… Non, ça me dit rien. Déjà, j'ai jamais voulu apprendre à conduire.

PIERRE

Tout jeune j'ai aimé ça, conduire. C'est le père de Liane qui avait commencé à m'apprendre. Et puis à dix-huit ans, j'avais un peu d'argent sur mon livret de caisse d'épargne, je suis allé près de la Bastille, y avait des marchands de voitures. Fallait pas que j'mette cher. J'ai acheté un trois-roues Morgan – une bonne marque, Morgan –, deux roues devant, un gros volant large comme ça, puis une roue à l'arrière. J'ai acheté ça puis *pffft*… Je me rappelle sur la route de Rambouillet, j'ai fait du 105 à l'heure. Tu parles, j'étais le roi, j'avais dix-huit ans. Puis après ça, Pépère et Mémère ont acheté la Citroën. Ils conduisaient pas mais elle aimait ça, Mémère. C'est une C4G, qu'elle a achetée. Il y a eu longtemps un radiateur comme ça qu'ils ont changé une année. Ça s'appelait C4F, c'est devenu C4G. Le radiateur était droit, c'était déjà un peu plus moderne. Un peu comme les taxis anglais, raides devant. La mère Renée était heureuse, elle se voyait, tu sais… avec un petit chapeau, elle s'habillait, pour être à l'aise. Et puis fallait l'amener en voiture au bal ; c'était pour Renée aussi que ma mère… Moi j'conduisais, j'étais bien content de l'emmener… Mémère suivait souvent au bal.

Nous, dans l'ordre, on a eu d'abord une Ford, le bout pointu…

EDMÉE

… la Matford.

PIERRE

La Matford. Puis après ça on a eu la Hotchkiss… Alors là, la voiture, hein ! Là on en a perdu un paquet, hein !

La Hotchkiss, c'était une vingt chevaux devant. Il y avait douze cylindres… Non, six cylindres…

EDMÉE

Six cylindres en ligne.

PIERRE

… alors mon vieux, ça montait les côtes, y avait pas grand monde qui nous grattait, hein… *Pfff*… Puis une belle bête, hein, c'était joli…

EDMÉE

C'est bizarre, étant gosse, dans mes rêves, je conduisais… Et une fois que j'ai eu la notion des infractions, j'ai toujours rêvé qu'en conduisant une voiture, ou je rentrais dans un mur, ou je me faisais arrêter par les flics… C'est bizarre…

27

1936 – Diégo-Suarez, l'Andavakoera

Accroche ton chariot à une étoile.

Ralph Waldo Emerson

Sur le coup, Simone ne distingue pas très bien. Le peloton d'exécution est en place mais personne au poteau. À ses côtés, sa mère fixe les armes pointées en répétant : *On ne rigole pas, on ne rigole pas !* Le vacarme assourdissant des scies mécaniques de l'usine emplit la nuit, les soldats toujours en joue. C'est alors qu'un gros caméléon vient tourner les yeux sans bouger le corps. L'œil droit tourne, le gauche à l'abandon. *On ne rigole pas, on ne rigole pas !* Une main approche une cigarette du caméléon qui se met à fumer. L'oncle Émile arrive en souriant, suivi du chœur des sœurs défroquées qui s'époumonent dans l'air brûlant en tapant des mains. L'Ave Maria n'est pas juste et la mère ressasse *On ne rigole pas, on ne rigole pas !* Seul son père veille, agenouillé près du petit cercueil de bois clair. Simone se dresse d'un bloc, toute de larmes et de sueur. *Jacky !*

Lucien ne sait que faire. Depuis le décès de Jacky il y a deux jours, Simone enchaîne des cauchemars qui se terminent tous par un cri. Elle rejoint son mari qui fume une Gauloise sur le balcon, et s'en allume une. L'air est encore lourd, humide, opaque. Autant Simone remercie le bon Dieu quand quelque chose de bien arrive, autant elle pense être punie quand quelque chose de mauvais arrive. Évidemment, elle s'adresse une collection de reproches.

— Tu te rappelles qu'après-demain, je dois partir pour deux ou trois jours à l'Andavakoera[1], sur la route de Vohémar ? lance Lucien. Viens avec moi. Ça nous obligera à moins penser.

— Je n'ai pas le goût à voyager, tu sais.

— Justement, on n'a plus le goût à grand-chose, faut s'obliger à avancer… Aller suffit…

*

En compagnie de sa femme et de sa fille, Lucien observe ce lieu lunaire et étouffant, les plaines aurifères. L'inhospitalité des terres latéritiques lui fait dire qu'il aurait finalement peut-être été plus avisé de les laisser à Diégo. Là-bas, Simone était égarée, là il craint qu'elle sombre tout à fait dans ses angoisses.

Le père Marquet qui les accueille amasse de l'or pour son propre compte. Lucien le voit débarquer de temps en temps à Diégo, des lingots dans sa besace, et le reçoit à l'abri des regards dans la cuisine de leur appartement.

Sa femme est une *ramatoa* singulière. Elle passe pour être sorcière. Descendant d'une lignée de souverains qui ont régné sur la région et donc princesse de sang, elle s'est imprégnée de mystique et de sciences occultes auprès des astrologues, guérisseurs et sorciers qui l'ont initiée à leurs pratiques. Elle vit entourée de gris-gris et fait tourner les tables.

Le père Marquet se tient planté à l'avancée de sa case, sa femme légèrement en retrait. Deux enfants se courent après en piaillant. Après un accueil bref et chaleureux, Marquet entraîne

1. Prononcer *Landavéquère.*

Lucien dans son bureau pour s'informer sur le déroulement de sa mission. De son côté, la mère Marquet entraîne Simone vers la chambre qu'elle leur destine et pointe du doigt les photos accrochées au mur.

— Regarde, fais connaissance avec toute la famille...

Simone est terrorisée, les photos présentent des petits cadavres !

— Ces enfants sont morts par ma faute. Et tu sais pourquoi ?... Les esprits ont décidé de me punir...

Effrayée, Simone reste figée. Sa bouche ne peut plus émettre le moindre son. La mère Marquet sourit étrangement. Le cauchemar enfle à l'Andavakoera.

On le dit. L'or rend fou à l'Andavakoera.

SIMONE *et* LUCIEN *racontent*

LUCIEN

Une fois, j'ai fait le voyage avec un chercheur d'or sur le bateau entre Madagascar et Dar es-Salaam. Il est descendu à Dar es-Salaam. C'est un type qui pendant quinze ans avait cherché de l'or en crevant la misère dans le désert du Kalahari, dans le nord de l'Afrique du Sud. Il était misérable, il arrivait tout juste à s'entretenir. C'était un Anglais. Ce type-là, pendant quinze ans il avait connu la misère. Il buvait de l'eau, il mangeait des racines. Jusqu'au jour où il est tombé sur un gisement d'or. Il a trouvé de l'or. Il a fait enregistrer son permis, il en a extrait un nombre incroyable de lingots, il était riche à millions. Ça lui a monté à la tête, il est allé à Johannesburg, à Pretoria, dans les grandes villes et il a fait la bringue. Sais-tu ce qu'il m'a dit ? *Les femmes m'ont tout bouffé !* Des millions, hein, qu'il avait. Il était parti de zéro. Il avait ajouté après : *Eh bien, je recommence maintenant à zéro et je ne le regrette pas.*

SIMONE

On en a connu, des aventuriers. Tu te rappelles, Lucien, de Saint-Just ?

LUCIEN

Oh, Saint-Just… Il était descendu chez nous avec un sabre. Une langouste, une serviette sale et un sabre… Un descendant de Saint-Just, hein ! Il allait à pied. Quand il traversait les rivières, il enlevait son short, sa chemise qu'il mettait sur la tête comme les indigènes. Il n'avait aucune famille, plus rien. Il allait comme ça lui chantait, seul. Je lui disais : *Mais un jour, vous allez disparaître, et on ne saura pas où vous chercher.* Et effectivement, un jour il a disparu. Mort, certainement.

SIMONE

C'était une tête brûlée, aussi…

LUCIEN

De Saint-Just avait été envoyé là par la Société forestière. C'était un pauvre type, pas un bandit. Un type qui n'avait pas de famille, pas d'appui, pas de piston. Il vivait de petits boulots. Seulement il a été reçu comme un chien dans un jeu de quilles. Quand il a vu débarquer de Saint-Just, un jeunot enthousiaste qui voulait travailler les bois, d'Estigny l'a foutu à la porte, il avait peur d'avoir un concurrent. Le père d'Estigny était une vieille noix.

SIMONE

Le père d'Estigny était un voisin, un colon qui a végété, comme les autres…

LUCIEN

Le père d'Estigny était retraité de la police et correspondant d'une société forestière. Il exploitait des bois mais les faisait exploiter par des indigènes. Lui n'avait jamais manipulé une hache de sa vie.

SIMONE

Quand il est descendu du bateau, de Saint-Just était content de se réfugier chez nous…

LUCIEN

À Madagascar, il y a de l'aventure… Il y a du pétrole.

SIMONE

Les géologues, ils n'ont pas voulu nous dire…

LUCIEN

Sais-tu ce qu'ils font, les indigènes, pour s'éclairer ? Ils trempent des chiffons dans les suintements de la roche, et ils se servent de ces chiffons imbibés dans la *kapok* comme d'une lampe à huile. Donc y a du pétrole…

SIMONE

Ils sont venus dans la rivière de Papa. Ils ont fait des prélèvements. Ils n'ont pas voulu nous dire ce qu'ils avaient trouvé…

LUCIEN

Un petit bout de ficelle, et ils suspendaient la boîte le soir pour éclairer leur case.

SIMONE

Il était quand même gentil ce géologue mais il ne disait rien, il n'a pas dit s'il y en avait, s'il n'y en avait pas…

LUCIEN

Et y a des minerais… La terre est tellement riche dans certains coins à Madagascar que là où j'ai été en inspection, une troisième société retraitait les résidus de deux entreprises qui avaient fait de l'or. Et là-dedans, on trouvait un pourcentage d'or marchand.

SIMONE

Un endroit terrible ! La terre rouge. Les arbres brûlés par l'orage, calcinés parce que la terre aurifère attire l'orage. C'était nu… c'était rouge… dévasté par les incendies… C'était terrible, terrible comme patelin… Et alors, on est tombés chez une fofolle.

LUCIEN

Les arbres, les quelques arbres qui étaient, ils étaient déchiquetés.

SIMONE

C'est là qu'on a vu la femme qui faisait tourner les tables. Je t'assure, c'est vrai.

LUCIEN

C'est vrai.

SIMONE

Nous, elle nous avait donné la chambre où ses gosses… Elle avait plein de gosses. Trois ou quatre étaient morts. Il en restait deux vivants, encore. Au mur, il y avait les photos de ses gosses morts. Elle les avait fait photographier squelettiquement et on venait de perdre Jacky… Je venais de perdre mon fils… Oh là là là là, c'était terrible de coucher dans cette chambre-là. Je devenais folle. Je disais à Lucien : *Allez, on part, on part.*

LUCIEN

J'étais parti inspecter un bureau de poste où le type avait fait la caisse. Il fallait que je le confie à quelqu'un d'autre. Le chef de district m'a dit : *J'ai personne.* Alors j'étais bien emmerdé. Je me disais : *Qu'est-ce que je vais faire avec le timbre à date, les registres, les mandats ?* Finalement j'ai trouvé un pauvre type, quoi, il fallait bien que j'en trouve un. C'était l'opérateur radio. Je lui ai dit : *Mon vieux, faut pas t'en faire. T'as pas l'habitude de manipuler de l'argent. Eh bien manipules-en le moins possible. T'as qu'à fermer souvent la boutique*... Je l'ai convaincu, je lui ai fourré tous les documents, le timbre à date et tout ça. Il avait assez de boulot avec son poste de radio mais comme il n'y avait personne, je lui ai collé d'office. Qui veux-tu trouver dans la brousse qui prenne un bureau de poste ? Là-bas, ils étaient tous illettrés. Il était pas jouasse le type mais il n'avait pas le choix...

Ce coin, c'était une mine d'or. Une mine d'or où celui qui l'avait ouverte avait trouvé une pépite de... de huit cents grammes, je crois... La pépite que j'ai offerte à Simone, je l'ai achetée dans une mine comme celle-là. Je l'ai choisie dans une cuvette remplie d'or, de poudre d'or. Je l'ai achetée mais c'était pas cher.

Dans la mine d'or où j'étais en inspection, là, le type vivotait en somme puisqu'il récupérait en troisième dans sa petite société les résidus de deux autres sociétés... La teneur au départ était formidable. Il les traitait mécaniquement. Il avait ce qu'on appelle des *sluices*, des tables inclinées. Le minerai était lavé et on séparait l'or par densité...

Il faisait un kilo d'or par mois. Avec ça, il faisait vivre sa société, les employés et les frais généraux…

SIMONE

C'était sa femme qui faisait tourner les tables.

LUCIEN

Elle avait un don.

SIMONE

Beaucoup de fluide.

LUCIEN

Lui, il venait déjeuner chez nous quand il allait à Diégo…

SIMONE

Il arrivait, il posait ses lingots sur la table, il allait faire ses courses en ville, et il les reprenait pour les mettre à la banque. On voyait ses beaux lingots… Oh, on lui aurait fait le coup du père François et on aurait embarqué les lingots d'or, ç'aurait été chic, hein ? Disparus dans la nature… Il était sympathique mais elle, c'est machinal qu'elle posait ses mains et que la table bougeait. Ah oui oui oui… On l'a vu, ça… Les gosses disaient : *Non Maman !* Elle tirait les cartes, quand même. La gosse disait : *Non Maman. Tu vas faire mourir ma petite sœur.* Parce qu'il restait deux gosses. Et les autres qui étaient morts, qui étaient squelettiques en photo sur les murs. On dormait avec ça. Je devenais folle…

LUCIEN

C'était le lendemain de l'enterrement de Jacky. Lucette est venue avec nous.

SIMONE

Jacky est mort, il avait vingt mois donc elle avait trois ans… Cette femme-là était impressionnante. Alors comme Lucien n'y croyait pas, il lui a demandé : *Vous faites bouger les tables ?* Elle répondait vaguement mais ça bougeait tout seul.

LUCIEN

Et puis une table lourde ! Une grosse table lourde. C'était une sorcière.

SIMONE

Oh oui, elle faisait un peu sorcière. Non, c'était vraiment impressionnant… Et puis le patelin ! Que de la terre rouge, tu vois. Rouge. Les arbres calcinés par l'orage. Tous ces arbres coupés à moitié… C'était sur une hauteur.

LUCIEN

C'était de la terre argileuse et volcanique… Le premier qui a exploité le gisement d'or – on appelait ça le toub' –, c'était un Français qui s'appelait Mortages, Alphonse Mortages. Un type qui avait la manie de la prospection. Il se baladait dans les montagnes de la région de Diégo-Suarez pour faire de la prospection. Et ce type-là, Mortages, il avait une femme indigène. D'ailleurs, à cette époque-là, il n'y avait pas beaucoup de femmes européennes à Madagascar, il avait une femme indigène parce qu'il pouvait pas en trouver une autre. Il voyageait avec sa femme indigène. Eh bien ils arrivent un jour dans un village – ça c'est authentique –, les gosses jouaient avec des palets. Sais-tu ce que c'était, ces palets ?… Des palets d'or ! Des petits palets d'or. Il avait trouvé cette mine d'or par sa femme indigène.

Alors ce type-là, il était tellement riche qu'il ne savait plus quoi faire de son argent. Il a payé un kiosque à musique à la ville de Diégo, un beau kiosque. Quand il est allé en France, il a commandé un train spécial pour lui, à Marseille. Quand il allait à la poste – tout ça m'a été raconté quand j'étais contrôleur à Diégo-Suarez –, il envoyait par exemple un câble pour la France, un câble qui coûtait trente francs. Il donnait un billet de cent francs et disait au postier : *Garde la monnaie.* Il a donné de l'argent à tous ses copains. Partout, à tout le monde, il a donné de l'argent. Mais en France, il a été plumé notamment par des femmes. Eh bien, une fois qu'il n'a plus eu d'argent, quand il a eu les poches vides, hein…

SIMONE

Personne…

LUCIEN

Ah si si si. Comme il avait fait bénéficier tout le monde de sa richesse, il était reçu à table partout. Dans toute la ville. Y a quand même une coutume à Madagascar. À Madagascar, personne ne crève de faim. Y a pas de Restaurants du cœur. Les gens les plus malheureux t'offrent l'hospitalité. Tu arrives dans une case à l'heure de déjeuner, tu ne les connais pas, ils se poussent et te laissent une place pour te donner un peu de riz, un petit peu de viande, de quoi manger. Ils ont l'esprit hospitalier.

Quand il est revenu à Madagascar, Mortages était ruiné mais il avait toutes les portes ouvertes. Il pouvait aller n'importe où, tout le monde lui donnait à manger. Que ce soit les indigènes, les broussards ou même les Européens.

Il y avait l'hospitalité. Même les Européens s'étaient joints à la coutume.

Moi je l'ai connu sur la fin. Il était toujours habillé en kaki, un pantalon et une veste kaki. Il était crado… Dire que celui qui avait été multimillionnaire, il se trimbalait dans les rues de Diégo avec un vieux pantalon kaki attaché par une ficelle… Et quand tu penses que les gosses indigènes jouaient avec des palets d'or, tu te rends compte de la teneur de ce gisement ?

À Diégo-Suarez, le climat est chaud et humide, difficile à supporter. La ville est moins accueillante que les autres villes côtières qu'on a connues, il n'y a pas de balade le long de la plage. On vivait avec juste le minimum. Nous n'avions pas de cuisine dans notre petite case et tous les midis on envoyait le boy chercher le *sakafo* chez les Créoles…

SIMONE

C'est celui qui m'a fait attendre au *tanana* parce qu'il allait voir une femme ? Peut-être bien…

LUCIEN

Notre seul confort, c'était d'avoir une douche… Des bateaux faisaient la ligne régulière entre la côte est et la côte ouest avec escales. Quand on rejoignait Maroantsetra, notre escale préférée c'était Vohémar, une ville magnifique qui sentait la vanille. Mais de Diégo, on n'a pas gardé un souvenir formidable. On y a laissé un garçon, tu sais…

*

Si, comme l'explique Alain Touraine[1], la modernisation est la création d'une société rationnelle, il n'en demeure pas moins des champs obscurs, inexpliqués. Inconnus jusqu'à ce qu'un scientifique ou un penseur nous éclaire, mais pas inconnaissables. C'est ainsi, par étapes, que la société moderne assimile de nouveaux champs de connaissance. Quand les chercheurs pourront-ils nous expliquer scientifiquement le déclenchement et les mécanismes des phénomènes paranormaux ?

Quelques mots sur Diégo-Suarez avant que les Devoise ne quittent la ville. C'est tout de même la deuxième plus grande baie au monde après Rio de Janeiro. Pour résumer en quelques lignes ce qu'un guide touristique développerait, les plans de la ville furent dressés par le colonel Joffre « à la française » avec de larges avenues, de vastes bâtiments publics, des parcs, un kiosque à musique. Un bassin de radoub accueille les bateaux de fort tonnage qui sillonnent l'océan Indien. L'armée est très présente. Mortages, qui a fait fortune avec l'or dès 1905, a fait construire l'Hôtel de la Marine, célèbre pour ses fêtes et ses grandes réceptions. Le nom des rues renvoie au passé viril de l'histoire de France : rue Lafayette, rue Surcouf, rue Colbert. Joffreville, à vingt-cinq kilomètres de Diégo et huit cents mètres d'altitude, est le lieu de repos et de villégiature privilégié de l'armée. Les militaires viennent y chercher la fraîcheur et l'on y guinche. Dans les colonies tropicales, les Européens ont ce réflexe d'établir un site où ils viennent chercher la fraîcheur, comme Dalat en Indochine. Il leur faut du temps pour se tropicaliser, et un lieu où cultiver les salades et entretenir la nostalgie du climat métropolitain. Joffreville dénombre plusieurs hôtels, la musique y résonne, les soirées sont animées.

Inutile d'en dire plus car Simone et Lucien n'y restent pas. Deux mois après le décès de Jacky, Lucien obtient sa nomina-

1. Alain Touraine, *Critique de la modernité* (Fayard, 1992).

tion pour le 1er mai 1936 à Maroantsetra. Il va leur falloir du temps pour remonter la pente.

S'il me fallait établir un palmarès des épisodes que Simone et Lucien évoquaient, l'histoire de l'Andavakoera fut certainement le plus fréquent, avec ses variantes. Il arrivait qu'un détail longtemps enfoui dans les abysses des souvenirs refasse surface et alors on lui faisait la fête, il prenait une place d'honneur.

Peut-être leur fallait-il cela, être saisis, s'étonner jusqu'à abandonner la raison, connaître sans plus savoir, pour les aider à passer l'épreuve du deuil ?

Le soir est à présent tombé sur Diégo. Simone et Lucien regardent l'océan depuis le balcon. Luce joue à leurs côtés. La mer ne moutonne plus, les alizés se calment en fin d'après-midi.

Luce est très touchée, elle s'occupait de son petit Kiki en permanence. Elle l'aimait, son petit Kiki. Elle le tenait serré dans ses bras, parfois trop. Elle lui faisait des bisous, lui chantait une chanson. Kiki lui souriait mais il ne bougeait presque plus. Et puis un jour, on lui a dit qu'il était parti. Elle ne pourra plus lui raconter l'histoire de Nestor le caïman, elle ne partira plus avec lui à quatre pattes courser le chat.

Elle demande toujours à sa mère quand est-ce que Jacky reviendra et, invariablement, Simone la prend dans ses bras, lui adresse un sourire et répond : *Tu sais, Kiki est parti. Je te l'ai dit déjà. Il est parti dans le ciel, loin, très loin. On ne le verra plus. Mais il nous regarde. Il te voit, et il serait bien content que tu continues à t'amuser avec le chat.* Puis elle embrasse sa fille, lui fait un câlin, et la dépose doucement à terre. La petite a les yeux qui brillent. *Et s'il me voit, pourquoi moi je le vois pas, hein, pourquoi ?* Une fois, sa mère lui a répondu : *Si tu regardes bien les étoiles, la nuit, peut-être que tu le verras.* Depuis ce jour, Luce ne veut plus aller au lit avant d'avoir vu Jacky.

— Comment elle est, la mer, Lucette ? Regarde un peu, dit Simone.

Luce y jette un œil bleu, avant de se tourner vers ses parents et de lancer :

— Elle est toute nuite.

28

1937-1938 – Maroantsetra

On ne triomphe de la nature qu'en lui obéissant.

Francis Bacon, *Novum Organum*

Les millénaires n'ont pas suffi à l'homme pour apprendre à voir mourir.

André Malraux, *Antimémoires*

Le cyclone de la baie d'Antongil

Notre correspondant de Maroantsetra nous adresse une relation détaillée des dévastations causées à sa région par le passage de cyclone que nous avons précédemment signalé. Par souci d'exactitude dans ses informations, il a estimé devoir attendre les comptes-rendus officiels pour éviter de livrer à nos lecteurs les nouvelles fantaisistes qui ne manquent jamais de circuler en semblable et si pénible circonstance.

Dans la nuit du dimanche 28 février au lundi 1er mars, un cyclone venant de l'est est entré dans la baie d'Antongil. Il a cruellement éprouvé la portion du rivage de la côte est de la baie comprise entre Ambanizana et Marofetra puis en profondeur, la région de Mananara, épargnant en totalité Maroantsetra et sa région.

Dès l'après-midi du dimanche, l'alerte était communiquée à Maroantsetra par le service météorologique sous forme de deux télégrammes reçus à trois heures d'intervalle. La position du cyclone était alors à cent milles au large du cap Masoala ; il se dirigeait vers Sainte-Marie. À part la baisse graduelle du baromètre qui atteignait 751, aucun indice atmosphérique n'était à ce moment de nature à préciser la bifurcation soudaine de l'ouragan ; la mer était calme, le vent inexistant, le ciel normalement nuageux. Dans la soirée, la pluie se mettant à tomber et le baromètre remontant quelque peu, les justes inquiétudes provoquées par les alertes du service météorologique se réduisirent à rien.

Ce n'est que le lundi matin 1er mars que chacun put se rendre compte des circonstances qui placèrent Maroantsetra sous un régime atmosphérique très anormal ; la mer très grosse poussée du sud avançant sur le rivage puis, en contradiction avec cet élément, un vent très léger oscillant du nord-nord W. et amenant des rafales de pluie, l'arrêt d'un télégramme posté pour Météo-Tananarive indiquant la destruction des lignes, tout cela ne révélait-il pas une dépression toute proche ?

Les divers témoignages recueillis peu après et situés dans le temps ont permis de changer cette hypothèse contre une certitude, savoir que le cyclone après s'être heurté dans la nuit aux hautes collines proches d'Ambanizana et de Marofetra a traversé la baie d'Antongil est-ouest pour s'abattre avec violence sur la région de Mananara.

Dès que par l'indication de plusieurs témoignages le chef de district put se rendre compte de l'importance du cyclone, il se rendit en compagnie du maître de port jusqu'à la rivière de Rantabé qu'il fut impossible de franchir par suite de la crue puis, le jour suivant, sur vedette réquisitionnée, à Ambanizana. Pendant ce temps, les nouvelles les plus contradictoires arrivaient à Maroantsetra, commentées de diverses façons par les réalistes et les impressionnables. Par le relais téléphonique de Rantabé remis en état, on sut qu'au-delà les lignes étaient entièrement détruites. Le tsimandoa aurait vu en chemin l'unique survivant du voilier *Cécile*, lequel avait coulé corps et biens au large de Mananara avec 10 passagers dont 8 femmes !… Les girofliers étaient rasés, les concessions caféières indigènes de Tanjona et de Rantabé étaient anéanties, etc. De l'autre côté, des témoins rapportaient la mort d'un Européen fixé à Ambanizana : M. Sevrin.

De l'enquête officielle, il résulte que les comptes-rendus faits par les indigènes étaient très exagérés concernant la région de Rantabé (qui formait bien l'extrême limite du déplacement de l'ouragan), mais malheureusement fondés touchant la région de Mananara et d'Ambanizana qui en fut, à intervalle, le centre.

Après vérification et enquête maritime sur les lieux, on déplore : au mouillage de Mananara la perte de la goélette *Cécile*, appartenant à M. Bernard ; l'unique survivant, un matelot, a pu indiquer les circonstances dramatiques au cours desquelles les chaînes d'ancre cassèrent entraînant le voilier au large d'où une lame ne tarda pas à le briser par le milieu ; au mouillage de Port Salvador la destruction de quatre chalands entièrement mis en pièce par la mer ; au mouillage d'Ambanizana la perte d'un chaland puis de la baleinière et de la vedette *Marcelle* appartenant à M. Sevrin qui trouva la mort en essayant de les sauver.

P. Tinayre

Dans la rivière, on sait que le dépôt de sédiments appelle le dépôt, et l'érosion appelle l'érosion. Dans la vie, le malheur attire-t-il réellement le malheur, les réussites s'enchaînent-elles naturellement ? Le déterminisme ne prêterait-il qu'aux riches ?

Qu'il s'agisse d'un cyclone ou d'une trombe marine, le cataclysme qui engouffre Auguste et son voilier engloutit aussi la famille. Un voile noir est tiré. Rideau…

D'Auguste, on ne retrouve qu'une sandale de bois échouée sur le rivage d'Ambanizana. Rien d'autre, ni de lui, ni de son bateau.

Puisqu'un proverbe malgache dit *L'année où les cocotiers que tu as plantés donneront, tu mourras*, aucun Malgache ne plante de cocotiers. Personne n'ose le dire ouvertement mais tous le relèvent, pour Auguste le proverbe s'est vérifié.

Pour Eugénie, Roger, Simone, Colette, Marcelle, il fait froid. La famille a perdu sa clé de voûte.

Qu'y a-t-il de plus dur dans la vie que de faire son deuil ?

D'en faire deux à la suite.

Et cette fois-ci, sans corps.

Lucien épaule Simone qui parle peu. Elle redouble d'attentions pour Lucette et pour Marcelle qui a neuf ans. C'est ce qui nous permet d'aller de l'avant, les responsabilités. On n'oublie pas, on n'oublie rien, faut avancer… Pour Eugénie, quelle vie après Auguste ? Il reste une goélette. Il reste l'usine, les cases, les plantations, des baleinières.

Au milieu des machines, entourée par les hommes qui connaissent leur travail, Eugénie s'entête. Ils étaient si proches de pouvoir enfin tirer profit de leur travail qu'elle veut le parachever et se persuade de poursuivre l'exploitation. Chacun respecte sa détermination. S'appuyant sur les employés et sur Roger qui se rend disponible d'abord entre deux embarquements puis à temps plein parce qu'elle l'exige, elle continuera une douzaine d'années, vivotant d'une activité qui la dépasse sur tous les plans.

Plus d'un an et demi durant, Simone tient la boutique de Maroantsetra tandis que sa mère reste à la scierie. Roger répare. Personne ne mentionne ni sa douleur ni ses doutes pour ne pas entraîner Eugénie que l'on sait vulnérable à la mélancolie.

Roger comprend vite que sa mère s'oppose à ce qu'il ait une femme blanche. Il ne dit rien, ne s'en plaint pas. Un jour, il reprendra la mer pour aller chercher une épouse en Indochine. C'est décidé.

À sa sœur et son beau-frère, il rappelle le grand-père Leduc mort des suites d'un bras coupé par une machine, le grand-père Sevrin défait par le feu un 14 juillet, son père emporté par un « cyclone ». Il répète comme une marotte : *Et moi, ce sera comment ? Hein ? Comment ? Partout sauf dans mon lit.* Faut-il le dire dès à présent ? Roger mourra quarante ans plus tard dans son lit.

Lucien poursuit son train de postier. Il soutient la famille comme il le peut. Nommé contrôleur de première classe en octobre 38, il attend les congés administratifs sur lesquels il compte beaucoup pour que la famille se change les idées en métropole.

Pour distraire Luce, ses parents lui offrent un petit caïman. Tout le monde s'en amuse et le trouve très mignon. Mais rapidement, il se met à casser d'un coup de dents un crayon de bois, puis à traîner le fer à repasser en fonte auquel on l'attache par une ficelle. Lucien renvoie le caïman à la rivière et on adopte un nouveau chat.

C'est justement un caïman qui dévore dans la rivière la femme de Marson, le boy *Betsimisaraka*, alors qu'elle lavait avec sa sœur les langes de son bébé dans la rivière. Dès que le caïman, attiré par les excréments du bébé, l'a happée par le poignet, sa sœur a essayé de la retenir en tirant de l'autre côté, en vain. Le caïman l'a ensuite attrapée au cou et l'a emmenée dans un trou de marigot. Les trente pirogues des hommes du village lancées à sa recherche n'ont rien découvert. Le caïman avait planqué sa proie et l'avait laissée pourrir.

Marson reste prostré dans sa case, il n'apparaît plus à la maison. Simone s'est pourtant proposée pour s'occuper du bébé. Après quelques jours, Lucien se rend chez lui et le trouve assis par terre, les bras autour des genoux, la tête posée sur les genoux : *C'est terrible ce qui est arrivé à ta femme. Mais tu sais, ça te ferait du bien de sortir. Tu pourras reprendre le travail quand tu voudras. En tout cas, ça t'aiderait à penser à autre chose.* Marson est fermé. Il ne répond rien. À force de parler, Lucien obtient des bribes de réponse et comprend qu'il y a une consigne du sorcier là-derrière. Puis l'explication arrive : *Le sorcier, il a dit de pas marcher vers le nord sinon le caïman va me manger, le même encore.* Lucien palabre encore et lui propose quand même de revenir dès qu'il le voudra, que le sorcier a dit ça pour un petit moment sans doute mais qu'après il pourra sortir. Et huit jours plus tard, Marson reparaît à la maison.

Simone donne des produits pour le bébé, surtout du lait en boîte. Mais c'est le grand-père qui semble le plus en profiter…

SIMONE *et* LUCIEN *racontent*

SIMONE

J'aurais pu aller à Maurice et à La Réunion avec le capitaine Cléo qui chargeait son caboteur chez nous. Les cargos aussi embarquaient des passagers dans deux ou trois cabines. On aurait pu prendre un norvégien… Mais tu sais ce que c'est. Je me sentais bien chez moi, pourquoi aller ailleurs ?

Quand on voyait un cargo norvégien arriver, Pouche allait chasser des sarcelles ou des canards. On les recevait puis eux nous recevaient. Les Norvégiens sont drôlement sympathiques. Ce sont eux qui ont talonné chez nous, c'était pas balisé et leur bateau a touché un rocher. Après ça, on a fait baliser mais ils ne sont jamais revenus.

LUCIEN

Faut dire que la côte est de Madagascar est un cimetière de bateaux. On peut en citer une douzaine qui ont coulé pendant notre séjour. Au moment du cyclone quand ton père a été tué, il y avait une goélette, une belle goélette à deux mâts, qui était à l'ancre à Mananara. C'est terrible les effets du cyclone, hein ? C'est dévastateur. Sais-tu comment il a retrouvé sa goélette, le père Bernard ?... En petits morceaux comme des bois d'allumettes. Cassée en petits bouts. Il pleurait comme vache qui pisse. Alors j'ai essayé de le calmer. Je lui ai dit : « Écoutez. Vous pleurez votre bateau, mais moi je pleure mon beau-père aussi... » Alors je lui dis : « Raisonnons un peu... Combien il valait votre bateau ? » Il me dit : « Vingt millions. » Je lui dis : « Ça fait combien de temps que vous l'aviez ? » Il me dit : « Ça fait dix ans. » « Combien vous demandait l'assurance ? » « Deux millions par an. » Ben je lui dis : « Deux millions par an pendant dix ans, ça fait vingt millions. Donc vous n'avez rien perdu du tout. Si vous aviez versé vingt millions d'assurance, l'assurance vous rembourserait vingt millions. »

SIMONE

Mais ma mère n'a rien touché, elle.

LUCIEN

Tu vois si les assurances sont dures, hein ? Dix pour cent qu'ils demandaient de la valeur, les assurances contre les cyclones. Les assureurs ne travaillent que sur du velours. Ils font des statistiques.

SIMONE

Qu'est-ce qu'ils ont eu comme dégâts, mes parents. Non seulement celui où on a perdu Papa. Mais le café, rasé une année. Après, ça a été la vanille. Ensuite les bâtiments qui dégringolaient. Ils ont tout le temps, tout le temps eu des pépins. Jamais on a eu un sou de l'administration. Jamais.

LUCIEN

Je me souviens d'un capitaine qui est arrivé à Madagascar en 42 ou 43 depuis la Syrie. Tu sais combien l'assureur lui demandait pour assurer ses bagages en tous risques ? Eh bien l'assureur lui demandait 100 % de la valeur de ses bagages ! Je lui ai fait répéter. L'assurance ne servait à rien. Il a pas fait assurer ses bagages.

BORNE 1933-1938

C'est le malheur des temps que les fous guident les aveugles.

Shakespeare, *Le Roi Lear*

Se rappeler et se souvenir, quelle différence ?

Alors que le souvenir est affectif, ce que l'on peut compter, dater, mesurer, peser, on se le rappelle, dit Søren Kierkegaard[1], c'est le travail de la mémoire. Un vieux qui perd la mémoire conserve des souvenirs.

Cette chronique familiale regroupe des faits avérés mais son matériau essentiel est le souvenir. Une famille comporte une citadelle de souvenirs d'architecture complexe avec des tours, des murailles difficilement franchissables, des souterrains dont on a perdu l'entrée, personne ne peut en dresser un plan exact. Pour tout récit, il faut donc se contenter des éléments dont on a eu connaissance.

Pourquoi insérer quelques données historiques, alors que le mélange des genres déconcerte ? Pour éclairer les liens intimes d'une histoire singulière et de l'histoire collective, tant les deux se

1. Dans ses *Étapes sur le chemin de la vie*, et plus précisément dans *In vino veritas*.

mêlent, et s'interroger sur les mutations de la société. Sans le nouveau Paris du Second Empire, les maçons creusois n'auraient pas migré si nombreux vers la capitale. Sans les incendies de la scierie Leduc durant deux guerres successives, qui sait si Émile se serait installé à Madagascar ? L'histoire académique éclaire certains changements d'aiguillage des histoires de famille.

Dans les années 30, l'Allemagne se fait peur, l'Allemagne a peur, l'Allemagne fait peur.

Fritz Lang sort *M le maudit* en 1931.

Le 30 janvier 1933, l'Allemagne se donne un nouveau chancelier, Adolf Hitler. L'humiliation de 1918 est encore vive.

L'exclusion des Juifs démarre dès avril 1933 par un décret qui leur interdit largement l'accès à la fonction publique. En 1935, ils se voient déchus de la nationalité allemande et continuent à perdre des droits. *Mein Kampf* totalise alors huit millions d'exemplaires vendus en dix ans. En 1937, des lois allemandes interdisent aux Juifs l'exercice de dizaines de professions (comptable, pharmacien, médecin, banquier, restaurateur, etc.). En 1938, ils doivent cesser toute activité commerciale ou juridique et déclarer leurs biens. Leurs passeports leur sont retirés.

Le 7 mars 1936, en violation du traité de Versailles et du pacte de Locarno, Hitler fait envahir la zone démilitarisée de Rhénanie et engage sa remilitarisation. Le 29, il est plébiscité lors d'élections au Reichstag. Ses volontés d'expansion territoriale ne tardent pas. Le 13 mars 1938, c'est l'Anschluss : l'Autriche est annexée au Reich. Le territoire tchécoslovaque des Sudètes est annexé en septembre 1938.

De grands scientifiques quittent le pays dès 1933. Ceux qui partent ne sont pas tous juifs, comme Erwin Schrödinger qui ne peut supporter le régime et qui partagera en fin d'année le prix Nobel de physique avec Paul Dirac. Werner Heisenberg décide de rester.

En matière artistique, le régime fait la chasse aux avant-gardes. Les autorités nazies leur reprochant un « art dégénéré », son directeur et ses maîtres prononcent la dissolution du Bauhaus de Weimar dès 1933.

En Espagne, la révolte des mineurs des Asturies en 1934 ébranle la démocratie. Le Front populaire gagne les élections de février 1936. En juillet débute une guerre civile qui oppose les républicains aux nationalistes de Franco. Le Reich et l'Italie fasciste de Mussolini prennent parti. La légion Condor allemande arrive en soutien aux nationalistes en janvier 1937. Comme l'explique Antony Beevor, d'une guerre de tranchées type Première Guerre mondiale, le conflit devient alors un prélude à la Seconde Guerre mondiale. En avril 1937, la ville sainte des Basques, Guernica, est bombardée. La guerre civile se termine lorsque les franquistes s'emparent de Madrid le 28 mars 1939.

En France, en 1935, socialistes, radicaux et communistes s'allient au sein du Rassemblement populaire. Les rares fois où les gauches françaises se sont rassemblées, elles ont gagné. Pas manqué pour Léon Blum qui prend ainsi la tête du gouvernement à la suite des législatives du 3 mai 1936. Le gouvernement du Front populaire met rapidement en place les congés payés, les conventions collectives et la semaine de quarante heures. Le progrès technique peut encore s'accompagner de progrès social. Observant le départ en vacances des premiers ouvriers, Simone Weil écrit : *Ils pleuraient, ils chantaient, ils disaient des choses aussi naïves que* Vive la vie…

En matière de politique coloniale, Blum souhaite modifier le rapport aux indigènes ; à la Chambre s'enchaînent les discours de bonnes intentions qui retrouvent l'esprit de la Révolution, égalité, dignité, fraternité, droits de l'homme. Cependant, depuis Louis XVI, la santé économique module la durée du maintien des gouvernements en place. La production industrielle baisse, le chômage augmente, le déficit budgétaire se creuse et on assiste à une fuite des capitaux à l'étranger. Le Front populaire échoue sur le plan économique, l'expérience s'achève en 1938.

Les équipes gouvernementales qui lui succèdent redoutent les conflits. La Grande Guerre est encore dans toutes les mémoires. Daladier ratifie les accords de Munich en septembre 1938.

De 1935 à 1939, les accords et désaccords diplomatiques s'enchaînent en Europe. Engagements de secours mutuels, pactes de non-agression, engagements de neutralité, alliances offensives, alliances défensives, mises en retrait programmées. Hitler mène la danse et affole les boussoles. Entre les tenants de l'égalité absolue et ceux de l'inégalité absolue, les économies occidentales se remettent mal de la crise de 1929. On ne sait plus où on en est. L'Europe est une casserole de lait sur le feu.

La Russie à l'époque du tsar, c'était l'exploitation de l'homme par l'homme. Depuis la révolution d'Octobre, c'est le contraire.

Tous les pouvoirs sont concentrés. Le régime stalinien est paranoïaque. L'essentiel n'est plus de punir les coupables mais de gouverner par la terreur. Le 1er décembre 1934, Staline inaugure les grandes purges avec l'assassinat de son fidèle soutien et ami, Sergueï Kirov, plus populaire que lui au Comité central. Qui plus est, il s'appuie sur cet assassinat pour déclencher et maintenir la Grande Terreur de 1936 à 1938. Le 19 août 1936 s'ouvre le procès intenté au « Centre terroriste trotskiste-zinoviéviste » ; Grigori Zinoviev, Lev Kamenev et les quatorze autres inculpés sont exécutés le 25. Suivront les procès des 17, le procès des généraux de l'Armée rouge, le procès des 21. Staline poursuit la purge dont le bilan ne sera rendu public que des décennies plus tard : des milliers de *petits* procès se soldent par l'exécution de huit cent mille personnes en seize mois. Léon Trotski en sera la dernière victime. La plupart des bolcheviques de la révolution d'octobre 1917 ont disparu.

En France, dans les années 36-37, Staline est préféré à Trotski comme rempart au fascisme montant.

L'Allemagne et le Japon signent un pacte Antikomintern contre l'Internationale communiste.

En Chine, le Kuomintang de Tchang Kaï-chek et le Parti communiste de Mao Zedong s'allient en 1937 contre le Japon qui a des visées expansionnistes, tout comme le Reich. L'autre prélude à la Seconde Guerre mondiale a des sonorités asiatiques.

À partir de 1933 aux États-Unis, grâce à un programme de relance baptisé le *New Deal*, le président Franklin D. Roosevelt permet à son pays de se remettre de la Grande Dépression de 1929.

Le drame de l'enlèvement du fils de Charles Lindbergh puis la découverte de son cadavre avaient fait couler beaucoup d'encre en 1932. En 1934, un suspect est arrêté. Lindbergh s'acharne à venger son fils et réclame la peine de mort. Sans que sa culpabilité ait été réellement prouvée, le suspect passe sur la chaise électrique en 1936.

La science n'arrête pas de progresser. En 1936, Alan Turing formalise les concepts d'algorithme et de calculabilité qui fondent une nouvelle discipline : l'informatique. La construction du premier ordinateur est lancée en 1937, appuyée par les développements en mathématiques appliquées de scientifiques brillants, au premier rang desquels John von Neumann.

Durant ces années, les Français lisent Colette, André Gide, Paul Morand, Louis-Ferdinand Céline.

Le réalisme poétique domine les débuts du cinéma parlant

en France avec Jean Vigo, Jean Renoir et René Clair que rejoignent Marcel Carné, Marc Allégret, Marcel Pagnol. Avec *Toni* (1935), Jean Renoir ausculte la société d'un ton simple et inaugure le néoréalisme. Julien Duvivier fait tourner des gueules emblématiques d'ouvriers ou de gangsters comme Jean Gabin et Charles Vanel. Dans les salles obscures, les Français admirent encore Arletty, Louis Jouvet, Michel Simon, Raimu, Françoise Rosay, Jules Berry, Pierre Fresnay. En Angleterre, Alfred Hitchcock présente *Les 39 Marches*.

Aux États-Unis, des débuts du cinéma parlant à 1934, Hollywood reflète son époque et offre des films d'une liberté de ton et de traitement qu'il perdra ensuite pour des décennies. Louise Brooks, Jean Harlow, Clara Bow (première *It girl*) ou Barbara Stanwick incarnent des femmes libres et maîtresses de leur destin. Après le krach de Wall Street, *Héros à vendre* dépeint l'Amérique inquiète et en crise. Le public se presse pour voir Warren William, le roi du Pré-Code, qui incarne des hommes d'affaires peu scrupuleux, des charlatans ou des avocats véreux au plus profond de la Grande Dépression. Walt Disney fait un tabac avec *Les Trois Petits Cochons* qui chantent *Qui a peur du grand méchant loup, c'est pas nous, c'est pas nous*. La liberté autorise l'anarchie loufoque et subversive des Marx Brothers et montre tout, des difformités (*Freaks*, 1932) à la nudité (*Tarzan et sa compagne*, 1934), de la violence faite aux femmes à l'homosexualité.

À partir de juillet 1934, terminé à Hollywood les baisers langoureux, les poses lascives, la nudité, les tenues provocantes, la violence trop appuyée, la reproduction d'adultères, de la prostitution, de l'avortement, de l'homosexualité ou de rapports sexuels interraciaux. Le code Hays (qui s'appliquera jusqu'en 1966) impose au cinéma un embargo sur le péché et un retour aux valeurs traditionnelles. Les actrices sont priées de tenir les hommes à bonne distance. Toute une génération d'actrices féministes comme Louise Brooks, Gloria Swanson et Mae West disparaît des génériques. On ne s'embrasse plus. Hommes et femmes s'affrontent à l'écran ou alors ils rament pour s'en sortir. Encore un peu et ils se mettront à danser pour conjurer le sort. C'est fou ce que les couples s'engueulent ou dansent à Hollywood dans les années 1930. Avec la crise, l'âge du burlesque où tout s'écroulait est terminé, il faut du positif. La comédie musicale montre le spectacle en train de se faire dans un monde où tous les obstacles finissent par être surmontés[1]. Les comédies des Marx Brothers ou *L'Impossible Monsieur Bébé* enthousiasment le public. La censure prend les rênes d'une industrie qui n'autorise plus que des durs surmontant avec succès les obstacles (James Cagney, Edward G. Robinson, John Ford), des gosses (Mickey Rooney, Shirley Temple), des comédies légères (Lubitsch, Capra, Hawks, Cukor) et des danseurs de claquettes. Errol Flynn, Olivia de Havilland, Clark Gable, Joan Crawford, Humphrey Bogart, Greta Garbo, Charles Boyer, Marlene Dietrich, Bette Davis tournent en vedette. Raoul Walsh lance John Wayne dans *La Piste des géants*. Avec un jeu d'acteur réaliste qui lui permettra d'interpréter tous les rôles, Spencer Tracy innove. Chaplin se démarque en abordant un sujet de société, la déshumanisation du monde envahi par les machines, dans un film sans parole mais sonorisé, *Les Temps modernes*. Il faudra attendre encore vingt ans pour qu'Hannah Arendt écrive dans *Condition de l'homme moderne* : *Tandis que les outils d'artisanat, à toutes les phases de l'œuvre, restent les serviteurs de la main, les machines exigent que le travailleur les serve et qu'il adapte le rythme naturel de son corps à leur mouvement mécanique.*

1. Analyse de Daniel Corinaut dans les *Mardis du cinéma* consacrés à « L'âge d'or de la comédie musicale MGM », par Yves Builly, France Culture, 1993.

Pavane pour le défunt Maurice Ravel.

Duke Ellington, le Ravel du jazz, est d'humeur indigo.

Summertime et *These Foolish Things* entrent au patrimoine mondial.

Les États-Unis vivent à l'heure du swing. Mireille, qui en revient, l'introduit en France. Django Reinhardt et Stéphane Grappelli inventent le jazz manouche dans lequel l'esprit guinguette imprègne le jazz et la musique klezmer. En crise, le monde occidental a décidément besoin de sourire. Alors que Fats Waller enchante le public américain, en France Ray Ventura chante *Tout va très bien Madame la Marquise*.

29

1936-1937 – Renée et Michel

> Je cherche parmi vous des juges et je ne vois que des accusateurs.
>
> Raymond de Sèze s'adressant à la Convention lors du procès de Louis XVI, décembre 1792

RENÉE *et* MICHEL *racontent*

RENÉE

Comme j'ai passé le dernier ou l'avant-dernier concours des PTT, tous les ans, j'avais des vacances en mars ou en avril, j'avais pas le choix. Alors une année, je ne savais pas quoi faire de mes vacances, Maman me dit *Ben t'en fais pas, on va aller voir Pierre au Maroc. Ça nous promènera.* Papa dit *Moi ça ne m'intéresse pas, je reste.* On a pris le train pour Marseille, puis le bateau. Un beau bateau tout blanc. Il était joli… On a mangé à bord, on a dormi à bord, une traversée agréable… L'avion, c'est peut-être très bien mais ça n'a pas le charme du bateau… Et arrivés là-bas, v'là qu'il pleuvait. Maman me dit « Regarde donc ce que c'est. C'est quoi ? » « Ben, j'dis, il pleut. » « Tu crois qu'il pleut ? » Elle n'en revenait pas. Du moment qu'elle était en Afrique, il ne devait pas pleuvoir. [Elle rigole.]

On s'est connus avec Michel à Royan l'été suivant. Moi j'étais détachée de Paris pendant trois mois, Michel était détaché de Limoges. [Elle se met à chanter :] *Et c'est comme ça qu'on s'est connus / Demoiselle / L'amour n'est pas éternel / Et c'est comme ça qu'on s'est connus. Tut tut…*

MICHEL

C'était l'été 36, les premiers congés payés, le Front populaire. En 34, ça avait commencé, les gens commençaient à arriver…

RENÉE

Oui mais il y avait pas une foule bien dense. Les congés payés n'étaient pas encore pour tout le monde, les gens hésitaient. Mais c'était bien… Royan, l'été, c'est moi qui l'ai choisi. Dans les PTT comme dans toutes les administrations, il y avait la brigade roulante, mais moi j'ai demandé à partir sans indemnités. Ils m'ont acceptée pour trois mois, pour la saison, et j'ai choisi mon endroit !

MICHEL

Et elle m'a choisi en même temps. [Il se marre.] On était dans l'ancienne poste, sur le front de mer. C'était poussiéreux… N'empêche que l'été, il y avait vingt téléphonistes là-dedans ! Y avait du travail, hein ! Et les gens n'avaient pas le téléphone comme maintenant. À ce moment-là, il y avait les petites demoiselles du téléphone… [Il rigole.] C'était manuel, le téléphone.

RENÉE

Oui, un métier qui a disparu. Moi j'étais pas prédestinée pour ça mais enfin. Quand tu passes un concours, tu demandes rien… À ce moment-là, dans les concours de fonctionnaires, sur cent, il y en avait quatre-vingt-dix qui étaient nommés à Paris. Je r'vois toutes mes collègues qui disaient : *Oh, j'voudrais retourner à Montauban. J'voudrais retourner à Brive. J'voudrais retourner à…* Elles pouvaient pas. Tout le monde voulait retourner dans son pays et tout le monde restait à Paris. Ils y retournaient à la retraite.

Au téléphone, j'étais contente. Je faisais la brigade, un jour sept heures-midi, le lendemain midi-dix-neuf heures ou midi-vingt et une heures – c'est long ça –, mais t'avais du temps à toi. Enfin on turbine, hein. C'était dur, très dur. T'as pas une minute pour souffler… La vie se déroule comme ça et ça va vite, tu sais. Tu verras si tu vieillis. Ça va vite, on peut pas s'imaginer ce que ça défile. Heureux ou malheureux, le temps passe la même chose…

Il y a plein de métiers qui ont disparu… C'est ça, le progrès. La machine, allez *hop*, cent personnes à la fois… Note qu'il y a des choses où ça aide bien. Parce que dans les fermes, dans le temps, on faisait tout à la main. Comme dans tout, il y a le pour et le contre.

MICHEL

Fallait des vaches ou des chevaux. Ils étaient pas heureux, les gens de la terre.

RENÉE

Considérés comme des animaux, hein. Ils n'allaient pas à l'école. C'est honteux, ça.

MICHEL

Quand j'étais chez mes grands-parents, j'ai connu ça. Ça s'appelait le métayage. C'était la féodalité. Le métayer, fallait qu'il donne tant de quintaux de blé, tant de poulets. Fallait tout partager avec le propriétaire. Mais quand il y avait une bête qui crevait, c'était pour le métayer.

RENÉE

Les employés n'étaient pas libres de faire ce qu'ils voulaient. Sa grand-mère qui avait des poules, elle n'avait pas le droit d'avoir dix poules, elle avait le droit d'avoir neuf poules et pas dix. C'est incroyable. C'était le châtelain qui décidait. La féodalité, absolument... Tu loues une maison, t'en fais ce que tu veux, tu mets des betteraves ou tu mets des géraniums, c'est à toi de voir, hein. Mais là, ils n'avaient pas le droit de faire ce qu'ils voulaient.

MICHEL

Un jour, la patronne entre dans la grande pièce qui faisait cuisine et tout. Il y avait même des fois un lit... La patronne entre et soulève le couvercle de la marmite pour voir ce qui cuisait. Eh bien, ma tante, c'était une maîtresse femme, elle l'a prise par un bras et elle l'a foutue dehors !

RENÉE

C'est honteux, ça. Honteux. Moi ça m'avait bousculée, je savais pas que ça existait... J'en revenais pas, je dis *Mais la liberté, où est-elle alors ? Pourquoi qu'on a fait 89, alors ?*

MICHEL

Le dernier propriétaire, c'était le vicomte de Sèze... On l'appelait comme ça, le descendant du dernier vicomte de Louis XVI. Il était fauché et s'est marié avec la propriétaire du château des environs – parce qu'ils faisaient quand même quatorze kilomètres sans sortir de leur domaine. Le vicomte de Sèze ne s'occupait de rien, il avait pris un régisseur pour tout ça et sa femme qui lui apportait la fortune n'était pas une noble. Elle s'appelait Mlle Teisserenc de Bort. Tu as peut-être entendu parler de Léon Teisserenc de Bort… Cherche donc sur le dictionnaire…

Teisserenc de Bort (Léon) : météorologiste français né à Paris, 1855-1913. Il a découvert la stratosphère et fondé l'observatoire météorologique de Trappes.

MICHEL *poursuit*

Le grand-père Teisserenc de Bort avait été diplomate, ambassadeur de France en Autriche, et ministre. Ministre de l'Agriculture, peut-être bien. Un grand propriétaire. C'était l'époque où les propriétaires et les comices avaient décidé d'améliorer la race bovine du Limousin par la sélection, en suivant les paysans. Comme il était bien placé, son propre père avait anobli son nom. Son nom, c'était Teisserenc, un tisserand. Mes grands-parents maternels étaient métayers dans ce domaine. Ils y étaient depuis plusieurs générations. Mais mon père n'a pas fait de vieux os dans la métairie. Il est entré à la poste et c'est lui qui m'y a poussé aussi.

Pour notre mariage, c'était tout à fait simple. On n'était pas nombreux, on était sept.

RENÉE

Deux, quatre, six, sept… oui en effet… Il y avait son père sa mère, mon père ma mère, et puis Pierre qui était là. On ne s'est mariés que civilement, pendant nos congés, en pleine semaine sainte. On l'a pas fait exprès. Y avait Pâques, une rallonge de congé, bon, mais pour sa grand-mère, quelle torture… la semaine sainte ! On s'est mariés à Fontenay et on a gueuletonné place Clichy à Paris, *Chez*

Luce. On n'a pas fait de grandes fêtes avec les amis puisqu'il n'y avait pas Lucien. Ça coupait un peu tout, tu comprends ?... On n'avait pas fait attention à ça, on s'est mariés, *vlan*. On se mariait surtout pour pouvoir être réunis parce que depuis des mois on faisait la navette, si on s'était pas mariés on y serait encore. Après le mariage, on a encore attendu vingt-trois mois... réunion d'époux...

MICHEL

Moi j'étais à Saint-Julien, à côté de Limoges, puis au Havre.

RENÉE

On a bien rigolé au Havre. De Paris, j'allais au Havre comme de rien, je ne faisais pas attention. Quand on est jeune, on peut voyager tout le temps. Maintenant ça me semblerait un monde... Maintenant on nous offrirait un voyage n'importe où gratuit, aux États-Unis mettons, eh bien on n'irait pas, on paierait plutôt pour rester tranquilles. Toi tu sauterais dessus, tu ferais un voyage épatant...

MICHEL

Notre voyage de noces, on l'a fait sur la Côte d'Azur.

RENÉE

On est allés à Grasse.

MICHEL

Un voyage de noces en voiture, à cette époque-là ! En 1937. On avait pris la voiture de mes parents. On a fait Limoges-Mende comme première étape.

RENÉE

Personne sur la route. C'est pas marrant t'sais, quand on est tout seuls. Oh…

MICHEL

La deuxième étape, on a été jusqu'à Aix-en-Provence. Puis la troisième étape, ben on a continué jusqu'à Nice en longeant toute la côte… Y avait pas d'autoroute à l'époque.

RENÉE

Oui mais maintenant ça serait impossible de traverser tous ces villages avec tous les feux rouges qu'il y a. Dans le temps il n'y avait pas tout ça.

MICHEL

Comme je suis né en 1910, je n'ai pas beaucoup de souvenirs de la guerre de 14-18. Je me souviens de mon père quand il est venu à sa première permission. Il y avait une grande allée bordée de chênes qui descendait au château. J'ai vu mon père qui arrivait, je l'avais reconnu… Il était parti en 14, et je l'ai revu qu'en 16, à sa première permission.

RENÉE

Tu vois les choses… Pendant la guerre de 14, mon père se faisait traiter de *boche* parce qu'il disait : *On aurait dû être bien avec les Allemands. On aurait fait un peuple très fort, les Français et les Allemands.* Au lieu de ça, regarde donc. Quatre cent mille Allemands sont morts dans la Marne, quatre cent mille Français aussi. Ça fait huit cent mille personnes qui étaient bien, qui étaient bien portantes et qu'on a zigouillées pour quoi faire ? Hein ? Pourquoi ?

Enfin, on va faire l'Europe. Ça va se faire difficilement mais ça se fera… Cette guerre de 14, ça a tout foutu par terre…

MICHEL

Moi, mon père a été blessé le 29 septembre 1918. Et il est resté vingt-deux mois à l'hôpital.

RENÉE

C'était un homme simple, hein. Eh bien, tu sais, il pouvait pas voir les Allemands, lui. Ça se comprend, ces gens-là.

MICHEL

Il était en lambeaux. Une balle explosive lui a fracassé l'épaule gauche. Il a eu une partie de l'omoplate enlevée mais on lui avait conservé son bras. On a fait un essai sur lui. Le chirurgien qui l'a opéré a dit : *Mon vieux, je te laisse ton bras.* Il lui servait de presse-papiers puisqu'il faisait des écritures.

Mon père, il a fait les 1er, 2e, 3e, 4e, 5e, 6e et 7e zouaves. Il a été blessé au 7e zouaves. C'étaient des troupes de choc qui marchaient avec les tirailleurs sénégalais. Il était toujours en première ligne… si bien qu'il est sorti de la guerre avec tous les honneurs. Et il est mort en étant commandeur de la Légion d'honneur. Alors je lui disais : *Ça te fait une belle jambe, hein ?* Enfin, il a été blessé en 18, il est mort en 70 avec deux éclats de balle à côté du cœur, je les ai vus sur les radios… Il avait eu les pieds gelés déjà en allant délivrer le commandant au fort de Vaux, comment s'appelait-il ? Le commandant Raynal, je crois… Il avait été évacué, trois mois à l'arrière à faire l'inscription des jeunes à Lyon-Sathonay puis il est reparti au front et c'est là qu'il a été blessé. De voir ses copains tous morts, c'était horrible… D'ailleurs il n'en parlait pas, il ne voulait pas en parler.

BORNE 1938-1939

> Les souvenirs sont nos forces. En prononçant ces mots : 14 juillet, 22 septembre, 24 février, on dissipe les ténèbres. Ne laissons jamais s'effacer les anniversaires mémorables. Quand la nuit essaie de revenir, il faut allumer les grandes dates, comme on allume des flambeaux.
>
> Victor Hugo, lettre aux organisateurs d'un banquet présidé le 24 février 1877 par Louis Blanc pour commémorer l'anniversaire du 24 février 1848

Dans la nuit du 9 au 10 novembre 1938, la « nuit de Cristal », la quasi-totalité des synagogues et sept mille commerces juifs sont incendiés et détruits en Allemagne. Toute une série de lois exclut les Juifs de la société civile. À partir du 3 décembre, ils n'ont plus accès aux lieux publics qu'à certaines heures. Selon Raul Hilberg, une ghettoïsation sans les murs est déjà en place.

Le 22 mai 39, Allemands et Italiens signent le pacte d'Acier, une alliance offensive. Mussolini a entre autres des visées sur Djibouti.

Le 23 août, Hitler signe le pacte germano-soviétique de non-agression pour dix ans proposé par ses ennemis jurés, les Russes.

Staline craint que Trotski, même exilé, réunisse tous les opposants (qu'il appelle *trotskistes* y compris s'ils sont anarchistes). Le Reich, rassuré sur le front oriental, a les coudées franches. Le 1er septembre 1939, les troupes allemandes envahissent la Pologne sans déclaration de guerre. L'URSS annexe au passage sa partie orientale ainsi que les pays baltes et attaque la Finlande. En France, le gouvernement Daladier décrète la mobilisation générale.

Le 3 septembre, conformément à ce qu'elles avaient annoncé, la Grande-Bretagne puis la France déclarent la guerre à l'Allemagne. L'armée allemande ne franchit pas le Rhin et n'engage aucun combat sur le front occidental au cours des premiers mois.

Après *La Grande Illusion* en 1937 et *La Bête humaine* en 1938, Jean Renoir tourne *La Règle du jeu*. Aux États-Unis, *Autant en emporte le vent* reçoit un vif succès.

Côté chansons, les jeunes Édith Piaf et Charles Trenet se frottent aux anciens comme Fréhel, Damia, Georgius et Mistinguett. Willie « The Lion » Smith enregistre *Echoes of Spring*. Doucement, les goûts évoluent.

30

1939 – Congé administratif

Augustin à table lance :

— Goûtez voir ce vin astringent et atramentaire.

Lucien trouve le vin délicieux. Pas d'astringence pour Pierre qui s'excite assez comme ça. Michel, le nouveau venu dans la famille, enchaîne une belle suite de *tifff tifff*, son tic favori, l'air aspiré entre les molaires en ouvrant un coin du bec. En général, un ou deux *tifff tifff*… Pour les grandes occasions, les grandes orgues, *toccatifff et flifff*, on ne l'arrête plus.

Luce dit qu'elle n'aime pas la tête de veau. Augustin réplique : *Tu vas à la cuisine, tout de suite !* Simone se met à pleurer. Le soir même, elle impose à Lucien qu'ils prennent une location. Rapidement, ils trouvent à louer rue de la Convention où ils s'installent quelques mois.

Stupéfaite, Luce découvre le cinéma avec ses parents qui l'emmènent voir *Blanche-Neige* de Walt Disney.

Quatre ans déjà que Colette, qui a maintenant dix-sept ans, est en pension à l'Institution Valette où l'avaient placée Simone et Lucien pour le compte d'Eugénie et Auguste. Simone ne tient pas à retourner à la pension et fait venir sa sœur à Paris. Édith, l'ancienne camarade de pension de Simone, et la tante Feutaie l'ont prise tour à tour pendant les vacances, mais Colette leur a fait les quatre cents coups. Simone sent bien qu'Édith s'est considérablement éloignée. À cause de sa sœur.

Simone et Lucien font le tour de la Bretagne avec Renée et Michel. Marie garde Luce. Michel vient d'acheter une C11, une traction avant toute neuve. De Granville, ils longent toute la côte, coupent vers Quimper en délaissant Brest, rejoignent la pointe du Raz, Loctudy, Beg-Meil, Concarneau avant de retourner à Perros-Guirec. Lucien dira : *En 1939, c'était notre deuxième congé en France. On s'entendait bien à cette époque avec Renée.*

Les neuf mois de congé administratif début 39 font beaucoup de bien à tous. Simone émerge enfin de la période noire des décès de Jacky et de son père. Lucien se réjouit de la voir revigorée. Fin août, le moral est bon. Ils s'apprêtent à repartir à Madagascar pour y reprendre leur vie d'expatriés pendant quatre ans. Le 3 septembre, la France entre en guerre.

Lucien attend les instructions, doit-il se mettre à la disposition de l'armée en métropole ? Rentrer comme prévu à Madagascar ? L'administration lui enjoint de regagner Diégo-Suarez où il recevra ses instructions.

Lors du trajet retour, le mal de mer n'est pour rien dans les nausées de Simone. Elle est à nouveau enceinte. Le 6 octobre, toute la famille débarque à Diégo. Le 10, Lucien est rappelé par l'armée et mobilisé comme margis (maréchal des logis) instructeur aux transmissions dans l'artillerie coloniale.

SIMONE *et* LUCIEN *racontent, à table*

LUCIEN

Dans la famille, on a eu un inventeur, Longeard. Lui c'était Prosper, et elle Marcelline. Figure-toi qu'il a inventé les supports des bougies pour les gâteaux d'anniversaire ! Il avait un four spécial. C'était pas du plastique, il fondait une cire spéciale dans des moules de toutes les formes, des fleurs pour faire des garnitures, des petites roses par exemple. Il coulait de la cire colorée dans son four, dans son pavillon de Saint-Mandé. Sa maison touchait le bois de Vincennes. C'était son métier. Plus tard, il a découpé des pétales dans des planches de tissu pour confectionner des fleurs artificielles… Ah, il était sympathique, Prosper ! Ses enfants habitent Toulouse.

SIMONE

Il était sensible, Jacques. Il t'embrassait puis se mettait à pleurer. Il te disait *Oh ma pauvre Simone* avec des sanglots. Comme quand Renée te dit *Oh ma pauvre Simone* sauf qu'après elle rigole et montre son *pffûût* à tout le monde.

[Les convives se marrent.]

SIMONE *à Luce*

T'étais avec nous, à la piscine de L'Isle-Adam ?

LUCIEN

Oh là là. À la piscine de L'Isle-Adam, elle montrait son poilu ! Tout le monde rigolait. Oh là là, elle était fière. Moi, étant son frère, j'avais un peu honte. Mais elle, comme elle était bien touffue, qu'est-ce qu'elle était fière ! Elle se marrait. Demande à Pierre. Et aussi à Edmée.

LUCE

Elle aimait l'exhibition, oui, Renée. Parce que des fois elle dansait le french cancan et tu voyais tout. Elle aurait voulu être chanteuse d'opéra mais elle était aussi comédienne, elle était un peu fantasque.

LUCIEN

Faut bien de tout pour faire un monde. Tu vois, Prosper Longeard, l'inventeur génial, il exportait partout, surtout aux États-Unis. Et puis son brevet a été racheté. Il était pas gangster. Il l'aurait vendu aux États-Unis, il aurait fait fortune, mais non.

CINQUIÈME CAHIER

1940-1948

BORNE 1940

> Le patriotisme, c'est d'abord l'amour des siens, le nationalisme, c'est d'abord la haine des autres.
>
> Romain Gary, *Pour Sganarelle*

> La Seconde Guerre mondiale n'a pas seulement été une formidable épopée et un combat héroïque pour la liberté. Ce fut aussi une porte ouverte sur l'enfer moderne, un lieu où les gens souffrent sans savoir pourquoi.
>
> Henry Rousso, *La Seconde Guerre mondiale expliquée à ma fille*

En mars 1940, le gouvernement Daladier démissionne sur fond de déconfiture économique et d'enlisement dans la guerre. Paul Reynaud, qui s'était opposé à l'accord de Munich en septembre 38 et qui affichait sa fermeté à l'égard d'Hitler, remplace Daladier qui devient ministre de la Guerre.

Le 10 mai 40, l'armée allemande envahit les Pays-Bas, la Belgique et le Luxembourg. Français et Anglais envoient des troupes en Belgique. Winston Churchill succède à Chamberlain. Dans son premier discours à la Chambre des communes le

13 mai, Churchill annonce la guerre totale : *Je n'ai à offrir que du sang, de la peine, des larmes et de la sueur.* Le 15 mai, les Allemands occupent Sedan. C'est bien la peine d'avoir construit la ligne Maginot… Le 18, le maréchal Philippe Pétain devient vice-président du Conseil. La population fuit devant l'avancée allemande, c'est l'exode. Dans les campagnes du nord de la France qui voient défiler les civils à pied, en carriole et plus rarement en automobile, les vaches abandonnées meuglent parce qu'on ne les trait plus.

Le 5 juin, les troupes allemandes enfoncent le front sur la Somme ; le colonel Charles de Gaulle, à la tête d'une division cuirassée qui a fait reculer l'armée allemande à la mi-mai, est promu général et nommé sous-secrétaire d'État à la Guerre et à la Défense nationale. Les Italiens proclament la guerre à la France et à la Grande-Bretagne le 10 juin.

Les Allemands lancent de nouvelles offensives pour gagner la Normandie, la Champagne et Paris. Leur avance technologique avec les Stukas – des petits bombardiers qui attaquent en piqué – leur donne l'avantage. Le 13 juin, le général sous-secrétaire d'État juste promu assiste à l'entrevue de Paul Reynaud et de Winston Churchill à Tours. Le 14, les Allemands entrent dans Paris. De Gaulle suit Churchill à Londres et tente de le persuader que la France et l'Angleterre unies peuvent reconquérir le territoire occupé depuis l'Angleterre et Alger. Lorsqu'il revient en avion à Bordeaux le 16 au soir pour faire signer un protocole d'accord franco-britannique à Paul Reynaud, celui-ci a déjà démissionné, remplacé par le héros de Verdun, le maréchal Pétain. De Gaulle repart pour Londres. Le 17 juin, en France, la TSF diffuse le message de Pétain : *C'est le cœur serré que je vous dis aujourd'hui qu'il faut cesser le combat…* Le 18 juin, de Gaulle lance son appel pour la France libre sur les ondes de la BBC : *La flamme de la résistance ne doit pas s'éteindre et ne s'éteindra pas.* Cette allocution – l'honneur de la

France –, peu de Français l'entendent. Le 22 juin, une convention d'armistice qui démembre la France est signée à Rethondes ; la France perd l'Alsace rattachée au Gau de Bade et la Moselle au Gau de Sarre-Palatinat, le Pas-de-Calais et le Nord sont rattachés au commandement allemand de Bruxelles, et le reste du territoire métropolitain est divisé en une zone occupée au nord et une zone libre au sud ; ses troupes sont démobilisées ; elle devra payer des frais d'occupation. La France a perdu la guerre en six semaines.

Le 28 juin, Londres reconnaît de Gaulle comme chef des Français libres. Le 1er juillet, le gouvernement s'installe à Vichy. Après que le commandant en chef des forces françaises d'Afrique du Nord a proclamé fin juin sa fidélité à Pétain, les Britanniques bombardent le 3 juillet la flotte française de l'Atlantique basée à Mers el-Kébir en Algérie (mille trois cents morts). Le 10 juillet, une large majorité de parlementaires vote la confiance au maréchal Pétain et lui octroie les pleins pouvoirs pour promulguer une nouvelle Constitution ; le 11, il devient chef de l'État.

Pour lutter contre la croix gammée du régime nazi, la France libre adopte comme signe de ralliement la croix de Lorraine à double traverse qui représente un reliquaire contenant une parcelle de la croix du Christ, vénéré depuis le XIVe siècle par les ducs d'Anjou devenus ducs de Lorraine.

Le 20 août 1940, sur ordre de Staline, Ramón Mercader assène à Léon Trotski des coups d'un piolet qu'il avait caché dans sa gabardine. Le crâne défoncé, Trotski succombe le lendemain.

Le condominium des Nouvelles-Hébrides est le premier territoire à rallier la France libre. Le 26 août, le Tchad lui emboîte le pas, suivi par le Cameroun, le Congo, l'Oubangui-Chari puis, en septembre, par les Établissements français de l'Inde et de l'Océanie et la Nouvelle-Calédonie. Le Sénégal, le Gabon et Madagascar préfèrent le régime de Vichy.

De Gaulle tente un débarquement à Dakar avec une escadre anglaise fin septembre, il échoue. Un mois plus tard, les Forces françaises libres envahissent le Gabon qui est mis au pas. Gaullistes et pétainistes s'opposent dans des combats en Afrique.

Le 3 octobre 1940, le gouvernement de Vichy promulgue une loi sur le statut des Juifs qui leur interdit l'accès à la fonction publique, l'armée, la magistrature et aux responsabilités dans les théâtres, le cinéma et la radio. Le 24, Hitler et Pétain se rencontrent à Montoire ; il y est question de *collaboration*.

Trois jours après la rencontre de Montoire, de Gaulle, par le manifeste de Brazzaville, met en place le Conseil de défense de l'Empire, organe de décision de la France libre. Brazzaville devient la capitale de la France libre. De Gaulle espère reconquérir la France depuis ses colonies.

Monsieur Smith au Sénat de Frank Capra est le dernier film tourné en anglais projeté en salle à Paris, avant que la censure allemande ne régimente les sorties. En plus des interdictions, la censure impose des coupes, comme une scène où Arletty apparaissait nue dans *Le jour se lève* de Marcel Carné. Et puisque la propagande allemande utilise la photo de Marcel Dalio – célèbre depuis *Pépé le Moko*, *La Grande Illusion* et *La Règle du jeu* – pour illustrer sur des affiches le « Juif typique », la censure fait retourner par un acteur aryen les scènes qu'il interprétait initialement avant d'autoriser *Entrée des artistes* à ressortir en salle.

De grands cinéastes européens comme Alfred Hitchcock, René Clair et Jean Renoir rejoignent les États-Unis. Chaplin soutient qu'on doit se moquer d'Hitler et sort *Le Dictateur* qui fait un tabac. La censure américaine et J. Edgar Hoover, patron du Federal Bureau of Investigation, commencent à se lasser de sa prise de liberté.

En 1940, Glenn Miller enregistre *Blueberry Hill*, Django Reinhardt compose *Nuages*, Édith Piaf chante *L'Accordéoniste*.

31

1940-1941 – Fréjus

« Pourquoi les juifs ? » demandai-je à Salvatore. Et il me répondit : « Et pourquoi pas ? » Et il m'expliqua que leur vie durant ils avaient appris de la bouche des prédicateurs que les juifs étaient les ennemis de la chrétienté ; qu'ils accumulaient tous les biens qui leur étaient refusés, à eux. Je lui demandai s'il n'était cependant pas vrai que les biens étaient accumulés par les seigneurs et par les évêques, à travers les dîmes, et que les pastoureaux ne luttaient donc pas contre leurs vrais ennemis. Il me répondit qu'il faut bien choisir des ennemis plus faibles, quand les vrais ennemis sont trop forts.

Umberto Eco, *Le Nom de la rose*

Lorsqu'il est mobilisé en octobre 39, quatre jours seulement après son retour à Diégo-Suarez, Lucien se porte volontaire pour rentrer en métropole. Il embarque le 15 janvier 1940 pour Marseille avec le premier détachement d'artillerie malgache. De là, ils rejoignent le camp de Fréjus où sont regroupées des troupes coloniales. Il ne se passe pas grand-chose et Lucien obtient une permission pour accompagner Simone (enceinte) et Luce chez ses parents à Fontenay-aux-Roses.

Il signale à sa hiérarchie militaire qu'il est volontaire pour rester en France et reçoit l'ordre de regagner Madagascar. Comme il est à Paris, il se rend aux Invalides, au ministère des Colonies, mais rien à faire, il doit rejoindre Madagascar. Il obtempère. On est en février 40. Dans le même temps, l'administration enjoint à Simone – avec son statut de réfugiée – de quitter Paris. Avec sa fille, elle part s'installer à Saint-Efflam, dans la commune de Plestin-les-Grèves, en Bretagne.

SIMONE *et* LUCIEN *racontent*

SIMONE

Saint-Efflam, c'était pas mal… Lucien était parti à Madagascar, Luce était petite et j'étais enceinte alors il fallait que je quitte Paris, ordre de l'administration. Mes beaux-parents, par leurs amis Baselli, m'avaient loué une petite chambre chez des Bretons qui avaient un café comme on avait dans les campagnes, un café qui faisait buvette et épicerie. La chambre était en haut. J'avais une commode pleine de coiffes. Bon, j'avais presque rien comme bagages, j'avais même pas de quoi mettre dedans. Et il fallait descendre le seau hygiénique, il fallait que je passe par la boutique pour aller le vider aux cabinets au fond… Les Bretons, ils sont méfiants quand ils nous connaissent pas… hein, les Parisiens, tout ça…

LUCIEN

Les Parisiens, ils ont mauvaise réputation… C'est un peu de leur faute, ils font trop les marioles…

SIMONE

Ils étaient un peu froids, comme ça. Et un jour je vois une dame – il n'y avait que des dames, d'ailleurs – en train de faire les escaliers, elle n'avait plus qu'une jambe ! Et je l'avais vue avec deux jambes. Pour travailler elle enlevait sa jambe artificielle, quoi. Alors quand j'ai vu qu'elle était estropiée j'ai voulu l'aider, puis je m'ennuyais, fallait que je me rende un petit peu utile. Du coup elles ont été charmantes, alors qu'elles me regardaient un peu de travers au début… C'était à nous donner des crêpes, on ne se nourrissait que de crêpes. Tu te souviens, Luce ? Parce que pour se faire à manger sur un petit réchaud comme ça dans une chambre, fallait le faire aussi, hein.

On allait chez les Baselli… Ils avaient une belle villa. Y avait Alain, qui est docteur maintenant – j'irais pas me faire soigner chez lui… C'était un can-cre fi-ni. C'est parce que le papa avait de l'argent qu'il a pu finir ses études. Il est arrivé à avoir son bac à vingt-cinq ans. Et c'était l'époque de Charles Trenet, alors il mettait plein pot les disques de Trenet… Et c'est par Mme Baselli que j'ai appris à faire les maquereaux au vin blanc. Ils faisaient venir les pêcheurs avec les restants de poissons et ils faisaient les conserves. Heureusement qu'on avait ça puis le bord de la mer…

*

Mars 40. À peine de retour à Madagascar, Lucien est renvoyé en métropole avec de nouvelles troupes sur le *Leconte de Lisle*. Les Métropolitains parlant un tant soit peu le malgache ne sont pas légion. Parti de Tamatave le 22 mars, le navire accoste à Marseille le 16 avril. En sept mois, Lucien a effectué deux allers-retours et totalisé quatre mois de mer. Le 17 avril, il revient au camp des troupes coloniales indigènes de Fréjus.

Dès que Simone apprend le retour de Lucien, elle rentre à Paris puis se débrouille pour le rejoindre à Saint-Raphaël avec Luce, elle doit accoucher prochainement. Début mai, elle est installée à Puget-sur-Argens dans la maison du docteur Monza, une vaste bâtisse réquisitionnée qu'on appelle *le château* sur la Nationale 7 en direction de Nice, un peu en contrebas dans une zone inondable. La maison offre une jolie vue sur les roches rouges flamboyantes du massif de l'Estérel.

Simone loge au rez-de-chaussée avec Luce. Les autres occupants, tous réfugiés comme elles, sont une Marseillaise exubérante, un petit Italien malingre et acide avec sa femme bien en chair, et trois autres femmes. Lucien est envoyé sur le front avec ses troupes. Simone peine pour trouver quelqu'un qui accepte de garder Luce le temps d'accoucher. Elle fait face à l'hostilité des habitants qui l'ont vue arborer sa croix de Lorraine et la prennent pour une Boche. Finalement, une petite bonne qui a besoin d'argent accepte de *garder la gosse* mais Luce se braque et refuse de se nourrir.

Le 27 mai à l'hôpital de Saint-Raphaël, on administre une piqûre à Simone pour accélérer l'accouchement. Le bébé est en bonne santé mais une hémorragie se déclenche. Simone a tout juste le temps d'appuyer sur la sonnette à l'instant où elle se sent partir en spirale dans le vide. Elle est sauvée de justesse.

À la sage-femme qui lui demande avec son fort accent du Midi *Et comment vous allez l'appeler, cette petite ?*, Simone répond *Rosemay*, un prénom féminin que Lucien avait adoré dans un roman anglais. *Qué,* Rozemé *! Vous n'y pensez pas !* rétorque la sage-femme sur un ton qui ne tolère pas la discussion. Simone est désarçonnée. Épuisée, elle ne se sent pas d'argumenter. « Qu'est-ce que vous avez eu comme prénoms dernièrement ? » « Denise et Michelle. » « Va pour Michelle. Nous prendrons Michel, mon beau-frère, comme parrain. »

Extrêmement faible, on ramène Simone avec son bout de chou dans cette immense maison où elle retrouve Luce. Dans le nord de la France l'exode se poursuit à pied, avec des charrettes à bœufs, des brouettes, pour les plus nantis une 11 légère ou une Juvaquatre. Chacun est livré à soi-même et se débrouille.

Simone découvre que les femmes se livrent à un trafic organisé. Elles récupèrent les objets de valeur dans les appartements du docteur au premier étage et au grenier. La Marseillaise a débarrassé l'argenterie, l'Italienne a fait main basse sur les candélabres. Elles entraînent Simone qui peine à monter. En poussant la porte du grenier, elle met la main sur un réchaud à alcool. Il ne reste presque plus rien. Elle saisit aussi quelques dessins chinois sur du papier de riz. Quelque chose de beau et sans grande valeur. Mais ces estampes lui plaisent…

SIMONE *et* LUCIEN *racontent*

LUCIEN

J'ai emmené des troupes dans l'Est. On a été bombardés à Dijon. Alors black-out. Un transport de troupes, c'est autonome. Le train s'est arrêté en dehors de la gare de Dijon et on entendait les sirènes – c'est lugubre, les sirènes – et les avions allemands qui bombardaient. Les indigènes avaient tellement la frousse dans leur wagon qu'ils se mettaient à l'abri sous les wagons entre les roues. Alors, avec un bâton, j'étais obligé de les chasser pour pas qu'ils se fassent écraser parce que les trains ça bouge la nuit sans prévenir. Ils étaient comme des poulets, avec le cul en pointe… Cette nuit-là à Dijon, on a eu au moins six alertes ! Et c'est là que j'ai reconnu… parce que tout en étant militaire avec un uniforme, on n'est pas plus courageux que les autres… c'est là que j'ai reconnu le courage des cheminots. Ils continuaient sous les bombes à faire leur service. Impeccables, les cheminots. C'est eux qui nous avertissaient… Les Français avaient tellement peu d'avions que les avions allemands, ils se gênaient pas… On a mis trois jours pour rejoindre l'Est… C'était un train militaire autonome qui n'avait pas d'horaires et qui se rendait sur le front. Nous, les sous-officiers et les officiers, on avait une voiture de voyageurs qui était en tête et tous les hommes étaient dans des wagons à bestiaux sur des bottes de paille…

SIMONE

C'étaient quand même des braves types. Maintenant ils sont plus hargneux.

LUCIEN

Non, c'est pas ça. Ils ont des droits parce qu'on leur avait pas demandé. Ils étaient pas volontaires pour venir. On les a forcés à venir.

SIMONE

Oui c'est ça.

LUCIEN

D'ailleurs, quand je suis parti de Diégo, y en a deux qui ont déserté. Le temps qu'on arrive, du quartier au bateau, y en a deux qui sont partis dans le *matiti*. Moi j'étais en serre-file, je m'en souviens, j'étais derrière… Fallait leur maintenir le moral. Sur le bateau, les Messageries maritimes étaient dégueulasses. Dans la mer Rouge, ils en avaient marre de manger tous les jours des pois chiches, c'est pas bon. Alors un coup ils ont fait une rébellion, ils voulaient plus aller à la soupe. J'étais de service, en pleine mer Rouge, du côté d'Aden. J'étais tout seul au milieu des types qui manifestaient, qui tapaient sur les gamelles et qui râlaient comme des poux parce qu'ils voulaient pas manger leurs pois chiches. *Ah,* je leur ai dit, *vous voulez pas manger de pois chiches, ben vous aurez rien à bouffer.* C'était un cuisinier européen qui leur faisait la tambouille, hein, en pleine mer Rouge, il dégoulinait dans la cambuse. Ce type-là, il attendait pour distribuer les gamelles de soupe de pois chiche. Je leur ai dit *Je vous donne cinq minutes pour vous rassembler, pour venir avec vos gamelles. Si vous voulez pas vous n'aurez plus à bouffer, vous n'aurez même pas de pois chiches.* Alors les types ils se sont concertés, ils se sont dit *Vaut quand même mieux manger des pois chiches que de faire la ceinture.* Alors ils ont accepté de se remettre en rang avec leur gamelle… Puis c'était pas sur le pont. C'était en soute. Et il fait chaud ! Une chaleur en mer Rouge… et pourtant c'était au mois de janvier, hein… Comment tu veux qu'il ne leur ait pas germé des idées, des revendications pour plus de droits, de dignité ?…

*

Après l'armistice, l'État-major envoie Lucien à Toulon où il n'a rien à faire qu'attendre et où il s'ennuie. Le gros des troupes coloniales est toujours cantonné à Fréjus où l'ambiance tourne au vinaigre. Lucien, rappelé sur place, est consigné avec les Indochinois. Il n'est pas à son aise avec ces hommes qu'il ne connaît pas et qui lui présentent *un sourire énigmatique en coin de bouche*. Sa demande de réintégrer le peloton des Malgaches dont il parle la langue est accordée.

Dès qu'ils ont connaissance de l'appel de Londres à résister, Lucien et Simone adhèrent aux idéaux gaullistes. Ils envisagent de rejoindre de Gaulle à Londres sans cependant franchir le pas, avec leurs deux enfants dont un bébé. Lucien imagine alors de partir seul et de rallier la Grande-Bretagne en traversant l'Espagne et le Portugal. Mais il bute toujours sur le même obstacle.

C'est la disette à Puget-sur-Argens comme partout. La ration alimentaire hebdomadaire est de quatre-vingts grammes de viande et d'os par personne. On mange peu. Des carottes fourragères, des bouillons dans lesquels Simone met à cuire un os qui sert plusieurs fois. Ils mangent peu et trouvent la possibilité de faire parvenir des colis à deux prisonniers, Roger Sevrin et Chirolle, l'ami de toujours. Un prisonnier racontera à Lucien qu'il utilisait quinze fois les quelques feuilles de thé qu'il pouvait dégoter. Luce partage son chocolat avec une copine qui fait les poubelles pour manger.

Un jour de juin, Simone allume son réchaud d'une allumette mais ne voit pas la flamme. Elle prend la bouteille d'alcool, l'ouvre, en verse sur le feu et se brûle entièrement les mains. Il lui devient temporairement impossible de s'occuper de Michelle et de Luce. Quelques femmes du château l'aident pour changer Michou et la faire manger. Luce s'occupe avec son seul jouet, un poupon japonais en porcelaine.

L'hiver 40-41 est très rude, très froid, et le manque de nourriture empire avec les restrictions. De violents courants d'air s'engouffrent sous les portes des pièces mal chauffées du château. Alors qu'ils s'apprêtent à quitter la région pour retourner à Madagascar, Michelle qui a neuf mois est hospitalisée et les deux médecins qui l'auscultent, un Français et un indigène, diagnostiquent une broncho-pneumonie sévère. L'indigène la voit condamnée et ne s'occupe plus d'elle. Ses parents sont obligés de mettre un miroir sous ses narines pour savoir si elle respire encore. Simone échange des tickets de rationnement de nourriture contre des tickets d'alcool à brûler et entoure le bébé de petits pots d'alcool pour la réchauffer et la nettoyer sans qu'elle ait froid. Contre toute attente et *par miracle*, Michelle en réchappe.

SIMONE *et* LUCIEN *racontent*

SIMONE

On n'avait rien.

LUCIEN

On n'avait rien.

Oh, le Var !… Oh non mais le Var, c'était dégueulasse… Et puis alors, la mentalité du Var… J'étais dans les tranchées jusqu'à l'armistice. À ce moment-là, les bonnes femmes venaient jusqu'à minuit nous apporter des salades, des cerises, tout ça. Ah, elles aimaient bien les militaires, hein ! Heureusement qu'on a des militaires pour nous défendre. Et puis dès qu'il y a eu l'armistice, les militaires valaient plus tripette… J'étais quand même en uniforme pendant un an, un an et demi dans les camps avec les indigènes… On allait demander dans les fermes mais rien, ils n'voulaient rien nous vendre.

SIMONE

On s'est finalement débrouillés avec la garde-barrière qui achetait des coupons de tissu de tailleur aux indigènes, des coupons qu'on leur donnait comme couverture. Il était interdit de les acheter mais elle, elle les achetait. Elle savait pas coudre, et je me suis tapé des jupes, des vestes… Grâce à elle on a pu avoir…

LUCIEN

Un peu de vin.

SIMONE

… on a pu avoir, Pouche un peu de vin… et des traverses de chemin de fer qu'on sciait dans la chambre – tu te rappelles ? On dormait avec la sciure et les deux tréteaux – on sciait ça pour faire du feu dans une petite cheminée, on n'avait même pas chaud que la chaleur filait en haut. Tu te rappelles de ça ?

LUCIEN

Y avait un jour large comme ça sous la porte… C'est là que Michou a failli mourir.

SIMONE

Je t'assure, on en a bavé… Il nous restait peut-être un kilo ou deux de pommes de terre, j'avais bien fait mon topo…

LUCIEN

Oui parce qu'il y a eu des histoires terribles. Après l'armistice, dans le camp y avait des Marocains, des Malgaches, des Indochinois et des Réunionnais. Moi j'étais avec les Malgaches. Bon. Y avait très peu d'encadrement. On était quoi ? Quatre Européens pour cinq cents indigènes, tu te rends compte… On avait perdu la face étant donné qu'on avait perdu la guerre, les Allemands nous avaient battus. Y en a un, un indigène, un Malgache qui m'a dit : *Oui, vous les Français, vous avez été battus par les Allemands. Ce sont les Allemands les plus forts.* Un Malgache ! Je lui ai dit *Ferme ta gueule, arrête de faire le malin*, je savais pas quoi répondre, ça m'énervait qu'il me raconte ça… Un nègre… Et c'est là que des Réunionnais ont foutu une grand-mère à poil dans les vignes, et ils ont tué l'âne d'un paysan pour le faire griller à la broche. Alors on les a expédiés au Maroc *manu militari* dans un camp qui avait été préparé pour recevoir des prisonniers allemands mais qui restait vide. On m'a demandé si je voulais servir dans l'encadrement, j'ai refusé. Et c'est un copain lieutenant, Palissier, qui est parti avec les Réunionnais. Il nous a donné son bon de quatre kilos de pommes de terre. On les appelait les pommes de terre Palissière… On en mangeait une par jour… À trois personnes. On les a fait durer deux mois…

SIMONE

Et c'est là qu'on devait partir pour Madagascar. J'ai dit *Tiens, aujourd'hui et demain on mange ça, on part après-demain, le reste on va le donner aux plus malheureux,* et on a donné le restant de pommes de terre et de nouilles. Michou tombe malade. On a rempilé de six mois. Ben pendant ces six mois, on n'avait rien.

LUCIEN

Simone avait un vélo. Elle avait passé toute la matinée pour chercher du ravitaillement à Fréjus. Elle a ramené une sardine ! Une sardine à bouffer pour deux, pour trois.

SIMONE

Tu te rends compte ? Cinq kilomètres avec le mistral pour faire la queue toute la matinée et ramener une sardine… Parce qu'on était réfugiés.

LUCIEN

Alors, j'ai trouvé. Je ramassais des poireaux sauvages dans les vignes. Et une fois, je me suis fait engueuler par le paysan pour ça… Oh, dans le Var, ils valent pas un pet, les gens… J'aurais pu faire du troc. À un moment donné, c'était moi qui distribuais le tabac. J'avais une manne, là… On me proposait de la nourriture contre le tabac. Mais je marchais pas. Le tabac c'est pour les troupes. Tous les types avaient leur tabac. J'étais régulier.

SIMONE

Ma part de pain, je la donnais à Lucien et à Luce et je mangeais des raisins secs. On avait des raisins secs et je mangeais que des raisins secs. Y avait pas tellement de choses dans ce pays… Tu voyais des bonnes femmes habillées en noir sur le pas de leur porte, à causer, à causer. C'est tout ce qu'elles faisaient, hein. On se demandait…

LUCIEN

Elles étaient sales alors elles s'habillaient en noir. Elles passaient dans la rue du village avec leur seau hygiénique et leur balayette…

SIMONE

Y avait trois cabinets dans le village. Et tout le monde devait vider son seau.

LUCIEN

En 1941 ! Alors le seau hygiénique d'une main et la balayette de l'autre, elles discutaient le coup dans la rue… On a vu ça dans le Var… C'est le Var.

SIMONE

Et juste après la maison Monza, y avait la maison des putains.

LUCIEN

C'était le bordel, un peu plus loin.

SIMONE

Oh, c'était marrant ! Si tu avais vu les indigènes. Ils faisaient la queue. Nous on s'amusait, on les regardait. Ils passaient chacun leur tour. Ça allait vite, hein ? La queue diminuait vite… *Aux petits paniers*, qu'ça s'appelait… *Aux petits paniers* ou *Aux paniers fleuris* ?

LUCIEN

Oh, je sais plus… Les Malgaches, ils voulaient rentrer chez eux. On était militaires, on avait perdu la guerre, on ne pouvait pas les rapatrier, on n'avait pas assez de transport. Alors, qu'est-ce que tu veux, ils allaient se saouler la gueule et puis ils se montaient la tête. Une fois, ils avaient foutu le feu à leur campement. Je suis intervenu, en pleine nuit. Si je n'avais pas parlé malgache et parlementé avec eux, ils m'assommaient. Un coup de bidon plein de pinard… Dans la journée, on leur donnait des petits boulots agricoles…

*

Indigène. Nègre.

Quand j'entendais ces mots, enfant, ils ne passaient pas. Ils cognaient, lourds de leur passif.

Je ne comprenais pas. Longtemps, j'ai cherché.

Dans un entretien accordé en 2000[1] où il exprime son attachement à Jules Verne, Julien Gracq, en pleine explication sur

1. Julien Gracq, entretien avec Jean-Paul Dekiss (2000), *Entretiens* (José Corti).

son côté passéiste *tout à fait emblématique d'un certain état de la civilisation*, donne une clé : ... *il y avait... j'ai connu cela encore, cela existait en 14-18... il y avait le sentiment populaire d'une hiérarchie des races et des civilisations qui a beaucoup disparu maintenant et qui est en train de se diluer...*

Indigène. Nègre. Ces mots prononcés dans les années 1970, 80, 90, ces mots étaient *d'une autre époque*. Je comprenais enfin ce à quoi les historiens sont confrontés au quotidien : l'anachronisme.

Malgré ses mots, Lucien se sent plus proche des indigènes que des champions du capitalisme. Socialement, il comprend vite.

Il n'en demeure pas moins qu'il avait été nourri au lait du XXe siècle balbutiant. Tous moulés à la mentalité de l'époque de notre enfance et de notre adolescence, à l'âge adulte nous évoluons plus lentement que notre temps. Jusqu'à devenir dépassés. N'est-ce pas même ce qui caractérise la vieillesse, à l'époque moderne ?

La vieillesse et nombre d'incompréhensions à l'époque moderne ne résultent-elles pas du changement à toute allure à l'échelle des générations du surmoi – ces valeurs morales transmises par les parents ?

BORNE 1941

En février 1941, le général Rommel prend le commandement des troupes germano-italiennes en Libye. Les Forces françaises libres commandées par le colonel Leclerc s'emparent de l'oasis de Koufra le 2 mars. Les Britanniques empêchent Rommel de progresser vers l'Égypte et font capituler les Italiens en Éthiopie. En juin, Britanniques et Forces françaises libres pénètrent en Syrie et progressent rapidement ; le 14 juillet, l'armistice de Saint-Jean-d'Acre signé par les Britanniques et le gouvernement de Vichy reconnaît l'occupation de la Syrie par les Britanniques et les Forces françaises libres.

Par voie aérienne les Allemands contrôlent les navires qui empruntent le canal de Suez. Les paquebots qui rejoignent Madagascar depuis Marseille longent maintenant l'Afrique de l'Ouest. La route par l'Afrique du Sud est plus sûre que la voie orientale.

En mai 41, le Parti communiste crée le Front national de lutte pour l'indépendance de la France.

En Indochine, le 19 mai, le militant communiste Hô Chi Minh fonde la Ligue révolutionnaire pour l'indépendance du Viêt Nam qui prendra ensuite le nom de Viêt-minh.

En juin 41, un nouveau statut interdit aux Juifs de France d'autres professions telles que courtier ou banquier et limite leur accès à la fonction publique, au commerce, à l'artisanat, à l'industrie et aux professions libérales.

Le 21 août, six mille Juifs arrêtés à Paris sont conduits au camp de Drancy.

Le 22 juin 41, l'Allemagne envahit l'Union soviétique : c'est l'opération *Barbarossa*. Les nazis confondent dans la même haine leurs ennemis qualifiés de « judéo-bolcheviques ». Les fusillades en masse de Juifs démarrent en août. En Allemagne, à partir de septembre, tous les Juifs de plus de six ans doivent porter une étoile jaune. Dès le mois d'octobre, les Juifs d'Allemagne, d'Autriche et de Tchécoslovaquie sont déportés vers l'est où ils sont abattus. Mais cela coûte cher en munitions et provoque des troubles psychologiques chez les SS, aussi Reinhard Heydrich, sur sa demande, se voit-il chargé de proposer un projet global pour la *solution finale de la question juive* qu'il présente lors de la conférence de Wannsee le 20 janvier 1942.

En octobre 41, le maréchal Pétain se rend à Marseille ; les actualités Gaumont le montrent accueilli en héros par une foule qui entonne *Maréchal, nous voilà / Devant toi, le sauveur de la France !*

En réponse à l'embargo américain lancé contre le Japon, l'aviation japonaise pilonne la marine américaine du Pacifique basée à Pearl Harbor le 7 décembre. Les États-Unis entrent en guerre.

En 1941 sortent *Citizen Kane* d'Orson Welles, *Le Faucon maltais* de John Huston, *Qu'elle était verte ma vallée* de John Ford, *Fantasia* de Walt Disney.

En 1941, Consuelo Velázquez compose *Besame mucho*, Charles Trenet chante *La Mer*.

32

1941 – Tananarive

Lucien et sa famille sont rapatriés à Madagascar sur un paquebot des Chargeurs réunis, le *Cap Padaran*, qui se rend en Indochine par le cap de Bonne-Espérance. Le navire quitte Marseille le 14 juin 1941 et une photo de famille est prise le 23 juin au parc Lyautey de Casablanca où Pierre leur rend une brève visite lors de la deuxième escale, après Oran. Le bateau n'effectue qu'un autre arrêt avant Madagascar, à Dakar. En temps de guerre, il ne peut s'arrêter au sud de l'Afrique, ce qui provoque des restrictions d'eau et de vivres. De Dakar à Tamatave, les trente jours sans toucher terre semblent bien longs.

À son arrivée à Tamatave le 4 août, Lucien est démobilisé et affecté comme contrôleur principal des services postaux à Tananarive où il dirigera bientôt le service télégraphique.

L'administration française à Madagascar est pétainiste. Simone dira plus tard : *À notre arrivée, il n'y avait plus de logements, plus de nourriture. Les pétainistes s'étaient approprié beaucoup de choses.*

Lorsqu'il s'installe, Lucien trouve au courrier cette circulaire dont une copie lui est adressée personnellement, comme à chaque employé de la poste :

Circulaire n° 5-P

La période difficile que traverse actuellement notre pays oblige chacun de nous à servir dans toute la mesure de ses moyens. Mais pour servir il ne suffit pas de travailler ; il faut aussi éviter de troubler, par les actes ou par les paroles, l'harmonie qui coordonne les efforts pour les rendre plus fructueux et sans quoi il serait vain d'espérer le relèvement de la France.

Ce devoir s'impose avec plus de rigueur encore au fonctionnaire colonial ; parce qu'il est fonctionnaire, il ne peut être toléré qu'il tienne des propos défavorables au gouvernement dont il est l'agent ; parce qu'il est colonial, il est un éducateur pour les indigènes et toute défaillance de sa part se traduirait par un trouble regrettable dans l'esprit des autochtones.

Ses contacts très fréquents avec le public interdisent au postier, plus encore qu'à d'autres fonctionnaires, tout agissement, toute allusion, toute réflexion contraires à la tendance nationale. Il se doit de donner aux usagers l'exemple de la dignité dans le travail, sans vaine agitation, sans bavardage intempestif, et de montrer par son attitude son attachement au pays.

Je rappelle à ce propos les prescriptions de l'art. 9, tome II, de l'Instruction générale : « L'ordre et le silence doivent régner dans les bureaux. Aucune question étrangère au service ne doit y être traitée. » J'ajoute que la même règle doit être observée hors des bureaux. Chacun doit à l'heure actuelle se considérer comme un soldat et se soumettre sans réserve à la discipline commune.

Tananarive, le 29 juillet 1941
Le directeur des Postes et Télégraphes

Simone et Lucien hésitent sur la conduite à tenir. Ils se trouvent à ce point chaud où il leur faut décider de la forme et du degré de leur engagement personnel dans un mouvement hors la loi et minoritaire. Habitués que nous sommes à évoluer sur une scène de théâtre dont le décor est fixé et les dialogues souvent connus, ces instants ont le goût rare de l'improvisation et de la liberté. Avec cinq ou six couples qui partagent leur méfiance à l'égard du régime en place, ils discutent. Certains s'apprêtent à rejoindre la France libre. Lucien se porte volontaire mais n'est pas envoyé parce qu'il a de jeunes enfants. Simone et Lucien hésitent à partir ensemble. *Sans enfants, on serait partis par le canal du Mozambique. On aurait coupé à travers l'Afrique pour embarquer de la côte ouest et gagner Londres*, diront-ils. Ils s'engagent autrement. Simone ne sait pas que Lucien, sous le nom de code R3, commence à intercepter les informations qui transitent à la poste et les transmet aux Britanniques par les canaux de la Résistance. Les Britanniques n'ont pas encore débarqué à Madagascar. Ils surveillent en revanche de près tous les mouvements des sous-marins allemands et japonais qui croisent dans l'océan Indien.

SIMONE *et* LUCIEN *racontent*

LUCIEN

Une seule fois on est passés par Le Cap. Le bateau est allé en direction du Brésil, on est passés à côté de l'île de l'Ascension pour éviter les bateaux anglais. C'était pendant la guerre, trente jours sans voir la terre. Simone était en première classe avec les gosses et moi en troisième. J'étais bien avec le radio et avec le cuistot. Un jour, le cuistot m'a donné un peu de corned-beef. C'était exceptionnel. Je ne sais pas depuis combien de temps je n'avais plus mangé de viande.

SIMONE *l'interrompt en riant*

Ça manque de femmes sur un bateau. Il devait y avoir à bord trois ou quatre femmes métropolitaines, pas plus. J'étais jeune et belle en ce temps-là. Le commandant m'avait invitée à sa table, *Vous viendrez à ma table*. Il ne savait pas que Lucien était en troisième classe. Le repas des enfants était en premier, on les couchait puis c'était l'heure du repas des grandes personnes. Quand j'ai dit au commandant que mon mari était en troisième classe, il ne m'a plus jamais invitée.

LUCIEN *reprend*

J'étais maréchal des logis, sous-officier. En tant que fonctionnaire, j'aurais pu voyager en première mais là je voyageais avec la troupe à fond de cale.

SIMONE

Lucien aimait déjà bien picoler. Les expats picolent, hein. Eh bien figure-toi qu'à table les enfants avaient du vin, du vin blanc, du vin rouge. Et c'était pendant la guerre ! Il y avait une femme d'administrateur qui voyageait avec sa nénène. La *ramatoa* faisait manger les enfants. Elle mangeait ensuite en troisième classe avec Lucien.

LUCIEN

On l'avait collée à côté de moi.

SIMONE

Je lui servais des verres du vin des gosses pour qu'elle donne sa part de vin à Lucien, en bas.

LUCIEN

Penses-tu, elle m'a jamais donné son vin. C'était un vrai chameau !

Sur ce bateau, j'ai joué au poker avec des Allemands, en pleine guerre ! C'étaient des Autrichiens et des Allemands qui avaient fait des conneries et qui s'étaient engagés dans la Légion étrangère pour qu'on leur foute la paix. Ils venaient du Maroc et avaient accepté d'aller en Indochine après la défaite. Les conventions d'armistice étaient quand même bien fichues car, à ces légionnaires, on leur avait laissé le choix de rester dans l'armée française ou de rejoindre l'armée allemande. Mais comme pour la plupart ils avaient un casier judiciaire chargé, ils préféraient rester dans la Légion. C'étaient des grands costauds, blonds pour la plupart, il y avait des anciens de la Panzer Division, pas des demi-portions, des types sympathiques. On les a embarqués clandestinement à Dakar, en rade, pas à quai. Une vingtaine, camouflés en civil. Le Maroc n'était pas sûr pour eux, déjà sous le contrôle allemand. Les autorités françaises leur avaient fait traverser le Sahara en camion. Ils ont embarqué sur notre bateau de nuit.

À minuit sur le bastingage, il faisait encore chaud. Je me baladais, j'ai entendu ces types qui mâchaient de la paille – qui parlaient allemand, quoi. Quand le bateau a levé l'ancre, ils ont repris leur uniforme de la Légion avec la flamme sur un écusson vert. J'ai reconnu tout de suite. Et comme j'étais sous-lieutenant, j'étais du même grade qu'eux, on a fait des parties et des parties de poker ensemble, c'était du tonnerre. Pendant que l'Allemagne occupait la France !... Ils étaient bourrés de pognon. Là, j'ai pas compris. Moi j'avais pas grand-chose, juste ma solde de receveur. Ils n'allaient pas à Madagascar, ils allaient en Indochine. Et sais-tu ce qu'ils sont devenus ? J'ai appris plus tard que certains étaient restés fidèles à la Légion mais que d'autres étaient passés instructeurs du côté du Viêt-minh… Des types sympas. Ils savaient que la France avait perdu la guerre mais on parlait pas de politique, on tapait le carton comme des braves. J'étais le seul Français avec une bande de cinq ou six Schleus.

Le voyage était sans escale de Dakar à Tamatave. On est passés à cent milles du Cap…

On est partis pendant l'Occupation. J'avais été passé en revue par un commandant allemand à Marseille. D'ailleurs j'ai remarqué qu'il avait un bel uniforme, qu'il était impeccable. Et j'avais un fusil démonté dans mon bagage à mes pieds, un fusil démonté en deux. S'il avait fouillé, j'étais coincé. On était une dizaine de Français. Vichy d'accord avec les Allemands et les Allemands d'accord avec Vichy autorisaient les militaires à aller défendre les colonies pour le compte des Allemands. C'est comme ça que Madagascar s'est battu pendant six mois contre les Anglais. Moi je me suis pas battu contre les Anglais. J'ai carrément dit : *J'veux bien me battre contre les Allemands mais pas contre les Anglais.* Avant que les Anglais n'arrivent, je faisais partie d'un groupe de renseignement de la Résistance. C'est pour ça que lorsqu'ils sont arrivés, ils m'ont piqué pour me détacher au service des informations britanniques. C'est moi qui faisais le journal tous les jours avec les dépêches Reuters, les dépêches anglaises, les dépêches américaines. J'ai fait ça en plus de mon boulot, j'étais receveur des postes. C'était un commandant de l'Intelligence Service qui dirigeait les informations.

Quand ils sont arrivés, ce type-là parlait français, il causait même en argot, il a dit au chef de la radio : *Aucune information ? Passez de la musique. Quand vous en aurez marre, vous arrêterez.* Devant moi. Parce qu'avant il n'y avait que les informations de Vichy. Le chef de la radio était venu prendre les instructions : *Qu'est-ce que je fais ?* Un officier anglais avec des galons qui parlait français comme ça devant moi, j'étais bluffé. D'ailleurs, je l'ai revu ce type-là à Londres quand j'y suis allé avec Luce. C'était un journaliste. Colby, il s'appelait. Il était capitaine, il est devenu commandant après.

LUCIEN *repense au paquebot*

À Madagascar, on est descendus et le *Cap Padaran* a continué sur Saigon où il est bien arrivé. Et tu sais quoi ? Au retour, il a été coulé par un sous-marin japonais[1].

1. Il semble qu'en fait le *Cap Padaran* ait été capturé par les Anglais en novembre 1941 avant d'être torpillé par un sous-marin allemand en Adriatique en décembre 1943. Mais Lucien n'a pu accéder à ces informations sur Internet qu'il n'a pas connu, de peu.

BORNE 1942-1943

> Pour moi, la France, c'est un certain Raymond qui, avec Pierre Sudreau, organisa un sabotage ferroviaire. Or des SS avaient été prévenus. Raymond cria *Vive la France !* et attira sur lui les Allemands, sauvant les autres. Raymond, on ne saura jamais qui il était. Ce Raymond, qui ne s'appelait pas Raymond, toutes les rues de France pour moi portent son nom.
>
> François George, *Histoire personnelle de la France*

En 1942, Américains et Britanniques en tête des troupes alliées essaient de contenir la progression japonaise aux Philippines, aux Indes néerlandaises, à Singapour, en Malaisie, en Birmanie… Les batailles aéronavales font rage dans le Pacifique. En juin, la défaite des Japonais lors de la bataille de Midway marque un tournant.

Le 16 mai débutent les gazages massifs dans le camp d'extermination de Sobibor dans le plus grand secret.

Dans leur vie quotidienne, les Français font la queue pendant des heures pour trouver de moins en moins de marchandises. Tout manque et on se débrouille. L'essence est rationnée, les véhicules à gazogène apparaissent ; ils laissent des traînées noires sur la chaussée et les moteurs toussotent.

Le 28 mars 1942 sont créés les FTP (Francs-tireurs et partisans) affiliés aux communistes français.

Le 18 avril, Pétain crée la fonction de chef de gouvernement et la confie à Pierre Laval. À partir du 29 mai, le gouvernement de Vichy impose aux Juifs de plus de six ans en zone occupée de porter une étoile jaune. Le 22 juin, Laval annonce à la radio la mise en place de la Relève : pour trois travailleurs français partant en Allemagne, un prisonnier sera libéré. Dans la même allocution, il souhaite également *la victoire de l'Allemagne parce que sans elle le bolchevisme s'installerait partout*. Le 16 juillet, près de treize mille Juifs sont arrêtés par la police française et rassemblés au Vélodrome d'hiver.

Le régime de Vichy demande à la police française d'effectuer des opérations nazies, il anticipe l'instauration du Reich sur l'ensemble de l'Europe. Un gouvernement mis en place par les institutions de la IIIe République compose avec l'Allemagne. Il devient clair que Pétain se range du côté des vainqueurs, le Reich, quand de Gaulle se range du côté des vainqueurs, celui des ennemis du Reich. Mais cette lecture-là est plus aisée *a posteriori* que sur le moment quand *Le Franciste*, *Le Cri du peuple*, *Le Petit Parisien*, *Je suis partout* distribuent la bonne parole vichyste[1].

Le gouvernement général de Madagascar (pétainiste) s'attend à voir débarquer les Japonais et adresse un télégramme aux fonctionnaires leur demandant de ne s'opposer ni à leur débarquement ni à leur installation dans l'île. Mais les Britanniques sont

1. Henry Rousso, *Le Syndrome de Vichy (1944-198…)* (Le Seuil, 1987) ou la synthèse qu'en propose Éric Vigne dans *L'Essai* (ministère des Affaires étrangères, 1997).

plus rapides. Le 5 mai 1942, leurs troupes débarquent à Diégo-Suarez. Fin mai, elles affrontent une contre-offensive de sous-marins japonais et s'arrêtent dans le nord. L'État-major semble vouloir progresser lentement vers le centre de l'île. Majunga et Tamatave capitulent début septembre. Le 23 septembre, les Britanniques entrent à Tananarive et installent un gouvernement militaire. Les dirigeants vichystes fuient au sud. Début octobre, des régiments sud-africains débarquent en renfort et les Britanniques prennent Antsirabé. Fin octobre et début novembre, d'ultimes combats inutiles opposent les pétainistes aux Britanniques sur injonction de Darlan et, le 5 novembre, le gouverneur général de Madagascar finit par accepter les conditions de l'armistice proposées par les Britanniques.

Madagascar avait fait l'objet de rivalités franco-britanniques au XIXe siècle. Les militants nationalistes et les familles malgaches qui entouraient la reine Ranavalona – essentiellement des *Merina* – espèrent que les Britanniques donneront à Madagascar son indépendance plutôt que d'en céder le contrôle à la France libre. De Gaulle n'a d'ailleurs même pas été averti du débarquement à Diégo-Suarez par les Alliés. Mais en janvier 1943, alors qu'ils contrôlent l'île depuis trois mois, les Britanniques transmettent le pouvoir à la France libre.

L'offensive alliée ne s'arrête pas à Madagascar. Le 3 novembre 42, les troupes de Rommel se replient devant l'armée britannique à El-Alamein. Dans la nuit du 7 au 8 novembre, les Alliés débarquent en Algérie et au Maroc sous le commandement du général Eisenhower. En référence à *l'invasion britannique* alors en cours à Madagascar, les Français d'Afrique du Nord commencent à tirer sur les Alliés. Le 8 novembre au soir, de Gaulle exhorte ces mêmes Français d'Afrique du Nord à faire tout ce qu'ils peuvent pour soutenir les troupes alliées dans un discours filmé et radiodiffusé depuis Londres. En réponse à cette opération et parce qu'ils craignent un débarquement en Provence, les Allemands franchissent le 11 novembre la ligne de démarcation et envahissent la zone non occupée tandis que les Italiens débarquent en Corse. Le lendemain, les Allemands arrivent en Tunisie. Le 27 novembre, alors que les troupes allemandes se rapprochent, la flotte française se saborde en rade de Toulon.

Les combats entre Allemands et Russes pour le contrôle de Stalingrad débutent en septembre 42. Le siège se termine en février 43, c'est la première victoire des Alliés en Europe. Les Russes *nous vengent* de la défaite de 40. Cette bataille montre que les Allemands peuvent être vaincus, c'est un tournant majeur.

Fin janvier 43, la conférence de Casablanca réunit Roosevelt, Churchill et les généraux Giraud et de Gaulle. Pour Giraud, peu importe de pactiser avec Pétain, l'essentiel est de renvoyer les Allemands chez eux. De Gaulle et Giraud rivalisent dans le clan des Alliés. Ils se partageront le pouvoir à Alger jusqu'à ce que de Gaulle l'emporte en octobre.

Le 27 mai 43 se réunit pour la première fois le Conseil national de la Résistance que préside Jean Moulin. Les résistants s'unissent. Le 15 juin, Raymond Aron pressent la *Débâcle des collaborateurs* dans la revue *La France Libre* : *La boue que la lame de fond de la défaite avait fait remonter à la surface, la vague de la victoire la balaiera*. Le 21 juin, Jean Moulin est arrêté à Caluire ; il meurt le 8 juillet lors de son transfert en Allemagne.

Le 25 juillet, Mussolini est mis en minorité par le Grand Conseil du fascisme et arrêté sur ordre du roi. Le parti fasciste est dissous. En août, les Américains reprennent la Sicile ; en septembre, la Résistance corse libère Ajaccio et ouvre la voie au débarquement allié sur l'île.

Le 22 novembre, la conférence du Caire réunit Churchill, Roosevelt et Tchang Kaï-chek. À Téhéran quelques jours plus tard, Churchill, Roosevelt et Staline discutent du futur débarquement en France. Le 12 décembre à Alger, de Gaulle promet aux musulmans une plus grande intégration.

En pleine occupation allemande, tandis que fleurissent les délations, Henri-Georges Clouzot signe *Le Corbeau*. *Casablanca* de Michael Curtiz se déroule dans la ville contrôlée par le régime de Vichy. Le nazisme est le thème central de *To Be or Not to Be* d'Ernst Lubitsch. Marlene Dietrich, Rita Hayworth et Lana Turner, idoles des GI, servent à l'Hollywood Canteen et visitent les troupes au combat pour soutenir le moral des soldats.

Après avoir vu *La Symphonie fantastique* de Christian-Jaque qui, sous couvert de la vie d'Hector Berlioz, exalte l'âme française, Joseph Goebbels note le 15 mai 1942 : *Je suis furieux que nos bureaux de Paris montrent aux Français comment représenter le nationalisme dans leurs films. J'ai donné des directives très claires pour que les Français ne produisent que des films légers, vides et, si possible, stupides. Je pense qu'ils s'en contenteront. Il n'est pas besoin de développer leur nationalisme*.

Se démarquant totalement des images de grandeur prônées par Mussolini à présent débarqué, Luchino Visconti ouvre avec *Les Amants diaboliques* la veine néoréaliste par laquelle les cinéastes italiens scrutent au plus proche la réalité quotidienne d'un style simple, sans ligne directrice autre que le temps, l'insaisissabilité des caractères, l'incommunicabilité, qui provoquent une prise de conscience.

En 1943, Charles Trenet chante *Douce France*.

33

1941-1943 – Tananarive

Félicitez-vous d'avoir fait quelque chose d'étrange et d'extravagant qui a brisé la monotonie de votre époque.

Ralph Waldo Emerson

Dans la Résistance, la France reconnaissait ce qu'elle aurait voulu être, plus que ce qu'elle avait été.

André Malraux, *Antimémoires*

Lucien et Simone s'installent fin 1941 dans une maison à mi-pente dans le quartier de Faravohitra, au milieu des escaliers qui mènent au lycée Jules-Ferry. Ils logeront dans cette maison à un étage jusqu'à leur départ en France en 46. De leur véranda qu'entoure un petit jardin, ils dominent le *zoma* et Analakely. Mister Polett habite en haut des escaliers. Au bas de la colline, un parc fait le bonheur de Michou qui passera ces années à grimper sur les bancs et à sauter dans l'herbe, tandis que Luce chante à tue-tête avec sa copine de classe qui habite la maison d'en face.

À l'été 42, alors que les Britanniques ont débarqué au nord de l'île et progressent vers Tana, les dirigeants pétainistes intiment aux fonctionnaires de signifier par écrit leur soutien au gouvernement de Vichy avant le 1er septembre sous peine d'être destitués. Lucien, en accord avec Simone, refuse de signer. Ils sont soixante-dix fonctionnaires comme lui en poste à Madagascar à refuser de signer. Alors qu'ils s'attendent à être destitués le 30 septembre, les troupes anglaises entrent dans Tana. Le travail reprend comme si de rien n'était dans le bruissement d'étoffe des vestes qui se retournent. Lucien et ses collègues sont assaillis de marques d'amitié.

Après son activité clandestine de renseignement au service de la Résistance, Lucien devient bénévole aux informations britanniques en octobre 42. Le 13 novembre, il signe son engagement volontaire aux FFC (Forces françaises combattantes) sous le matricule 15248.

Après avoir administré l'île pendant trois mois, les Britanniques transmettent le pouvoir à l'État-major des Forces françaises libres. Sur les bâtiments officiels, on abaisse l'Union Jack pour hisser un drapeau français orné d'une croix de Lorraine. Les Britanniques conservent quelques bureaux. De l'État-major britannique, Lucien passe au service de l'État-major de l'armée de terre des Forces françaises libres. À nouveau mobilisé le 1er mai 43, il est rappelé comme aspirant-interprète auprès des troupes de l'Afrique orientale. Détaché en juin à la censure télégraphique de Tana comme secrétaire du chef de bureau, il y restera jusqu'en 45. Les censures téléphoniques, télégraphiques et postales constituent trois services de contre-espionnage. En parallèle, Lucien continue à assurer, lors d'un échange toujours ponctuel chaque matin à dix heures, le contact entre l'État-major français libre et l'État-major britannique. Un matin, il s'adresse au chef, Stevenson, et lui demande : *J'ai envie d'être utile mais je ne connais rien en matière de contre-espionnage. Que dois-je faire ?* Stevenson sort une feuille, *the black list*, qui contient les noms des individus à surveiller à Mada, à Maurice et en Afrique de l'Est, car les informations transitent le plus souvent dans des messages anodins de particuliers. Puis il ajoute : *Méfiez-vous de deux organismes : la Croix-Rouge de Genève et le Vatican. Par leur intermédiaire, par voie diplomatique, circulent de nombreux renseignements pour les Allemands.* Lucien s'applique à sa tâche. Il intercepte les télégrammes, les projette sur un écran, les lit puis les réinjecte dans le circuit après avoir changé l'ordre de certains mots pour en suivre le parcours et analyser les réponses.

Au cours de cette période, et bien qu'encore mobilisé, Lucien est nommé receveur le 31 mai 44. Il reste susceptible de partir, toujours volontaire.

Quelques femmes décident de s'engager pour remplacer les hommes absents. Simone s'en remet à Suzanne Assollant, la veuve du pionnier de l'aviation tué au combat, qui regroupe et organise les volontaires. Une femme énergique, une coureuse et blagueuse qui n'a pas hésité à renverser le banc sur lequel étaient assis trois Écossais en kilt parmi les troupes débarquées à Madagascar pour vérifier s'ils ne portaient vraiment aucun dessous. Pour l'organisation d'une troupe féminine, on peut lui faire confiance. L'armée de terre recrute des volontaires pour constituer un bataillon féminin. Simone essaie brièvement mais elle ne veut ni porter l'uniforme ni défiler, elle ne demande qu'à servir et démissionne rapidement.

Le service social recrute également. L'hôpital recherche des infirmières pour s'occuper des lépreux et des grabataires. Simone se propose. Avec une autre novice, elles s'entraînent en se piquant l'une l'autre et en piquant un vieillard. L'expérience n'est pas concluante : les deux jeunes femmes terminent enflées, quant au vieil homme que Simone a piqué, l'aiguille est entrée d'un côté de la jambe et sortie de l'autre et le sérum a giclé partout.

Mme Assollant l'envoie alors à la Marine qui surveille de près les mouvements des bâtiments japonais dans l'océan Indien et qui demande de l'aide. Du fait de ses notions de sténo, la Marine l'embauche le 15 décembre 1943 comme secrétaire au *chiffre*, comme on dit. Sa tâche consiste à décoder les messages reçus et à coder les messages à envoyer suivant un code qui change tous les mois. On emploie un alphabet décalé, des chiffres… Simone essaie aussi de décrypter les messages interceptés dont certains proviennent des Japonais, à l'affût dans la région.

Le service se dépeuple. Sa collègue de bureau flirte avec un sous-officier dont la femme est fort occupée avec le commandant. Pas simple de décoder la situation. Comme dit Simone, *il y a embrouillamini*. La plupart du temps, elle se retrouve seule avec un unique officier.

Simone et Lucien sont tous les deux au secret et marine et armée de terre ne collaborent pas entre elles. Il n'y a aucune liaison, les états-majors ne s'entendent pas. Le soir, ils échangent des propos du genre : *Si tu savais ce que je sais !* À eux deux, ils connaissent la plupart des positions et stratégies ennemies dans la région mais ils ne dévoilent rien et respectent à la lettre les consignes.

Tous deux ressentent le même besoin d'agir pour la patrie. Le patriotisme en ces années de guerre est très fort. Leur sentiment d'appartenance à la communauté nationale est-il exacerbé par la distance (même si Mada, c'est la France…) ? Ils tombent dans un gaullisme religieux, fidèles pour toujours. Et quand rarement il leur arrivera de trouver des faiblesses à de Gaulle, jamais ils n'en feront part, sauf plus tard, vingt ans après sa mort, dans un chuchotement. De Gaulle devient un mythe de son vivant.

En ces années, les Devoise fréquentent Eulin et sa femme. Eulin, un vrai titi parisien avec son accent pointu, amateur de blagues douteuses, est employé de la poste à Tana. Eulin n'a ni froid aux yeux ni peur de personne. Un jour qu'il traîne au café avec deux commis pendant ses heures de service, le sous-directeur de la poste s'approche et le voit. Les deux commis s'enfuient. *Puis-je savoir, monsieur Eulin, ce que vous faites ici pendant les heures de service ?* Et Eulin, calé dans son fauteuil, de lui répondre : *Tralala, tralala, tralalalalère !*

Une autre anecdote sur Eulin. À un des employés de la poste qui avait combattu les Britanniques et s'était fait décorer, Eulin avait lancé : « Mais c'est pas normal. Il vous manque une décoration ! » « Ah bon ? » s'était interrogé l'autre, flatté et surpris. « Laquelle ? » « La Croix de bois ! » Tel était Eulin.

Autant l'histoire est une science qui appartient à tous, objective, infinie, autant la mémoire est subjective, sélective, finie, fragile, elle se décompose, elle sécrète une mythologie intime. Tandis que l'histoire subsiste, la mémoire s'effrite, éphémère. Et pourtant, comment pourrait-on abandonner le passé à la seule histoire ? La mémoire est l'étoffe qui habille l'histoire.

BORNE 1944-1945

> Ce barge de XXᵉ siècle, en ces conflits, nous aura enseigné que le vainqueur peut être celui qui a le plus de pertes : ainsi nous à Verdun, les Russes en 1945. On dirait qu'était inauguré là ce qui deviendrait de l'économie moderne : triomphent ceux qui laissent sur le carreau le plus de main-d'œuvre.
>
> André Blanchard, cité par Philippe Savary, *Le Matricule des anges*, n° 80, fév. 2007

Du 30 janvier au 8 février 1944 se tient la conférence de Brazzaville qui débat de l'avenir de l'empire colonial français et décide d'abolir le code de l'indigénat et de prôner une politique d'assimilation. Le processus de décolonisation est lancé.

L'engagement des femmes dans la Résistance conduit l'Assemblée consultative qui siège à Alger à adopter en mars le principe du droit de vote des femmes.

Le 6 juin 44, les Alliés débarquent en Normandie, la Libération débute. Le débarquement en Provence suit. Paris est libéré en août. Contrairement au rapport de force de 1940, la puissance de feu des Alliés est largement supérieure à celle de l'armée allemande. Le 23 octobre, la Grande-Bretagne, les États-Unis et l'Union soviétique reconnaissent le gouvernement provisoire dirigé par de Gaulle.

En septembre 1944, Jean-Paul Sartre analyse *La République du silence* dans la revue *Les Lettres françaises* : [...] *le secret d'un homme, ce n'est pas son complexe d'Œdipe ou d'infériorité, c'est la limite même de sa liberté, c'est son pouvoir de résistance aux supplices et à la mort. À ceux qui eurent une activité clandestine, les circonstances de leur lutte apportaient une expérience nouvelle ;* [...] *au plus profond de cette solitude, c'étaient les autres, tous les autres, tous les camarades de résistance qu'ils défendaient ; un seul mot suffisait pour provoquer dix, cent arrestations. Cette responsabilité totale dans la solitude totale, n'est-ce pas le dévoilement même de notre liberté ? Ce délaissement, cette solitude, ce risque énorme étaient les mêmes pour tous, pour les chefs et pour les hommes* [...]. *Il n'est pas d'armée au monde où l'on trouve pareille égalité de risques pour le soldat et le généralissime. Et c'est pourquoi la Résistance fut une démocratie véritable* [...]. *Ainsi, dans l'ombre et dans le sang, la plus forte des républiques s'est constituée. Chacun de ses citoyens savait qu'il se devait à tous et qu'il ne pouvait compter que sur lui-même ; chacun d'eux réalisait, dans le délaissement le plus total, son rôle historique. Chacun d'eux, contre les oppresseurs entreprenait d'être lui-même, irrémédiablement et en se choisissant lui-même dans sa liberté, choisissait la liberté de tous. Cette république sans institutions, sans armée, sans police, il fallait que chaque Français la conquière et l'affirme à chaque instant contre le nazisme*[1].

À partir des articles de Vassili Grossman en juillet 1944, et surtout en 45 et 46, le public apprend l'horreur des camps d'extermination nazis et le destin de ceux dont on n'avait plus de nouvelles.

1. *Philosophie Magazine*, « Les philosophes face à l'actualité », Hors-série XXe siècle, août-sept. 2008.

Le 25 avril 1945 est établie la jonction entre les premières troupes américaines et l'Armée rouge, à Torgau, au sud de Berlin. Après le suicide d'Hitler le 30 avril, les Allemands capitulent le 7 mai à Reims puis le 8 à Berlin.

La charte ratifiée par cinquante États à San Francisco le 26 juin donne naissance à l'Organisation des Nations unies.

Le 6 août 1945 à 8 h 15, la bombe atomique qui anéantit Hiroshima provoque cent quarante mille morts. Le pilote avait baptisé la bombe du nom de sa mère.

Le 9 août 1945, la ville de Kokura est sous les nuages. Le pilote d'un B52 change de cible et, à 11 h 02, une seconde bombe atomique est lâchée sur Nagasaki. L'empereur du Japon capitule, le conflit dans la région est stoppé net sous l'effet de technologies morbides inédites.

Le bilan de la guerre est si lourd qu'il est difficilement imaginable dans toutes ses dimensions : cinquante à soixante millions de morts dont une moitié de civils ; des villes entières comme Varsovie et Hiroshima rayées de la carte ; des populations entières déplacées.

On ne peut s'empêcher de s'interroger *a posteriori* sur les relations entre le progrès technologique et la barbarie au XXe siècle. Le plus prompt à mettre au point de nouvelles armes se sent légitime, c'est toujours la loi du plus fort. L'accélération des avancées techniques est-elle l'engrais de la barbarie ?

Il aura fallu cette turbulence dans l'eau calme des nations, cette brusque montée des températures avec ses persécutions, ses horreurs, son bilan, pour que s'amorce la décolonisation, que la convention de Genève soit signée, que l'ONU émerge et que la construction de l'Europe soit envisagée.

En novembre 1946 dans *Combat*, Albert Camus aura cette analyse : *Quelque chose en nous a été détruit par le spectacle des années que nous venons de passer. Et ce quelque chose est cette éternelle confiance de l'homme, qui lui a toujours fait croire qu'on pouvait tirer d'un autre homme des réactions humaines en lui parlant le langage de l'humanité. Nous avons vu mentir, avilir, tuer, déporter, torturer, et à chaque fois il n'était pas possible de persuader ceux qui le faisaient de ne pas le faire, parce qu'ils étaient sûrs d'eux, et parce qu'on ne persuade pas une abstraction, c'est-à-dire le représentant d'une idéologie.* [...] *Nous étouffons parmi les gens qui croient avoir absolument raison, que ce soit dans leurs machines ou dans leurs idées. Et pour tous ceux qui ne peuvent vivre que dans le dialogue et dans l'amitié des hommes, ce silence est la fin du monde*[1].

Jean Grémillon sort *Le ciel est à vous*, Roberto Rossellini signe *Rome, ville ouverte*, Billy Wilder *Assurance sur la mort*, Otto Preminger *Laura*. Après *Quai des brumes* (1938), le duo Marcel Carné-Jacques Prévert récidive et offre au public *Les Enfants du paradis*. En 1945, un appel du général de Gaulle est substitué au discours du maréchal Pétain qui terminait en 1940 *La Fille du puisatier* pour l'exploitation du film aux États-Unis.

En 1944, Germaine Sablon enregistre *Le Chant des partisans* dont l'air sert d'indicatif depuis 1943 à l'émission *Honneur et patrie* de la BBC :

Ami si tu tombes un ami sort de l'ombre à ta place...

1. Albert Camus, « Le siècle de la peur », dans *Combat* n° 767, 19 nov. 1946 ; premier des huit articles de l'essai *Ni victimes ni bourreaux*, *Œuvres complètes*, tome 2 (Bibliothèque de la Pléiade).

Aux États-Unis, la population blanche s'est mise au début des années 40 à danser le boogie-woogie qui plaque sur un rythme rapide de train à vapeur la structure classique du blues. Le jitterbug (lindy hop ou big hop) arrive en France à la Libération. Accélérant encore le rythme, des musiciens se démarquent du jazz des *big bands*, étoffent les harmoniques et les phrasés, le be-bop est né.

34

La guerre des Devoise à Fontenay et Paris

À l'ombre des journaux délirants d'appels aux sacrifices ultimes et patriotiques, la vie, strictement mesurée, farcie de prévoyance, continuait et bien plus astucieuse même que jamais. Tels sont l'envers et l'endroit, comme la lumière et l'ombre, de la même médaille.

Louis-Ferdinand Céline, *Voyage au bout de la nuit*

LIANE *raconte*

En 40, j'habitais impasse Nansouty. J'avais un ami russe qui m'apportait du lait chaque matin. Un jour de juin, il vient sans lait. J'étais en robe de chambre. « J'ai pas de lait parce que le flic au coin du parc Montsouris a été remplacé par un Allemand. » « Quoi ? » « Viens porte d'Orléans, tu les verras défiler. » La cavalerie de Paderborn est entrée à Paris par l'avenue d'Orléans, aujourd'hui l'avenue du Général-Leclerc. Le gouvernement était à Bordeaux. Les Allemands sont entrés sans bruit.

Au début, tout s'est passé calmement. Personne en France voulait faire la guerre. Fallait trouver quelqu'un pour signer l'armistice, ni franc-maçon, ni communiste, ni juif, agréé par le Führer. Ils ont trouvé Pétain, quatre-vingt-quatre ans, manipulé par les Allemands. Pétain avait instauré le *colis du prisonnier*. Il avait obtenu la protection des prisonniers qui se déplaçaient beaucoup en Allemagne. Mais jamais Pétain n'a obtenu des Allemands qu'ils les relâchent.

Un Allemand me dit *On court après l'armée française, on la trouve pas. Où elle est ?* Je lui propose *Vous voulez du café ?* Non. *Vous voulez de l'huile ?* Non. *Vous voulez de l'essence pour votre briquet ?* Oui. J'ai tout de suite remarqué qu'ils portaient des costumes impeccablement tenus mais qu'ils n'avaient pas un rata comestible. On leur donnait à manger de la merde, tout simplement. Alors, sans en faire grande publicité – inutile de te le dire –, je me suis mise à troquer une partie des pommes de terre que cultivait mon père contre des fruits secs, des dattes, des noix… Si mon père l'avait su, il m'aurait tuée !

Au métro Bonne-Nouvelle, on trouvait tout au marché noir[1].

RENÉE *et* MICHEL *racontent*

RENÉE

En 40, pendant l'exode, on est partis. Faut que je te raconte notre odyssée.

Pendant l'exode, Papa se tenait devant la maison. Il était malade de voir ça. *Ah madame, attendez je vais vous donner*

1. Le tableau serait effectivement largement incomplet si l'on passait sous silence ceux qui – comme le notait Antoine Blondin –, avec leurs clapiers clandestins, pratiquaient la *Résistance en peaux de lapins*…

de l'eau. Les réfugiés qui arrivaient du Nord, ils passaient tous là devant chez nous. C'était lamentable, un type avec un vieux vélo, l'autre une vieille torpédo, un chien, la brouette… Plusieurs jours comme ça. Michel était nommé retranché sur Angers. Moi, je devais rester à la capitale. J'étais sacrifiée, moi.

MICHEL

Avec ceux de ma classe, on devait se présenter à l'École militaire. On nous reçoit là-bas : *Oh mais on n'a pas besoin de vous, on est assez nombreux pour gagner la guerre !* Alors *hop*, j'ai dit *C'est compris.* Je ne me serais pas présenté, j'aurais été déserteur, mais je voulais pas faire comme mon père. J'étais déjà antimilitariste. Alors on est partis à Limoges au lieu d'aller à Angers.

RENÉE

On a emmené Papa et Maman…

MICHEL

… les poules…

RENÉE

Les poules, au-dessus de la voiture. Un matelas au-dessus du toit, des fois qu'on soit bombardés. Et puis les poules par-dessus, des beaux poulets. Maman avait des poulets qui avaient trois mois, ils étaient magnifiques. *Oh*, elle dit, *c'est malheureux de laisser ça.* On les a emmenés à Limoges dans une cage. Sous mes fesses j'avais deux bouteilles de champagne pour nous remonter en route… C'était moche, tu parles d'un voyage… On était honteux d'être en voiture tellement les gens étaient à pied à ce moment-là… On allait à Orléans et on entendait bombarder sur la route de Rambouillet. Des Italiens qui bombardaient… On a eu la trouille… On est partis à huit heures du matin de Fontenay…

MICHEL

Et à minuit, on n'avait pas traversé Étampes ! À quatre heures du matin, on était à Orléans. J'ai roulé toute la nuit. On nous a dit que les Boches étaient à Paris. C'était épouvantable. Les troupes françaises partaient en même temps que nous, les troufions ne pouvaient pas passer, c'était complètement bouché. Avant Étampes, bien avant, les Italiens voltigeaient au-dessus de nous, alors moi j'ai foncé après qu'on a eu traversé Étampes. Il n'y avait plus grand monde sur la route. On n'avait pas de phares, juste une petite bande de lumière, on voyait rien du tout avec ça. Quand j'ai passé Orléans, j'ai dit *Pfff, ça va mieux.*

RENÉE

Il a suivi un camion militaire une bonne partie de la nuit, mais ils se sont arrêtés à Argenton-sur-Creuse.

MICHEL

On s'est arrêtés aussi à Argenton-sur-Creuse. Là, j'étais cre-vé.

RENÉE

Il s'est allongé sur le parapet du pont… Tu sais, l'anxiété. C'est la guerre quoi, c'est épouvantable. Faut avoir vécu ça pour comprendre… Papa n'était pas tranquille. Il disait *Oh là là, regarde voir dans quel état il est… Dans quel état il est…* T'étais blanc comme un mort. On aurait cru que t'allais mourir. Il parlait plus, il regardait plus. Papa disait *Il va mourir, il va nous rester là comme ça.* Tu sais, on était tellement perturbés, à un point terrible, on peut pas s'imaginer. Tout laisser comme ça… la maison, tout, tout… puis tout le monde partait, c'est maladif, c'est contagieux, on peut pas s'imaginer…

On est restés deux-trois mois à Limoges, puis on est revenus… On a laissé la 11 Citroën légère à Limoges. On a passé la ligne de démarcation par le train. Et quand j'ai repris ma place, j'ai reçu un blâme parce qu'on n'aurait pas dû partir.

À Fontenay, la maison était là, mais ils étaient entrés par une porte. Les Allemands et les gens du coin. Ils avaient esquinté pas mal de choses. Ils avaient pris les couvertures, la collection de timbres de Lucien, les bottes de cheval d'une copine de Pierre, des tas de choses comme ça. Plus tard, des voisins sont venus dire : *Monsieur Devoise, on a revu votre dessus-de-lit un peu plus bas.* On n'a rien dit du tout. Pépère avait une belle cave. Toute vidée. Le verre était pilé, partout.

RENÉE *poursuit, après un temps*

Avec Michel, on habitait le XIVe, rue d'Alésia. Avant de partir à Limoges, j'avais planqué des boîtes de conserve – comme des sardines – dans le bas du piano à queue de ma mère à Fontenay. Ah, ils se sont bien foutus de moi tous les trois quand j'ai mis les conserves dans le piano !… Eh bien les Allemands ont joué du piano mais ils n'ont pas ouvert en dessous. Quand on est rentrés, on a retrouvé les boîtes… Pépère et Mémère ont bien touché quelques indemnités mais elles n'ont remplacé ni les timbres de Lucien ni mes partitions.

PIERRE *et* EDMÉE *racontent*

EDMÉE

Quand on a dit *Les Allemands arrivent ! Les Allemands arrivent !*, ma tante est allée jusqu'aux portes de Paris avec sa valise puis, voyant que les Allemands étaient déjà là, elle s'est dit *Qu'est-ce que je vais aller faire en province ?* – elle qui avait mal au dos. Elle est revenue à son appartement comme si de rien n'était. Ceux qui sont restés n'ont rien eu, dans le fond… Le tort qu'ont eu les autres, c'est de partir.

PIERRE

Pépère avait une cave de huit cents bouteilles de vin, une belle cave, hein ! Et les Allemands ont tout pillé. À un kilomètre de là, on trouvait encore des bouteilles de Pépère.

EDMÉE

Oui mais ça, c'étaient des régiments qui passaient… moi je te dirais autre chose. Dans l'Est ça a été pareil avec des régiments français ! Comme les Français ne connaissent pas les noms alsaciens, quand ils sont arrivés dans l'Est, des régiments français ont pillé des maisons alsaciennes croyant que c'étaient des Boches. Ils ont maculé des tapisseries de crottes, etc. Mon dentiste était de cette région frontalière-là. Ils avaient vidé les pots de confiture, ils avaient bouffé les confitures puis ils avaient mis leurs excréments dedans… Des choses innommables qu'ils ont faites dans cette région-là, des Français ! Des régiments français ! Et alors ces régiments allemands, évidemment, ils sont passés devant une villa vide, ils sont entrés, ils se sont servis comme tous les militaires et ils ont emporté les bouteilles qu'ils n'ont pas pu boire… et puis les officiers ont dû les engueuler alors ils ont abandonné des bouteilles… et les voisins en ont profité aussi, puisqu'on a retrouvé des disques chez eux… Le pillage, en temps de guerre, c'est presque un rituel.

PIERRE

Le fort d'à côté était occupé par un contingent allemand. Mes parents étaient revenus à Fontenay quand des Allemands sont passés par-dessus la barrière pour faucher des cerises. Pépère leur a couru après quand ils se sont débinés et il a réussi à attraper le calot d'un soldat ! Il est allé rouspéter au fort le calot à la main en disant que lui il voulait bien leur donner mais il voulait pas qu'on rentre chez lui comme ça. Eh bien le commandant a présenté des excuses et le type a été puni ! Oh, Pépère se laissait pas faire, il était gonflé, hein… Après ça, ils lui ont foutu la paix. Même quand l'officier venait le voir, il était tranquille.

RENÉE *raconte*

Tout le reste de la guerre, on l'a passé à Paris. Pas de transport, on allait à Fontenay à pied, on mettait cinquante-cinq minutes. Michel s'était déjà fait faucher son vélo.

Un jour où Michel était de service de nuit, Catherine était toute petite – elle est née en 41 –, il aurait dû déjà rentrer mais il n'était pas là. Je suis partie à sa recherche et je l'ai trouvé, figure-toi ! Une heure et demie qu'il faisait la queue pour avoir un petit bout de viande de cheval. J'ai pris le relais et je lui ai laissé Catherine. Eh bien il m'a fallu encore une heure et demie de queue pour avoir un peu de ragoût de cheval. Dur comme de la carne, ça dit bien ce que ça veut dire. Après cinq heures de cuisson, c'était encore dur comme du bois. On n'a jamais plus remangé de cheval.

Puis le système des tickets de rationnement a été mis en place. Tous les mois, tu touchais des tickets. Tout le monde en avait. Tickets de pain, tickets de viande. Le matin, on n'avait le plus souvent ni pain, ni café, ni lait, ni beurre, que des ersatz… Michel avait eu un bon pour un costume. Tous les jours j'y allais, j'insistais pour avoir mon costume. Il a fini par l'avoir, au bout d'une sacrée attente. Un costume raide comme du bois ! Chez Fayard, avenue d'Orléans…

Au bureau, j'étais dans toutes les combines. On n'avait pas beaucoup de sous et au marché noir c'était cher. Un matin, j'arrive à mon service puis une qui était marrante me dit *Oh, mam' Carrier, vous savez, y a du sucre et du sel à vendre.* Je lui dis *D'accord, j'en prends, j'en prends ! Oui*, elle dit, *écoutez, faut que je vous dise quelque chose, il faut trier, parce que c'est du sel en poudre et du sucre en poudre, et c'est tout mélangé !* [Elle rigole.]

Tu sais qu'il fallait pas éclairer dans les pièces, puis on n'avait plus de chauffage, c'était rare le bois… Non, je t'assure, on n'a pas rigolé… Eh ben pourtant on allait au cinéma. Y a Bobino qui marchait.

RENÉE *reprend, après un temps*

Le plus chouette, c'était le thé. Michel travaillait à Passy où des boutiques de luxe vendaient du thé. Nous, on n'est pas amateurs de thé, chacun ses idées, hein ? Alors je sais plus pourquoi, mais Michel avait acheté un kilo de thé, on avait ce paquet à la maison. Et un beau jour, il a trouvé la combine : on nous donnait dix kilos de sucre pour un kilo de thé. Mais notre thé, quand on l'a regardé, il était tout moisi. Eh bien on l'a essuyé avec un chiffon, on l'a fait sécher, tu te rends compte ? On s'est donné un mal de chien et on a eu nos dix kilos de sucre. Ça valait le coup, hein ?

Ce qui nous a sauvés, nous, c'était le jardin à Fontenay. Maman avait des belles pommes alors elle allait chez le boulanger les montrer : « Oh, vous avez de belles pommes, madame Devoise ! » Maman les frottait bien, elles étaient belles, « Combien je vous dois ? » « Rien, donnez-moi du pain. » Tout comme ça. C'était le troc.

LIANE *raconte*

Je me suis engagée en 44 dans l'armée française qui m'a mise à disposition de l'armée britannique. Avec eux, j'ai été libérer l'Allemagne ! En 45, je suis arrivée en Rhénanie, à Cologne, puis jusqu'à Münster. J'ai occupé l'Allemagne, hébergée par une famille protestante qui n'avait pas pu pratiquer son culte sous Hitler. Ils avaient une Véronique née en 35, elle avait dix ans. Je lui tends du chocolat, figure-toi qu'elle en voulait pas ! Une gamine de dix ans qui ne voulait pas de chocolat ?… Et j'entends sa mère me dire *Mais madame, elle ne sait pas ce que c'est, elle n'en a jamais vu.* En Allemagne pendant la guerre, tout était pour l'armée.

Une drôle d'époque, la Libération. Certains en ont bien profité. Fernandel demandait cent mille francs en 45 pour un gala pour le retour des prisonniers de guerre. Celui-là, il les attachait pas avec des saucisses !

RENÉE *et* MICHEL *racontent*

RENÉE

Je t'ai raconté, le coup après la Libération ? Quand les Américains sont arrivés à Paris, tous les Parisiens pensaient *Ça y est, maintenant on va retrouver tout à gogo.* Si tu avais vu les poubelles !... Ceux qui avaient mis des conserves de côté pour les coups durs jetaient... Les poubelles étaient pleines. Les gens pensaient *Les Américains nous apporteront tout.* Puis finalement on a eu des clopinettes. Ça a encore duré des années, le rationnement. Catherine a été élevée au lait concentré sucré et pourtant elle n'avait pas droit au sucre. Alors je lui faisais des compotes sans sucre...

Le samedi soir, on allait coucher à Fontenay parce que le dimanche matin, on se levait à quatre heures avec Maman pour aller faire la queue à Clamart. C'est commerçant, Clamart. On allait faire la queue, l'une à la charcuterie, l'autre à la boucherie... quand on revenait on avait un petit quelque chose tous les trois mais on y passait des heures... Maintenant qu'il y a tout à gogo, hein, quand je vois toutes ces choses, je me dis *Mince ils pourraient s'arranger autrement, qu'il n'y ait plus de guerre et de disette*... Il y a eu aussi les règlements de comptes à la Libération, c'est passé sur la guerre. Quelqu'un qui en veut à un autre, qui l'a tué, puis on dit que ce sont les Boches qui sont passés...

MICHEL

C'est dégueulasse, la guerre... Pour quoi faire, hein ?

RENÉE

Dans la guerre, tu tues un bonhomme. Si tu le connaissais intimement, tu serais bien avec lui, tu le tues parce qu'il est étranger.

MICHEL

On devrait faire comme dans le temps, aux temps héroïques, où on mettait les gens face à face pour se démerder, pour gagner ou pour perdre…

RENÉE

Comme dans les matchs de football.

35

Le Maroc d'Edmée, la guerre de Pierre

Le Maroc est un pays froid où le soleil est chaud.

Maréchal Hubert Lyautey, premier résident général
du protectorat français de l'Empire chérifien

Nous manquons d'emmerdeurs. Évidemment, ils deviennent emmerdants, à la longue, mais au moins ils interrompent les ronflements de la banalité de la pensée.

Charles Dantzig, « Nos héros, les écrivains »,
Le Magazine littéraire n° 459, déc. 2006

EDMÉE *raconte*

Quand Lyautey est arrivé au Maroc avec les troupes françaises, y avait pas grand monde, c'était un petit corps expéditionnaire. Il a tout de suite dit *Il faut faire venir des Français pour diriger les services publics, pour créer des services*, et il a demandé des volontaires. Mon père qui avait l'humeur vagabonde a dit *Moi je pars*. Maman a suivi. Elle ne travaillait pas. Mon père était postier. Ils sont venus comme ça. Ils ont fait venir ensuite le frère de Maman. Ils n'en sont plus repartis.

Quand ils sont arrivés au Maroc, il n'y avait rien. Pas de port, rien. Les bateaux pouvaient pas passer la barre alors ils déménageaient tout sur des barcasses. Des fois ils visaient juste mais pas toujours. On récupérait les gens mais pas les bagages… Après, ils ont eu le choléra, la peste et le typhus dans la médina. Heureusement, mon père avait trouvé une maison tout à fait à l'écart, mais du coup on avait les voleurs qui rôdaient. Mon père avait acheté une vache, une chèvre, un bourricot et on avait un grand jardin, on vivait en autonomie. Ils guignaient la vache, ils guignaient les oies, mon père avait été obligé de mettre des traquenards. Alors quand ils s'introduisaient, il y avait des blessés, tant pis pour eux, hein… Ah, c'était beau la colonisation… Les gens disent *Vous avez de la veine, vous avez vécu*… tu parles si on avait de la veine !

Moi, j'ai travaillé dans des endroits… C'est bien simple, quand mon père a vu où je travaillais, il en a pleuré. Il m'a dit *Jamais je n'aurais pu penser que tu puisses travailler dans une porcherie pareille.* Dans ma classe, j'avais un brasero où je me chauffais un peu la main et quand il pleuvait j'avais un parapluie sur le bureau pour me protéger des éclaboussures, ça tombait, voilà comment je travaillais. Y avait pas de chauffage central. Je te dis encore un brasero… que je me payais ! J'ai pleuré des fois à Fès tellement j'avais froid aux mains. On gagnait bien notre vie, d'accord, mais on en dépensait beaucoup pour soulager les misères autour de nous, on était généreux. Les gens se rendent pas compte…

Mon père, quand il a pris les lots de colonisation, il a eu les sauterelles, il a eu la sécheresse, il a eu *pff*… Pour lutter contre les sauterelles, il répandait du poison des kilomètres à la ronde. Ils s'arrêtaient pas sur notre propriété, il fallait commencer à plus de dix kilomètres pour les avoir. C'est que les criquets, hein, ça bouffe. Et ça a duré, combien ?… Plus d'un mois. Ben pendant ce temps-là, il était pas payé hein, et par-dessus le marché, des fois il nourrissait les soldats. Il a hébergé un bataillon de… je sais pas, de Saigonais peut-être. On s'imagine que la colonisation c'était tout… Y en a. Y en a qui ont été moins cons, qui ont demandé. Paraît qu'il y en a qui arrivaient à se faire payer même des chemises par l'administration coloniale. Mon père a jamais été capable de se faire payer seulement un tracteur. Pourtant, s'il avait voulu, il connaissait le résident général… Il a jamais demandé un sou. Il était trop fier. Trop fier, voilà, on était trop fiers, c'est peut-être ça. On n'aimait pas tendre la main. Mon père avait déjà quitté l'administration, il a voulu voir s'il y arrivait, *si je suis la course ou si j'y arrive pas*, c'est peut-être ça, pas plus. Y en a beaucoup qui étaient comme ça. Des collègues à mon père, j'en ai connu qui sont morts à la tâche…

À côté de ça, il y avait une chose magnifique au Maroc. Les pluies d'étoiles. En septembre ou octobre 31, il y en a eu une majestueuse. La lune était grosse… C'était peut-être en 32 ou 33, je ne sais plus. Il en tombait tellement qu'on aurait dit une tempête d'étoiles filantes…

EDMÉE, *plus tard*

Quand j'étais petite, au Maroc, il y avait les Aïssaouas. C'est une secte musulmane qui célèbre la naissance d'Aïssâ, une parenté à Mohammed. Ils font des sacrifices, ils sacrifient des moutons. Ils s'habillent avec une espèce de pantalon blanc et une tunique blanche et ils s'aspergent de sang. Ça dure huit jours, ils défilent dans les rues. Ils se maculent de sang de mouton. Alors inutile de te dire l'odeur. Le premier jour ça pourrait passer mais le deuxième jour, ça pue déjà. Et ils marchent en faisant *Allah, Allah ! Allah,*

Allah ! Tu te rends compte, le *rachisme*, ce qu'il prend… Ils finissent par être complètement fous si bien qu'on est obligé de les encadrer avec des mokhaznis avec des gourdins. Ils ne pensent qu'à tuer. Les gens leur précipitent des moutons, des agneaux qu'ils reçoivent, ils les écartèlent, ils leur crèvent le ventre et ils se baignent dans le sang. C'est dégueulasse, c'est épouvantable. Et une bonne femme dans sa folie furieuse, une Aïssaoua qui était en haut d'une terrasse avec son bébé dans les bras, à force de crier *Allah, Allah !* et d'être surexcitée, elle leur a balancé le gosse qu'ils ont éventré !

LE NARRATEUR

Tu as vu ça, toi ?

EDMÉE

Je l'ai pas vu, moi, mais des Français l'ont vu. Parce qu'il y avait trois jours de congé, nous on circulait plus dans les rues… Les deux premiers jours, y avait école pour les Meknassis, les gens de Meknès. Mon père m'envoyait un employé, un Arabe de la poste, et je me mettais sous sa gandoura pour aller à l'école. C'était Azouz, j'avais confiance. Mais les trois autres jours, je restais à la maison. Quand ils passaient devant, j'avais tellement peur avec ma tante qu'on allait se foutre sous le lit. J'en ai eu des cauchemars pendant des années et des années. Épouvantables… Ça traumatise, hein…

Ça existe toujours mais maintenant ils n'ont plus le droit d'entrer en ville. On les parque autour de leur sanctuaire. Parce qu'il y a eu des accidents. Ils ont éventré des Juifs, ils ont éventré même des Meknassis, des femmes. Une fois, on entendait les Aïssaouas quand tout à coup on frappe à la porte. Alors Maman va voir. Il y avait une femme qui faisait *Barak loufit, barak loufit ! S'il te plaît ouvre-moi ! Ouvre-moi ils me courent derrière.* Alors vite on a ouvert et on a refermé la porte. Ils couraient derrière pour l'éventrer, parce que c'était une civilisée.

*

PIERRE *et* EDMÉE *racontent*

PIERRE

En 40, je suis allé du Maroc en Angleterre. J'étais en vacances, j'avais pris un congé parce que le colonel m'avait à la bonne. J'avais un passeport spécial. J'avais même pas payé le voyage, tout au long c'était gratuit. Le colonel m'avait proposé d'être sous-lieutenant à titre temporaire. Il était pétainiste. En Angleterre, j'y allais pas pour voir de Gaulle, d'ailleurs il n'y était pas encore. J'étais en vacances en uniforme, avec le burnous des spahis. Alors un type à Londres, une espèce de saucisse, là, vient vers moi : *Colonel Pantel.* Il me regardait pas au moment où je le regardais. Il reluquait mon burnous qui était un peu ouvert. Il m'a demandé où j'allais alors je lui ai donné mon adresse. Après, il a téléphoné chez mes amis à Goose House, il voulait me récupérer, et je suis parti. Il avait le prétexte, ma tenue qui était peut-être pas réglementaire. Ce gars-là, un adjudant qui avait dû passer officier avec la guerre de 14-18, du moment qu'il était en uniforme, comme un imbécile j'étais obligé de le saluer. Même dans un magasin. C'était l'officier de bonne famille qui avait fait 14-18. Ils manquaient d'officiers dans l'infanterie alors on les avait nommés tout de suite sous-lieutenants – c'était le même grade que sergent – au bout de huit mois de service. Tandis que dans la cavalerie, c'était autre chose, hein. Les types qui faisaient quatre-cinq ans, ils n'arrivaient pas à devenir brigadiers.

EDMÉE

Moi pendant la guerre, j'étais restée au Maroc. On n'avait pas le droit de quitter.

PIERRE

On est venus en France ensemble pour la première fois en 46, on était mariés. On a pris le premier bateau qu'on a pu prendre, un bananier qu'arrivait d'Amérique du Sud. Y avait pas beaucoup de bateaux.

EDMÉE

Je sortais de six mois de repos forcé à cause d'une épidémie de typhus. Et j'étais pas rentrée en France depuis dix ans…

PIERRE

À part l'épisode à Londres, je suis resté au Maroc pendant la guerre. J'étais embauché à Midelt, j'étais vaguemestre dans un camp de prisonniers allemands. J'avais un bureau. Il y avait une dizaine de secrétaires avec moi et comme je parlais pas allemand, ils parlaient anglais, on arrivait à se débrouiller. J'étais contre les Allemands parce que j'étais contre les pétainistes, j'ai fait de la Résistance contre eux. Mais à côté de ça, avec mes gars – on était dix-douze dans le secrétariat –, eh bien je les soignais quand même parce qu'ils recevaient pas beaucoup de nourriture. Ils craignaient le scorbut. Moi, j'allais leur acheter des citrons avec mon argent au souk indigène puisque je sortais tous les jours. Et je leur apportais des citrons, qu'ils puissent se soigner, quoi.

Mes secrétaires, c'étaient pas des gradés, que des deuxième classe. Ils m'avaient donné un sac à dos de parachutiste. Je leur ai fait des cadeaux aussi, je leur ai même donné des jeux de cartes. On avait de bonnes relations, quoi. Le commandant du camp – un prisonnier allemand –, quand on arrivait, il se levait nonchalamment. Eh bien moi, il me respectait bien. Quand j'arrivais, il faisait claquer ses talons, droit, comme si Hitler était arrivé. Quand j'entrais dans le bureau des secrétaires, ils étaient tous là, ils se levaient de bonne heure, moi j'arrivais plus tard. Je les traitais pas en ennemis, je les traitais en… en collaborateurs, quoi. Et puis je te dis, quand il leur fallait des citrons, je leur apportais gratuitement. *Ça vous fera du bien*. Alors ils étaient bien avec moi.

À côté de ça, j'peux pas dessiner. Y en a un qui était dessinateur. Il s'appelait Schön, *schön* ça veut dire *beau*. Il dessinait bien, celui-là. Il m'avait fait un calendrier avec douze plaquettes. En bas y avait le mois, en haut un tableau sur le thème du cheval. Chaque mois avait son tableau. Moi je lui donnais des idées : un mois d'hiver – j'me rappelle plus exactement –, on faisait du ski derrière un cheval, c'était à la mode à c't'époque-là. L'été y avait la promenade au bord de la mer. C'était moi qui dirigeais l'Allemand. Il connaissait pas bien les chevaux. Il dessinait et moi : *Non, là, l'encolure un peu plus longue*. Alors il reprenait l'encolure. *Ah, la jambe, non, c'est pas comme ça. Lève plus la jambe*. Vers le mois d'octobre, y avait des salons à Paris, les jumpings au Grand Palais alors je lui ai fait faire un truc comme ça. C'est marrant, douze tableaux. Moi j'dessinais pas mais j'voyais ce qui clochait alors je lui disais : *Non, les oreilles sont trop hautes*, comme les types dans la police qui font un portrait-robot. Maintenant ils ont des plaques mais avant il fallait dessiner. Par exemple, il y avait une promenade en forêt avec un couple et des chevaux. Et je lui disais : *Non, ces chevaux-là ne sont pas des chevaux de course, ce sont des chevaux de plaisance alors il faut leur laisser la queue un peu plus longue.* Il mettait un peu plus de queue. Et finalement, c'était formidable. On avait réussi.

J'ai été envoyé en taule et je sais pas ce qu'ils sont devenus. Ils se sont tous évadés quand j'étais en forteresse, je les ai plus revus. Parce qu'ils m'ont foutu quinze jours à Midelt. Ensuite, une nuit, ils m'ont envoyé à Rabat. De Rabat, la même nuit, j'ai foutu le camp sur Oran et c'est comme ça que je les ai plus revus. J'ai jamais eu de nouvelles, rien. Y a que la sœur d'Edmée qui avait entendu parler de ça à Alger au bureau du service secret mais moi j'en ai plus entendu parler. Ils se sont évadés d'un train qui était sous-gardé pendant toute une nuit. Faut le dire. Les premiers sont partis sur un bateau espagnol. Je sais pas ce qu'ils sont devenus. Est-ce qu'ils ont rembarqué vers l'Allemagne ? J'ai essayé de le transmettre aux généraux en poste à Alger, ils m'ont écouté mais j'ai surpris après un de ces quatre généraux en grande conversation amicale avec un prisonnier allemand… Je me suis méfié à partir de là.

Les huit cents évadés n'ont pas pu revenir sur le Maroc français parce que, à ce moment-là, les résistants empêchaient les officiers pétainistes disséminés dans tout le Maroc avec leurs tabors – tu sais, leurs régiments de mokhaznis, de troupes indigènes, quoi –, ils les empêchaient de s'organiser avec les cadres allemands. Ils auraient pu couper des voies ferrées, emmerder les Américains. Mais le mouvement est tombé à l'eau. Et c'est grâce à moi que le mouvement est tombé à l'eau ! Tout le monde était content. Les pétainistes, contents que ça se calme. Les gaullistes, contents qu'il y ait pas d'histoires. On voulait pas faire de vagues. Hé hé… Pas de vagues, tu sais, dans l'armée c'est ça. Moi, finalement, du moment que je manifestais plus, ils m'ont oublié puis c'est tombé à plat. Mais un journaliste prendrait ça, ça ferait un bon roman, même un film, que ça pourrait faire là, mon histoire. C'était bien organisé, au Maroc.

De Lattre commandait la 1re armée française, celle qui a débarqué sur la Côte d'Azur. Ce n'est pas lui qui a fait évader les prisonniers, ce sont des militaires pétainistes. Dans le fond, on a tous été pétainistes au début, les fonctionnaires. C'était Pétain qui nous payait… C'est pas pour ça qu'on collaborait mais on collaborait quand même d'office, quoi. Après ça, de Gaulle est arrivé, évidemment c'était le chien dans un jeu de quilles, le de Gaulle. Il avait raison d'un côté mais puisque le Maroc était avec Pétain, qu'est-ce que tu veux qu'on fasse, nous ? C'est pas parce que la gauche a le pouvoir que tu es de gauche, et à l'inverse si la droite a le pouvoir, tu n'es pas forcément de droite. Là c'était pareil. Tous les fonctionnaires obéissent à leur gouvernement…

EDMÉE

Quand de Gaulle est arrivé au Maroc, tout le monde était en larmes pour l'accueillir, moi la première… J'avais passé toute une nuit avec mon père et ma sœur à placarder des affiches contre les Allemands, *Vive de Gaulle !* des trucs comme ça. Un soir, on est tombés sur un gars qui nous a cueillis et nous a conduits tous les trois au poste. On a passé la nuit au bloc. De là, ma sœur a dit *Bon, puisque c'est comme ça, je file à Alger, je m'engage.* Mon père était d'accord. Elle s'est engagée dans les Forces françaises libres. À Alger, elle a rencontré mon beau-frère et elle s'est fixée là-bas. Elle était au Deuxième Bureau.

Nous, au Maroc, tout de suite on a écouté la radio… de Gaulle à la radio, puis les voisins nous ont mouchardés.

Alors mon père a été convoqué par le général de la division : *Écoutez, monsieur Bloget, je ne vous reproche pas d'écouter de Gaulle, moi quand je peux, je le fais. Mais baissez le son, sinon je serai obligé de prendre des mesures…* Parce que tous les officiers n'étaient pas pour Pétain. Celui-là s'appelait Marchi, c'était un Corse.

Mon professeur d'arabe a été interné avec mille prisonniers politiques dans un endroit imbuvable où des officiers pétainistes français les traitaient comme résistants. Ils les mettaient dans des grands bidons d'essence, dans des grands fûts, en plein soleil. Là où il fait quelque chose comme 50 ou 60 °C à l'ombre ! M. Hopchild a dit *J'en ai vu sortir, la peau restait collée après le fût*. C'étaient des résistants communistes. Et c'étaient des officiers français qui les traitaient comme ça. Pas des Allemands, des officiers français…

Moi j'avais deux oncles. Celui qui avait fait la guerre de 14-18, eh bien pour lui Pétain était un sauveur, alors qu'il y avait laissé un bras ! Qu'est-ce que tu veux… Comme Pétain répétait tout le temps qu'il faisait don de sa personne, il y en a qui ont fini par le croire. On se demande au fond quel jeu il a joué. S'il n'avait pas essayé de jouer le jeu des Allemands, comment ça se serait passé ?

Moi aussi j'ai été gaulliste, j'ai craché sur Pétain mais je me dis qu'au fond, c'était peut-être lui qui avait raison. Si on avait pactisé avec les Allemands, qu'est-ce qu'on aurait eu de plus et puis qu'est-ce qu'on aurait eu de moins ? Mais seulement, l'histoire des Juifs, ça, personne ne lui a pardonné… Ça, il a eu tort. Il a eu tort d'agir comme il a agi vis-à-vis des Juifs et vis-à-vis des communistes. On ne massacre pas des gens comme ça. Il avait un idéal de race pure ? J'en sais rien, on se demande… Hitler, c'était un mégalomane, c'était un fou… Napoléon, c'était pareil dans le fond. On le porte au pinacle, Napoléon, mais… mais à la fin de son règne, la France était exsangue, et tous les territoires occupés. Qu'est-ce qu'il est allé emmerder les Espagnols en allant mettre son frère comme roi d'Espagne… En Italie, en Espagne, il y avait des Bonaparte partout, et alors ? Il avait qu'à leur foutre la paix, Napoléon. Les révolutionnaires avaient fait leur boulot, les gens avaient pris conscience de leur liberté, mais Napoléon en a rajouté, hein… Moi je suis pas bonapartiste, je suis pas allée, hein, voir sa piaule à Ajaccio… Les gens faisaient la queue pour voir la piaule à Napoléon, j'ai dit *Ben mon vieux, moi*… Je peux te dire que j'y suis pas allée.

PIERRE

Le Débarquement, c'était quelque chose ! On a débarqué à Saint-Raphaël le long des bateaux avec des cordes. De là, je me suis rendu à Nice où j'ai dénoncé de Lattre aux résistants. Bon, on m'a répondu qu'on savait déjà… J'ai regagné Cogolin où on a enlevé les mines puis on est remontés dans la direction de Belfort. L'aviation allemande bombardait encore les convois. Aucune lumière dans le train, c'était interdit. J'étais le seul de tout le régiment à me raser la nuit. Dans le noir, je me rasais avec la mousse à raser et un rasoir mécanique anglais… Pour te dire, je repense aux goums, aux goumiers, quoi… On avait été envoyés pour libérer l'Alsace et on était arrêtés dans un petit bled près de Pontarlier. Début 45. L'ordre de De Lattre de Tassigny c'était, pour avancer sur l'Allemagne, de déblayer la Forêt-Noire…

EDMÉE

La fameuse poche de soldats.

PIERRE

… qui était pleine de mines et de tireurs isolés planqués dans les arbres. Alors qui est-ce qu'on va envoyer pour faire le boulot ? Tu sais qui ils ont envoyé ?… En principe, c'est malheureux à dire, mais enfin y avait des mokhaznis qui étaient là, les troupes indigènes, en principe c'est eux qu'on mettait là-dessus. C'est comme ça, l'armée française, la chair à canon c'est une histoire de pauvres types et de veinards. Ben ils ont mis à ce moment-là les Forces françaises de l'intérieur, les FFI, parce qu'ils les gênaient. Il a pas attendu, de Lattre de Tassigny, la troupe algérienne ou marocaine pour commencer à déblayer le terrain. C'était bien organisé, moi je les ai vus. Des compagnies entières de trois cents types. Ils portaient tous le machin en peau de mouton, le petit béret, disciplinés, bien armés. Des types qui en voulaient… Et les deux que j'avais connus moi, ils ont été fauchés par des tireurs dans les arbres. Finalement la forêt a été déblayée, les troupes françaises ont avancé et de Lattre de Tassigny est entré à Strasbourg. Les FFI, il les aimait pas parce que c'étaient surtout des communistes.

EDMÉE

C'étaient des ouvriers, hein…

PIERRE

Des ouvriers. Mais t'as pas un journaliste sur un million qui l'a dit, ça… Et puis j'en ai repéré d'autres, des stratagèmes. Comme les prisonniers allemands qu'on baladait le long de la frontière suisse, y avait qu'un petit ruisseau à traverser pour passer en Suisse… De Lattre, jusqu'à la fin, pensait que Pétain reviendrait. Y en a qu'un qui était propre, c'est Leclerc…

EDMÉE

… et on a toujours eu l'impression qu'il avait été tué, hein.

PIERRE

Parce que l'histoire avec son avion… personne n'y a cru.

EDMÉE

C'était cousu de fil blanc… Personne n'y a cru…

PIERRE

L'avion qui percute le remblai de la voie ferrée, tous les aviateurs rigolaient.

EDMÉE

À ce moment-là, on disait *C'est un accident provoqué.* D'ailleurs, ils étaient douze dans l'avion et on a récupéré treize cadavres.

PIERRE

Oui, il gênait. Parce que lui était carrément propre… De Lattre de Tassigny était une pourriture. C'est un maréchal, maintenant. Moi, ça me dégoûte.

EDMÉE

Quand tu prends l'histoire de France, c'est que des dégueulasseries.

PIERRE

Maintenant la Légion d'honneur, c'est bon pour un chanteur, un footballeur. Avant, c'était pour les militaires.

On la donnait à Marie Curie, à quelques civils qui avaient vraiment fait du bien pour la France, mais des athlètes, des chanteurs, des joueurs de football, Napoléon serait furax !

36

1944-1945

— « L'événement est sur nous », c'est le message que Pompignan nous a fait parvenir. Attendez. C'est un vers de je ne sais qui.

— « L'événement est sur nous, dit Cécile, il a le pas et le poil d'une bête quaternaire… »

— On vous l'a déjà transmis ?

— Non, mais c'est une citation familière de mon mari, et je l'ai passée à Pompignan quand nous étions à Lyon. C'est de Jules Romains. Un petit recueil très ancien et admirable : « Europe ». Nous sommes tous devant l'Événement comme l'homme des cavernes lorsqu'il entendait le pas du dinosaure, la charge du mammouth.

— Cela veut dire, reprit Lauzerte, que le débarquement est proche.

Renée Massip, *La Bête quaternaire*

L'Histoire s'inscrit aussi en creux, en filigrane. La guerre de Lucien et Simone n'est pas celle des déportés, des camps. La barbarie, ils ne l'ont pas connue. Leur récit de la guerre est focalisé sur les Allemands, la défaite de 40, le refus de l'humiliation, les Alliés, le jeu des coudes pour rester dans le concert des grandes nations, ce que de Gaulle mettra en relief. Ce qu'il a déjà saisi, Lucien, c'est la montée des nationalismes dans les colonies. Après guerre, tous les territoires annexés à l'État français ont entamé leur mutation. Dès 1944, un mouvement d'indépendance apparaît au Maroc soutenu par le très populaire sultan ben Youssef.

Comment Lucien et Simone vivent-ils la fin de la guerre à Tananarive ?

Courant 44, Simone est intégrée chez les AFAT (Auxiliaires féminines de l'armée de terre) qui regroupent toutes les femmes servant sous le drapeau de la France libre. C'est l'époque où, malgré son refus initial, Simone est amenée à défiler en uniforme dans le stade de Mahamasina sous les yeux de Lucien et des deux filles en tribune. Certaines AFAT n'ont accepté leur intégration que pour parader, pour faire nombre, pour impressionner l'adversaire, tous les stratagèmes sont bons en temps de guerre.

À la maison, Michelle qu'on appelle Miche ou Michou ne tient pas en place. Le canapé sur lequel elle fait du trampoline dix-huit fois par jour est défoncé. Quand sa grande sœur va la chercher à l'école, elle se ramasse facilement des coups de pied dans les tibias.

Le 8 juin 44, Luce fait sa communion solennelle à Tana.

Bien que mobilisé, Lucien continue à gravir les échelons et devient receveur de deuxième classe en juillet. Le jour de Noël, l'armée le nomme sous-lieutenant de réserve dans l'artillerie. Début 45, il se porte volontaire pour des missions spéciales dont il est fait mention dans un état de services dressé par l'armée mais dont on ne sait plus rien. Depuis la libération de Paris, l'activité a considérablement diminué au décodage. La censure ferme trois mois avant la capitulation, la France a été libérée.

Une photo datée du 14 avril 1945 est envoyée à Fontenay, sur laquelle Simone et Lucien sont en tenue d'été militaire. Au verso, Lucien commente : *Photo militariste qui sent la fin des réservistes* puis il ajoute, plus bas, *le pantalon du tourlourou fait des plis*.

LUCIEN *et* SIMONE *racontent*

LUCIEN

J'ai traduit ça pendant la guerre. Les combats terribles entre Japonais et Américains dans les îles du Pacifique, les cinq ou six porte-avions US détruits par les kamikazes, les combats dans les anfractuosités de la roche à coups de grenades que les Américains balançaient et que les Japonais s'empressaient de renvoyer dès qu'elles leur arrivaient dessus. Finalement c'est le soldat US qui se faisait sauter par sa propre grenade. J'ai traduit ça pour les nouvelles britanniques.

Les Japonais n'ont pas du tout la même mentalité que nous, les Latins. Regarde les kamikazes, les torpilles humaines. Et puis le traitement qu'ils faisaient subir aux prisonniers, pardon ! J'en ai croisé un, il était pas brillant. Figure-toi que les Japonais lui avaient coupé les tendons pour qu'il ne s'évade pas. C'est pas cruel ça ? Quand on fait la guerre, on fait pas la guerre de cette façon. J'ai vu le type, hein, il marchait comme il pouvait. Y a quand même la convention de Genève qui protège les prisonniers de guerre d'un côté comme de l'autre…

Hiroshima a terminé la guerre du côté japonais. C'est terrible, cette bombe, mais celle d'Hiroshima puis celle de Nagasaki ont permis d'arrêter la guerre. Et depuis, il n'y en a plus eu de lancées. Heureusement que les Allemands n'ont pas eu le temps de terminer les V2 sinon ils auraient torpillé Londres et on serait tous allemands à l'heure qu'il est. Il s'en est fallu de peu.

Si maintenant on a la paix, c'est grâce aux Russes. Car les guerriers allemands, ce n'est pas à l'ouest qu'on les trouve, du côté de la Rhénanie, c'est à l'est, vers la Prusse. Les Prussiens ont toujours été guerriers. Ils sont très forts en armement aussi. Ce sont des durs.

À Madagascar, les Chinois étaient les commerçants. Ils vivaient comme des pauvres dans des cases, même s'ils étaient riches. Certains vivaient dans des grandes cases faites par les Européens. Chan Yan et Sam Mad habitaient dans des cases en bois qu'avait construites le père de Simone sur pilotis pour éviter l'humidité et les bêtes, avec une véranda.

SIMONE

Il faisait du troc, Papa. Il faisait des cases moyennant quoi les commerçants lui livraient du sel, du riz, du pétrole, du sucre, du tissu que mon père revendait aux indigènes. Les indigènes, comme ils n'avaient pas d'argent, achetaient en toute petite quantité, ce qui permettait aux Chinois de doubler ou tripler le prix. Avec quatre allumettes et un petit bout de raphia, le Chinois faisait un lot pour un indigène, juste ce qu'il faut pour allumer le feu du jour. En général, l'indigène essayait de s'en passer et laissait toujours de la braise qu'ils se transmettaient entre eux, à Ambanizana.

LUCIEN

Les Chinois de Madagascar venaient de Canton et sa région. Ils avaient des défauts et beaucoup de qualités. Ils étaient industrieux. Quand le Japon a rendu les armes à la suite d'Hiroshima – le Japon était en guerre aussi contre la

Chine –, les Chinois ont reçu un télégramme de Tchang Kaï-chek leur annonçant *huit jours de festivités*. Pendant huit jours, les Chinois ont fait la bringue. Pendant huit jours, ils ont fermé leurs boutiques, même en brousse. J'étais en tournée à ce moment-là, il fallait bien que je me ravitaille. J'étais sous-lieutenant, j'étais avec une grande perche, un grand Créole, un *talat'*. J'étais allé voir Roger à Maroantsetra. Il fallait donc que je me ravitaille. Je suis allé voir un Chinois qui m'a ravitaillé, il n'a pas voulu que je le paye ! C'est bien la première fois que ça m'est arrivé. Sur leur boutique, il y avait deux drapeaux, un français, un chinois.

BORNE 1946-1948

Sur le plan politique, la guerre a accouché d'un grand vaincu, l'Europe, que ses divisions internes ont un peu plus entraînée vers le fond, et de deux vainqueurs, les États-Unis et l'URSS. Les murs se craquèlent. On commence à mettre en place des gouvernances réduites mais supranationales pour cogérer le continent européen et garantir la paix. La mise à mal des anciennes puissances coloniales – pourtant du côté des vainqueurs – et les prises de conscience qui en découlent déclenchent la décolonisation.

Le plan de partage de la Palestine voté par l'Organisation des Nations unies en novembre 1947, qui prévoit la création d'un État juif, d'un État arabe et d'une zone sous contrôle international à Jérusalem, provoque une guerre civile. Martin Buber, théologien juif en faveur d'un État binational, annonce que la création d'un État juif en contexte hostile pourrait signifier un suicide planifié ; on ne l'entend pas. Après le départ des Britanniques et la proclamation de l'État juif d'Israël en mai 1948, la guerre civile devient le premier conflit israélo-arabe.

En France, les règlements de comptes post-collaboration émiettent un peu plus encore la nation.

La législation de l'outre-mer évolue rapidement. Le 25 avril

46, la loi Lamine Gueye transforme les indigènes des colonies en citoyens français. Elle s'insère dans la Constitution du 27 octobre 46 qui fonde la IVe République, modifie le statut des colonies et crée l'Union française. Les colonies deviennent des départements et territoires d'outre-mer.

Pour contrer Hô Chi Minh qui a déclaré l'indépendance du Viêt Nam le 2 septembre 1945, la France envoie le général Leclerc qui reconquiert des territoires en partant du sud. Haiphong est bombardée en 1946, trois cents Français sont enlevés à Hanoi. En 49, Mao Zedong prendra le pouvoir en Chine, les communistes du Nord-Viêt Nam déjà très déterminés seront confortés et une guérilla s'installera.

Russes et Américains, officiellement hostiles au fait colonial, placent des pions dans les régimes qui se mettent en place. La Birmanie, la Malaisie, Ceylan, l'Inde, l'Égypte qui ne tarderont pas à obtenir leur émancipation intègrent une obédience créée par l'ancien colon britannique, le Commonwealth of Nations. Là où les Britanniques réussissent, les Français ou les Néerlandais ont plus de mal.

Au quotidien, pour les Parisiens, doucement, les temps changent. Avant guerre, chacun trouvait à la porte de son pavillon les bouteilles de lait, les baguettes, le journal distribués au petit matin. On payait au mois. Une nouvelle réglementation après guerre supprime le droit de distribuer le lait.

Dans *La France contre les robots*, Georges Bernanos écrit : *Un jour, on plongera dans la ruine du jour au lendemain des familles entières parce qu'à des milliers de kilomètres pourra être produite la même chose pour deux centimes de moins à la tonne.*

Profitant de ce que certaines maisons closes parisiennes avaient été réquisitionnées par l'occupant allemand, Marthe

Richard demande leur fermeture au Conseil de Paris. La loi votée le 13 avril 1946 abolit la réglementation de la prostitution en vigueur depuis cent quarante ans et impose la fermeture du One-Two-Two, du Sphinx, du Chabanais et de mille quatre cents autres établissements de métropole. Marthe Richard donne son nom à cette loi dont un article supprime le fichier national de la prostitution dans lequel elle est encore inscrite.

Cinq jours après un essai nucléaire américain sur l'atoll de Bikini, Louis Réard fait défiler une danseuse à la piscine Molitor à Paris dans un maillot de bain deux pièces révolutionnaire qui dévoile le nombril. Un slogan lance le produit : *Le Bikini, première bombe an-atomique !*

Dans tous les domaines, les rencontres internationales permettent d'enrichir le regard et d'apprécier les différences. En politique et dans les sciences on les appelle des conférences ou des congrès, dans les domaines artistiques on crée des festivals. Il s'agit toujours d'appréhender le monde. Comme les voyages se démocratisent et que le monde devient plus complexe, ces manifestations se multiplient.

Reprenant un projet de Jean Zay, du Front populaire et d'Hollywood avorté pour cause de guerre, le premier Festival de Cannes se déroule en mai 1946 (la Mostra de Venise, inaugurée en 1932, est en perdition depuis l'ingérence des régimes fasciste et nazi sur la programmation ; la Berlinale démarrera en 1951). Puisque ce festival international du film réunit professionnels et journalistes, il faut un enjeu, on distribue des prix et on crée un label. Jean Delannoy remporte la première Palme d'or pour *La Symphonie pastorale* avec Pierre Blanchar et Michèle Morgan qui obtient le prix d'interprétation féminine.

Sous l'impulsion de René Char et de Christian Zervos, Jean Vilar organise en 1947 une semaine d'art en Avignon qui prendra le nom de Festival d'Avignon en 54 et trouvera sa forme au fil des ans. Plus ouvert au public, ce festival ne distribue aucun prix.

En 1948 à Nice, le premier festival de jazz au monde réunit Louis Armstrong, Django Reinhardt, Stéphane Grappelli et Claude Luter.

Cette même année, Jean Dubuffet fonde avec André Breton la Compagnie de l'art brut – l'art affranchi des normes culturelles – qui s'établit dans un pavillon parisien prêté par Gaston Gallimard et qui reste réservée à un public très restreint d'initiés. La perte des valeurs spirituelles propres à la société matérialiste fait réagir les artistes, qu'ils soient en vogue ou dans les marges.

Autant d'artistes, autant de formes, autant d'univers singuliers. On multiplie les modèles pour aller à leur rencontre, on innove. On a surtout besoin de voir ce monde qui nous échappe, dans lequel nous commençons à nous sentir étrangers, pour tenter de le comprendre.

Le plan Marshall d'aide américaine à l'Europe s'accompagne d'un traité par lequel la part des films de Hollywood doit augmenter dans les salles françaises et celle des films français diminuer. L'opinion française s'émeut et le Parlement vote une loi d'aide.

Aux États-Unis, le House Un-American Activities Committee (HUAC) – une commission permanente de neuf représentants – commence une chasse aux sorcières visant les communistes ou sympathisants. Hollywood est visé en 1947 et Charlie Chaplin, Jules Dassin, Joseph Losey se retrouvent avec plusieurs dizaines d'artistes sur une liste noire qui sera abolie en 1960. Un comité de soutien réunit Humphrey Bogart, Lauren Bacall, Frank Sinatra, Groucho Marx, John Huston. Quelques rares artistes visés donnent des noms pour s'en sortir, d'autres préfèrent quitter les États-Unis comme Bertolt Brecht dès 47 et Orson Welles l'année suivante.

En 1946, l'URSS innove en projetant des longs métrages en relief suivant le procédé Stéréokino sur un écran spécial qui évite le port de lunettes. Le film noir triomphe avec, pour la seule année 1946, *Le Grand Sommeil*, *Gilda*, *Le facteur sonne toujours deux fois*. Le film policier en France a ses réalisateurs passés maîtres comme Henri-Georges Clouzot, et ses acteurs emblématiques comme Paul Meurisse. *Quai des Orfèvres* sort en 1947.

Le Japon, exsangue, n'a plus les moyens de financer du cinéma. C'est alors qu'Osamu Tezuka introduit le mouvement dans le manga et alterne plans et cadres pour en faire un cinéma de papier.

Le microsillon, qui apparaît en 1947, signe la mort des 78 tours cassables qui contenaient très peu de musique. Le 33 tours incassable multiplie les capacités du disque populaire.

Cora Vaucaire enregistre une chanson atypique sans couplet ni refrain à laquelle il manque un pied, *Les Feuilles mortes*. Édith Piaf grave *La Vie en rose*.

Alors que le jazz déferle sur Saint-Germain-des-Prés et que, sous les voûtes des caves enfumées, Boris Vian accompagne les plus grands de sa trompinette, Dizzy Gillespie et Charlie Parker poussent plus loin l'exploration de contrées musicales vierges. Le be-bop décoiffe. Anciens et modernes se déchirent pour déterminer si le be-bop est ou n'est pas du jazz.

37

1946

> Elles font des choses, quelquefois, les femmes, ça vous tue. Toi, même dans une vie entière, tu ne serais pas capable un seul instant d'avoir cette légèreté qu'elles ont, elles, quelquefois. Elles sont légères de l'intérieur. De l'intérieur.
>
> Alessandro Baricco, *Océan mer*

Fin janvier 1946, Lucien rentre en France, sans doute pour se faire démobiliser. Simone cherche des places pour regagner Paris en avion avec les filles. Ce sera leur baptême de l'air. Des DC-3 qu'on appelle des Dakotas, utilisés en temps de guerre pour larguer les parachutistes, assurent la liaison. Le nombre de places sur les deux banquettes qui se font face le long de la carlingue est réduit. Simone et les filles sont loin dans la liste d'attente et doivent patienter deux mois. Mais les Dakotas sont à peine aptes à voler, en limite d'usage. Le premier à décoller de Tana s'écrase, il n'y a aucun survivant. Quelques défections et Simone gagne autant de places sur la liste. Le deuxième Dakota est perdu en mer, personne n'en revient. Cette fois-ci, les défections foisonnent et Simone se retrouve en tête de liste avec ses filles. Mi-février, elle se voit proposer trois places sur le prochain vol. Elle réfléchit à peine. *S'il m'arrive quelque chose avec les filles, Lucien a quarante ans, il pourra toujours refaire sa vie.* Ni une ni deux, et les voilà qui s'embarquent sur le troisième vol. Miche, à qui l'on vient de refaire ses vaccins, est malade.

Ce voyage reste gravé dans les mémoires comme un épisode absolument extraordinaire. L'avion n'est pas aménagé. À l'intérieur, les banquettes sont telles qu'elles étaient pendant la guerre. L'avion ne peut pas voler de nuit, il doit stopper tous les jours avant dix-sept heures et les passagers dorment à l'hôtel tous les soirs.

Le Dakota arrive sans encombre à Dar es-Salaam au Tanganyika où il fait une première escale. Premières vérifications, tout semble en ordre. Durant la deuxième étape qui le conduit à Nairobi, il survole le Kilimandjaro, superbe. Le pilote demande à une grosse dame de faire contrepoids vers l'arrière tandis que les passagers défilent dans la cabine de pilotage pour admirer le sommet enneigé. À l'arrivée, les Britanniques du poste de contrôle repèrent que Miche est malade et veulent la garder en quarantaine, Simone est obligée de parlementer. L'avion n'est pas en forme non plus et doit subir une inspection mécanique de vingt-quatre heures. C'est Marius, le tout jeune mécanicien, qui assure les réparations car les Anglais font payer trop cher leurs interventions. Les passagers profitent de cet arrêt pour aller visiter une réserve. *Une merveille*, se souvient Michou. *Des girafes gigantesques plus hautes que les arbres, des hippopotames énormes et le clou : à la tombée de la nuit, les taxis qui nous avaient emmenés s'étaient mis en demi-cercle et les lions étaient venus se coucher à quelques mètres pour se faire admirer dans la lumière des phares. Ce qui m'a marquée aussi, ce sont les Kényans gardiens du parc, très grands, torses nus, armés de sagaies, avec des lobes d'oreilles énormes percés et qui pendaient.*

Le lendemain, le matériel semble prêt à supporter la suite du vol et, effectivement, le troisième tronçon se passe bien. Ils survolent le *berceau de l'humanité*, cette terre sur laquelle vécut il y a cent quarante mille ans l'ancêtre commun le plus récent à tous les hommes, notre *Adam génétique* déterminé à partir de nos chromosomes Y[1]. Seule une poignée d'individus issue d'une poche d'Afrique de l'Ouest ne semble pas descendre de cet Adam biologique[2]. C'est l'un des résultats récents de la recherche des plus marquants, grâce à la génétique, un résultat pas encore établi en 1946. N'est-ce pas d'ailleurs vertigineux pour la pensée de tenir la preuve que nous sommes forcément cousins avec tous ceux que nous croisons, chez nous ou à l'autre bout du monde ? Que les soldats qui combattent actuellement sur tous les fronts sont cousins, même s'ils appartiennent à des ethnies et des nations distinctes ? Que nous avons tous un ancêtre commun qui vivait là, en Afrique...

Le croisement des découvertes récentes en génétique des populations, en linguistique, en archéologie n'en finit d'ailleurs pas d'apporter de nouvelles pistes quant à la construction des civilisations et à la diffusion des cultures, telle l'émergence des mythes fondateurs issus d'un vieux fonds commun à toute l'humanité qui se serait divisé en deux vers – 65 000 à – 40 000 ans, un *corpus* en Laurasie (Europe, Afrique du Nord, Asie, avant de diffuser vers l'Amérique par le détroit de Béring à la faveur de la dernière grande glaciation), l'autre au Gondwana (Afrique subsaharienne, Australie, Mélanésie)[3]. Ce qui expliquerait la prolifération de figures récursives des différents mythes, de Sumer à l'Égypte et à la Grèce, jusqu'en Chine et aux Amérindiens...

1. Cruciani *et al.*, 2011, *American Journal of Human Genetics*, & Poznik *et al.*, 2013, *Science*.

2. Mendez *et al.*, 2013, *American Journal of Human Genetics* ; cf. Pierre Barthélémy, *L'homme qui ne descendait pas d'Adam*, blog Passeur de sciences, *Le Monde*, 10 mars 2013.

3. Michael Witzel, *The Origin's of the World's Mythologies*, 2012, cité par Emmanuel Monnier, « Des scénarios communs à toute l'humanité ? », *Les Cahiers de Science & Vie* n° 147, 2014.

Depuis la cabine de pilotage du Dakota, les passagers observent à leur tour le paysage. Le désert révèle un relief fractal. Le vent et l'eau sculptent les terres comme la mer les fonds marins. À prendre de la hauteur, on devient contemplatif. Ces zones magnifiques et vierges nous rappellent à notre humilité.

Après une nuit à Khartoum et la journée précédente sans avarie, les passagers embarquent confiants pour la quatrième étape. Tout démarre bien. Jusqu'à ce qu'un moteur tombe en panne… La suite est cauchemardesque. Les passagers sentent leur dernière heure arrivée sur le désert égyptien. On va s'écraser chez les pharaons. L'avion est beaucoup moins bruyant avec un moteur en moins mais plus personne n'ose ouvrir la bouche. On ne sait pas comment mais le pilote et le jeune mécano arrivent à maintenir l'avion en état de vol jusqu'au Caire. Lorsqu'il se pose, tout le monde s'embrasse et les rescapés parlent de miracle. L'avion ne pourra pas repartir avant de sérieuses réparations qui prendront du temps. Toujours pour éviter le coût exorbitant des mécaniciens anglais, Marius se remet à la tâche, assisté par le pilote.

Les passagers se sont déjà égaillés à la découverte de la ville. Simone, Luce et Michou découvrent les pyramides de Gizeh où elles posent, souriantes à dos de dromadaire, pour des clichés qui n'auront jamais si bien porté leur nom. Michou se fait remarquer par ses vomissements au pied du Sphinx qu'elle a quand même le temps de trouver grandiose. Au souk, Simone profite des cotonnades bon marché pour faire une razzia de sous-vêtements. Encore une fois, la soirée et la nuit à l'hôtel se révèlent très agréables.

Lorsque Marius estime que l'avion est prêt à repartir et que les passagers regagnent la carlingue, Simone et les filles ont du mal à gravir la passerelle. La compagnie avait stipulé que le poids des bagages ne devait en aucun cas dépasser le poids initial sous peine d'être refusé, aussi portent-elles chacune une dizaine de sous-vêtements superposés. Après une ultime étape, à Marseille ou en Italie – on n'en est plus certain –, le Dakota atterrit sur la piste du Bourget sept jours après son décollage de Tananarive. L'arrivée à Paris est d'une tristesse sans fin. Il pleut, il fait froid, et derrière les vitres du car qui les emmène, les passagers observent les piétons pressés et renfrognés.

L'heure du déclin a sonné pour la navigation maritime. Deux fois seulement la famille effectuera encore un trajet en paquebot. Les autres ne seront plus effectués qu'en avion. L'avion entre dans la culture et l'imaginaire au point que le poète s'en saisit pour de nouvelles images (*La poésie, c'est le point où la prose décolle*, dit Léon-Paul Fargue).

Cet hiver 45-46 est particulièrement froid. Chez Augustin et Marie, une brique sortie du four enveloppée dans du papier journal permet aux filles de se réchauffer les pieds dans le lit qu'elles partagent dans leur chambre glaciale. Une neige bien épaisse tombe sur Fontenay-aux-Roses.

Michou suit la fin de son cours préparatoire à Fontenay, avec la grande côte à remonter tous les soirs dans le froid. Et comme si les vaccins de la variole et de la fièvre jaune ne suffisaient pas, elle a droit à l'école au rappel diphtérie-typhoïde qui lui vaut plusieurs jours de fièvre.

Simone est à nouveau enceinte. Les premières nausées arrivent à Fontenay.

Ce séjour à l'époque des tickets de rationnement n'est pas plaisant. Chacun a toujours droit à quatre-vingts grammes de viande et d'os par semaine. Les repas sont frugaux. Marie – que ses petites-filles appellent désormais *Mémère* et que toute la famille finit par appeler ainsi, comme Augustin que l'on appelle *Pépère* –, Marie donc rafle les tickets de tous les membres de la famille et organise le stock, la distribution et la revente partielle à sa façon. En particulier, elle récupère les tickets de Simone qui, enceinte, a droit à des rations supplémentaires mais n'en voit pas la couleur. Des années plus tard, on retrouvera du riz, du café et d'autres denrées que Marie avait mis de côté à cette époque *en prévision de temps plus durs…*

Pierre et Edmée qui fait connaissance des Devoise séjournent à Fontenay en même temps que Lucien et sa famille. Ils subissent les mêmes restrictions alimentaires. Ce que Marie ignore, c'est qu'il s'organise dès qu'elle et Augustin s'absentent des pique-niques surprises sous son propre toit. Pierre et Edmée ont ramené quantité de boîtes de sardines du Maroc qu'ils se sont bien gardés de mettre au pot commun. Le « coup des sardines » se déroule en douce dans la salle de bains, pour mieux étouffer les fous rires des six comploteurs dont on peut à présent révéler les noms.

Catherine, la fille de Renée et Michel, est bien servie par Marie. Catherine a cinq ans. Elle finit d'office tous ses repas par deux petits-suisses. Les garçons trouvent là un bon moyen de se moquer de Renée. Oui, *les garçons…* À dix ans comme à soixante, un homme n'est toujours qu'un fils pour sa mère. Donc les garçons se moquent encore de leur sœur… Pierre appelle la petite *la touque* et Lucien dit qu'elle est *toutouille*. Michou, qui a un an de plus qu'elle, lui fait faire pipi dans le bidon d'eau de pluie, un bidon de tôle sur le flanc duquel on a découpé un carré et qu'on a placé sur des roues. Catherine n'y arrive pas et se met à pleurer.

De Madagascar, Simone et Lucien ont rapporté du riz et trois litres d'huile. Simone réserve un litre pour sa tante Lucienne qui s'est toujours occupée d'elle. Quand Renée voit que de leurs trois bouteilles, ils n'en offrent que deux à Mémère, elle lance : *Tu héberges les gens et voilà la reconnaissance ! Les cadeaux sont pour les autres !* Simone ne dit rien. Mais elle prend une décision. C'est vraiment la dernière fois qu'ils restent à Fontenay. Il leur faut acheter un appartement à Paris. Simone trouve sa belle-mère *très dure quand elle est sous l'influence de sa fille. Sinon on s'entendait bien. Je lui cousais des robes, j'aimais bien lui faire plaisir.* Lucien trouve aussi que sa sœur exagère.

À Paris, il découvre les zazous, attachants avec leurs vêtements anglais excentriques et leur goût du jazz. Il ne les rejoint pas – il ne fait que passer – mais ajoute la partition de « Y a des zazous » à son répertoire. Un morceau qu'il jouera au violon toujours avec plaisir et un sourire teinté si légèrement de nostalgie qu'il faudra le savoir pour s'en rendre compte.

RENÉE *raconte*

Qu'est-ce qu'elle était adorable, Lucette ! Elle glissait des petits mots sous les portes.

PIERRE *et* EDMÉE *racontent*

EDMÉE

Michou, quand elle était petite, c'était un vrai zombie… Michou qui se levait, elle s'amenait, elle restait comme ça le matin… On lui donnait son Racao – c'était du chocolat mélangé avec de la farine –, on lui disait *T'as bien dormi ?* Rien. *Tu dis bonjour ?* Rien. Un zombie ! Elle mettait au moins une demi-heure pour arriver à réaliser… Moi, quand je l'ai vue, j'ai dit *Cette gosse-là, elle vivra pas.* Elle avait six ans, elle pesait dix-sept kilos à peine. Elle-ne-mangeait-rien. « Qu'est-ce que tu veux manger ? » « Du riz. » Alors on demande du riz à l'eau. À l'eau ! Elle prenait très peu de lait, à part le Racao, là, qu'on lui faisait, le machin à l'eau. On allait au restaurant, il y avait des tickets. « Alors qu'est-ce que tu veux manger ? » « Du riz. » « Il y en a pas, tu vas manger… Essaie les frites, les gosses aiment les frites. » Elle voulait pas de frites, elle voulait pas de viande, elle voulait pas de jambon, elle voulait pas de fromage, elle voulait… du riz ! Y avait pas de riz, elle mangeait pas. Alors on la traînait toute la journée et ça, pour marcher, elle marchait.

PIERRE

Quand on arrivait à Fontenay et qu'il fallait remonter à pied du bas de Fontenay jusqu'à la maison, nous on était fatigués, on traînait un peu la patte, mais elle était pas fatiguée, elle était devant, pressée de rentrer, elle disait pas un mot et elle marchait.

EDMÉE

Quoique des fois, Lucien ou toi, vous la preniez sur le dos. Quand on s'était tapé plus de vingt-cinq kilomètres dans la journée… On n'avait pas de voiture à l'époque et on disait à Mémère qu'on partait séparément, moi chez ma tante Charlotte et Simone chez sa tante Lucienne.

PIERRE

Si on partait ensemble, Lucien et moi, Mémère nous imposait Renée.

EDMÉE

On emportait un cabas, on faisait un pique-nique, les gosses étaient contents – en ce temps-là, il y avait que Lucette et Michou, Lucette on arrivait à la faire manger –, puis on passait une bonne journée. Le soir on rentrait très tard, Mémère était couchée, comme ça elle savait pas. Parce que tu comprends, Renée aurait fait le coup de *Mon petit frère*, on le connaît çui-là.

PIERRE

Y avait pas de place. *Mon petit frère*, tu parles !

EDMÉE

Quand on descendait à Paris, elle nous a jamais offert de coucher chez elle. On se retapait Fontenay en cavalant derrière le métro…

Un temps, puis EDMÉE *reprend*

Michou était si gaie quand elle était petite… Je disais qu'elle était zombie le matin, petite, à six ans. Il y a des gens comme ça, il leur faut une ou deux heures pour se réveiller. Ben Michou, c'était ça. Elle continuait à dormir debout. Il est vrai qu'on la couchait à n'importe quelle heure, la pauv' gosse… On rentrait tard le soir et on discutait le coup. Il faisait chaud, faut dire, à Fontenay. Michou, elle était tout le temps en train de faire des niches à Catherine, c'est pour ça qu'elle a toujours un peu de remords, parce qu'elle lui faisait des vacheries en douce… Non, c'est-à-dire que Mémère avait une nette… c'est elle qui l'a élevée la gosse, en somme, alors entre sa petite-fille… entre Michou et Catherine, c'était toujours Catherine qui avait raison. Puis l'autre était rapporteuse, hein, étant petite. Et si Michou allait ramasser une framboise ou des groseilles, elle lui disait *T'es pas chez toi !* Alors Michou, exprès, au lieu d'en prendre une, elle en prenait deux. Elle savait très bien qu'elle était la petite-fille, la même chose, alors elle voyait pas pourquoi une aurait des prérogatives que l'autre n'aurait pas.

PIERRE

Les fruits et les légumes, ils venaient les chercher dans le jardin. Y avait de tout, des pommes de terre, des haricots verts, des petits pois, des carottes, des batavias, des scaroles, de tout je te dis. Alors forcément, c'est un peu comme si c'était à eux.

EDMÉE

Quand Mémère ramassait les haricots, elle les triait. Les fins allaient chez Renée puis nous on mangeait les fils... C'est vrai, hein, j'raconte pas d'histoire... Les plus beaux fruits, c'était pour la fille, et puis nous on avait les fruits véreux, ça a toujours été comme ça.

PIERRE

Moi, ce que j'aimais pas, c'est que Renée, quand elle avait besoin de quelque chose, d'un chou de Bruxelles ou d'un artichaut, elle arrivait au fond du jardin, elle venait même pas dire bonjour ou quoi que ce soit, elle venait se le chercher puis elle repartait avec son artichaut ou son persil, comme ça.

EDMÉE

Elle allait en vacances, c'était Mémère qui allait nourrir les chiens. Michel ne voulait pas que ses draps aillent au lavomatique, que son linge soit lavé avec le linge des autres. Bon, alors c'était Mémère qui se tapait le lavage des draps !

PIERRE

Et pareil pour les commissions. Puisque Renée travaillait et qu'elle avait pas le temps – c'était la grande dame –, Mémère allait au marché pour elle et pourtant elle était pas jeune, hein ?

*

Comme à l'habitude avant que Lucien et les siens ne partent, la famille prend des photos de groupe. Dans le jardin de Fontenay, le 22 septembre 1946, Marie en profite pour rassurer ses deux fils : *Votre père me fait toujours l'amour. Il est encore bien en forme !*

Pour Simone, enceinte de sept mois, il est plus que temps de partir. Bien que le trajet soit plus long, on repart en paquebot, c'est plus sûr, à bord du *Champollion* de la Compagnie des messageries maritimes. De Marseille à Tamatave, en empruntant le canal de Suez, on se sent familier.

À chaque retour, la même ritournelle. Les fonctionnaires affectés *à Madagascar* sans plus de précisions ne sont informés de leur poste qu'à la dernière escale dans une des quatre Comores. Cette fois-ci, Lucien et Simone s'attendent à être envoyés à Majunga, Lucien l'a demandé. Le tableau des affectations placardé sur le pont indique : *Lucien Devoise, Tananarive*. Ils sont déçus.

SIMONE *et* LUCIEN *racontent*

SIMONE

Quand on voyageait sur le bateau, il n'y avait pas toujours suffisamment de cabines pour chaque famille. Alors on regroupait les hommes ensemble, les femmes ensemble. Quand on est retournés à Madagascar, Lucien était dans une cabine avec quatre hommes et moi j'étais avec les deux enfants dans une cabine avec une femme qui avait aussi deux enfants.

Faut que je te raconte une histoire… J'avais Michou en bas, dans la couchette du bas, et Luce en haut. Pouche était de l'autre côté avec les quatre hommes. C'était pendant la fête du bord, pour le passage de la ligne de l'équateur. Il y a toujours une grande fête pour le passage de la ligne. On faisait manger les enfants, on les couchait, nous on mangeait après et comme c'était la fête, le repas était amélioré. Alors je vais à tâtons dans la cabine, je prends ma poudre, je prends tout pour pouvoir aller dans la salle de bains me maquiller mais tout ça sans allumer. En revenant, j'ai voulu déposer ma poudre et les produits de beauté mais, comme je suis distraite, je suis rentrée dans la cabine des hommes. D'abord j'ai posé la boîte. Il y avait juste un homme qui était couché parce qu'il avait un accès de fièvre. Pouche n'y était pas, les autres n'y étaient pas. L'homme était dans la couchette du haut. Moi je voulais voir si Luce et Michou dormaient bien et n'allaient pas tomber. J'ai voulu tâter comme ça. Il était à poil, évidemment, parce qu'il faisait chaud, et je suis tombée sur une paire de grosses fesses velues. Je me suis carapatée en vitesse, j'ai laissé ma poudre et tout ça puis je les ai récupérés le lendemain.

LUCIEN

Quand il fait chaud sur les bateaux, on dort à poil. C'est pour ça qu'on regroupait les hommes dans des cabines, et les femmes de leur côté.

SIMONE

Et je me suis trompée de cabine parce qu'il faut bien imaginer que la coursive était très longue, avec plein de cabines en enfilade. Alors je croyais tâter un enfant, tu penses de la surprise. Heureusement qu'il était côté pile, hein ?

38

Fin 1946 – Tananarive

> Les enfants tournent sur eux-mêmes et les grandes personnes ont le vertige.
>
> Proverbe malgache [1]

Le 2 novembre 1946, à leur descente du train en provenance de Tamatave, les Devoise trouvent Tananarive comble comme jamais. Une épidémie de poliomyélite y fait rage. Simone enceinte de huit mois, Luce treize ans et Michou six ans patientent sur un banc de la gare avec leurs malles tandis que Lucien monte à la poste signer le PV de son installation et récupérer les clés du logement de fonction qui lui est attribué. Mais une mauvaise surprise l'attend. On lui apprend que le locataire actuel refuse de partir. Aucune location, aucune pièce disponible, tous les hôtels sont complets, la pénurie de logements est terrible. De retour à la gare, voyant ses deux filles et sa femme enceinte jusqu'aux yeux se mettre à pleurer sur leur banc, Lucien s'en retourne solliciter l'aide de la gendarmerie. Les gendarmes lui proposent pour un jour ou deux une chambre

1. Cité par Jean Paulhan dans son mémoire de thèse inachevé, publié dans *Cahiers Jean Paulhan II. Jean Paulhan et Madagascar 1908-1910* (Gallimard, 1982).

d'hôtel qu'ils réservent à l'année pour leurs agents de passage. Les Devoise s'installent ainsi dans une chambre de l'hôtel Glacier sur l'avenue principale à côté du *zoma*, que Simone et les filles ne quitteront plus durant quatre mois. Simone ne va pas tarder à accoucher, elle veut éviter que les filles ne soient au contact du virus, les déplacements sont fortement déconseillés à cause de l'épidémie.

Le 20 novembre, Simone accouche à l'hôtel Glacier d'un beau garçon joufflu, Georges Alain. Tout se passe bien si ce n'est qu'il a deux prénoms parce que Simone et Lucien ne parviennent pas à s'entendre. Simone appelle son fils Alain : *Comment ça va, Alain ? Tu veux du lait, Alain ? Coucou, mon Linet…* tandis que Lucien inonde son fils de *Georges* et de *Jojo*. Il aurait aimé écrire le prénom à l'anglaise comme ce fut le cas pour Luce déclarée Lucy à l'état civil mais il ne l'a pas fait. Georges est choisi en hommage à Georges Besse, le père de Liane, qui sera son parrain. Les filles prennent parti pour Alain. Entre Georges et Alain, l'incertitude demeure quelques semaines jusqu'à ce que Simone abdique. Le fiston devient Georges pour tout le monde. Et comme dira Michou : *On s'y est bien faits finalement.*

On tourne en rond et il n'y a rien pour s'occuper. Pas de jouets. Le mobilier de la chambre est très limité. Il n'y a pas de berceau. Georges dort dans une caisse à savon au fond de laquelle Simone a étalé de la ouate. Elle ne dispose que d'une minuscule casserole de quinze centimètres de diamètre qu'elle met sur un réchaud de camping pour faire bouillir l'eau nécessaire à se laver et pour cuisiner. Simone et les enfants n'ont même pas le droit d'aller dans la salle de restaurant. Heureusement, la chambre donne sur une terrasse que l'on partage avec la voisine, une femme de militaire charmante. La terrasse permet aux enfants de se dégourdir les jambes et la voisine qui habite à demeure dans la chambre contiguë passe une partie de sa soupe quotidienne pour les enfants. Toujours la même qu'elle devait cuisiner depuis la nuit des temps, une soupe succulente qui contente les enfants et soulage Simone si mal équipée.

À la poste, Lucien enrage. Il avait demandé Majunga sur la côte ouest et réitère sa demande pour partir au plus vite, sinon à Majunga au moins en brousse. Après ses heures de travail, il fait le détour chez un collègue qui possède une TSF. Le soir, il rapporte au Glacier les informations de Madagascar, de France, d'Afrique et d'Extrême-Orient que diffuse la station intercoloniale de Tananarive.

L'installation provisoire dans la petite chambre exiguë de l'hôtel s'éternise. Puis comme un fait exprès, la bonne nouvelle tombe le 12 février 1947, le jour où Simone fête ses trente-six ans. Le receveur en place a demandé à quitter Majunga pour revenir à Tana et Lucien est nommé pour le remplacer. Georges va sur ses trois mois en pleine santé, Michou saute sur les lits, Lucette s'apprête à entrer en pension. La capitale est en quarantaine et Simone et Michou doivent patienter encore un peu avant de quitter Tana malgré les piqûres endurées. On n'en peut plus, il est temps de partir. Une nouvelle vie va pouvoir commencer.

Luce intègre la pension du lycée Jules-Ferry à la même époque qu'une jeune fille de son âge qu'elle a souvent croisée avant son séjour en métropole. Monette – puisque c'est ainsi que ses camarades appellent Simone Fruteau – passait crânement devant chez les Devoise le matin quand elle se rendait chez les sœurs, et le soir lorsqu'elle en revenait. Luce et Miche fréquentaient un établissement public, Monette était endoctrinée, on se méprisait.

Monette vient juste de perdre son père. Depuis la mort de sa mère peu après sa naissance, c'était lui qui l'élevait, secondé par une tante. Monette a peu de famille à Tana. Son oncle Marcel Fruteau habite Ambohimahasoa sur les hauts plateaux, au sud d'Antsirabé. Après avoir été longtemps chez les sœurs, Monette est envoyée au lycée Jules-Ferry dans lequel une cousine officie comme lingère. À la mort de son père, la famille place Monette en pension et désigne cette cousine comme sa tutrice.

Luce a subi jusque-là une scolarité un peu mouvementée. L'année 39-40 débutée à Tananarive et poursuivie dans l'improvisation en métropole en pleine guerre. L'apprentissage de la lecture à Puget-sur-Argens sous les arbres. Puis les années de primaire à Tana de 41 à 45 quand le monde a d'autres préoccupations. Ses parents auraient souhaité l'envoyer chez les sœurs mais il manquait un document officiel du ministère et les sœurs faisaient patienter la famille, il n'était pas question qu'elles acceptent n'importe qui et n'étaient pas prêtes à faire confiance à un employé des Postes. Excédés, Simone et Lucien avaient opté pour le public avant que le papier n'arrive et Luce avait démarré ses années de collège à Jules-Ferry en septembre 45 puis au lycée Marie-Curie de Sceaux de février à octobre 46. En février 47, puisqu'il n'y a pas de lycée à Majunga, Luce intègre la pension du lycée Jules-Ferry. Pendant les week-ends et les vacances, elle est autorisée à se rendre chez le correspondant désigné par ses parents s'il l'invite. Mais Luce n'apprécie guère ce Mister Polett qu'a choisi son père.

Monette et Luce se retrouvent dans la même classe de cinquième.

MONETTE *raconte*

Les garçons étaient au lycée Gallieni, tout en haut de Faravohitra. On ne se croisait jamais. C'était l'époque du fameux « Lycée Papillon ». Qu'est-ce qu'on a pu la chanter, cette chanson-là ! On l'a reprise tous en chœur je ne sais pas combien de fois pour terminer une fête de fin d'année.

La cour du lycée Jules-Ferry était entourée de galeries comme un cloître. Il y avait des bancs dans les galeries et on s'asseyait sur les livres qu'on n'avait pas le droit de lire, parce qu'on n'avait pas le droit de tout lire. Dans cette cour, on chantait *Domino domino* en se donnant le bras avec Lucy. Elle était sportive, Lucy. Très douée pour le basket. Avec Andrée, elle avait été sélectionnée pour faire du cheval. Moi, j'osais même pas me mettre en short ! [Luce ajoutera : *J'étais capitaine de l'équipe de basket. On s'entraînait au stade de Mahamasina. J'étais motivée, on voyait les garçons !*]

Lucy avait le casier n° 16, tu vois, on se rappelle de ces trucs inutiles… Dans le dortoir, nos lits étaient côte à côte. Ils étaient séparés par une veilleuse et par un voile qu'on fronçait et qu'on défronçait. Denise Vaisserac chantait pour s'endormir. Le jeu des filles, c'était de s'approcher du cagibi éclairé dans lequel logeait la surveillante pour pouvoir lire. On progressait lentement, sans bruit… Vers 48-49, on découpait les photos de Louis Jourdan, le nouveau playboy français de Hollywood, que l'on cachait sous nos oreillers… Qu'est-ce qu'on mangeait mal au lycée, c'était infect ! Heureusement pour moi, ma cousine lingère me prenait des fois avec elle pour le repas.

Je me rappelle qu'en classe Lucy écrivait en secouant la table. Je crois que ça n'a pas changé. Elle avait un correspondant qui ne l'invitait pas souvent. Ce Mister Polett n'était pas souple. À table, il se faisait servir par sa *ramatoa* qui était aussi sa femme mais elle ne mangeait jamais avec lui. Un jour, il a reçu un Écossais chez lui qui a pris pension juste en face du lycée. Nous les avons invités à notre fête de fin d'année, on avait mis au programme une gigue écossaise. Ils ont dû rigoler ! L'ami de Polett était venu avec un tartan vert et bleu et son béret.

Lucy en a bavé. Elle ne retrouvait ses parents que deux fois par an, à Noël et pour les grandes vacances.

On s'était connues auparavant, de loin. Je me rappelle avoir vu Simone avec son uniforme et son béret de marinette. Nous n'étions pas encore copines avec Lucy à ce moment-là mais comme je passais souvent devant chez eux, je l'avais repérée. Je me souviens de Lucy et Michou accoudées à leur muret quand j'allais chez les sœurs. On n'se parlait pas, on se tirait la langue. C'était la guerre public-privé. Elles étaient dans le public. Moi j'étais chez les sœurs, et pourtant mon père était protestant.

Plus garces que les sœurs de Saint-Joseph de Cluny, tu fais pas. Elles disaient que mon père allait mourir et qu'il irait en enfer s'il n'allait pas à la messe. Elles mettaient aussi en garde les filles qui voulaient passer un bracelet à leur poignet en leur disant que le diable s'y accrocherait et s'y enroulerait comme un serpent.

La famille de mon père habitait Madagascar et celle de ma mère La Réunion. À cette époque, on ne se mélangeait pas. Il y avait un cercle pour les Français et un cercle pour les Réunionnais, un bal pour les Français et un bal pour les Réunionnais, l'école des Blancs et l'école des Noirs. J'ai connu le racisme. J'étais acceptée du bout des lèvres à l'école des Blancs. Et je me suis vue mentir en donnant le lieu de naissance de mes parents.

Mon père était pétainiste. De son métier, il était comptable au service géographique. Il appartenait à la Légion et était grand copain du gouverneur de la Légion. Je peux te dire que les apéros avec mon oncle Marcel et son fils Max qui étaient gaullistes étaient tendus.

Sous Vichy chez les sœurs, les filles devaient se mettre

en rang par classe dans la cour pour le lever de drapeau. Un *miramilo* sonnait le clairon tous les matins. Il portait un pantalon de flanelle, un ceinturon rouge et une chéchia, il était pieds nus. La médaillée du mois allait près de la sœur qui lançait : *Cœur sacré de Jésus…* et les filles répondaient *Sauvez la France !* On avait aussi des porte-plumes en forme de bâton de maréchal.

C'était bien vu d'aller à la chapelle pendant la récré. Et entre la cour et la chapelle, on passait devant le bureau de la mère supérieure. On passait souvent sous sa fenêtre pour se faire bien voir.

Il y avait une fille qui avait son franc-parler, Sabine Duby. Tous les matins, la classe commençait par une prière puis par le catéchisme. À midi on avait l'angélus et tout ça. Eh bien Sabine restait muette pendant le catéchisme. Il y avait ce qu'on appelait un concours de catéchisme, comme une composition d'histoire sainte. Eh bien Sabine avait toujours zéro. Et moi, j'étais pas en pension à cette époque-là, j'étais encore chez mon père, et Sabine me racontait les simagrées dans les dortoirs. Quand les filles se lavaient les fesses, il fallait éteindre la lumière.

C'est Sabine qui m'a appris à sauter en hauteur au-dessus du fil en faisant le rouleau canadien.

Quand les Anglais sont arrivés et qu'un nouveau gouverneur a été nommé, mon père a été convoqué dans son bureau, à cause de son rapport à la Légion. Il s'est trouvé face à un ancien camarade avec qui il avait fait la guerre en Syrie. Alors ils se sont entendus.

Qu'est-ce qu'on a pu s'amuser quand les gaullistes ont pris le pouvoir ! Avec les filles, on prenait trois bigoudis en fer-blanc et on se faisait des croix de Lorraine. Des bigoudis à clip du dernier chic ! On les appelait des *West*. Un en hauteur, deux en largeur, ça faisait une croix de Lorraine. À l'école, les sœurs nous ont fait déchirer les images et les photos de Pétain et nous avons tout jeté.

39

1947 – Majunga

Sur la côte sous le vent, la chaleur est sèche. À Majunga la maritime, chamarrée, sablonneuse, le soleil écrase. L'Afrique et l'Orient s'y pressent. Majunga est cosmopolite et métissée. Aux Malgaches dont les aïeux sont arrivés des siècles auparavant de l'actuelle Indonésie se mêlent des *karans* – les commerçants indiens –, des Asiatiques, des musulmans de l'Est africain et des Comores arrivés par boutre, et des *vazaha*. La ville est musulmane, animiste, hindoue, chrétienne, taoïste, et tolérante. On y entend *Bonjour* de cent manières, *Bolatzara* a encore cours mais *Salam* est plus répandu.

Le climat impose la lenteur. Le rythme est tropical sec, l'ambiance orientale et africaine, la sieste incontournable. Avec le tracé des avenues, les églises, la promenade du front de mer, l'architecture des bâtiments administratifs, la France coloniale a posé sa patte. Les métropolitains ne sont pourtant pas nombreux, un médecin, deux douaniers, un postier, des contrôleurs, quelques gendarmes, pas grand monde.

Du port, les navires relient Zanzibar, Moroni, le Mozambique, Mogadiscio, Aden et Port-Saïd, Alexandrie, la Méditerranée, Bombay *via* les Seychelles ou Maurice, et les Indes néerlandaises tout juste rebaptisées République d'Indonésie, encore en conflit avec les Pays-Bas.

Des cargos, et plus loin des boutres, lourds de pamplemousses, d'épices, de raphia, de riz et de ciment amenés à quai par les chars à bœufs sous l'éclairage mortifère du soleil. Les saveurs s'y mêlent, les couleurs s'entrelacent, les mystères s'épousent.

Sans originalité, les riches exploitent des pauvres. Tolérance n'est pas nonchalance. Longtemps, l'esclavagisme a tenu comptoir à Majunga. La *marchandise* y était embarquée pour l'Arabie.

Il subsiste des foyers de lèpre, des enfants miséreux, des mendiants loqueteux.

Majunga, contrastée, ne laisse pas indifférent. Elle est de ces carrefours grouillants où se concentre une humanité réduite où chacun peut trouver à la fois son double et son contraire, d'où son charme si particulier, entêtant, géographique et mystique.

Lucien y est affecté comme receveur. C'est son premier poste officiel de receveur puisqu'il en a rejoint le corps tandis qu'il était mobilisé. À ce titre, il a droit à présent à un logement de fonction. La poste bénéficie d'une situation exceptionnelle rue Gillon entre l'avenue du front de mer bordée de cocotiers et le port aux boutres, derrière une mosquée et à proximité d'une église. En descendant vers la mer depuis l'Hôtel de France, la résidence de l'administrateur se trouve sur la droite puis, cent mètres plus bas, la poste se trouve à main gauche. Une rue calme dans un quartier passant à deux pas *du* baobab, le grand baobab du front de mer que l'on admire et qui sert de point de ralliement. Les maisons coloniales à varangues, à balustres et colonnades jouxtent des résidences arabes aux vérandas fermées de moucharabiehs.

Les guichets et bureaux de la poste sont confinés au rez-de-chaussée d'une large bâtisse jaune de style Gallieni, c'est-à-dire avec une armature en fer. Sur le frontispice, en grandes lettres noires : *Poste-Télégraphe*. À l'étage, une véranda large et profonde empêche le soleil de pénétrer dans l'appartement. Une grille haute sépare l'appartement du service de télégraphe. Un double escalier latéral conduit chaque côté aux arcades du bas et à la cour qui sert de parking. De la véranda, côté appartement, le regard se tourne vers l'océan qui n'est qu'à cinquante mètres. On vient y admirer le soleil mandarine à l'heure où il se couche tandis que la Betsiboka vomit sans discontinuer son eau rouge sang de bœuf.

La véranda est le lieu favori de tous. Toute l'année on peut y lire, tricoter, jouer aux cartes ou à la poupée ou encore s'offrir un whisky-soda en attendant la fraîcheur du soir à l'abri des pluies tropicales. Simone y a disposé un salon en bois léger avec une table basse. Seule une poussière excessive dans l'air, certains jours de vent fort chauffé sur les plaines, peut décider d'un repli temporaire à l'intérieur. À cette exception près, on apprécie l'ombre et le zéphyr si ténu qu'il ne pénètre pas dans le bâtiment.

Dans la journée, tout le monde se tient en retrait à cause de la lumière. Mais trop en retrait, on ne voit plus les clients pénétrer dans l'enceinte de la poste et Simone apprécie d'échanger quelques mots avec les visiteurs. Lucien quant à lui les voit défiler toute la journée alors, quand il s'accorde une pause à l'étage, il se tient plus en retrait sur la véranda. Georges y fait ses débuts à quatre pattes puis ses premiers pas.

La maison la plus proche, juste attenante à la poste, est une école hindoue. Un des hindous qui observe Simone cherche ses faveurs. Il tourne autour du pot. Jusqu'à ce qu'un jour il lui propose directement de travailler un peu à l'école. Simone refuse, son approche s'arrête là.

Au *bazar be*, le grand marché, Simone se fait accompagner par un *boy-sobika* (on prononce *boy-soubik*), un jeune garçon qui contre un peu d'argent porte la *sobika*, le panier tressé. Donatien est un habitué. *On payait cinquante centimes le boy-sobika et un franc le ramasseur de balles*, glissera Lucien dans un commentaire sans que l'on soit sûr à présent s'il faisait alors allusion à Majunga – les notes prises sur le vif manquent parfois de précision.

Simone aime ce marché où l'Afrique, l'Asie et l'océan Indien mêlent les senteurs de leurs épices enivrantes à des couleurs vives. Le cuistot fait des achards de mangue verte qui s'accommodent bien de cette nourriture habillée de citron, de safran, de masala, de piment, de coriandre et de gingembre.

Miche apprécie beaucoup la ville et le grand logement au-dessus de la poste dans lesquels elle se sent enfin respirer. Elle a fait du port aux boutres son terrain de jeu favori. Elle observe le déchargement d'énormes tas de fruits sur le quai.

Simone fréquente souvent la piscine l'après-midi lorsque la ville est déserte et les commerces fermés. Originale, cette piscine, construite dans la mer, accolée au littoral. Lucien, qui ouvre le bureau de sept heures à midi, ne rouvre les guichets qu'à seize heures. Dans l'entre-deux, sieste ou piscine.

Ils aiment flâner le soir sur la *promenade des Anglais*. Ils s'étonnent devant un remorquage d'un genre inédit : une voiture tractée par les jambes des hommes assis alignés dans le coffre de la voiture tractrice, les pieds coincés sous la carlingue du véhicule en panne. Que se passera-t-il lorsqu'il faudra freiner ? Il y a toujours quelque chose pour s'étonner, dans ce pays.

La plage est magnifique. De retour sur la véranda, ils se laissent porter par les rumeurs de la ville. Simone et Lucien trouvent Majunga propre, bien agencée, bien située, très accueillante. C'est bien simple, Majunga devient leur ville malgache préférée. Leur vie est également plus aisée, Lucien passe receveur de première classe en juillet 47.

Luce revient aux grandes vacances et à Noël dans des Junkers, des bombardiers de la guerre reconvertis pour le transport des passagers, avec les autres enfants pensionnaires dont les parents résident à Majunga.

À Majunga, il fait chaud et sec toute l'année. La chaleur d'été y est particulièrement saisissante, l'air est saturé de poussière, les longues siestes sont obligatoires. C'est avec la côte est, plus humide et qu'ils connaissent mieux, que les Devoise renouent pour leurs congés d'été. Ils rejoignent Maroantsetra ou Tamatave par bateau *via* Nosy Be, Diégo, Vohémar. Nosy Be est magnifique, un paysage de carte postale. Mais Vohémar ! Ah, Vohémar que Lucien admire tant… À Tamatave, ils louent un bungalow proche du centre en bord de mer. On ne peut s'y baigner à cause des requins puisqu'il n'y a pas de barrière de corail. Il faut se rendre plus au nord, à Foulpointe ou Fénérive, pour se baigner en mer. C'est à Foulpointe, la Côte d'Azur malgache, que se retrouve en saison la bonne société qui fraye le restant de l'année à Tana au Café de Paris, au Colbert ou à la Taverne et qui vient par transhumance, une société de colons riches, d'officiers et de hauts fonctionnaires. Sans parler des broussards qui ne bougent pas de chez eux, les colons plus modestes ne suivent pas et la villégiature de Tamatave convient parfaitement aux Devoise.

Tamatave est une ville florissante dans un cadre exceptionnel. Le premier port du pays est toujours une source de richesses potentielles, une frange, une zone de passage et de rencontre. Jusque tard dans la nuit, la ville connaît une animation colorée. La présence des marins n'y est pas étrangère. L'atmosphère est douce. De grandes saucées quotidiennes s'abattent sur la ville mais elles ne durent généralement pas, un quart d'heure, une demi-heure au plus. La ville est baignée par les alizés.

Les Chinois appelés par les Français pour construire le chemin de fer ont amené à Tamatave le pousse-pousse, disent certains, tandis que d'autres affirment que le pousse-pousse n'est qu'un filanzane à roues. Comment savoir puisque les deux sont vraisemblables ? Est-il envisageable que les Chinois n'aient pas eu de mal à introduire le pousse-pousse à Madagascar justement parce qu'il ressemblait à un filanzane à roues ?

Les motifs des *lambas* ainsi que les couleurs sont plus jolis à Tamatave qu'à Tana. Les gens sont plus nonchalants qu'à la capitale, moins agressifs. L'ambiance est détendue. Les Devoise retrouvent un peu de Maroantsetra à Tamatave, avec des loisirs et de l'animation.

Entre Majunga et Tamatave, la vie aurait pu continuer ainsi…

Mais la grandeur coloniale vacille. Déjà des élites autochtones proclament l'indépendance de l'Indochine. En Inde, Gandhi et ses partisans obtiennent des Anglais l'indépendance, au prix de la partition du pays. Les empires coloniaux se fissurent de partout.

L'insurrection malgache de 1947 est terrible. Violente. Sanglante. La coupe est pleine.

Ce qu'ils ont subi, les Malgaches ne peuvent plus le supporter. Et l'abrogation du code de l'indigénat de 46 est loin de suffire. Puisque la France n'entend pas leurs revendications, ils veulent en finir. La chasse à la puissance colonisatrice est amorcée, là comme ailleurs. La *rébellion* malgache comme les métros l'appellent alors est brutale. Sur la côte est, le mouvement est plus radical que sur la côte ouest, plus ouverte et plus tolérante.

À Tana, dès le début, le lycée Jules-Ferry ferme ses portes. Luce rejoint Majunga tandis que son amie Monette est envoyée chez son oncle à Ambohimahasoa.

À Majunga, la rébellion est une expérience tendue, limite. Les Devoise apprennent qu'un paquebot est prêt à embarquer les Blancs si la situation s'aggrave. Certains partent déjà.

Sur la véranda, un muret sépare l'appartement du central télégraphique. Simone et Lucien craignent que les insurgés ne cherchent à prendre le central puis s'infiltrent chez eux. Au plus fort de la crise, deux policiers en faction surveillent en bas l'entrée de la poste. Lucien et Simone se relaient la nuit sur la véranda pour faire le guet, un fusil de chasse à portée de main. Mais comment pourraient-ils riposter s'ils sont attaqués par une horde ?

Lucien est sauvé par un de ses employés malgaches qui vend la mèche. Il lui apprend que le mécanicien de la poste dirige un groupe qui doit prendre le contrôle du bâtiment et qu'il est chargé de zigouiller son patron. La famille s'enfuit juste à temps pour se cacher. La police vient arrêter le chef de bande en pleine poste et en pleine journée.

La répression est terrible et sans concession. Les militaires français reçoivent l'ordre d'éliminer les révoltés, l'estimation du nombre de morts varie entre onze mille et quatre-vingt-neuf mille, suivant la source et si l'on compte ou pas les décès liés à la malnutrition et aux maladies des personnes déplacées. Plusieurs milliers de Malgaches sont abattus par les forces françaises. Le divorce est inéluctable à défaut d'être prononcé.

De l'intérieur, un tyran peut contraindre durablement une population en s'appuyant sur une frange pour dominer l'autre. Mais un occupant extérieur ne peut s'imaginer résister longtemps à une population contrainte et déterminée. Il faudra encore treize ans avant que Madagascar n'accède à son indépendance. Bien que la tension retombe après l'insurrection, l'issue ne laisse un doute qu'à ceux qui ne veulent ou ne peuvent pas voir.

Rien ne sera désormais plus comme avant pour Lucien et Simone. Ils ont réellement eu peur. Lucien apprend qu'un de ses amis médecins a été torturé et découpé par son plus proche collègue, un Malgache. Les filles sont moins marquées que leurs parents. C'est souvent le cas. Pendant les cyclones, les enfants ont très peur sur le moment puis ils évacuent très vite leur stress. Quand ils sont malades dans les transports, l'effet immédiat est violent, mais aussitôt le pied posé au sol, tout est oublié. Les durées ne sont identiques aux enfants et aux adultes qu'au chronomètre.

Après avoir vécu plusieurs années au même endroit, on s'y sent soit chez soi, soit exilé. La recette du bonheur qui consiste à se sentir chez soi partout comme les rois et les voleurs n'est pas donnée à tout le monde. L'insurrection passée, les Devoise ne se sentent plus à leur aise à Madagascar. Ils n'ont plus qu'une idée en tête : partir. Lucien demande une mutation pour l'Afrique-Équatoriale française – l'AEF – qu'il obtiendra en 1949.

En attendant, la vie suit son cours. Georges est confié à une nénène qui revient parfois tard à la maison. On ne s'en préoccupe pas dans l'immédiat. Mais un soir, elle ne revient carrément pas. Le *tsimandou* que Lucien envoie à sa recherche finit par la trouver ivre dans un bistrot du *tanane* – le village malgache –, Georges à ses côtés, tranquille dans sa poussette. Lucien la remplace aussi sec…

Yaya, le cuistot comorien, musulman, est très gentil et très attentionné. Lorsque Miche a mal à la gorge, il lui donne du miel et du citron. Et comme elle adore ça, elle a très souvent mal à la gorge.

Luce retourne à Tana où Monette lui raconte l'histoire du chef rebelle malgache à qui les légionnaires ont coupé une oreille et qu'elle a vu tenir et regarder son oreille. Puis un autre que les légionnaires ont pris et jeté dans la chambre froide de l'usine de son oncle Marcel. L'oncle avait fait préparer un bouillon chaud, l'avait amené au chef rebelle, l'avait sorti pour la nuit et remis le matin suivant. Le lendemain, les légionnaires l'avaient oublié. Le chef avait dit qu'il devait la vie à Marcel…

En 48, Lucien est distingué du titre de chevalier de l'ordre de l'Étoile d'Anjouan, dix ans avant de devenir officier. Il recevra aussi la médaille du combattant de 39-40 et la médaille commémorative des services volontaires dans la France libre. Sa carte de combattant, établie à Brazzaville le 13 juin 1958, porte le numéro 10413, et sa carte des FFL établie à Paris le 4 mars 1954 le numéro 17161.

Quand il leur rend visite, l'oncle Roger fait beaucoup rire les enfants. Devant Michou et Georges tout ébahis, il gonfle ses biceps en soufflant dans son pouce. Les enfants essayent bien évidemment de l'imiter et s'étonnent qu'il ne se passe rien. Au repas, Roger continue ses merveilles et leur offre de la *grenadine*, quelques gouttes de vin rouge diluées dans l'eau… Les jeunes guettent les visites trop rares de ce tonton formidable.

Partir offre cette opportunité formidable de savoir à quoi l'on tient. On trie. C'est fou ce qu'on accumule. Alors on hésite. On donne, on distribue. On met de côté. On jette. Partir donne cette possibilité de trier l'essentiel et, en définitive, de se connaître un peu mieux. Il faut partir pour se rendre compte de l'immense territoire de l'inutile. Le peu qu'il reste, c'est notre trésor. C'est nous. Notre vie est là, avec aussi nos souvenirs qui ne demandent même pas une malle, même pas une enveloppe. Tout est là et on l'emporte avec soi, en route pour une nouvelle étape.

Combien d'étapes nous reste-t-il encore ? Nous avançons avec l'espoir.

MICHE *se souvient*

Je me souviens que pour cinq centimes j'allais m'acheter un énorme pamplemousse rose pour mon goûter au port aux boutres. Dans la cour de l'école primaire, il y avait des jujubes – on aurait dit des cerises jaunes – et des fruits de tamarin. À l'heure de la récréation c'était la course pour aller ramasser et manger les fruits tombés et les petits Malgaches courent vite… J'avais les cheveux blond-blanc et les élèves malgaches m'appelaient *barbe de maïs* ou *goun* ou *ragoun*, du nom qu'ils donnent à la fibre de sisal. En classe, j'avais comme livre de lecture *Jean-Christophe* de Romain Rolland, c'était tellement beau et triste que je demandais à Pouche de me lire les chapitres suivants le soir après le dîner.

La poste sous notre appartement était entourée d'une terrasse où, chaque mois, à l'arrivée du bateau de France, des centaines d'énormes sacs contenant des caisses et des colis étaient entreposés avant la distribution aux commerçants et aux particuliers. Avec Pierre Mercier, le fils du contrôleur de la poste, on sautait et on se cachait dans ces montagnes de sacs… C'était très poussiéreux mais tellement drôle ! Je me souviens aussi de l'invasion des criquets… Durant trois ou quatre jours, les insectes faisaient un bruit d'enfer et, quand ils repartaient, il ne restait plus une seule feuille sur les arbres autour de la poste et dans le petit square.

Il y avait le Cercle à trois cents mètres de la poste où les Européens se retrouvaient le samedi soir pour dîner : chacun préparait un plat et Mouche faisait souvent sa fameuse salade de riz, ils organisaient ensuite une soirée dansante. Je restais seule avec Georges dans l'appartement mais, un soir où la musique était très forte, je me suis réveillée prise de panique. Il y avait une porte grillagée fermée à clé au milieu de l'escalier qui descendait au rez-de-chaussée… Je suppliais le gardien de nuit de m'ouvrir la porte pour aller chercher mes parents mais il n'avait pas la clé. Il essayait de me rassurer mais c'est resté un très mauvais souvenir.

Plus sympa, le retour des lycéens en vacances. Luce et ses copines et copains se retrouvaient à la piscine et j'adorais être de la partie. Luce devait trouver la petite sœur encombrante… J'avais une copine Hélène qui adorait rire. Je lui avais montré l'album de photos de famille où Tata Renée tenait la vedette dans des vêtements extravagants à la mode de son époque : elle riait aux éclats et, à chacune de ses visites, elle disait *Montre-moi Tata Renée* et c'était parti pour une séance de fou rire.

Dès que j'avais un peu d'argent de poche, je fonçais chez l'Indien Zaveri qui tenait une boutique-bijouterie crasseuse pour acheter un ballon à gonfler. Il devait avoir un vieux stock à écouler car à chaque fois j'avais à peine soufflé que le ballon éclatait. Mais je récidivais dans mes achats comme quelqu'un qui s'acharne à jouer au loto et qui perd tout le temps.

Georges avait une nénène qui l'emmenait au parc proche de la poste. Vers deux ans et demi-trois ans, il avait au parc une copine de son âge qui était en admiration devant lui. Elle était la fille unique d'un haut magistrat, et les parents invitaient quelquefois Georges à déjeuner pour faire plaisir à leur fille. Il a commencé tôt son entrée dans le grand monde ! Georges nous a surpris aussi quand on l'a retrouvé couché par terre et partageant le repas du chat… Et sa passion des rouleaux compresseurs qu'il appelait *Koutout*…

LUCIEN

Les indigènes sont contents, ils arrivent sous la véranda, dans la boutique, et comme ils ont un pagne, un *lamba* – le *lamba* cache –, en entrant dans la boutique ils barbotent un petit morceau de savon. Mais tout ça, c'était étudié pour. Quand il va acheter son morceau de tissu pour se faire une chemise ou la femme pour se faire une robe, là il le paye son morceau de savon. Tu vois comment ils font, les commerçants ? C'était destiné à être volé. Tout le monde le savait.

Mais à Majunga, ils étaient dégueulasses, les commerçants. Les indigènes raisonnent pas comme nous. Quand il y a une fête, ils dépensent beaucoup. Pour un mariage, ils font des dettes pour au moins six mois, même un an. Les indigènes ont un troupeau de bœufs. Quand ils veulent acheter quelque chose en ville, ils emmènent un bœuf en ville et puis ils le vendent. La femme vend le bœuf, elle a quand même pas mal d'argent. Elle passe devant la boutique d'un *karan* qui vend des bijoux de cuivre qui brillent comme si c'était de l'or. Ils vendent du cuivre presque au prix de l'or, hein, pour les femmes indigènes. Les Indiens se sont enrichis de façon formidable.

Les Chinois sont moins voleurs. Les Chinois, eux, font dans l'alimentation. Le Chinois est poli, hein. Toujours comme ça [il se courbe]. Chez un Chinois, tu pouvais manger, c'était propre. Chez les Indiens, c'était dégueulasse. Ils étaient très gentils, on les voyait souvent, surtout Charifou le photographe. Ils étaient sympathiques, ils nous donnaient des cadeaux, ils nous offraient des beignets mais dans des serviettes crasseuses, on était obligés de les jeter.

Les Indiens se grattaient les doigts de pied sur leur véranda. Jamais on voyait un Chinois avachi en train de se gratter les doigts de pied. Toujours impeccables. Avec des petits pantalons blancs en toile qui arrivaient à moitié mollet. Pantalon blanc, chemisette blanche, d'une propreté impeccable. Ils ne se lavaient pas les dents mais suçaient des petits bâtonnets qui leur nettoyaient les dents. Les Indiens de Madagascar étaient sales chez eux et sales sur eux.

SIMONE

Quand on se promenait sur la jetée de Majunga, une jetée formidable, bordée de rochers, avec des bancs, on voyait à marée basse tous ces… Les Indiens n'utilisaient pas de papier quand ils allaient faire leurs besoins. C'étaient tous les rochers qui en avaient des virgules…

LUCIEN

Tu sais qu'il y en avait qui soutenaient l'Aga Khan à Majunga, des agakhandistes ? Même le Cercle français à Majunga, il appartenait à l'Aga Khan. Toutes les propriétés de Majunga étaient indiennes. On parle de Bardaï qui était fabricant de savon. Et Charifou. Et Pachou…

LUCIEN, *un autre jour*

J'ai eu sous mes ordres un contrôleur issu de la noblesse du Béarn, Biragui de Biragué. Un peu voyou, pas d'instruction générale. Comme instructeur civique, zéro. Juste il savait faire un peu de violoncelle. Surtout, il était voyou. Mais il était pistonné par Monnerville, un sénateur bien en vue. Il faisait deux fautes d'orthographe par ligne, il avait été à l'école des quatre jeudis. Ce type-là a passé le concours de rédacteur et il a été reçu. Quand j'ai appris ça, je partais pour Paris. Je vais au ministère des Colonies, je vais voir le chef du service du personnel. On parle de Majunga puis des uns et des autres. Je lui dis : *Quand même, pour de Birague, c'est honteux. Un type comme ça incapable d'écrire une dictée de certificat d'études qui est passé rédacteur*… Il me répond : *Quand sur un dossier il y a un cachet ministériel, on ne peut passer outre.* J'ai compris.

Je pense qu'il y avait plus de pots-de-vin dans les colonies. J'en ai vu pas mal dans l'administration, j'étais dégoûté et j'étais pas le seul. De Laval était un type formidable, passé à la force du poignet de mousse au Havre à ingénieur maritime, nommé à Tamatave. Je l'ai connu là-bas, un gars solide, honnête, travailleur. Eh bien figure-toi qu'il a tellement été dégoûté par le régime des pots-de-vin qu'il a quitté l'administration. J'ai connu aussi un colonel qui pistonnait à l'envers. Ceux qui lui étaient recommandés n'étaient jamais affectés où ils avaient demandé. Et puis le piston ne réussit pas toujours à ceux qui l'obtiennent. J'ai connu un gars qui a obtenu un piston pendant la guerre pour aller se planquer à Djibouti. Il en est mort de son piston. La base de Djibouti a été rasée et tous ses occupants ont été tués.

*

Adieu donc, adieu,
et dites-lui que moi-même et l'oubli
sommes déjà bien loin.

Flavien Ranaivo

SIXIÈME CAHIER

1949-1959

40

1949-1951

> « Tous nos malheurs, dit Pascal, viennent de ce que nous ne savons pas nous tenir tranquilles dans une chambre. »
>
> Je ne sais s'ils ne viennent pas davantage de ce que nous ne pouvons pas sortir de notre peau.
>
> Vercors, *L'Espoir sans espérance*

En 1949, en quittant définitivement Majunga et Madagascar, Lucien a droit à six mois de congés administratifs. Georges fait la connaissance de ses grands-parents paternels. À Fontenay-aux-Roses, il se planque sous les tables et fuit partout, il ne veut pas les embrasser. *Mais enfin, c'est un sauvage, ce fiston qui veut pas embrasser sa grand-mère*, maugrée Marie. Luce a seize ans. Depuis un an déjà, elle est revenue en France. Confiée à ses grands-parents à Fontenay, elle poursuit ses études au lycée Marie-Curie de Sceaux.

À cette époque, de nouvelles lois augmentent les primes à l'expatriation.

La rébellion de 47 et la guerre d'Indochine renforcent Simone et Lucien dans le sentiment qu'ils vivent la fin d'une époque. Ils repartiront cependant, ils l'espèrent. Ils ne sont pas encore prêts à rester. N'empêche qu'il serait temps de penser à acheter. Pas pour *devenir propriétaires*, ils ont passé l'âge d'entamer une carrière de propriétaires. À quarante-quatre ans, Lucien voit les choses autrement.

Notre propre corps, nous n'en sommes pas propriétaire puisqu'il sera encore là, inerte, quand nous ne serons plus. Alors si nous ne nous possédons pas nous-même, quel sens donner à la propriété dans les sociétés humaines ? Le souffle, les organes, la pensée, les gestes, les croyances, les émotions, les sentiments, rien de tout ce qui fait la vie ne se possède. Les animaux ne possèdent rien et cela les empêche-t-il de vivre ? Tout juste s'octroient-ils l'usufruit d'un territoire pour un temps. Passerait-on sa vie à se rassurer ? Ces petites pensées, Lucien se les formule à Notre-Dame-de-Monts en Vendée où ils louent en famille un meublé pour les vacances, sur la plage – le type même de l'espace commun que tout le monde se partage. Avec Simone, ils discutent, se décident à acheter et, à leur retour à Paris, se mettent en quête d'un appartement près du parc Montsouris. Ils auront un pied-à-terre où Luce pourra s'installer plus tard. En attendant, ils louent rue de la Convention. Leur mobilier est plus que réduit, Georges dort à nouveau dans une caisse de savon, c'en devient une habitude.

Assez vite, ils achètent à Paris rue Roli, dans cette rue aussi courte que son nom qui connut l'effervescence cinquante ans auparavant quand les bolcheviques en exil qui montaient chez Kamenev au deuxième étage du numéro 11 croisaient les mencheviques du groupe En avant qui se réunissaient au troisième chez Lounatcharski. Est-ce en souvenir de cette turbulence ou en rapport avec ses lectures du moment – les grands romans de Tolstoï et Dostoïevski – et sa lubie d'apprendre le russe, toujours est-il que Lucien apostrophe un jour Simone *Babouchka !* et que les enfants embrayent en les appelant *Mamouchka* et *Papouchka* qui se transforment par érosion en *Mouche* et *Pouche*.

Au cinquième étage sans ascenseur de ce 11 rue Roli, l'appartement que visitent les Devoise n'est pas grand, tout juste une petite cuisine en longueur, un séjour, deux chambres et des toilettes dans un coin triangulaire, mais il leur convient. Les fenêtres donnent sur le nord et pour distinguer un petit bout du parc Montsouris, il faut se pencher à la balustrade et se tourner à angle droit. Ils n'ont quasiment aucun apport et demandent à Augustin et Marie de leur prêter de l'argent. Marie est intransigeante : *Vous prêter de l'argent alors que vous êtes sans cesse ailleurs et que vous préférez l'Afrique à une gentille vie près de chez nous ? Pas question.* C'est finalement Roger qui, de ses maigres économies, leur avance de quoi boucler leur budget. Les Devoise signent l'acte de vente avec Jean Bruller, le propriétaire, connu sous son nom de plume, Vercors.

Entre 49 et 51, Luce et Miche partagent un grand lit dans la chambre du fond, avec un poêle à charbon qui fume, tandis que Georges dort dans la chambre des parents. Un couloir étroit équipé d'un lavabo d'eau froide fait office de salle d'eau. Simone autorise Georges à jouer au parc Montsouris dans le petit coin qu'elle peut surveiller en se penchant à sa fenêtre. S'il sort des limites de vue, il est puni et doit remonter *illico*.

Quand ils repartiront en 51, Lucien et Simone loueront d'abord l'appartement à une jeune cousine du Jura, Simone Tisserand, puis Luce s'y installera avec une copine qui louera une chambre. Simone, Miche et Georges les rejoindront pour les congés.

Le processus de décolonisation enclenché – pas seulement en France –, le monde est prêt à découvrir un autre visage des colonies. Marguerite Duras publie *Un barrage contre le Pacifique* à une période propice. Simone découvre ce récit en forme de roman. Une lecture choc. Un coup de poing comme on en reçoit quelques fois dans une vie. Simone n'est pas une grande lectrice. Elle lit le plus souvent des romans à l'eau de rose. Mais dans le *Barrage*, la mère Donnadieu qui se bat contre une administration corrompue pour tirer de quoi subsister avec des indigènes, c'est sa mère. Celle qui avec son fils désabusé gère la maison et les concessions laissées par un mari emporté trop tôt par les aléas de la colonie, c'est sa mère. Les petits colons plus proches des indigènes que d'une administration générale qui ignore leurs courriers et leur renvoie un silence insupportable, c'est exactement cela… L'expérience singulière du roman lui renvoie un écho bien plus fort de sa propre expérience que ne le ferait n'importe quelle théorie. Au fil des pages elle retrouve la solitude de sa mère, ses grains de folie, le mépris d'une administration coloniale empesée… Quels rêves Auguste et Eugénie avaient-ils en partant pour la colonie ? Espéraient-ils trouver la fortune au bout de leurs scies et dans leur champ de café ? En définitive, ils avaient survécu, et encore, pour un temps seulement. Auguste y avait laissé sa peau. La colonie, tout ça pour ça ?… Simone entend encore Roger : *La colonie rapporte uniquement à qui elle ne coûte rien… Colons et indigènes, on nous a bien eus !* Simone le revoit, dépité, rentrer d'un séjour à Majunga. Il avait tenté de prendre à parti le ministre de la France d'outre-mer en visite à Madagascar, pour débloquer des dossiers. Roger s'était démené pour cette visite dans laquelle il avait trop misé. Il s'était installé au bar en face du Cercle où le ministre était descendu. Il lui avait fait transmettre une requête pour obtenir de l'administration coloniale les droits auxquels il pouvait prétendre, pas plus. Mais le ministre François Mitterrand n'avait pas souhaité l'écouter. Roger, écœuré, s'était assis sur son espoir.

Marguerite Duras aide Simone à relire vingt-deux ans passés à Madagascar et à mettre enfin des mots dans des espaces qui restaient vierges, en attente.

Les gens qui nous ouvrent les yeux, nous leur sommes éternellement reconnaissants.

Lorsqu'il reprend le travail après son congé administratif, en 1950, Lucien est affecté à Brazzaville au Congo. Luce lui tricote un pull en laine. Il part seul et reçoit un contrordre à l'escale de Douala : il doit rejoindre Libreville au Gabon où l'attend un poste. Mais le climat local ne lui convient pas. Au bout de six mois, le pull de Luce est troué de partout par les mites. Lucien profite de la mission d'un de ses supérieurs pour demander et obtenir sa mutation à Brazzaville qu'il rejoint en avril 1951, après une promotion au passage (Pouche devient le plus jeune receveur hors classe d'AEF). Il s'y rend seul, le temps d'estimer si la famille peut s'y installer.

L'été 50, Simone le passe comme l'année précédente avec les enfants à Notre-Dame-de-Monts. Aux vacances de Pâques 51, elle loue à Gérardmer pour faire visiter les coins de sa jeunesse aux enfants. Il y a de la neige dans les Vosges et c'est déjà le printemps en Alsace, les fruitiers sont en fleurs. Miche se souvient qu'au cours d'une virée en car à Colmar, la famille déguste choucroute et tarte aux pommes. Étonnante facilité qu'ont les jeunes mémoires à imprimer des petits détails… Au col de la Schlucht, Mouche glisse sur la piste où Georges fait de la luge et elle se casse le bras. Miche précise : *Luce a assuré un max pour gérer la situation et la suite du séjour.*

Pour Pouche et Mouche, Brazzaville inaugure des années d'alternance entre Paris et l'AEF. De Madagascar, les fonctionnaires rentraient tous les trois ans en congé administratif en métropole. D'AEF, c'est tous les deux ans.

41

1951-1953 – Brazzaville

Moins le Blanc est intelligent, plus le Noir lui paraît bête.

André Gide, *Voyage au Congo*

Et quand je leur disais que les Blancs ont un pays où rien ne manque, ils ne pouvaient s'expliquer pourquoi nous l'avions quitté.

Savorgnan de Brazza
cité par Patrick Deville, *Equatoria*

Le 19 septembre 1905, le jour où naquit Lucien, la dépouille de Pierre Savorgnan de Brazza qui venait de s'éteindre de dysenterie ou d'empoisonnement à Dakar était rapatriée et la France s'apprêtait à lui rendre hommage lors de funérailles nationales. Au cours de sa seconde mission, en 1881, de Brazza avait signé un traité de protectorat avec le chef local, le makoko des Batékés, qui lui avait offert le village de Ncouma sur les rives de la Stanley Pool, une vaste retenue naturelle du fleuve Congo en amont des chutes. Baptisé plus tard Brazzaville, ce village devint en 1910 la capitale de l'AEF qui regroupe le Gabon, l'Oubangui-Chari, le Tchad et le Congo que l'on appelle aussi Congo-Brazzaville pour le différencier du Congo belge.

Lucien va sur ses quarante-six ans lorsqu'en avril 1951 il arrive à Brazzaville. Sur le paquebot, il fait la connaissance de Louis Sherbourne, vice-consul britannique à Brazzaville, avec qui il se lie. Sherbourne parle un français parfait mais Lucien préfère s'adresser à lui en anglais.

Comme l'acclimatation se passe bien, Simone et les trois enfants le rejoignent pour la rentrée de septembre.

Georges fréquente l'école face à la poste. Miche entre en sixième et Luce, qui vient d'avoir dix-huit ans, repique sa première, toutes deux au lycée Savorgnan-de-Brazza à l'autre bout de cette ville très étendue, près du terrain d'aviation de Maya-Maya. Luce, en queue de classe au lycée Marie-Curie, se retrouve brusquement parmi les meilleurs à Brazzaville. Ses camarades de classe ont vingt, vingt-cinq, voire trente ans. Il ne lui faut pas un trimestre pour comprendre que si elle veut obtenir son bac, il vaut mieux retourner en France. Elle le sait, ce sera au prix d'un sacrifice de taille, quitter le Congo pour se retrouver chez ses grands-parents à Fontenay. Lucien le lui redit mais elle sait déjà qu'avec Marie la vie quotidienne n'est pas marrante. Luce s'obstine à réussir ses études et le jour de sa fête, le 13 décembre 1951, sous une tempête de neige, elle atterrit à Paris. Elle passera les deux années les moins drôles de sa vie au 23 route de Versailles à Fontenay-aux-Roses mais réussira brillamment ses deux bachots en 52 et 53. Luce trouve consolation dans le sport, en particulier la natation.

Son frère, sa sœur et ses parents resteront à Brazzaville jusqu'à Pâques 1953. Miche y fera toute sa sixième et deux trimestres de cinquième.

La poste centrale est un très beau bâtiment Art déco du quartier de la Plaine. Des lépreux mendient dans la cour. L'appartement des Devoise, au-dessus de la poste, a une très grande terrasse. Chaque soir, le gardien de nuit s'installe dans la cour de derrière au milieu de beaux arbres et organise sa cuisine sur trois pierres. Georges s'en fait vite un copain et descend partager son manioc et ses bananes plantain.

À Madagascar, la famille avait un boy ou un cuistot. Au Congo, elle a un cuistot et un marmiton qui fait la vaisselle, passe le balai, aide en cuisine et porte le panier au marché.

Les enfants grandissent et se font des amis. Georges chasse les cafards qu'il appelle les *papards* et qu'il course une sandale à la main. Il n'a école que le matin. Le chauffeur de la poste le conduit directement à la piscine à la sortie de l'école, et encore il y retourne l'après-midi.

À la veillée, Lucien se plonge dans les bouquins qu'il reçoit de France. Les couvertures cartonnées de la librairie Hachette voyagent mieux que d'autres. Les connaissances s'échangent les livres. Lucien affectionne la littérature de voyage, l'histoire, les romans d'espionnage. Simone apprécie *Pivoine* de Pearl Buck.

Une petite vie sympa s'organise.

Simone et Lucien font de nouvelles connaissances comme à chaque étape. Des nomades, Hwang Sok-yong dit que, chez eux, *L'acceptabilité des autres est très élevée. Migration, harmonie, survie, réserve : ces mots guident leur expérience.* Depuis plus de vingt-cinq ans, Mouche et Pouche vivent en nomades. Tu passes chez le voisin et il te rend visite. Les contacts se font et se défont au rythme des départs et des arrivées qui se succèdent allègrement. On se tutoie plus aisément sous les tropiques, aussi. En définitive, le plus difficile à gérer pour le nomade c'est quand il lui faut se poser, quand les circonstances l'obligent à s'arrêter, et qu'il atterrit en ville. Alors il est perdu. Comme

Dersou Ouzala qui, après une vie passée en forêt, abat un arbre du jardin public. Le nomade qui tombe en ville balbutie comme un gosse. Les citadins ont leurs réseaux. La porte à côté n'est rien pour eux, et le nomade qui se pose demeure seul.

Être nomade, c'est préférer l'être à l'avoir.

À Fontenay, Luce trouve le pavillon de ses grands-parents froid et austère. Elle travaille pour réussir, mais comme le temps lui semble long… Pépère a l'esprit abstrus. Il a ses marottes – le jardinage, les journaux, le dictionnaire. Il y a dix cerisiers dans le jardin. Les cerises sont excellentes, c'est sûr, mais dix cerisiers, c'est trop. Faudrait passer sa journée dans les arbres. Et il y a aussi les mirabelles, les groseilles, les groseilles à maquereau, les framboises, les fraises, les passe-crassane, les beurré hardy, les conférences, les canadas, les reines des reinettes, les marie-louise…

Marie ne tolère aucune copine à la maison – *a fortiori* aucun copain. Luce doit être ponctuelle et voit très peu d'amis hors des heures de cours. Sa grand-mère l'autorise tout de même à suivre sa classe pour un séjour aux sports d'hiver qu'organise le prof de gym. Luce a également le droit de rendre visite à son autre grand-mère, Eugénie, qui vit du côté de Montmartre, et à la tante Lucienne et l'oncle Jean. Elle voit plusieurs fois Roger, son oncle et son parrain, lorsqu'il passe en France. Il se cherche une femme mais chaque fois qu'il en trouve une avec qui ça colle et qu'il lui demande de le suivre à Madagascar, elle refuse. Marie tolère aussi quelques sorties au spectacle, les principales distractions de Luce. En 54 à l'Olympia, Luce adorera le récital de Charles Trenet, le *premier crooner surréaliste* comme l'appellera Claude Nougaro, Trenet dont Jacques Brel dira *Sans lui, nous serions tous experts comptables*… Brel, que Luce ira également applaudir, tout comme Édith Piaf, Georges Brassens, Paul Anka et, à plusieurs reprises, Gilbert Bécaud (*M. 100 000 volts*).

Au cours de la Kermesse aux étoiles dans les jardins des Tuileries, elle court les célébrités, son carnet d'autographes à la main. Luce s'arrête interdite devant Stan Laurel qui a tourné en France son dernier film en tandem avec Oliver Hardy.

Marie emmène parfois Luce au cimetière du Père-Lachaise. Près de la tombe d'Héloïse et Abélard, elles visitent le caveau Lechopié. Jusqu'à sa mort, Marie s'y rendra régulièrement. Elle d'habitude si volubile garde le silence sur le tombeau et jamais elle n'en cédera la concession à quiconque. Pour l'inhumation de sa mère, Marie avait attendu sous la pluie à l'entrée du cimetière du Père-Lachaise pendant une bonne heure sans voir personne. Un gardien s'était approché : « Qu'est-ce que vous attendez, madame ? », « L'enterrement de la veuve Lechopié », « Mais, madame, c'était hier ! » Sa sœur l'avait convoquée un jour trop tard...

Après la visite au caveau familial où son père et sa mère sont peut-être à nouveau réunis – qui s'en souvient ? –, Marie emmène sa petite-fille sur la tombe de Musset sur laquelle est gravé le vœu du poète : *Mes chers amis, quand je mourrai, / Plantez un saule au cimetière. / J'aime son feuillage éploré ; / La pâleur m'en est douce et chère, / Et son ombre sera légère / À la terre où je dormirai.* Quelle idée n'avait-il pas eue... La terre du Père-Lachaise est trop acide pour les saules qui manquent également de place pour étendre leurs racines, et du coup, l'un après l'autre, ils dépérissent et crèvent avant leur maturité. Les jardiniers du cimetière sont obligés de le remplacer fréquemment. Ça fait beaucoup rire Marie qui ne manque pas de passer voir l'état du dernier saule malingre qui veille le poète. Et il y a des tas d'autres distractions dans ce cimetière où l'on peut surveiller si les plants de patates sont effectivement bien entretenus par les pharmaciens autour du caveau de Parmentier, s'amuser de la fréquentation lubrique du caveau de Victor Noir, saluer nos idoles ou relever les épitaphes – ce message ultime que l'on porte à bout de bras au-delà de sa propre vie avant de s'enfoncer dans l'eau de l'oubli pour toujours, comme ce *L'homme ne vaut que par le progrès* légué par Charles Léopold Mayer dans la 88e division. Autant d'épitaphes, autant de testaments pour l'humanité. Et le veuf Rabut qui a fait inscrire *Attends-moi longtemps !* à l'enterrement de sa femme, a-t-il fini par la rejoindre[1] ?

Luce a déjà pris ses distances avec Marie et Augustin. Sa famille, ce ne sont pas eux, ce sont ses parents, sa sœur et son frère. À Pâques 1952, elle est invitée à passer quelques jours dans le Jura à Mont-sous-Vaudrey, chez la tante Augustine – la sœur de son grand-père Auguste Sevrin –, elle est toute contente. Elle profite de ces quelques jours pour faire du vélo et sortir. La visite de la maison de Louis Pasteur à Arbois la marque. L'été suivant, elle est enchantée de rejoindre sa famille à Brazzaville. Au cours de son séjour, Luce est opérée d'urgence de l'appendicite, endormie à l'éther. Lorsqu'elle s'éveille après l'opération, ses parents sont à son chevet avec une bouteille de champagne ! Très nauséeuse, elle ne souhaite qu'une chose, se rendormir. Cette déconvenue mise à part, le séjour l'enchante.

MICHE *se souvient*

Mon seul souvenir du lycée Savorgnan-de-Brazza est une grande déception suite à une rédaction en sixième. Le prof de français avec son accent chantant du midi de la France nous avait demandé de décrire un marché. Avec enthousiasme, j'avais décrit les Halles de Paris et j'avais

1. Le célèbre accordéoniste Jo Privat était en pleine activité à cette époque, mais il m'est difficile de taire l'épitaphe qu'il a fait inscrire sur sa plaque au crématorium : *Ici gît un dur à cuire*. Une visite guidée par Bertrand Beyern – bien plus qu'un montreur de tombes, un artiste – est chaudement recommandée.

raconté qu'à neuf heures du matin la cloche sonnait pour que tout le monde remballe et rende Paris à sa circulation. Le prof m'a mis une mauvaise note, m'accusant de fabuler et disant que ce n'était pas possible d'arrêter un marché à neuf heures.

Ma grande copine Monique Dupin, dont le père dirigeait Air France à Brazza, m'a fait découvrir Tintin et Milou. Elle avait la collection complète des albums que j'ai dévorés. Elle avait une grande sœur, Micheline, que nous appelions évidemment *Miche Dupin* !

J'allais au patronage et aux Guides de France à la mission tenue par un grand barbu en soutane blanche et casque colonial, le père de La Moureire (le même que dans *Tintin au Congo*). Il était très sympa et avait un énorme camion de cinq tonnes. Le dimanche, il emmenait les lycéens et les jeunes militaires français du contingent dans les missions catholiques de brousse. On faisait d'énormes pique-niques, et les guides et les scouts faisaient des scénettes et des chansons, pour le plus grand plaisir de la population locale qui riait à gorge déployée.

Pour Noël, j'avais joué dans *Christmas Carol* de Charles Dickens. Je faisais Dolly, la sœur de Scrooge jeune… J'avais douze ans et je devais sauter au cou et embrasser l'acteur de quinze ans. Quelle émotion ! La pièce ayant eu du succès à Brazza, nous avons fait deux ou trois tournées dans les missions de brousse. À Noël j'ai eu une girafe en peluche que j'ai appelée Dolly, évidemment.

Georges et moi aimions faire des farces et nous avons eu une belle occasion lorsque Pouche a été accueillir un nouveau collègue débarquant de France. C'était son premier séjour africain et avec sa femme ils avaient fait les choses en grand. Dans les magasins spécialisés des Grands Boulevards à Paris, ils s'étaient équipés genre *safari*, pantalon et jupe saharienne, grandes vestes à poches beiges, énormes casques blancs, bref de vraies caricatures. Au dîner chez nous à la poste, Madame avait évoqué sa peur des petites bêtes et des serpents. Il n'en a pas fallu plus pour que Georges et moi nous descendions dans la cour. Sur le trajet, nous avons installé un morceau de tuyau en forme de serpent. On était déjà remontés dans l'appart quand on l'a entendue hurler dans le noir en marchant sur le faux serpent. Quelle crise de rire !

Il y avait un cinéma en plein air, évidemment. C'était toujours le fou rire quand la pluie s'en mêlait et que le public devait déguerpir à toute vitesse… Il y a plusieurs films dont on n'a jamais vu la fin, et on n'était pas remboursés… *that's life !*

Notre cuisinier s'appelait François. Un soir en rentrant au village il s'est fait mordre par un serpent et il est revenu affolé à la poste. Mouche lui a donné les premiers soins pendant que Pouche est allé chercher un voisin qui avait une voiture pour le conduire à l'hôpital sur la route de l'aéroport. François a été pris en charge et bien soigné et sa reconnaissance envers Mouche et Pouche était telle que lorsque nous avons pris le train pour Pointe-Noire, pour rentrer en France, il pleurait sur le quai de la gare en nous suppliant de l'emmener, ce qui n'était pas possible… En parlant de l'hôpital de Brazza, nous l'avons tous fréquenté, à part Georges : Pouche pour un ténia récalcitrant, Luce et Mouche pour l'opération de l'appendicite, et moi pour la scarlatine. J'y suis restée en quarantaine un mois avec une copine un peu plus jeune que moi. Nous avons été les deux seuls cas pour le bonheur des médecins qui craignaient une épidémie chez les Africains qui ne connaissaient pas cette maladie. Nous avions dû être en contact avec un contagieux sur le terrain d'aviation de Maya-Maya. Les infirmières congolaises nous chouchoutaient. Elles nous faisaient plein de petites nattes sur la tête, nous prêtaient leur vêtement en pagne et nous apprenaient à danser et à chanter en lingala. C'est peu dire que je garde un excellent souvenir de cette hospitalisation.

Je me souviens de promenades au village de Poto-Poto pas loin de la poste. Le dimanche après-midi, il y avait une ambiance d'enfer. Les Africains dansaient et jouaient du tam-tam et d'autres instruments dans les cours autour des cases. Nous étions pratiquement les seuls Blancs à circuler au village et nous étions très bien accueillis. Pour les grandes occasions, nous allions passer le dimanche à Léopoldville (aujourd'hui Kinshasa) de l'autre côté du fleuve Congo, des bateaux à moteur faisaient la traversée vers le Congo belge. Léopoldville, c'était pour nous comme le rêve américain. Brazzaville manquait d'infrastructures et là on trouvait des grands buildings, des feux tricolores, des passages piétons, des boutiques luxueuses (bravo les Belges qui avaient fait beaucoup mieux que les Français). Et puis il y avait ce parc zoologique splendide avec toutes sortes d'animaux, des plantes rares et un restaurant chic et accueillant. C'était une journée de rêve pour toute la famille. C'est à Léopoldville que Mouche achetait les belles chemises blanches de Pouche et des vêtements qu'il était impossible de trouver à Brazza, mais gare à la douane française qui, au retour des bateaux, était prête à taxer... tolérance zéro !

En mai-juin 1952, nous avons hébergé les deux filles d'un collègue breton de Pouche qui venait d'être affecté à Niamey en Afrique-Occidentale française et qui était parti avec sa femme et son jeune fils. On a passé deux mois très sympas. Avec elles et Georges, on inventait des scénettes et des tours de magie et on avait un très bon public avec Mouche et Pouche.

LUCIEN *raconte*

On présente toujours les missionnaires avec de longues barbes mais c'est vrai, figure-toi ! Dans tous ces pays où la plupart des hommes sont imberbes, les missionnaires portaient une longue barbe. Moi qui ne suis pas porté sur la religion, je reconnais qu'ils étaient tous très dévoués.

Léopoldville était une ville très propre, très nette. Beaucoup plus que Brazzaville qui était sale et infestée de moustiques. En face, chaque matin, un hélicoptère décollait pour répandre du DDT le long du fleuve. Léopoldville se tenait avec ses grandes avenues à larges trottoirs. Les Belges entretenaient avec beaucoup de soin la ville et faisaient plus attention à l'hygiène que les Français. Tout ça, c'était au début des années 50.

Certains dimanches, on y rendait visite à un cousin qui y résidait. Et les enfants adoraient retrouver les attractions du zoo, Augustin le chimpanzé, Basile le crocodile et les animaux capturés en brousse, ça changeait tout le temps. On mangeait pour septante-cinq centimes.

Il y a eu des charlatans qui ont fait leur beurre dans la région. Un jour, on a entendu parler d'un type qui vendait aux indigènes des patins à glace ! Je t'assure que c'est vrai. Il leur disait que c'était pour faire de la glace…

À Brazzaville, le boy nous répétait ce qui se disait entre indigènes. Ce qu'il m'a dit un jour m'a profondément marqué. Il nous a dit *On vous laisse construire un grand lycée, on vous laisse rebâtir l'hôpital, et quand tout sera fini, on prendra l'indépendance.* Personne n'y croyait, on disait *C'est qu'une histoire de boy*, on se croyait les plus forts, et pourtant c'est bien ce qui s'est passé. Les constructions finies, ils nous ont foutus dehors.

42

1953 – Coquetèle

Clark Gable – Dès que j'en aurai fini par ici, au retour on pourrait aller voir le père Joseph… Tu serais d'accord ?

Ava Gardner – Il faut sans doute comprendre que tu veux m'épouser ?

Clark Gable – Oui, ça m'irait.

Ava Gardner – Ah, ça t'irait ! Écoute, mon grand, j'en ai assez des girouettes. La fleur d'oranger, c'est la nouvelle trouvaille, n'est-ce pas, parce que tu commences à prendre de la bouteille. Non merci !

Dialogue extrait de *Mogambo*, film de John Ford

Les événements ne sont rien, ce qui compte, c'est leur légende.

Alexandre Vialatte,
chronique parue dans *La Montagne*

Passé quarante ans, les fonctionnaires expatriés ont pour la plupart des positions d'encadrement. Commis et employés sont généralement recrutés parmi les populations autochtones que l'on continue à appeler par habitude *indigènes* bien qu'elles ne le soient plus depuis la loi de 1946. Peu nombreux en fin de compte, ces Blancs qui se reçoivent entre eux et se retrouvent parfois invités chez le gouverneur ne seraient reçus en métropole que par leur maire. Certains se grisent des voyages en première classe, des dîners mondains et à la table du capitaine à bord des paquebots, sans percevoir la vanité de la situation. Il faut reconnaître que les mondanités, ce n'est pas inné mais pas non plus très compliqué. Du moment que le protocole est respecté, le reste n'est qu'affaire de rapports humains. Et comme les habitués ont tôt fait de repérer les novices, il se trouve toujours de bons samaritains pour mettre à l'aise les plus timides et les aider à se détendre. L'expatriation donne à ces fonctionnaires de classe moyenne l'illusion d'être proches du pouvoir.

Vingt-cinq ans se sont écoulés depuis leur arrivée dans les colonies françaises, sans que jamais Lucien et Simone n'aient été conviés à un repas ni même à un coquetèle dans le palais d'un gouverneur. La poste n'est pas l'administration appropriée pour fréquenter le grand monde. Mais Lucien prend du galon. Il intègre insidieusement cette caste singulière et hétéroclite qui croise dans les palais, constituée de gros entrepreneurs, de propriétaires, de représentants des grandes compagnies et de grands commis de l'État. Personnages proustiens à la sauce mangue, aucun d'eux n'a de réel souci financier. Qui s'inquiéterait de boucler la fin de son mois ? Les hommes s'occupent, leurs femmes en font autant, certains se donnant une importance exagérée. Réceptions, discours, parfois coucheries, ils passent leur temps entre eux suivant les règles tacites d'un milieu fermé où l'étiquette prime, une microsociété où le jeu et l'image mènent la danse. En vingt-cinq ans, Simone et Lucien les ont maintes fois côtoyés. Lucien les sert quotidiennement à la poste. Il les voit évoluer mais se tient en périphérie de leurs cercles. Les différences sociales que la guerre avait aplanies un temps se sont reconstituées à la Libération comme après une longue hibernation.

Ce jour de janvier 1953 où ils reçoivent un carton marque pourtant un virage. Ils ne sont plus considérés comme des broussards ou des indigènes, mais l'étaient-ils seulement ? M. et Mme Devoise sont invités au palais à une réception donnée par le gouverneur ! Invités, ils sont donc considérés. Voilà la nouveauté. Simone, baissant le carton, esquisse un sourire. Elle s'y rendra, c'est sûr, mais cette réception ne lui fera jamais oublier la précarité de ses parents, les larmes que versait sa mère pour mouiller son riz, tant de sueur, d'énergie et d'argent versés aux *Compagnies des Corsaires réunis* comme les appelle Céline. Elle en est là lorsque Lucien paraît dans la montée d'escalier.

— T'as l'air bien rêveuse.

— Regarde.

Elle lui tend le carton. Lucien le lit puis lève les yeux vers elle. Son regard ne trahit aucune surprise, juste un peu de fierté. Un sourire naît en coin puis il sourit franchement à sa femme et s'approche d'elle.

— Tu veux y aller ? dit-il.

— On ira… si on trouve une tenue *ad hoc*.

— Oh, tu en es déjà aux questions pratiques ?

— Je ne tiens pas à me faire remarquer par ma négligence. À qui pourrais-tu emprunter une queue-de-pie ? Moi non plus je n'ai rien pour ce genre de soirée chic mais je peux essayer de me confectionner une robe. On ira, tu vas voir, je suis sûre que ça se passera bien.

— Tu as l'air bien sûre de toi pour une fois… Tant mieux. N'empêche que personne ne nous adressera la parole. On est des *crounks*[1], faut pas l'oublier. On restera des *crounks*, des crougnoutants quoi, on n'y peut rien. Enfin, si tu veux te distraire,

1. Mot personnel de Lucien adapté de *croons* qui désigne des types sans envergure, des minables, des *losers*.

nous y retrouverons sûrement des connaissances. Et puis quand on en aura marre, on rentrera.

Simone s'appuie sur les accoudoirs de son fauteuil en osier puis elle se lève :

— Comme ça, ça ira. Tu veux un petit 'sky ?

The D-Day est arrivé. Lucien a demandé au *tsimandou* de les emmener en traction jusqu'au palais et de les attendre. Simone a veillé à ce que lui aussi porte son plus bel habit. Ils se font donc déposer au pied de l'escalier du palais. Les voitures défilent dans l'allée et s'arrêtent l'une après l'autre devant un majordome en livrée qui ouvre la porte arrière et invite les passagers à gravir les marches qui les séparent du salon d'honneur. Simone porte une robe longue, blanche, qui dénude largement ses épaules. Quant à Lucien, il ressemble à son banquier. Son costume lui va à merveille et l'on pourrait croire qu'il a fait partie du milieu toute sa vie.

Lentement, ils gravissent les marches, comme pour mieux s'imprégner du spectacle qui dévoile progressivement ses lumières, ses bijoux, ses sourires et toilettes apprêtées. Soin, luxe et volupté. Tous deux un peu excités, ils sourient à ceux qu'ils croisent, évoluent sur coussin d'air et se rendent près d'une grande porte-fenêtre dans un coin du salon, comme pour s'offrir une position de repli en cas de nécessité. Ils manquent d'assurance.

— Tu vois quelqu'un de connaissance, Lucien ? dit-elle, pour couper le silence.

— Toutes les huiles sont là. Ceux qui ne viennent à la poste que très rarement, quand le mandat pèse lourd, et qui généralement délèguent se sont tous déplacés. Je les connais sans les connaître, note bien, et d'accord pour entrer dans l'arène, mais je préfère d'abord jeter un œil.

— Si nous allions prendre une coupe ? Ça ne nous empêcherait pas de regarder, et puis, on n'aurait pas l'air de statues.

Tandis qu'ils se dirigent vers le buffet, Lucien identifie des amas assez denses. La réception est donnée en l'honneur d'une équipe de cinéma qui vient d'achever en AEF le tournage du film *Mogambo*. Une trentaine de personnes entourent la vedette, Clark Gable. Un peu plus loin, un groupe d'hommes plus nombreux est sous le charme d'une jeune blonde svelte, radieuse, au sourire enchanteur, qui répond avec bienveillance aux compliments et aux hommages. Elle est la splendeur même. Lucien ne la connaît pas.

Près des portes-fenêtres, Frank Sinatra écarte les participants pour s'entretenir avec Ava Gardner qu'il est venu rejoindre tout exprès. Lucien la distingue à peine. Son charme plus complexe et perfide que celui de sa candide partenaire opère. Ava Gardner a fait souvent la Une des gazettes pour ses mariages successifs, Lucien ne se rappelle plus précisément avec qui. Quel intérêt de se souvenir que Mickey Rooney, son premier mari, est parti jouer au golf la nuit de noces ? Qu'a fait Artie Shaw, le deuxième, sinon jouer des airs de clarinette pour finir, comme toujours, par « *Goodbye* » ? Ava Gardner, pâle, fatiguée, regarde le fond de son verre. Son sourire paraît las, forcé. À l'exception de sa sœur Bappie qui l'assiste et du metteur en scène, peu de gens dans l'assistance, pas même Frankie de qui elle était enceinte, savent qu'elle a interrompu le tournage pour aller se faire avorter à Londres. Ces deux-là sont encore ensemble mais le lien semble fragile. Lui gesticule, l'œil bleu et vif, personne n'ose approcher, personne ne les dérange.

Lucien est ébloui par les deux actrices. Simone s'en rend compte et s'en amuse, elle se fait toute petite. Son regard est bien attiré par Clark Gable, le puissant, le valeureux qu'elle a vu dans les magazines, mais elle s'amuse surtout de la cour que lui font ces gens. Elle les entend parler cinéma comme s'ils avaient vécu leur enfance à Hollywood. Elle, elle sait qu'ils ne les croisent que le temps d'une soirée. Devant le buffet, elle prête attention aux échos glanés au hasard des conversations.

— … c'est comme ça que le tournage a accumulé de sacrés problèmes, achève l'un.

— Ce film est le remake de *La Belle de Saigon* dans lequel Clark Gable jouait avec Jean Harlow.

— Ma femme m'a dit que *La Belle de Saigon* datait de 1932.

L'année de notre mariage, songe Simone. *Déjà vingt et un ans de mariage…*

— Fallait voir tous les curieux. La caravane de l'équipe a été suivie en permanence par une foule d'indigènes, c'était extraordinaire !

— Vous savez que l'idylle entre Clark Gable et la jeune actrice blonde s'est terminée net ? Vous n'avez pas remarqué comme ils se tiennent éloignés l'un de l'autre autant qu'ils le peuvent ?

Simone s'amuse à écouter les potins. Elle se tourne vers Lucien. Ils ont loupé de peu les discours, les toasts et les ovations. Arriver légèrement en retard, c'est une tactique quand on se sent un peu étranger. Personne bien sûr ne leur prête attention. Lucien est sous le charme, admiratif, il ne l'aurait pas imaginé, il savoure cette soirée parmi le gratin. Il mesure la route parcourue depuis son arrivée comme commis de cinquième classe à Tamatave. La soirée passe ainsi, au son d'une musique de jazz servie par un biguebande tropical un peu vert que Frankie, trop occupé, ne songe pas à rejoindre.

Lucien aborde quelques vagues connaissances avec qui il échange des propos de circonstance. Les mots viennent facilement pour dire son admiration devant la beauté et parler de la magie du cinéma. Un collègue vante un film précédent d'Ava Gardner, *Pandora*, que Lucien n'a pas encore eu la chance de voir. Du directeur des douanes, il apprend que la jeune blonde éblouissante se nomme Grace Kelly. Son nom ne lui dit rien. Simone se mêle aux discussions, ils boivent et profitent de l'ambiance et des lumières. Quelques-uns, déjà fatigués, s'assoient sur les bancs de moleskine rouge alignés le long du mur. Simone se tient aux côtés de son mari. C'est vraiment une belle soirée.

Le temps s'écoule sans que l'on y prête attention. Chacun est grisé par le plaisir d'être de la partie avec l'impression diffuse d'évoluer dans un espace irréel, féerique. La soirée s'étire, le temps est suspendu. Lorsqu'il ressent les coups de bélier de la fatigue, Lucien se tourne vers Simone et la dévisage plus longtemps qu'il ne l'a jamais fait dans la soirée.

— C'est toi, ma star, lui glisse-t-il doucement à l'oreille.

Elle resplendit, sereine.

— Tu veux rentrer ? se contente-t-elle de répondre.

— Oui, on y va.

Une dernière fois, ils jettent un regard sur la salle, les groupes, les tenues, les lustres. Gardner et Sinatra ont disparu. Clark Gable s'éloigne, encore très entouré. John Ford et Grace Kelly tendent la main au gouverneur et à ses proches. Lucien et Simone s'éclipsent et rejoignent la voiture, le *tsimandou* attend. Une fois assis, Lucien lance :

— On fait un peu broussards dans le grand monde.

— Oui, on a des progrès à faire.

— Tu as passé une bonne soirée ?

— C'était très bien. J'ai attendu quarante ans avant d'entrer dans un palais de princesse alors j'apprécie.

Après une pause, Simone ajoute :

— Tu peux te faire réinviter quand tu veux, ce n'est pas si désagréable.

— Au poste que j'occupe maintenant, des occasions se présenteront, qui sait ? On verra bien…

En effet, elles se présenteront et Simone et Lucien prendront goût aux soirées chez le gouverneur, à Brazzaville et ailleurs.

43

Pâques 1953 – Retour sur le Général Mangin

> Adulte ? Jamais. Jamais : comme l'existence
> Qui ne mûrit pas, reste toujours verte,
> De jour splendide en jour splendide.
>
> Pier Paolo Pasolini, *Adulte ? Jamais*

En 1953 à la période de Pâques, Lucien, Simone, Miche et Georges achèvent leur séjour au Congo-Brazzaville et regagnent la métropole. Une première étape les conduit de Brazzaville à la côte en empruntant le chemin de fer qui traverse le Mayombe, une vraie jungle. Dans un récit de voyage, Philippe de Baleine évoque le souvenir de ce trajet ferroviaire : *Je regarde défiler la sombre forêt du Mayombe qui forme au-dessus de la voie un tunnel vert de cent kilomètres de long. Tous ces arbres géants aux branches tordues évoquent des sorciers en train de lancer des sorts. La voie enjambe ravins et marigots que le crépuscule plonge dans une ombre inquiétante. C'est l'heure où les hommes-léopards vont boire.*

Pendue à la fenêtre, Miche ne perd pas des yeux la forêt et les rives animées du fleuve. Le train traverse lentement les villages pour permettre aux voyageurs de descendre et monter et d'acheter les fruits et légumes que les villageoises portent dans une bassine en équilibre sur la tête. Après une journée de trajet folklorique et une nuit d'hôtel à Pointe-Noire, la famille embarque sur le *Général Mangin*, un paquebot de standing de la Nouvelle Compagnie de paquebots.

Les riches sur le pont supérieur en première, les secondes en dessous, les troisièmes reléguées dans les odeurs de ferraille. Le trajet passe vite. Dans la journée, les enfants jouent dans la piscine d'eau de mer filtrée, le soir ils ne manquent pas la séance de cinéma. Le bateau est bondé de coopérants, militaires, instituteurs, missionnaires catholiques et protestants, importateurs. On se photographie sur le pont. Un jour de beau temps, l'équipage lance un exercice d'alerte. Tout le monde doit revêtir un gilet de sauvetage. Les enfants s'amusent comme des fous.

Après les arrêts à Libreville et à Douala, le *Général Mangin* fait office d'omnibus en Afrique de l'Ouest : Lagos, Cotonou, Lomé, Abidjan, Monrovia, Conakry, Dakar, Ténérife, Casablanca. D'autres paquebots effectuent le même parcours. Ils se croisent avec le *Général Mangin* à grands coups de sirène.

Dans certains ports, le bateau ne peut pas accoster à cause des rochers et les passagers sont descendus dans de grandes nasses sur des barques qui rejoignent le rivage. À Abidjan, les Devoise donnent rendez-vous à Raymond Deschamps que Lucien a connu tout petit quand leurs parents se fréquentaient. Ingénieur agronome, Deschamps a longtemps bourlingué en AEF avant de gagner l'Afrique-Occidentale française, l'AOF. Il organise pour les Devoise la visite d'une plantation d'ananas qui se termine par une dégustation. Miche se souvient encore des mouches sur les verres au café à Dakar qui n'incitaient pas à boire, et d'une balade en car dans les montagnes de Ténérife, dans les Canaries.

Sur le pont, Lucien aime à lire dans un des fauteuils inclinés tendus de toile écrue. Par périodes, il ferme son bouquin, regarde les gens marcher sur le pont et laisse ses pensées vagabonder. Le costume de la vie est ample, pourtant il lui semble parfois bien étroit. *Ces hommes, ces femmes croisés aujourd'hui et que je ne connaîtrai jamais, d'où viennent-ils, quels sont leurs idées, leurs croyances, leurs combats, leurs démons ? Et que penser de ma vie si longue et si courte, laborieuse et légère, monotone et palpitante, cette vie aux couleurs de mes désirs, de mes actes, de mes réussites comme de mes erreurs ?... Admettre ma finitude, voilà peut-être le prix de l'équilibre. Mais repousser les barrières, toujours, pour jouir de la liberté... Vivre !*

À observer ses compatriotes déambuler sur le pont, Lucien pense aussi à ceux qui n'ont jamais bougé de chez eux. Quand on part, soit on s'adapte, soit on rentre, ce n'est pas compliqué. Se décider à partir est plus difficile que de s'adapter, voilà, mais on ne peut le formuler qu'après l'avoir vécu. C'est vrai, le sentiment d'exil tombe parfois comme un brouillard dans une vallée alpine, mais c'est passager. C'est le prix à payer pour l'inattendu, l'état de surprise, la possibilité de renaître, toutes ces récompenses qu'offre un départ.

Parmi les passagers, les Devoise sont contents de retrouver Louis et Zelda Sherbourne qu'ils ont fréquentés à Brazzaville. Lucien est toujours satisfait de pouvoir parler anglais. Simone n'ose pas se lancer mais Zelda fait des efforts pour parler français. Un jour où Lucien explique qu'il donne des graines aux moineaux, pas très sûre d'avoir compris, elle demande : *Alors, Lucien, vous mangez les petites poiseaux ?* Miche se marre.

Après dix-huit jours de route, la famille Devoise débarque à Bordeaux.

MICHE *se souvient*

Sur le bateau, il y avait une garderie pour enfants que fréquentait Georges. J'ai assumé le rôle de puéricultrice *à l'insu de mon plein gré*. La très très grosse dame chargée de ce service, accablée par la chaleur, disparaissait pour se reposer et me laissait en charge d'une bande de chenapans. À pas encore treize ans, c'était loin d'être drôle mais je n'osais pas la dénoncer. Pendant ce temps, Pouche et Mouche faisaient des parties de canasta avec Louis et Zelda Sherbourne dans des salons plus frais que le local de garderie, sans savoir ce qui se passait sur le pont…

LUCIEN *raconte*

Je ne savais pas que le tabac était mauvais. J'ai commencé à fumer à Madagascar. Là-bas, le tabac poussait bien. Tellement bien qu'à la Libération, c'est Madagascar qui a ravitaillé la France qui manquait de tabac, comme pendant 14-18, c'est Madagascar qui avait ravitaillé la France en corned-beef. On a fabriqué des tonnes de corned-beef, c'est ce qui a maintenu le moral des troupes.

Le thé provenait du Kenya. Il n'y en avait pas à Madagascar.

LE NARRATEUR

Tu es passé au Kenya ?

LUCIEN

Oui, au Kenya, et au Tanganyika. À Zanzibar aussi, ça c'est une belle ville. À Zanzibar, ils font de la monoculture, ils font du girofle. Ça sent le girofle. C'est joli ces pays-là. Mais dans tous ces pays-là, Rhodésie, Tanganyika, etc., la politique a foutu la merde, surtout dans l'esprit des indigènes. Ils n'ont pas le même esprit de justice que les Européens. C'est le caïdat, quoi. Le chef de village fout tout dans sa poche et les autres peuvent crever de faim. Il a droit sur tout, sur toutes les récoltes. Par exemple, dans le village de mon beau-père, les indigènes n'avaient pas beaucoup de poules. Il y en avait un qui disait : *Si j'ai douze poules, le chef de village va m'en prendre six. Si j'ai deux bœufs, il m'en prendra un. Alors j'ai intérêt à garder un bœuf et deux poules, le chef de village me les prendra pas…* Si, c'est vrai. Voilà la mentalité des indigènes. C'est comme ça qu'ils n'évoluaient pas, ils n'avaient pas intérêt à augmenter leur production. Un indigène, il avait une case avec une pièce, une pièce pour toute la famille. Dès qu'il avait deux pièces, le chef de village le taxait : *Toi tu es riche, puisque tu as deux pièces.* Et l'indépendance n'a rien changé. Les dirigeants voyagent en Mercedes pendant que les paysans sont là à tasser leur riz, tous les jours, la femme va chercher l'eau à la rivière. La vie indigène n'a pas changé sauf que maintenant le peuple est encore plus misérable qu'avant parce que les chefs en ont bien profité.

Je suis passé au Liberia, tiens. Le Liberia, c'est encore une colonie spéciale. Les chefs ont des voitures américaines nickel sur le quai. À huit heures du matin, ils sont en smoking avec nœud papillon, ils sont magnifiques. Puis le peuple est misérable. À Monrovia, les pêcheurs, on leur impose un périmètre de pêche. Ils ont un bâton dans le port. Leur pirogue est attachée au bâton. Eux sont attachés au bateau. On leur donne un tout petit secteur pour pêcher autour de leur bâton, ils n'ont pas le droit d'aller ailleurs. Alors ils sont tous là avec leur petit filet à essayer de prendre quelque chose autour de leur bâton. Et les caïds, les chefs de gouvernement – parce qu'au Liberia, ce sont des Noirs américains qui ont été libérés, d'où le nom de Liberia –, eux ont des belles bagnoles américaines, ça rutile sur les quais.

Le Liberia, maintenant c'est indépendant, c'est-à-dire que c'est une colonie noire d'origine américaine, fondée par les quakers américains, par les presbytériens américains, soi-disant pour accueillir les esclaves libérés. Les Noirs américains qui y sont allés, ceux-là ont fait les chefs, ceux qui étaient sur place ont été brimés comme ils l'étaient avant, et finalement le Noir américain qui n'avait pas d'instruction n'est pas retourné là-bas. C'est les intellectuels qui dirigeaient tout ça. Tâche de trouver un bouquin sur l'histoire du Liberia parce que bien avant la décolonisation, le Liberia était déjà indépendant.

BORNE 1953-1954

L'hiver 53-54 est, en métropole, un des plus rudes du siècle. Des records de froid sont battus, cinquante et un glaçons flottent dans le port de Marseille et on aperçoit des phoques depuis les côtes du Finistère. Le 1er février, alors qu'il fait – 15 °C à Paris, un inconnu, ancien résistant et fugace député, l'abbé Pierre, lance un appel à la générosité et à la solidarité sur Radio Luxembourg, qui commence ainsi :

« Mes amis, au secours…

« Une femme vient de mourir gelée, cette nuit à trois heures, sur le trottoir du boulevard Sébastopol, serrant sur elle le papier par lequel, avant-hier, on l'avait expulsée… Chaque nuit, ils sont plus de deux mille recroquevillés sous le gel, sans toit, sans pain, plus d'un presque nu. Devant l'horreur, les cités d'urgence, ce n'est même plus assez urgent !

« Écoutez-moi : en trois heures, deux premiers centres de dépannage viennent de se créer : l'un sous la tente au pied du Panthéon, rue de la Montagne-Sainte-Geneviève ; l'autre à Courbevoie. Ils regorgent déjà, il faut en ouvrir partout. Il faut que ce soir même, dans toutes les villes de France, dans chaque quartier de Paris, des pancartes s'accrochent sous une lumière dans la nuit, à la porte de lieux où il y ait couvertures, paille, soupe, et où l'on lise sous ce titre *Centre fraternel de dépannage*, ces simples mots : “Toi qui souffres, qui que tu sois, entre, dors, mange, reprends espoir, ici on t’aime.” […]

« Chacun de nous peut venir en aide aux “sans-abri”. Il nous faut pour ce soir, et au plus tard pour demain : cinq mille couvertures, trois cents grandes tentes américaines, deux cents poêles catalytiques. Déposez-les vite à l’hôtel Rochester, 92 rue de la Boétie. »

Moins d’une heure plus tard, la foule se presse si nombreuse que la rue de la Boétie est fermée à la circulation et les bus détournés. L’incarnation des grands mots provoque une véritable secousse. La collecte nationale qui s’ensuit permet de financer plusieurs cités d’urgence. La nation aime se reconnaître dans de tels élans de générosité. Surnommé *Robin des toits*, *saint Jean-Bâtisse* ou *saint Vincent-des-piaules*, l’abbé Pierre prend une place de choix dans le cœur des Français.

En ces années, les histoires de prisonniers de guerre et de camps sont en vogue. Au lycée, Luce et ses copines s’échangent des romans dont les camps constituent le principal décor ou dont les prisonniers sont les héros. De l’Holocauste, on parle très peu ; plus de quinze ans de silence s’écouleront avant que le sujet puisse être réouvert et entendu.

François Mauriac vient juste de recevoir le prix Nobel de littérature. En 1953, Marguerite Duras publie *Les Petits Chevaux de Tarquinia*. En 1954, parmi les succès de librairie figurent le premier tome des *Mémoires* du général de Gaulle et *Bonjour tristesse* de Françoise Sagan qu’à dix-huit ans les Français découvrent – la pipolisation démarre. Sort plus discrètement *Histoire d’O* signé Pauline Réage, en réalité Dominique Aury, c’est-à-dire Anne Desclos, secrétaire de la *NRF* et maîtresse de Jean Paulhan qui trouve dans l’écriture érotique le prolongement naturel de la jouissance à frôler l’interdit qu’elle a connu pendant la

Résistance[1]. Sagan reçoit le prix des Critiques devant André Dhôtel. Le jury Goncourt, en deuil de Colette, décerne son prix à Simone de Beauvoir pour *Les Mandarins*. 1954 est une année littéraire très féminine.

En prenant le pouvoir en Chine en 1949, Mao envoie Tchang Kaï-chek sur l'île de Formose qu'il considère comme une province chinoise. L'année suivante, l'armée chinoise envahit le Tibet.

Aux États-Unis, dans la droite ligne des enquêtes de l'HUAC en 1947, la peur du rouge s'est emballée depuis 1950 derrière son nouveau héraut, le sénateur Joseph McCarthy. Le maccarthysme triomphe avec ses chasses aux sorcières, ses délations, ses listes noires, ses boucs émissaires, ses exécutions (les Rosenberg), ses départs et expulsions (M. Chaplin s'en va) contre lesquels une poignée de courageux s'insurgent. Arthur Miller donne *Les Sorcières de Salem* et Albert Einstein dénonce le maccarthysme comme *un danger incomparablement plus grand pour notre société que ces quelques communistes qui peuvent être dans notre pays.* Dans cette chasse aux communistes sur le sol américain, l'ennemi est désigné et vient de l'intérieur.

Dans les colonies et protectorats français, c'est l'occupant que l'on repousse comme un muscle expulse une écharde.

Au Maroc, une émancipation lente est en route depuis la naissance du mouvement d'indépendance en 1944. En 1951, le prince Moulay Hassan et sa sœur encouragent une reprise en main de leur destinée par les Marocains sur le thème de l'éducation. Les Français étouffent des émeutes en décembre 52. En 1953, le sultan de plus en plus populaire est déposé. La veille de l'Aïd el-Kebir, il est fait prisonnier pour son soutien au mouvement indé-

1. Thèse d'Angie David.

pendantiste et devient alors un martyr pour son peuple et la personnalité incontournable et incontestable du Maroc futur. Le gouvernement français l'envoie à Madagascar où il passera vingt-sept mois. Son cousin El Glaoui assure l'intérim mais il est trop proche de la France pour que le peuple lui accorde sa confiance.

En Indochine, après un encerclement de cinquante-sept jours dans la cuvette de Điện Biên Phủ, la France est défaite le 7 mai 1954. Les accords signés à Genève le 21 juillet par Pierre Mendès France entérinent l'indépendance du Cambodge, du Laos et des deux Viêt Nam séparés par le 17e parallèle, le Viêt Nam nord et le Viêt Nam sud, ce qui repousse à plus tard la question de l'intégrité du pays.

Le 31 juillet 54, la Tunisie devient autonome.

Le 1er novembre est créé le Front de libération nationale (FLN) en Algérie. Ce même jour, trente attentats répertoriés sur le territoire algérien, qui font huit morts et trente-quatre blessés, marquent le début du conflit qui conduira à l'indépendance.

Les nations comme les hommes avancent un pied dans le passé, l'autre dans l'avenir. Pour la France, le mouvement de biseau qui marque une transition dans sa période coloniale est largement entamé. À la souffrance des peuples occupés succède celle de ceux qui, des deux côtés, se sont si bien adaptés à la cohabitation ou à la mixité qu'ils y ont trouvé leur équilibre. Des populations jadis étrangères l'une à l'autre qui avaient un temps vécu ensemble s'entre-déchirent, sauf sur les territoires où l'élite locale soutient et respecte autant les populations autochtones et leur culture que la France, comme la Martinique d'Aimé Césaire.

Pendant ce temps, la Haute Autorité de la Communauté européenne du charbon et de l'acier, la CECA, se met en place pour qu'à l'intérieur de l'Europe les rivaux d'hier se parlent et garantissent la paix.

Rien n'est simple, tout se transforme.

En architecture, Le Corbusier innove avec une unité d'habitation révolutionnaire conçue pour proposer un village vertical, une nouvelle forme de collectif. La Cité radieuse est inaugurée en 1952 à Marseille.

L'âge d'or des cartoons et de la comédie musicale qui avait débuté dans le sillage de la crise des années 1930 se termine en apothéose. Walt Disney règne en maître et Tex Avery apporte sa touche de folie au dessin animé. Le monde entier danse encore avec Hollywood. En France, à l'époque de Max Ophuls et Jacques Becker, *Traité de bave et d'éternité* de Jean-Isidore Isou prolonge le surréalisme et inaugure une phase déconstructiviste du cinéma, en réaction aux productions commerciales hollywoodiennes. Avec *Senso*, Visconti tourne la page du néoréalisme qu'il avait porté pour s'intéresser au déclin de la haute société. En 1954 sortent *Vingt mille lieues sous les mers*, *Ulysse*, *La Strada*.

Après Alain qui expliquait dès 1916 que l'inconscient est une part de soi qu'il ne sert à rien d'exagérer, Karl Popper nie l'aspect scientifique de la théorie de Freud, arguant qu'elle n'est pas testable donc pas réfutable. La pensée qui avance n'en finit pas de faire couler de l'encre.

En 1953, James Watson, Francis Crick, Maurice Wilkins et Rosalind Franklin découvrent la structure hélicoïdale de la molécule d'ADN qui ouvre la porte à la biologie moléculaire.

Jonas Edward Salk, médecin américain, met au point le vaccin contre la poliomyélite en 1954. Il renonce à le faire breveter pour en favoriser l'accès au plus grand nombre.

Le public américain ovationne Maria Callas dans *Norma*, Georges Brassens chante la *Chanson pour l'Auvergnat* et *Les Sabots d'Hélène*, Arthur Hamilton publie *Cry Me a River*, Bart

Howard écrit *Fly Me to the Moon*, Ray Charles enregistre *I Got a Woman*. À l'heure où la pilule contraceptive est mise au point aux États-Unis, un jeune inconnu du nom d'Elvis Presley enregistre en 1954 *That's All Right (Mama)*.

44

Paris et Fontenay-aux-Roses

Fidèle mais avec un s.

Jules Renard

À son retour de Brazzaville en avril 1953, Miche peine pour terminer son année de cinquième au lycée Marie-Curie. Georges intègre l'école primaire au 12 de la rue d'Alésia, dans la classe de M. Gigot en fin de première année, et dans celle de M. Flageolet l'année suivante. Luce réussit son année de sciences ex (la terminale).

Mouche et Miche se rendent fréquemment au ciné. Mouche profite aussi de Paris pour ses spectacles. En février 54, elle applaudit le jeune Georges Brassens à l'Olympia.

Certains soirs, Liane débarque à l'improviste et s'invite au dîner. Avec elle, la soirée n'en finit pas. Elle tient son auditoire en haleine (Miche, au moins) avec des histoires invraisemblables. Elle raconte qu'elle a fréquenté un restaurant pour les pauvres à Paris, Chez Popov, où le coup de fourchette valait deux sous. Le client plongeait sa fourchette dans une grande marmite d'où il sortait un bout de viande mangeable ou du gras ou des nerfs… Un genre de loterie. Il fallait payer à nouveau pour replonger la fourchette. Parfois, elle pousse la chansonnette : *Quelle heure est-il ? demande la midinette. Quelle heure est-il mais il est midi net*… ou encore *Frédéric tic, tic, dans sa petite boutique, marchand d'allumettes, dans sa petite brouette*… Liane et ses mille boulots, coiffeuse, vendeuse, assistante sociale, bientôt sexologue. Liane, ses trois mariages et ses concubins franquistes puis allemands puis africains. Liane et ses engagements politiques et syndicaux d'un extrême à l'autre… Dans les années 50, elle est encore communiste et milite à la CGT. Le syndicat organise des échanges avec les pays de l'Est, Liane se propose d'aller à Moscou mais cela n'aboutit pas. Elle rend sa carte. C'est à écouter des personnages comme elle que l'on se rend compte que chacun organise sa vie en fonction de la représentation qu'il se fait du monde. Que le soucieux a un coffre-fort quand le confiant n'en a pas, etc. Chacun croit posséder la norme, mais qui pourrait se targuer d'avoir plus raison qu'un autre ? Existe-t-il une réalité au-delà de nos représentations ? La réalité n'associe-t-elle pas plusieurs vérités ? C'est au contact de gens hors du commun que se forgent nos consciences et, pour cela, ils sont précieux. Y compris et d'autant plus si nous ne partageons pas leurs opinions, tant il nous est nécessaire d'apprendre à trier, à décoder et à exercer notre esprit critique.

MICHE *se souvient*

Le retour à Paris, et en particulier le dernier trimestre de cinquième au lycée Marie-Curie, a été très rude pour moi. Je suis passée du statut de *bonne élève* à *nulle* avec des notes minables, et la discipline était sévère. Sachant que je devais repartir, ils m'ont laissée passer en quatrième mais j'ai beaucoup galéré. Le supplice n'a pas duré puisque à l'été 54, nous avons rejoint Pouche à Bangui.

Luce terminait une école de secrétariat en deux ans rue Soufflot.

À l'école de garçons, Georges se faisait mousser auprès de ses copains en racontant que Pouche allait à la chasse aux lions.

*

En 1953-1954, les Devoise se retrouvent à Fontenay un dimanche sur deux. Luce et Miche ne viennent pas systématiquement à cause des devoirs à faire… Mémère tue maintenant les lapins et les poulets avec le même détachement que lorsqu'elle effile les haricots. Michel bricole et tous admirent ses talents, il peut tout faire. Augustin roule sa cigarette. Georges est réquisitionné par son oncle. Il s'accommode de Pierre qui ne fait que rigoler, qui lui demande des services qu'il accomplit avec le plus grand sérieux, et qui le traite comme un petit boxeur. À l'heure où les autres sont occupés, Pierre donne ses rendez-vous galants dans la deuxième cabane du jardin, éloignée de la maison et à laquelle on accède de l'extérieur par une porte latérale cachée derrière les poiriers. On n'entend guère les deux chiens, Youyoute et le deuxième dont le nom est oublié bien qu'on ait donné le même à son successeur.

Il y a trois types de femmes dans la vie d'un homme, pense Pierre : celles à qui l'on fait des enfants, celles que l'on aime, et celles à qui l'on fait l'amour. À défaut d'harmonie, il com-par-ti-men-te. Son maître ? Sacha Guitry qui a dit : *L'amour à deux, ça dure le temps de compter jusqu'à trois* ou, suivant une variante : *Il faut être deux pour se marier, trois pour que le mariage dure*. Pierre ne veille qu'à une chose : l'ordre. Que tout soit bien ordonné dans des caissons aux parois étanches.

Georges inspecte la grande allée avec la plus grande attention et reçoit toujours une récompense. Il doit juste tenir sa langue.

Il lui arrive même de porter les dépêches de Pierre à ses *connaissances*[1].

Le repas de famille le dimanche semble extrêmement long aux enfants. Marie met toujours les petits plats dans les grands. Avant le lapin et le poulet, elle sert un colin froid mayonnaise, un pâté de faisan ou de bécasse. Mouche amène comme chaque fois des tartelettes et des petits gâteaux qu'elle achète dans une pâtisserie réputée près de l'arrêt du 194 qui les conduit de la porte d'Orléans à Fontenay. Quand elle peut prendre la parole, Michou raconte des anecdotes de leur séjour au Congo et ses parents complètent. Les petites histoires légèrement retaillées par l'un et par l'autre prennent parfois un relief inattendu, la légende familiale s'enrichit. Georges, qui ne veut pas être en reste, écoute sa sœur et enchaîne. Ces rares incursions dans les histoires des grands n'empêchent pas les enfants de trouver le temps bien long. Il leur tarde d'aller courir dans le jardin, d'y retrouver Youyoute et Black (c'est revenu… Miche a une sacrée mémoire !) qui leur font la fête près de leur niche, d'aller donner aux poules et aux lapins tandis qu'à table s'enchaînent encore les anecdotes et les débats politiques pour que tout se termine comme toujours en chansons.

À l'heure du café et du pousse-café, Lucien, Renée et Pierre – suivant les présents – jouent un morceau, Renée au piano, Lucien au violon, Pierre à l'un ou l'autre. Leurs jeux s'accordent parfaitement. Puis les hommes montent dans la salle de billard. Une lampe opalescente éclaire le tapis vert. Georges est toléré. Il regarde à condition de ne pas faire de

1. Après la mort du président Félix Faure d'un orgasme fatal à l'Élysée avec la *pompe funèbre*, un prêtre se présenta pour lui donner le dernier sacrement. Lorsqu'il demanda : *Le président a-t-il toujours sa connaissance ?*, il aurait obtenu cette réponse : *Non, elle est sortie par l'escalier de service !* Commentaire des chansonniers : *Il voulait être César, il ne fut que Pompée*.

bêtise. Parce qu'une ou deux fois, ça n'a pas loupé, il s'est barbouillé de bleu et en a mis un peu partout en s'en servant comme d'une craie. Lucien l'avait grondé mais Pierre avait demandé la clémence et Pépère l'avait accordée à condition qu'il ne recommence pas.

Petite précision de GEORGES

J'étais à peine plus haut que le billard. Je restais appuyé sur une bande et je passais l'après-midi à les regarder jouer. Ils étaient bons, surtout Pépère… Au bout d'un moment, Pépère me demandait de descendre à la cave chercher une bouteille de goutte. De la prune, de la poire, ça dépendait de l'humeur et du moment. J'essayais bien de passer l'air dégagé devant Mémère mais elle me repérait, pas à tous les coups. Quand elle me voyait, ça loupait pas, elle demandait ce que je faisais. Alors je lui répondais que je faisais une commission pour mon grand-père et que j'allais à la cave. Elle ne disait rien, elle voulait simplement savoir.

*

Miche se souvient de l'odeur entêtante et merveilleuse des fleurs de saison que l'on coupait le soir et que l'on remisait dans la cave jusqu'à ce que Marie les emporte au petit matin pour les Halles. Lis, marguerites, dahlias, roses, weigélias. Lorsque les dahlias commencent à se faner, Marie retire la dernière rangée de pétales et n'hésite pas à vanter ses fleurs *fraîchement coupées*. Hors saison, elle vend des feuillages pour agrémenter les bouquets, des feuilles de troène avec lesquelles on constitue les couronnes mortuaires, ou des plantes grasses comme les cactus qu'elle cultive sous la serre que l'on appelle *le jardin d'hiver*.

Georges aime bien accompagner sa grand-mère et passer la journée aux Halles, même s'il faut partir tôt le matin. Il s'amuse de voir qu'elle arrive à vendre certaines fleurs quasiment fanées. *Vas-y, Jojo, mets donc un peu d'eau sur les fleurs ! Elles n'en ont plus pour très longtemps…* Lorsqu'elle a tout vendu, Marie va causer et boire un coup de blanc au *Chien qui fume* où elle a ses habitudes. Elle y retrouve Paulo et Paulette, de vrais titis parisiens qui représentent les carottes de Créances aux Halles. Marie s'amuse avec eux sans voir l'heure. Ils mangent ensuite chez *Roger la frite*, l'immense rendez-vous des maraîchers et des vendeurs, avant que Marie ne regagne Fontenay.

Augustin l'attend appuyé à la table de la cuisine et réalise invariablement les comptes de la matinée au crayon de bois sur le fond d'une boîte de camembert. Il compte positivement les ventes de Marie, négativement ses dépenses, et conserve le bilan. Miche s'amuse beaucoup de ce manège immuable.

Commentaire de Liane : *Onc' Tintin aimait les sous.*

À Fontenay, toute la maisonnée vit au rythme de Marie. Augustin est le premier à s'y plier, les autres suivent. Rien ne surprend vraiment Renée, Lucien et Pierre. Comme Obélix, ils sont tombés petits dans une potion dont ils conservent un effet permanent. C'est cela une famille : un esprit, des habitudes, des attitudes, des rites et un humour singuliers, une série de codes, des histoires et des légendes que l'on se transmet, le goût de certains refrains. Celui qui porte la culotte impose une vision ordonnée du monde et un rapport bien spécifique aux choses – la culture familiale, en somme. Rien ne surprend les enfants puisque, n'ayant pas encore d'habitudes, ils se les fabriquent en temps réel. La cellule familiale leur donne le *la* de l'existence comme un diapason. Pour les « pièces rapportées », c'est une autre histoire. Tout ce monde réuni, c'est comme un cocktail, plus ou moins réussi. La moins à l'aise dans la maison est certainement Simone. Elle apprécie la présence de son beau-père quand Marie est aux Halles. Tandis qu'elle s'active devant le fourneau, Pépère s'assoit dans son fauteuil de la cuisine, il sert à boire et discute. Alors Simone lui prépare un gâteau. En revanche, sa belle-mère lui envoie une pluie battante de *Vous devriez, ma petite...*, *Il faudrait que...*, *Il vaudrait mieux...* Puis il y a Pierre qui s'est assagi, mais sait-on jamais ? Cette famille n'est pas la sienne. La tonalité de sa musique n'est pas la sienne, son tempo non plus. Quand elle a un différend avec Lucien, la ritournelle est immuable : *Si j'avais connu ta famille dès le début, je ne t'aurais pas épousé.* Lucien est assez philosophe, il comprend et n'oblige pas Simone à rester plus qu'elle ne le peut. Il lui arrive même de se rendre chez ses parents sans sa femme, partie officiellement rendre visite à sa mère ou à sa tante Lucienne et à son oncle Jean. Se rendre dans sa belle-famille, c'est boire un fameux cocktail au parfum de liqueur, d'infusion ou d'eau de vaisselle...

À Fontenay comme ailleurs, Miche s'amuse des histoires qui sortent de l'ordinaire. Elle dresse l'oreille en cuisine où les hommes ne s'aventurent pas. Cette année-là, le mystère que les femmes cachent aux hommes et qui délie les langues, le drame dont on parle à voix basse mais à un rythme soutenu, c'est la *poule à Michel*. Renée se fait plaindre autour de tickets de métro qu'elle étale sur la table de la cuisine : *Des preuves ! Ce sont des preuves, j'vous dis ! Il est allé à Alésia voir sa poule !* Et à sa suite, toutes les femmes versent leur tribut de larmes sur ces preuves irréfutables. Michou regarde perplexe les tickets de métro mais pleure comme tout le monde.

Mémère sait que Pépère a eu aussi une liaison, ce n'est un secret pour personne sauf qu'on n'en parle pas. Devant le désarroi de Renée, Marie encourage sa fille à ne pas laisser filer son mari et à faire barrage à *la poule*.

L'épilogue est moins certain que le coup des tickets. Un jour,

Renée suit discrètement Michel et sa poule à la sortie de la poste du côté d'Alésia. Ils se dirigent vers le Champ-de-Mars. Elle les suit et les surprend en pleine bagatelle. Renée explose de colère : *Qu'est-ce que vous faites de mon mari ? C'est mon mari, vous entendez ! Rendez-le-moi !* et elle lui fout une baffe magistrale digne d'entrer dans les annales. Une version alternative évoque un fameux coup de parapluie dans les jambes. Qui saurait la vérité maintenant qu'ils sont tous enterrés ? Toujours est-il que Michel rompt avec la postière. C'est tout ce qu'il reste d'une de ces histoires enfouies profondément et qui, finalement, sont les dernières à être livrées. Il faut cependant rendre justice à Renée. Elle n'est pas non plus avare de ses larmes pour les autres. Au Bourget, chaque fois que Lucien et la famille prennent l'avion, elle les accompagne et pleure à seaux tandis que Miche et Georges rient à s'en décrocher la mâchoire. *Mon pauv' Lucien ! Mon pauv' Lucien !* Lucien, lui, sourit et dit déjà aux enfants ce qu'il leur répétera si souvent : *Elle nous enterrera tous.*

45

1954-1956 – Bangui

> L'avion, voilà quelque chose d'extraordinaire, dit le colonel, les yeux rivés au sac postal. On dit qu'il peut atteindre l'Europe en une nuit. [...] Mais il doit y avoir des risques [...]. L'humanité ne progresse pas gratis.
>
> Gabriel García Márquez, *Pas de lettre pour le colonel*

> La fermeture Éclair remplace le bouton, l'homme n'a pas un instant pour réfléchir en s'habillant à l'aube. Pas d'heure de philosophie, pas d'heure de mélancolie.
>
> Ray Bradbury, *Fahrenheit 451*

En avril 1954, Pouche part en affectation à Bangui, capitale de l'Oubangui-Chari, aujourd'hui République centrafricaine. Comme il l'a fait à Brazzaville, il se donne quelques mois pour estimer si la famille peut le rejoindre et s'installer. À son arrivée, il loge dans une case de passage et partage les sanitaires et la douche avec Chastel qui est radio et travaille à mi-temps à la poste de Bangui. À Bombité, à cent vingt kilomètres de Bangui au-delà de M'Baïki, sa femme et sa belle-mère dirigent une vaste plantation de café.

Mouche, Miche et Georges rejoignent Lucien à Bangui à l'été 54. Tout le monde s'acclimate bien. Rapidement, les Devoise sont invités à Bombité par Chastel. La propriété vit aux ordres de sa belle-mère, Mme Telle, lorsqu'elle ne se repose pas en France dans sa propriété de Bergerac. Voilà une famille de colons qui a réussi. M. Telle n'est plus là pour raconter mais sa femme explique que lorsqu'il était pensionnaire à Bordeaux et que ses parents montaient cette plantation en Oubangui, il avait fugué et s'était embarqué clandestinement sur un paquebot à destination de l'Afrique. Ses parents, surpris de le retrouver, n'avaient pas songé à le renvoyer. Depuis la disparition de son mari, Mme Telle règne sur la propriété. Son gendre, elle le supporte à peine et l'interpelle sur le même ton que ses domestiques. La propriété résonne de *Chastel !* mais le gendre a déjà filé. À la poste, on le croit sur la plantation tandis qu'à la plantation sa famille l'imagine encore à la poste. Lucien apprécie l'humour et le détachement de Chastel, d'autant qu'il ne réclame pas grand-chose, juste de se tenir à l'écart de sa belle-mère.

À Bangui, les parties de foot avec les boys occupent beaucoup Georges. Il enfourche facilement son vélo pour se rendre chez les copains. Parmi eux, un copain noir à la peau rose et aux yeux bleus. Tous deux sont gourmands de mangues et le copain albinos adore grimper aux manguiers, il est très leste. Georges n'est pas tendre avec sa mère. Quand il veut quelque chose, une autorisation pour aller à la piscine ou jouer au foot, ou pour une friandise, il lui pince le cou et tourne les doigts en répétant à l'infini : *Allez, dis oui, dis oui !*

À l'automne, Luce les rejoint pour quelques semaines de congé. On prend des clichés des enfants en train de pagayer sur l'Oubangui, que l'on expédie à Fontenay. Les chutes de Bouali constituent une destination de choix le dimanche. Les Devoise y partent volontiers pique-niquer, parfois à deux ou trois familles. Quand ils ne sont qu'entre eux, Lucien emporte ses crayons et ses feuilles Canson et dessine.

À la poste, il continue à monter en grade. Les invitations aux soirées pince-fesses chez le gouverneur et aux cocktails des administrations sont plus fréquentes. Simone et Lucien s'y sentent à présent à l'aise. Les mondanités deviennent comme le tennis ou les parties de cartes pour l'expat, un divertissement.

Le reste du temps, les soirées sont généralement calmes. Lucien fréquente le Cercle où les expats se retrouvent et se détendent sur la grande terrasse autour de la piscine ou dans le salon. Un bar en bois d'acajou avec de larges fauteuils club est décoré de philodendrons vaporisés, d'une pendule massive et, au mur, d'un baromètre et d'un thermomètre en laiton et de gravures sur le thème hippique.

— Pastis, whisky ?

— Oui merci, mais un seul à la fois.

Au quatrième ouisqui, les langues se délient. Le voisin de Lucien l'interpelle :

— Tous ces Blancs dans les colonies… Tous, sans exception – tu m'entends ? –, tous ils ont fui quelque chose ! Quand t'en croises un, tu te demandes : *Et lui, qu'est-ce qu'il a fui ?* Alors forcément, tous ces fuyards, ça fait une drôle de soupe…

— Oui, bon, enchaîne Lucien. Y en a qui ont fui la misère, déjà. Et les autres, pourquoi ils n'auraient pas le droit de vouloir recommencer à zéro, comme les légionnaires ? Ils peuvent bien fuir, partir n'est pas toujours la solution. On en côtoie des malheureux, prisonniers d'eux-mêmes, tu crois pas ?

Parfois, il y retrouve Maurice, un Ch'ti avec qui la conversation est plus légère. Avec sa femme Paulette, ils aiment blaguer. Quand elle évoque leur vie en France, Paulette répète : *Lille avec Maurice, c'est pas l'île Maurice.*

Pourquoi s'étonner que la vie qu'on se remémore semble plus pleine que la vie quotidienne ? Les souvenirs sont du passé digéré, ce qui subsiste quand on a oublié. Les souvenirs, c'est du condensé, du meilleur comme du pire, du triste ou du rigolo, du laid ou du beau mais surtout du fort. Le mou du temps a passé à travers l'écumoire.

Comme l'érosion qui fait surgir les îlots de la baie d'Halong, les souvenirs mettent à nu des points saillants.

La vie réelle, c'est bien plus que les souvenirs qu'il en reste trente ans après. La vie réelle, c'est aussi des soirées longues au cours desquelles il ne se passe pas grand-chose. Lucien est plongé dans sa lecture, Simone range quelques affaires et offre un verre. Ils échangent une ou deux phrases puis la conversation se suspend. Quand on est jeune, moins on est d'accord et plus la discussion dure. Après un certain âge, moins on est d'accord et plus vite on se tait.

Simone aime à voir du monde et *causer* comme elle dit. Lucien est plus enclin à lire, il apprécie le murmure des mots sur le papier. Certains soirs offrent la chance d'une visite, une partie de cartes, quelques whiskies de plus. Un soir que passe Vincent Soubriard, un instituteur célibataire, la conversation s'oriente sur les caractères de chacun.

VINCENT

Nous sommes tous lisibles, tous capables de décrypter les personnalités et il est difficile de cacher bien longtemps qui nous sommes. La science des caractères est à peu près distribuée équitablement, vous ne croyez pas ?

SIMONE

Oui… Je suis en partie d'accord. Le caractère que tout un chacun affiche, nous le déchiffrons. Mais quand nous sommes plongés dans une situation difficile, tout peut changer. La peur et la douleur nous transforment... Il me semble que chacun d'entre nous se révèle dans les coups durs.

LUCIEN

C'est dans ces situations que l'égoïsme se mesure le mieux.

SIMONE

Oh, c'est sûr que quand un bateau coule – et je peux le dire, j'ai fait naufrage avec ma mère à Madagascar –, eh bien quand un bateau coule, les angoisses et les égoïsmes ont vite fait de montrer le fond des caractères.

VINCENT

... des caractères, oui. Mais nous parlions de personnalité. La personnalité va au-delà du caractère, vous ne trouvez pas ?

LUCIEN

À quoi pensez-vous ?

VINCENT

Je ne sais pas... À ce que nous taisons et qui compte pour nous... à nos rêves, nos cauchemars... à tout ce qui s'ajoute au caractère pour faire une personnalité.

SIMONE

Vous voulez dire les songes, les secrets ?

VINCENT

Oui.

LUCIEN

C'est pas faux. On se connaît sans se connaître. Même ma femme m'est parfois inconnue. Qui révèle tout de lui-même ? Les gens transparents, ça n'existe pas.

VINCENT

Sans parler des fêlures…

SIMONE

Ce n'est pas simple de voir tout ça.

VINCENT

Pourtant, votre pensée est limpide…

SIMONE

Vous savez, je répète souvent la même chose. Lucien l'a entendu cent fois… Mais *je m'étudie*… Voilà. Personne ne nous a appris à comprendre les autres alors moi je m'étudie, et j'essaie de ne pas tricher. Parce qu'on a des idées toutes faites…

VINCENT

Qui n'en a pas ?

LUCIEN

Nous sommes bien philosophes ce soir. Et si je nous servais un p'tit sky ?

VINCENT

Une goutte mais pas plus, vraiment. Un dé à coudre… Juste pour vous accompagner.

Visite ou pas visite, les soirées se terminent toujours à l'identique sous les tropiques.

La moustiquaire empêche le souffle léger de pénétrer, j'espère un filet de vent pour m'endormir, je patiente sans plus savoir que faire. Comment se fait-il que mes jours soient si différents de mes nuits ? Pourquoi l'angoisse et la solitude apparaissent comme des fantômes maléfiques quand le soleil a passé ? De quelle matière sont-elles constituées pour s'évaporer lorsque le jour revient ? J'assiste impuissant au déferlement des ondes, mères de l'écume des nuits.

À Pâques 1956, Mouche, Pouche et Georges rentrent en France. De Bangui, ils rejoignent Douala où ils embarquent à nouveau sur le *Général Mangin*. Aux îles Baléares, ils effectuent une dernière escale avant Marseille. C'est l'ultime trajet effectué par la famille en paquebot.

Son expérience d'un dernier trimestre à Marie-Curie après deux trimestres à Brazzaville avait été si difficile pour Miche qu'il est décidé de la laisser terminer son année de seconde à Bangui. Tandis que ses parents et Georges font route vers la France, Miche, conviée à passer les vacances de Pâques à Bombité, se réjouit de partager la vie des planteurs de brousse. Mme Chastel héberge un jeune Marseillais qui se lance et amorce sa propre plantation. Avec ses yeux d'adolescente, Miche est impressionnée par ce Georges Almuneau qu'elle trouve aussi beau que Gérard Philipe. À la fin du trimestre, elle rejoint Paris dans un quadrimoteur à hélices particulièrement en vogue. Les flammes qui sortent des hélices impressionnent les enfants collés au hublot.

MICHE *se souvient*

À l'été 54, nous avons rejoint Pouche à Bangui.

L'appartement au-dessus de la poste était sympa avec une grande terrasse en longueur, des pièces lumineuses avec des claustras – des ouvertures carrées en haut des murs donnant sur l'extérieur. Mouche comme toujours avait décoré avec goût, les rideaux de cotonnade vert et blanc étaient assortis aux coussins du salon.

Sous la terrasse, de grands manguiers sous lesquels s'installaient les Haoussas – des Noirs musulmans en gandoura blanche – pour vendre des sculptures et d'autres objets en *pur ébène* aux clients de la poste. De la terrasse, on les voyait dans les temps morts passer leurs œuvres d'art au cirage noir pour faire *vraiment ébène*. Ils vendaient aussi des objets d'occasion, machines à coudre, vélos et autres, avec une pancarte sur chaque article du genre : *1er prix : 100 francs, 2e prix : 80 francs, 3e prix : 50 francs.* Le jeu consistait à marchander le premier prix, puis le deuxième, pour obtenir le troisième. Il ne fallait surtout pas demander directement le troisième prix si on voulait emporter l'objet.

Le dimanche matin était sympa, c'était le jour où l'avion de Paris apportait le courrier qui était distribué dans les boîtes postales situées sous notre terrasse. Les Européens qui se connaissaient tous lisaient leur courrier et commentaient les nouvelles à peine reçues : la météo en France, la politique à Paris, les nouvelles de la famille. On écoutait cela de la terrasse et c'était plus passionnant que Radio Bangui.

L'été 54, Annie Harault (treize ans), la fille de l'inspecteur de la poste, était venue passer les vacances scolaires chez ses parents ; elle est ensuite repartie à Sèvres chez ses grands-parents pour la rentrée. Georges, qui avait huit ans, ne nous lâchait pas. On faisait des parties de jeu des sept familles avec les personnages de Walt Disney. Annie et Georges étaient accros à certaines familles et les parties duraient très longtemps, les cartes passaient de l'un à l'autre. Une fois, pour être tranquilles, Annie et moi avons filé pendant que Georges était sous la douche. Il n'a pas hésité quand il s'en est aperçu à courir tout nu derrière nous pour nous rattraper… Et le jour où nous sommes parties sur un îlot de l'Oubangui pour être tranquilles, il s'est débrouillé pour nous suivre et du coup a appris à nager tout seul…

Le cinéma de Bangui était couvert et surtout fréquenté par les enfants les jeudis après-midi. Georges et moi étions des fidèles mais on n'en sortait pas toujours ravis. Il y avait un unique court métrage (toujours le même à chaque séance), un orchestre genre Ray Ventura et ça semblait durer une éternité. Ensuite on avait droit à un western, pas toujours génial, qui en plus ressortait quelques semaines plus tard.

Pouche avait acheté sa première voiture, une traction avant Citroën 11 comme celle des films de gangsters d'après guerre. Il nous emmenait les dimanches de fête à la piscine du Cercle en dehors de la ville.

Je me rappelle qu'ayant reçu une invitation pour le bal du gouverneur, Mouche et Luce s'étaient maquillées, habillées en robes longues, que Pouche avait sorti son plus beau costume et qu'ils étaient allés faire la fête, très réussie d'ailleurs, au palais du gouverneur, non loin de la poste. Georges et moi, restés à la poste, nous avons eu droit à un dîner de fête et à notre dessert préféré, une grosse boîte de crème au chocolat *à l'ours*, une crème suisse équivalente à la crème Mont Blanc.

C'est à Bangui que mes parents m'ont offert un caméléon. C'était l'attraction de tout le monde, ce caméléon. On s'amusait à le mettre sur des objets très variés pour le voir changer de couleur. Quand je le descendais autour des parterres de pétunias près de la poste, je ne le quittais pas des yeux parce qu'il se fondait dans l'herbe, vert et immobile… Nous avions un chat plutôt sauvage, Miao. Il passait des journées à l'extérieur et revenait quand il avait faim. Profitant d'un moment d'inattention, il a attrapé le caméléon dans les dahlias et n'a laissé que les pattes… Vous dire ma tristesse… Je lui avais appris à grimper le long de mon bras et à se tenir sur mon épaule…

Le marché était très sympa. On accompagnait Mouche et on s'arrêtait devant les étals à même le sol, sur des nattes. L'unité de vente était le *pata* (pas cher du tout, environ cinq francs CFA), et il y avait quantité de petits tas de *pata* de haricots verts, tomates et autres fruits. Pour arriver à l'équivalent du kilo, il fallait prendre un grand nombre de petits tas… Sur ce marché, il y avait aussi de la viande et du poisson. Mais quand le bruit a couru que de la chair humaine avait été vendue pour du poisson (après un séjour dans l'eau, cela se ressemble, paraît-il…), Mouche a préféré s'en tenir aux poissons et aux délicieuses langoustes congelées d'Afrique du Sud vendus par la SCKN, une grosse boîte anglaise où l'on faisait les courses d'épicerie. Il y avait aussi du beurre salé en boîte d'Australie, d'un jaune très doré et très bon à mon goût.

Je me souviens de quelques autres anecdotes, encore.

La prison était en dehors de la ville et un énorme camion

ramenait les prisonniers à Bangui avec leurs pelles et leurs pioches pour effectuer les travaux de voirie. Le problème des responsables était de bien les compter le soir au retour car il y avait des clients supplémentaires pour se nourrir et aller dormir. On ne se sauvait pas de cette prison, on souhaitait plutôt y entrer.

À la saison chaude, les employés du guichet à la poste (dont les usagers ne voyaient que le buste) gardaient les pieds dans une cuvette d'eau fraîche. C'était un peu délicat quand il fallait se lever pour prendre un document…

L'hôpital était sur une grande route qui venait de brousse. Un jour où je me faisais soigner les dents dans son enceinte, j'ai vu plein de malades en pyjama sortir des bâtiments et courir vers la route. Ils avaient appris qu'un camion plein de viande d'éléphant allait passer. Ils en voulaient tous car c'est une viande miracle qui guérit tout !

Et puis, en passant devant l'école primaire, j'ai bien entendu *de mes oreilles* les petits Africains chantonnant en chœur : *Nos ancêtres les Gaulois avaient les cheveux blonds et les yeux bleus…* L'instituteur suivait le programme à la lettre sans hésitation.

Le lycée allait jusqu'à la première incluse et les élèves de terminale suivaient les cours par correspondance, on dépendait de l'académie de Bordeaux pour les examens. Nous étions treize ou quatorze par classe, une dizaine de garçons africains et le reste de filles et garçons français (il y avait quelques filles africaines mais en sixième et en cinquième seulement). Le directeur, M. Moissinac, et sa femme – notre prof de français – étaient tous deux du Cantal, des gens très sympas. Un jour, Mme Moissinac nous a dicté le poème de José Maria de Heredia *Les Conquérants* ; je cite de mémoire :

Comme un vol de gerfauts hors du charnier natal,
Fatigués de porter leur misère hautaine,
De Pallos de Moguer, routiers et capitaines
Partaient, ivres d'un rêve héroïque et brutal.
Ils allaient conquérir le fabuleux métal…

Le lendemain, Mme Moissinac fait l'appel en classe. *Jean M'Bama*. Celui-ci lève le doigt : *Madame, j'ai changé de prénom, je m'appelle José Maria M'Bama*. Imperturbable, notre professeure a changé la liste d'appel et le nouveau prénom est resté.

Les élèves africains étaient tous boursiers ; leur tenue – short blanc et chemisette blanche – était fournie, ils étaient nourris le midi et un car les ramenait à leur village. Pour les Français, pas de cantine et un car nous ramenait après les cours du matin. Pas ou peu de cours l'après-midi.

Tous nos profs étaient français, une sacrée équipe. Pour ne pas promener sa femme, le prof d'anglais, assez beau gosse, avait vendu sa voiture et acheté une grosse moto qui lui permettait de draguer les minettes de Bangui, cela faisait beaucoup rire les Européens (sauf sa femme sans doute). Et la prof d'histoire-géo qui nous avait montré la reproduction de la *Maja vêtue* (de Goya) et avait fait sortir tous les garçons de la classe pour montrer aux trois filles la *Maja nue*. Les garçons nous avaient harcelées pour avoir le descriptif de ce que nous avions vu…

Une de mes copines de lycée s'appelait Paule Paturel et venait de Saint-Pierre-et-Miquelon. Un poème, cette famille. Ils avaient un fort accent genre québécois, il leur manquait à tous des dents à cause du scorbut, ils ne mangeaient que de la morue et des pommes de terre là-bas. Les parents n'étaient pas très futés et les six enfants n'avaient pas inventé la poudre. Un jour où j'avais interrogé Paule sur le vrai nom de la naphtaline (paradichlorobenzène), elle m'avait répondu *boulamite*. Pouche avait eu l'occasion de botter le derrière à son frère Gilbert qui, pour mettre de l'essence dans son vélomoteur, était venu siphonner le réservoir de la voiture postale. Mais ce qui avait rendu Pouche furieux, c'est quand le père Paturel (qui travaillait sous ses ordres à la poste) avait coupé un magnifique pamplemoussier devant son logement de fonction sous prétexte qu'il avait aperçu un serpent dans l'arbre.

Le soir vers vingt heures, j'aimais bien aller chercher Pouche dans son bureau pour le dîner. Il finissait *sa caisse* – il recomptait les billets des guichetiers – et là je le suivais au coffre-fort, une véritable pièce où se trouvaient l'argent, les documents, les fournitures. J'arrivais quelquefois à hériter d'un crayon Bic ou d'une gomme.

Les quinze jours de vacances que j'ai passés à Bombité avec Mme Chastel ont vraiment été extra. Ses trois enfants suivaient leur scolarité à Bergerac chez leur grand-mère. Mme Chastel était contente d'avoir une ado auprès d'elle.

La route pour Bombité, c'est cent vingt kilomètres de latérite rouge, pleine de creux et de bosses, et il fallait une douzaine d'heures pour arriver ! Mme Chastel était très impressionnante au volant de sa Dodge bleue. Dans le camion, on chantait à tue-tête pour couvrir les bruits de la route, c'était Gilbert Bécaud *Mes mains dessinent dans le soir...* ou Line Renaud *Combien ce petit chien dans la vitrine...* Pendant ce trajet, le soir, on a croisé un camion arrêté au bord de la piste : un homme en pyjama et pantoufles, assis sur un fauteuil pliant, lisait un magazine à la lumière d'une lampe à pétrole accrochée au camion dans lequel un lit picot (pliant) et sa moustiquaire l'attendaient. Le boy préparait le repas sur trois pierres. On s'est arrêtées pour lui parler de l'état de la route (il partait vers Bangui) et il voulait nous inviter à partager son dîner mais nous avions hâte d'arriver à la plantation. Vision un peu surréaliste…

La plantation était superbe : partout à perte de vue des caféiers de deux mètres de haut chargés de cerises rouges et, comme c'était la saison de la récolte, les hommes et les femmes torse nu s'activaient. Tout en cueillant, ils chassaient de leurs corps d'énormes fourmis rouges urticantes. Le travail était très dur mais ils chantaient pour s'encourager et restaient souriants. Les cerises des caféiers étaient ensuite étalées sur de grandes nattes sur des terrasses couvertes près des maisons. Une fois sèches, elles étaient mises dans des sacs de jute et c'est un camion de cinq tonnes qui les ramenait à Bangui chez les grossistes pour la torréfaction.

Sur la plantation, il y avait deux maisons, l'une habitée par le couple Chastel (et moi pour quinze jours), l'autre par leurs cousins de passage et par Georges Almuneau, un jeune Méridional venu monter sa propre plantation à proximité. Il avait commencé à se construire une maison en bois et un matin, nous l'avons vu remonter en larmes l'allée de la propriété : en une nuit les termites avaient tout mangé et réduit ses fondations en poussière. Il n'arrivait pas à sortir un mot, il était effondré. Mais il est reparti *à zéro*.

Pour les ouvriers de la plantation, Mme Chastel avait une *petite boutique* avec des produits de première nécessité. J'ai adoré gérer la boutique et on a beaucoup ri avec les clientes africaines. Pour le riz, la farine, le gros sel, la mesure était toujours la boîte vide de lait concentré Nestlé. Il y avait aussi du tissu, des pagnes et du *trembala*, un tissu mou et brillant genre viscose. Le commerce était de dépannage, au prix coûtant.

C'était la saison des chenilles dont les Africains sont friands, et les femmes revenaient de la brousse avec d'énormes cuvettes sur la tête d'où dégoulinaient des chenilles. Elles ont tenu à me faire goûter : grillée passe encore, mais la chenille bouillie, j'avais du mal…

Les deux mois que j'ai passés chez M. et Mme Harault – les parents d'Annie – avant la fin de l'année de seconde se sont très bien passés. Ils ont été très sympas avec moi. Puis ça a été le retour en avion jusqu'au Bourget…

SIMONE *et* LUCIEN *racontent*

LUCIEN

Je suis arrivé pour prendre mon poste à Bangui début avril. J'ai croisé mon prédécesseur, un chasseur de gros gibier, un ancien receveur au Tonkin qui avait chassé le tigre. À Bangui c'était l'éléphant. Le permis coûtait cher et donnait droit à trois bêtes dans l'année. Eh bien en avril, le gars avait déjà tiré ses trois éléphants. Les défenses trônaient chez lui. Il m'a tout expliqué, il n'en finissait pas. Il partait avec des boys et j'ai compris qu'ils devaient être très nombreux. Sa technique était toujours la même. Ils énervaient la bête, la laissaient charger, et lui la tirait au creux de l'épaule quand elle fonçait droit sur lui. Il demandait ensuite aux boys de lui récupérer les défenses et eux se partageaient la viande dont ils sont très friands.

SIMONE

À Bangui, on a sauvé deux employés piqués par des vipères. Le premier, le cuisinier, a été piqué en traversant la voie de chemin de fer en rentrant chez lui. Il est arrivé, il ne pouvait presque plus parler. Le venin commençait à faire effet. Pouche l'a conduit à l'hôpital en voiture. J'ai été le voir, je lui avais apporté du pain, il en raffolait, mais il ne pouvait plus rien avaler. Le second, un employé de la poste qui jouait avec Georges, a été piqué en allant chercher le ballon. On l'a emmené tout de suite à l'hôpital et il a été sauvé. On n'a pas eu d'employé tué, et pourtant il y avait des panthères à Bangui. La poste était à côté de la réserve, elles descendaient de la forêt. Il venait beaucoup de singes aussi.

LUCIEN

Oh, il y avait beaucoup de chasseurs de panthères parmi les Blancs. Un gars qui avait blessé une panthère sans la tuer a voulu poursuivre sa chasse. Il traquait la bête qui était comme un gros chat, tapie derrière un buisson. D'un bond elle lui a sauté dessus et pendant qu'elle s'acharnait, il a réussi à se protéger la tête et le cœur. Il était blessé à vingt-sept endroits quand on l'a trouvé. Il a été rapatrié sanitaire pour se faire soigner à Paris. Tu t'en souviens, Simone ?

BORNE 1955-1957

Nous partirons, car nous continuons d'employer ce mot-là : *eux*.

Alexis Jenni, *L'Art français de la guerre*

En avril 1955, la conférence de Bandung en Indonésie qui réunit une trentaine d'États africains et asiatiques indépendants et une trentaine de représentations de colonies en voie d'émancipation condamne le racisme, la ségrégation raciale, et fait émerger sur la scène internationale un troisième bloc, le tiers-monde [1].

Le 29 août 1955 à la conférence d'Aix-les-Bains, Edgar Faure propose la mise en place d'un conseil du trône du Maroc mais, pour les Marocains, Mohammed ben Youssef, *l'exilé d'Antsirabé*, est le seul à pouvoir les conduire à l'indépendance. El Glaoui lui demande pardon et le fait revenir. Le 2 mars 1956, après quarante-quatre ans sous protectorat français, l'indépendance est déclarée et le sultan devient roi du Maroc sous le nom de

1. Le terme *tiers-monde* apparut en 1952 sous la plume d'Alfred Sauvy, en référence au tiers état de la Révolution française qui offrait une voix à la majorité du peuple que ne représentaient ni l'Église ni la noblesse.

Mohammed V. En Tunisie, l'indépendance succède à soixante-quinze ans de protectorat. Habib Bourguiba en devient le premier président le 25 juin 1957.

L'empire colonial français et la IVe République vacillent. Si les transitions marocaine et tunisienne sont relativement pacifiques, il n'en est pas de même en Algérie qui tient une place tout à fait à part dans les colonies françaises depuis qu'en 1830 la France a « organisé » l'Algérie qui semble-t-il n'existait pas en tant que nation. En Tunisie et au Maroc, un résident général gouvernait de haut suivant les principes mêmes de l'*Indirect Rule* établie par les Anglais en Inde, laissant le pouvoir local aux mains du bey de Tunis ou du sultan du Maroc et autorisant un drapeau et une langue officielle autres que le français, l'arabe. Ce n'était pas le cas de l'Algérie qui, durant cent trente ans, fut dirigée par un gouverneur sous administration française. En 1956 et 1957, les opérations dites *de pacification* ou de maintien de l'ordre s'y succèdent, et cette guerre n'en a pas encore le nom.

Le 23 juin 1956, l'Assemblée nationale vote la loi-cadre de Gaston Defferre, ministre de l'Outre-mer, qui modifie le statut des colonies d'Afrique noire. Elle accorde le suffrage universel aux populations, elle renforce les pouvoirs de l'Assemblée territoriale instaurée en 1946 et opère une décentralisation administrative[1]. On l'appelle aussi *loi de décolonisation*.

En 1957, Albert Memmi explique que l'iniquité fondamentale de la colonisation porte le germe d'une instabilité qui lui sera fatale. Il ajoute : *si la colonisation détruit le Colonisé, elle pourrit le Colonisateur*[2]. La colonisation n'est-elle pas une vitrine parfaitement explicite d'un capitalisme dévoyé ?

1. Note de Mazarine Pingeot, *in* M. Duras et F. Mitterrand, *Le Bureau de poste de la rue Dupin et autres entretiens.*

2. Albert Memmi, *Portrait du colonisé* précédé de *Portrait du colonisateur*, préface de Jean-Paul Sartre (Corrêa, 1957).

Tandis que les nations européennes perdent leur influence aux colonies, douze ans après l'armistice, six d'entre elles signent à Rome l'acte de naissance de la Communauté économique européenne. Encore un sujet qui divise comme chaque fois que l'on avance. Chacun s'interroge : *Est-ce un progrès ?*, *Ne peut-on aller plus vite ?*, *Ne va-t-on pas trop vite ?*, *La paix vaut-elle qu'on lui sacrifie nos souverainetés nationales ?*... Jean Monnet lance : *Ce qui est important n'est pas d'être optimiste ou pessimiste, c'est d'être déterminé*. Par étapes successives, l'Europe se construit.

En 1956, le président égyptien Gamal Abdel Nasser nationalise le canal de Suez.

À l'automne, un élan démocratique initié par les étudiants hongrois est stoppé net par les chars soviétiques qui envahissent Budapest. Bilan : des milliers de morts, deux cent mille réfugiés et, en Occident, des convictions qui s'effondrent parmi les militants communistes.

Suivant un processus typiquement moderne de dissociation, des individus de base se démarquent des appareils en conservant leurs idéaux : des communistes quittent le Parti, des catholiques s'écartent de leur Église. Encore quelques années et une partie de l'Occident en déconstruction découvrira les sensibilités orientales. Les boussoles se cherchent un nouveau nord.

Dans les sciences, l'approche systémique se développe. Il s'agit de décrire le fonctionnement d'un objet complexe dans son ensemble sans en connaître tous les détails pour aboutir à un modèle, c'est-à-dire à une description simplifiée mais plus facilement compréhensible. La société des hommes elle-même se complexifie. Claude Shannon donne naissance à la théorie de l'information. Le mot *ordinateur* apparaît en France. Dans *Lettres à l'inconnue*, André Maurois suggère : *Vos enfants vivront entourés de machines ; il faut qu'ils les comprennent et soient avec elles familiers. Les machines traitent très mal ceux qui ne les aiment pas.*

Claude Lévi-Strauss publie *Tristes Tropiques*. Les existentialistes avec Sartre pensent que l'existence précède l'essence, c'est-à-dire que la personnalité d'un individu se définit par ses actes. Pour les structuralistes comme Lévi-Strauss, la parole prime. Derrière la querelle d'apparence méthodologique, les penseurs s'opposent en réalité sur la place qu'ils assignent à l'homme, au sein ou en dehors de la nature. Faut-il s'appuyer sur les mythes ou sur l'Histoire pour comprendre ce qui différencie les sociétés ? On cherche à mieux comprendre la mystérieuse réalité en l'auscultant sur plusieurs faces.

Suite à la découverte fortuite de la pénicilline par Alexander Fleming en 1928, les premiers antibiotiques sont mis sur le marché en 1955.

En 1955 paraît *Lolita*. On prétend que Nabokov s'est inspiré de l'idylle de Charlie Chaplin et de sa jeune femme, Oona O'Neill, de trente ans sa cadette, mais de quoi les gens se mêlent-ils ? Est-il envisageable que l'inspiration ne vienne pas de l'expérience intime de l'auteur ?

En 1955, André Dhôtel remporte le prix Femina pour *Le Pays où l'on n'arrive jamais*. Romain Gary le Goncourt en 56. Albert Camus le Nobel en 57.

En ces années sortent au cinéma *Nuit et Brouillard*, *Elle et lui*, *Et Dieu… créa la femme*, *Les Diaboliques*, *La Traversée de Paris*, *Le Pont de la rivière Kwaï*. Peignant des adolescents épris d'idéaux et de fraîcheur qui aimeraient que leurs parents retrouvent l'essentiel, *La Fureur de vivre* inaugure l'ère nouvelle des jeunes qui éduquent les adultes. Le cinéma anticipe. L'art alerte.

Après la première émission en 1946 et le premier journal télévisé au monde le 29 juin 1949 dirigés par Pierre Sabbagh, la télévision démarre juste mais elle reste confidentielle[1]. On s'informe par la radio, les journaux, les magazines. La radio reste le média non écrit populaire jusque dans les années 1960, comme l'illustrent les planches d'Hergé. Trois inventions techniques concomitantes révolutionnent la radio : le disque vinyle, le Nagra et le transistor, l'élément de base de récepteurs radio portables que les jeunes auditeurs s'approprient très rapidement. À la charnière des années 40 et 50, Radio Luxembourg et les trois stations de la RTF, le Programme national, le Programme parisien et Paris-Inter se partagent les auditeurs. En 1955, une nouvelle venue, *Europe n° 1*, commence à émettre depuis la Sarre et concurrence rapidement Radio Luxembourg. Pierre Sabbagh en dirige la rédaction, Pierre Delanoë les programmes et Lucien Morisse les rejoint en 56. Certaines émissions connaissent un vif succès : *Pour ceux qui aiment le jazz* de Frank Ténot et Daniel Filipacchi en 55, *Signé Furax* de Pierre Dac et Francis Blanche et *Vous êtes formidables* de Jacques Antoine et Pierre Bellemare en 56, *Musicorama* en 57 puis *Salut les copains* en 59.

En 1963, les quatre chaînes nationales que compte la RTF depuis 1957 seront regroupées en trois programmes que les auditeurs souhaiteront appeler *France Bleu*, *France Blanc* et *France Rouge* mais que le patron, Roland Dhordain, baptisera contre leur avis *France Inter*, *France Musique* et *France Culture*.

Grande époque également pour la photographie avec la création de coopératives photographiques ou agences comme Magnum fondée entre autres par Robert Capa et Henri Cartier-

1. 3 000 téléviseurs en 1949, 500 000 en 1956.

Bresson. Paris est la capitale du photojournalisme. Des photographes de talent sur tous les fronts accompagnent les hoquets de la décolonisation, cette période ne manque pas de terrains de bataille et de guérillas. Certains y laissent la peau comme Capa, tué au Viêt Nam.

La photo de mode fait aussi la Une. En octobre 1955, *Harper's Bazaar* publie *Dovima with Elephants* de Richard Avedon sur laquelle le mannequin Dovima, dans une robe de soirée noire Christian Dior dessinée par son jeune assistant Yves Saint Laurent, pose parmi des éléphants. Robert Doisneau, Édouard Boubat et Willy Ronis rendent populaire la photo humaniste.

Le jazz connaît aussi un âge d'or comblé par la générosité de *The Artist* Louis Armstrong, l'élégance musicale de Duke Ellington, le swing chaleureux d'Ella Fitzgerald, le peps et les couleurs du big band de Count Basie, l'émotion sensible de Billie Holiday, la suavité de Nat King Cole, la poésie de George Shearing, les visions de Miles Davis, la rondeur réconfortante de Sinatra, la dextérité d'Art Tatum, l'optimisme de Louis Prima et de Louis Jourdan, l'air iodé qu'amènent Gerry Mulligan et Stan Getz, la sensibilité émotive de Chet Baker, le tempo bousculé de Dave Brubeck, l'inventivité et l'avant-gardisme de Charlie Parker, Dizzy Gillespie et John Coltrane... Thelonious Monk est en apesanteur, Lionel Hampton sur la lune, Art Blakey étincelle, Bill Evans et Sonny Rollins débutent. Paul Desmond, Stéphane Grappelli, Henri Crolla, Elvin Jones, Wes Montgomery, les seconds couteaux sont aussi sensibles et créatifs que les monstres sacrés. Les productions foisonnent. Les amateurs deviennent forcément polythéistes.

En 1955, *Only You* et *Sixteen Tons* figurent en bonne place dans le Billboard Hot 100. La reprise par Bill Haley et ses Comètes de *Rock Around the Clock* se hisse en tête du classement le 9 juillet et devient le premier tube du rock'n'roll, dérivé du boogie et du bop. En 1957, la reprise de *Bad Boys* par les Jive Bombers devient un hit aussi bien parmi les chansons noires que dans le Billboard Hot 100. En 1957 pétille le tube *Ina Mina Dika*, extrait du film hindi *Aasha*. *The Atomic Mr. Basie* explose. Oum Kalsoum triomphe au Moyen-Orient, Yma Sumac en Amérique du Sud. De partout jaillissent de nouveaux sons. Chacun vibre avec les artistes de même longueur d'onde que soi[1], il y en a pour tous.

À propos de cette période charnière où, sur la scène internationale, l'heure est aux bouillonnements, aux scissions, aux regroupements, aux mouvements telluriques, Eric Hobsbawm dira : *1956 divise l'histoire de la Grande-Bretagne au XXe siècle en deux moitiés très différentes : avant et après le rock and roll et le choc de Suez. Avec le rock, c'est l'entrée brusque d'une culture autonome de la jeunesse. Suez, c'est la conscience pour les Britanniques de la fin de l'empire*[2].

1. *La science vient de découvrir une chose étonnante : les abeilles ne se posent que sur des fleurs qui émettent la même longueur d'onde qu'elles. Il est probable que nos œuvres n'atteignent que les personnes qui émettent la même longueur d'onde que nous*, Jean Cocteau au micro d'André Parinaud. Interview diffusée le 7 décembre 1952, rediffusée sur France Culture le 28 novembre 2014.

2. Eric Hobsbawm, entretien avec Gilles Anquetil et François Armanet paru dans *Le Nouvel Observateur* en novembre 2005, repris dans *Le Nouvel Obs, Les Essentiels, Les grands penseurs d'aujourd'hui*, automne 2013.

46

1956 – Le Maroc devient indépendant

> Pour moi qui, dans mon Maroc lointain, avais grandi dans le culte simple de Lyautey – enfant, j'adorais le roman de Jules Verne *Face au drapeau* –, tout est devenu plus difficile à déchiffrer, l'Empire devenu un remords, la patrie un pays, et le reste qui nous divise.
>
> Marc Fumaroli
>
> (*Le Point* n° 1764, 17 janvier 2007)

LIANE *raconte*

J'ai beaucoup aimé le Maroc. J'allais souvent chez Pierre et Edmée. Edmée, elle était née là-bas mais elle connaissait pas les Marocains. Ceux qui venaient à son école étaient riches, ils voulaient imiter les Français, c'étaient pas les Marocains de la rue. Et puis elle utilisait la trique, Edmée… Il m'a dit, Pierre : *Les Marocains, après tout ce qu'on a fait pour eux, ils entouraient l'école et ils criaient « À mort ! »*. Avec Edmée, ils ont été virés. Ils menaient une vie de château là-bas.

PIERRE *et* EDMÉE *racontent*

EDMÉE

La décolonisation au Maroc ne s'est pas trop mal passée dans l'ensemble mais… Quand le général Blanc-Franqui a dit *Ce ne sont pas des humains, ce sont des chacals*, ils étaient entrés dans l'hôpital, ils avaient accroché des gosses à des crochets de boucherie, et ils les avaient éventrés avec des couteaux. Des gosses, des petits Français. Avec la majorité ça se passait bien mais les exaltés avaient le couteau facile.

PIERRE

En Algérie, la France avait commis des abus, mais pas au Maroc.

EDMÉE

Je vais te citer le cas d'un couple. Ils avaient un ouvrier qu'ils considéraient, ils n'avaient pas d'enfants, ils le dorlotaient. Et dans la nuit le gars vient frapper. Ils se méfiaient mais ils ont quand même ouvert. On avait obligé ce gars-là à se faire ouvrir. Et une fois qu'ils sont entrés, ils se sont fait égorger comme des moutons, les deux. Le caïd qui est devenu ensuite gouverneur – celui qui boitait –, il a assisté à l'enterrement. On a dit *Il est gonflé quand même*… Ils nous le disaient carrément *On a trop besoin de vous !… On a trop besoin de vous, faut pas partir.*

PIERRE

J'avais un beau jardin, j'avais arrangé le jardin. J'avais planté combien ?… trois cent cinquante, peut-être quatre cents arbres. C'était tellement joli que, quand ils allaient au souk, tous les Arabes s'arrêtaient. On avait une des plus jolies maisons du Maroc. Parce que l'architecte de la résidence était venu nous demander *Vous voulez ça ?*, on avait demandé ce qu'on voulait. Pour la cheminée, c'était la même chose. En courants d'air, moi je m'y connais. Quand il a fait monter la cheminée, il a vu que j'avais raison.

EDMÉE

Moi, aux cabinets, les gosses faisaient à côté. Je lui avais fait remarquer. Alors il m'a dit *Effectivement. Et pour les autres écoles, j'en prends bonne note.*

PIERRE

Nous, on disait ce qui était bien, ce qui était mal, on aidait les gens quoi, quels qu'ils soient… Non, franchement, les Français ont laissé un bon souvenir au Maroc.

EDMÉE

Il y a une partie de la population qui nous regrette… C'est une question de… je sais pas… Non ! Puis ils ont été remontés par les Américains, faut dire la vérité. Les Américains ont cherché à nous débarquer. Dès qu'on était partis, ils prenaient nos places.

PIERRE

Ils voulaient prendre notre place.

EDMÉE

Les Marocains étaient travaillés par les *Suisses* aussi. On disait des *Suisses*, des bonnes femmes qui passaient dans les maisons soi-disant pour leur apprendre à coudre à la machine. Tu te rappelles ? Et les évangélistes aussi les remontaient…

PIERRE

… contre nous, contre les Français… Je me souviens qu'on a été invités par le caïd des environs, pas le nôtre. Y avait que nous comme Français, hein ?

EDMÉE

C'était le jour de la libération. Y avait que nous et Samson. Il était contrôleur civil. C'est lui Samson qui est venu nous supplier à la maison, on pleurait avec Maman, on venait d'entendre la proclamation d'indépendance. On pleurait et il vient nous dire *On organise une fantasia en l'honneur de la libération, il faut absolument… Je suis tout seul…* Moi je disais *Oh !* Et lui *Allez allez, il faut venir.* Finalement, on y est allés avec le sourire féliciter tout le monde. Tu parles si on avait la mort dans l'âme, hein !

PIERRE

J'ai réussi à filmer le pacha plus la… plus la…

EDMÉE

… la famille.

PIERRE

Non, le harem… Il m'a laissé filmer. Toutes ses femmes… On était quand même bien vus.

EDMÉE

Moi, le caïd, il me disait *C'est pas votre travail de mettre les mains dans la terre, de planter des arbres.* Je lui disais *Oui mais moi, j'ai pas de ventre. Si vous plantiez des arbres, vous n'auriez pas le ventre que vous avez !* Il finissait par rigoler…

PIERRE

Attention, nous, on était en pays berbère. C'est différent du reste du Maroc.

EDMÉE

Les femmes berbères sont dévoilées.

PIERRE

Et c'est la femme qui commande, pas le mari. L'enfant, il est enfant ou non de la femme. Et ils ont gardé ça… Il est pas bête, Moulay Hassan.

EDMÉE

Moi mes élèves, elles se sont mariées mais elles ont dit au mari *Si jamais il y en a une autre qui essaie de vous prendre, ksss*. [Edmée passe son pouce sur la gorge.]

PIERRE

Une chance, Edmée était arrivée avec son brevet d'arabe. Un arabe arabe, littéraire. Mais elle avait aussi son certificat de berbère.

EDMÉE

Je parlais le berbère. J'ai tout oublié. Si tu savais comme elles sont jolies, ces Berbères… Tu te rappelles… oh là là… la sœur d'Abdul ?

PIERRE

Oh oui. Une belle fille… Plus jolie que Catherine Deneuve.

EDMÉE

Elle avait des yeux, des yeux verts…

PIERRE

Oh oui, magnifiques… Elles sont belles mais… mais on sent que la chair est molle.

EDMÉE

Elles sont apathiques parce qu'elles sortent pas.

PIERRE

Oui, c'est comme les endives qui vivent à l'ombre… Mais le visage, les traits, étaient formidables… les yeux… les lèvres. J'en revenais pas, moi. Et ça, on le voyait pas. Les cons de journalistes, là… tu voyais jamais des trucs comme ça.

47

1956-1957 – Entre deux séjours en AEF

> C'est une profonde jouissance, quand on aime les lettres, de penser à ces hommes qui ont écrit des belles choses humaines, sensibles et vraies, qu'on a si grand plaisir à lire. Écrire soi-même devient alors bien secondaire.
>
> Paul Léautaud, *Passe-temps*

Ils avaient le même âge, habitaient Fontenay-aux-Roses depuis si longtemps, Paul Léautaud depuis 1911, Augustin Devoise depuis le début des années 20. S'étaient-ils croisés, s'étaient-ils connus ? À quatre-vingt-quatre ans, Léautaud part le premier en février 1956 après avoir prononcé ces mots définitifs : *Maintenant, foutez-moi la paix !*

En mars 56, un mois avant que ses parents et Georges ne rentrent d'Oubangui, Luce s'embauche comme jeune fille au pair dans une famille anglaise à Cobham dans le Surrey. Elle s'engage pour un an sans en avoir informé ses parents. Objectif : renforcer son anglais pour devenir hôtesse de l'air. La famille Field a quatre enfants qui l'occupent du matin au soir, en plus du ménage et de la cuisine. Pour les repas, la portion congrue est de rigueur (un demi-œuf par personne au *breakfast* et tout à l'avenant), *comme dans toutes les familles anglaises à cette époque-là*, précise-t-elle. Elle ne souffle qu'un jour par semaine, son *day off*. La livre qu'elle gagne par semaine lui permet d'acheter un billet de train pour Londres et d'y boire un thé. Elle déambule, ne manque pas la balade entre Oxford Street, Piccadilly et Covent Garden avant de regagner Victoria Station. Elle est parfois reçue chez Simone et Paddy qui tiennent un hôtel sur Oxford Street. Simone Tisserand – la fille de la tante Augustine – est à l'accueil, son mari Paddy, en son temps champion olympique de plongeon, est en cuisine. Plus tard, ils ouvriront un restaurant, L'Entente cordiale. Chez eux, un perroquet ne fait que répéter leur adresse : *Thirty-five Beachway, Bexley, Kent*, *Thirty-five Beachway, Bexley, Kent*. Dans les années 70, Simone et Paddy appelleront leurs deux caniches nains Giscard et D'Estaing.

Pour les vacances de l'été 56, les Field louent une maison en France, à Morgat sur la presqu'île de Crozon. Pouche, Mouche, Miche et Georges viennent y rendre visite à Luce. Ils ne se sont pas réunis tous les cinq depuis bien longtemps. Ils se baladent, prennent des photos, Lucien offre même le resto à tout le monde sur le port de Douarnenez. Luce est heureuse de les retrouver.

Elle a signé pour un an mais ne tient pas à honorer le contrat jusqu'au bout. Elle discute avec la famille anglaise qui accepte, finalement, de la laisser partir au bout de huit mois. Après deux échecs au concours d'hôtesse de l'air, Luce s'embauche comme secrétaire à l'American Express près de l'Opéra [*tous les employés étaient très impressionnés quand Orson Welles entrait dans l'agence*, précise-t-elle], puis comme institutrice. Différents postes la conduisent jusqu'à l'école maternelle de la rue de la Tombe-Issoire dans le XIVe arrondissement où elle passera la majeure partie de sa carrière. Sa directrice à l'accent provençal explique à ses jeunes collègues : *Pour exciter mon mari, je fais mon ménage à poil !* La concierge est plus discrète. Au détour d'une conversation, Luce découvre qu'elle fut modèle pour Aristide Maillol. Paris est un fourre-tout génial. On y fait des rencontres imprévisibles.

MICHE *se souvient*

C'est au retour de Bangui que Pouche et Mouche ont vendu la rue Roli et acheté un appartement dans un immeuble neuf au 58 rue de l'Amiral-Mouchez dans le XIVe arrondissement (les numéros impairs étaient sur le XIIIe), à l'endroit où Pépère était né au siècle précédent. C'était un grand quatre-pièces confortable avec chauffage au sol, eau chaude dans la salle de bains, ascenseur (nous étions au cinquième étage), la belle vie en somme.

Une figure de la rue Mouchez, c'était la mère Barousse, la concierge. Elle montait le courrier deux fois par jour, sonnait à l'appartement et commentait les cartes postales que nous recevions avant de nous les donner : elle s'autorisait la primeur de la lecture… Sa fille travaillait dans le cabinet d'architectes qui avait construit la résidence, ce qui permettait à la mère Barousse de dire *nous, les architectes* en parlant d'elle ! Elle a été un grand sujet d'amusement pour la famille.

Luce et moi étions amusées par Georges et ses secrets : il aimait faire des cadeaux à Mouche tout seul avec son argent de poche. Son magasin de prédilection était le marchand de couleurs (le quincaillier) de l'autre côté de la rue Mouchez – où s'est installée ensuite une librairie. Quand on le voyait partir l'air décidé, on regardait par la fenêtre et on guettait sa sortie du magasin. Il y a eu un pot à eau en céramique jaune vif (qui a servi longtemps d'ailleurs) et une autre fois, c'était carrément un grand escabeau en bois.

Une fois, c'est moi qui ai eu le rôle de la victime : il y avait une émission qui s'appelait *L'Homme invisible* où l'animateur avait le visage caché et s'introduisait partout. J'avais été faire une course et quand, au retour, j'ai sonné dans l'appartement, un type en imperméable, le visage caché par un bas et un grand chapeau m'a ouvert : j'ai hurlé de peur et j'ai eu la frayeur de ma vie devant *l'Homme invisible*. C'était Georges, déguisé avec les vêtements de Pouche, sûrement complice puisqu'il était aussi dans l'appartement. Le coup était parfaitement réussi !

PIERRE *raconte*

Tu sais la première des vertus qu'il faut avoir pour réussir, en tout domaine ?... Non, tu sais pas ?... L'ORDRE. C'est l'ordre. Aussi bien pour les sentiments que pour le reste, si tu veux réussir ta retraite, il faut mettre de l'ordre en tout.

Je me suis bien débrouillé, je crois. On pourrait me traiter de flemmard intelligent, je serais assez d'accord. J'ai toujours préféré réfléchir et inventer des trucs qui m'évitaient de faire des efforts plutôt qu'être besogneux. Tu vois, je me rappelle toujours de l'histoire du gars qui a permis de monter l'obélisque droit à la Concorde. Avec toutes les cordes du monde, en forçant tant qu'on pouvait, on n'y parvenait pas parfaitement. Un gars a suggéré, plutôt que rajouter des cordes et tirer encore, de mouiller les cordes en place. Et hop, on a hissé directement l'obélisque sans effort supplémentaire... Tu vois, c'est pas compliqué, faut bien penser.

Moi, pour obtenir ma retraite anticipée en touchant ma pension, j'ai commencé par m'acheter un dictionnaire médical. J'ai misé sur l'asthénie parce que c'est apparemment difficile à déceler. J'ai lu des tas de trucs – le gars qui s'enfonce les ongles dans la paume de la main, tout ça... – et j'ai commencé des exercices pour me désensibiliser. En mettant les pieds dans le frigo tous les jours pendant une heure, des trucs comme ça... Si, si, je t'assure ! Avec Edmée, on a acheté notre premier frigo en 48. Au bout d'un moment, je sentais plus rien. Eh ben en 55, à quarante-sept ans, j'ai obtenu ma retraite anticipée !

On est rentrés en 56. Edmée avait obtenu un poste de directrice à Échauffour. Elle était à la fois directrice et institutrice, il y avait une seule classe. Là où on a reçu Georges et Bernard, le neveu d'Edmée, pendant les vacances. C'est à Échauffour qu'on a croisé Bourvil.

Petites précisions de GEORGES

À Échauffour, Bernard avait repéré le manège de Pierre qui disait aller s'acheter des cigarettes alors qu'il lui en restait. Il l'avait suivi discrètement jusque dans les bois en bonne compagnie. Il me l'a dit et on a suivi Pierre quelques fois.

Un jour, on avait fait une bêtise. En fait, on avait ramassé sur le bas-côté de la route une moto volée – sans savoir qu'elle l'était – et on était allés faire des tours et des tours dans un terrain vague à l'écart du village. On en a fait tellement qu'à la fin, crevés, on s'est endormis sur place et qu'on y a passé la nuit. Pierre et Edmée étaient drôlement inquiets. Ils nous cherchaient partout. Finalement, c'est Pierre qui nous a retrouvés. Alors Bernard a juste lancé : *Dis, Tonton, nous engueule pas, sinon on dit à Tata que tu as une copine!* Ça lui a mis une douche glacée, à Pierre… Pendant toutes les vacances, on en a fait d'autres. Et je peux te dire qu'ensuite, Pierre ne nous a plus engueulés que très mollement, pour la forme.

Je faisais aussi le planton à Fontenay quand il recevait des copines dans une cabane au fond du jardin. Je me rendais pas bien compte de ce que je faisais, c'était un jeu pour moi et rien d'autre. Je m'amusais comme un fou, et en plus Pierre me filait la pièce. Et quand il oubliait, c'était vite fait, je m'approchais la main en soucoupe : *Eh, oh, Tonton, s'agirait de rien oublier, hein ? Sinon, Tata…*

LIANE *raconte*

Je me suis mariée jeune à Bobby pour me barrer de chez mes parents. Mes parents l'avaient choisi pour moi. J'ai divorcé au bout de deux ans. Mon deuxième mari, Jean Albert, était employé des Postes. Il était pas porté sur la bagatelle et on s'est séparés quand j'étais au Maroc.

[Ses deuxième et troisième mariages ont encore moins duré que le premier. Celui qu'elle appelle son deuxième mari devait être le troisième. Elle ne dit rien du deuxième qui, semble-t-il, était allemand, à Paris pendant la guerre. Pouche et Mouche disaient : *Liane a connu trois mariages, le premier a duré trois ans, le deuxième trois mois, et le troisième trois semaines.*]

LIANE *poursuit*

Pierre était coureur. Il a voulu enlever Simone qui avait déjà deux enfants ! Tu sais ça ? Marie a dû s'interposer. À moi aussi il a fait des avances que j'ai repoussées, bien sûr. Mais j'aimerais bien savoir ce qu'il en a raconté aux autres… Quand il s'est marié, il voulait pas que sa femme travaille. Il était jaloux. Et quand elle s'est trouvée enceinte, il n'a pas apprécié. Pierre vivait au-dessus de ses moyens. Il louait rue de la Convention un appartement à cinq mille cinq cents francs quand il en gagnait sept mille alors, au bout d'un moment, ils sont revenus chez les Jeand'heur et la famille a foutu Pierre dehors. Pierre a payé la pension de son fils toute sa vie.

J'ai vécu aussi au Maroc, un an, en 54. À mon arrivée, c'était pour la Pentecôte, j'ai commencé par quelques jours de vacances chez Pierre et Edmée. Ils avaient une villa de cinq ou six pièces, formidable. C'est chez eux ensuite que j'ai passé toutes mes vacances au Maroc dès que j'avais quelques jours de congé.

[*Petite précision de Georges:* Liane se tapait le jardinier et le cuistot de Pierre.]

LIANE *encore*

Pierre m'avait fait de la pub et puis j'avais vu cette annonce dans le journal : *On demande des assistantes sociales au Maroc*. J'ai écrit et on m'a répondu que je n'avais pas de poste. Bon, finalement, avec l'aide d'un sénateur corse j'ai fini par en obtenir un. On m'a mise responsable d'un centre de protection maternelle et infantile à Oujda. Comme j'avais été imposée, j'étais très mal vue… Un jour, j'ai vu des containers d'aide alimentaire américaine qui contenaient des boîtes de lait offertes gratuitement pour le Maroc. Elles pourrissaient à quai et personne ne bronchait… Tu sais ce qu'on m'a dit ? *On ne doit pas distribuer les boîtes marquées « Offert par le peuple américain » !* Je me suis barrée.

Fallait voir le boulot… Au centre de PMI, les consultations médicales étaient gratuites pour les enfants des pauvres. Trois cents femmes faisaient la queue chaque matin. On les faisait entrer par paquets de vingt et on prenait la température des gosses. Ceux qui avaient plus de 40 °C passaient chez le médecin mais souvent ils étaient morts le lendemain. Ceux qui avaient entre 38 et 40 °C voyaient une infirmière, et les autres une femme de ménage… Je suis partie sans préavis du Maroc vers la France.

Quand le Maroc est devenu indépendant, en 56 – l'année où est née Natalie –, j'ai demandé à retrouver mon poste. J'ai adoré le pays et je rêvais d'y retourner mais ça ne s'est pas fait. Je me suis installée à La Bernerie sur la côte, pendant deux ans. Les maisons y sont vides toute l'année sauf pendant les deux mois d'été. J'ai bossé à Nantes, à soixante kilomètres de là, dans trois entreprises. La première c'était Devineau et Aubron, une fabrique de santons où les ouvrières gagnaient cinquante centimes pour chaque santon qu'elles peignaient, y compris chez elles. C'est maintenant une fabrique de fauteuils roulants. Y avait une ouvrière mariée à un type stérile qui le lui avait jamais dit alors qu'il le savait. Elle s'était fait mettre enceinte et le mari avait porté plainte pour adultère. Cette fille a quitté son mari pour se mettre en concubinage et les patrons l'ont bien aidée. Entre-temps Natalie est née et je l'ai adoptée. Puis après, je suis rentrée dans l'Armée du salut à Paris.

PIERRE *et* EDMÉE *racontent*

EDMÉE

Mémère était portée sur la chose… À Sylviane qu'elle connaissait à peine, elle avait dit que quelque temps avant de mourir, Pépère avait encore le bigoudi qui fonctionnait.

PIERRE

Hé hé, ça émoustillait son auditoire. Elle voyait que ça amusait la société alors elle en remettait un peu…

EDMÉE

Quand on faisait le lit, elle disait : *Surtout faites le lit mais ne le défaites pas, hein !* Tout de suite, elle avait l'esprit aiguillé par là… Une fois, c'était peut-être bien pour ses quatre-vingt-cinq ans. Y avait la grosse, là…

PIERRE

Mme Deschamps.

EDMÉE

Y avait Mme Deschamps et toute la famille, quoi. Et Mémère a dit, dans la conversation, que pour trouver le zizi à Pépère, il faudrait presque une fourchette à escargot. À table. Je sais pas comment on en était venus là… Quelqu'un avait dit quelque chose du style *Il est encore vert.* Alors elle lui avait répondu ça. Pépère était offusqué. Oui, il était furieux… *Il faudrait presque une fourchette à escargot !* Quand même… Pauv' Pépère. Je sais pas si Lucette et Michou étaient là ?

PIERRE

Ah oui, elle était pas gênée… La grand-mère, elle couchait dans la chambre de Lucette. Elle était à poil. Y avait Simone, y avait p't'être Michou, y avait Lucette. La grand-mère était à poil, elle voulait montrer à Lucette.

EDMÉE

Ah oui, quand Lucette avait douze-treize ans ! C'était avant.

PIERRE

C'est ça. Et la grand-mère voulait lui montrer et lui expliquer. Lui montrer d'abord les poils sous les bras. [Il se marre et poursuit.] Luce était un peu gênée mais Mémère était toujours comme ça, elle était nature.

EDMÉE

Ah oui, elle était nature !… Mais la pauv' Lucette, quand elle était chez Mémère, elle l'avait pas drôle, hein. Elle se lavait la tête à l'eau froide dans le lavabo.

PIERRE

Et Catherine, qui avait le derrière dans la cuvette de la cuisine !

EDMÉE

À ce moment-là, nous on mangeait pas de salade. Parce que Mémère la lavait dans la cuvette où elle faisait sa toilette, où elle lavait le derrière des gosses. C'était la salade qui nettoyait la cuvette… Alors nous on mangeait pas de salade, on mettait tout sur le compte de l'estomac. Et alors, Lucette était obligée de se taper tout ça…

*

Début 57, Miche passe une semaine à Londres avec son père. Lucien tient à initier lui-même sa fille à l'Angleterre comme il l'a fait quelques années auparavant avec Luce. À Georges qui demande déjà s'il ira lui aussi, Lucien répond : *Je t'emmènerai voir les Indiens en Amérique !* Georges est conquis. Mais ils n'iront jamais.

Le 30 mars 1957, Lucien, Simone et Georges s'envolent pour Fort-Lamy, au Tchad. Les voyages en avion permettent à Simone et Georges de rentrer à l'été 57 en France, et aux filles de rejoindre Georges et les parents l'été 58.

48

1957-1959 – Fort-Lamy

— T'es prête, Simone ?

Lucien, le clope au bec, chapeau de brousse à large bord, lunettes de soleil, chemise blanche, short long couleur chamois et chaussettes hautes, se tient à la porte de la traction un pied à terre et l'autre sur le marchepied. La chasse l'enthousiasme toujours, même s'il ne chasse que du gibier. L'abondance en est telle qu'il semble difficile de l'imaginer plusieurs décennies plus tard. En général, Lucien ramène plus de prises qu'il n'a tiré de cartouches. Il cherche les coups doubles ou triples, une balle pour deux poules sauvages ou trois de ces pintades à tête bleue qui avancent toujours en troupes serrées, affairées, comme excitées. Comme tous les dimanches, Lucien et Simone prennent la piste pour la chasse, escortés par Welcome, un gamin qui arrive nu et que Simone habille avec d'anciens vêtements de Georges. Welcome, il se fait appeler comme ça parce qu'il admire les Américains, mais son vrai prénom c'est Bienvenu.

— J'en reviens toujours pas du coup des oiseaux à mil, lance Lucien. Peut-être qu'on devrait reprendre le cuistot avec nous, il nous porterait chance ?

Il fait allusion à un coup extraordinaire sur la route du lac Tchad. Les oiseaux sont friands de mil et les paysans doivent les tenir éloignés. En général ils font circuler dans le champ un fil de poteau en poteau sur lequel sont attachées des boîtes en fer-blanc. Un jeune planqué dans un mirador en tire et en relâche l'extrémité toute la journée pour que les reflets du soleil sur les boîtes animées tiennent les oiseaux à distance, mais le système n'est pas très efficace. Le dimanche en question, Lucien s'était arrêté près d'un champ coiffé d'un nuage noir et compact d'oiseaux à mil. D'une seule cartouche en visant dans le tas, il avait tué soixante bêtes, sans compter qu'il avait fait fuir les autres. Le paysan l'avait vigoureusement remercié. Simone et le cuistot avaient plumé les volatiles à l'arrière de la traction sur le trajet du retour. Ces oiseaux n'étaient pas plus gros que des moineaux et on mangeait surtout les deux filets, n'empêche que le coup est mémorable. En général, les pièces de gibier sont plus grosses et, au retour de la chasse, Simone et le cuistot se tapent la préparation des galantines de canard ou de sarcelle.

Sans Simone, Lucien va moins chasser. À l'été 1957 et ensuite de septembre 58 à avril 59, il mange au mess des officiers. Au menu, parfois du chameau, et un jour sur deux des omelettes d'œuf d'autruche. C'est très fade. Il faut jeter du sel, du poivre et des épices par poignées pour que le plat ait le début d'un goût.

Durant ces deux années, il lui arrive de tourner en brousse pour la poste. Il n'emmène avec lui qu'un minimum, de l'eau, de l'essence, son fusil et des cartouches, une flasque de whisky. Il en ramène parfois un cadeau. Un jour, il offre à Simone une queue d'éléphant bien fournie, les poils sont réputés pour faire de magnifiques bracelets.

LUCIEN *raconte*

J'ai fait une tournée d'inspection d'un mois des postes de brousse autour de l'actuel Faya-Largeau jusqu'à la frontière soudanaise en *camionnette du désert*, un camion haut sur roues. Avec un chauffeur nigérien et mon boy tchadien, Jean, un jeune très dévoué. On avait emporté deux touques de deux cents litres chacune, une d'eau potable, l'autre d'essence, de la nourriture, surtout beaucoup de riz, un peu de charbon, quelques ustensiles. Jean avait pris sans me le dire un fer à repasser pour tenir droites mes tenues. Il y avait deux places à l'avant pour le chauffeur et moi. Jean était allongé sur les touques à l'arrière. C'était la saison chaude et deux cents litres d'eau n'ont pas suffi alors il nous a fallu acheter de l'eau à la frontière soudanaise. C'était de l'eau saumâtre.

C'est difficile de se faire une idée de l'immensité du territoire tchadien. Entre deux postes, on dormait à la belle étoile sur des lits picots, les sacs à documents nous servaient d'oreillers, et on mangeait ce qu'on chassait. J'avais un fusil et je tuais souvent des pintades qu'on faisait rôtir. Le soir, pour préparer le bivouac, on se répartissait les tâches : le feu, la popote et la préparation des lits de camp. Je tuais aussi des phacochères et des antilopes qu'on découpait. On en gardait des lamelles qu'on mettait à sécher, pendues à l'arrière de la Savane, recouvertes d'épineux pour éviter les vautours. Au retour de la mission, il restait un bon panier de viande séchée, l'équivalent de deux ou trois phacochères et de quelques antilopes qui avaient considérablement réduit en séchant.

En brousse, les Tchadiens comme les Malgaches sont très accueillants, beaucoup plus qu'en ville. En ville, on trouve des intellectuels costumés, cravatés qui regardent les Blancs d'un sale œil. En brousse, les Blancs sont accueillis comme les Noirs. Un soir, vers vingt-deux heures, notre voiture tombe en panne pas très loin d'un groupe de quatre ou cinq cases. On s'approche, on entre, et ceux qui étaient à table immédiatement s'écartent et se resserrent pour nous faire une place. Ils nous offrent de partager le repas, un peu de riz avec une sauce et quelques petits morceaux de zébu.

Un jour, nous sommes arrivés à un poste comme je n'en avais jamais vu. Rien n'était rangé, rien n'était trié. Des mandats partout. Faut dire qu'il n'était pas souvent inspecté. Alors j'ai dit au receveur : *Je vous donne vingt-quatre heures pour me présenter une comptabilité complète.* Eh bien tu me croiras si tu veux, mais en vingt-quatre heures c'était fait…

Il faisait vraiment très chaud pendant cette tournée alors il n'était pas rare d'avancer le soir en voiture pour éviter la chaleur du lendemain. Un soir à vingt et une heures, l'inspection terminée, je demande au chauffeur de se préparer à partir. « Non patron, moi je ne pars pas », il me répond. « Et pourquoi ? » « Les éléphants, patron. Les éléphants arrivent et vont tout dévaster sur leur passage, patron. Cette nuit… » « Bon », je lui fais comme ça. On a passé la nuit sur place. On n'a démarré que le lendemain matin. Et on n'avait pas fait dix kilomètres que le chauffeur m'a montré : *Tu vois patron, les arbres arrachés, les fils télégraphiques coupés, les éléphants sont passés cette nuit.* Il m'épatait, ce chauffeur, c'était un type au poil.

Au cours d'une autre mission, un peu après Melfi, le même chauffeur avait pilé net sur la piste et fait brusquement demi-tour. « T'as vu, patron ? » « Oui », mais je n'avais pas compris. « Les vandales, hein ! Ils prennent tout ce que tu as. Pour arrêter la voiture, un des leurs est allongé sur le sol en travers de la piste. Tu t'arrêtes pour voir et les autres apparaissent. » Au premier village, on s'est arrêtés chez les gendarmes. Sais-tu ce que répond le gendarme ?… *Les vandales ? Une fois ils nous ont fait le coup, à nous ! Et quand ils se sont rendu compte à qui ils avaient affaire, ils se sont empressés d'exposer des excuses avant de s'enfuir à toutes jambes !*

*

Les périodes les plus heureuses sont celles sur lesquelles on a le moins de choses à dire. On est de plain-pied dans les Trente Glorieuses. Ce qui bouge en métropole se répercute sur les terres d'outre-mer. Les velléités d'autonomie voire d'indépendance s'affermissent. La République en gratifie davantage ses concitoyens expatriés. Les profils du colon et du fonctionnaire expat changent.

Un soir, Lucien va arroser au club le départ d'Henri, un collègue douanier qui rentre à Paris. Aucune femme dans l'assistance, que des hommes qui enfilent les whiskies dans une ambiance enfumée. Chacun vient serrer la pince de celui qui s'en va, on se souhaite réciproquement bonne chance. *Ça me fait chaud au cœur… On a bien rigolé… Vous allez me manquer…* Au fur et à mesure que se vident les verres, des amorces de débat alternent avec les conversations plus légères. *Pourquoi nos religions seraient-elles plus légitimes que les leurs ?*, *Tu trouves pas l'économie des colonies artificielle ?*, *On pensait bien faire et on a eu tout faux. Je vous le dis, moi, la colonie, c'est une tragédie moderne !*, *Henri, t'as peut-être un peu abusé de la bouteille carrée…* On ne fait pas grand cas des tirades de fin de soirée et, de toute façon, on ne discute pas les opinions de celui qui part et qui paye à boire. Un collègue sert un dernier *drink*. On trinque. Les *tchin-tchins* et les *cheer-ios* font diversion puis, un par un, chacun souhaite bonne chance à Henri et s'éclipse. Le lendemain matin, la plupart d'entre eux l'accompagnent à l'aéroport jusqu'à la passerelle de l'avion.

On s'y rend fréquemment, sur ce tarmac. Pour le courrier, pour les collègues, pour la famille. L'avion devient presque ordinaire. Un jour, Lucien y croise Errol Flynn qui a juste terminé le tournage du film *Les Racines du ciel* d'après Romain Gary. Ironie de l'histoire : c'est à John Huston, chasseur notoire (et remarquable cinéaste), que Darryl Zanuck a confié la mise en scène de l'un des premiers films écologistes, sur la sauvegarde de l'éléphant (pour sa défense ?)… Faut-il encore s'étonner de ces grands écarts dont ne s'embarrasse plus l'époque moderne ?

LUCIEN *raconte*

J'étais à Fort-Lamy quand la Poste a établi la première liaison téléphonique avec la France. Les employés testaient la ligne en appelant leur famille en France. J'ai appelé chez mes parents et c'est mon père qui a décroché.

— Allô, bonjour. Qui est à l'appareil ?

— Bonjour, c'est Lucien.

— Lucien ? Tu es à Paris ?

— Non, je suis à Fort-Lamy.

— Non.

— Mais si, c'est Lucien, depuis Fort-Lamy. Tout va bien à la maison ?

Mais mon père ne répondait pas. Pendant deux minutes, il n'a pas pu sortir un mot… Il pleurait… Ses paroles s'étranglaient dans ses sanglots avant même d'être entendues. Alors je lui ai expliqué qu'on venait de mettre en place la ligne, je lui ai donné des nouvelles de Simone et de Georges, je lui ai demandé d'embrasser bien ma mère, Luce et Miche. En fin de compte, il a réussi à ravaler ses étouffements et à dire :

— Je t'embrasse et embrasse-les tous, Lucien.

— À bientôt ! Je rappellerai un de ces jours. Ça marche, maintenant.

Il était bloqué. Il pensait pas que ça puisse être réel.

*

Lucien lui-même est éberlué. Il en a vu depuis sa jeunesse, des progrès techniques. L'homme s'apprête même à envoyer des êtres vivants dans l'espace... L'évolution ne date pas d'hier. L'ère moderne débute avec les globes, explique Peter Sloterdijk. La découverte des Amériques par l'Europe, la généralisation des horloges, la distribution de l'information, le tout amorçant la synchronisation du monde. Peu à peu, tout devient accessible. La perte de distance avec les autres provoque un traumatisme mental qu'expérimentent le père et le fils au bout du fil. Lucien loin des siens est toujours éloigné mais à portée d'oreilles. Et la durée pour les retrouver physiquement ne cesse de se réduire. La poussée du modernisme au XXe siècle est d'une puissance telle qu'en chevaux-vapeur on ne saurait compter.

L'année 57-58 est la plus tranquille en outre-mer pour Lucien et Simone. Ils connaissent enfin le confort, une vie plus aisée, les enfants sont grands, l'avion facilite les trajets, ils peuvent même se payer des vacances exotiques (en Europe !) et Simone et Lucien sont profondément attachés au Tchad. Ils apprécient les Tchadiens qu'ils trouvent droits, francs et justes. Les paysages, le climat, les tenues de chasse, tout leur plaît. En brousse, ils croisent les caravanes. Les enfants mènent les chèvres, ils précèdent les hommes qui conduisent le bétail, et les femmes avec les dromadaires ferment la marche. Les dromadaires portent le campement, les nattes, les toiles, les ustensiles de cuisine en fer-blanc qui battent leurs flancs. Lucien croise aussi fréquemment un missionnaire à moto qui fonce, une demi-barbe de chaque côté du visage. Lucien le connaît. Il fait partie des missionnaires qui cultivent des papayes dans la cour de leur mission dans du sable.

Coup de chance pour Simone (et Miche, présente à l'été 58), la poste de Fort-Lamy est située en face du cinéma en plein air.

Son seul inconvénient, c'est qu'on n'entend plus rien quand un nuage de moustiques s'abat sur les spectateurs et que chacun armé de son pulvérisateur de Flytox chasse à qui mieux mieux. On n'entend plus alors que des *pschitt* et des *chouf-chouf*. Miche et Simone s'y rendent autant que possible et essaient d'entraîner Lucien, sans résultat. Une fois tout de même, Miche lui glisse le programme en cours et Lucien repère un film avec M. Robinson, *L'Affaire Maurizius*. Américanophile et amateur de livres noirs, il se réjouit de retrouver la gueule d'Edward G. Robinson et accepte de se joindre à elles. Quand le film débute, Lucien se rend compte que c'est Madeleine Robinson qui tient le rôle-titre, il se marre, et Miche encore plus.

Outre le boy, Simone et Lucien ont une *ramatoa* pour s'occuper du linge. Il faut toujours que Simone tienne une tenue blanche et une tenue kaki propres et repassées pour Lucien. Il arrive que la *ramatoa* laisse le fer un peu trop longtemps sur un vêtement jusqu'à ce qu'un trou apparaisse puis qu'elle demande aux patrons la chemise trouée qui ne vaut plus rien. Des boys demandent surtout aux patrons de leur acheter des chemises qu'ils remboursent parce qu'on ne leur vend pas la même qualité qu'aux Blancs.

À la poste, un des employés métropolitains ne fait strictement rien. Il arpente les couloirs les bras le long du corps, les mains vers l'arrière, les paumes vers le haut, et Lucien reconnaît qu'il lui est ainsi impossible de porter aucun dossier. Pour le décrire, Lucien dit simplement : *Il a les mains à la retourne*. Ce collègue occupe une pièce avec un bureau, une chaise, un fauteuil club, un réfrigérateur contenant de l'eau gazeuse, et du whisky, c'est tout. Lucien constate et ne dit rien. Il sent qu'une époque se termine.

Dans l'année, Miche est au lycée Marie-Curie. Alors qu'elle atteint ses dix-huit ans, Renée se plante en face d'elle et lui lance : *Ma pauv' Michou ! Si j'avais de l'argent, je te paierais la chirurgie esthétique pour te refaire le nez !* Michou avale sa salive de travers. Est-ce vrai qu'elle a un drôle de nez mal foutu ? Renée s'y connaît en la matière… À peine sa question posée, sa tante mesure l'interrogation de Miche puis se détourne. Ce n'est que plus tard que Miche se demandera si Renée n'a pas voulu ce jour-là se venger de cette nièce impertinente au rire et à l'ironie faciles… Non mais des fois…

MICHE *se souvient*

Lorsque Mouche, Pouche et Georges sont partis à Fort-Lamy en 1957, Luce et moi sommes restées rue Mouchez et nous avons eu une colocataire très sympa, une jeune Anglaise de Guernesey qui était prof de dessin. Son père était agriculteur (*spécialiste de tomates et poète*, disait-elle). Elle avait une copine anglaise, boulotte et toujours de rose vêtue : quand elle sonnait et qu'on lui ouvrait la porte, elle nous lançait un *He… llo* qui ressemblait à un bonbon sucré.

À Marie-Curie, j'avais en première une prof de français hyper sympa qui avait abonné les élèves intéressées à un ciné-club le jeudi après-midi au lycée Montaigne. On voyait de vieux films français de qualité, en noir et blanc. On faisait une bonne bande et quelquefois on se faisait des pâtes le jeudi rue Mouchez avant d'aller au ciné-club.

Ma copine Kim Lokay que je connaissais depuis l'école communale de la rue d'Alésia était vraiment sympa et facile à vivre. Sa mère était sculpteur et elles habitaient rue Gazan dans un studio d'artiste. C'était une vraie vie de bohème dans leur grand loft. Ses frères de lait chantaient souvent à tue-tête la chanson de Mouloudji *Comme un petit coquelicot* :

Elle dormait à moitié nue
Dans la lumière de l'été,
Au beau milieu d'un champ de coquelicots…

Pour mes dix-huit ans, Luce avait organisé une surprise-partie rue Mouchez, c'était très sympa. Nous avons dansé en mettant nos 45 tours sur le Teppaz.

En juillet 1958, nous avons pris, Luce et moi, un DC6 de la compagnie UAT au Bourget pour rejoindre Pouche, Mouche et Georges qui nous attendaient à l'aéroport de Fort-Lamy (Georges avait une chemise rouge). Dès l'arrivée, on a ressenti l'atmosphère chaude et humide d'après la pluie.

Fort-Lamy est une ville de contrastes. Côté arabe, des cases crénelées, entourées de hauts murs, que dominait le minaret blanc de la mosquée. Il y a des haoussas en gandouras blanches, des femmes habillées en bleu, coiffées de petites nattes serrées et la narine percée d'un anneau, tout ce monde circulant dans les ruelles étroites au milieu des dromadaires et des ânes, chargés de paniers. Côté africain, des marchandes d'arachides assises devant leurs grandes cuvettes, des femmes entourées d'enfants nus préparant le manioc devant leurs cases en terre, des Noirs vêtus à l'européenne portant de grosses lunettes de soleil et perchés sur de grands vélos anglais. À Fort-Lamy, les deux civilisations qui se rencontrent cohabitent sans problème.

Nous étions parties pour deux mois de vacances. Il faisait très chaud et dès six heures du matin, nous prenions le petit déjeuner sur la terrasse couverte de la poste, écrasées de chaleur. On évitait de sortir aux heures chaudes. J'en ai profité pour dévorer les livres de la bibliothèque de la ville mais ce n'était pas toujours de la « bonne littérature ». En soirée, nous allions à la piscine en plein air de la ville. On y voyait les aviateurs (les jeunes militaires du contingent) qui, le matin en exercice, survolaient la ville en Jodel, et le soir faisaient les jolis cœurs auprès des filles sur les bords de la piscine. On aimait bien aussi se rendre au cinéma face à la poste. Il y avait toujours quelqu'un pour actionner son vaporisateur anti-moustiques dans les scènes pathétiques genre « baiser brûlant », toute la salle riait de bon cœur…

Nous avons quitté Fort-Lamy, Mouche, Luce, Georges et moi en septembre 1958. Mouche et Georges étaient dans l'avion jusqu'à Paris, et Luce et moi sommes descendues à Nice pour un *stop-over* de trois jours. Georges avait en bagage à main une petite valise bleue Air France, et Luce et moi avions la même pour Nice. Dans la précipitation, nous sommes descendues avec celle de Georges. Donc nous n'avions pas de vêtements de rechange, les shorts et chemises de Georges n'étaient pas à notre taille ! Nous avions deux chèques en blanc signés par Pouche, un pour l'hôtel et l'autre pour aller au guichet de la Société Générale chercher de l'argent liquide. La banque n'a rien pu nous donner, il fallait plus de trois jours pour avoir l'accord de l'agence de Paris où Pouche avait son compte. Nous avions très peu d'argent français, juste de quoi nous acheter quelques provisions pour les repas et un maillot de bain pour deux pour profiter de la baignade en nous relayant. Nous avons dû renoncer à la balade en car jusqu'à Saint-Raphaël (mon lieu de naissance). Nous sommes quand même reparties ravies de ce stop !

Pouche est rentré à Pâques 1959.

*

À l'automne 58, Simone rencontre la tante Lucienne, la femme de l'oncle Jean. Ils prennent leur retraite et s'apprêtent à s'installer vers Montélimar auprès de leur fils. La tante Lucienne signale qu'ils vendent un jardin à Épinay-sur-Orge, un terrain sur lequel ils auraient fait construire s'ils n'étaient pas partis mais voilà, les enfants, tout ça… Simone imagine déjà Lucien cultiver ses poireaux, ses tomates, ses salades lorsqu'il rentrera. Elle pourrait y planter des fleurs et bricoler, ils pourraient conserver un coin de campagne à vingt minutes de la ville, maintenant que Lucien conduit… Le soir elle téléphone à son mari. Il est surpris mais prend vite la bonne décision. Il ne faut surtout pas hésiter à acheter le jardin.

Liane aussi achète, l'époque est prospère pour tous. Mais comme elle ne fait rien comme les autres, son choix se porte sur un blockhaus qui domine une plage de l'île de Noirmoutier et qu'elle aménage.

SIMONE *et* LUCIEN *racontent à Luce*

LUCIEN

À Brazzaville, j'étais receveur principal de l'Afrique-Équatoriale. C'était moi qui avais la responsabilité de toute la comptabilité postale de l'Afrique-Équatoriale française, tu te rends compte ? Le Gabon, le Tchad, l'Oubangui et le Congo français. J'étais comptable supérieur. J'étais receveur de Brazzaville en même temps que comptable de toute l'AEF. Et dix ans après, j'ai reçu le quitus de la Cour des comptes. J'étais chez Morgan quand j'ai reçu le quitus de la comptabilité de deux ans à Brazzaville. C'est idiot la vie administrative mais c'est comme ça. Parce que toute ma comptabilité, toutes les pièces comptables, partaient à Paris à la Cour des comptes… Puis il y a eu Bangui, et Fort-Lamy. J'ai été le dernier receveur français à Fort-Lamy qui s'appelle N'Djaména maintenant… Après deux ans, le chef de service voulait que je revienne mais moi je voulais plus revenir en Afrique, j'en avais marre, alors je lui ai fait changer la décision. Et un an après, le Tchad était indépendant.

SIMONE

Entre les trois, Brazzaville, Bangui, Fort-Lamy, c'est Fort-Lamy que je préférais. Tu penses, on allait à la piscine, on allait à la chasse, on était indépendants. Moi je trouvais que c'était bien.

LUCIEN

Oh non, c'est sympathique, hein, Fort-Lamy. Les indigènes du Tchad ont du caractère. Ils sont comme ça ! [Il lève le pouce.] Puis y avait plein de gibier. Qu'est-ce qu'il y avait comme gibier ! Des pintades, des canards, des oies sauvages, des grues…

SIMONE

On voyait aussi les gazelles. Oh, les gazelles, c'est joli quand ça vous regarde… Puis il y a les marabouts. Ils se tiennent tout droit, comme ça. De loin on croyait que c'étaient des bonshommes.

LUCIEN

Moi la bête qui m'a le plus étonné au Tchad, c'était l'aigle blanc…

SIMONE

… Je sais pas si ça s'appelle pas marabout parce qu'ils se tenaient comme les marabouts en prière…

LUCIEN

… l'aigle tout blanc, posé sur un arbre. Joli, tu sais. T'as pas envie de tirer parce que c'est une espèce très rare. C'est splendide… J'ai observé une chose en allant au zoo de Vincennes, y a des pancartes avec l'origine des animaux, eh bien la moitié des animaux viennent du Tchad. C'est un pays riche en animaux.

SIMONE

Georges, il m'en a fait, hein… Un jour, on le cherchait, il avait un copain. On le cherchait, on le cherchait… Il s'était baigné dans les eaux sales, dans les égouts. Il avait retiré son short mais il avait un slip noir, mais noir !…

LUCIEN

Il barbotait dans les égouts.

SIMONE

Dans les égouts qu'il s'était baigné. On se demande comment il n'a pas attrapé de maladie… Oh oui, il nous en a fait voir, hein… Les filles, j'ai pas de mauvais souvenir. Dans votre jeunesse, toi et Michou, vous m'avez pas fait suer comme Georges…

LUCIEN

Toi Lucette, ta jeunesse, tes premiers âges, t'étais à Maroantsetra.

LUCE

Personne m'embêtait, j'embêtais personne.

LUCIEN

Tu venais en vélo avec nous tous les dimanches puisqu'on allait à la chasse. Il y avait une petite selle sur le cadre du vélo. Tu grimpouillais sur la selle, là, t'étais contente, t'étais heureuse.

LUCE

Personne ne me contrariait.

SIMONE

Michou aussi, y avait rien à dire.

LUCIEN

Michou était un peu plus nerveuse, puis elle était somnambule. C'est peut-être pour ça qu'elle était nerveuse... Mais Lucette, t'as été élevée comme une fleur.

Un autre jour, SIMONE *seule égrène des souvenirs*

Quand on était reçus chez l'administrateur supérieur, les dignitaires indigènes étaient aussi reçus. Pouche connaissait Tombalbaye, le premier président tchadien. C'est comme les Chastel qui ont très très bien connu Bokassa, l'empereur friand de chair humaine. Nous on ne l'a connu qu'occasionnellement. La propriété de Bokassa jouxtait celle de Mme Chastel à Bombité, il avait aussi une propriété de café.

On faisait de la politique parce qu'on était attachés à la France. De Gaulle on l'a vu trois fois en Afrique, dans des discours et des réceptions. À Brazzaville, à Bangui et à Fort-Lamy. On avait l'impression que d'une fois sur l'autre, il nous reconnaissait. D'un seul regard. C'était étonnant. À Brazzaville, il était venu au Cercle français, il avait fait un discours, il avait serré les mains et pris le temps de discuter. Il n'avait plus le pouvoir à cette époque-là. À Fort-Lamy, les opposants bloquaient la route aux cars qui rejoignaient l'aéroport. Ce qui fait qu'on s'est retrouvés à une dizaine de personnes au maximum pour l'accueillir à quatre heures du matin et pour nous poster devant l'estrade d'honneur. De Gaulle est arrivé comme prévu pour son escale, il est monté sur l'estrade et à quatre heures du matin devant dix personnes il a entamé à pleins poumons *La Marseillaise*. Fausse, mais forte. À pleins poumons, une *Marseillaise* convaincue et convaincante. Quels frissons !… J'en pleurais. À la fin de *La Marseillaise*, de Gaulle est remonté dans son avion. C'était ça de Gaulle. Une fierté d'être français et d'être gaulliste.

49

Les Fifties des Sevrin

Ma mère a été pour nous une vaste plaine où nous avons marché longtemps sans trouver sa mesure.

Marguerite Duras, *Cahiers de la guerre et autres textes*

La douleur, c'est peut-être ça : une façon permanente d'être déraciné de l'immédiat.

David Foenkinos, *La Délicatesse*

Lundi 7 février
Sainte-Eugénie
Ceux qui toute leur vie ne savent vraiment pas bien ce qu'ils veulent, et qui finissent par mourir un soir sans trop savoir pourquoi.

Pierre Autin-Grenier, *Les Radis bleus*

Pendant la guerre d'Indochine, l'armée recrute. Des hommes et des femmes. Marcelle, la jeune sœur de Simone, s'engage. L'armée l'envoie à Saigon où, pendant deux ans, elle plie des parachutes. Lors de ses journées de repos, qu'elle prenne la brise marine sur la plage du Cap-Saint-Jacques ou qu'elle rejoigne la fraîcheur de Dalat, la cité établie par Paul Doumer et Alexandre

Yersin, à chaque fois, elle adresse une carte postale à Luce qui se morfond à Fontenay.

SIMONE *raconte* (juillet 1985)

Mon frère ne s'entendait pas beaucoup avec Maman. Il était très bon mécanicien dans la marine. Après la disparition de mon père, Maman l'a fait travailler comme les paysans font travailler leurs enfants, elle ne le payait pas plus qu'un ouvrier. Et puis elle était exigeante, elle dirigeait tout. Il a dû arrêter de naviguer sur les cargos, elle lui interdisait de se mettre en ménage… Et l'usine marchait très mal. En fait, il n'avait pas d'avenir. C'est comme ça qu'il a quitté. Il a refait une autre usine. C'était la bonne pâte, Roger, comme mon père. Il s'est fait gruger, ben après il n'a plus été patron, il s'est fait embaucher. C'est là qu'il faisait du thorium. Il dirigeait une équipe d'extraction vers Fort-Dauphin.

C'est comme ça que Maman a liquidé l'usine – elle n'a pas vendu, elle n'a vendu que sa maison à Maroantsetra, elle a vendu le canot mais l'usine, elle l'a laissée sur place, elle a tout laissé à l'abandon et c'est comme ça qu'elle est revenue en France. On avait perdu la trace de Colette qui s'était mise avec un Réunionnais, du coup ma mère ne voulait plus la voir. J'ai su plus tard que Roger s'était mis avec une *ramatoa*. Nous, avec Lucien, on avait déjà quitté Madagascar. C'est comme ça que la famille s'est disloquée.

Ma mère est revenue avec un peu d'argent. Oh, pas grand-chose ! Marcelle lui en a bouloté pas mal. Elle n'avait pas beaucoup d'instruction. Quand elle est arrivée en France, tout de suite elle a loué une maison du côté de Montmartre, rue Berthe, elle l'a fait refaire. C'était gentil comme elle l'a fait refaire mais elle ne comptait pas. Elle a tout dépensé finalement… jusqu'à ce qu'elle n'ait plus rien puisqu'elle ne travaillait pas. Elle avait tenté de tenir un magasin mais ça n'a pas marché. Et Maman continuait de lui envoyer de l'argent. J'ai vu les factures, je n'étais pas jalouse, ça faisait rien que Marcelle en profite.

Marcelle est venue un jour me dire *Mais qu'est-ce que je vais faire ?* C'était une période où on prenait pas mal d'AFAT, des femmes pour faire un service militaire, elle hésitait. Je l'ai encouragée *Écoute, au point où tu en es, tu auras un peu d'argent, un métier*. Elle n'avait pas d'attache, pas d'enfant. Elle n'avait plus un sou, elle était très dépensière. Elle y est allée… Elle n'a pas appris grand-chose mais elle gagnait sa vie.

Elle est tombée enceinte en Indochine, et c'est là qu'elle a eu son congé et qu'elle est revenue à Paris retrouver Maman qu'elle avait mise dans son appartement. Elle est rentrée en douce, on n'a rien su de sa grossesse ni de la naissance d'Alain. Puis elle l'a placé en nourrice à Conflans-Sainte-Honorine. Son père ne voulait pas s'en occuper, ou plutôt sa famille l'en aurait empêché – une famille de riches colons d'Indochine, à ce qu'on a dit… Alors elle a mis une annonce dans *Le Chasseur français* pour se trouver un mari parce qu'à l'époque, trouver un mari quand t'avais un enfant, c'était pas gagné. Et c'est par ses annonces qu'elle a fait connaissance d'un Polonais qu'elle est partie rejoindre en Australie. À l'époque c'était très connu les annonces du *Chasseur français* pour les mariages. Y en avait des pages et des pages. Donc elle est partie et puis elle s'est mariée là-bas. Son mari a reconnu Alain et s'en est occupé. Ensuite, en Australie, elle a travaillé dans une biscuiterie, elle confectionnait des gâteaux à la chaîne. Elle a connu des tiraillements avec son mari mais comme tous les couples en connaissent. On passe pas toute une vie ensemble sans se disputer.

Moi, j'aurais bien été un mois là-bas. Mais Pouche veut pas. Maintenant je suis trop… non, j'peux pas. D'ailleurs le voyage est épuisant. Regarde Marcelle, quand elle est venue en mai, elle a eu un problème à Hong Kong, et puis à Paris, même après plusieurs jours, elle s'essoufflait très vite. Je l'ai vue s'arrêter au parc Montsouris, elle n'était pas bien du tout. C'est le cœur. Elle a dû se faire soigner, il paraît que ça va mieux. Moi, j'aurais pas eu d'infarctus, j'y serais peut-être allée, j'aurais peut-être décidé Pouche ou j'aurais pu y aller seule après tout mais non, moi, je reste avec lui, j'ai tort. Je devrais le laisser un peu mijoter dans son jus. Il prendrait ses repas au restaurant… C'est-à-dire que… il m'a beaucoup diminuée, hein, Pouche. Pour conduire la voiture, je la conduisais, il a pas voulu me la prêter. Il m'a diminuée pour beaucoup de choses… C'est-à-dire qu'en un sens, c'est bien. J'aurais tendance à dépenser et lui, comme il dépense pas, ça fait la balance. Mais bon, à quoi ça sert de garder de l'argent pour le donner à l'administration ? Autant en profiter. Donc là je pars trois jours à Lourdes, puis en septembre je partirai huit jours quelque part avec les vieux ou par une agence de voyages, tant pis, qu'est-ce que tu veux ?

SIMONE, *huit mois plus tard*

Quand on discutait chez les Thibaut, c'est venu comme ça dans la conversation, Lucien a dit que Marcelle était morte d'un infarctus. *Ah, votre sœur. Ah oui, c'est vrai, elle est venue l'année dernière. Vous n'en avez plus ?* Je lui ai dit *Mon frère est mort en 75, et j'ai une sœur qui doit être à*

Cannes ou dans les environs mais on est fâchées. En causant comme ça, je me disais *En fait, je la connais pas ma sœur, finalement. Colette.* J'ai très peu vécu avec mes frère et sœurs sauf avec mon frère étant jeune et avec Marcelle que j'ai élevée jusque cinq ans. Colette, je l'ai très peu connue. Elle s'est mariée, elle a eu trois enfants. Son mari était administrateur des colonies à Madagascar, administrateur en chef. Il avait une bonne situation. Seulement ça n'a pas marché avec Pouche. Le mari était vichyste et quand ça a tourné, il a voulu que Pouche le présente... enfin bref, Pouche l'a laissé tomber.

Avec son mari, elle a eu plein de problèmes. C'était l'époque où Marcelle partait dans l'armée, elle venait de s'engager. Elle a dit à Colette *Tu n'as qu'à venir habiter chez moi pendant que je pars, je te prête l'appartement.* Colette y est allée. Puis un beau jour, son mari a voulu la reprendre et elle est partie de chez Marcelle en emportant des affaires auxquelles Marcelle tenait. Pour moi, c'était lointain parce qu'on était en Afrique mais je l'ai su par Marcelle qui m'avait écrit. Elle m'avait dit *Oh ne me parle plus de Colette, je veux plus la voir.* Ensuite Marcelle revenait puis elle repartait, en Indochine ou ailleurs. Maman habitait à Montmartre chez elle.

Tu sais comment je l'ai su, pour son fils ? Maman, qui savait, avait écrit une lettre à la nourrice en parlant d'Alain, de petites chaussures, de layette. À moi, je n'ai jamais su ce qu'elle m'avait écrit parce qu'elle avait interverti les enveloppes. Voilà comment je l'ai su. Tu penses, les yeux comme deux ronds de flan. On avait vu Marcelle sans se rendre compte de rien. C'était une étourderie de Maman et Marcelle voulait nous le cacher, elle avait honte parce que c'étaient les idées de l'époque. Ça s'est passé comme ça. Donc Marcelle est revenue chercher son fils.

Et Maman a commencé à perdre la tête, on a dû la placer. Quand elle venait chez nous de Montmartre, elle oubliait toujours quelque chose dans le bus, elle sentait que ça n'allait pas. Marcelle partait en Australie, elle voulait partir avec elle. On lui a fait passer des visites médicales mais les médecins ont refusé qu'elle parte. Je crois que ça a été le coup de grâce pour Maman parce qu'elle ne rêvait que de partir avec Marcelle. À son âge, je la comprends. Nous on repartait aux colonies. On a dû la placer et d'ailleurs elle était consentante, hein. C'est elle qui nous a dit *Je suis obligée d'aller*. J'ai alors cherché une maison dans le coin et c'est là que Maman m'a dit *Oh ben tu sais je connais une maison, de par la nourrice…* – depuis le temps, on était au courant. Je suis donc allée voir là-bas à Conflans et là, ils l'ont acceptée.

Je n'ai pas signalé ça à Marcelle et Roger mais il y avait Colette dont le mari était administrateur. Je lui ai expliqué que Maman allait dans une maison. Je lui ai donné le détail des frais et lui ai dit qu'on allait partager la pension à quatre, je ne lui ai pas signalé que j'allais supprimer la part de Roger et celle de Marcelle, d'accord avec Lucien – parce qu'il avait beau ne pas aimer Maman, il était d'accord avec ça. Colette m'a répondu une lettre… une lettre !… en disant que je lui demandais de l'argent, que quand je me suis mariée j'avais eu tous les meubles, qu'elle n'avait rien eu – tu sais ce que c'était, Papa avait fait des meubles comme ça dans son usine pour qu'on s'installe, enfin c'était insignifiant ce qu'on avait eu. Elle a débité tout ce qu'elle avait contre nous, elle m'a sorti qu'on ne l'aimait pas parce qu'elle était avec un Réunionnais mais que quand il fallait demander de l'argent, on l'aimait d'un seul coup pour son argent, etc. À la fin de sa lettre, elle écrivait que même si on en voulait à son argent, elle paierait quand même. Elle n'a jamais rien envoyé.

Elle n'est même pas venue à l'enterrement de sa mère.

Pourtant on l'avait avertie par le ministère des Colonies. Si elle ne nous cause pas, elle aurait pu venir, c'était sa mère malgré tout. Alors tu sais… Quand Marcelle l'a su, elle aussi a définitivement coupé les ponts…

C'est vrai quand on y pense, on a eu une drôle de vie. Tu sais que Roger a eu honte de nous dire qu'il était marié et qu'il avait des enfants ? Il nous l'a jamais dit. On ne l'a su qu'après sa mort. Je te dis, c'était une famille, alors… Au départ, il voulait se marier avec une Française. Il connaissait une femme en France. Je ne sais pas qui c'est mais Maman, avec ses idées, elle a tout brisé. Elle a dit : *Oh non, je veux pas entendre parler d'une fille. Qu'est-ce que c'est, une fille de Marseille ?* Elle ne la connaissait pas ni rien, je sais pas ce qu'elle s'était figuré mais Roger, pour pas faire d'histoire, a laissé tomber… Oh elle a fait du mal à Roger. J'dis du mal, c'est malheureux, j'voudrais pas mais… Finalement, chaque fois qu'il a voulu se marier, c'est tombé à l'eau… L'histoire, c'est qu'il trouvait pas de femme pour aller vivre en brousse. Il trouvait une femme pour vivre en ville ou pour rester en France mais pas pour vivre sa vie.

MICHE *se souvient*

À l'été 59, Mouche et Pouche avaient loué un appartement à Saint-Jean-de-Monts en Vendée. En août, Luce était partie comme monitrice de colo et moi j'étais rentrée à Paris pour préparer la session de septembre du bac sciences ex en prenant des cours au lycée Voltaire. Le samedi après-midi je prenais le train à Saint-Lazare pour aller voir Mémère Sevrin dans sa maison de retraite à Conflans-Sainte-Honorine. Nous faisions une petite promenade au bord de la Seine puis je lui offrais un chocolat chaud dans un café. Elle était peu bavarde, plutôt triste car il lui était difficile d'échanger avec les autres vieilles dont les vies avaient été si éloignées de la sienne.

L'avant-dernier samedi d'août, en arrivant à la maison de retraite, on m'a dirigée vers le bureau du directeur. J'ai reconnu sur son bureau la montre, un cadre photo et quelques objets de Mémère et j'ai appris qu'elle était décédée le matin même et que Mouche avait été avisée par télégramme en Vendée, ils n'avaient pas de téléphone là-bas. Je suis repartie complètement sonnée vers la gare.

Mouche est arrivée par le premier train et, après avoir réglé les formalités, nous sommes revenues pour l'enterrement. Quelques vieilles ont assisté à la levée du corps à la maison de retraite et toutes deux nous sommes parties avec le convoi des pompes funèbres jusqu'au cimetière. Les derniers mètres que Mouche et moi avons faits à pied derrière le véhicule où seules nos deux silhouettes se reflétaient dans le pare-chocs rutilant m'ont semblé une éternité et, du fait de cette solitude, c'est vraiment la cérémonie la plus triste à laquelle j'ai participé. Mouche aussi a eu beaucoup de mal à supporter.

Quelques jours plus tard, elle a repris le train pour rejoindre Pouche et Georges en Vendée et j'ai repris les cours au lycée Voltaire. Je me suis ramassée à l'oral de philo à la session de septembre.

En février 60, à l'enterrement de Pépère à Fontenay-aux-Roses, il y avait foule : sa famille, ses amis et tous ses voisins de Fontenay. La chaleur humaine aide beaucoup dans les moments de peine.

Intermède

SEPTIÈME CAHIER

1959 et après

BORNE ENTRE FIFTIES ET SIXTIES

> Ce n'est que dans notre siècle que les dates historiques se sont emparées avec une telle voracité de la vie de tout un chacun. Impossible de comprendre l'existence d'Irena en France sans analyser d'abord les dates.
>
> Milan Kundera, *L'Ignorance*

1958, la IVe République est à bout de souffle. Vingt-quatre gouvernements se sont succédé en douze ans lorsque le président René Coty appelle Pierre Pflimlin à en former un nouveau. De Gaulle défend la République mais pourfend la Constitution. Il laisse ses lieutenants agiter le spectre d'une extension de la guerre d'Algérie en guerre civile au nord des rives de la Méditerranée et réclamer son retour aux affaires. Quelques officiers supérieurs espèrent aussi se venger de l'humiliation reçue à Điện Biên Phủ, mais de cela on parle peu. Sur une méprise orchestrée par des partisans qu'il a habilement laissés agir et qu'il n'a pas démentis, de Gaulle revient au pouvoir. Les tenants de l'Algérie française le plébiscitent avec insistance. Lorsque l'Assemblée lui octroie les pleins pouvoirs pour six mois, il s'envole pour Alger où il tient son discours « Je vous ai compris », ou comment ne rien dire mais avec style. Le résultat est immédiat. Quelques mots bien choisis – *rénovation*, *fraternité*, *institutions* – suffisent à ramener le calme et remettre chacun à sa place. De Gaulle est déjà prêt à donner son indépendance à l'Algérie. Le destin des peuples est en route, chacun reprend ses billes.

Dans les anciennes colonies, des autochtones prennent le pouvoir. Des Français rentrent en métropole, parfois dans la douleur.

Le nouveau franc remplace l'ancien franc qui restera employé pour exprimer les grosses sommes jusqu'à l'arrivée de l'euro, en 2002.

En Chine, le Grand Bond en avant est un fiasco total dont le bilan – on ne l'apprendra que dans les années 80 – se solde par environ 45 millions de morts entre 1957 et 1962.

À Berlin, la nuit du 12 au 13 août 1961, le régime d'Allemagne de l'Est lance la construction du mur de la honte qui sépare sans préavis les habitants de la ville et devient le symbole du rideau de fer entre l'Est et l'Ouest. La *guerre froide* oppose en un bras de fer inédit les deux superpuissances mondiales tandis que les vaincus d'hier, l'Allemagne de l'Ouest et le Japon, qui n'ont plus d'armée, préparent sans publicité leur revanche sur le champ de l'économie.

Le 12 avril 1961, Youri Gagarine est le premier homme à voyager dans l'espace. Après un vol d'une heure quarante et une dernière phase critique au cours de laquelle le cosmonaute subit une pression de dix fois g (et pèse donc dix fois son poids habituel), il revient entier en héros national que l'on fête sur la place Rouge. Nikita Khrouchtchev, qui a succédé à Staline à la tête du Parti communiste d'Union soviétique, ne veut plus qu'il vole, il tient à le conserver. Gagarine finira tout de même par obtenir le droit de voler et s'écrasera lors de son premier vol d'essai sur un avion à l'âge de trente-quatre ans.

Le premier pacemaker ou stimulateur cardiaque est posé en 1958 en Suède.

En 1960, la population mondiale atteint trois milliards d'individus.

Tous les domaines innovent : conquête spatiale ; dépoussiérage de la vieille Église à Vatican II ; rock'n'roll ; sur fond de censure, satire libertaire et vent de liberté dans la presse (*Hara-Kiri*), dans le dessin (Reiser), dans l'édition (Jean-Jacques Pauvert) et dans la chanson (Georges Brassens, Jacques Brel, *Les Nuits d'une demoiselle* par Colette Renard, *Le Déserteur* de Boris Vian) ; Nouvelle Vague ; Nouveau Roman. Jack Kerouac et Jean Genet s'influencent et s'admirent mutuellement. La *Beat Generation*, pacifiste, pourfend le matérialisme et critique la société de consommation. Elle scandalise l'Amérique puritaine en prônant la liberté sexuelle.

Les mentalités évoluent. À la suite de l'action non violente par laquelle Gandhi remit l'Inde debout, des leaders charismatiques comme Rosa Parks et Martin Luther King obtiennent la fin de la ségrégation raciale dont font l'objet les Noirs américains et le respect de droits fondamentaux. L'époque foisonne d'êtres déterminés, animés d'une vision pour l'homme. C'en est trop pour certains réactionnaires qui les descendent. N'empêche qu'ils font grandir l'humanité.

La modernité – expliquera Alain Touraine –, ce fut de créer des distances entre les hommes, de *polariser*. Nous devons à la modernité les classes sociales, la colonisation, les ségrégations, l'inégalité des droits hommes-femmes dans les entreprises… Les mouvements sociaux après guerre commencent à *dépo-*

lariser. Dans des combats aussi différents que celui pour l'insertion des Noirs aux États-Unis ou celui du Mouvement de libération des femmes, ils visent à remettre ensemble ce qui avait été opposé[1].

La religion chrétienne n'est pas la fin de la religion mais la fin du tout religieux. Elle appelle l'homme à agir, elle lui confère une puissance, un pouvoir, celui de prendre son destin en main. Elle le responsabilise[2]. Le concile Vatican II convoqué en 62 par Jean XXIII est le signe que l'Église catholique romaine a compris la modernité et qu'elle ose se confronter à son millénarisme pour en sortir. Mais, par contrecoup, puisque les hommes se prennent de plus en plus en main (les aînés ne prennent plus forcément la succession du père, le divorce devient moins tabou) et que les progrès technologiques comme la pilule bouleversent le quotidien, la réforme précipite paradoxalement le déclin de l'Église en Occident. Trop tôt pour les fidèles conservateurs, trop tard pour les progressistes, suivant un effet ciseau inévitable. Cependant, une institution granitique comme l'Église catholique change… Les politiques ne voient-ils rien venir ?

En 1962, les accords d'Evian signés le 18 mars et approuvés par les électeurs de France métropolitaine autorisent l'organisation d'un référendum d'autodétermination à la suite de laquelle l'Algérie devient indépendante le 5 juillet. Près d'un million de Français d'Algérie (pieds-noirs, juifs berbères et harkis) rentrent précipitamment en France. En août, il s'en faut de peu que

1. Alain Touraine interviewé par Laure Adler, *Hors-champs*, France Culture, 6 janvier 2014.

2. Idée développée par Marcel Gauchet dans *Le Désenchantement du monde* (Gallimard, 1985).

l'OAS ne réussisse à liquider de Gaulle dans un attentat au Petit-Clamart. Le général-président en profite pour modifier la Constitution et instaure l'élection du président de la République au suffrage universel en s'appuyant sur un référendum constitutionnel.

À la charnière des années 1955-1962, la créativité explose chez les jeunes Occidentaux et l'expression artistique se renouvelle tous azimuts.

À Hollywood, c'est l'âge d'or du western, du suspense, de l'espionnage, moins chers que les comédies musicales. La télévision entre dans les foyers américains, les compagnies se lancent dans la production de séries en noir et blanc avec *Zorro*, *Les Incorruptibles*, *Au nom de la loi*. Innovation majeure sur grand écran : le Cinémascope. *Vertigo* (d'après un roman de Boileau-Narcejac) sort en 1958. Alfred Hitchcock, Marilyn Monroe, John Wayne, Ingrid Bergman, Cary Grant, Orson Welles, Ava Gardner, Gary Cooper, Audrey Hepburn, James Stewart, John Ford, Deborah Kerr, James Mason, Kim Novak, James Dean, John Huston, Natalie Wood, Robert Mitchum, Liz Taylor, Marlon Brando, Billy Wilder, Janet Leigh, Burt Lancaster, Maureen O'Hara, Kirk Douglas, Howard Hawks, Lauren Bacall, Henry Fonda, Gene Tierney, David Niven, Jack Lemmon, la litanie des hérauts d'Hollywood célèbres dans le monde entier n'en finit pas. Sean Connery propulse James Bond et vice versa. Les plus grands des réalisateurs formés au cinéma muet signent leurs derniers chefs-d'œuvre. Au Japon, le poète-philosophe Yasujirō Ozu, cinéaste de l'intime et des saisons, du presque rien et de l'ineffable (chers à son contemporain Vladimir Jankélévitch), disparaît avec l'époque dont la nostalgie infusait ses films. Son œuvre et celle de Kenji Mizoguchi sont encore méconnues à l'Ouest. L'Europe découvre le cinéma japonais avec *Rashōmon* et *Les Sept Samouraïs* d'Akira Kurosawa.

En France, Jean Gabin, Simone Signoret, Lino Ventura, Yves Montand, Louis de Funès, Bourvil tiennent la vedette, rejoints par de brillants jeunes comédiens, l'ingénue Brigitte Bardot, la poignante et fragile Romy Schneider, la rayonnante Catherine Deneuve, Alain Delon le beau et sale gosse à la fois, le tout fou Jean-Paul Belmondo, l'inquiétant Michel Piccoli, le rassurant Philippe Noiret. À Paris, le public se rue au Théâtre national populaire (TNP) de Jean Vilar. Au cinéma, les années 50 et 60 sont aussi les années phares des seconds rôles, des personnages excentriques et populaires qui renvoient la lumière aux vedettes et que l'on aime à retrouver comme des oncles ou des cousins qui nous manquent : Bernard Blier, Noël Roquevert, Paulette Dubost, Julien Carette, Hubert Deschamps, Pauline Carton, Jacques Dufilho, Georges Chamarat, Suzanne Flon, Raymond Bussières, Robert Dalban, Hélène Dieudonné, Jean Carmet, Jess Hahn, Andrée Tainsy, Michel Galabru, André Pousse. Une génération de jeunes cinéastes innove dans tous les styles, François Truffaut, Jean-Luc Godard, Jacques Tati, Éric Rohmer, Louis Malle, Georges Lautner et Michel Audiard, Jacques Demy, Jacques Rivette, Gérard Oury, Claude Lelouch. Avec la Nouvelle Vague, la querelle des Anciens et des Modernes provoque un sursaut créatif. En Italie, Michelangelo Antonioni, Luchino Visconti, Federico Fellini, Pier Paolo Pasolini, Luigi Comencini et Dino Risi sont les fers de lance de cette création, comme Ingmar Bergman en Suède et Luis Buñuel en Espagne.

On pourrait prendre la bande originale de *La Mort aux trousses* par Bernard Herrmann pour du Prokofiev, et celle du *Guépard* de Nino Rota pour du Johann Strauss père ou fils. Depuis l'avènement du parlant, la musique savante a trouvé un prolongement au cinéma. Il faut bien que les créateurs gagnent leur croûte et le cinéma comme la publicité sont rémunérateurs. Tandis que Benjamin Britten, Sergueï Rachmaninov, Richard

Strauss ou Olivier Messiaen maintiennent une distance, d'autres compositeurs majeurs du siècle y vont ou iront bientôt comme Aram Khatchatourian, Maurice Jarre, Ralph Vaughan Williams, Michel Legrand, Henry Mancini, Francis Lai, Lalo Schifrin, Georges Delerue, Ennio Morricone, Philippe Sarde, John Barry, Maurice Jaubert, John Williams… Des metteurs en scène rendent populaires de grandes compositions classiques ou contemporaines, comme celles de Krzysztof Penderecki. *L'intérêt de la musique classique est de nous donner beaucoup de rigueur dans les émotions*, disait Jean Renoir. Tels le corail et ses zooxanthelles, cinéma et musique présentent une symbiose heureuse.

Billie Holiday enregistre l'album *Lady in Satin* et Miles Davis *Kind of Blue*, Louis Armstrong chante *I Love Jazz*. Billie Holiday, le King Cole, Coltrane s'en vont déjà. Le jazz, cette musique métisse qui bouleversa le XXe siècle, perd des géants.

Sam Cooke, qui partage une énergie et communie avec son public comme personne auparavant, devient le premier chanteur soul. Est-il victime de sa participation aux mouvements pour les droits civiques ? Sa mort prématurée reste mystérieuse.

En 1959, Hank Ballard enregistre *The Twist*, dérivé du tout jeune rock'n'roll. Sa reprise l'année suivante par Chubby Checker se hisse dans les charts. La simplicité de la danse que l'on peut danser seul (*Faire comme si on s'essuyait les fesses avec une serviette de bain tout en écrasant une cigarette avec le pied*) et l'optimisme du rythme assurent un succès planétaire. Le madison dérivera du twist à son tour.

À la fin des années 50, après le rapprochement opéré par quelques pionniers, le croisement du jazz et de la samba donne naissance à la bossa nova. Le premier disque qui réunit Antonio Carlos Jobim, Vinícius de Moraes et João Gilberto sort en 59. Le style devient mondialement populaire en 1963 avec *The Girl from Ipanema* par Stan Getz et Astrud Gilberto.

L'amour est un bouquet de violettes et Luis Mariano la dernière star de l'opérette.

Tandis que la publicité annonce fièrement que *l'électroménager libère la femme*, Brassens chante *Pénélope*. Pour une femme, Brel passe de *La Haine* à *Ne me quitte pas*. *Les Mots d'amour* d'Édith Piaf s'impriment dans les cœurs. *À quoi ça sert l'amour ?* Avec Trenet et de nouveaux venus, Serge Gainsbourg et Claude Nougaro, la chanson française se teinte encore de jazz.

À l'été 1962, le groupe à propos duquel John Lennon dira *S'il n'y avait pas eu Elvis, il n'y aurait pas eu les Beatles* a trouvé sa forme aboutie. Leur premier single *Love Me Do / P.S. I Love You* sort en octobre.

50
1959-1965

> Pour l'enfant, amoureux de cartes et d'estampes,
> L'univers est égal à son vaste appétit.
> Ah ! que le monde est grand à la clarté des lampes !
> Aux yeux du souvenir que le monde est petit !
>
> Charles Baudelaire, *Le Voyage*

Quand on en a mangé sa tranche, le monde semble à portée de main. Alors, de retour chez soi où l'on sait que l'humanité est aussi complexe qu'à l'autre bout de la terre, on peut demeurer, poursuivre ses rêves et aller de l'avant.

À son retour du Tchad, les PTT proposent à Lucien un poste de receveur à Nouméa. Il hésite, c'est si loin la Nouvelle-Calédonie ! Seul Georges peut encore suivre ses parents. S'il avait pu revenir après deux ou trois ans Lucien aurait accepté mais il n'est prévu qu'un congé administratif tous les cinq ans, il se dit qu'il est peut-être temps de s'installer. Lucien a cinquante-quatre ans, Simone quarante-huit.

Sommes-nous si différents des poissons migrateurs qui, après avoir sillonné les mers du globe, reviennent sur les lieux de leur naissance ? Il faut bien que la similarité des ADN entre l'homme et l'animal s'applique quelque part. Au retour de Lucien en avril 1959, la famille est à nouveau réunie dans l'appartement de la rue de l'Amiral-Mouchez, à l'emplacement même où s'étaient installés les grands-parents creusois lorsqu'ils étaient montés à Paris. Ernst Jünger écrit : *Toujours nous revenons par le détour du savoir à la beauté de l'origine. Enfance et vieillesse se conjoignent pour fermer l'anneau*[1].

Est-ce parce que *Homo sapiens* fut nomade pendant près de deux cent mille ans et que l'homme n'est sédentaire que depuis douze mille ans que nous basculons encore d'un état à un autre ? Notre culture de fond n'est-elle pas nomade et éphémère ? L'homme s'était à peine posé que l'Occidental, à l'heure des cathédrales, s'est mis en tête de découvrir, de voyager, de s'enrichir, de convertir. Avec la rotation des bassins de travail, la civilisation faustienne[2] et son économie de marché ont relancé le nomadisme.

Au XXe siècle, l'échange de femmes ou d'enfants entre tribus isolées pour renouveler leur patrimoine génétique se pratique encore en France, dans les îles du Pacifique. Reconnaissons aux moyens de transport modernes d'avoir favorisé le métissage. Au-delà du renouvellement génétique en cours se profilent d'autres défis majeurs pour la génération émergente comme la maîtrise démographique et l'adaptation de nos modes de vie aux ressources, qu'elles soient renouvelables ou qu'elles ne le soient pas. L'humanité a brassé gènes et cultures, laissant les pensées s'entrechoquer et se féconder. Vu les poussées progressistes et les fondamentalismes actuels, le métissage le plus difficile à réaliser n'est-il pas celui du monde ancien et du monde moderne ?

1. In *Lettres et idéogrammes, Notes sur le Japon* (Cahier de l'Herne Julien Gracq).
2. Oswald Spengler, *Le Déclin de l'Occident* (Gallimard, 1948).

*

Georges ne poursuit pas son lycée, c'est le lycée qui le poursuit. Souvent collé au lycée Lakanal en fin de semaine, il se rend le samedi soir directement chez ses grands-parents à Fontenay où Pouche et Mouche passent le dimanche. Son grand-père lui donne des paniers de fruits à vendre au marché le dimanche matin. Les deux s'en trouvent très satisfaits, Georges pour son argent de poche et Augustin pour la monnaie qui lui permet d'acheter en douce du papier et du tabac parce que sa femme le rationne.

À ses voisines, Marie dit à propos d'Augustin : *Il bande encore !* et à Georges : *Mets du bois ce soir. On aura besoin d'avoir bien chaud au lit pour être en forme.* Lucien a honte d'entendre ça.

Au début de l'automne 59, une paralysie partielle s'empare d'Augustin. Il ne parle plus mais ses fils sont persuadés qu'il comprend tout, contrairement à Marie qui lance ses réflexions sans retenue. Pierre est choqué parce qu'elle découvre son mari qui a toujours été pudique.

Augustin meurt en février 1960 à quatre-vingt-sept ans.

Au cimetière de Fontenay-aux-Roses, il est porté en terre dans un caveau à perpétuité qu'ils avaient acheté à bon prix en 1942. En temps de guerre, avec son sens pratique aiguisé, Marie avait choisi ce caveau dans un angle pour que tout le monde la voie bien et pense à elle, et à trois mètres d'un robinet pour faciliter l'arrosage des fleurs. À quelques mètres d'Augustin sous une dalle de marbre gris repose un pionnier qui fait la gloire du secteur, René Barthélemy, l'inventeur en 1931 de la caméra de télévision qui réalisa aussi les premiers programmes télévisés français.

Après l'âge de pierre, l'âge de fer, l'âge de bronze[1], qualifiera-t-on les temps modernes qui voient les hommes, les objets et les idées circuler de plus en plus rapidement d'âge du fluide (ce *Tourbillon* que chante Jeanne Moreau dans *Jules et Jim* de François Truffaut) ? Introduira-t-on le superfluide (pour l'auto, l'avion, la radio, la télé), l'hyperfluide (le téléphone portable, le numérique, Internet), avec leur corollaire : des turbulences où se mêlent et s'affrontent retraditionalisation et poussées modernistes ?

Le climat et les famines ont de tous temps poussé les hommes à bouger mais l'époque moderne raccourcit les durées et élargit l'espace. Comment garder un cap dans un vortex ? Certains évoluent comme un plancton égaré, d'autres cherchent un cap, chacun ajuste le curseur comme il peut.

L'homme exerce une telle pression sur les écosystèmes qu'il faut actuellement plus d'une Terre et demie pour satisfaire nos besoins[2], cela change-t-il notre gestion des stocks et des ressources ? Atteint du syndrome de l'île de Pâques, l'homme moderne coupera-t-il jusqu'au dernier arbre[3] ? L'écologie nous apprend qu'on ne peut plus penser l'avenir de l'homme et des objets séparément. On peut penser la Terre sans vie (qui redeviendrait un caillou), mais que serait l'homme sans la Terre ? Par

1. Suivant la classification de Christian Thomsen dans son *Guide des antiquités scandinaves* (1836).

2. WWF & ONG Global Footprint Network (http://www.overshootday.org/) ; en 2017, l'humanité a consommé en sept mois ce que la Terre peut produire en une année, cf. Audrey Garric, « Depuis aujourd'hui, l'humanité vit à crédit », *Le Monde*, 1er août 2017.

3. Cf. Jared Diamond, *Effondrement* (Gallimard) ; une étude de Delcroix *et al.* (*La Météorologie* n° 102, 2018) souligne que des anomalies climatiques liées à l'oscillation australe El Niño auraient probablement pu, à elles seules, engendrer des déficits pluviométriques et hydriques conséquents, à même de modifier considérablement la flore de l'île. Facteurs climatiques et anthropiques ont vraisemblablement joué de concert dans la quasi-extinction de la civilisation Rapa Nui.

l'hypothèse Gaïa, James Lovelock rapproche nature et culture. Les hommes marquent si fort leur présence sur la planète Terre qu'ils conduisent l'ensemble des matières inertes et vivantes vers de nouveaux équilibres ou déséquilibres inconnus, dans une nouvelle ère que Paul Crutzen baptisera sous peu *Anthropocène*.

Le monde moderne et rationnel bute sur deux écueils majeurs : le sacré avec lequel *il a rompu*[1] sans l'avoir remplacé, et le dogme de la valeur marchande avec ses flambeaux qui ignore ses conséquences (l'accroissement des inégalités, l'appauvrissement des ressources, la dégradation de l'environnement, l'accélération et le stress associés). Certains en appellent à un sursaut de conscience et à l'avènement de la noosphère. Il est vrai que l'homme est une jeune espèce en formation. Cinq mille générations seulement nous séparent de l'australopithèque…

L'évolution des stocks est un *indicateur* majeur, c'est dit. Puisque le mot est lâché et que, rhizome de notre société de gestionnaires, il caractérise notre temps, il mérite que l'on s'y arrête un instant et, si ce chapitre tarde à démarrer, c'est que notre récit touche à une époque très proche de la nôtre, en pleine métamorphose et sur laquelle tout le monde a beaucoup à dire.

À la lisière des années 50 et 60, le Nouveau Roman qui décrit tout en détail – en avance de deux ou trois décennies sur la société – annonce les indicateurs. Robbe-Grillet et la jalousie mesurable : ma femme à côté d'un homme ne provoque pas la même réaction suivant qu'elle en est éloignée de cinquante centimètres, de vingt centimètres ou de deux centimètres. Est-il judicieux d'appliquer des unités scientifiques aux plans humain et social ? Dans le monde du travail, les *indicateurs* appellent des *objectifs* pour dépasser ses propres scores, pour gagner en compétitivité et, puisqu'ils proviennent du marché qui s'intéresse aux

1. Expression d'Alain Touraine.

volumes et aux flux, ces indicateurs sont plus quantitatifs que qualitatifs. A-t-on cependant jamais aimé grâce à la quantité ? Une *conception purement qualitative de la vie* (selon la formule de Ramuz[1]) serait-elle envisageable ?

Tout le monde évalue et est évalué dans sa vie. Nous passons notre temps à évaluer les opportunités qui s'offrent à nous, nos chances de réussite, etc. La question ne concerne pas l'évaluation *per se* mais sa mise en œuvre. Le risque n'est-il pas grand de limiter notre action autour des seuls indicateurs, c'est-à-dire dans des champs bien identifiés et balisés ? Comment jauger l'audace, l'imagination, la création – car enfin le futur ne se contentera pas de vieilles lunes ? Comment encourager la prise de risque et la bousculade, le remue-méninges, l'engagement collectif ? Le tropisme des indicateurs n'est-il pas un frein ? Résonnent encore les mots rigoureux de Paul Valéry[2] : *L'hypocrisie est une nécessité des époques où il faut de la simplicité dans les apparences, où la complexité humaine n'est pas admise, où la jalousie du pouvoir ou bien la stupidité de l'opinion impose un modèle aux personnes. Le modèle est promptement pris pour masque. Il n'y a d'hypocrisie que dans les moments où l'état des choses exige fortement que tous les citoyens soient conformes à un type simple et facile à définir, donc à manier.*

L'autre problème des indicateurs, c'est qu'ils nous mettent en compétition avec nos plus proches collègues. Qu'apporte ce mode de gestion sinon le stress, l'infantilisation, la dépossession de soi, le renforcement de l'individualisme au détriment du collectif, et en définitive l'uniformisation ? Georges Bernanos nous a mis en garde[3] : *un monde dominé par la Force est un monde*

1. Charles-Ferdinand Ramuz, *La pensée remonte les fleuves* (Taille de l'homme, 1933).

2. Paul Valéry, *Variété II*, Préface aux *Lettres persanes* (Gallimard, 1930).

3. Georges Bernanos, *La France contre les robots.*

abominable, mais le monde dominé par le Nombre est ignoble. [...] *Le Nombre crée une société à son image, une société d'êtres non pas égaux, mais pareils, seulement reconnaissables à leurs empreintes digitales.* Quand reconnaîtrons-nous qu'une société qui homogénéise les individus fait le lit des conflits mimétiques ? Et que les hommes ne se battent pas à cause de leurs différences mais parce qu'ils sont trop semblables ?

L'altermondialité esquissée par Jacques Attali[1] qui revaloriserait l'action individuelle au service du groupe pourrait nous débarrasser de ces indicateurs individuels générateurs de conflits. À condition que la société se choisisse ce type de futur et de modernité...

*

À son retour à Paris, Pouche passe quelques mois à l'Office central des Postes et Télécommunications d'outre-mer rue Oswaldo-Cruz dans le XVIe arrondissement. Il compte parmi ses collègues Cao-le-Cambodgien qui fait tant rire Georges quand son père l'imite : *Vous prendrez bien une betite bipe d'opium, monsieur Deboise ?*

À cinquante-cinq ans, quelques mois après le décès de son père, Lucien fait valoir ses droits à la retraite et trouve immédiatement un poste de caissier bilingue à la banque Morgan où il restera dix ans avant de cesser toute activité professionnelle. La coïncidence est amusante parce que Simone est souvent comparée à Michèle Morgan pour ses yeux (*T'as d'beaux yeux, tu sais ?*). Lucien sait-il que la jeune Simone Roussel avait choisi son pseudonyme en passant place Vendôme devant l'établissement de la banque américaine, *parce que le nom sonnait bien* ?

1. Dans *Histoire de la modernité* (Flammarion, 2015).

Le bâtiment, installé dans l'ancien hôtel particulier du sucrier Constant Say, est entouré des plus grands joailliers du monde, Chaumet, Boucheron, Van Cleef & Arpels. Le cadre est magnifique. Lucien s'y rend souvent à pied depuis le XIVe. Il aime arpenter le Paris des années 60. Une période tire sa révérence, les terrains vagues disparaissent au profit de tours gigantesques, l'air du temps est à la nouveauté et l'on ne peut s'empêcher avec Jean-Jacques Sempé et Jacques Tati d'éprouver une douce nostalgie.

À son poste, Lucien prend toujours plaisir à parler anglais. Quelques charmantes clientes l'envoûtent. Il guette les visites de Jane Fonda et celles de Charles Lindbergh et de sa fille qu'il trouve remarquablement belle. Lindbergh transite à Paris entre sa résidence bretonne et les États-Unis. La jeune femme à ses côtés attire Lucien par son charme magnétique[1].

Son séjour à la banque Morgan laisse à Lucien de bons souvenirs. Ses collègues ne manquent pas de sel. Il se régale de relater leurs exploits lors des repas de famille. Quand il se lance, tout le personnel de chez Morgan y passe. Bobby-la-Rustine, qui se colle des petits morceaux de papier toilette sur le visage chaque matin parce que invariablement il se coupe au rasoir. Bonnard que Pouche a surnommé *Le crime de Sylvestre* en référence au roman d'Anatole France et que certains collègues appellent *Le crime de la Saint-Sylvestre*. Et encore l'ex-Horse Guard qui hurle *The Duke !* en claquant des talons lorsque le duc d'Édimbourg passe la porte.

Et puis la société Morgan organise souvent des sorties ou des repas pour son personnel, dont une grande sortie annuelle avec un formidable gueuleton. Celui de Barbizon reste dans les

1. S'agissait-il de sa fille ? On apprendra trente ans après sa mort que Lindbergh entretint trois relations extraconjugales avec son ancienne secrétaire et deux jeunes femmes allemandes, toutes trois bien plus jeunes que lui.

mémoires de ceux qui y participèrent, mais ils ne sont plus là pour nous en dire plus…

À la maison, Georges lit *Tintin* et guette la sortie du prochain album. Hergé a l'âge de ses parents et les aventures du saint laïc et de ses compagnons aux quatre coins du monde se poursuivent depuis que Simone et Lucien ont rejoint les colonies. Grâce à Tintin, le monde s'élargit. Hergé met en scène une vaste humanité dans des cultures encore très différenciées. Après leur exploration lunaire des années 50 – Hergé n'est-il pas le Jules Verne du (petit) XXe ? –, ses personnages s'immiscent dans le monde des médias et de l'image dans *Les Bijoux de la Castafiore*, en 1963.

Les albums d'*Astérix* n'en sont pas moins attendus. Comme ses copains, Georges adore les bandes dessinées. Et puis il y a la musique ! Le twist, le rock, les surprises-parties, ceux qu'Edgar Morin nomme les *yéyés* déferlent. Sur le pick-up défilent les 45 tours des Beatles, *Petite fille* de Johnny Hallyday, *Orange Blossom Special* par The Spotnicks, *The House of the Rising Sun* par The Animals, *J'entends siffler le train* et *Le Sirop Typhon* par Richard Anthony…

En dehors du lycée, c'est au patronage de la paroisse Sainte-Agonie que Georges se fait une bande d'amis. En soutane noire, le père Bourdeaux connaît tous les jeunes du quartier et leur fait prendre l'air l'été en Auvergne et dans les Alpes aux vacances d'hiver. C'est en accompagnant le groupe comme monitrice que Luce rencontre Robert en Haute-Loire. L'été les jeunes se baignent dans le Lignon, les animateurs organisent des chasses au trésor, des jeux olympiques, des veillées. On fait de longues marches en chantant *Et ballottant d'la queue, et grignotant des dents, et ballottant d'la queue et grignotant des dents…* Ces camps fleurent bon les années 50-60.

Georges n'est pas le dernier à mettre de l'ambiance. Les études en revanche, c'est pas son fort. Luce était première de sa classe en Afrique et dernière en arrivant en France. Georges, lui, était déjà dernier en Afrique. Pour lui faire faire ses devoirs, c'est la croix et la bannière. Il lui donne du mal, Simone s'acharne. Elle est tenace. Heureusement, elle est épaulée par le prof d'anglais de Georges au lycée Lakanal, M. Jacques Capelovici. Maître Capello, comme tout le monde l'appelle déjà au lycée, est rigoureux et très exigeant. Il a une chaire d'anglais mais pourrait tout autant enseigner le français, l'allemand, le chinois, le russe ou l'une des nombreuses langues qu'il pratique couramment. En classe – et Georges l'a pendant quatre ans d'affilée –, les élèves se tiennent à carreau et leur cahier doit être impeccable, sous peine d'être déchiré. À côté de cela, le Maître agrémente son cours de calembours (*C'est une femme qui a épousé son temps, comme Simone Signoret*), de palindromes (*Ésope reste ici et se repose*, *Éric notre valet alla te laver ton ciré*) et de jeux de mots.

Georges effectue souvent le trajet en sa compagnie à partir de la cité universitaire. Avec l'accord de ses parents, Maître Capello transforme parfois Georges en convoyeur de fonds. Il lui confie une enveloppe assez épaisse contenant des billets de francs français et une liste de devises qu'il souhaite acquérir, en sachant que Georges la lui rendra deux jours plus tard avec les devises que son père aura changées chez Morgan. Georges trimbale ainsi dans son cartable des Deutsche Marks, des livres sterling, et surtout des dollars argent qui se vendent de la main à la main quatre fois plus cher que les dollars papier au marché noir.

C'est Maître Capello qui, lors d'un rendez-vous, suggère à Simone qu'il pourrait être envisagé une solution alternative pour les études de son fils qui ne parvient pas à entrer dans le moule. Il évoque des études sportives puisque le sport semble être pour lui, avec les copains, une passion « de bon aloi ». L'avenir lui donnera raison.

Durant les années 50 et 60, la guerre froide domine l'actualité et les échanges d'espions entre l'Est et l'Ouest font la Une. La trahison des anciens de Cambridge, Burgess, Maclean, Blunt et Philby au profit de Staline provoque des hauts-le-cœur. Lucien consacre de plus en plus de temps à ses lectures. Il dévore *Treason in the Blood* (*La Trahison dans le sang*) d'Anthony Cave Brown, une biographie de Kim Philby éclairée par celle de son père. Un autre récit de Rupert Croft-Cooke, *The Blood-Red Island,* dont le titre renvoie à la latérite malgache – ce sang qui coule de ses veines dans la Betsiboka – et qui relate la Seconde Guerre mondiale à Madagascar, rejoint ses livres de chevet avec Las Cases, Racine, Saint-Simon, Voltaire, *Qu'elle était verte ma vallée* de Richard Llewellyn. Lucien apprécie les caractères virils, les hommes d'action, le sens et la poésie de l'Histoire. Les récits d'aventuriers (*Papillon* d'Henri Charrière, très à la mode et controversé), les romans chevaleresques sont nombreux sur les étagères de ses bibliothèques.

Alors qu'il est plongé dans le *Mémorial de Sainte-Hélène*, Simone lui lit un extrait d'un article de presse de Marguerite Duras[1] : *Mais les grands corps des personnages de Racine, défaillants de désir, est-ce que vous les avez vus s'avancer vers vous ?* Coïncidence. Las Cases rapporte que le soir à table, à Sainte-Hélène, Napoléon lisait Racine à ses gardes du corps. Résonances. Duras et Napoléon rejoignent le Racine Club de France.

Le problème de la vie nomade expatriée, c'est qu'à chaque étape on y gagne autant de connaissances qu'on en perd. Sur place, les rencontres sont plus aisées qu'elles ne le sont en métropole. Mais au bout d'une vie d'errance, lorsqu'on revient au bercail, le sujet devient problème. La vie des expatriés est si différente des vies métropolitaines, si décalée parfois, qu'ils se

1. Repris dans *Le Monde extérieur*, *Outside 2* (P.O.L, 1993).

sentent au moins autant isolés en revenant qu'ils l'étaient en partant. Les affinités électives constituent certes le ciment principal entre les individus, mais une mémoire partagée aide aussi beaucoup.

Simone et Lucien ne connaissent pas grand monde en s'installant à Paris. Les voisins, gouailleurs, soignés de leur personne, les Moller, qu'on aurait dits sortis tout droit d'un film de Georges Lautner, Monsieur en costume trois pièces avec des lunettes de bakélite noire, Madame portant chignon tiré en pointe, tous deux roulant en DS, si typiques des Parisiens des années 50 que Roland Barthes aurait pu écrire ses *Mythologies* rien qu'en les observant. Chirolle, l'ami du régiment. 1926, trente-cinq ans déjà. Les Sherbourne, connus à Bangui, à qui Simone et Lucien rendront souvent visite, d'abord aux Pays-Bas où Louis officie à l'ambassade de Grande-Bretagne, puis chez eux en Angleterre, et qu'ils reçoivent rue Mouchez. Lucien est fier de son ami que la reine a élevé au rang de lord du *British Empire*. Les Chastel aussi, qui profitent de leur retraite dans le Périgord. Dès leur arrivée chez eux, Lucien et Simone adoptent Bergerac. Ils sont heureux d'y avoir des amis et ce premier contact avec la petite ville inscrit une impression indélébile très positive sur une page vierge. Ils se mettent alors en quête d'une maison où ils aimeraient passer l'été. Une ancienne écurie sur un léger surplomb, entourée de vergers de pruniers et proche de la forêt, fera très bien l'affaire. Bergerac n'est qu'à cinq kilomètres.

En deux ou trois étés, cette ancienne dépendance périgourdine est retapée et habitable à la belle saison. Simone est fière des travaux et de ses aménagements, la maison de Touterive est agréable et la décoration à son goût. Elle devient la colonne estivale des vacances Devoise. La maison du bonheur. Assez loin de la ville pour vivre en pleine campagne. Suffisamment proche pour pouvoir s'y rendre en mobylette. Simone, qui ne conduit pas, partage avec Georges le goût de la mobylette. Lucien préfère aller aux ceps et aux girolles qu'en ville, sauf le dimanche matin pour son passage qui devient rituel au PMU.

Dans les débuts, ils profitent du droit de puisage du voisin d'en face mais Lucien rapidement fait venir un puisatier, un rouquin fort sympathique avec qui le contact passe si bien qu'il devient le fournisseur officiel de la maison en vin blanc.

En dehors des virées *à Berge* et des promenades en forêt, Lucien cultive son potager, Simone ses fleurs. Elle cueille le tilleul, les prunes, ramasse les mûres. À l'heure de la sieste, ils bouquinent à l'ombre et jouent au scrabble.

Ils se lient avec quelques voisins. Les Colmacro, les voisins les plus proches. Les Rhodes, des paysans chez qui Georges va chercher le lait chaque soir dans un bidon en fer-blanc et à propos desquels Lucien dira avec une pointe d'orgueil *Quand je faisais du jardinage, je donnais des carottes aux Rhodes. C'est moi qui fournissais des légumes aux paysans !* Il y a Purrey aussi et sa femme, des jeunes qui viennent de quitter la ville. Lui est représentant en instruments agraires pour arracher les patates. La galerie locale compte encore l'énigmatique père Barrière, un vieux paysan solitaire qui vit sans eau courante et sans électricité avec ses chats à l'orée du bois. Il accueille ceux qui passent le voir d'un *Vous prendrez bien une petite gnôle ?* mais ne se rend jamais chez quiconque. Il a fait la guerre de 14, le père Barrière. Depuis, il a fui le monde.

Des soirées sont organisées avec les voisins, on s'y amuse beaucoup. Les Rhodes, c'est tout un programme ! Le père et la mère Rhodes, à l'accent rocailleux, aiment rigoler. Nantis d'une dentition en voie d'extinction, on ne saisit pas tout du débit de Mme Rhodes mais le rire est communicatif.

Au début des années 60 à Paris, Miche, comme sa sœur, enchaîne les emplois. En 1963-1964, elle travaille chez Philips.

L'influence de Jacques Canetti commence à diminuer ; pour les jeunes, ses chanteurs-interprètes incarnent déjà le passé. L'avenir, c'est la mode yéyé qui démarre. Miche trie les notes de lecture laissées par Boris Vian, décédé en 59. Dans les couloirs, elle tombe nez à nez avec les vedettes de l'époque. Elle manque éborgner Johnny Hallyday en ouvrant une porte un peu brusquement. Le soir, un jeune homme discret, qu'elle a bien failli ne pas croiser, l'attend à la sortie du boulot. Leur rencontre date du samedi 12 octobre 1963, une journée de branle-bas chez Philips. *Le Parisien libéré* titre en Une : « La mort d'Édith Piaf a tué Jean Cocteau ». Édith Piaf est décédée le jeudi, Jean Cocteau le vendredi, les disquaires seront là aux premières heures le lundi, on se dépêche de sortir les produits disponibles. Michou rend service. Invitée au mariage de Monique, une amie de Luce, elle se hâte et se libère dans la soirée. C'est au cours de cette fête qu'elle fait la connaissance de Jean-Claude, un ami du marié, qu'elle épousera un an plus tard.

1964. Encore trois ans avant qu'André Malraux ne retrouve Louise de Vilmorin – l'ancienne petite fiancée d'Antoine de Saint-Exupéry – avec qui il eut une courte liaison dans les années 30 et à qui il avait dit : *Je finirai ma vie avec vous*. Ce samedi 19 décembre 1964, il fait un froid moscovite sur Paris. Sur le parvis du Panthéon, Malraux scande *Entre ici, Jean Moulin, avec ton terrible cortège* dans un hommage lyrique de la nation à l'ancien chef du Conseil national de la Résistance, célébrant à travers lui une France idéale et éternelle.

Au même instant en l'église Sainte-Anne de la Maison-Blanche, Luce et Robert se disent *Oui* mutuellement devant leurs familles et leurs amis. Peut-être le disent-ils en latin car le français ne sera autorisé dans les offices et les sacrements de l'Église de France qu'à partir du 3 janvier 1965. Dans les escaliers de la mairie où ils viennent de patienter pour le mariage civil, Marie s'est chargée de détendre les invités : *Ah, si vous aviez vu pendant la guerre, comment on s'est débrouillés… Aux Halles, on n'était plus livrés en fleurs, les gens voulaient des chardons bleus. Ni une ni deux, ma petite. Je trempais des chardons dans de l'encre bleue et j'allais les vendre. Ça partait vite, vous auriez vu ça… Hop, hop, hop !*

LUCIEN *raconte*

Quand je suis revenu d'Afrique, j'aurais pu diriger un bureau de poste à Paris mais ça ne me disait rien. J'ai préféré être détaché à la direction des Postes d'outre-mer. J'étais adjoint au chef des services financiers. Je m'occupais des salaires et des dépenses, quoi. J'y suis resté un an.

LE NARRATEUR

Mais quand tu es revenu, en 59, les pays en question commençaient à devenir indépendants. Qu'est-ce que ça devenait, les Postes d'outre-mer ?

LUCIEN

Les Postes d'outre-mer, c'était un service indépendant drôlement bien organisé. C'était une annexe des PTT métropolitains et on s'occupait des relations avec les pays africains francophones. On avait une école dans les Pyrénées pour former des cadres postiers africains. Il y avait des élèves du Togo, du Dahomey, du Cameroun, de Madagascar, du Sénégal… Mais entre ethnies, ça se battait dans les dortoirs. À Paris, on s'occupait de ça et on s'occupait des relations avec les pays africains qui étaient indépendants. Notre inspecteur général, c'était un type sorti de

Polytechnique. Pour son Office, il avait du mal à obtenir des crédits et l'organisme pesait lourd – un internat avec une centaine d'élèves, ça coûte cher –, alors il avait mis le marché aux mains du gouvernement : *Si vous ne créez pas l'école et ne la prenez pas en charge, c'est les Russes qui le feront.* Au final, tous ces cadres de la Poste ont quand même eu une formation française, dans un esprit français et au point de vue technique, au point de vue postal, ils sont à jour, c'est important.

SIMONE *raconte*

À Maroantsetra, on avait de l'ylang-ylang. Oh, comme ça sentait bon ! La fleur d'ylang-ylang, c'est un peu comme les *hélicoptères*, tu sais, les fruits du platane qu'on envoie en l'air et on dit que ça tombe comme les hélicoptères. L'ylang-ylang, on en cueillait, on en mettait dans les draps, dans le linge. Et de la citronnelle aussi. Et sans compter les lianes qu'on trouvait en forêt. On passait dans la brousse, ça sentait bon ! Des belles lianes odorantes, des orchidées, qu'est-ce qu'on aimait ça… Bien sûr, personne n'en connaissait le nom. On n'est pas des chercheurs, nous. La plus belle orchidée, c'était l'orchidée étoile. Tu aurais juré te trouver devant une belle étoile. Elle avait une petite queue. Les grandes orchidées, elles avaient une grande queue et des petites coques blanches. C'était toujours blanc. J'ai pas vu d'orchidées de couleur… Deux ou trois jours avant d'accoucher de Luce, je grimpais encore aux arbres pour les orchidées. Maintenant, fais-moi grimper aux arbres pour attraper une orchidée !

Maintenant, avec tout ce qu'on lit, avec tout ce qu'on nous rapporte sur Madagascar, je regrette. Je voudrais retourner en arrière pour en profiter. Oui, on disait *C'est beau, c'est bien*, on en profitait si on veut, sans plus. On trouvait tout normal. Je crois pas qu'on ait apprécié comme les touristes apprécient maintenant.

SIMONE *s'arrête quelques secondes, prise dans ses souvenirs, puis poursuit*

Quand je pense à ce qu'on voyait là-bas… Ça se fait pas en France, ça, une rivière qui change de côté du jour au lendemain, hein ? Un jour elle était à droite. Un coup de mauvais temps et *hop*, tu allais la chercher de l'autre côté. Le lit de la rivière se déplaçait complètement. Inutile de te dire qu'on était sur une bande de sable mais enfin l'embouchure bougeait. C'est des phénomènes de là-bas.

Pour notre mariage, en août, il avait plu. On m'avait dit *Mariage pluvieux, mariage heureux*. Quand il pleuvait, il pleuvait bien. Ça alors, une sacrée pluie. Puis c'était sec deux minutes après. Il y avait un beau soleil, c'était du sable, le sable et le soleil buvaient l'eau. On ressortait dès la fin de la pluie. Finalement c'était pas embêtant, il n'y avait pas d'hiver, il faisait pas froid… Non mais c'est vrai, quand on relit tous ces trucs sur les colonies, je me dis *Mince, on est passés à côté. On vivait normalement, comme on vit, quoi*.

Tiens, autre chose. Regarde cette petite île en Yougoslavie qui est en photo sur *Le Figaro Magazine*. On y est allés avec Michou et Georges. On avait passé trois semaines de vacances, trois séjours d'affilée. Un à Venise, un en Yougoslavie, et l'autre… c'était où, l'autre ? La mémoire, c'est terrible… Tu vois, on est arrivés à Dubrovnik, on a visité le port un peu vite en groupe, et du port on a pris une barque qui nous a emmenés sur l'île. L'eau était claire, d'un clair ! On dormait sous des toiles de tente, en groupe.

J'étais partie avec ce qu'on avait d'argent, tu sais ce que c'est. On ne faisait pas trop d'activités ou de bateau. J'avais habillé Miche et Georges comme quand on partait aux sports d'hiver, avec des habits rafistolés. Et puis à Venise, je me suis fait voler mon porte-monnaie dans un vaporetto. On ne savait plus quoi faire. Michou et Georges avaient un peu d'argent de poche, très peu d'argent en fait. Heureusement que le voyage était payé. On nous donnait des coupons pour les restaurants, les hôtels, les transports étaient payés. Georges et Michou ont réuni leur peu de monnaie, on a calculé, je pouvais acheter mon journal, Michou une glace et Georges des graines pour donner aux pigeons, un petit cornet. Alors il donnait pour attraper les pigeons et puis vite il allait ramasser les graines pour les relancer plus loin. Ça n'a duré qu'un jour ou deux, où on n'avait plus d'argent. Après ça on est partis en Yougoslavie mais j'avais de l'argent yougoslave gardé par l'accompagnateur. On était justes. Pouche n'était pas là, je voulais me payer des vacances moi aussi avec les enfants. Nous sommes allés une autre année en Autriche avec Georges et Miche. Je faisais une année là-bas, une année en France, avec les enfants. Ben finalement, on a circulé, quand même.

Georges est souvent parti en vacances au Club Méditerranée à l'époque. Une fois, il est allé en Suisse avec Luce, Jeanine et Monique. Il n'y avait que Luce qui skiait, ses copines passaient l'après-midi à se préparer pour la soirée avec les garçons… Georges partageait une chambre avec des gars plus vieux que lui qui attendaient minuit pour faire entrer des filles. Je ne l'ai appris que bien plus tard. Il n'a pas beaucoup dormi cette semaine-là mais il a fait son éducation. Ensuite à Corfou… enfin bref. Il avait entre quinze et vingt ans.

Il a appris plein de choses dans ces clubs et, à Touterive, il s'est mis à organiser des jeux auxquels il invitait les voisins. Il y avait un jeu où j'ai tellement ri que j'en avais fait dans ma culotte ! Il fallait tenir un discours en mangeant de la compote. Je peux te dire que je suis pas prête d'oublier la prestation de Mme Rhodes… Un de ces jours de jeux où on avait fait le tourin avec les Colmacro, Georges a terminé rond. Il n'arrêtait plus de tourner autour d'un arbre.

LUCE

Pour avoir quelque chose à dire aux gens qui vivent à la campagne, il faut y vivre.

BORNE 1965-1970

Le XXIe *siècle sera religieux ou ne sera pas*. Bien qu'André Malraux en renie la paternité[1], la formule plaît, tant le sujet intrigue ou préoccupe. Signifie-t-elle que le sentiment religieux offre une position alternative à un rationalisme excessif ? Exprime-t-elle la montée de l'intégrisme religieux – l'inertie la plus radicale opposée au progrès, qui recrute des laissés-pour-compte et profite de l'obscurantisme, c'est-à-dire d'un déficit d'explication du monde ? Préfigure-t-elle l'émergence d'une confiance que certains accorderont à des *faits alternatifs* ? Qu'opposer à l'obscurantisme sinon éduquer et exercer l'esprit critique ? Mais comment convaincre les marchands d'armes ?

En 1966, le général Gamal Abdel Nasser qui dirige l'Égypte évoque, depuis une tribune et devant micros et caméras, sa rencontre avec les Frères musulmans[2] :

En 1953, nous voulions vraiment, honnêtement, collaborer avec les Frères musulmans pour qu'ils deviennent raisonnables. J'ai rencontré le guide général des Frères musulmans. Je l'ai écouté, il a

1. Blog de Pierre Assouline, 17 mars 2008, http://passouline.blog.lemonde.fr/2008/03/17/malraux-sera-ou-ne-sera-pas/

2. https://www.youtube.com/watch?v=7ZFTVJ_KMXo et https://www.youtube.com/embed/D-DZUnh8-Ro

présenté ses exigences. Qu'a-t-il dit ? Il a commencé par dire : Vous devez imposer le voile en Égypte. Chaque femme marchant dans la rue doit être voilée. *Chaque femme dans la rue ! Moi je lui ai dit :* C'est revenir à l'époque de Al-Hakim bi-Amr Allah[1] qui interdisait aux gens de sortir le jour et ne les laissait sortir que la nuit. Pour moi, chacun doit rester libre de ses choix… *Il me répond :* Non ! C'est vous le gouverneur, vous pouvez décider. *Je lui ai dit :* Monsieur le professeur, votre fille est à la faculté de médecine et elle n'est pas voilée ! Pourquoi vous ne l'avez pas voilée ? Si vous-même, vous n'arrivez pas à mettre le voile à une seule personne qui est votre fille, comment voulez-vous que je le fasse porter à dix millions de femmes égyptiennes ? *Ensuite :* La femme ne travaille pas. *Selon moi, la femme, quand elle travaille, nous la protégeons des menaces qui demeurent, de l'accident, de la pauvreté. Nous connaissons tous le cas d'une personne malade, sans soutien et sans argent… Chacun de nous voit ça au quotidien. Donc le travail est une protection pour la femme. Et empêcher la femme de travailler est contre son intérêt. Nous libérons vraiment la femme, par le travail, et pour qu'elle s'accroisse avec l'homme. Après ça, il me demande de* fermer les théâtres, les cinémas… *C'est de l'obscurité totale, quoi ! Ce n'est pas possible bien sûr que je fasse ça.*

Ils ont commencé en 1954 leur campagne de désinformation au nom de la religion et leur tentative d'assassinat. […] *C'est la destruction et le fascisme qu'ils proclament. La gouvernance au nom de Dieu n'est qu'un leurre pour prendre le pouvoir, pour la mise en place d'un gouvernement fasciste réel.* […] *Nous savons que leur islam n'est qu'une ruse pour laver le cerveau des gens et les exploiter. Car ces gens ne sont ni musulmans ni frères. Ils sont malveillants et la haine rancunière remplit leur cœur.*

1. Au XIe siècle.

La croissance démographique à l'échelle mondiale atteint son pic dans la période 1965-1970 avec un taux qui dépasse 2 % en rythme annuel.

En 1965, c'est de l'espace que nous parvient une grande nouvelle lorsque Robert Wilson et Arno Penzias découvrent par hasard le rayonnement fossile, l'*écho disparu de la formation des mondes* comme l'avait nommé Georges Lemaître. L'astrophysique et la sérendipité prouvent que l'univers a une histoire.

En 1967, le Sud-Africain Christiaan Barnard réalise la première transplantation du cœur d'un autre chez un patient. L'émotion est intense de par le monde.

La construction du four solaire d'Odeillo dans les Pyrénées-Orientales se termine en 1968. D'une puissance d'un mégawatt, il va permettre d'étudier les capacités de chauffage rapide et puissant (plus de 3 500 °C en quelques secondes) uniquement grâce à l'énergie solaire.

En 1966, Mao qui voit son pouvoir décliner lance la Révolution culturelle pour garder la main. À partir de citations du président, Lin Biao rédige le *Petit Livre rouge* dont chaque citoyen reçoit une copie.

Aux États-Unis, la guerre du Viêt Nam clive la société comme la guerre d'Algérie l'avait fait en France.

L'Allemagne de l'Ouest et le Japon, que le reste du monde a rendus militairement et politiquement impuissants sur la scène mondiale, accèdent sans bruit aux premiers rangs dans le domaine économique.

Le 18 mars 1967, le *Torrey Canyon* fait naufrage, c'est la première marée noire de grande ampleur.

En 1965, la première élection du président de la République française au suffrage universel oppose au second tour le général-président à François Mitterrand. Pour les Devoise, de Gaulle incarne la France. Comme l'écrit Georges Perros : *De Gaulle, c'est l'inauguration de la France tous les jours*. Côté face, il brandit haut le sens de l'intérêt public. Il aime la France mais lâche aussi *Les Français sont des veaux*, découvrant un côté pile que soulignent ses détracteurs : de Gaulle préfère la France aux Français… Peut-être bien que Lucien partage le même avis.

Dans ses cahiers qui seront édités plus tard sous le titre *La Douleur*, Marguerite Duras écrit : *De Gaulle ne parle pas des camps de concentration, c'est éclatant à quel point il n'en parle pas, à quel point il répugne manifestement à intégrer la douleur du peuple dans sa victoire, cela de peur d'affaiblir son rôle à lui, de Gaulle, d'en diminuer la portée.* Face au même constat, Boris Cyrulnik livrera plus tard son analyse : *De Gaulle avait fait sans doute une politique nécessaire de déni pour construire la réconciliation nationale.* Vingt ou trente ans semblent nécessaires à la population pour qu'elle puisse commencer à prêter l'oreille aux récits des rescapés. Le temps nécessaire pour pouvoir entendre une parole dérangeante se compte-t-il en années ou en générations ?

En 1965, en France, une loi autorise les femmes à travailler sans le consentement de leur mari.

La société encore très machiste de 1949 avait crié au scandale lorsque Simone de Beauvoir avait publié *Le Deuxième Sexe* (*Le drame de la femme c'est le conflit entre la liberté et l'appartenance au couple. Comment retrouver l'indépendance au sein de la dépendance ?* ou encore *On ne naît pas femme, on le devient*). Le progrès vient des États-Unis qui ont voté en 1963 l'égalité des salaires entre hommes et femmes et ont aboli l'année suivante les discriminations par la loi sur les droits civils. À la suite du Women's Lib américain, le mouvement féministe s'organise en France à la fin des années 60 et se fait remarquer pour la première fois le 26 août 1970 en déposant une gerbe de fleurs sous l'Arc de triomphe avec cette banderole : *Il y a plus inconnu que le soldat inconnu, sa femme*.

La mue de Paris et de sa banlieue s'accélère. Le boulevard périphérique est construit sur l'emplacement des anciennes fortifications et de la zone. Le marché des Halles est transféré vers Rungis et La Villette en 1969 ; les pavillons Baltard sont majoritairement détruits et la construction de la station RER débute dans le trou des Halles. Des gratte-ciel apparaissent du côté de La Défense, des bidonvilles disparaissent, les villes nouvelles poussent autour de Paris. En 1968, le département de la Seine-et-Oise est divisé en nouveaux départements auxquels on confie les numéros devenus obsolètes d'anciens départements algériens. Le Premier ministre Pompidou va de l'avant mais les questions d'urbanisme divisent la population.

La télévision entre dans les foyers avec *Cinq colonnes à la une*, *La Piste aux étoiles*, *La Séquence du spectateur*, *Au théâtre ce soir*, *Monsieur Cinéma*. La deuxième chaîne nationale, créée en 1963, passe à la couleur en 1967. La troisième chaîne sera créée en 1973.

Radio Luxembourg prend le nom de RTL en 1966. À la fin des années 60, France Inter résonne des voix déjà familières de Pierre Dac, Michel Polac, François-Régis Bastide, Jacques Chancel, Gérard Klein, Claude Villers, José Artur, Jean-Louis Foulquier. La station FIP sera créée en 1971.

Dans *La Société du spectacle*, en 1967, Guy Debord fustige l'époque qui, dans sa quête effrénée du bonheur, *préfère l'image à la chose, la copie à l'original*[1]. Pour Debord, *la vie des sociétés où*

1. Frank Furet, *Journée sans achats*, Banc Public n° 75, 1998, http://www.bancpublic.be/article.php?id=5357

règnent les conditions modernes de production s'annonce comme une accumulation de spectacles (ou *objets de contemplation*) où la réalité proposée n'est que partielle, *où le monde sensible se trouve remplacé par une sélection d'images* suivant *le principe du fétichisme*, sélection d'images *qui s'est fait reconnaître comme le sensible par excellence, où le mensonger s'est menti à lui-même*, et qui trouve son origine dans la *domination des marchandises*[1].

En janvier 1968, Jean Monod, ethnologue de vingt-six ans, ancien élève de Claude Lévi-Strauss, publie *Les Barjots : Essai d'ethnologie des bandes de jeunes*, dans lequel on relève ceci :

Les moyens par lesquels on étouffe la lutte des classes ne font qu'accentuer les tensions entre les générations. [...] *Le conflit des générations est plus « dangereux » aujourd'hui que la lutte des classes, parce qu'on peut réduire la seconde à un conflit de groupes et même de personnes (les uns détenant les bonnes parts du gâteau que les autres veulent ravir, et tous jouant le même jeu), tandis que les conflits de générations sont fondamentalement des conflits de culture où s'opposent des conceptions différentes de l'homme, des rapports des hommes avec leurs œuvres et des hommes entre eux.* [...] *Toutes les conceptions sociales de la jeunesse convergent désormais vers ce but : faire des adultes conformes au modèle « moderne », socialiser les masses, perpétuer la structure de classes, et ne faire de la jeunesse qu'une période de transition vers la réalisation de ce modèle.* [...] *La civilisation du confort, avec ses mensonges et ses justifications, devenue « absolue » grâce à l'accident de sa supériorité technique et militaire, la contestation ne pourra plus venir, par bouffées d'autant plus violentes qu'éphémères, que du dedans.* [...] *Il appartient aux jeunes de définir par-delà les mensonges tentants qu'on leur insinue, leur propre rôle historique.*

Quatre mois plus tard, on est en mai.

1. Guy Debord, *La Société du spectacle* (film, 1973).

1968 est le temps d'un souffle nouveau. Les Shadoks débarquent à la télé. Les étudiants se révoltent *contre un certain savoir qui était au fond une interdiction de connaître un certain nombre de choses* (Michel Foucault[1]). La radio et la télé d'État sont muselées, les Français se tiennent informés par Europe n° 1 et RTL. Sur les notes d'Eddy Louiss, Nougaro chante : *Mai mai mai, Paris Mai, Mai mai mai, Paris.* Bernard Frank écrit : *Cohn-Bendit (ce nom de machine à laver) a eu un mot juste : le gaullisme en politique, c'est le baroque.* Les armées du pacte de Varsovie écrasent le printemps de Prague.

Le 27 avril 1969, de Gaulle démissionne après le *Non* majoritaire au référendum relatif à la décentralisation et à la réforme du Sénat. Les grands hommes finissent par ne plus pratiquer que le monologue ou par se taire. Un dernier tour en Irlande puis il meurt alors qu'il tente une réussite aux cartes en attendant le journal télévisé le 9 novembre 1970.

Maurice Pons publie une fable climatique et humaine apocalyptique où *Les Saisons* battent des records. Un livre culte.

La jeunesse trouve la réalité bien éloignée de ses idéaux, et le commerce des stupéfiants prospère. Aux États-Unis, les jeunes imprégnés d'idéalisme chrétien (bien qu'ils s'en défendent) se rangent parmi les victimes d'un système dont ils dénoncent le racisme ordinaire et les injustices. Ils manifestent pacifiquement mais bruyamment, crient leur désaccord, chantent et expérimentent de nouvelles utopies et c'est l'heure du *Flower Power.* À Woodstock avec Jimi Hendrix, Joan Baez, Janis Joplin, la jeunesse américaine entend les sensibilités de la bande-son d'une

1. Michel Foucault à Jacques Chancel, *Radioscopie* sur France Inter, 10 mars 1975.

génération, celle des mouvements de revendication sociale et raciale, du pacifisme et de la guerre du Viêt Nam.

Alors que *Sgt. Pepper's* invente l'album *concept*, Jim Morrison et les Doors allument le feu de blues et de rock, Bob Dylan dépoussière le folk, Simon and Garfunkel accèdent au top de la pop. Aretha Franklin chante *All Night Long* quelques années seulement après *Trouble Of The World* par Mahalia Jackson, la transition s'opère dans un mouchoir de poche. Pour Frank Sinatra, *It Was a Very Good Year*. Dans la chaleureuse ambiance du *Bohemian Caverns* de Washington DC, le trio de Ramsey Lewis enregistre une version de *The In Crowd* qui ne ferait pas mentir Sartre (*Le jazz, c'est comme les bananes, ça se consomme sur place*).

Dans le sillage des musiques anglo-saxonnes qui plaisent tant aux jeunes, les yéyés sont toujours en vogue. Michel Polnareff innove en VF. *Comme d'habitude* de Claude François devient un tube mondial. Les jeunes Français dansent le slow sur *Les Neiges du Kilimandjaro*. Personne ne doute qu'elles ne soient éternelles.

Georges Moustaki invite au *voyage*, sur *La Carte du tendre* et au-delà.

L'Aigle noir prend son envol.

51

1965-1970

« Tu sais, je crois que les gens décident assez tôt dans la vie s'ils vont être heureux ou pas. Et ensuite, ils s'y tiennent. »

Robert Goolrick, *Arrive un vagabond*

La vie est un paradis. Nous sommes tous au paradis, mais ne voulons pas le savoir. Si nous daignions nous en rendre compte, demain toute la terre serait un paradis…

Fiodor Dostoïevski, *Les Frères Karamazov*

Après le départ des deux filles, tandis que Georges prend son élan, Simone, à cinquante ans passés, doit se renouveler. Ce pour quoi elle est biologiquement programmée est en passe d'être achevé. Son éducation lui a appris à être utile, pas à s'épanouir. Une question lui revient en boucle : *À quoi je sers ?*

Elle ne reste pas inactive, l'inaction ce serait la mort. Elle bricole, elle coud, elle invente. À intervalles réguliers, elle amène chez le torréfacteur du café d'Ambanizana dont il reste des bauges entreposées au sec à la cave à côté des malles-cabines dont on n'a plus l'usage. Le café non torréfié se conserve bien.

Dans les années 70, la famille boira encore du café de l'exploitation familiale d'Ambanizana.

Simone lit beaucoup moins que Lucien. Elle préfère le mouvement. Toujours prête à sortir, elle cherche à se faire accompagner au cinéma, au théâtre, dans les magasins, en voyage, mais son budget la restreint, Lucien ne lui donne pas assez. Les achats d'équipements nouveaux tournent à la confrontation. Il freine des quatre fers pendant des années avant d'accepter le téléphone et un téléviseur. Tandis qu'elle veut voir, sentir, être dans son époque, lui se demande *À quoi bon ?* Il finit par capituler mais, à la télé qui n'a alors que deux chaînes, il ne regarde que les cours de la Bourse et les images du tiercé qu'il superpose aux commentaires de la radio. Jamais il ne téléphone. Il conserve ses habitudes. Les informations matinales sur Europe n° 1 et un peu de conduite sont les deux concessions majeures qu'il fait à la technologie moderne. Et encore les trajets se limitent à Fontenay-aux-Roses pour déjeuner avec sa mère chaque dimanche, au jardin d'Épinay en saison, et à Bergerac l'été, avec parfois un extra pour se rendre au cimetière de Conflans-Sainte-Honorine ou aux courses à Longchamp. L'innovation le barbe. Il se sent largué, d'une autre époque. Il n'en a que faire. Tout cela est si futile. En dehors de ses balades à pied, Lucien se réfugie dans son *Figaro* et ses bouquins. Ses immémoriaux le rassurent.

Le glissement mental d'une société, avec des jeunes en pointe qui avancent plus vite que leurs aînés, fait naître des fissures comme un glissement de terrain sous une résidence. Elle semble si loin, l'époque féodale où les jeunes prenaient la place de leur père, et pourtant, combien de générations nous en séparent, en réalité ? Est-ce cela, la modernité, une époque à laquelle les vieux finissent tous par se sentir dépassés par les nouvelles technologies ? Subrepticement, du fait que les aînés ne suivent plus, ce ne sont plus les parents qui savent mais les enfants[1]. Majorité et minorité s'inversent, l'autorité s'effrite, l'époque poursuit son basculement. En a-t-on cerné toutes les conséquences ?

Néanmoins, parce que implicitement nous acceptons que le monde aille un peu plus vite que nous, la société, tout en évoluant, laisse encore une place à celui qui est dépassé. Ainsi, la jeune génération prend plus soin de ses anciens que le marché sans âme qui, lui, domine les hommes en les empêchant d'avoir le temps de s'approprier les objets. La plaie de la condition humaine moderne que dénonce Gilbert Simondon dans le MEOT[2], c'est l'obsolescence technique forcée, concept que prolongeront Pierre Bourdieu en parlant de jetabilité et Zygmunt Bauman de modernité liquide. La pénurie de matières premières nous poussera-t-elle vers un mode d'existence d'objets sobres et durables qui inclurait un contrat d'entretien et de recyclage en fin d'utilisation[3] ? Nous n'en sommes pas là.

C'est étonnant que cela ne m'ait pas effleuré avant, il m'a fallu l'écrire pour mesurer combien mes grands-parents étaient différents l'un de l'autre, et pourtant j'y trouvais mon compte et je me sentais bien avec l'un comme avec l'autre. Les enfants ne se posent pas tant de questions, ils roulent à l'affectif, pas à la raison. Il faut aussi un certain âge pour apprécier la dialectique des Modernes et des Antimodernes. Est-ce parce qu'ils sont largués par une technologie galopante ou parce que leur esprit est encombré et plus vraiment élastique que les Antimodernes

1. Bernard Stiegler, *États de choc : Bêtise et savoir au XXIe siècle* (Mille et Une Nuits, 2012).

2. Gilbert Simondon, *Du mode d'existence des objets techniques* (Aubier Philosophie, 1958).

3. *Les Nouveaux Chemins de la connaissance*, France Culture, Adèle Van Reeth avec Philippe Petit, « Objets trouvés (3/4), la boîte à outils de Gilbert Simondon », 17 avril 2013.

prennent leurs distances ? Ils vivent à l'ancienne, les nouveautés leur paraissant superflues. Sont-ils les gardiens du Temple qui perçoivent mieux que d'autres la vanité, la futilité voire la dégénérescence sous le masque du progrès, comme l'illustrent les facultés que nous avons perdues en les confiant à nos machines ? Viendra-t-il un temps où l'homme ne saura plus former aucun caractère de sa main et ne pourra plus écrire qu'avec un clavier ?

Simone tient bon et persiste. Dans la famille, elle est la première à acheter un téléviseur couleur. La première également à acheter un des premiers fours à micro-ondes, lourd et encombrant.

À Luce qui se promène en sa compagnie dans les rues, Simone dit plusieurs fois *Regarde ces femmes qui s'entendent bien. Elles ont de la chance d'avoir des copines avec qui discuter. L'Afrique m'aura écartée d'en avoir.* Et Lucien ne fait pas non plus grand cas des connaissances qui auraient pu devenir des amis. Quand sa femme les invite pour un apéro, il fait une tronche de six pieds de long.

Simone se replonge dans *Le Barrage contre le Pacifique*, ce récit de la colonie qui fait tant écho à la vie de ses parents, les lourdeurs administratives, une nature hostile à laquelle ils n'étaient pas préparés, parfois le désœuvrement, et en fin de compte une pauvreté orchestrée. Une vie aux colonies où le Dieu qu'annoncent les Pères missionnaires se fait rare et dont tout consigne l'absence : les éléments déchaînés, les incompréhensions, la solitude, le combat quotidien pour subsister, le pouvoir sourd, les morts violentes, le désarroi, l'alcool, le tabac, la puissance de la mer. Les mots de Duras donnent corps à la mythologie de Simone, la font résonner. Et lorsque ses enfants lui donnent des petits-enfants, elle devient une grand-mère passionnée, attentive, dévouée, inventive et aimante.

À part ça dans la famille, tout le monde se marre de Liane qui quitte l'Armée du salut pour ouvrir *l'aide sexologique de l'Île-de-France* dans un cagibi du boulevard Ménilmontant. On ne se rend presque jamais chez elle où le sapin de Noël reste en place d'une année sur l'autre. Son appartement est un bazar d'un rare désordre, on n'y peut avancer qu'au prix de prouesses acrobatiques.

Exit l'Aronde, l'Ariane, la Trianon, l'époque est à la Simca 1000, à la 2 CV, à la Diane, à la DS. À Paris, Lucien choisit une 403 Peugeot noire qu'il changera dans les années 70 pour une 504 bleu ciel.

Jusqu'en 1970, Pouche travaille mais ressemble de plus en plus à son père : jardiner, lire, marcher. Avec une passion en plus : les paris hippiques. Quelques beaux dimanches dans l'année, les Devoise se rendent à l'hippodrome de la porte d'Auteuil et chacun mise de petites sommes sur les chevaux gagnants ou placés avant chaque course. Simone établit ses paris en fonction des noms du cheval, du propriétaire, du jockey, et de la couleur de la casaque. Systématiquement, elle joue aussi sa date de naissance, 12-02-11.

Des actualités qu'il suit à la radio et dans son quotidien, Pouche tire non pas une morale mais une loi empirique et amorale : le travail rapporte moins que le capital. Et comme il peut à présent suivre les cours et s'informer sur les entreprises, il commence à boursicoter. Plutôt radin, il donne chaque semaine à son épouse une somme fixe pour les achats courants. À partir des années 70, Simone en met un peu à gauche sur le crédit nourriture pour donner une pièce aux petits-enfants quand ils leur rendent visite…

Ce qu'ils aiment aussi, c'est raconter leur histoire et leurs anecdotes. Elles fusent en désordre, la chronologie n'est jamais respectée. Comme des bernacles, leurs auditeurs cherchent des rochers où s'accrocher dans ce courant qui alterne, les plus jeunes réclament des repères, ils sont perdus. Alors Simone et Lucien ajoutent de vagues indications en signalant qu'ils ne sont plus très sûrs de la date puis leur récit rebondit ailleurs et à une autre époque, signe indéfectible de l'étoilement du temps dans nos mémoires.

Les anecdotes se succèdent mais Lucien ne rechigne pas non plus à fournir son analyse sur la colonie. Il distingue trois groupes de colons qu'il a constamment croisés sur le terrain et qui ont bénéficié du système colonial : les religieux, les grandes entreprises, et l'armée, qui élargissent leur marché ou leur influence. Pour lui, le reste c'est de la fanfare. Les quelques philanthropes que les capitalistes toléraient parce qu'ils n'entravaient pas leur grande œuvre pouvaient même servir de couverture. Ils n'étaient qu'une poignée, négligeables.

Cinquante ans après la décolonisation, le système a-t-il vraiment changé ? Comment faire évoluer le marché pour qu'il retrouve sa fonction d'origine et un autre but que lui-même [1] ? Sous quelle forme pourrait-on concilier intérêt privé et bénéfice pour l'humanité ? Quel mode de gouvernance inventer ou redécouvrir pour l'avenir ?

Lucien ne va pas jusqu'à remettre en cause le système. Il admet des travers au régime mais n'en dit rien. Politiquement il suit de Gaulle et adhère à l'Amicale des Français libres. Les 8 mai et les 11 novembre, il se rend au défilé militaire sur les Champs-Élysées que président successivement de Gaulle, Georges Pompidou, puis Valéry Giscard d'Estaing. Il ne s'engage pas plus que cela.

1. Jean-François Billeter, *Esquisses* (Allia, 2016).

Augustin qui s'était beaucoup déplacé pour son travail avait fini adepte de Pangloss, n'évoluant plus qu'entre son jardin et son fauteuil de lecture. En retraite, Lucien lui ressemble de plus en plus. L'ancien nomade redevient quasiment sédentaire et consacre son temps, quand il ne lit pas ou qu'il ne jardine pas, à de longues promenades dans Paris ou dans la forêt périgourdine. Il ne dessine plus guère. Lucien retrouve le rythme du jeune homme qu'il était. Celui pour qui le temps avance au rythme de ses pas. Lucien reste et redevient « l'homme qui marche »[1]. Il n'accepte de quitter Paris qu'une ou deux fois par an pour Touterive, pour un court séjour automnal en bord de mer ou en Angleterre, et pour se rendre chez les enfants.

Ce qu'il aime en déambulant dans Paris, Lucien, c'est observer les gens, les changements, le temps qui passe. C'est un *buveur de rues* pour reprendre l'expression de Louis Guilloux[2]. Les petits marchands se font rares. Le rémouleur actionne encore sa cloche en passant, des marchandes des quatre saisons trimbalent toujours leur étalage vert bouteille monté sur un châssis à deux grandes roues de bois, il arrive qu'un vannier et des vendeurs de marrons chauds s'installent sur le trottoir mais le marchand d'ustensiles ménagers, le vendeur d'abat-jour, le mouleur qui proposait des moules en plâtre, ceux-là ont disparu, et les quelques-uns qui restent, déjà vieux, ne seront pas remplacés. Des grues s'installent autour d'un trou béant à Montparnasse. Une université occupe l'ancienne halle aux vins. Les tours poussent comme des champignons de Paris.

Sans même écouter intentionnellement les passants, il n'est pas possible de marcher sans capter des mots, des phrases, des expressions offertes au vent. Les bouts de phrases enchaînés sans

1. D'après une conférence d'André Chamson, « Le monde s'élargit », radiodiffusée en 1954, rediffusée par France Culture le 19 août 2014.

2. Citée par Mona Ozouf dans *Les Nuits de France Culture*, 5 avril 2015.

ordre donnent à ses balades le goût surréaliste et exquis des cadavres qui en portent le nom. *Va voir Papa… le curé de la paroisse… il a des fleurs de toute beauté… en hiver / Je me demande si je ne devrais pas téléphoner… c'est peut-être un espion, ou il est victime d'un complot… la recette du canard à l'orange, voilà la clé / Il est revenu du stade Jean-Bouin… l'acteur anglais.*

Tous les deux ou trois ans, Simone et Paddy séjournent rue de l'Amiral-Mouchez, en provenance du *Thirty-Five Beechway, Bexley, Kent.*

Pierre et Edmée s'y rendent chaque année. Pierre discourt comme à son habitude avec aisance et vivacité mais il est aigri. Les gens les plus aigris ne sont-ils pas ceux qui ne croient plus qu'à eux-mêmes ?

Pierre ne cache pas son antisémitisme. C'est son sujet de conversation favori, tendance *Ils sont partout*. Dès que l'on allume la radio ou la télé, il décrète que le journaliste ou le présentateur est juif.

Un jour qu'il attend son frère parti chercher sa 403 au garage, un inconnu l'aborde sur le trottoir de la rue de l'Amiral-Mouchez. Pierre porte alors canne et chapeau.

— Vous ne seriez pas M. Lévy ?

Pierre est furieux. De ce jour, il abandonne pour toujours canne et chapeau.

Luce achète un studio à Châtillon, Miche un autre boulevard de Grenelle, Georges s'installera plus tard boulevard Voltaire, en étoile et pratiquement à égale distance de la rue Mouchez.

Le 31 mars 1968, Georges est victime d'un terrible accident de voiture. Ils sont trois copains dans le cabriolet qui connaît une embardée sur une branche d'autoroute. Le chauffeur est tué sur le coup, le volant imprimé sur ses côtes, défoncées. Derrière,

Philippe Moller n'est que légèrement blessé mais il est entré dans le passager avant, Georges, qu'il a propulsé vers le pare-brise (les ceintures de sécurité ne sont pas encore obligatoires). Georges est totalement défiguré. Il est conduit à Garches, puis à la Salpêtrière.

L'émotion est énorme évidemment. Il passe des semaines à l'hôpital.

Lorsqu'il revient rue Mouchez, il sait qu'il lui faudra enchaîner visites et interventions chirurgicales. Il en subira des dizaines. Y compris en mai 68. Les événements ont peu d'impact sur le service hospitalier, en revanche les Moller et les Devoise connaissent parfois des difficultés pour se rendre à l'hôpital à cause des défilés et des bouchons. Entre deux opérations, on le ramène chez ses parents. Il a des fils entre toutes les dents. On lui refait les mâchoires, le nez. Mouche fait mixer au plus fin le steak chez sa bouchère, Mme Mahon, et lui donne la bouillie par toutes petites quantités.

Aux côtés de Georges, une jeune fille patiente et le réconforte sans relâche. Elle vient très souvent. Simone avait peur qu'elle le laisse tomber, elle ne dit rien mais lui est très reconnaissante. Qu'il soit défiguré ne change rien, Sylviane l'a choisi.

Un jour où Marie est en visite, elle se met à raconter à cette jeune fille qu'elle ne connaît pas les derniers instants de son mari : *Vous savez, ma petite, mon Tintin, un quart d'heure avant de mourir, il avait le machin qui fonctionnait encore !*

Depuis 1966, Simone et Lucien sont grands-parents. Luce a accouché d'un garçon. Quatre ans plus tard naissent un second fils chez Luce et Robert et une fille chez Miche et Jean-Claude. Suivront un garçon et deux filles chez Georges et Sylviane.

PIERRE *raconte*

Avec Edmée, on a mis cinq ans pour choisir notre point d'ancrage au retour du Maroc. C'était l'époque où Pompidou faisait un battage terrible pour la côte du Languedoc aménagée. On y est allés, on y a passé une nuit. Y avait des petits cailloux que renvoyaient les autres quand ils passaient en voiture. Bon, c'était pas le coin rêvé… Pendant cinq ans, on a sillonné toutes les côtes de France dans une camionnette : le Nord, la Normandie, la Bretagne, la Vendée, l'Aquitaine, le Languedoc, la Côte d'Azur. Méthodiques, hein… Finalement, comme on s'était plu à Ronce-les-Bains, on a cherché dans le coin, et on a mis un mois pour trouver. Tu vois, on a choisi le climat agréable, la douceur, les gens sympathiques, les grandes promenades de bord de mer : Saint-Georges-de-Didonne. Déjà la région est gâtée. Au sud du cap de l'Aiguillon, le climat change. On passe du climat breton, arrosé, au climat du Sud. Là, en plus, il y a un microclimat.

Pierre a devant lui un cahier, un stylo, un bottin.

LE NARRATEUR

Qu'est-ce que tu fais ? Tu tiens des comptes ?

PIERRE

Non, je tiens ma liste à jour… Incroyable, Saint-Georges-de-Didonne… En 1968, il y avait vingt-trois abonnés au téléphone de plus qu'en 67. Quatre cent quatre-vingt-onze en tout. En 1969, il s'en rajoutait déjà soixante et onze. Et maintenant, 1994, il y en a six cent cinquante et un qui se sont ajoutés, on en est à quatre mille six cent soixante-dix-sept abonnés. Tu te rends compte si ça s'est peuplé ?... Tout le monde veut habiter Saint-Georges. En un an, six cent cinquante et un, tu te rends compte !... C'est des trucs que tu trouveras nulle part, ça. Pour moi, c'est intéressant à savoir... c'est intéressant mais on s'écroule pas non plus... Pour ceux qui s'intéressent à Saint-Georges-de-Didonne, ça s'agrandit. Quand on discute je dis *On avait quatre cents abonnés maintenant il y en a quatre mille*, là ils se rendent compte...

RENÉE *raconte* (à quatre-vingt-dix ans, dans sa villégiature de Saint-Georges-de-Didonne)

À part une partie de la poste qui est restée, Royan a été complètement détruite pendant la guerre. Pierre et Edmée s'étaient installés en 63 à Saint-Georges, nous on allait en vacances à Ronce-les-Bains. Et puis finalement, on a acheté en 68 ce terrain dans un bois. Il a fallu couper des pins pour construire. Le gars qu'on avait embauché pour le faire a eu peur pour ses scies. Dans tous les environs, les arbres étaient pleins d'éclats d'obus.

J'aimais bien me baigner. Et puis faire de la bicyclette. J'ai arrêté à quatre-vingts ans. J'ai dit à Catherine *Non, tu sais, j'ai quatre-vingts ans, je me porte bien. Je vais remonter en vélo puis je risque de me casser le col du fémur*. Donc j'ai arrêté le vélo puis je me suis cassé le col du fémur en me promenant dans le parc du château à Rambouillet, à côté de chez nous...

Tu sais, ce qui me manque, c'est mes partitions. Quand je pense à tout ce que j'avais. J'en avais plein, tous les classiques, toutes les chansons... Tout a été perdu au déménagement. J'avais gardé des chansons d'autrefois, de 1900. Mon père chantait, ma mère aussi, c'étaient des vrais Parigots quoi… Toutes les chansons à la mode, ils les avaient. Les chansons coûtaient deux sous à l'époque, un franc la partition. Maintenant ça coûte dix francs et on n'en trouve pas. *À l'auberge de l'écu*, c'était là-dedans. *Le Cher Anneau d'argent* de Chaminade aussi… [Elle se met à chanter.]

Le cher anneau d'argent…
que tu m'avais donné
garde dans son cercle étroit
nos promèè-ssseeeuus…

J'avais des chansons avec accompagnement de piano, des opéras entiers. Les chansons populaires, c'est des ritournelles faciles à retenir. Ça me manque, tu sais. Des fois ça me réveille la nuit.

LIANE *raconte*

J'ai passé cinq ans à l'Armée du salut. Je peux te dire que j'en ai aidé un paquet à se sortir de la merde, à trouver un logement, un boulot. Mais avant toute chose, je leur demandais d'abord, aux Français, d'avoir leur carte d'électeur… Ça t'étonne ? Mais non, aller chercher sa carte d'électeur, c'est la démarche administrative la plus facile. S'ils passent cette étape, ils sont encouragés pour affronter le dédale des administrations sociales autrement plus emmerdantes. Ils ont une expérience positive pour se donner du courage…

Je filais des vêtements à ceux qui n'en avaient pas. Quand un étranger se retrouvait sans papiers, sans fric, dépouillé, je le logeais chez moi et je contactais les ambassades. Je peux te dire que j'en ai engueulé des secrétaires d'ambassade de pays qui ne faisaient rien ou qui traînaient les pieds pour aider leurs ressortissants. Je me souviens en particulier de l'ambassade des Pays-Bas qui avait répondu six jours après mon appel pour le rapatriement d'un gars à qui on avait tout volé. Six jours, tu te rends compte ! Je leur ai bien laissé comprendre que si j'avais pas été là, en six jours il aurait eu le temps de mourir plusieurs fois... Ah, je dois reconnaître que toutes les ambassades n'avaient pas la même pratique. L'Allemagne filait cinquante francs à ses ressortissants dans la merde, et les États-Unis rapatriaient *illico*.

J'ai toujours eu des étrangers à la maison, des gens qui venaient de passage, un an, parfois plus. Presque toujours des gars seuls. Russes, Polonais, Marocains, Allemands, Zaïrois, Sénégalais... Dans les années 80, ceux qui étaient là chez moi, je les emmenais aux meetings du Front national.

J'ai changé de boulot dans les années 70, tu sais ? Après l'Armée du salut, j'ai ouvert un cabinet de sexologie.

BORNE 1970s

> Le grand drame du monde moderne est que, cherchant *la* vérité et *toute* la vérité, il s'adresse à la science qui ne peut, quand elle est sincère, lui fournir qu'*une* vérité.
>
> Charles-Ferdinand Ramuz, *La pensée remonte les fleuves*

> Le seul véritable voyage, le seul bain de jouvence, ce ne serait pas d'aller vers de nouveaux paysages, mais d'avoir d'autres yeux, de voir l'univers avec les yeux d'un autre, de cent autres, de voir les cent univers que chacun d'eux voit, que chacun d'eux est ; et cela nous le pouvons avec un Elstir, avec un Vinteuil, avec leurs pareils, nous volons vraiment d'étoiles en étoiles.
>
> Marcel Proust, *La Prisonnière*

En juillet 1969, l'homme pose le pied sur la lune. Moins de vingt-cinq ans après Hiroshima. Deux vagues solitaires propagées instantanément dans les mentalités sur toute la surface du globe. La technique – ce *pharmakon,* autant remède que poison – appelle une nouvelle sagesse, une philosophie. On réfléchit, on ne réfléchit pas, on débat, on ne débat pas. Les mots en -isme fleurissent, les sciences humaines connaissent un renouveau jusque dans les grands médias, le public écoute Françoise Dolto sur France Inter, se plonge dans la « Bibliothèque des sciences humaines » chez Gallimard et la collection « Terre humaine » chez Plon, lit Sartre, Aron, Foucault, Barthes, Cioran, Bourdieu, Georges Dumézil, Emmanuel Le Roy Ladurie, Ilya Prigogine et Isabelle Stengers, François Jacob, Pierre-Jakez Hélias, Jacques Lacarrière et les Nouveaux Philosophes que l'on découvre à la télévision. Se pose de plus en plus urgemment la question du progrès. Jusqu'où ira-t-on ? Quel sens souhaite-t-on donner au progrès ? S'autodétruire a-t-il un sens ?

Plus impressionnantes que les traces de pas sur le sol lunaire, les premières images de la Terre rapportées par les satellites suscitent l'émerveillement. Elle semble si petite, la Terre. Si seule dans le noir intersidéral. L'image du *vaisseau spatial Terre* de Richard Buckminster Fuller fait florès. C'est justement l'heure où les hommes et leurs pétroliers font des boulettes. Ne seraitelle pas fragile, la Terre ? La conférence de Stockholm en 1972 instaure le Programme des Nations unies pour l'environnement. Le rapport du Club de Rome interpelle sur les vertus et les revers de la croissance. Moustaki chante *Il y avait un jardin* et Jean Ferrat *La Montagne*. Une contre-culture questionne la finitude des ressources, le gaspillage, l'adaptation nécessaire de nos modes de vie pour préserver l'humanité. La Terre devient précieuse. Dans les riches contrées saturées de la course au profit, des utopistes se prennent à vouloir protéger la Terre et mêlent humains et nature dans un renouveau spirituel. En 1973, Ernst Friedrich Schumacher publie *Small is Beautiful*. En France, *Le Nouvel Observateur* vend 200 000 exemplaires du numéro titrant en avril 1972 « La dernière chance de la Terre ». Les magazines *La Gueule ouverte* lancé fin 1972 et *Le Sauvage* en avril 1973 connaissent un fulgurant démarrage. André Gorz, Paul-Émile Victor et René Dumont organisent une réflexion et une action politique. Les mouvements de lutte contre l'extension du camp militaire au Larzac et contre le projet de centrale nucléaire Superphénix à Creys-Malville marquent l'opinion. Sous l'égide de Jean-François Bizot, *Actuel* s'impose comme un magazine de contre-culture totalement novateur.

Face aux gouvernements bourgeois, à la tyrannie du marché et à la génération de leurs parents qui a trempé dans le nazisme et le fascisme, des jeunes en marge se radicalisent et prennent les armes en Allemagne de l'Ouest et en Italie. La bande à Baader et les Brigades rouges inspirent en France Action directe. Ce sont les années de plomb.

Les ingénieurs d'entreprises françaises mettent au point le turbotrain (arrêté net après le choc pétrolier), la fusée Ariane, le TGV. C'en est fini des Trente Glorieuses, le premier choc pétrolier pousse la France à investir massivement dans le nucléaire, le deuxième choc pétrolier installe la crise.

En 1972 sont mis au point le scanner et l'IRM. En 1978, la fécondation in vitro permet la naissance du premier *bébé éprouvette*. Chercheurs, penseurs et artistes se penchent sur la dépression, maladie de civilisation occidentale : la cause n'est-elle que chimique ? l'impossible injonction sociale du bonheur chez des individus qui ne savent plus accepter leurs faiblesses et leurs fragilités pourrait-elle être un facteur de déclenchement[1] ?

Une ligne qui sépare un écran tel un filet de tennis et deux tirets que les joueurs déplacent pour se renvoyer un carré qui file de plus en plus vite : voici *Pong*, en 1972, le premier jeu vidéo populaire de toute l'histoire.

1. Frédéric Lenoir, *Chemins de sagesse*, France Culture, 1er mai 2016.

En 1974, la population mondiale atteint quatre milliards d'individus.

En France, Simone Veil, ministre de la Santé de Valéry Giscard d'Estaing, fait voter en 1974 une loi qui autorise l'interruption volontaire de grossesse. Encore des débats passionnés dans tout le pays. La société évolue, toujours trop vite pour certains, pas assez pour d'autres.

En Chine, après la mise à l'écart de Liu Shaoqi en 1968, Lin Biao qui aurait pu également faire de l'ombre à Mao Zedong disparaît dans des circonstances troubles en 71. Mao et son Premier ministre Zhou Enlai décèdent l'année du dragon. Un virage vers l'économie de marché s'amorce dans le pays le plus peuplé dont le gouvernement se proclame encore communiste.

La télévision française passe à trois chaînes et prend des couleurs. La plupart des foyers s'équipent en téléphone et téléviseur. Les feuilletons *Racines* et *Holocauste* marquent les esprits, les jeunes découvrent des pans de l'histoire récente. La mère Denis qui vante les mérites de la machine à laver Vedette en devient une. Au journal télévisé, Yves Mourousi s'enthousiasme pour le Concorde qui relie Paris à New York en trois heures trente.

Avec *Le Grand Échiquier*, Jacques Chancel offre au public *ce qu'il pourrait aimer* lors de soirées autour de Vladimir Horowitz, Léo Ferré, Raymond Devos, Luciano Pavarotti, Ray Charles, Salvador Dalí, Mstislav Rostropovitch, Maurice André, Michel Legrand. Avec *Apostrophes*, Bernard Pivot fait entrer dans les foyers Alexandre Soljenitsyne, Charles Bukowski, Maurice Genevoix, Vladimir Nabokov, Simon Leys, Michel Tournier, de nombreux témoins et penseurs de l'époque. *Les Dossiers de l'écran* proposent un débat de société parfois mouvementé sur un thème en rapport avec le film diffusé en début de soirée. Artistes et débats nous rendent moins bêtes, plus forts.

Le Petit Rapporteur, *Intervilles* et les variétés du samedi soir orchestrées par Maritie et Gilbert Carpentier détendent. Les matchs du tournoi des Cinq Nations commentés par Roger Couderc et le Tour de France par Léon Zitrone sont également très suivis. *L'Odyssée sous-marine de l'équipe Cousteau* éveille l'intérêt pour les océans. Les séries *Daktari*, *Skippy le kangourou*, *L'Autobus à impériale* et *Belle et Sébastien* enchantent les plus jeunes. Leurs aînés leur préfèrent *Happy Days*, *Les Mystères de l'Ouest*, *Mission : Impossible*, *Amicalement vôtre*, *Chapeau melon et bottes de cuir*, *Kung Fu*, *Les Envahisseurs*, *Arsène Lupin*. Une poignée de séries anglaises, australiennes ou françaises ont du succès mais le marché est largement dominé par les productions américaines. L'espace hertzien français s'ouvrira aux chaînes privées de radio et de télévision en 1981.

De nouveaux tons se font entendre en radio. Alain Veinstein innove sur France Culture, Jean Garretto et Pierre Codou sur France Inter. Philippe Bouvard divertit sur RTL, Coluche sur Europe 1. Les voix de Jacques Paoli, d'André Arnaud, de Kriss, de Pierre Bouteiller, de Robert Arnaut et de Jean-Pierre Chabrol réchauffent.

Une nouvelle génération d'artistes pique le vieil Occident sur son flanc bourgeois. Au cinéma et au théâtre, Patrick Dewaere, Gérard Depardieu, Coluche, la troupe du Splendid, Victor Lanoux, Marie-Christine Barrault, Ariane Mnouchkine, Patrice Chéreau ou Peter Brook incarnent le renouveau en France. *Emmanuelle*, *Histoire d'O*, *Les Valseuses*, *Cousin cousine*, *Dupont Lajoie*, *La Grande Bouffe* font polémique et beaucoup d'entrées ; la censure recule encore.

Depuis 1966, Hollywood a remplacé le code Hays d'autocensure par un système de classification des films en fonction de l'âge du public, permettant à de jeunes cinéastes de renouveler les genres. *Bonnie and Clyde* sort en 1967 suivi du *Lauréat*, *Easy Rider*, *Butch Cassidy et le Kid*, *Little Big Man*, *MASH*, *Cabaret*, *Harold et Maude*, *Soleil vert*, *Avanti !*, *L'Exorciste*, *Phantom of the Paradise*, *Vol au-dessus d'un nid de coucou*. L'Oscar du meilleur film récompense *Macadam Cowboy* (alors classé X aux États-Unis) en 1970 et *French Connection* (interdit aux moins de 17 ans) en 1972. Avec *2001, l'Odyssée de l'espace*, Stanley Kubrick projette les spectateurs dans le futur proche, ils s'interrogent. De film en film, le génie de Kubrick se confirme. Une nouvelle génération de réalisateurs émerge, avec Woody Allen, Martin Scorsese, Milos Forman, George Lucas, Steven Spielberg, Francis Ford Coppola, Brian de Palma, Dennis Hopper, John Cassavetes, Michael Cimino, Russ Meyer. Le cinéma européen des frères Taviani, de Sergio Leone, Fellini, Truffaut, Bertrand Tavernier, Maurice Pialat, Costa-Gavras, Volker Schlöndorff, Andrzej Wajda, Alan Parker, des Monty Python, de Nikita Mikhalkov et Wim Wenders est à la fois créatif et abondant. En Italie, Luigi Comencini, Dino Risi, Mario Monicelli, Francesco Rosi, Ettore Scola animent la satire sociale. Avec Marcello Mastroianni, Robert de Niro, Dustin Hoffman, Harvey Keitel, Jack Nicholson, Clint Eastwood, Robert Redford, Charles Bronson, Paul Newman, le box-office offre place aux bons comme aux mauvais garçons.

En 1972, Charlie Chaplin est ovationné douze minutes à la cérémonie où il reçoit un Oscar d'honneur. Un record. Réhabilité par le pays qui l'avait quasiment chassé vingt ans auparavant, l'Académie rend hommage *à l'effet incalculable qu'il a eu en faisant des films de cinéma la forme d'art de ce siècle*. Cinq ans plus tard, le matin de Noël 1977, il disparaît à Corsier-sur-Vevey.

Elles sont nombreuses, les étoiles du siècle à rejoindre le firmament de l'humanité au cours de la décennie 70. Outre Chaplin, Pablo Picasso, Mahalia Jackson, Duke Ellington, Maria Callas, Louis Armstrong, Pier Paolo Pasolini, Agatha Christie, René Goscinny, Coco Chanel, Elvis Presley, Jim Morrison. Une liste subjective que chacun adaptera à sa sensibilité.

À Paris, le public se presse pour voir l'exposition Ramsès II au Grand Palais et l'exposition Dalí dans le tout nouveau centre Pompidou à Beaubourg dont l'architecture moderne divise dans un premier temps mais emporte finalement l'adhésion du public.

La capitale française et l'administration d'État traînent les pieds, aussi Jean Dubuffet finit par accepter l'offre de la ville de Lausanne à qui il cède sa collection d'art brut, présentée au public à partir de 1976.

Le Journal de Tintin, *Pilote* et *Spirou* connaissent un bon succès populaire avec Hergé, Goscinny, Uderzo, Gotlib, Franquin, Peyo. La bande dessinée que Will Eisner définit comme *la principale application de l'art séquentiel au support papier* se diversifie avec de nouveaux auteurs tels Hugo Pratt, Claire Bretécher, Enki Bilal, Tardi, Binet, Cosey, Moebius. Des héroïnes apparaissent, comme Natacha et Yoko Tsuno. Des magazines démarrent, *Pif Gadget* (qui lance Corto Maltese), *L'Écho des savanes*, *Pilote*, *Fluide glacial*, *Métal Hurlant*, *(À suivre)*. La première édition du Festival d'Angoulême se tient en 1973. La bande dessinée touche enfin son public et accède à la reconnaissance, au rang d'art à part entière en Europe francophone.

David Bowie *balade* Ziggy Stardust, Nick Drake offre *River Man*. Queen, Led Zeppelin, Supertramp, Police, Patti Smith rejoignent les Rolling Stones et Pink Floyd sur le devant de la scène. Avec Stevie Wonder et Marvin Gaye, le rythm and blues a le vent en poupe. Un bouquet de nouveaux sons émerge à échelle planétaire : le reggae de Bob Marley qui inverse temps forts et temps faibles, le punk de Sex Pistols décalé, le festif et populaire disco, les musiques électroniques de Kraftwerk et Jean-Michel Jarre, le funk syncopé et cuivré d'Earth, Wind and Fire, le rock progressif de Genesis et King Crimson, le rock symphonique de Mike Oldfield, le hard rock distordu… Les genres musicaux se divisent en de multiples sous-genres. La musique en mouvement du fait des dernières nouveautés technologiques, des croisements culturels, du malaise de jeunes déboussolés et de la contestation de la société de consommation accompagne l'histoire des sociétés, souvent même elle la précède.

Brassens, Brel, Léo Ferré, Ferrat, Barbara, Moustaki, icônes de la chanson francophone, et les iconoclastes Gainsbourg et Dutronc sont plus rares dans les médias que les chanteurs de variétés, Claude François, Joe Dassin, Dalida, Michel Sardou. La comédie musicale *Starmania* de Michel Berger et Luc Plamondon emballe les foules. Julien Clerc, Françoise Hardy, Maxime Le Forestier, Alain Souchon, Laurent Voulzy, Francis Cabrel, Bernard Lavilliers, Renaud et Jean-Jacques Goldman donnent un coup de jeune à la chanson. Jacques Higelin, Hubert-Félix Thiéfaine, Téléphone et Alain Bashung inventent le rock à la française.

Une brève virée avec *Les Marquises* pour offrande, et Brel largue définitivement les amarres vers l'océan profond des souvenirs bleutés.

52

1970 et après

> Tout comme, à partir d'un certain âge, seules deux ou trois idées régissent et motivent notre intérêt, les divers lieux que la terre nous offre comme idéal peuvent se réduire à deux ou trois, et je crois qu'ils sont encore trop nombreux.
>
> Alvaro Mutis,
> *La Dernière Escale du Tramp Steamer*

Tout a été écrit, déjà.

Il est terrible de se rendre compte en écrivant que tout a déjà été écrit. Terrible et, aussi, terriblement soulageant. Car si je ne termine pas un roman, je sais que quelqu'un d'autre l'a déjà terminé avant moi. Qu'ajouter à *Belle du Seigneur* pour qualifier les souvenirs de nos protagonistes : *Ton souffle de jasmin, ô ma jeunesse, est plus violent qu'au temps de ma jeunesse, dit celui qui fut jeune* ?

Ce récit n'est pas avare en citations, hommages discrets qui élargissent les propos. Jeu injuste pour les absents mais pourquoi vouloir être exhaustif ? On ne saurait pas plus tout lire ou tout citer que parcourir toute la surface de la Terre. Autre face de ce même jeu : il est rare que d'un auteur favori une seule citation s'impose. Celui qui me parle une fois me parle deux fois, me parle dix fois avec de grandes chances. Alors que faire ? Prenons Marguerite Duras. Quel sort réserver à une autre parole tellement de circonstance ? Faudrait-il l'exclure pour cause de surabondance ?

On pense souvent que la vie est chronologiquement scandée par des événements : en réalité, on ignore leur portée. C'est la mémoire qui nous en redonne le sens perdu. Et pourtant, tout ce qui reste visible, dicible, c'est souvent le superflu, l'apparence, la surface de notre expérience. Le reste demeure à l'intérieur, obscur, fort au point de ne même plus pouvoir être évoqué. Plus les choses sont intenses, plus il leur devient difficile d'affleurer dans leur entièreté[1].

Dans la cage d'ascenseur de l'immeuble qu'ils habitent rue Mouchez, Simone et Lucien croisent un poète malgache venu s'installer deux étages au-dessous du leur, Flavien Ranaivo. Éphémère fonctionnaire des Postes avant de consacrer son énergie à sa poésie et à ses traductions, il fut conseiller du premier président malgache, Philibert Tsiranana, puis rejoignit Paris où il enseigna le malgache aux Langues O'. Un jour qu'ils patientent ensemble au rez-de-chaussée devant l'ascenseur, Lucien demande à Ranaivo :

— Pourquoi avez-vous choisi de vous installer en France plutôt qu'à Madagascar ?

La réponse de Ranaivo fuse :

— J'suis pas fou !

Quarante ans plus tard, les conditions de vie à Madagascar ne se sont pas améliorées. Le pays extrêmement bien doté en ressources naturelles s'enfonce toujours plus dans la misère. La peste bubonique revient. Ses élites politiques, en l'absence de classes moyennes, cumulent les positions dans les sphères

1. Marguerite Duras, *La Passion suspendue*, entretiens avec Leopoldina Pallotta della Torre (Seuil, 2013).

d'influence et s'exonèrent de leurs responsabilités en évoquant l'héritage colonial et le diktat des bailleurs[1].

Dans les années 70, les Moller avec qui ils s'entendaient si bien ont pris leur retraite en province.

Lucien et Simone se sentent un peu *différents*. Ils ont fait d'autres choix dans leur vie que ces propriétaires qu'ils croisent tous les jours et dont la vie entière a baigné dans une stabilité rassurante. Hormis les voisins de Touterive et Chirolle, ils n'ont de réelles affinités qu'avec d'anciens expatriés. Ils maintiennent le contact avec les voisins de l'immeuble mais leurs relations leur semblent superficielles. Quand une voisine meurt et qu'une autre quête d'étage en étage pour offrir une gerbe de la part des voisins, ils sont les seuls à donner… *Les gens causent mais ils ne savent faire que ça*, dit Lucien. Les ragots, les cancans, les racontars, les jugements à l'emporte-pièce, les convenances, tout cela les fait bâiller. Lucien se fait de plus en plus broussard. La famille et quelques amis de plus en plus rares, le reste du temps en retrait.

Parmi les habitants du quartier dans un rayon de deux cents mètres, ils croisent Coluche, Jacques Higelin, Geneviève Fontanel, Fernand Braudel. On aperçoit Jacques Dutronc chez le pompiste, ou Norodom Sihanouk, le roi du Cambodge en exil. Paris a le secret des voisinages hétéroclites.

Pouche se satisfait de la vie sédentaire, beaucoup plus que Mouche qui voudrait voyager. Ils se rendent épisodiquement en Angleterre, à Jersey et au Croisic où ils profitent de balades iodées et de la marée, et se régalent de fruits de mer. À de rares occasions, ils se rendent chez les enfants sur leurs lieux de vacances. Simone suit encore Pierre et Edmée pour des voyages

1. Cf. travaux de Mireille Razafindrakoto et François Roubaud, chercheurs de l'Institut de recherche pour le développement (IRD).

express mais elle en a marre rapidement, les séjours sont trop courts. L'Espagne et le Portugal en trois jours, la Belgique et les Pays-Bas en deux jours. À son retour de Lisbonne, enfants et petits-enfants se marrent de regarder les séquences que Simone a filmées avec sa caméra Super 8 depuis la fenêtre arrière de la voiture lancée à vive allure, avec ses commentaires *Là, on contournait Lisbonne sur le périphérique, on distingue la ville au fond. Nous n'y sommes pas rentrés parce que Pierre avait peur des embouteillages et il disait qu'on en avait bien assez vu comme ça.*

Lucien fait volontiers les courses et n'hésite pas à parcourir des kilomètres à pied pour acheter sa bouteille de Perrier à meilleur marché.

En dehors de quelques sorties et lorsqu'elle ne s'occupe pas de ses petits-enfants et de son intérieur, Simone bricole, coud, invente, jardine. Les jours de mélancolie, elle se laisse dire qu'elle ne sait rien faire, qu'elle n'est pas intelligente, *contrairement à mon père qui était toujours inventif, toujours créatif, toujours dynamique. Tu te rends compte, il a construit des bateaux, des cases, l'usine, il s'est reconverti tout seul de la porcelaine à la scierie, il est parti aux colonies après guerre… Et moi, qu'est-ce que j'ai fait ?*

Des colonies, on conserve des réflexes, des habitudes, des mots. On demande du *mouf* pour du pain, des *guinza* pour de l'argent. À table on ne dit pas le repas mais le *sakafo*, doucement mais *moramora*. On prononce *sakaf'*, *mouramour'*. À la fin du repas, *je suis vouk'* (*je suis plein*).

Simone et Lucien ne sont plus vraiment en phase. Les différences de nos rapports au monde se cristallisent-elles avec l'âge ? Les repas, ils les prennent ensemble lorsqu'ils ont de la visite. Ils se retrouvent rituellement chaque jour pour une partie de scrabble. Chacun fait des compromis à sa mesure.

En l'espace de dix ans, les trois enfants sont mariés. Georges et Sylviane se marient en 1972, l'année où Catherine, la fille de Renée, épouse Serge. Aux noces, Marie Devoise et Georges Besse sont les derniers témoins nés au siècle précédent. À Marie et à Georges, son filleul, Georges Besse explique que jusqu'à quatre-vingts ans il a gardé une activité sexuelle soutenue. Il n'est plus guère mobile mais il se marre. *J'en ai bien profité !*

Simone fait quelques voyages sans Pouche. Elle m'emmène, moi l'aîné de ses petits-enfants, aux Baléares sous prétexte de ma convalescence post-oreillons. Elle se rend seule au carnaval de Nice. Elle accompagne les familles des trois enfants aux sports d'hiver à Peisey-Nancroix en 1973 tandis que Pouche reste à Paris. À Peisey, elle garde quatre petits-enfants quand leurs parents skient. Un jour de fatigue, elle annonce qu'elle prend une journée de congé et je déclare, paraît-il – j'ai sept ans –, que je prends moi aussi mon jour de congé avec elle…

En 1973 encore, la famille au grand complet se réunit pour fêter les quatre-vingt-dix ans de Marie. Depuis des années elle n'habite plus le pavillon sur le plateau mais un petit appartement à Fontenay payé grâce à la vente des fleurs aux Halles. Pour son anniversaire, elle convie toute la famille au Pavillon du lac, ce restaurant-caméléon, un œil rue Gazan, l'autre dans le parc Montsouris. La salle du premier étage est réservée aux Devoise. Mémère ne manque pas d'entonner *Viens Poupoule* et les autres tubes de son répertoire, elle n'attend que cela. Après le repas, tout le monde se promène autour du lac veillé par les cèdres du Liban que cinq générations de promeneurs ont admirés depuis l'édification du parc, à l'époque où ses beaux-parents s'étaient installés en voisins en arrivant dans la capitale.

Chez elle, Mémère ne voit plus clair mais elle ne se plaint pas. À Edmée qui lui offre du liquide vaisselle, elle dit après quelques jours : *C'est épatant, vot' truc. Et inusable ! Hop, un petit coup et tout est propre.* Elle a juste omis de faire un petit trou pour laisser le liquide s'écouler…

Le terrible de vieillir, c'est qu'on reste jeune, disait Oscar Wilde. Marie est tentée par un remariage. Qu'est-ce que c'est qu'avoir quatre-vingt-dix balais ? Elle s'est dégoté un petit ami au club du troisième âge, elle en parle à ses enfants, elle hésite encore comme une adolescente…

*

Pouche et Mouche furent des grands-parents exemplaires. J'ai souhaité regrouper dans ce recueil les fragments qui me sont parvenus de leur histoire, comme une poussière magique d'enfance avant que le vent ne la disperse. Ils adoraient raconter. Leurs histoires furent les contes de ma jeunesse. Leurs souvenirs remontaient telles les réminiscences proustiennes, forcément proustiennes, d'un bouton de paletot, d'une odeur de café, d'un son de cloches dans une brume matinale. Il suffisait d'une étincelle, d'un mot, d'une amorce de question pour qu'ils m'entraînent à Ambanizana, dans la pension Valette ou sur le pont d'un paquebot. Je me laissais porter par leurs courants, ballotté par leurs hésitations. Ils prenaient la parole à tour de rôle, relancés par l'imprécision ou l'erreur de l'autre. Le récit progressait grâce aux oublis qu'ils tentaient de combler suivant une poésie notée par Joseph Joubert : *Ainsi ce qui est plus beau qu'un son, c'est l'écho, dans le lointain, de ce son.*

Écartés, les problèmes. J'étais déconnecté du présent apparent, reconnecté à un autre moi-même, plus ancien, plus puissant. N'est-ce pas le meilleur moyen de se reconstituer que de commencer par s'extraire de soi ? L'adolescent fait-il autre chose ?

Dans ce terreau s'irriguaient mes racines (réelles ou imaginaires) sans que la *yesterdite* me gagne. Pouche et Mouche ne se désintéressaient pas de l'insaisissable présent, des rebondissements de l'histoire en pleine fabrique, de l'inconnu surgissant. Ils appréciaient l'information, le débat, l'interrogation, ils s'inquiétaient du futur. Puis par moments ils décrochaient et obliquaient vers le monde reconstitué de la mémoire. J'oscillais avec eux entre deux eaux, une forte présence aux errances de l'époque et le refuge stabilisant d'un passé à tiroirs qu'ils n'en finissaient pas d'ouvrir et de fermer devant moi. Je ne me demandais pas laquelle de ces eaux était la plus réelle. En eût-il manqué une que la température du bain ne m'eût pas satisfait.

Quand, dans mes années lycée, j'eus besoin de décompresser, j'allais passer la soirée chez eux qui habitaient à dix minutes à pied de chez mes parents. Au moins une ou deux fois par semaine. Le rythme des grands-parents s'accorde mieux à celui des enfants que celui des parents, actifs, sollicités, la tête dans le guidon. Voilà pourquoi j'allais souvent mettre ma pendule à l'heure chez eux les soirs où je commençais à me perdre et à m'épuiser. Nous ne sommes nulle part mieux au monde qu'avec ceux qui partagent notre rythme.

Les mercredis, Georges déjeunait chez eux. J'étais là quand je le pouvais. Mouche servait des petits plats dressés avec beaucoup d'attention, comme la cerise confite qu'elle posait sur le pamplemousse prédécoupé dans sa demi-coque. Pintade au chou, romazava, même le steak haché du boucher paraissait le meilleur que l'on puisse manger. Lorsqu'on s'y retrouvait en fin d'après-midi, elle servait le thé dans les fines tasses ramenées du Japon par son frère, au travers desquelles on apercevait une Japonaise en tenue traditionnelle avec une ombrelle du fait des variations de lumière suivant l'épaisseur variable de la porcelaine. Le thé s'accompagnait de biscuits anglais au citron ou aux raisins secs.

Le temps forge une mémoire protéiforme. Mnémosyne n'est-elle pas la mère des neuf Muses ? Simone et Lucien ont raconté. Il reste quelques films muets en 8 mm et en Super 8 que nous ne pouvons plus voir, des photos, et leurs récits. S'ils avaient été d'une autre génération, ils auraient pu écrire, filmer, poster un blog…

Lucien et Simone aiment à raconter leurs histoires et leurs réflexions aux petits-enfants, aux enfants et à leurs conjoints qui les ont déjà entendues cent fois. Je m'en régale, je prends des notes et je les enregistre, sans réel projet au départ. Ils m'ouvrent à un monde si différent du mien, petit Parisien des années 70-80. Avec eux, le temps devient palpable, l'espace s'étend. Je suis gêné lorsque Lucien emploie le mot *indigène* auquel je trouve une connotation raciste. L'indigène n'avait pas les mêmes droits que les citoyens ; c'était bien une forme de racisme d'État. Les consciences évoluent avec les rencontres, les échanges, l'humanité tâtonne vers la maturité, du moins peut-on l'espérer.

Vers 1982-1983 – j'ai seize ans –, je commence à prendre des notes en rentrant chez moi. En 83 ou début 84, Mouche a un infarctus. Elle n'est pas encore sortie de la clinique qu'elle me conseille de lire *Le Barrage contre le Pacifique* comme un relayeur tend le témoin à son successeur dans un ultime effort. *C'est en lisant ce roman que tu comprendras le mieux ce que mes parents ont vécu et ce que nous avons connu à Madagascar.* En 84 et 85, j'enregistre quelques-uns de ces moments partagés avec eux puis quitte Paris.

À cette époque, Simone se passionne pour l'affaire Grégory qui occupe la Une de l'actualité des semaines et des mois durant. Le cadavre d'un enfant retrouvé ligoté dans la Vologne, un corbeau, une famille qui se déchire, les Vosges de son enfance. Je n'y ai pas encore mis les pieds, dans cette région. Simone m'en parle. Duras prend parti dans la presse. Des fils s'entrecroisent comme dans la confection d'une pièce d'étoffe.

Pouche et Mouche n'étaient pas que les conteurs de leur épopée, je leur dois d'autres moments féeriques de mon enfance. Des sorties au jardin d'acclimatation ou au parc floral de Vincennes où je passais des heures à jouer dans un wagon désaffecté, la course effrénée dans les herbes folles d'un terrain vague de la rue Broca que je gagnais en me glissant à travers la palissade, la cueillette des girolles et des cèpes dans les sous-bois de Dordogne, les séances de Guignol au jardin du Luxembourg, les courses de petites voitures sur le parcours en béton du parc Montsouris que filma Agnès Varda dans *Cléo de 5 à 7*, les pique-niques au jardin d'Épinay pendant la saison des cerises, les *Spirou*, *Tintin* et *Pif Magazine* qu'ils me laissaient choisir quand je les accompagnais à la librairie, les histoires de l'inénarrable mère Barousse – la concierge qui n'en finissait pas – ou de Mme Mahon – la gentille bouchère toujours souriante –, plus tard les films d'aventure avec des héros incroyables comme Tarass Boulba ou le capitaine Nemo que Mouche m'emmenait voir au cinéma *L'Univers* rue d'Alésia, les après-midi à Longchamp à élaborer nos paris. Pouche m'accompagnait à la demande sur les Champs-Élysées pour acclamer nos héros, comme Éric Tabarly en 1976 après sa victoire sur *Pen Duick VI* dans la transat en solitaire. J'évoluais dans un monde réconfortant et poétique.

Lucien et Simone triaient les déchets organiques qu'ils enfouissaient au jardin d'Épinay pour faire leur compost, prolongeant la tradition héritée d'Augustin que son père avait pratiquée autrefois comme ses aïeux dans la France paysanne à l'époque monarchique. En somme, le continuum s'était peu interrompu à l'heure où la France, dans sa première crise énergétique moderne, découvrait que les carburants fossiles n'étaient pas inépuisables et où elle se sensibilisait aux vertus de l'écologie politique. L'ère de l'économie linéaire et du gaspillage généralisé avait trop duré, c'est entendu, mais sur une période finalement bien courte au regard de l'Histoire. À peine quelques générations et l'on redécouvrait les vertus de l'économie circulaire.

Le jardin d'Épinay exacerbait les sentiments que je portais à mes grands-parents. Ce jardin symbolise dans mon souvenir l'amour, et l'amour des choses simples, dans la temporalité des saisons et non celle des années comme en ville. Oubliés le stress, les jugements, la politique, l'économie, le boulot, les calculs, tout était posé à l'entrée. S'offrait le goût des choses simples comme elles viennent. Regarder une fleur épanouie, les boutons, les fruits. Estimer si cette année les cerisiers et les pommiers seront prolifiques. Travailler à son rythme sans contraintes, grappiller une gousse de groseilles. Profiter de l'odeur de l'herbe fraîchement coupée, du muguet, du lilas. Pour les petits-enfants, de vieilles casseroles, une petite brouette, un arrosoir, une binette, deux ou trois autres petits instruments. Et puis un coin *à soi*, la cabane. Une petite cuvette de plastique rouge dans laquelle on se lave les mains à l'eau de pluie recueillie dans la lessiveuse. À l'ombre des larges feuilles de muguet, les bières que planquent les adultes et des jus d'orange ou de pamplemousse en bouteille pour les enfants. Pique-niquer sous le cerisier en écoutant les oiseaux, se raconter des petites histoires, se rappeler qu'il faudra tailler la rhubarbe avant de partir, préparer un bouquet de monnaie-du-pape. Prendre le temps. Rien ne presse. Un café préparé sur le réchaud de poche à pastilles d'alcool. Un temps de farniente sur les coussins étalés dans l'herbe, en prenant garde d'écarter les araignées susceptibles de troubler le repos. Regarder les nuages. Au fond, une quiétude totale.

Fin mai, l'échelle est adossée au cerisier. Un crochet de boucher en S soutient un panier en osier que l'on grimpe remplir. Les bigarreaux d'abord, elles sont les premières à mûrir. Suivent les bigarreaux Napoléon puis les griottes. Et les groseilles. Pour les petits, les fraises des bois.

L'après-midi se termine toujours par un feu de brindilles et de branches coupées dans un foyer creusé au fond du jardin. Puis on coupe les fleurs que l'on enveloppe de papier journal. On ne s'en va qu'une fois le feu éteint.

Chacun avance à son rythme. Baignés de l'affection et de la bienveillance des grands-parents, les enfants découvrent ces petites choses aussi simples que suffisantes. Quel besoin auraient-ils de chercher un autre sens à la vie ? On aimerait suspendre le temps, rester là à causer, se reposer, s'amuser.

Plus éloignés des contingences que les parents en pleine période active et occupée, les grands-parents sont des îlots d'éternité pour leurs petits-enfants. Chez eux l'heure disparaissait et j'aimais me plonger en leur compagnie dans leur espace-temps, à part. De tout l'univers, ce lieu était mon coin favori.

Que possédons-nous ? Qu'est-ce que chacun d'entre nous possède réellement, en fin de compte ?

Les biens matériels ? Se possèdent-ils seulement ? Ils font illusion, ils s'abîment, ils se transmettent, ils passent.

Nos désirs ? Ce sont eux qui nous possèdent.

Notre mémoire ?... Oui... Notre mémoire nous appartient, tant que nous la tenons, mais elle s'effrite.

Et quoi d'autre ?

L'amour, la générosité, le pardon. Voilà peut-être les seuls biens que nous possédons. Nous possédons ce que nous offrons. Nous possédons ce que nous partageons.

Pouche et Mouche m'ont largement offert ce qu'ils possédaient. Leur tendresse, leur attention, leur temps, leur mémoire, leurs souvenirs. Le seul présent matériel que Pouche m'ait fait personnellement, le seul qu'il ait choisi et acheté lui-même à mon intention, ce fut un dictionnaire anglais d'Oxford.

Bien qu'il donnât sur une rue passante, leur appartement rue Mouchez était mon refuge, un havre de paix. J'étais avec eux, et j'étais bien. Il me suffisait d'entendre Pouche ouvrir la porte en lançant *Pop pop* ou de rejoindre Mouche pour lui demander des carrés de chocolat au lait qu'elle tirait aussitôt d'une boîte mauve en fer-blanc à l'effigie Suchard perchée haut dans le buffet de la cuisine, et tout était on ne peut mieux. C'était même un plaisir d'être malade pour profiter des tisanes de tilleul assaisonnées au miel…

*

La suite de l'histoire de la famille, forcément, est marquée par les deuils.

Le 6 septembre 1975, six jours après s'être cassé le col du fémur, un filet de sang noir et c'est terminé, Marie décède.

Autour d'elle la famille se réunissait régulièrement les dimanches dans le pavillon de Renée et Michel. Ces repas familiaux semblaient aux enfants ne jamais se terminer tellement ils s'étiraient en longueur. Le déjeuner durait quatre à cinq heures puis, comme si cela ne suffisait pas, les adultes enchaînaient sur un armagnac et un cigare et il était déjà dix-neuf heures. Nous étions encore bien loin d'Internet et du numérique, il fallait patienter. Heureusement qu'avec Mémère, il n'y avait pas de repas sans chansons. Renée l'accompagnait au piano. Il y avait les blagues aussi, les rires forts, les coups d'horloge terriblement réguliers et l'éternel et déjà renouvelé caniche noir de Renée tenu au jardin. Une fois il s'appelait Gavotte, la fois suivante Totoche, je les confondais. Aux beaux jours, lorsque le repas était terminé d'assez bonne heure, nous allions marcher sur le plateau de Fontenay. La promenade ne démarrait pas avant seize heures de toute façon, il n'était pas question que Pouche loupe la retransmission du tiercé à quinze heures trente. Souvent il avait misé deux chevaux sur les trois premiers.

Là il faut ouvrir une parenthèse pour évoquer un marché conclu entre Simone et sa belle-mère. C'est vrai qu'elles étaient différentes de caractère. Mais elles partageaient beaucoup d'affinités, un amour des enfants, un goût pour les fleurs, une foi enfantine aussi. Il est étonnant de noter le parallèle, Lucien, athée comme son père, avait comme lui épousé une croyante fervente. Mouche et Marie s'étaient dit – et c'était un de leurs secrets – que la première à disparaître enverrait à l'autre un signal reconnaissable sans ambiguïté, une sorte de clin d'œil ou de carte postale *de là-haut*. Il ne fallut pas longtemps à Simone pour recevoir le signal.

Dans l'année qui suivit le décès de Marie, alors qu'ils passaient des vacances à Touterive et que Simone rangeait du linge dans une armoire massive que sa belle-mère leur avait offerte, le meuble se mit à basculer sur elle sans raison, en défiant toutes les lois de la gravitation. Bien qu'il fût massif et terriblement lourd, Simone le retint, le repoussa sans peine, et le remit d'aplomb sans se poser de question. Ce n'est que quelques instants après qu'elle comprit ce qui venait de se passer. Pour elle, c'était une évidence. Marie avait honoré la promesse qu'elles s'étaient faite. À aucun moment pendant cet épisode, Simone n'eut peur. Lorsque avec Lucien ils cherchèrent ensuite à faire basculer de nouveau l'armoire sur l'avant, elle demeura inébranlable.

Sous la Coupole quelques années plus tard, Marguerite Yourcenar dira *Quiconque a foi en la communion des esprits n'a que faire de fantômes*.

*

Les brouilles viennent souvent d'un malentendu. Si les protagonistes savent cicatriser la plaie par le pardon, la résignation ou la conscience du glissement qui s'est opéré entre une intention mal formulée et un signal mal perçu, le dialogue peut reprendre. Mais dans certains cas, l'incompréhension demeure par manque d'affinité ou excès de ressentiment. Et, le point de rupture atteint, la parole se tait entre eux pour toujours.

Il faut attendre les jours suivant l'enterrement de Marie pour que la rupture entre Pierre et Renée soit définitive. Un malentendu au départ, une histoire à propos des *Bergers d'Arcadie* de Bernard Palissy – le seul héritage que Pierre revendique et que Renée conserve –, un ressentiment qui traîne et puis plus rien, d'un coup. Pierre informe Lucien qui prend le parti de son frère et ne reverra plus sa sœur par solidarité.

Cette rupture qui semble définitive entre Pierre et Lucien d'une part, et leur sœur Renée, est indéchiffrable pour les jeunes générations. Lucien va jusqu'à écrire à Catherine pour lui signaler qu'elle n'est plus la bienvenue rue Mouchez. C'est un caillou dans la chaussure. Il n'exprime aucune raison parce qu'il n'arrive pas à en formuler. Elle ne doit plus venir, pas plus que ses parents.

Les enfants ne savent pas se positionner, ils ne comprennent pas. Peut-on en toute logique se fâcher à mort avec sa sœur pour une assiette ébréchée et maintes fois recollée avec un trou au centre et qui, d'après Catherine, ne vient même pas de Bernard Palissy ? Quelle inconsistance ! Autant dire que Pierre n'a rien à reprocher à sa sœur. Il doit y avoir une autre explication. L'origine du trouble est irrationnelle plutôt que raisonnable, c'est une passion triste aux yeux des enfants et des petits-enfants qui ne comprennent pas la rupture. Cette grand-tante Renée si enjouée, si gaie, si nature, si *punchy*, pourquoi faut-il ne plus la voir ?

À cette période paraissent en France les ouvrages de René Girard qui auraient pu donner aux enfants une clé pour décrypter cette mise à l'écart d'un bouc émissaire par un groupe constitué comme peut l'être une famille[1]. *L'instinct d'imitation et l'absence de courage gouvernent les sociétés comme les foules*, écrivait déjà Marcel Proust[2]. C'est par mimétisme que l'homme se distingue de l'animal, qu'il fait son apprentissage, qu'il jette les bases d'une culture. Mais la *mimêsis* génère aussi des rapports de doubles chez ceux qui se ressemblent trop pour pouvoir se supporter. Le conflit mimétique qui s'installe à leur insu doit leur permettre de se démarquer. L'indifférenciation – le chaos – fait le nid de la crise des doubles et engendre la violence. Peut-être qu'une différenciation ratée, c'est-à-dire mal ressentie, comme le fait que Renée gardait son salaire tandis que ses frères versaient le leur aux parents, n'a pas aidé. Au final, la violence est à la hauteur du ressenti nécessaire pour se démarquer.

Ce que des millénaires ont appris aux hommes, c'est à résoudre la crise mimétique par un mécanisme victimaire. Le *pharmakos* chez les Grecs antiques est le bouc émissaire des Hébreux, celui qu'un groupe qui déplore un mal choisit, charge de tous les maux, et expulse de la cité. Une victime tuée ou expulsée suffit pour que la communauté soit purifiée et retrouve l'ordre. Ainsi le *pharmakon* est-il à la fois le mal et le remède. Les textes des grandes religions monothéistes ne s'ouvrent-ils pas par l'expulsion d'Adam et Ève du paradis, puis par le meurtre de leur fils Abel par son frère Caïn ? L'ordre – la culture – s'installe au prix de victimes sacrificielles qui, puisqu'elles ont permis à la crise de se résoudre, deviennent sacrées. C'est ce mécanisme que décrypte et décortique René Girard.

Dans la même veine, Vladimir Jankélévitch distinguera dans un entretien posthume[3] le racisme qui est la haine de l'autre

1. Par exemple, René Girard, *Des choses cachées depuis la fondation du monde* (Grasset, 1978).

2. Dans *Sodome et Gomorrhe*.

3. Entretien donné en octobre 1980 à Robert Maggiori et Jean-Pierre Barou, publié dans *Libération* les 8 et 9 juin 1985.

pour sa différence, de l'antisémitisme qui est la haine de l'imperceptiblement autre, du presque semblable, à peine dissemblable. *La haine n'est jamais aussi forte qu'entre ceux qui ne se distinguent que par l'infime*, précise-t-il.

Pierre Devoise, antisémite qui serine *Le plus important, c'est l'ordre !*, a trouvé sa victime en la personne de sa sœur et, sous l'effet de la tension mimétique, il a fini par l'expulser après un processus très long, celui d'une vie. Incapable de se décentrer, il ne pouvait se dégager de cette passion. Renée et Lucien, pourtant nés à un an d'écart, étaient nettement différenciés par la nature et les choix de leurs parents (l'un apprend le piano, l'autre le violon). Pour Pierre, qui avait copié l'un et l'autre, le temps de se démarquer devint aussi impérieux que s'il avait eu à expulser une grosse écharde. Une fois le virage pris, on n'arrête plus la violence que génère la *mimêsis* et Romulus tue Rémus.

Lucien aurait pu ne pas prendre parti mais pourquoi choisit-il de suivre son frère ? *L'instinct d'imitation et l'absence de courage gouvernent les sociétés comme les foules.* Peut-on suggérer d'y ajouter le manque de discernement ?

En bouc émissaire typique, Renée n'est pour rien dans les causes de son expulsion, elle ne comprend pas ce qui lui arrive et se voit rejetée sans raison. Au final, ne ressort-elle pas grandie du processus d'exclusion orchestré par ses frères ? Si quelqu'un avait un reproche à adresser aux autres, n'était-ce pas elle qui s'est occupée de ses parents quand ses frères étaient aux colonies ? Pourtant, jamais critique de sa part n'est parvenue jusqu'à nos oreilles. Grâce soit rendue à Girard d'avoir su décrypter un mécanisme fondateur que d'autres voyants comme Shakespeare, Cervantès et Proust ont déjà illustré et que nous perpétuons en groupe depuis que le monde est monde.

Qui sait quand arrivera le prochain savant qui nous conduira plus loin ou qui saura nous montrer en quoi nous nous sommes trompés ? C'est notre destin d'êtres vivants – donc en pleine évolution – que d'accepter de ne rien comprendre. Ou si peu…

La génération suivante est très marquée par cette rupture qu'ils observent et subissent sans pouvoir l'infléchir. Les cousins, Catherine, Luce, Miche et Georges, sont gênés. Cela ne les regarde pas mais les enfants n'aiment pas les brouilles des parents avec les oncles et tantes. Ils gardent tatouées les images idéalisées de l'enfance. Ils comprennent mal la brouille. Ils font avec. Dommage pour les plus jeunes qui, eux, n'y comprennent rien du tout. Les petits enfants que nous étions gardent la nostalgie de ces instants où tout le monde réuni autour de Mémère l'accompagnait lorsqu'elle entamait « Viens Poupoule »…

On s'accommode, on se voit en douce, chaque famille met en place inconsciemment des stratégies pour ne pas reproduire de schéma similaire, pour se garder de générer un autre bouc émissaire, les Devoise ont déjà donné. Des cousins se reçoivent sans publicité. Dans la génération des parents, chacun s'enquiert en douce des nouvelles de l'autre camp, preuve que rien n'est jamais si clair que la situation pourrait le laisser croire. Pierre et Renée continuent plusieurs mois par an à vivre à trois cents mètres de distance l'un de l'autre dans une petite ville de bord de mer où ils n'ont aucune attache ancestrale et qu'ils se sont choisie librement et *indépendamment*. Lorsqu'elles se retrouvent chez le coiffeur – forcément le même –, Renée et Edmée feignent de s'ignorer.

Au cours des années 70 et 80, Pierre et Edmée séjournent une fois l'an à Paris chez Simone et Lucien. Ils passent quelques jours ensemble puis Edmée part trois jours chez sa sœur et laisse Pierre chez son frère. En fait, à peine a-t-elle pris son train que Pierre range quelques vêtements dans une petite valise de carton bouilli et qu'il disparaît à son tour, ne donnant aucune explication et laissant juste la consigne *Si elle téléphone, je suis parti faire une course.* Une fois, il lâche qu'il rejoint la gare de l'Est.

Dans les repas de famille, tout le monde est prié de ne pas faire d'impair. Toute la famille Devoise sait pour son départ, et tous restent discrets. En revanche, sur la destination et son intention, toutes les conjectures restent ouvertes. La plus simple serait celle d'une bonne amie, évidemment. Curieusement, personne n'en parle trop. Juste on le mentionne : *Pierre est parti pour son pèlerinage annuel…* C'est devenu si automatique que personne ne s'en étonne plus.

Après le décès de Pierre, son fils qui hérite est retrouvé. Il habite l'est de la France. Lui et ses enfants n'ont jamais reçu la visite de Pierre. Mais qui sait si, plutôt qu'une maîtresse – et alors qu'il s'était fait donner en douce son adresse par un ami de Georges, inspecteur aux Renseignements généraux –, Pierre ne partait pas dans une chambre d'hôtel pour voir passer et grandir des petits-enfants qui ne lui seront jamais présentés ?

RENÉE *raconte*

Je ne sais pas ce qu'il y a eu dans la famille de Simone, elles ne se sont pas revues avec Colette. Elle n'avait pas vu son frère Roger depuis bien longtemps quand il est mort… Tu vois, c'est moche les machins comme ça. Ils ont hérité, ça a tout décousu la famille. Son père est mort emporté par un cyclone… C'est de la connerie tous ces machins d'héritage, les brouilles dans les familles. Puis des fois des choses qu'on ne comprend pas, que l'un soit plus intéressé que l'autre, c'est pas vrai, c'est des fois des bêtises. Puis y a des tas de choses qui sont bêtes. Moi par exemple, j'étais à côté de Maman. Elle avait des choses qui l'embarrassaient, elle me disait : *Tu le veux ça ?... Oh*, je lui disais, *j'en veux pas de ton vieux machin de dans l'temps.* Catherine qui était jeune me dit *Oh, je trouve que c'est joli, ça, moi je trouve que c'est beau.* Alors je dis *Bon ben allons-y, prenons-le.* Après, je l'ai foutu ici, il est bien là... Qu'est-ce que je l'ai essuyé quand j'étais gosse, ce vase. J'en avais plein le dos. Maintenant, je trouve qu'il est très bien là.

LE NARRATEUR

Tu disais, tes parents n'auraient pas été démodés ?

RENÉE

Non non non, ils étaient dans le coup, quoi. Ils avaient toujours vécu à la ville, Papa et Maman.

LE NARRATEUR

Ton père avait les idées larges... Il était ouvert ?

RENÉE

Oui oui. Papa était plutôt communiste, hein. Communiste au point de vue idées, comprends-tu ? Maman, j'me rappelle, me disait *Ces gens-là...* parce qu'en ce temps-là il y avait des affiches dans les rues, un couteau dans la gorge, une faucille, on les présentait comme des assassins quoi... Alors *pfff*, c'était l'esprit d'autrefois ça...

LE NARRATEUR

Peut-être parce que ton père avait connu Lénine ?

RENÉE

Non, pas pour ça. Un gars qui vient d'un milieu populaire, d'un milieu malheureux quoi, puis qui s'instruit tout seul, ça éveille l'esprit. Tu sais la critique vient d'elle-même… Et puis avec Lénine, il avait discuté, tu penses bien… Jean Jaurès, Papa l'aimait bien. Édouard Herriot, Jean Jaurès… C'était quelqu'un. Pourtant j'étais jeune mais je m'en rappelle.

LE NARRATEUR

Tu te rappelles de Jaurès ?

RENÉE

Non, pas de lui, mais je me rappelle que Papa disait que c'était un des meilleurs orateurs qu'on avait eus, une voix qu'on entendait de partout… Marc Sangnier aussi. Papa faisait partie… Je me rappelle une fois, on s'était embarqués à Issy-les-Moulineaux. On avait été dans la forêt de Sénart… Des détails, j'étais trop jeune, je me rappelle plus… Je me rappelle que Papa, dans le défilé, avait mis son briquet dans sa poche. C'était un briquet d'amadou. Puis il avait sa poche qui brûlait… Des trucs comme ça, des détails quoi.

LE NARRATEUR

Et la guerre de 1870, t'en avais entendu parler ?

RENÉE

Heu… J'en ai entendu parler, mais très vaguement, tu sais. Parce que Papa est né en 72, Maman en 83. Maman se rappelait d'une histoire, sa mère lui avait parlé d'un bonhomme qu'elles croisaient dans la rue : *Pendant la guerre, il mangeait de la pommade Rosace* – c'était pour se mettre sur les cheveux – *il mangeait de la pommade Rosace sur du pain parce qu'il n'avait rien à manger.* C'est tout ce dont je me rappelle de la guerre. On m'en a raconté des histoires comme ça mais maintenant…

*

À quoi sert l'Histoire ?

La promesse religieuse d'un paradis avait servi la marche vers le progrès, opérant un glissement du présent naturel vers un futur chargé d'espérance. Le goût du progrès s'accommodait du marché dans l'espoir de lendemains opulents. Dans cette marche en France depuis la Révolution, le futur éclairait le présent et le passé. La fin du XXe siècle et le début du XXIe ont semble-t-il bouleversé la dynamique et opéré un retour de l'instantané pour trois raisons : l'information et la communication généralisées, instantanées et globales ; la désaffection religieuse qui vide le sac de l'espérance ; et les crises économiques et sociales qui augmentent la précarité et réduisent la visibilité.

L'instant en soi n'est pas à rejeter, on lui doit beaucoup. Tous les bonheurs et les grandes émotions ne se vivent-ils pas dans l'instant ? Mais le sondage d'opinion aura-t-il jamais la puissance d'une conscience ? S'il exclut la mise en perspective nécessaire à préparer un futur plus adapté à l'homme, il est à craindre que l'instantané devienne tyrannique et que nous finissions par nous contenter de l'instant, c'est-à-dire redevenir complètement animal. La conscience forte d'un progrès laïc remplacera-t-elle l'ancien progrès religieux ? Le temps des crises n'appelle-t-il pas un nouveau changement de perspective temporelle, au-delà des échéances électorales ? Sur ce plan, l'accord de Paris issu de la COP21 offre un espoir. Sera-t-il confirmé et renforcé ?

Si nous attendons, passifs, seule une secousse cataclysmique nous interrogera et pourra susciter un changement de cap. Face au terrorisme, il faut un 11 septembre 2001 aux États-Unis, un 11 janvier ou un 13 novembre 2015 en France pour que tout le monde réagisse. La conscience écologique pousse sur l'humus du naufrage du *Torrey Canyon*, de l'empoisonnement au mercure à Minamata, de Tchernobyl, de Fukushima. Drôle de compost… Le recours à l'Histoire permet de s'en dispenser. N'est-ce pas le meilleur bénéfice de l'Histoire que d'éviter d'attendre que les catastrophes se multiplient pour se forger une conscience ?

BORNE 1980S

> Depuis l'enfance, pour me guérir d'un manque, j'ai trouvé la recette : je me raconte l'histoire de celui ou de celle qui me manque. À échafauder cette histoire, je mets tout mon cœur. Contre toute évidence, l'idée ne m'a jamais quitté que la présence de ceux que j'aime dépend de moi. Si je trouve les mots et la place des mots et la précision et la chanson des mots, celui ou celle qui me manque paraîtra.
>
> Erik Orsenna, *L'Avenir de l'eau*

Notre récit se termine à l'heure où des foules, libérant la colère contenue pendant des décennies, détruisent le mur de Berlin, déboulonnent et jettent à terre les statues de Lénine érigées par le PC soviétique et ses satellites d'Europe de l'Est. Bien qu'elle garde un régime à parti unique, la Chine adopte l'économie de marché. La première expérience communiste se referme. En Afrique du Sud, le gouvernement isolé sur le plan international à cause de son régime d'apartheid engage de lui-même la transition démocratique, évitant au pays révolution et guerre civile.

En France, Robert Badinter, garde des Sceaux de François Mitterrand élu président de la République, fait voter en 1981 l'abolition de la peine de mort contre l'avis majoritaire des Français. Les grandes décisions politiques ne doivent décidément rien aux sondages. Des radios *libres* apparaissent furtivement. Le secteur marchand ne tarde pas à récupérer l'espace comme il investit aussi la télévision française. Un patron d'une chaîne privée de grande audience explique : *Dans une perspective « business », soyons réalistes : à la base, le métier de [ma chaîne], c'est d'aider Coca-Cola, par exemple, à vendre son produit.* [...] *Or pour qu'un message publicitaire soit perçu, il faut que le cerveau du téléspectateur soit disponible. Nos émissions ont pour vocation de le rendre disponible : c'est-à-dire de le divertir, de le détendre pour le préparer entre deux messages. Ce que nous vendons à Coca-Cola, c'est du temps de cerveau humain disponible.*

Les inégalités entre riches et pauvres s'accroissent et la pauvreté ne cesse de s'étendre. En 1983-1984, les clochards ne sont plus les seuls à dormir sur les trottoirs. Un nom surgit, SDF, peut-être composé de trois initiales pour cacher la honte de la réalité sociale qu'il recouvre. Coluche, que Pouche et Mouche voient passer rue Gazan et rue de l'Amiral-Mouchez dans sa voiture américaine blanc et rose, crée en 1985 les Restos du cœur. L'année suivante, il se tue dans un accident de moto.

Encore quelques années avant que les PTT deviennent La Poste, puis se séparent en deux entités, La Poste et France Télécom, en partie privatisées. Le service public poursuit sa mue. L'État se désengage.

Tandis que le Mackintosh d'Apple ou le *Personal Computer* s'installe chez les particuliers les plus à la page, les universitaires à la pointe de la technologie commencent à échanger des messages par un protocole qui va révolutionner le monde. Internet.

En 1987, la population mondiale atteint cinq milliards d'individus.

En 1990 démarre la thérapie génique.

La marche de l'humanité fait toujours réagir Modernes et Antimodernes, pour aller de l'avant ou dénoncer ces dérives. La technologie avance toujours plus vite que la pensée, les vagues technologiques balayent les vieux et leur font perdre l'équilibre. Tout s'est transformé si vite qu'inévitablement les forces conservatrices, notamment les traditionalistes religieux, ont grand crédit. Philippe Muray fustige avec humour l'*Homo festivus* qui ne pense qu'à se distraire. N'est-il jamais sous pression ou déboussolé ?

La centrale nucléaire de Tchernobyl en Ukraine connaît en 1986 le premier accident nucléaire majeur (de niveau 7) de l'histoire.

En 1987, le protocole de Montréal impose à l'échelle globale la suppression de certains gaz industriels nocifs et réussit à protéger la couche d'ozone. Cette même année, *Notre avenir à tous*, le rapport dirigé par Gro Harlem Brundtland pour le compte de l'Organisation des Nations unies, définit ce qu'est le développement durable : *Le développement durable est un développement qui répond aux besoins du présent sans compromettre la capacité des générations futures de répondre aux leurs. Deux concepts sont inhérents à cette notion : le concept de « besoins », et plus particulièrement des besoins essentiels des plus démunis, à qui il convient d'accorder la plus grande priorité, et l'idée des limitations que l'état de nos techniques et de notre organisation sociale impose sur la capacité de l'environnement à répondre aux besoins actuels et à venir.* Le Groupe d'experts intergouvernemental sur l'évolution du climat (GIEC) est instauré. Les futurs altermondialistes réfléchissent à des modes de vie *durables* ou *soutenables*. L'épuisement des ressources signe la fin de la révolution industrielle.

Le changement du climat et le bouleversement des équilibres géochimiques et biologiques sont initiés pour des millénaires. Déjà se profile un défi majeur auquel l'humanité sera confrontée au XXIe siècle, le changement climatique, qui brouille les trois dichotomies centrales : nature-culture, science-politique et local-global[1]. L'autre défi qui consiste à combler le fossé culturel qui s'élargit entre progressistes, réactionnaires et alternatifs, avec tous leurs corollaires (terrorisme, migrations, etc.) n'est pas loin. Repenser la modernité est devenu un impératif.

Hors de la foule des suiveurs, Modernes et Antimodernes se rejoignent pour constater la décadence que l'on dénonçait déjà en 1900. La mémoire est-elle le lieu de la pensée, comme le suggérait Charles Péguy, qui nous permettrait de proposer une société plus juste[2] ? Comment transférer le pouvoir qu'a l'argent à la mémoire, à l'imagination et à la création ?

Au cinéma sortent *La Porte du paradis*, *Brazil*, *Il était une fois en Amérique*, *Amadeus*, *Les Yeux noirs*, *Sans toi ni loi*, *La messe est finie*, *Erendira*, *Mauvais sang*, *Tchao pantin*, *L'Insoutenable Légèreté de l'être*, *Shoah*.

Claude-Jean Philippe présente le ciné-club d'Antenne 2. Eddy Mitchell fait découvrir au public français les grands classiques du cinéma américain dans *La Dernière Séance* sur FR3. Un soir, un film en 3D est diffusé, les téléspectateurs se munissent de lunettes distribuées par la presse.

1. Amy Dahan, directrice de recherches au CNRS, « Gouvernance et climat », conférence du 12 octobre 2015, salle du Sénéchal, Toulouse.

2. « *Péguy est fou d'égalité.* [...] *L'époque moderne étant enlisée selon lui dans le scientisme et la technologie, il propose de chercher l'établissement d'une société juste dans la mémoire des hommes, véritable lieu de la pensée. Car, pour Péguy comme pour Heidegger plus tard, la science non seulement ne pense pas, mais est le contraire de la pensée* », Yann Moix, *Mon Péguy*, *Le Point* n° 2200, 13 novembre 2014.

Goodbye chante Ella Fitzgerald.

Dans ses clips, Michael Jackson réalise la symbiose de la musique, de la danse, du mime et de l'image. Musicalement, avec l'aide de Quincy Jones, il réussit la synthèse entre le RnB, le rock et le funk.

Après des décennies de créations mélodiques, le rythme et la scansion prennent l'ascendant. Le rap émerge. Bientôt la techno, le hip-hop.

Il y a dix mille ans, la Terre comptait quelques centaines de milliers d'hominidés. Un milliard six cent cinquante millions d'hommes la peuplent en 1900, ils sont six milliards à la fin du XXe siècle.

La machine libère du temps pour l'homme, du temps pour penser, du temps pour aimer, du temps pour créer. Et du temps, les hommes en gagnent beaucoup puisqu'au cours du XXe siècle, leur espérance de vie passe de quarante-huit à soixante-dix-neuf ans en France, de trente et un à soixante-sept ans dans le monde, multipliant au passage les cancers. En seulement cent ans, la chute de la mortalité dépasse celle qui accompagna la transition du singe à *Homo sapiens*[1].

Ce XXe siècle de la ferme à la lune, de Debussy à Michael Jackson, avec ses cortèges de barbaries, la fonte de sa paysannerie en même temps que de ses calottes glaciaires, avec son exode rural et son urbanisation massive, ses nouveaux laissés-pour-compte, ses nouvelles technologies de l'aéroplane au TGV et à la fusée Ariane, de la radio à Internet, son arsenal nucléaire, son automatisation agricole et industrielle, sa consommation de masse qui renforce le pouvoir du marché au détriment du politique, ses nouvelles formes d'art, son exploration humaine d'un

1. Burger O., Baudisch A., Vaupel J.W., *Human mortality improvement in evolutionary context*, PNAS, 2012.

nouveau genre à travers l'inconscient, ce siècle au cours duquel l'homme s'interroge sur les nouveaux défis qui réclament de sa part une révolution intérieure et des actes efficaces, ce siècle, l'avons-nous cerné, l'avons-nous suffisamment sondé ?

Épilogue

> Je compris à ce moment-là que l'Atlantide de Charlotte m'avait laissé entrevoir, dès mon enfance, cette mystérieuse consonance des instants éternels. À mon insu, ils traçaient, depuis, une autre vie, invisible, inavouable, à côté de la mienne. […] C'est cette vie qui se révélait maintenant essentielle. Il fallait, je ne savais pas encore comment, la faire s'épanouir en moi. Il fallait, par un travail silencieux de la mémoire, apprendre les gammes de ces instants. Apprendre à préserver leur éternité dans la routine des gestes quotidiens, dans la torpeur des mots banals. Vivre, conscient de cette éternité…
>
> Andreï Makine, *Le Testament français*

À l'automne 1992, les familles de Luce, Miche et Georges au complet, avec les compagnes et les compagnons des petits-enfants et la première arrière-petite-fille, se réunissent autour de Mouche et Pouche pour fêter leurs soixante ans de mariage dans une brasserie parisienne réputée. Un repas formidable, enjoué, tout le monde tient la forme.

En octobre, Simone vient passer deux ou trois jours à Toulouse où je réside depuis six ans et où mon frère vient d'emménager. Luce l'accompagne. Elles occupent la chambre de Mermoz à l'Hôtel du Grand Balcon où vivaient les pionniers de l'aviation. L'hôtel n'a pas encore subi de grands travaux. Il s'y propage encore des échos de cette époque qui fut aussi la sienne. Comme à son habitude, Lucien a préféré rester à Paris.

À deux cents mètres de l'hôtel, le Bibent, le café de la place du Capitole dans lequel Jean Jaurès écrivait ses articles quand il était encore journaliste à *La Dépêche de Toulouse*, ce café où trois étudiants serbes inscrits en faculté de lettres et affiliés à la société secrète panslave la Main noire conçurent les plans de l'assassinat de l'archiduc d'Autriche François-Ferdinand à Sarajevo, le 28 juin 1914.

SIMONE *raconte encore*

J'ai été marquée par les débuts de la guerre en 14. On a tout perdu. Les ouvriers allemands ont quitté l'usine à la déclaration de guerre alors qu'ils paraissaient chez eux, en famille. Et ils sont revenus mettre le feu chez nous. C'est vrai qu'après les combats, ils sont vite revenus dans l'Est et ce sont eux qui en grande part ont reconstruit les maisons qu'ils avaient détruites. Mais ce qui me fait peur, c'est la discipline allemande, l'obéissance du peuple pour ses dirigeants. En 39, c'était encore pire, cet aveuglement du peuple pour ses gouvernants. C'est pour ça que je redoute la construction européenne. L'Europe sera forcément dominée par l'Allemagne.

Je me rappelle très bien ces scènes pendant la guerre, quand on distribuait aux petits écoliers des premières lignes UN bonbon en grande pompe, de la part de ceux qui vivaient loin du front. Un seul bonbon. Qu'est-ce que c'était ridicule ! J'étais toute petite mais qu'est-ce que je trouvais ça déplacé. J'en voulais pas de leur bonbon, je le refusais. J'aurais préféré un câlin, un peu de tendresse… Eh bien tout ça m'est revenu en tête quand j'ai vu le reportage à la télé sur la distribution de nourriture en Bosnie-Herzégovine. Si j'étais d'attaque, je t'assure que j'adopterais un orphelin de la guerre fratricide en Yougoslavie…

Nous déambulons en ville. Au détour de la conversation, Simone glisse quelques mots :

— Ma mère tirait les cartes et faisait tourner les tables. Elle a révélé des choses exactes. Elle m'a fait peur. J'ai toujours eu un peu peur de ma mère…

À un autre moment :

— *Que la vie est dure et que les femmes sont chères !* Combien de fois je l'ai entendue cette phrase-là ! Mais qui est-ce qui l'employait tout le temps ?… Je ne me souviens plus…

Ses histoires surgissent au gré de son humeur, sans ordre, sous la poussée tectonique des rêves et des sentiments, ou par des associations du genre marabout-bout-d'ficelle-selle-de-cheval.

En début de soirée, elle lance :

— J'aimerais bien une faveur. Quand je vais vous le dire, vous allez rire… Enfin voilà… J'aimerais bien manger une fois au McDo !

Personne ne s'y attend mais pourquoi pas ? Allons au McDo. Il y en a justement un place du Capitole. Comme il faut monter un escalier étroit pour s'installer à table, on emporte hamburgers, frites et boissons pour les avaler dans la chambre de Mermoz.

Là, après s'être assise sur son lit et avoir goûté son hamburger, Simone éclate de rire. Aux larmes.

— J'en rêvais de tester le McDo… J'en rêvais…

*

Février 1993. Pierre et Edmée arrivent à Paris pour enterrer la sœur d'Edmée. Ils ne parviennent pas à obtenir sa clé pour dormir chez elle et appellent rue de l'Amiral-Mouchez : *Simone, on peut venir chez vous ? Vous êtes notre dernier recours.* À l'enterrement, une seule gerbe, celle de la famille Devoise présente au complet, et un bouquet. Rien d'autre. Pierre et Edmée pressés plus encore qu'à leur habitude filent sur Royan le cercueil à peine en terre. Ils ne donnent pas comme d'habitude trois coups de sonnerie de téléphone pour signaler leur arrivée. Lucien veille très tard, il attend, très embêté, et finit par aller se coucher à minuit, lui qui se couche généralement bien plus tôt. La nuit suivante, il fait une attaque. Le médecin diagnostique : *Il a eu sans doute une grosse contrariété.*

Lucien est soigné, il se repose et reprend une vie presque normale sauf qu'il n'a plus droit de fumer qu'une seule cigarette par jour. En réalité, les vaisseaux et les artères sont en sale état. Un doigt de pied ne semble plus irrigué. On évoque l'amputation.

Lucien, on le rappelle, est né le 19 septembre 1905.

Fin avril 93, il entra à l'hôpital Cochin pour des analyses. Il fut placé chambre 19 au pavillon 19. Georges fut choqué. Il y vit un mauvais présage et fit remarquer à Luce la coïncidence des chiffres.

Lucien partit vite dès que le moral fut atteint. Après un séjour de quelques brèves semaines, Lucien mourut le 19 mai (19-05). À quatre-vingt-sept ans, l'âge auquel son père était décédé.

Je me souviens de cette soirée, le jour de son décès. Nous étions tous rassemblés pour le repas, rue de l'Amiral-Mouchez. Je ne sais plus qui a commencé mais nous avons enfilé les anecdotes rigolotes, et il n'en manquait pas. Tout y est passé. Nous avons ri, fort, de plus en plus fort, très fort. Jusqu'à ce que ma grand-mère dise : *Quand même, si les voisins nous entendent, qu'est-ce qu'ils vont dire de nous qui avons perdu Lucien, aujourd'hui ?*

Renée, à l'écart depuis que sa mère est morte voilà dix-huit ans, est reconnaissante envers Simone qui l'embrasse à l'enterrement de Lucien et l'invite à revenir rue Mouchez. Simone n'a pas oublié les jalousies d'antan, quand elle soupçonnait Renée de monter sa mère contre elle. Mais elle la voit maintenant comme elle se voit et se demande si tout cela n'était pas exagéré. Pierre les a tenus à distance les uns des autres, Pouche avait choisi son camp. À présent elle peut renouer la conversation.

Le 19 mai 1998, le téléphone retentit le soir dans la chambre de mon hôtel à Barcelone où personne n'aurait pu me trouver si ce n'étaient les deux collègues qui m'accompagnaient et ne connaissaient rien à mon histoire familiale. Lorsque je décrochai, à ma grande surprise, une voix masculine s'exprima en français et demanda Lucien. Je ne compris pas tout de suite, je n'attendais aucun coup de fil et ne répondis rien. *Allô, Lucien ?* Je laissai la voix réitérer sa demande, sans comprendre. À la tentative suivante, je dus répondre qu'il faisait erreur puis raccrochai. Ce n'est que quelques secondes plus tard que je fis le lien. Plusieurs fois dans la journée, j'avais pensé à mon grand-père disparu cinq ans plus tôt, jour pour jour. Ce coup de fil venait comme le signe que je n'attendais pas et que je n'aurais jamais pu imaginer.

Retour en 1993.

En juillet, j'emmène Mouche en visite trois jours dans son pays natal. Sa mémoire s'effiloche déjà mais elle retrouve les lieux de son enfance, la scierie, le café-restaurant de sa grand-mère, les lacs, les pins, et surtout nous rencontrons les cousines qu'elle n'a pas vues depuis les années 1920. Nous logeons à l'hôtel Interlaken que Clémence Leduc, quatre-vingt-dix ans bon pied bon œil, a reconstruit et qu'elle a cédé à son neveu. Clémence nous conduit dans sa Super 5 prendre un thé chez sa sœur Nicole à Gérardmer face au lac. Clovis est mort depuis quelques années. Les cousines rassemblent les flaques de leurs souvenirs pour se retremper dans un bain d'enfance.

L'été suivant, je me rends chez Pierre et Edmée puis chez Renée et Michel, tout heureux de m'évoquer le passé.

Lucien avait pris des mesures et organisé une épargne, depuis longtemps, pour que sa femme ne soit jamais dans le besoin s'il venait à disparaître le premier.

En 1994, il n'est plus envisageable de laisser Mouche vivre seule. Elle oublie trop de choses, comme d'allumer le gaz après avoir ouvert le bouton de sa cuisinière. Elle ne peut plus préparer ses repas. C'est un déchirement pour tous de devoir la placer dans une maison. Une période difficile où elle n'accepte pas l'ingérence dans sa vie et se rebelle en particulier contre sa fille aînée. Une exception car, en dehors de cette période de transition douloureuse, Simone a toujours eu l'élégance de ne jamais se plaindre.

Après une saison dans cette maison de retraite, elle a pris quelques repères et quelques habitudes et elle finit par se résigner.

Mouche apprécie tout particulièrement la compagnie d'un vieux monsieur aveugle d'une gentillesse extrême qui sourit en permanence et fait tous les jours le tour du quartier, de Mme Demay, frisée de frais, qui n'a pas sa langue dans sa poche et évoque avec force détails ses anciens amants, et d'une dame au verbe frais et distingué, à la conversation franche, Renée

Massip, romancière, ancienne jurée du prix Femina, qui adore les chats et en parle si bien à Simone.

Mouche oublie de plus en plus, des pans de sa mémoire tombent, mais elle fait bonne figure.

MICHE *se souvient*

À la maison de retraite, il y avait de sacrées personnalités, comme Mme Devernois, la créatrice de la célèbre maison de prêt-à-porter de luxe. *En Devernois, je suis moi*, annonçait la pub à la télé. Mme Devernois avait un peu perdu la tête mais son entourage veillait à ce qu'elle soit toujours pimpante : jolies robes, colliers, bijoux. Il y avait aussi le vieux monsieur que j'ai croisé très souvent à l'accueil. Il était en charentaises et disait toujours *Je suis attendu à l'Institut, on doit venir me chercher*, et la réceptionniste lui demandait gentiment d'attendre au salon où on irait le prévenir… Cette même scène se rejouait à l'infini !

Lors d'un déjeuner de fête (Noël ou Nouvel An) que je partageais avec Mouche, j'ai été témoin d'une scène plutôt drôle. À la table à côté, il y avait quatre dames et les serveuses commençaient à apporter les entrées. L'une d'elles dépose un petit verre devant une pensionnaire et lui dit *Madame Groslay, comme vous avez été malade ce matin, vous aurez une salade de tomates, et voilà déjà la vinaigrette*. Mme Groslay devait être un peu sourde et, voyant ses collègues déguster leurs crevettes alors que son assiette était vide, je l'ai vue saisir le petit verre, je me levai pour l'arrêter et sa voisine criait *C'est la vinaigrette pour les tomates !* mais trop tard, elle avait bu cul sec sa vinaigrette. Après ça, elle n'a rien pu avaler d'autre. Elle est cependant restée à table et s'est manifestée au moment du mousseux *Je boirais bien un peu de champagne !* Elle a eu droit à sa coupe et on ne l'a pas revue de l'après-midi. Elle a dû faire une bonne sieste, Mme Groslay !

Tous les souvenirs de cette période ne sont pas aussi cocasses. Un soir de l'hiver 98-99, Mouche était partie de la résidence, sans doute dans l'espoir de retrouver le 58 rue de l'Amiral-Mouchez. Elle avait erré jusqu'à Gentilly en passant sous le périph', après Charléty. En pleine nuit, perdue, elle avait sonné à un pavillon. L'artisan qui lui a ouvert l'a conduite au commissariat de Gentilly où elle s'est trouvée assise sur le même banc que les clochards et autres SDF du quartier. Les policiers comme indice n'avaient que le nom « Devoise » du sparadrap collé sur la canne de Mouche (les cannes étaient toutes marquées). Mouche n'était pas capable de répondre aux questions.

L'enquête a consisté à chercher des Devoise sur le bottin du Val-de-Marne et au troisième appel ils sont tombés sur Georges qui est arrivé en pleine nuit, affolé. Mouche s'était réchauffée. Contente de voir Georges, elle lui a dit *Ils sont bien gentils ces messieurs*, car ses voisins de banc lui avaient souri et fait la causette. Georges était furieux après le personnel de la résidence qui s'est contenté de dire *On ne l'a pas vue au dîner ni après et on pensait qu'elle était chez sa fille*. Or Luce ne sortait jamais Mouche de l'établissement sans prévenir l'accueil. Heureusement Mouche ne s'est souvenue de rien et en a été quitte pour un bon rhume.

*

Jusqu'au bout, Mouche conserve sa gentillesse et ses attentions pour les autres. Comme le rappellera la plus jeune de ses petits-enfants, elle disait : *Je ne me rappelle plus qui tu es, comment tu t'appelles, mais je sais que je t'aime.*

Après une nuit de cauchemars, Mouche dit : *Aujourd'hui, c'est la villa des mauvais rêves. Y a des* kabary *dans le coin. Les gens médisants, ça ne manque pas… Depuis longtemps y avait pas eu de* kabary…

Luce s'étonne que Mouche demande qu'il n'y ait aucune photo dans sa chambre, ni de Lucien, ni de personne. Elle met ça sur le compte de la maladie d'Alzheimer. Peut-être, mais pas sûr. Simone ne se rappelle plus mais elle se souvient. Les dates se sont envolées mais les sentiments restent, elle ne ressent pas le besoin de fournir des béquilles à sa mémoire. Les images qui lui restent en tête – ses souvenirs – suffisent à remplir l'espace des songes.

La maladie lui retire la mémoire à grosses poignées. Un jour, elle me dit : « Mais qu'est-ce que j'ai fait, finalement, dans ma vie ? » Sans réfléchir, je lui réponds : « Tu as élevé trois enfants, ils sont en forme, ils ont bien réussi, grâce à toi… » « Ah bon ? J'ai eu trois enfants ? »

Deux mois après son beau-frère Michel, elle meurt le 27 novembre 1999 de vieillesse et de la maladie d'Alzheimer.

Luce rappelle que son mot préféré était *sourire*.

Je me rappelle sa devise : *Bien faire et laisser dire*. Une devise en forme de bouclier pour tenir à distance la mauvaise conscience. La religion a disparu avant le péché.

Cette génération disparaît en quelques années. Après Lucien, Michel et Simone, c'est le tour de Pierre. Edmée, malade, suit de peu. Puis Liane. L'enterrement de Liane est folklorique. Il commence par une cérémonie interminable à l'église orthodoxe proche des Champs-Élysées au cours de laquelle l'assistance effectue des tours dans un sens puis dans l'autre autour du cercueil. Mais surtout, c'est la mise en terre qui paye. Ce jour-là, la flamme olympique arrive au stade Charléty. Les Jeux vont se dérouler à Beijing et il n'arrive que des problèmes à cette flamme sur le sol français, des associations dénoncent le sort réservé en Chine aux minorités ethniques et demandent plus de démocratie, aussi la police est sur les dents. Liane est enterrée au cimetière de Gentilly, à proximité du stade. La famille a bien du mal à se frayer un chemin jusqu'au cimetière. À l'entrée, un flic leur barre la route et demande à Miche et Catherine : *Qu'est-ce que vous venez faire ?* Sûr que Liane aurait adoré ce bazar à son enterrement.

Lucien, Michel, Simone, Pierre, Edmée, Liane. Lucien avait raison, Renée les a tous enterrés.

Faut s'accrocher aux branches, tu sais, ma petite Lucette. Faut s'accrocher aux branches, répond-elle un 1er janvier à sa nièce qui lui formule ses vœux.

Renée meurt en 2008, à l'âge de cent quatre ans.

C'est par le manque qu'on dit les choses, avait prévenu Marguerite Duras qui précise, dans *L'Été 80* : *Je me suis dit qu'on écrivait toujours sur le corps mort du monde et, de même, sur le corps mort de l'amour. Que c'était dans les états d'absence que l'écrit s'engouffrait pour ne remplacer rien de ce qui avait été vécu ou supposé l'avoir été, mais pour en consigner le désert laissé par lui.*

C'est cela. Très exactement.

Je ne pouvais me résoudre à laisser filer Pouche, Mouche et la famille sans tenter de les retenir un tout petit peu. Pouche, qui citait Amadou Hampatê Bâ : *Chaque vieux qui meurt, c'est une bibliothèque qui brûle*.

Pendant la cérémonie du *famadihana* à Madagascar, la cérémonie du retournement des morts, les plus anciens racontent aux enfants l'histoire des ancêtres dont ils sortent les corps, un à un, enveloppés dans les *lambas*. Ils s'empêchent de pleurer en racontant leur père, leur mère, un oncle, une grand-mère, ne sachant pas si, dans cinq ans, dans sept ans, à la prochaine cérémonie, ils raconteront à nouveau ou si quelqu'un les évoquera à leur tour. Le livre que vous tenez entre les mains, c'est une contribution écrite à une sorte de *famadihana* métissé. Un objet qui, sans descendre au tombeau, rafraîchit leur histoire et fête les souvenirs dans un bruit de fanfare sous le soleil.

De très vifs et très chaleureux remerciements

aux conteurs des histoires ici réunies,

à Claire, Océane, Solène et Titouan à qui j'ai volé du temps pour écrire,

à Jean-Jacques Sempé pour sa dédicace,

à Élisabeth Peguilhan (dite Péguy), Miche, Luce, Sylviane, Robert, Bertrand Ouillon, Lionel Gourdeau, Bernard Vergnaud – mes premiers lecteurs téméraires – pour leurs critiques constructives et leurs encouragements,

à Michel Crépu à qui ce texte doit d'être publié aujourd'hui,

à Serge Andréfouët, Nathacha Appanah, Louis Aumont, Nicolas Bouchaud, Gérard Bouvier, Hélène Cardona, Annick Chartreux, Anne Croissandeau, Paul Diémert, Jean-François Duchemin, Jeanine Decottignies, Guillaume Duteurtre, Maylis de Kerangal, Odile Lacombe, Annie Le Brun, Jean-Paul Lopez, Alice Massénat, Erik Orsenna, Christian Thorel, Aletta Yñiguez pour leur bienveillance, leur soutien, leur confiance, leur amitié.

PREMIER CAHIER

Lucien Devoise, avant 1927

DEUXIÈME CAHIER
Simone Sevrin, avant 1927

TROISIÈME CAHIER
1927-1931

QUATRIÈME CAHIER
1932-1939

CINQUIÈME CAHIER
1940-1948

SIXIÈME CAHIER
1949-1959

SEPTIÈME CAHIER
1959 et après

Composition : IGS-CP à L'Isle-d'Espagnac (16)
Achevé d'imprimer par Normandie Roto Impression s.a.s.,
le 19 février 2019
Dépôt légal : février 2019
Numéro d'imprimeur :1900298

ISBN : 978-2-07-282781-5/Imprimé en France

343618